FL053

Gustave Flaubert

Voyage en Orient

(1849-1851)

Égypte — Liban-Palestine — Rhodes
Asie Mineure — Constantinople
Grèce — Italie

Édition présentée et établie
par Claudine Gothot-Mersch

Annotation et cartes
de Stéphanie Dord-Crouslé

Gallimard

PRÉFACE

Lecteur acharné de la littérature romantique, Flaubert a rêvé de l'Orient depuis son adolescence, selon une
thématique qui n'a cessé de s'enrichir. La première
manifestation importante en est, dans Rage et impuissance (1836[1]), le songe de M. Ohmlyn, enterré vivant :
« Il rêvait l'Orient, l'Orient avec son soleil brûlant, son
ciel bleu, ses minarets dorés, ses pagodes de pierre ;
l'Orient avec sa poésie toute d'amour et d'encens ; l'Orient
avec ses parfums, ses émeraudes, ses fleurs, ses jardins
aux pommes d'or ; l'Orient avec ses fées, ses caravanes
dans les sables ; l'Orient avec ses sérails, séjour des
fraîches voluptés. Il rêvait, l'insensé, les ailes blanches
des anges qui chantaient des versets du Coran aux
oreilles du Prophète ; il rêvait des lèvres de femmes pures
et rosées, il rêvait de grands yeux noirs qui n'avaient
d'amour que pour lui, il rêvait cette peau brune et oli-
vâtre des femmes de l'Asie, doux satin qu'effleure si souvent dans ses nuits le poète qui les rêve ; il rêvait tout
cela ! »

Pour offrir à son personnage les illusions les plus
séduisantes, le jeune auteur a donc choisi une vision
orientale — et il laisse entendre à la fin que le rêve du
héros est en réalité celui du « poète » lui-même. Mais il
s'agit d'un Orient où se mêlent minarets et pagodes,

1. L'auteur a donc quatorze ans.

beautés brunes de l'Asie, déserts où passent les caravanes ; d'un « bric-à-brac oriental [1] » hésitant entre le réel
et le merveilleux.

Le thème de l'Orient s'intériorise ensuite dans des
écrits personnels. Les Mémoires d'un fou y introduisent
une notion d'immensité, pour qualifier le désert mais
aussi en liaison avec l'idée d'éloignement, elle-même
soutenue par l'évocation du voyage en mer : « Je rêvais la
mer, les lointains voyages [2]. » Puis à l'éloignement dans
l'espace succède l'éloignement dans le temps ; l'Orient
du passé — la Rome impériale, les croisades — fait
suite à l'Orient de fantaisie, atemporel, de Rage et
impuissance. Pyrénées-Corse va remonter aux grandes
civilisations disparues. Le thème de l'Orient et celui de
l'Antiquité se sont ainsi rejoints et ne se sépareront
plus : « Ah ! c'est beau ! orientalement et antiquement
splendide [3] », s'exclamera Flaubert devant la plaine
d'Éphèse.

Le temps intervient aussi d'une autre façon dans sa
rêverie orientale. L'Orient n'est pas seulement le lieu où
se lit le passé : il est celui de la permanence. Au revers du
monde pittoresque et grouillant que le voyageur découvre
en débarquant à Alexandrie, le désert avec ses « grands
silences [4] » sera l'image de l'immuable [5].

Dans Novembre et dans la première Éducation sentimentale, les passages consacrés à l'Orient se font plus
amples. Les Mémoires du héros de Novembre s'inter-
rompent brusquement sur une tirade lyrique qui égrène
d'ardents souhaits : voyager à dos de chameau, visiter le
Soudan, l'Inde, atteindre la Chine, puis le Nouveau

1. Jean Bruneau, Le « Conte oriental » de Flaubert, Denoël, coll. « Les
Lettres nouvelles », 1973, p. 41. Nous devons beaucoup à cet ouvrage
sur le point qui nous occupe ici.
2. Les Mémoires d'un fou datent des seize ans de Flaubert (1838).
3. Asie Mineure, p. 349.
4. Pyrénées-Corse, dans Les Mémoires d'un fou [...], Folio classique,
p. 320.
5. Voir Jeanne Bem, « L'écriture du désert chez Flaubert, avant et
après son voyage en Orient », dans Le Désert, un espace paradoxal, édité
par G. Nauroy et al., Berne, Peter Lang, 2003, p. 349. Le désert, dit
Jeanne Bem, « est l'autre côté de l'Orient ».

Monde, l'Europe du Nord et du Midi ; peu à peu, ce qui vient à l'avant-plan dans cette page exaltée, ce n'est plus le pittoresque des régions visitées, mais l'ivresse du voyage en lui-même.

Dans L'Éducation sentimentale *de 1845, la pensée orientale se tourne davantage vers l'Antiquité. Jules se lance dans l'étude du grec et de l'hébreu ; il se procure quantité de livres d'histoire, de cartes, d'ouvrages scientifiques. Son apprentissage se fait en deux phases. Au début, «il ne lisait pas tout cela — mais il rêvait dessus [1]»; la documentation n'est alors qu'un support de son imagination. Mais après l'épisode du chien, il décide de ne plus s'arrêter au pittoresque : «[...] à travers le costume, l'époque, le pays, il cherchait l'homme [2].» Les dernières lignes le montrent partant pour l'Orient avec pour bagage l'œuvre d'Homère et des chaussures de marche.*

On sait que Jules doit beaucoup à Gustave ; mais pour ce qui concerne le rapport à l'Orient, c'est, à l'inverse, l'auteur qui reproduit l'évolution du personnage. Après l'achèvement de L'Éducation sentimentale, *lorsqu'il se livre à d'abondantes lectures en vue d'un* Conte oriental, *ce n'est pas «dans un but scientifique mais tout pittoresque», écrit-il d'abord à Emmanuel Vasse, à qui il demande, le 15 septembre 1846, de lui envoyer «quelque recueil de poésie ou de vaudevilles plus ou moins facétieux» composés par des Orientaux. Cependant, dans la même lettre il lui réclame aussi «quelque bon travail [...] sur les religions ou les philosophies de l'Orient» : il va abandonner le* Conte oriental *et la recherche de couleur locale pour les lectures religieuses préparant* La Tentation de saint Antoine. *Et, comme Jules, il ira voir sur place l'objet de ses études d'abord livresques.*

1. Chap. XXI.
2. Chap. XXVII.

L'IDÉE DU VOYAGE.
RÔLE DE MAXIME DU CAMP

C'est grâce à Maxime Du Camp que Flaubert a fait le grand voyage de sa vie.

En 1844, orphelin disposant d'une belle fortune, Du Camp s'offre un voyage dans le Levant. Quelques années plus tôt, le chevalier Jaubert, grand orientaliste, lui a expliqué les poètes persans ; sous son influence, le jeune homme s'est mis sérieusement à l'étude ; à la veille de son départ, il est nommé membre correspondant de la Société orientale [1].

Depuis un an, il est un des intimes de Flaubert. En février 1844, il vient lui tenir compagnie à Rouen après la première crise d'épilepsie. À son départ, on se promet de voyager ensemble plus tard.

Du Camp se rend d'abord à Smyrne — Izmir —, qui l'enthousiasme. Puis il va rejoindre à Constantinople Lottin de Laval [2]. Celui-ci s'occupe de dessiner et de mouler « les curiosités du pays » selon des procédés qu'il a lui-même mis au point [3] : Du Camp aurait-il trouvé là l'idée des estampages qu'il réalisera en Égypte en 1849 ?

Déclarant Constantinople « au-dessus des rêves les plus beaux [4] », il s'y arrête près de deux mois. Malgré cela, son voyage n'est qu'une demi-réussite, écrit-il à Flaubert le 14 juillet. Aussi se rabat-il sur Venise, Florence, et Rome où il passe trois mois. Il retourne à Marseille à la fin de décembre et se rend pour finir à Alger. Il a donc renoncé à la Grèce, à la Syrie et à l'Égypte, et passé un temps considérable en Italie ; mais le livre

1. Dont il deviendra membre à part entière avant son voyage de 1849.
2. Voyageur et auteur d'un roman historique sur Marie de Médicis, né en 1815.
3. Vapereau, *Dictionnaire universel des contemporains*, édition de 1893. Cité par Yvan Leclerc dans Gustave Flaubert-Alfred Le Poittevin, Gustave Flaubert-Maxime Du Camp, *Correspondances*, Flammarion, 2000, p. 139, **n**. 3 (cet ouvrage sera cité dorénavant sous le simple titre *Correspondances*).
4. *Correspondances*, p. 150, lettre du 22 juin 1844.

qu'il va publier à son retour s'intitulera Souvenirs et
paysages d'Orient. Smyrne. Éphèse. Magnésie. Constantinople. Scio[1] : *il n'y traite donc que de la partie orientale du périple. De la même façon, au retour du voyage
avec Flaubert, il publiera essentiellement sur l'Égypte et
la Nubie.*

　　*Pendant l'été de 1845, après le voyage des Flaubert en
Italie, Du Camp vient passer une partie de l'été à Croisset. Quoiqu'il ait écrit plus tard que c'est alors que se
révéla à lui l'«orgueil morbide» de Gustave[2], les liens
restent solides : au début de 1846, Du Camp s'occupe de
la souscription pour la statue d'Achille-Cléophas Flaubert, qui vient de mourir ; au décès de Caroline, ses lettres
réconfortent un peu Gustave, qui, au mois de mai, lui
écrit son amitié grandissante et son désir de voyager
avec lui en Sicile et en Grèce.*

　　*Ce n'est pas si loin qu'ils partiront d'abord. Sage-
ment, ils se décident en 1847 pour un voyage en Bretagne. À leur retour, installés dans la même pièce, ils
écrivent* Par les champs et par les grèves — *un chapitre l'un, un chapitre l'autre. Image d'une entente sans
ombre.*

　　*Mais voici que Du Camp prépare un nouveau voyage
en Orient, qu'il consacrera à un reportage photographique, chose encore très rare à l'époque. Cela ne va pas
sans causer à Flaubert quelques pincements de cœur ;
un jour que Du Camp lui parle pour la énième fois de
son départ, il n'y tient plus : «C'est odieux de ne pouvoir
aller avec toi !» s'écrie-t-il. Comprenant soudain le caractère pénible d'une vie aussi cloîtrée que celle de son ami,
Du Camp va demander à Achille Flaubert de convaincre
sa mère du bien que ferait à Gustave un séjour dans les
pays chauds. Le hasard fait que le professeur Cloquet[3]*

---

　1. Arthus Bertrand, 1848.
　2. *Souvenirs littéraires,* Hachette, 1882-1883, t. I, p. 303-304.
　3. Le médecin, ami d'Achille-Cléophas Flaubert, qui avait emmené
Achille en Écosse puis Gustave dans les Pyrénées et en Corse lorsqu'ils
étaient adolescents.

*écrit de son côté à Mme Flaubert que son fils devrait
voyager. La mère cède, à contre-cœur, après avoir essayé
de troquer l'Orient contre Malaga. C'est ainsi que l'histoire est racontée dans les* Souvenirs littéraires[1] *; par
une lettre de Flaubert à Ernest Chevalier, datant du
6 mai 1849*[2], *on apprend que sa «maladie de nerfs»
pourrait bien être la conséquence d'une syphilis ancienne,
et que c'est pour cela que M. Cloquet trouve urgent pour
sa santé qu'il aille dans les pays chauds. Lui-même
éprouve, moralement plus encore que physiquement, le
besoin de «prendre l'air».*

ITINÉRAIRE ET CHRONOLOGIE DU VOYAGE

*Le voyage de Flaubert et Du Camp, écrit Jean-Claude
Berchet, est «le modèle du périple idéal» de l'époque*[3].
*Son itinéraire définitif n'a pas été établi du premier
coup. Le 5 mai 1849, Flaubert écrit à l'oncle Parain
qu'il visitera «l'Égypte, la Syrie et la Perse». Le 6, il
détaille pour Ernest Chevalier un programme ambi-
tieux: «Je vais faire un voyage dans tout l'Orient. Je
serai parti de quinze à dix-huit mois. Nous remonterons
le Nil jusqu'à Thèbes, de là en Palestine; puis la Syrie,
Bagdad, Bassora, la Perse jusqu'à la mer Caspienne,
le Caucase, la Géorgie, l'Asie Mineure par les côtes,
Constantinople et la Grèce s'il nous reste du temps et de
l'argent.» De son côté, Du Camp élabore un itinéraire
très détaillé, qu'il fait imprimer*[4]: *Égypte, Palestine,*

1. T. I, p. 405-410.
2. Lettre censurée par les premiers éditeurs; le passage qui nous
intéresse a été publié en appendice par Marie-Jeanne Durry dans *Flaubert et ses projets inédits*, Nizet, 1950, p. 403-404, et repris dans la *Correspondance*, édition du Club de l'honnête homme, t. 12, 1974.
3. Jean-Claude Berchet, *Le Voyage en Orient*, Robert Laffont, coll.
«Bouquins», 1985, Introduction, p. 10.
4. Il le reproduira en appendice aux *Souvenirs littéraires*, mais le
texte en avait été publié (comme nous le signale M. Jean-François Dele-
salle, que nous remercions) dans la *Revue de Rouen et de Normandie* de
janvier 1850, avec quelques différences: sont-elles de Flaubert, qui
aurait servi d'intermédiaire? On peut trouver l'*Itinéraire* dans la *Correspondance*, éd. de Jean Bruneau, Gallimard, Bibl. de la Pléiade, t. I,
1973, p. 802-804.

pays de Hauran, Syrie, Bagdad, Babylone, l'Euphrate jusqu'à Bassora, Persépolis, Ispahan, Téhéran, Trébizonde, Constantinople.

La durée du voyage ne dépassera que légèrement ce qui était prévu. Quant à l'itinéraire, il aura été modifié, et bien sûr raccourci. Suivant les conseils du peintre Gleyre, rencontré à Lyon, les jeunes gens consacreront à l'Égypte plus de temps qu'ils ne le pensaient. Ainsi, la croisière sur le Nil durera quatre mois et demi. Encore renonce-t-on, à cause de la chaleur, au circuit prévu dans le Sennaar ; mais au retour on fera deux longues excursions, à Thèbes et à Kosseïr.

Pourquoi Kosseïr ? C'est que les deux amis auront renoncé — pour des raisons de température, de droits de passage et de quarantaine — à se rendre d'Égypte en Palestine en passant par le Sinaï et Aqaba. Ils retourneront du Caire à Alexandrie, prendront le bateau pour Beyrouth et visiteront la Palestine, non du sud au nord, mais en descendant le long de la côte et en remontant ensuite par la Syrie et le Liban. L'expédition à Kosseïr leur permettra de voir malgré tout la mer Rouge.

Le changement de programme le plus important sera le renoncement à la Perse, à laquelle cependant les deux amis tenaient fort ; on lit par exemple sur la première page du dossier qui concerne la mission de Flaubert en Orient : « Mission en Afrique et en Asie (spécialement en Perse) [1] » — formule évidemment reprise aux déclarations du jeune homme sur les lieux où il comptait passer du temps. Pendant le séjour au Caire, il se préoccupera encore d'obtenir les autorisations nécessaires à la traversée de la Perse. Alors pourquoi l'abandon du projet ? Flaubert invoquera l'insécurité, les routes impraticables, le manque d'argent. Du Camp explique que Mme Flaubert lui avait écrit pour le supplier de renoncer à la Perse et que, Gustave ayant avoué n'être pas étranger à cette

---

1. Antoine Youssef Naaman, *Les Lettres d'Égypte de Gustave Flaubert*, édition critique, Nizet, 1965, p. 19.

demande, il s'est incliné[1]. *Quoi qu'il en soit, ce rac-
courcissement de programme leur aura rendu le temps
et les moyens financiers nécessaires pour un périple en
Grèce. Ils y ajouteront l'Italie, Maxime jusqu'à Rome,
Gustave remontant jusqu'à Venise en compagnie de sa
mère venue le rejoindre. Cela fait un voyage de dix-sept
mois pour Du Camp, d'un peu plus de dix-neuf pour
Flaubert.*

*Le lecteur trouvera en tête de l'Appendice une chrono-
logie détaillée. Mais l'itinéraire n'est pas tout à fait sûr
pour ce qui concerne l'Italie. Certains endroits sont
signalés dans la correspondance de Flaubert comme
ayant fait l'objet d'une visite, alors que les manuscrits
n'en parlent pas : Sorrente, le Vésuve*[2]. *Ils ne mentionnent pas non plus la visite d'Herculanum, sur laquelle
on a des notes de Du Camp. D'autre part, il est parfois
difficile de savoir si les notations du carnet 8 font référence à des choses à voir ou à des choses vues. « Pise. /
San Stefano ai Cavalieri / trophée turc » ; « à Vicence,
villa Valmarana, fresques de Tiepolo*[3] *» : Flaubert est-il
allé à Pise et à Vicence, ou note-t-il seulement ce qui
vaudrait la peine d'y être visité*[4] *? L'itinéraire de son
retour en France n'est pas clair non plus. Le 30 mai
1851, il écrit à Maxime Du Camp qu'il part de Venise*

1. *Souvenirs littéraires*, t. I, p. 509-511. Nous pensons que si Flaubert
n'a pas été étranger à la lettre de sa mère, c'est en ceci qu'il lui avait
promis, si elle le lui demandait, de sacrifier la Perse (lettre du 3 février
1850). Le prenant au *mot*, elle écrivit à Du Camp. Lorsque celui-ci
questionna son ami sur son éventuelle responsabilité dans la lettre
de Mme Flaubert, Gustave, embarrassé, reconnut qu'il y était pour
quelque chose, ce que Du Camp interpréta : Gustave veut rentrer en
France, et a fait intervenir sa mère dans ce but.

2. Lettre à sa mère du 26 mars 1851.

3. Carnet de voyage n° 8, conservé à la Bibliothèque historique de la
Ville de Paris, f°s 30 v° et 73 r°.

4. Une lettre à Louise Colet du 16 août 1853 évoque le Campo Santo,
et Flaubert dit l'avoir « mal vu ». Il est donc bien allé à Pise, mais
quand ? La place dans le carnet 8 de la note que nous citons — la seule
que nous ayons trouvée sur cette ville — ne permet pas de savoir si
c'est avant ou après la visite de Florence : d'un côté, cette note semble
la suite du petit itinéraire intitulé par Flaubert « De Rome à Florence »,
de l'autre elle n'est pas suivie de l'arrivée à Florence mais de notes sur
Venise, et il n'y est pas question du Campo Santo.

*pour Milan, où il sera le surlendemain. Or, dans la
même lettre, il lui promet de lui écrire de Cologne ou de
Bruxelles. Les noms de ces deux villes figurent en effet
sur un itinéraire de retour inscrit à la fin du carnet 8[1],
d'une écriture qui n'est ni celle de Flaubert ni celle de
Du Camp — serait-ce celle de Mme Flaubert? —, et qui
va de Venise à Rouen en passant par Trieste, Vienne,
Prague, Dresde, Leipzig, Cassel, Francfort, Cologne,
Bruxelles et Paris. Flaubert a-t-il vraiment traversé l'Italie de Venise à Milan, pour revenir ensuite prendre le
train ou la diligence à Venise et repartir dans le sens
opposé?*

*L'arrivée à Paris se situe en tout cas, comme Flaubert
l'avait annoncé, juste avant la mi-juin. C'est le 15 juin
que Louise Colet apprend que Gustave est de retour, et
ne lui a pas fait signe[2].*

PRÉPARATION DU VOYAGE

*Les deux amis disposaient de cinq à six mois pour
leurs préparatifs. En fait, l'organisation du voyage a
reposé en grande partie sur les épaules de Du Camp;
Gustave, lui, achevait à Croisset* La Tentation de saint
Antoine.

*Redoutant de se trouver seul en voyage avec quel-
qu'un qui était sujet à des «attaques de nerfs[3]», Du
Camp suggéra qu'il serait confortable d'emmener un
domestique. Ce fut Sassetti, qui se révéla un auxiliaire
adroit dans les travaux photographiques, et dont Flaubert fait un portrait dans l'ensemble très positif[4].*

*Du Camp s'occupa ensuite de demander des ordres de
missions qui leur faciliteraient l'obtention d'autorisations diverses et une protection militaire en cas de*

1. F⁰ 69 v⁰.
2. Voir G. Flaubert, *Correspondance*, Bibl. de la Pléiade, t. I, p. 784.
Lettre de Louise Colet du 18 juin 1851.
3. «Il disait "mes attaques de nerfs"» (*Souvenirs littéraires*, t. I,
p. 248).
4. Lettre à sa mère du 20 janvier 1851. Voir cependant *Égypte*, n. 3,
p. 104.

besoin. Membre de la Société orientale, on l'a vu, il reçut une mission du ministère de l'Instruction publique. Flaubert en obtint une du ministère de l'Agriculture et du Commerce... Les recommandations qui accompagnent les ordres font sourire : « M. Flaubert dans son itinéraire [...] passera quatre fois la frontière qui sépare la Turquie de la Perse [...]. Aux quatre points préindiqués, M. Flaubert devra constater le mode d'application des règlements et des tarifs de la douane turque surtout aux produits européens [...], les charges arbitraires que peuvent leur imposer les agents directs des pachas [...], les charges locales qui, à Trébizonde et dans les autres ports de la mer Noire, grèvent la navigation étrangère[1] *», etc. Quant à Du Camp, il était prié notamment de déblayer les jambes des colosses d'Abou-Simbel*[2].

C'est encore Du Camp qui se chargea de faire établir le document principal, le passeport commun des deux voyageurs. Les visas successifs qui en remplissent le verso offrent de précieux renseignements sur leur itinéraire, comme l'a montré Giovanni Bonaccorso[3]. *Malheureusement, lorsqu'ils se sépareront à Rome, le passeport restera aux mains de Du Camp, et l'on n'a pas de trace du document qu'a utilisé Flaubert pour la fin de son voyage.*

Les deux amis battirent aussi le rappel de ceux qui pouvaient les aider à établir des contacts intéressants. Du Camp profite de ses relations avec les membres de la

---

1. Texte cité par Émile Henriot dans «Gustave Flaubert chargé de mission», *Le Temps*, 9 octobre 1923. Signalons qu'un dossier intitulé «Mission en Asie et en Afrique (spécial en Perse), M. Flaubert» est conservé aux Archives nationales. Une enveloppe qui contient des pièces officielles concernant le même voyage a fait partie (en même temps que le manuscrit de *Pyrénées-Corse*, enfin retrouvé) de la vente des 4, 5 et 6 mai 2004 chez Hartung & Hartung à Munich : c'est probablement celle qui avait figuré à la vente Franklin-Grout d'Antibes, en 1931. Le passeport commun aux deux voyageurs se trouve dans les papiers de Du Camp à l'Institut.

2. Voir Michel Dewachter, «Une étape de l'orientalisme», dans *Un voyageur en Égypte vers 1850. «Le Nil» de Maxime Du Camp*, éd. de Michel Dewachter et Daniel Oster, Sand-Conti, 1987, p. 14.

3. «Sulla cronologia del viaggio in Oriente di Flaubert e Du Camp», *Studi francesi*, septembre-décembre 1963, p. 495-499.

Société orientale : Prisse d'Avennes, égyptologue, aquarelliste de talent et ingénieur auprès de Méhémet Ali ; Clot bey, organisateur du service de santé en Égypte ; Linant bey — Linant de Bellefonds —, précurseur de Lesseps… Hubert Lauvergne, avec qui il s'était lié à Toulon en 1845, donne à Flaubert une lettre pour Soliman Pacha, major-général de l'armée égyptienne, qui prendra les jeunes gens en amitié. À la fin du carnet de voyage n° 4 figure une liste de noms regroupés par villes ; les personnes mentionnées sont principalement des agents consulaires et des médecins : manifestement, des gens auxquels s'adresser en cas de difficultés.

Quant aux bagages, c'est encore Du Camp qui s'y met ; il expédie à Marseille « deux caisses pesant trois cent dix kilos [1] *». Les voyageurs emmèneront de surcroît quatre malles contenant les objets personnels et le petit matériel* [2]*. En arrivant à Alexandrie, ils seront à la tête d'un équipement de six cents kilos.*

Reste la préparation intellectuelle. On ne peut citer ici tous les textes sur l'Orient, littéraires et scientifiques, que l'on trouve mentionnés dans les œuvres, lettres, papiers de Flaubert, dans ses carnets de travail, dans les inventaires de la bibliothèque de Croisset. Retenons les lectures pour le Conte oriental *et* La Tentation de saint Antoine *: Flaubert a par exemple constitué, en vue du* Conte, *un dossier de cent soixante-dix-huit pages sur le* Voyage en Perse et autres lieux de l'Orient *de Chardin — son grand désir de visiter la Perse doit venir de là en partie. Et puisons dans sa bibliothèque quelques titres d'ouvrages qu'il a sans doute consultés :* Livres sacrés de l'Orient *traduits par Guillaume Pauthier en 1840 ;* Voyageurs anciens et modernes *d'Édouard Charton ;* La Palestine *de Munk ; le* Recueil d'Antiquités égyptiennes, étrusques, grecques et romaines *en deux volumes publié*

---

1. Lettre à Flaubert du 15 octobre 1849, *Correspondances*, p. 244-245.
2. Liste du carnet 4, f°s 79 v° à 82 r°. On trouvera les deux listes de bagages dans l'Appendice.

chez Desaint et Saillant en 1761. Flaubert a lu le Voyage
en Égypte et en Syrie *de Volney, qu'il mentionne dans
une lettre à Louise Colet de janvier 1847. Il a lu, bien
sûr, Chateaubriand. Il recommande à sa mère de regarder, dans la* Description de l'Égypte, *« le volume de
planches d'antiquités* [1] *», qui l'aidera lui-même pour sa
description des peintures égyptiennes, comme le feront
les planches de Creuzer* [2]. *Il lui conseille aussi le livre
d'Edward W. Lane,* An Account of Manners and Cus-
toms of the Modern Egyptians, *publié à Londres chez
Knight en 1837. Rappelons enfin que dans la liste des
bagages figurent une bible, Homère, Hérodote, et un
« Müller », sans doute le* Manuel de l'archéologie de
l'art *en trois volumes de la collection des manuels
Roret.*

Contrairement à beaucoup de voyageurs des XVIIIe *et*
XIXe *siècles, à commencer par Chateaubriand, Flaubert
ne fera pas étalage de son érudition dans le* Voyage en
Orient. *On n'y trouve que de rares références : Champollion, Champollion-Figeac, Belzoni, Buchon ; et, de Ferdinand Aldenhoven, l'*Itinéraire descriptif de l'Attique
et du Péloponèse, *qu'il semble fort bien connaître.*

*Quant à Maxime Du Camp, c'est de longue date, on
s'en souvient, qu'il avait commencé ses lectures orientales. Lorsqu'en 1848 une balle lui casse la jambe, il met
à profit son immobilité forcée pour se faire un programme méthodique. Les mœurs et coutumes le retiennent
particulièrement, et il s'attarde, dans la* Bibliothèque
orientale *de D'Herbelot, au chapitre sur les traditions
musulmanes ; sans doute est-ce lui qui aura l'idée de
prendre au Caire des leçons sur ce sujet. Il s'intéresse
aussi au langage et lit Olivier,* Lettres d'un Turc à son
correspondant à Constantinople sur les difficultés de
la langue française ; *pendant le voyage, il prendra des*

---

1. Lettre du 22 avril 1850. Il s'agit, bien entendu, du grand ouvrage
rédigé au retour de l'expédition de Napoléon.
2. Flaubert fait référence aux *Religions de l'Antiquité* dans sa description du temple de Dakkeh. Voir *Égypte*, p. 165.

notes détaillées sur le curieux parler de leur premier drogman[1].

Les deux compagnons partent donc armés d'une érudition assez importante, même si celle de Flaubert s'est développée dans un autre but que le voyage, et celle de Du Camp de façon trop superficielle[2]. En Égypte, Flaubert préférera s'intéresser à ce qu'il voit plutôt que de s'occuper — tel un Volney par exemple — de contrôler, d'enrichir, de mettre en place dans son récit les connaissances de tous ordres acquises avant le départ. En Asie Mineure et en Palestine, il se réfère souvent, en revanche, à la Bible — « nous vivons en pleine Bible[3] » ; en Grèce, il se nourrit d'Homère et d'Hérodote.

LE VOYAGE : CONDITIONS DE VIE

Que Flaubert et Du Camp aient en Orient « mené la vie de princes[4] », c'est vrai et ce ne l'est pas. Leur voyage n'atteindra pas l'équivalent des cinquante mille francs qu'avait dépensés Chateaubriand, pour lui seul, en 1806, les cent mille francs de Lamartine en 1822[5], mais ils s'offriront un niveau de vie confortable quand les circonstances le permettront.

Du Camp n'a manifestement pas trop besoin de compter : il peut s'offrir un cheval qui lui a plu, des pistolets d'argent… Flaubert, comme il le fera toujours, va vivre au-dessus de ses moyens : son voyage aura « rudement entamé [son] mince capital », écrit-il d'Athènes à Louis Bouilhet le 19 décembre 1850. Les comptes de sa mère révèlent une dépense minimale de vingt-sept mille cinq cents francs avant le 1er mars 1851[6].

1. Sur la fonction de drogman, voir ci-dessous, p. 22. Sur le parler de Joseph, voir *Égypte*, p. 153, n. 4.
2. Voir Maxime Du Camp, *Voyage en Orient (1849-1851). Notes*, édition de Giovanni Bonaccorso, Messine, Peloritana Editrice, 1972, Introduction, p. XXIV-XXVI.
3. Lettre au docteur Cloquet, Damas, 7 septembre 1850.
4. A. Y. Naaman, *Les Lettres d'Égypte de Gustave Flaubert*, p. 29.
5. J.-C. Berchet, *Le Voyage en Orient*, Introduction, p. 20.
6. Il est alors à Naples. Voir le « Memento de Mme Flaubert » dans G. Flaubert, *Correspondance*, Bibl. de la Pléiade, t. I, p. 766. D'après

Première dépense, les achats : les deux amis acquiè-
rent tant d'objets en Égypte qu'en quittant le pays ils en
envoient à Marseille de nombreuses caisses. De Bey-
routh, de Constantinople, ils en expédieront d'autres.
Dépense plus lourde, le personnel : ils louent pour cinq
mois une cange demandant un équipage de douze per-
sonnes et, dans leurs circuits sur terre, ils sont toujours
accompagnés d'une escorte importante. Était-ce indis-
pensable ? Voyons comment les choses se passent.

Les séjours dans les grandes villes ne constituent
qu'une petite partie du voyage. Le gros problème — sauf
en Italie —, ce sont les déplacements. En Égypte, le che-
min de fer est inexistant : la première ligne, Alexandrie-
Le Caire, ne sera inaugurée qu'en 1856. Si des voitures
se louent parfois pour une excursion, pour les longs
déplacements on utilise le bateau. Quand il faut bien
quitter la mer ou le Nil, c'est au cheval que recourent
nos voyageurs et leur domestique français, tandis que
l'escorte arabe voyage à dos de chameau ou de mulet,
voire à pied. Assez souvent, par exemple pour la longue
traversée vers Kosséïr, les maîtres doivent eux aussi
employer le chameau ; et parfois l'âne ou le mulet.

L'hébergement varie à l'infini ; d'un hôtel de luxe au
Caire jusqu'aux lazarets infects de la quarantaine, Gus-
tave et Maxime expérimentent tous les endroits où il est
possible de passer la nuit : les couvents, grande ressource
en l'absence quasi totale d'auberges ; les khans, abris
pour hommes et bêtes ; certains bâtiments officiels où
on leur donne accès : la forteresse de Rosette sur ordre de
Soliman Pacha, la Maison de France à Louqsor, la rési-
dence des hauts fonctionnaires à Güsel-Hissar. Il leur
arrive aussi d'être logés par des bourgeois accueillants,
ou de partager avec l'habitant — et les puces — l'unique
pièce d'une maison paysanne. En Grèce surtout : en

Luce Czyba, la somme correspond à «trois ans d'indemnité parlemen-
taire pour un député et trente ans de salaire d'un ouvrier» (*Le Voyage
en Orient de Flaubert*, Acta Universitatis Lodziensis, Folia litteraria 35,
1974, p. 65).

Égypte ou à Rhodes, il faisait chaud, on pouvait dormir sous la tente ou à la belle étoile, mais en Grèce ils arrivent en plein hiver, il pleut à torrents, il neige...

La nourriture laisse aussi beaucoup à désirer, même lors d'invitations dont Flaubert se réjouissait d'avance. Quand il faut assurer soi-même sa subsistance, le personnel a fort à faire pour se procurer les denrées nécessaires ; alors c'est l'œuf dur le matin, puis de maigres poulets, des tourterelles qu'ils ont tuées eux-mêmes, parfois du gibier, que la chaleur fait pourrir, en Égypte, du jour au lendemain. Si l'on ajoute à cela la mauvaise qualité de l'eau que l'on trouve dans les puits, dans les villages, même dans les villes — Kosseïr —, et que l'on garde trop longtemps dans des gourdes, il n'est pas étonnant que nos voyageurs souffrent de maux digestifs. En tenant compte aussi de la fatigue de très longues courses, on s'émerveille plutôt qu'ils soient sortis de l'aventure sans trop de maladies graves — à part le tribut à Vénus, mais c'est une autre affaire. Flaubert sera victime, au moins une fois, d'une «attaque de nerfs». Du Camp souffre de la fièvre à plusieurs reprises, et l'on craint pour la vie de Sassetti en plein mont du Liban. Mme Flaubert était excusable de montrer de l'inquiétude en voyant partir son fils.

D'autant que la situation des pays visités n'est ni simple ni calme. En Égypte, Méhémet Ali, qui tentait de moderniser le pays, vient de mourir en août 1849 ; son petit-fils Abbas Pacha interrompt les travaux en projet, et marque son hostilité envers les Européens. En Syrie, la situation est pire. Le pays est passé plusieurs fois de la tutelle de l'Égypte au rattachement direct à l'Empire ottoman. Au moment du voyage de Flaubert, il est administré par les Turcs, et en proie à de graves conflits religieux. Ici encore, comme aussi à Constantinople, les Européens sont mal vus. Flaubert et Du Camp, «armés jusqu'aux dents[1]», «le fusil au poing[2]», traversent la

---

1. Lettre de Flaubert à Louis Bouilhet, Jérusalem, 20 août 1850.
2. Lettre à Ernest Chevalier, Rome, 9 avril 1851.

*Palestine et la Syrie jusqu'à hauteur de Beyrouth seu-
lement, et renoncent au Kurdistan comme à la Perse.
Malgré ces précautions, il leur arrive de se trouver en
fâcheuse posture : revenant de Saint-Saba à Jérusalem,
ils sont poursuivis et pris pour cibles par des hommes
armés à cheval. Il faut même se méfier des gendarmes, et
les amadouer par des pourboires* [1].

*Voyager avec une escorte n'était donc pas vraiment un
comportement de princes. Les deux compagnons auraient
pu économiser sur le bagage — encore que celui-ci com-
portât un matériel photographique important — et sur
une cange à douze matelots ; mais pour le reste... Il leur
fallait d'abord au moins un drogman ou interprète. Le
drogman peut servir de guide, mais s'il ne connaît pas la
région qu'on traverse il faut un second guide. Il peut
également s'occuper des achats alimentaires et de la
cuisine — sauf si l'on est trop nombreux, ou dans un
endroit de lui inconnu ; alors il faut un cuisinier. Pour
de longues excursions à cheval, il est nécessaire que des
saïs ou palefreniers veillent au bien-être des animaux. Il
faut aussi des chameliers et muletiers pour assurer le
transport du bagage. Dans les régions dangereuses, on a
besoin de gardes pour se protéger, de jour et de nuit...
Flaubert et Du Camp avaient imaginé, au départ, que le
domestique amené de France assurerait toutes les tâches
matérielles* [2]. *Ils seront en réalité à la tête d'une véritable
troupe d'hommes et d'animaux.*

LE VOYAGE : EMPLOI DU TEMPS,
OCCUPATIONS, CENTRES D'INTÉRÊT

*À l'exception de deux petits trajets dans les montagnes
du Liban pour lesquels l'urgence de faire soigner un
malade les force à se séparer momentanément, les deux*

1. M. Du Camp, *Voyage en Orient. Notes*, p. 398.
2. Voir la lettre de Flaubert à son oncle Parain du 12 mai 1849 : le
domestique qu'on emmènera devra faire et défaire la tente, prendre
soin des armes, surveiller les chevaux et les bagages, entretenir les
vêtements, faire la cuisine...

amis parcourent ensemble tout le circuit. Mais cela ne signifie pas qu'ils ne se quittent jamais d'une semelle: pendant que Du Camp s'occupe de son reportage photo-graphique [1], Flaubert fait souvent d'autres visites ou des promenades à cheval.

Qu'ils ne soient pas toujours ensemble a sans doute favorisé la bonne entente qui a régné entre eux pendant ces dix-huit mois. L'amitié, la tendresse même, continue de les unir; voir le geste inconscient de Maxime, un matin: «En se réveillant, il étend son bras gauche pour me chercher [2].» Les gags auxquels se livrent les deux jeunes gens, le jeu du sheik par exemple, sont la marque d'une camaraderie sans contrainte, comme aussi le fait qu'ils ne se gênent pas pour lire par-dessus l'épaule du compagnon le courrier qu'il est en train d'écrire. Le ton de la lettre envoyée par Flaubert à Du Camp après le retour de celui-ci en France attestera que tout s'est bien passé jusqu'au bout: «Adieu, pauvre vieux chéri... [3]»

À côté des travaux photographiques de Du Camp, les missions dont les deux voyageurs s'étaient fait charger auraient pu remplir une partie des journées. Au début, Flaubert est plein de zèle: lors de son excursion à Rosette, il visite la manufacture de riz. Mais, au Caire, ses enquêtes ne donnent guère de résultats, aussi les abandonne-t-il rapidement; c'est plutôt Du Camp qui prendra, de-ci de-là, quelques notes sur l'économie des pays traversés.

Les deux voyageurs, comme c'était courant, ne man-quaient pas de se manifester auprès du monde diploma-tique français et des personnalités auxquelles on les avait recommandés. Ils étaient attentifs, Flaubert sur-tout, aux occasions de rencontre: tables d'hôtes — ce qui les amena à participer à des excursions avec d'autres clients de leurs hôtels —, trajets en bateau, où Flaubert

1. Du moins jusqu'au second passage par Beyrouth: à ce moment, il revend son matériel «à un amateur frénétique» (lettre de Flaubert à sa mère, Rhodes, 7 octobre 1850).
2. *Égypte*, p. 83.
3. Lettre du 30 mai 1851.

se glorifiait d'être populaire et se liait volontiers avec les
officiers de bord. Dans les grandes villes, les jeunes gens
menaient parfois une existence assez mondaine et européanisée — dîners, réceptions, soirées au théâtre — en
contraste saisissant avec leurs conditions de vie sur les
routes.

   En tant que touristes, les deux amis s'intéressent
d'abord, bien sûr, aux monuments antiques ; on en
trouve dans leurs notes beaucoup de descriptions. Or ce
qu'ils ont vu n'est que partiellement ce que nous voyons
aujourd'hui. Beaucoup de vestiges sont alors loin d'être
dégagés comme ils l'ont été ensuite : le Sphinx, le temple
d'Abou-Simbel, les ruines de Delphes, de Rome ou de
Pompéi... Inversement, nombre de monuments que Flaubert décrit ont disparu de nos jours, détruits par une
archéologie sauvage ou pour en récupérer les matériaux
en vue de nouvelles constructions [1]. D'autres sont partis
pour l'étranger : les aiguilles de Cléopâtre sont l'une à
Londres, l'autre à New York. D'autres encore, à commencer par le temple d'Abou-Simbel, ont été déplacés.
Le Voyage en Orient intéresse donc directement les historiens de l'archéologie.
   Si pour leur inspection des sites grecs, palestiniens et
romains, Flaubert et Du Camp sont soutenus par leur
culture classique, l'étude scientifique de l'Égypte antique
n'en est encore, en 1850, qu'à ses débuts, n'ayant commencé qu'avec l'expédition de Bonaparte en 1798 ; le
déchiffrement par Champollion de l'écriture hiéroglyphique date de 1822. Flaubert va décrire avec application objets, sculptures et peintures, mais, s'il voit bien
que les peintures de la vallée des Rois, par exemple, sont
« fantastiques ou symboliques [2] », elles ne sont pour lui
que fort peu interprétables et il ne semble guère s'en
affliger, se consacrant à restituer dans le détail leurs

   1. Voir, dans M. Du Camp, Le Nil, la dénonciation du vandalisme
des Européens comme des autochtones (p. 89, 174, 205).
   2. Lettre à sa mère du 17 mai 1850.

*motifs et couleurs. À peine s'il identifie quelques dieux
ou objets. Quant à ses descriptions architecturales,
extrêmement minutieuses parfois, elles sont difficiles à
suivre, et distillent l'ennui. Il n'essaie pas de situer his-
toriquement les monuments, ni de les juger d'un point
de vue esthétique.*

La description de la nature dans le Voyage en Orient
*est en revanche remarquable. Les paysages ont retenu
les deux voyageurs au moins autant que les monuments.
Ils décrivent amplement la faune et la flore, font des collections d'insectes et de plantes, et trouvent dans la
chasse un plaisir ardent.*

*L'observation des mœurs occupe une part importante
de leurs journées, en Égypte et en Palestine particulièrement. Ils assistent aux cérémonies, cortèges, fêtes, représentations improvisées. Ils s'instruisent aussi dans ce
domaine de façon plus systématique : grâce à Lambert bey, ils reçoivent au Caire, à raison de quatre heures
par jour, les leçons de Khalil effendi, un Arabe lettré
converti au protestantisme, qui les instruit sur « la naissance, la circoncision, le mariage, le pèlerinage, les
funérailles, le jugement dernier, ces six points qui, en
Orient, contiennent la vie entière* [1] *». Les jeunes gens prenaient note sous sa dictée, Maxime dans l'idée d'un livre
qu'il aurait intitulé* Les Mœurs musulmanes, *Gustave
pour documenter son* Conte oriental. *Ils étudièrent aussi
les manuscrits du colonel Mari, alias Bekir bey, sur
l'Arabie* [2]. *Ils se firent traduire en français des chants et
contes arabes.*

*Dans le domaine religieux également, Flaubert — plus
que Du Camp — chercha à s'instruire. La* Tentation de
saint Antoine *lui revint en force à l'esprit dans la région
qui fut celle de l'ermite, et qui lui mettait de surcroît*

---

1. M. Du Camp, *Souvenirs littéraires*, t. I, p. 471-473. Quant à Flaubert, d'après le catalogue de la vente Gérard de Berny, le texte de ses
notes «est divisé en plusieurs parties. La première est consacrée à la
vie civile de l'Arabe [...], la seconde traite plus particulièrement des
coutumes arabes».

2. Voir *Égypte*, n. 1, p. 101.

sous les yeux les religions et les sectes qui l'avaient passionné à travers les livres : Arméniens, catholiques romains ou orthodoxes, maronites plus ou moins soumis à l'autorité des catholiques, coptes, protestants, musulmans, juifs, Druzes... Flaubert étudie les religions de deux façons. Il observe leurs rites, leur forme sensible : au Caire, à la Noël de 1849, il assiste à la messe de minuit catholique ; le 17 janvier suivant, à l'Épiphanie des Grecs ; et en attendant le début de la cérémonie il visite l'église des Arméniens. Mais il s'occupe aussi des croyances : il va voir l'évêque copte et discute longuement avec lui ; chez Saba Cahil, il parle de saint Antoine, d'Arius, de saint Athanase ; des prêtres lazaristes l'instruisent sur les chrétiens de Syrie. Ce n'est pas toujours d'un œil très respectueux qu'il observe les comportements des différents groupes, mais parfois l'émotion transparaît : «Je songe [...] à Jésus-Christ qui marchait nu-pieds par ces routes [1]», écrit-il entre Haïfa et le Mont-Carmel. Et revenant du mur des Lamentations, il lit le récit de la Passion dans les quatre Évangiles.

Il est une question à laquelle on peut s'étonner que nos voyageurs s'intéressent peu : c'est celle de la politique, si complexe pourtant. Le sujet est pratiquement absent de leurs notes. Dès 1845, il est vrai, le groupe d'amis parisiens dont ils faisaient partie se désintéressait ostensiblement de la vie politique. En octobre 1847, Du Camp envoie fièrement à Flaubert le texte de l'adresse au lecteur qu'il compte mettre en tête des Souvenirs et paysages d'Orient. *Les premières lignes de cet avertissement sont pour annoncer qu'on ne trouvera aucune réflexion politique dans le livre «pour la bonne raison que je n'y comprends rien : j'ai bien entendu conter par-ci par-là qu'il y avait une question d'Orient ; mais je ne saurais dire au juste si ce sont les Russes qui doivent prendre Constantinople, ou si ce sont les Turcs qui doivent prendre Saint-Pétersbourg [2]». Le* Voyage en Orient

---

1. *Liban-Palestine*, p. 237.
2. *Correspondances*, p. 219, n. 2.

adoptera le même ton: Flaubert y évoque parfois l'af-
frontement de deux groupes, mais comme s'il s'agissait
d'un jeu. C'est seulement dans quelques lettres à des
amis privilégiés qu'il expose, avec vigueur, ses vues poli-
tiques, assez sommaires et souvent méprisantes.

Les deux jeunes gens vont en revanche s'instruire avec
enthousiasme, par l'observation et par la pratique, dans
le domaine de la sexualité orientale. Flaubert était loin
d'imaginer avant le départ ce que l'Orient lui réserverait
là: dans la lettre où il charge son oncle Parain d'éclairer
un candidat au poste de domestique sur les inconvénients
du voyage, il signale qu'«il sera privé complètement, ou
à peu près, de femelles [1] *». Pourtant, dès 1817-1818, un*
voyageur comme Forbin stigmatisait les mœurs dépra-
vées du Caire [2]. *En 1834, les danseuses et prostituées y*
étaient devenues si envahissantes qu'on les avait exilées
à Esneh.

Les deux amis ne laisseront pas se perdre une si belle
occasion. Le récit des visites à la courtisane Kuchiuk-
Hanem est célèbre; il était osé pour l'époque; en 1910
encore, l'édition Conard y fait tant de coupures qu'il
n'en reste par endroits que des extraits décousus. Mais
il y a des dizaines d'autres expériences, certaines peu
sympathiques il faut le dire: filles douteuses dans des
taudis, masseurs des bains publics sans doute — peut-
être juste pour pouvoir s'en vanter —, adolescente dont
Flaubert essaie d'obtenir les faveurs alors qu'il se sait
contagieux, fillette à laquelle Du Camp demande des
services qui de nos jours le conduiraient au tribunal.
Plus inoffensifs, les spectacles des rues, accouplements
publics plus ou moins rituels, pantomimes et saynètes
salaces, devant lesquels les deux amis s'attardent gaie-
ment. La découverte de la sexualité pratiquée en Égypte
fut certainement pour Flaubert une des expériences mar-
quantes du voyage.

1. Lettre du 12 mai 1848.
2. *Voyage dans le Levant en 1817 et 1818*, cité dans J.-C. Berchet, *Le*
Voyage en Orient, p. 841.

LE *VOYAGE EN ORIENT*. GENÈSE. ÉCRITURE

Contrairement à son compagnon, Flaubert, dès le départ, est réticent devant l'idée de produire de la littérature de voyage. Il est bien décidé à ne pas écrire les articles que lui a demandés Lavollée pour la Revue orientale[1]. *Ses notes sont pour lui-même, non pour des lecteurs. On en trouve une preuve, par exemple, dans le fait que des explications nécessaires manquent assez souvent. Ainsi, Flaubert écrit que «Joseph» fait ceci ou cela, alors que le personnage n'a pas été présenté; Chateaubriand, dans une circonstance analogue, fournit aussitôt des informations: «Mais je viens de nommer Jean, et cela me rappelle que je n'ai point encore parlé au lecteur de ce nouvel interprète[2].»*

Dix ans plus tard, une lettre à Ernest Feydeau, qui vient de partir pour l'Afrique et compte bien en ramener un récit de voyage, éclaire pour nous ce choix de Flaubert. Le Voyage lui apparaît comme un genre mineur, réduit qu'il est à la seule description. Des romans seront mieux, mais après le retour; pendant le voyage même, il ne faut rien rédiger, on doit se borner à «regarder sans songer à aucun livre». Car, dit Flaubert, et ceci est important, «quand on voit les choses dans un but, on ne voit qu'un côté des choses[3]». Les notes qu'il prend en Orient sont donc un aide-mémoire général qui n'est prédéterminé par rien. Multipliant les détails sans les trier, cet aide-mémoire permettra à l'auteur se relisant de trouver ou de retrouver la sensation, qui est ce qu'il cherche avant tout[4]. La finalité diffuse des notes de voyage de Flaubert, dont parle excellemment

---

1. Ou plutôt, d'après Antoine Naaman, pour la *Revue de l'Orient et de l'Algérie* (*Les lettres d'Égypte de Gustave Flaubert*, p. LXXIX).
2. *Itinéraire de Paris à Jérusalem*, éd. de J.-C. Berchet, Gallimard, Folio classique, 2005, p. 267.
3. Lettre du 4 juillet 1860.
4. «[...] je n'ai pas écrit une seule réflexion. Je formulais seulement de la façon la plus courte l'indispensable, c'est-à-dire la sensation» (lettre à Louise Colet, 27 mars 1853).

Jacques Neefs [1], *est sans doute une de leurs plus grandes qualités.*

Un passage intercalé au début du texte met bien en évidence l'opposition entre l'écriture du Voyage en Orient et l'écriture d'un récit de voyage littéraire destiné à la publication. C'est le morceau que Flaubert a écrit sur le Nil entre le 7 et le 20 février 1850 et qu'il a intitulé La Cange. Il construit et rédige soigneusement son texte : il commence par le relier à son voyage de 1840 aux Pyrénées et en Corse ; il l'orne de plusieurs retours en arrière, d'un parallèle entre le Nil et la Seine ; il superpose adroitement ses deux arrivées à Marseille ; il divise le récit en très petits chapitres numérotés. La Cange est un écrit plein d'émotion, d'un style vibrant de questions, d'exclamations, de rhétorique, et qui offre ainsi un contraste frappant avec le reste du Voyage, dans lequel Flaubert l'intercalera plus tard. Sa rédaction est abandonnée quand les occasions de visites deviennent plus nombreuses : à ce moment-là, plutôt que de faire l'écrivain, « il vaut mieux être œil, tout bonnement [2] ».

Même s'il s'abstient généralement d'« écrire », Flaubert n'abandonne pas toute idée de littérature pendant les dix-huit mois de son voyage. Il n'oublie pas La Tentation de saint Antoine. S'il faut en croire Du Camp, il est « obsédé [3] » par Madame Bovary. Une lettre à Louis Bouilhet annonce trois projets : Une nuit de Don Juan, œuvre conçue au lazaret de Rhodes et à laquelle Flaubert travaillera notamment à Rome, Anubis, et l'histoire d'une jeune Flamande mystique. Il pense aussi à reprendre son Conte oriental ; à l'histoire de Mykérinos, le roi amoureux et amant de sa fille ; et à un roman oriental moderne, qu'il dépeignait à Du Camp comme un Roman comique en Orient [4]. Enfin, dès son voyage

---

1. « Carnets de romanciers (Flaubert, Zola, James) », *Littérature*, décembre 1990, p. 66.
2. Lettre à Louis Bouilhet, 13 mars 1850.
3. *Souvenirs littéraires*, t. I, p. 481.
4. *Ibid.*, p. 515. C'est vraisemblablement cette œuvre qu'il évoquera pour les Goncourt en 1862, pour Mme Roger des Genettes en 1877,

en Grèce, il parle d'un Combat des Thermopyles[1], *auquel il pensera jusqu'à la fin de sa vie.*

Aucun des projets «orientaux» ne sera mené à terme. Mais des détails consignés dans ses notes, parfois minimes, se retrouvent dans les grands romans. Le souvenir d'une représentation de Lucie de Lammermoor *à* Constantinople *passera dans* Madame Bovary, *la vision hallucinée de casques puniques roulant dans la mer doit avoir joué un rôle dans la conception de* Salammbô, *comme aussi l'histoire de Judith et d'Holopherne, qui l'avait déjà retenu pendant son premier voyage en Italie[2], qui lui vient à l'esprit pendant la nuit avec Kuchiuk-Hanem, qu'il retrouve dans plusieurs tableaux italiens et qui inspirera, dans le roman carthaginois, l'épisode «Sous la tente». Et le passage le plus célèbre de* L'Éducation sentimentale, *peut-être même de tout* Flaubert — «Il voyagea. / Il connut la mélancolie des paquebots, les froids réveils sous la tente, l'étourdissement des paysages et des ruines, l'amertume des sympathies interrompues» —, *condense en trois lignes, on y reviendra, l'expérience du voyage de 1849.*

Flaubert n'a donc pas rapporté d'Orient un récit de voyage, mais de nombreuses notes, sous des formes variées. Dans quelles conditions les a-t-il prises?

Certains carnets de poche ont été partiellement remplis sur place, ce qui est leur usage habituel. Mais comment prendre des notes sur les particularités d'une route qu'on est en train de monter péniblement à dos de mulet, ou sur la cérémonie qu'on regarde pressé dans la foule? C'est en général la journée finie que les deux voyageurs se mettent à l'ouvrage. «Nous allons visiter Le Caire *soigneusement et nous piéter[3] à travailler tous*

---

sous le nom de *Harel Bey,* projet qui a laissé des traces dans ses carnets de travail.

1. *Ibid.,* p. 543. Voir *Grèce,* n. 1, p. 411.
2. *Voyage en Italie,* appelé aussi *Voyage en famille* ou *Voyage en Italie et en Suisse.* Voir *Les Mémoires d'un fou* [...], p. 344-345.
3. *Se piéter*: se planter solidement.

*les soirs », écrit Flaubert à sa mère le 2 décembre 1849 ;
à Naples, ils vont au musée le matin et rédigent ensuite
le compte rendu de leurs visites. Pendant les excursions
ils prennent du retard. Comment arrivent-ils à retrouver, parfois après plusieurs jours, les détails minutieux
qu'ils consignent ?*

*Deux choses les ont aidés. D'abord, ils se sont ser-
vis de guides de voyage et de catalogues de musées*[1].
*Ensuite, ils ont travaillé de concert. « Écrivant dans la
même pièce, il ne peut se faire autrement que les deux
plumes ne se trempent un peu l'une dans l'autre », écrivait déjà Flaubert à Louise Colet à propos de* Par les
champs et par les grèves[2].

Du Camp affirmera dans les Souvenirs littéraires *que
Flaubert n'a réellement commencé à rédiger son voyage
que lors de l'arrivée en Grèce : « Toutes les autres notes
relatives à ce voyage d'Orient ont été simplement trans-
crites sur les miennes après notre retour*[3]. » *Il y a là du
vrai et du faux. Les coïncidences précises ne manquent
pas entre les carnets et manuscrits de Flaubert et les
notes de Du Camp ; il arrive assez souvent que Flaubert
utilise une première formule dans son carnet : les ibis
empaillés sont placés tête-bêche comme des pots de
bière*[4], *puis qu'il se rallie, quand il recopie ses notes à
son retour en France, à la version de Du Camp : comme
des pains de sucre. Mais on ne peut savoir dans quelle
mesure, inversement, Du Camp s'est emparé d'images*

---

1. Sur l'utilisation par Flaubert des catalogues de musées, voir
Adrianne Tooke, *Flaubert and the Pictorial Arts. From Image to Text*,
Oxford University Press, 2000, notamment p. 135, 242-251, 285-287.
Le voyageur paraît avoir consulté, entre autres, pour le musée Borbonico, le catalogue en français de Bernard Quaranta, qui date de 1844,
et le guide Murray. Notons cependant — remarque de Stéphanie Dord-
Crouslé — que les guides se recopient l'un l'autre : il est donc parfois
difficile de décider que Flaubert a pris tel renseignement chez Quaranta plutôt que chez Aloé par exemple. Mais l'important c'est que,
d'après Adrianne Tooke (p. 135), « all his *interesting* comments are enti-
rely his own ».
2. Lettre d'octobre 1847.
3. *Souvenirs littéraires*, t. I, p. 529.
4. Carnet 4, f° 30 v°.

ou de tournures de Flaubert, car nous n'avons qu'une version de son texte[1] : si l'on trouve dans le carnet de Flaubert et dans le cahier de Du Camp, tous deux écrits sur place, que les crocodiles glissent dans l'eau comme de grosses limaces, comment savoir qui a formulé la comparaison — peut-être oralement d'ailleurs — et qui l'a recopiée[2] ? Il n'est pas vrai, en tout cas, que les notes de Flaubert sur l'Égypte soient parcimonieuses, ni qu'il n'ait rien écrit personnellement sur le reste du circuit en Orient. Ainsi, des six cents lignes qu'il consacre à Rhodes, seules une cinquantaine nous semblent pouvoir être portées, peut-être, *au crédit de Du Camp.*

LE *VOYAGE EN ORIENT* ET LA DESCRIPTION

L'étude de l'art d'écrire dans le Voyage en Orient *requerrait un volume. Nous nous bornons ici à ce qui est la conquête principale de Flaubert dans ses récits de voyage, comme l'initiation au dialogue a été la conquête de la première* Éducation sentimentale : *l'apprentissage de la description.*

Flaubert a conscience que la description est l'élément fondamental du genre Voyage, mais en même temps il ressent l'impuissance des mots devant la beauté. Dans le Voyage en Orient, *il apprend donc à mener à bien un exercice à la fois impossible et indispensable. C'est sur trois points très différents que nous voudrions le montrer : d'abord, l'évocation du chameau, animal qui fascinait les voyageurs de l'époque[3] ; puis un aspect de la*

---

1. Voir Giovanni Bonaccorso dans M. Du Camp, *Voyage en Orient. Notes,* Introduction, p. XXXIX-XL.

2. Autre exemple : que penser quand on lit dans *Italie*, p. 500 : «*à remarquer que dans tous ces bustes jamais la moustache n'empêche de voir les lèvres, ni la coiffure l'oreille*», et chez Du Camp (Bibliothèque de l'Institut, *Papiers et Correspondance de Maxime Du Camp*, ms. 3721, carnet 18, f° 494) : «il est à remarquer que les anciens s'arrangeaient toujours, malgré barbe et moustache, de façon à faire voir la bouche et le dessin des lèvres» (à propos d'un *Bacchus indien* du musée Borbonico) ?

3. Chateaubriand écrit qu'à Smyrne, ville fort européanisée, «il [lui] tardait de voir des chameaux, d'entendre le cri du cornac» (*Itinéraire de Paris à Jérusalem*, p. 238). Pour la terminologie — chameau/dromadaire —, voir n. 5, p. 76.

description des paysages : l'équivalence recherchée avec les procédés du peintre; enfin, les descriptions des tableaux et objets des musées italiens.

Le chameau soulève l'enthousiasme de Flaubert. La première chose qu'il déclare avoir vue en débarquant à Alexandrie, au milieu pourtant d'un fameux tohu-bohu, c'est un chameau. Il confie à son frère que ce qu'il trouve excitant au Caire, ce sont les chameaux dans les bazars. Après sa première course à dos de chameau, il dit à sa mère sa fierté[1].

Tout lecteur de la Correspondance ou du Voyage en Orient *a retenu quelque trait burlesque de la description que donne l'écrivain de «cet étrange animal[2]», qu'il regarde avec son attention exceptionnelle au détail — personnalisant chaque individu, notamment par des comparaisons drolatiques à des êtres humains : «de figure ressemblant à Amédée Mignot en costume d'agréé au tribunal de commerce[3]», ou à des animaux inattendus : le chameau «sautille comme un dindon, et balance son col comme un cygne[4]». On mesure ici combien son talent dépend de la liberté de son regard sur le monde, de son absence d'a priori. Qui songerait à rapprocher un chameau d'un cygne? Et pourtant la comparaison frappe par sa justesse.*

Notre voyageur ne se borne pas à examiner les chameaux, il les écoute et les imite aussi : «Ils ont un cri que je m'épuise à reproduire. J'espère le rapporter[4].» Pour amuser la galerie à son retour, bien sûr, mais également avec le souci de garder dans son souvenir l'animal tout entier — sa voix autant que son physique.

Mais sans doute le plus intéressant n'est-il pas là. Il

---

1. *Égypte*, p. 76. Lettres du 15 décembre 1849 et du 5 janvier 1850.
2. Lettres à Louis Bouilhet (1er décembre 1849) et à Olympe Bonenfant (23 juillet 1850). Cette dernière est inédite; Jean Bruneau avait eu l'amabilité de nous en communiquer le texte.
3. *Asie Mineure*, p. 346.
4. Lettre à Louis Bouilhet du 1er décembre 1849.
5. *Ibid.*

est dans l'idée que le chameau est beau[1]. *L'adjectif pourrait faire sursauter, mais une impression de beauté se constitue en effet peu à peu à travers le texte. La grande taille des animaux, leur lenteur, le balancement de leur silhouette sont souvent mis en évidence, ainsi que l'harmonie de leur marche de front. Flaubert n'hésite pas alors à parler de la grâce du chameau[2] — une grâce sévère, faite de puissance, de tranquillité, de solennité même, d'où ressort finalement une impression de mélancolie: «Rien n'est beau comme ces grandes bêtes mélancoliques.[3] »*

L'impression esthétique est renforcée par la référence au genre pictural. L'effet de raccourci est souvent recherché: «Vues en raccourci ces têtes ressemblent à des têtes d'autruches»; «Un chameau [...] montait lentement; vu en raccourci, je ne voyais que son train de derrière — l'air passait entre ses jambes allant pas à pas; se découpant sur le bleu il avait l'air de monter dans le ciel.» La mise en scène la plus remarquable est certainement celle de la caravane rencontrée dans un tourbillon de khamsin sur la route de Kosseïr: «Il m'a semblé pendant que la caravane a passé que les chameaux ne touchaient pas à terre — qu'ils s'avançaient du poitrail avec un mouvement de bateau, qu'ils étaient supportés là-dedans, et très élevés au-dessus du sol; comme s'ils eussent marché dans des nuages où ils enfonçaient jusqu'au ventre[4].» Flaubert renouvelle ici, par l'évocation concrète d'une flotille, la métaphore usée du chameau vaisseau du désert[5]: le poitrail des animaux, c'est la proue des navires, émergeant du nuage de poussière qui figure la mer. De plus, le mouvement de bateau est à lui seul, pour notre voyageur, un élément solennel et même tragique, qui correspond bien aux

---

1. Le mot est dans la lettre à Théophile Gautier du 13 août 1850.
2. À Olympe Bonenfant, 23 juillet 1850; au professeur Cloquet, 7 septembre 1850.
3. À Théophile Gautier, 1er août 1850.
4. *Égypte*, p. 206, *Liban-Palestine*, p. 260, *Égypte*, p. 206.
5. *Dictionnaire des idées reçues*, article «Désert»: «Le chameau en est [le] vaisseau».

*grands sentiments qu'il éprouve en la circonstance,
parmi lesquels la* terreur *: on sait qu'à l'enterrement
d'Alfred Le Poittevin, le 6 avril 1848, il avait vu «le cercueil osciller avec un mouvement de barque qui remue
au roulis*[1]*»* — *image qu'il a reprise dans la première*
Tentation de saint Antoine *et dans* Madame Bovary.

*Le rapport à la peinture est plus évident encore dans
les paysages orientaux, dont Flaubert a conscience qu'ils
formeront la part la plus intéressante de ses souvenirs :
il rentrera, écrit-il à sa mère, «avec quelques cheveux
de moins sur la tête et beaucoup de paysages de plus
dedans*[2]*».*

*Ne parlons pas de ses panoramas à valeur topogra-
phique, destinés à se rappeler plus tard la disposition
des lieux. Et signalons d'abord que les déplacements du
narrateur-observateur ne produisent presque jamais, dans
le* Voyage en Orient, *ce qu'on pourrait appeler par référence à Proust un «effet Martinville*[3]*». Contrairement à
ce qui se passe à certains endroits de* La Tentation de
saint Antoine *ou au début de* L'Éducation sentimentale, *l'auteur ne nous offre pas de cinéma avant la
lettre; uniquement une série de tableaux.*

*C'est que, devant les paysages, il pense à l'art du pay-
sage. Au Liban, il évoque Poussin à propos d'un «pays
vraiment fait pour la peinture et qui semble même fait
d'après elle*[4]*». À Denderah, le palmier doum le «fait
penser à un arbre peint*[5]*». Il encadre ses paysages*

1. Lettre à Maxime Du Camp du 7 avril 1848.
2. Lettre de Constantinople, 15 décembre 1850. Sur le paysage
oriental chez Flaubert, on se reportera à Adrianne Tooke, *Flaubert and
the Pictorial Arts*, et à la contribution de Jacques Neefs aux Mélanges
Bruneau, «L'écriture des confins» (*Flaubert, l'autre*, Presses universitaires de Lyon, 1989, p. 55-72).
3. Voir, dans *Du côté de chez Swann*, le «petit morceau» où le nar-
rateur adolescent s'amuse, lors d'une promenade en voiture, à faire
bouger le paysage plutôt que le véhicule : les clochers de Martinville et
de Vieuvicq se jettent au-devant des promeneurs, ou s'écartent, prennent leurs distances.
4. *Liban-Palestine*, p. 309.
5. *Égypte*, p. 127.

*comme le ferait un peintre: «Rien n'est joli comme la
campagne vue dans l'encadrement d'une arche[1].» Les
descriptions de la nature sont parmi les passages les
plus travaillés du* Voyage en Orient[2], *ceux où le voca-
bulaire est choisi avec le plus de soin; ainsi le ciel d'une
belle journée prend-il, grâce à une série d'adjectifs, un
relief impressionnant: son bleu est* cru, sec, dur, tranchant... *et même* féroce.

*Le travail sur la couleur est particulièrement intéres-
sant. Inlassablement, Flaubert représente des couchers
et des levers de soleil. «Axiome: c'est le ciel qui fait le
paysage[3]», proclame-t-il. Même s'il prend soin de préciser «coucher de soleil à...», l'endroit n'a guère d'importance. Ce qui compte, c'est quelque chose de presque
abstrait, des couleurs qui s'opposent ou se mêlent ou se
transforment l'une dans l'autre, comme dans les marines
de Turner ou certaines toiles des Impressionnistes: peu
importe que ce soit le Parlement britannique qui flambe
ou* Le Téméraire *qui rentre à son dernier mouillage, ce
qu'on retient c'est l'incendie éblouissant dont le sujet
dématérialisé est le prétexte.*

*En Asie Mineure, puis en Grèce, la série des levers et
couchers de soleil se raréfie. L'intérêt de Flaubert, comme
déjà dans certaines régions de l'Égypte, se porte sur les
montagnes. Alors, au lieu des couleurs pures qui s'opposent ou se combinent à plat dans le ciel, l'écrivain
recrée d'abord le côté palpable de l'atmosphère: nappes
et gazes de couleur, de lumière ou de brouillard, «grand
ton uni vaporeusement rembourré[4]», «poussière de
lumière comme de la neige éthérée qui se tiendrait en
l'air immobile et en serait pénétrée[5]».*

Quant aux couleurs des montagnes, contrairement à

---

1. *Liban-Palestine*, p. 236. Voir A. Tooke, *Flaubert and the Pictorial
Arts*, p. 153.
2. Le seul passage que Flaubert ait entièrement recommencé, c'est le
lever de soleil aux Pyramides.
3. *Asie Mineure*, p. 351.
4. À Esneh, *Égypte*, p. 183.
5. Près de Beyrouth, *Liban-Palestine*, p. 230.

celles du ciel, elles donnent à Flaubert du fil à retordre :
« *Les notes ne me peuvent, hélas ! rien dire quant à la
couleur des terrains qui souvent, quoique voisins et
pareils, sont de couleurs toutes différentes. Ainsi une
montagne bleue, et une noire à côté, et pourtant ce n'est
ni du bleu, ni du noir* [1] *!...* » La subtilité des teintes
l'amène à des prouesses stylistiques : en allant à Patras,
on rencontre, dit-il, « *une montagne de ton bleuâtre
foncé, atténué par la brume* [2] ». Il y a là presque un oxy-
more, « *bleuâtre* » évoquant une fadeur en contradiction
avec l'impression que dégage l'épithète « *foncé* » ; la teinte
se nuance encore par l'effet de la brume qui l'« *atténue* ».

Encore Flaubert a-t-il ici synthétisé l'impression ressentie. Mais la plupart du temps, par un procédé qui
renvoie directement à la peinture, il dépose une à une
sur ses montagnes des couches de couleurs successives :
« *Les montagnes grises d'en face* [...] *sont couvertes d'un
ton bleu* [3]. » Ailleurs, après avoir noté la couleur domi-
nante, il signale la façon dont elle est obtenue par la
superposition de deux couches : « *Les montagnes* [...]
sont indigo foncé — du bleu par-dessus du gris-noir [4]. » Et
pour évoquer cette superposition des teintes, il emprunte
ouvertement à l'art de peindre le mot glacis [5] : *les montagnes qu'on aperçoit de l'Amenophium ont* « *un glacis
rose sur leur bleu ; le bleu domine de beaucoup* [6] » ; près
d'Éleusis, « *les montagnes grises, picotées çà et là de vert
pâle, ont un glacis rose, léger, et qui tremble sur elles* [7] ».
Il va plus loin encore dans le raffinement en faisant
réagir les couches l'une sur l'autre : à Esneh, la lumière
rose étalée sur le fond gris des collines « *s'apâlissait sur*

1. Au pied du mont Liban, *Liban-Palestine*, p. 293.
2. *Grèce*, p. 468.
3. À Louqsor, *Égypte*, p. 188.
4. À Medinet-Abou, *Égypte*, p. 130.
5. Le mot désigne, on le sait, un procédé qui consiste à appliquer,
sur une couche de peinture déjà sèche, une nouvelle couche de couleur,
légère et transparente.
6. *Égypte*, p. 197.
7. *Grèce*, p. 392.

le gris[1] » ; *ou en multipliant les couches : près de la mer Morte,* « *la couleur de la montagne [...] dans sa généralité c'est du gris par-dessus lequel il y a du violet recouvert d'une transparence de rose*[2] ». *Il lui arrive encore d'invoquer d'autres techniques — ainsi celle où le peintre dépose d'abord sur la toile des taches qui soutiendront la couche principale étalée ensuite : telle montagne du Péloponnèse est* « *gris bleu, avec de grandes plaques de renforcements bleus, comme peintes par-dessous, exprès*[3] ».

Dans ses notes d'Italie, c'est par un autre biais que Flaubert aborde la question de la peinture : l'examen des tableaux des musées.

Les catalogues du Voyage en Orient *sont avant tout des aide-mémoire consacrés à la description minutieuse des tableaux et objets, dans un style sans apprêt : vingt-neuf trous dans un gril exposé au musée Borbonico*[4], *quarante-deux* « *tire-bouchons* » *pour constituer la coiffure d'un buste romain*[5]. *Dans les tableaux, les costumes sont aussi regardés à la loupe, certains détails — gants, plis et draperies — se voyant accorder une attention particulière. Les mains, les gestes également : Flaubert se constitue là des réserves qui, doublant l'observation sur le vif, pourront soutenir plus tard son imagination dans l'écriture romanesque.*

Mais il y a aussi dans son examen des galeries de tableaux l'observation d'une forme d'art différente, avec ce que cela peut lui apprendre pour son propre travail. « *J'aime dans la peinture, la Peinture* », *écrira-t-il à Amédée Pommier le 8 septembre 1860. Et dans ses notes sur l'*Histoire des peintres *de Charles Blanc, il recopie un passage où Blanc distingue, parmi les peintres de fleurs, ceux qui* « *peignent pour l'amour des fleurs* » *et*

1. *Égypte*, p. 183.
2. *Liban-Palestine*, p. 263.
3. *Grèce*, p. 453.
4. *Italie*, p. 496.
5. *Italie*, p. 492.

ceux qui peignent «pour l'amour de la peinture[1]*». C'est
à la seconde catégorie qu'il accorde à coup sûr la préfé-
rence; la preuve en est qu'à une époque où le sujet d'une
œuvre est un des points principaux qu'étudie la critique
d'art, lui ne s'y intéresse guère, même quand ce sujet n'a
rien de traditionnel, même quand un tableau ne correspond manifestement pas au titre qu'on lui donne: ainsi
le prétendu* Sommeil de bergers *de Poussin*[2]*. Devant*
L'Amour *sacré et l'Amour profane* du Titien, *il ne se
pose pas la question de savoir laquelle des deux figures
féminines représente l'Amour sacré et laquelle l'Amour
profane: il se contente de décrire les deux personnages et
tout ce qui les entoure, sans évoquer la question du sens.
— Il n'y a guère, notons-le en passant, que les Vierges à
l'enfant qui suscitent chez lui quelques réflexions. Par
exemple, la* Sainte Famille *d'André del Sarto l'amène
à distinguer les madones médiévales, immobiles avec
leur enfant assis «sans bouger, comme Vérité éternelle»,
et les madones modernes, avec un Jésus qui grimpe sur
sa mère dans un mouvement qui, s'il perd en sacré,
gagne en vérité humaine*[3]*.*

*Plutôt qu'au sens philosophique, mythologique, his-
torique des œuvres, Flaubert s'intéresse à la façon dont
les peintres résolvent les difficultés qu'ils rencontrent ou
obtiennent certains effets esthétiques: en présentant un
personnage en train de lire, observe-t-il par exemple,
«l'artiste a la commodité, par là, de cacher les yeux
— toujours baissés naturellement*[4]*». Ou bien on le voit
admirer le détail des gants lâches, qui permettent au
peintre de former des plis — alors que son goût personnel le porte au contraire vers le gant très ajusté. Déjà,
dans* Par les champs et par les grèves, *il écrivait que la*

---

1. Cité dans A. Tooke, *Flaubert and the Pictorial Arts*, Appendice,
p. 257.
2. Voir *Italie*, p. 526 et n. 2.
3. *Italie*, p. 570-571. Dans le *Voyage en Italie* de 1845, Flaubert s'in-
terrogeait déjà sur l'enfant Jésus dans l'art. Voir dans *Les Mémoires
d'un fou* [...], p. 360.
4. *Italie*, p. 560.

*plastique nous en apprend plus que la rhétorique sur
« la gradation des proportions, la fusion des plans, l'harmonie enfin* [1] *», ajoutant en exemple : « Tacite a des tournures qui ressemblent à des draperies de laticlave. »
Observer de tableau en tableau les plis des vêtements ou
des tentures, c'est apprendre l'harmonie.*

*L'écrivain n'envisage pas, bien sûr, de transposer
mécaniquement en littérature les techniques picturales.
Mais il s'intéresse volontiers à des domaines où le rapprochement avec l'écriture est aisé. Comme le fait remarquer Adrianne Tooke* [2], *dans l'analyse du* Sacrifice
d'Isaac *d'Alexandre Allori, qui présente le récit biblique
en plusieurs scènes inscrites dans un même paysage, il
s'occupe surtout des procédés narratifs. Il relève par
exemple la maladresse du peintre qui représente deux
fois le même épisode* [3], *ou qui met en relief une scène qui
est loin d'être la principale. Ailleurs il note la place que
peut prendre le détail accessoire aux dépens du principal : dans* Jésus au milieu des docteurs de la Loi *de Salvator Rosa, Jésus « est, à coup sûr, moins important là
que le dos jaune d'un docteur en turban blanc, couleur
magnifique* [4] *». À propos d'un tableau de Terborch qui
présente la même disposition — une robe qui s'étale,
une figure cachée —, Flaubert recopiera la formule de
Charles Blanc : « ce triomphe inusité d'un tel accessoire
est devenu une faute héroïque* [5] *».*

*Dans l'évocation de la peinture comme dans celle de
la nature, il donne toute son attention à la couleur. Il
accorde une place exorbitante au costume multicolore
du nègre dans* L'Adoration des mages *de Lucas de
Leyde* [6]. *L'autoportrait de Rembrandt, « peinture vivante
et d'un relief inouï », voit sa force attribuée au fait qu'il*

---

1. Voir Adrianne Tooke, « Flaubert et les arts picturaux : de l'image au texte », *Bulletin Flaubert-Maupassant*, nᵒ 11, 2002, p. 10.
2. « Flaubert et les arts picturaux : de l'image au texte », p. 14-15.
3. Mais voir sur ce point *Italie*, n. 1 de la p. 566 : Flaubert prend pour un seul épisode les deux interventions distinctes de l'ange.
4. *Italie*, p. 483.
5. A. Tooke, *Flaubert and the Pictorial Arts*, p. 192 et 279.
6. *Italie*, p. 478-479.

est «*comme sculpté dans la couleur*[1]». *Adrianne Tooke
fait remarquer que si Flaubert est particulièrement intéressé par les peintres vénitiens — Véronèse, le Titien —
c'est parce qu'ils sont de grands coloristes*[2]. *Notons que
son intérêt pour la couleur est tel qu'il lui fait négliger,
chose étonnante, dans les grandes compositions véni-
tiennes qu'il aime tant, l'examen des lignes de force qui
les construisent pourtant si ostensiblement. Et relevons
encore que, dans les portraits, il est sensible à la transparence des tissus, et donc au jeu des couleurs superposées : une chemise blanche qui se termine par un collet
«ayant en dessous un transparent jaune[3]»; un fichu
jaune «laissant passer à travers lui la teinte enflammée
de la robe*[4]». *Même effet à propos des chevelures dans la
description de la peinture murale* Oreste et Pylade*:
«[...] toutes les chevelures sont rousses — la variété
consiste dans l'intensité du ton, plus fort chez les
hommes. La teinte va du brique au chocolat — il y a
pourtant des femmes qui sont blondes, évidemment, mais
le dessous, la base de la couleur, n'en est pas moins
roux*[5].» *Comment ne pas se souvenir ici de la façon dont
le voyageur peignait les paysages de montagnes?*

*Flaubert dit peu de choses de l'impression que pro-
duisent sur lui les tableaux qu'il décrit. La plupart du
temps, cela se résume à une remarque à l'emporte-pièce:
c'est beau, charmant, vilain... ces adjectifs n'étant pas
justifiés par la description, qui est neutre. Tout de même,*

1. *Italie*, p. 477.
2. *Flaubert and the Pictorial Arts*, *passim*, notamment p. 33-34. Les brouillons de *L'Éducation sentimentale* confirment cette remarque. Lorsque Pellerin doit faire le portrait de Rosanette, Flaubert demande à sa nièce, peintre amateur, de lui trouver un modèle: «un vénitien, quelque chose de royal et d'*archicoloré*». C'est le Titien que Pellerin, finalement, se décide à imiter (voir Claudine Gothot-Mersch, «Quand un romancier met un peintre à l'œuvre: le portrait de Rosanette dans *L'Éducation sentimentale*», dans *Voix de l'écrivain*, Mélanges Guy Sagnes, Toulouse, Presses universitaires du Mirail, 1996, p. 103-115. La lettre de Flaubert à sa nièce est du 15 décembre 1876).
3. Toujours *L'Adoration des mages*, *Italie*, p. 478.
4. *La* Vierge *de Murillo*, *Italie*, p. 531.
5. *Naples. Musée Borbonico*, passage inédit, *ms.*, p. 21.

certaines formules sont intéressantes : ainsi, pour marquer un jugement positif, on déclare une œuvre vraie *ou* forte. *Un tableau peut être «très fort» pour la raison qu'il offre des scènes «profondément senties»; c'est le cas du triptyque de Nicolas Froment au musée des Offices*[1]. *Dans une fresque du Pérugin à Pérouse, un domestique verse à boire d'un «très vrai et très beau mouvement*[2]». *En revanche, Flaubert refuse le* joli, *le sentimental, le douceâtre; ainsi les tableaux du Guide :* Cléopâtre se tuant *est un tableau «blanc, joli, caressé, agréable, on ne peut plus embêtant*[3]».

En réaction contre le «bon goût» bourgeois, il va jusqu'à se laisser fasciner par le mauvais goût, par ce qui est exagéré, comme le montre bien Adrianne Tooke à l'aide d'une série de citations sans équivoque, comme celle-ci : «[...] pour avoir ce qui s'appelle du mauvais goût, il faut avoir de la poésie dans la cervelle[4].» *Et il se délecte des aspects les plus truculents de la peinture d'un Rubens. Aussi, quand il cherche chez les grands peintres les secrets de l'harmonie — «étudiez, par exemple, comment Véronèse habille ses blondes, quels ornements il met au cou de ses négresses, etc.*[5]» —, *ce n'est pas nécessairement à l'accord tout en grâce et beauté, «harmonieux», qu'il faut penser : la dissonance, l'union des contraires, les couleurs qui se heurtent ont pour lui une valeur esthétique : en 1853, il écrira, précisément, que ce qu'il a aimé dans l'Orient, c'est «cette harmonie des choses disparates*[6]».

1. *Italie*, p. 569.
2. *Italie*, p. 561.
3. *Italie*, p. 574.
4. Lettre à Louise Colet du 15 juillet 1853. A. Tooke, *Flaubert and the Pictorial Arts*, p. 123.
5. Lettre à Louise Colet du 29 janvier 1854, à propos d'un projet de journal de mode.
6. Lettre à Louise Colet du 27 mars.

FLAUBERT DANS LE *VOYAGE EN ORIENT*

Le portrait qui se dégage des notes et lettres d'Orient est d'abord celui d'un bon vivant. Dès avant son départ, Flaubert compte bien se régaler de spectacles comiques. Il fait miroiter aux yeux d'un candidat au poste de domestique qu'il pourra contempler «considérablement de choses cocasses et nouvelles pour lui[1]». De Constantinople, il écrit à Louis Bouilhet que dans tout ce qu'il observe «le côté psychologique, humain, comique [...] est abondant[2]»: le comique est donc pour lui intrinsèquement lié à l'humain. Il possède d'ailleurs un grand talent pour montrer les scènes, les situations, les personnages sous leur aspect le plus amusant; ainsi quand il se décrit «sortant à quatre pattes» d'un couloir de la Grande Pyramide où il croise des Anglais dans la même posture[3], il atteint à un effet d'une drôlerie que le récit de Du Camp ne produit pas[4].

Il est d'ailleurs lui-même un des éléments pittoresques du tableau. Lors des traversées en bateau, c'est le boute-en-train: «Le bord me chérit, je dis beaucoup de facéties[5].» Il s'exerce au cri du chameau et à celui du derviche hurleur. Il prend plaisir à se déguiser en Oriental — comme Du Camp, il est vrai, et beaucoup d'autres, dont Nerval; mais Flaubert avoue mettre dans ce jeu une ardeur extrême[6]. Il y a encore les divertissements idiots auxquels se livrent les deux amis, notamment

1. Lettre à son oncle Parain, 12 mai 1849.
2. Lettre du 14 novembre 1850. Ce goût pour le «côté humain», c'est ce qui le fait s'intéresser, dans les temples égyptiens «toujours les mêmes» (voir ici même, p. 46), aux peintures murales représentant la vie de tous les jours (voir *Égypte*, p. 177-179).
3. *Égypte*, p. 95.
4. M. Du Camp, *Voyage en Orient. Notes*, p. 40. Comparer aussi pour la taille du palais de Karnak: «on se demande [...] si l'on n'a pas servi là des hommes entiers enfilés à la broche comme des alouettes» (*Égypte*, p. 187) avec la longue et pesante évocation hollywodienne du Nil.
5. *Égypte*, p. 74-75.
6. Voir la lettre à Louis Bouilhet du 1er décembre 1849.

l'invention du sheik, *vieillard gâteux, chevrotant, qu'ils incarnent à tour de rôle, et qui finit par devenir si envahissant qu'il fait passer au second plan la visite des lieux, à Beni-Hassan par exemple* [1]. *Et ne parlons pas des scies inventées à la grande exaspération de Maxime, ni du récit de Théramène pendant lequel Gustave «faillit choir de cheval en voulant recourber sa croupe en replis tortueux* [2]*». Dans son style même Flaubert se veut burlesque : «des guenilles, des os blanchis paraissent à même dans la terre, comme une galantine coupée par la moitié* [3]. *»*

Bon vivant, Flaubert l'est aussi lorsqu'il apprécie le luxe oriental ; Du Camp n'a sans doute pas tort de penser qu'une chose aurait vraiment plu à son ami, jouir d'une fortune considérable. Il l'est quand il parle de cuisine, dresse des listes de mets, se réjouit d'un repas convenable, note qu'il faudrait réfléchir «sur les repas comme date et point de repère de l'existence [4]*». Et encore quand il applaudit des deux mains aux spectacles d'une esthétique douteuse, comme la représentation au théâtre de Constantinople du ballet* Le Triomphe de l'amour, *où le dieu Pan porte culotte et bretelles et où l'on danse le cancan : même réaction contre le «bon goût» que dans son appréciation de certains tableaux. Il faut remarquer d'ailleurs que, tant dans le texte du* Voyage *que dans les lettres de Flaubert, un mot revient avec insistance, et non dans un sens péjoratif mais pour signaler une catégorie esthétique, dont le voyageur découvre, dit-il, qu'elle occupe en Égypte une place immense ; c'est le mot grotesque, qu'il emploie tant comme substantif que comme adjectif.*

Quand il jouit de la vie, Flaubert le fait avec intensité : «De toutes les débauches possibles, le voyage est la plus grande que je sache […]. On s'embête parfois, c'est

1. *Égypte,* p. 222.
2. Maxime Du Camp, *Souvenirs littéraires,* t. I, p. 550.
3. *Égypte,* p. 120.
4. *La Cange,* en marge du folio 9 v°.

vrai, mais on jouit démesurément aussi[1].» Jouissance physique: galoper à cheval, traverser le khamsin, dormir avec Kuchiuk-Hanem; jouissance morale tout aussi forte: pensons à son émotion quand il arrive devant le Sphinx ou la mer Rouge, quand il assiste au coucher de soleil du haut du mont Fagus. Le moment le plus intense étant celui où la cange aborde à Thèbes: «C'est alors que jouissant de ces choses, au moment où je regardais trois plis de vagues qui se courbaient derrière nous sous le vent, j'ai senti monter du fond de moi un sentiment de bonheur solennel [...]; et j'ai remercié Dieu dans mon cœur de m'avoir fait apte à jouir de cette manière. [...] c'était une volupté intime de tout mon être[2].» Flaubert s'est-il souvenu là des Orientales? «Et les flots bleus, que rien ne gouverne et n'arrête, / Disaient en recourbant l'écume de leur crête: / — C'est le Seigneur, le Seigneur Dieu!» *Un mot manque dans le texte de Flaubert pour marquer toute l'intensité de l'émotion — c'est celui que Victor Hugo a choisi pour titre de son poème:* Extase. *Car c'est bien de cela qu'il s'agit.*

D'autres aspects de son caractère sont également mis en évidence dans le Voyage en Orient. *Ainsi, trait d'autant plus sympathique qu'il est totalement absent de la personnalité de Du Camp: Gustave ne se prend pas trop au sérieux. Il rit de ses fouilles manquées, lorsqu'il exhume «la moitié du sabot d'une vache[3]». Il se méfie des grands mots et des grandes idées, et les stigmatise quand il lui en échappe: lorsqu'il écrit à Bouilhet que tout pourrit à Jérusalem, «les chiens morts dans les rues, les religions dans les églises», il ajoute aussitôt: «(idée forte)[4]».*

Et ses travers? Il y aurait d'abord que notre voyageur évoque sans aucune indulgence les défauts des autoch-

1. Lettre à Ernest Chevalier du 9 avril 1851.
2. *Égypte*, p. 130-131.
3. *Égypte*, p. 170.
4. Lettre du 20 août 1850.

*tones. Mais n'y voyons pas trop vite du racisme; il pra-
tique en toutes circonstances, depuis toujours, les juge-
ments à l'emporte-pièce: les Français et les Italiens ne
sont pas épargnés dans les Voyages précédents. On a
plus de peine à admettre la façon détachée dont il
évoque d'horribles châtiments corporels; il y a parfois,
chez ce bon garçon, une pointe de sadisme, qu'on retrouvera dans* Salammbô. *Mais il peut montrer de la pitié à
l'égard des esclaves, et particulièrement des enfants
esclaves[1]. Il ne manque pas d'une certaine sympathie
pour un peuple «se moquant de tout, flâneur, causeur et
paresseux[2]», il éprouve presque de l'amitié envers tel
serviteur, tel matelot, tel guide. Ainsi, lorsqu'il retourne
à la cange après l'excursion à Kosseïr, il note avec émotion: «Hadji-Ismaël est le premier qui me salue comme
il avait été le dernier qui m'ait dit adieu[3].»*

*Cependant le joyeux drille, le bon compagnon, l'obser-
vateur attentif à l'être humain comme aux paysages est
aussi quelqu'un qui est triste jusqu'au fond de l'âme, et
qui, dans des circonstances pleines d'intérêt, s'ennuie.*

Du Camp a insisté sur ce point dans ses Souvenirs littéraires *comme dans ses notes de voyage. Ce n'est qu'en
Grèce, dit-il, que Flaubert a cessé de manifester son
ennui. En Égypte, «les temples lui paraissaient toujours
les mêmes, les paysages toujours semblables, les mosquées toujours pareilles[4]»; à Philae, au lieu de visiter
les environs, il passe son temps à lire. Les notes et lettres
de Flaubert lui-même correspondent exactement à ces
remarques: «Réflexion: les temples égyptiens m'embêtent profondément[5]»; «Je ne bouge de l'île et je m'y*

1. Il passe beaucoup d'enfants dans ses notes: le bébé aventureux
qu'il remet en lieu sûr, les petites négresses esclaves dont il évoque la
détresse, le «petit garçon très gentil qui a peur de moi» (*Asie Mineure*,
p. 339), trois petites filles sur un âne, un «gentil petit enfant noir [...]
qui faisait des grimaces pour m'amuser» (*Égypte*, p. 163).
2. Lettre à son frère, Le Caire, 15 décembre 1849.
3. *Égypte*, p. 216.
4. *Souvenirs littéraires*, t. I, p. 480.
5. *Égypte*, p. 158.

*ennuie. Qu'est-ce donc, ô mon Dieu, que cette lassitude
permanente que je traîne avec moi*[1] *!* ». Lors d'une excursion au départ du Caire, il est, dit-il, si «*atrocement
triste*[2]» qu'il lui est impossible de parler. Et Jérusalem
est décrite comme «*énorme de tristesse*[3]».

C'est que, écrit-il à Bouilhet puis à sa mère[4], les longs
trajets vous donnent trop de temps pour rêver; pendant
les quatre premiers mois il ne fait que ruminer, à en être
malade, *la condamnation de* La Tentation de saint
Antoine[5]. *Et puis, dans ces régions auxquelles il a beaucoup pensé mais qui lui sont si étrangères, il se trouve
en proie à une double nostalgie. Celle de son pays,
d'abord: à Philae, à Smyrne, il se désole de n'avoir pas
reçu de courrier de chez lui; à maintes reprises, le paysage sous ses yeux, les gens qu'il rencontre font surgir le
souvenir de la Normandie: le Nil ou l'Alphée lui rappellent la Seine, le Jourdain et l'Eurotas la Touques — et
une almée Mme Schlesinger. Mais en même temps, il
ressent à chaque minute la douleur de quitter le lieu
qu'il vient de découvrir, les relations qu'il vient de se
faire. Les mots* amertume *et* mélancolie *reviennent sans
cesse dans ses notes, dans ses lettres, lorsqu'il s'agit
d'évoquer un départ*[6]. «*J'ai intensivement songé à
l'amertume de mon départ de Kosseïr, quand le père
Élias a levé sa main pour me serrer la main*[7].» Ou, à
propos de la deuxième et dernière visite à Kuchiuk-Hanem: «*[...] j'ai bien savouré l'amertume de tout
cela*[8]» — on notera la valeur positive du verbe «*savourer*». La mélancolie également est considérée comme un
sentiment positif, parce qu'elle aussi redouble l'ancrage,

1. *Égypte*, p. 172.
2. *Égypte*, p. 110.
3. *Liban-Palestine*, p. 244.
4. Lettres du 2 juin et du 24 décembre 1850.
5. Lettre à Louis Bouilhet du 4 septembre 1850.
6. La fameuse phrase de *L'Éducation sentimentale* sur l'essence du voyage commence, rappelons-le, sur le mot «mélancolie» et s'achève sur «l'amertume des sympathies interrompues» (voir ici même p. 30).
7. *Grèce*, p. 437.
8. Lettre à Louis Bouilhet du 2 juin 1850.

dans la mémoire du voyageur, des moments importants :
à Keneh, hélé par les prostituées, « je m'interdis, écrit
Flaubert, toute espèce d'acte pour que la mélancolie de
ce souvenir me reste mieux [1] ».

Et parfois l'on ne sait plus très bien si le voyageur
regrette la France ou se désole à l'idée qu'il va falloir
quitter l'Orient. « Je sens par la tristesse du départ la joie
que j'aurais dû avoir à l'arrivée [2]. » Les deux nostalgies
se mêlent pour ne plus former qu'un sentiment presque
indéfinissable.

Tristesse rêveuse, mélancolie, amertume : non, Flaubert n'est pas seulement le joyeux compagnon. Et si l'on
creuse plus profond encore, on découvre un garçon
d'humeur sinistre, jouissant des tableaux macabres qui
s'offrent à lui en abondance : chambre de prostituée qui
produit « un effet de peste et de léproserie [3] », chiens dévo-
rant des charognes, idée de la mort partout en filigrane :
« carcasses de vaisseaux enfouis dans le sable comme
seraient [les squelettes] d'animaux marins morts de
vieillesse sur la grève [4] ».

À vrai dire, qu'un joyeux drille cache au fond de lui
un esprit lugubre, c'est un trait fréquent de la nature
humaine. Psychologiquement, rien d'extraordinaire chez
Flaubert de ce point de vue. Esthétiquement, cela nous
vaut un texte chatoyant, divers, cocasse et sombre à la
fois.

Si l'on joint à cela la grande qualité de l'écriture en de
nombreux endroits, il n'est pas étonnant, quoiqu'il ne
s'agisse pas d'une œuvre achevée, quoique certains passages consistent en d'ennuyeuses énumérations, quoique
les différentes parties concernant la Grèce ou l'Italie
soient loin de constituer des ensembles bien organisés, il
n'est pas étonnant que le Voyage en Orient de Flaubert,
que son auteur n'avait pas jugé digne d'être revu et

1. *Égypte*, p. 129.
2. *Égypte*, p. 226.
3. *Égypte*, p. 88.
4. *Liban-Palestine*, p. 237.

publié, soit peu à peu devenu, sur le sujet, la référence la plus fréquente peut-être. Quand André et Marie-Thérèse Jammes ont rassemblé une dizaine de Voyages en Orient photographiques, ce n'est pas à Du Camp — un pionnier — qu'ils ont fait allusion dans leur titre, mais à son compagnon: En Égypte au temps de Flaubert[1]; *Maxime a dû se retourner dans sa tombe. En 1991,* Le Monde des livres *entamait une série «Écrivains et photographes» par un reportage photographique dont l'auteur avait pris pour guide le voyage en Orient de Flaubert et Du Camp, à travers les lettres du premier. Et Marcel Schneider, publiant un article sur «Les écrivains fascinés par l'Orient[2]», l'illustre des portraits, côte à côte, de Chateaubriand et de Flaubert. Voisinage glorieux, et mérité. Le texte de Flaubert est inégal, mais cela contribue à lui donner dans ses plus belles parties l'éclat dont l'aurait peut-être privé le polissage d'une réécriture à l'usage du public.*

CLAUDINE GOTHOT-MERSCH

Le 16 décembre 2005

---

1. *En Égypte au temps de Flaubert: les premiers photographes, 1839-1869,* catalogue d'exposition, Kodak-Pathé, 1976.
2. *Le Figaro littéraire,* 29 juin 1987.

Voyage en Orient

Égypte

[DE CROISSET À MARSEILLE]

Je suis parti de Croisset le lundi 22 octobre 1849.
Parmi les gens de la maison qui me dirent adieu au
départ, ce fut Bossière le jardinier qui seul me parut
réellement ému. — Quant à moi ç'avait été l'avant-
veille, le samedi, en serrant mes plumes (celle-là même
avec laquelle j'écris en faisait partie) et en fermant
mes armoires. Il ne faisait ni beau ni mauvais temps.
Au chemin de fer ma belle-sœur[1] avec sa fille vint me
dire adieu — il y avait aussi Bouilhet et le jeune Louis
Bellangé[2] qui est mort pendant mon voyage. Dans le
même wagon que nous et en face de moi était la bonne
de M. le Préfet de la Seine-Inférieure, petite femme
noire à cheveux frisés.

Le lendemain nous dînâmes chez M. Cloquet[3]. Leserrec[4] y était. Ma mère fut triste tout le temps du dîner.
Le soir j'allai rejoindre Maurice[5] à l'Opéra-Comique,
et assistai à un acte de *La Fée aux roses*[6]. Il y avait
dans la pièce un Turc qui recevait des soufflets.

Hamard[7] était étonné que j'allasse en Orient, et me
demandait pourquoi je ne préférais pas rester à Paris
à voir jouer Molière et à étudier André Chénier. — Ce
même soir (ou la veille) j'allai chez la mère Guérin[8] et
y fis passablement d'ordures avec deux garces nom-
mées Antonia et Victorine.

Le mercredi à 4 heures nous sommes partis pour Nogent. Le père Parain[1] s'est fait beaucoup attendre ; j'avais peur que nous ne manquions le chemin de fer, cela m'eût semblé un mauvais présage. — Enfin il arriva, portant au bout du poing une ombrelle pour sa petite-fille[2]. — Je montai en cabriolet avec Eugénie[3] et suivant le fiacre nous traversâmes tout Paris et arrivâmes à temps au chemin de fer.

De Paris à Nogent, rien — un monsieur en gants blancs en face de moi dans le wagon. Le soir, embrassades familiales.

Le lendemain jeudi, atroce journée — la pire de toutes celles que j'aie encore vécues. Je ne devais partir que le surlendemain — et je résolus de partir de suite : je n'y tenais plus. Promenades (éternelles !) dans le petit jardin avec ma mère. Je m'étais fixé le départ à cinq heures — l'aiguille n'avançait pas. J'avais disposé dans le salon mon chapeau et envoyé ma malle d'avance, je n'avais qu'à faire un bond. En fait de visites de bourgeois, je me rappelle celle de Mme Dainez la maîtresse de la poste aux lettres, et celle de M. Morin le maître de la poste aux chevaux, qui me disait à travers la grille en me donnant une poignée de main : « Vous allez voir un grand pays, grande religion, un grand peuple », etc., et un tas de phrases.

Enfin je suis parti — ma mère était assise dans un fauteuil, en face la cheminée — comme je la caressais et lui parlais je l'ai baisée sur le front, me suis élancé sur la porte — ai saisi mon chapeau dans la salle à manger et suis sorti. Quel cri elle a poussé quand j'ai fermé la porte du salon ! Il m'a rappelé celui que je lui ai entendu pousser à la mort de mon père, quand elle lui a pris la main.

J'avais les yeux secs et le cœur serré — peu d'émotion, si ce n'est de la nerveuse — une espèce de colère, mon regard devait être dur. J'allumai un cigare, et Bonenfant[4] vint me rejoindre. Il me parla de la nécessité, de la convenance de faire un testament, de laisser une procuration ; il pouvait arriver un malheur à ma

mère en mon absence. Je ne me suis jamais senti de
mouvement de haine envers personne comme envers
lui, à ce moment — Dieu lui a pardonné le mal qu'il
m'a fait sans doute, mais le souvenir en moi ne s'en
effacera pas. — Il m'exaspéra, et je l'évinçai poliment!

À la porte de la gare du chemin de fer, un curé et
quatre religieuses — mauvais présage! Tout l'après-
midi, un chien du quartier avait hurlé funèbrement.
J'envie les hommes forts qui à de tels moments ne
remarquent pas ces choses.

Le père Parain ne me disait rien, lui — c'est la preuve
d'un grand bon cœur. Je lui suis plus reconnaissant de
son silence que d'un grand service.

Dans la salle d'attente, il y avait un monsieur (en
affaires avec Bonenfant) qui déplorait le sort des chiens
en chemin de fer, «ils sont avec des chiens du commun qui leur donnent des puces; les petits sont étranglés par des grands; on aimerait mieux payer quelque
chose de plus, etc.»

Eugénie en pleurs est venue: «M. Parain, Madame
vous demande, elle a une crise»; et ils sont partis.

De Nogent à Paris, quel voyage! J'ai fermé les glaces
(j'étais seul), ai mis mon mouchoir sur la bouche et me
suis mis à pleurer. — Les sons de ma voix (qui m'ont
rappelé Dorval[1] deux ou trois fois) m'ont rappelé à
moi — puis ça a recommencé. Une fois j'ai senti que
la tête me tournait et j'ai eu peur. «Calmons-nous,
calmons-nous.» J'ai ouvert la glace — la lune brillait dans des flaques d'eau, et autour de la lune du
brouillard — il faisait froid. Je me figurais ma mère
crispée et pleurant avec les deux coins de la bouche
abaissés...

À Montereau je suis descendu au buffet et j'ai bu
trois ou quatre petits verres de rhum — non pour
m'étourdir — mais pour faire quelque chose, une
action quelconque.

Ma tristesse a pris une autre forme: j'ai eu l'idée de
revenir (à toutes les stations j'hésitais à descendre; la
peur d'être un lâche me retenait) et je me figurais la

voix d'Eugénie criant: «Madame, c'est M. Gustave.»
Ce plaisir immense je pouvais le lui faire tout de suite
— il ne tenait qu'à moi; et je me berçais de cette
idée — j'étais brisé, je m'y délassais.

Arrivés à Paris, interminable lenteur pour avoir mon
bagage. Je traverse Paris par le Marais et passe devant
la place Royale[1]. Il fallait pourtant me décider avant
d'arriver chez Maxime[2]. Il n'y était pas. Aimée me
reçoit, tâche d'arranger le feu. Maxime rentre à minuit.
J'étais aplati et indécis. Il me mit le marché à la main
— le parti pris fit que je ne revins pas à Nogent. Je l'ai
là, cette lettre[3] (je viens de la relire et je la touche froidement), écrite à une heure du matin après toute une
soirée de sanglots et d'un déchirement comme aucune
séparation encore ne m'en avait causé — le papier
n'en dit pas plus de soi qu'un autre papier — et les
lettres sont comme les autres lettres de toutes autres
phrases! — Entre le moi de ce soir et le moi de ce soir-
là, il y a la différence du cadavre au chirurgien qui
l'autopsie.

Les deux jours suivants je vécus largement, mangeaille, beuverie, et putains — les sens ne sont pas loin
de la tendresse. Et mes pauvres nerfs si cruellement
tordus avaient besoin de se détendre un peu. Le lendemain vendredi, à l'Opéra: *Le Prophète*[4]. À côté de moi
le Persan[5] (comme j'aurais voulu qu'il me parlât!) et
deux bourgeois, un mari et sa femme, qui cherchaient
à deviner l'intrigue de la pièce. À l'orchestre j'aperçois
le père Bourguignon[6], rouge de luxure en contemplant
les danseuses. Dans le foyer, rencontré Piedelièvre et
Éd. Monnais[7].

Quel bien m'a fait Mme Viardot[8]! Si je n'avais
craint de paraître ridicule j'aurais demandé à l'embrasser. Pauvre cœur, sois béni — tant que tu battras —
pour la délectation que tu as versée dans le mien.

Le lendemain samedi, visite d'Hennet de Kesler[9] et
de Fouard[10] chez Maxime. On cause socialisme.

Adieux à Mme Pradier[11] sur son escalier.

Dimanche matin je vais attendre Bouilhet au chemin

de fer. De dessus le pont en bois qui traverse la gare je vois le train arriver. Visite à Cloquet, où se trouve Pradier[1] et son fils, devant lequel même il tient des discours indécents. Visite à Gautier[2] que nous invitons à dîner — promenade avec Bouilhet à Saint-Germaindes-Prés et au Louvre (galerie ninivite[3]). Le soir dîner aux Trois Frères Provençaux dans le salon vert[4], Louis de Cormenin[5], Théophile Gautier, Bouilhet, Maxime et moi — après le dîner, moi et Bouilhet chez la Guérin. Il donne rendez-vous à Antonia pour le 1er mai 1851, de 5 à 6 devant le Café de Paris. Elle devait l'écrire pour ne pas l'oublier. J'ai manqué au rendez-vous, j'étais encore à Rome — mais je voudrais bien savoir si elle y est venue. Dans le cas affirmatif (ce qui m'étonnerait), cela me donnerait une grande idée des femmes.

Maxime passe une partie de la nuit à écrire des lettres. Bouilhet dort sur sa peau d'ours noir — le matin je le reconduis au chemin de fer de Rouen ; nous nous embrassons, pâles — il me quitte — je tourne les talons. Dieu soit loué, c'est fini — plus de séparation avec personne. J'ai le cœur soulagé d'un grand poids.

Il y a encombrement chez Maxime — on déménage ses meubles — les amis viennent lui dire adieu — Cormenin assis sur une table est noyé de larmes — Fouard est le plus raide. Guastalla[6] en pleurs et le pince-nez sur son nez : « Allons, soignez-vous bien. » Quel sentiment différent il n'a pas tardé à avoir à l'encontre de ce même ami ! Est-il possible que si peu de choses change ainsi le cœur d'un homme ?

J'intercale ici quelques pages que j'ai écrites sur le Nil à bord de notre cange. J'avais l'intention d'écrire ainsi mon voyage par paragraphes en forme de petits chapitres, au fur et à mesure, quand j'aurais le temps — c'était inexécutable. Il a fallu y renoncer dès que le khamsin[7] s'est passé et que nous avons pu mettre le nez dehors.

J'avais intitulé cela *La Cange*.

LA CANGE

I

6 février 1850 — à bord de la cange.

C'était je crois le 12 novembre de l'année 1840. J'avais dix-huit ans. Je revenais de la Corse (mon premier voyage !). La narration écrite en était achevée, et je considérais, sans les voir, tout étalées sur ma table, quelques feuilles de papier dont je ne savais plus que faire. Autant qu'il m'en souvient, c'était du papier à lettres, à teinte bleue et encore tout divisé par cahiers pour pouvoir tenir dans les ficelles de mon portefeuille de voyage. Ils avaient été achetés à Toulon, par un de ces matins d'appétit littéraire où il semble que l'on a les dents assez longues pour pouvoir écrire démesurément sur n'importe quoi.

J'ai jeté sur les pages noircies un long regard d'adieu, puis les repoussant j'ai reculé ma chaise de ma table et je me suis levé. — Alors j'ai marché de long en large dans ma chambre, les mains dans mes poches, le cou dans les épaules, les pieds dans mes chaussons, le cœur dans ma tristesse. C'était fini. J'étais sorti du collège. Qu'allais-je faire ? J'avais beaucoup de plans, beaucoup de projets, cent espérances, mille dégoûts déjà. — J'avais envie d'apprendre le grec. Je regrettais de n'être pas corsaire. J'éprouvais des tentations de me faire renégat, muletier ou camaldule[1]. Je voulais sortir de chez moi — de mon moi ; aller n'importe où — partout, avec la fumée de ma cheminée et les feuilles de mon acacia.

Enfin poussant un long soupir je me suis rassis à ma table — j'ai enfermé sous un quadruple cachet les cahiers de papier blanc, j'ai écrit dessus avec la date du jour «papier réservé pour mon prochain voyage» suivi d'un large point d'interrogation. J'ai poussé cela dans mon tiroir et j'ai tourné la clef[2].

Dors en paix sous ta couverture, pauvre papier blanc qui devais contenir des débordements d'enthousiasme et les cris de joie de la fantaisie libre. Ton format était trop petit et ta couleur trop tendre.

Mes mains plus vieilles rompront un jour tes cachets poudreux. Mais qu'écrirai-je sur toi ?

II

Il y a dix ans de cela — aujourd'hui, je suis sur le Nil et nous venons de dépasser Memphis.

Nous sommes partis du Vieux Caire par un bon vent de nord — nos deux voiles entrecroisant leurs angles se gonflaient dans toute leur largeur, la cange[1] allait penchée, sa carène fendait l'eau — je l'entends maintenant qui coule plus doucement ; à l'avant notre raïs[2] Ibrahim[3], accroupi à la turque, regardait devant lui et sans se détourner de temps à autre criait la manœuvre à ses matelots[4]. Debout sur la dunette qui fait le toit de notre chambre, le second[5] tenait la barre tout en fumant son chibouk[6] de bois noir. — Il y avait beaucoup de soleil, le ciel était bleu. — Avec nos lorgnettes nous avons vu de loin en loin sur la rive des hérons ou des cigognes.

L'eau du Nil est toute jaune. Elle roule beaucoup de terre. Il me semble qu'elle est comme fatiguée de tous les pays qu'elle a traversés et qu'elle murmure toujours la plainte monotone de je ne sais quelle lassitude de voyage. Si le Niger et le Nil ne sont qu'un même fleuve[7], d'où viennent ces flots ? Qu'ont-ils vu ? Ce fleuve-là, tout comme l'Océan, laisse donc remonter la pensée jusqu'à des distances presque incalculables[8].

À la tombée du jour le ciel est devenu tout rouge à droite, et tout rose à gauche. — Les pyramides de Sakkara tranchaient en gris dans le fond vermeil de l'horizon. C'était une incandescence qui tenait tout ce côté-là du ciel et le trempait d'une lumière d'or. Sur l'autre rive à gauche, c'était une teinte rose — plus c'était rapproché de terre plus c'était rose. Le rose

allait montant et s'affaiblissant — il devenait jaune,
puis un peu vert — le vert pâlissait et par un blanc
insensible gagnait le bleu qui faisait la voûte sur nos
têtes où se fondait la transition (brusque) des deux
grandes couleurs.

Danse des matelots — Joseph[1] à ses fourneaux.
Barque penchée.

Le Nil au milieu du paysage — nous sommes au
centre. Les bouquets de palmiers à la base des pyramides de Sakkara semblent comme des orties au pied
des tombeaux.

III

Là-bas sur un fleuve moins antique j'ai quelque part
une maison blanche dont les volets sont fermés maintenant que je n'y suis pas[2] — les peupliers sans feuilles
frémissent dans le brouillard froid — et les morceaux
de glace que charrie la rivière viennent se heurter aux
rives durcies.

Les vaches sont à l'étable — les paillassons sur les
espaliers — la fumée de la ferme monte lentement
dans le ciel gris.

J'ai laissé la longue terrasse bordée de tilleuls
Louis XIV où l'été je me promène en peignoir blanc.
Dans six semaines déjà on verra leurs bourgeons.
Chaque branche alors aura des boutons rouges; puis
viendront les primevères qui sont jaunes, vertes, roses,
iris — elles garnissent l'herbe des cours — ô primevères mes petites, ne perdez pas vos graines, que je
vous revoie à l'autre printemps!

J'ai laissé le grand mur tapissé de roses avec le
pavillon au bord de l'eau — une touffe de chèvrefeuille
passe en dehors sur le balcon de fer. À une heure du
matin, en juillet par clair de lune, il y fait bon venir
voir pêcher les caluyots[3].

IV

Vous raconter ce qu'on éprouve à l'instant du départ
et comme votre cœur se brise à la rupture subite de
ses plus tendres habitudes, ce serait trop long. Je saute
tout cela.

Le bon Pradier est venu nous dire adieu dans la cour
des diligences. Au seuil de ce voyage vers l'antique, le
plus antique des modernes accourant pour nous
embrasser c'était de bon augure. Il nous a abordés en
nous disant : « Fameux, fameux ! Savez-vous ce que j'ai
vu ce matin à mon baromètre ? *beau fixe*. C'est bon
signe. Je suis superstitieux ; ça m'a fait plaisir. » — Nous
sommes partis ; la diligence a roulé sur le pavé des
quais — avec son bruit de pieds de chevaux, de vitres
et de ferrailles. Le temps était sec — le ciel clair — le
vent soufflait.

Entre nous deux dans le coupé se tenait sans mot
dire une dame d'une cinquantaine d'années, la figure
emmitouflée de voiles, le corps enveloppé dans une
pelisse de soie — une jeune femme et un monsieur
l'avaient conduite jusqu'au bureau. Quand on a tourné
la borne de la rue Saint-Honoré, elle a pleuré. Elle
allait en Bourgogne — elle devait s'arrêter le soir ou
dans la nuit — son voyage finissait dans quelques
heures. — Et elle pleurait ! Mais je ne pleurais pas,
moi qui allais plus loin et qui sans doute quittais plus.
— Pourquoi m'a-t-elle indigné, pourquoi m'a-t-elle fait
pitié ? pourquoi avais-je envie de lui dire des injures, à
cette bonne femme ? Serait-ce que notre joie est toujours la seule joie légitime, notre amour le seul amour
vrai — notre douleur la seule douleur qu'il y ait à
compatir ?

Vers Fontainebleau quelques flammèches de la locomotive[1] s'étant envolées, une d'elles est entrée dans le
coupé et brûlait tranquillement mon paletot, quand je
me suis réveillé à des cris aigus de terreur qui partaient de dessous le chapeau de ma voisine, elle nous

croyait déjà tout brûlés vifs comme à Meudon[1] et
accusait nos cigares dont nous nous étions pourtant
abstenus par savoir-vivre.

À la nuit tombante, comme elle grelottait de froid je
lui ai couvert les genoux avec ma pelisse de fourrure.
Quelque temps après elle s'est mise à vomir par la por-
tière qu'il a fallu laisser ouverte — toujours par bon
procédé.

Je suis monté sur l'impériale — comme il faisait
froid, on avait abattu le vasistas. Tout en fumant je me
laissais aller au branle du chemin de fer qui nous
emportait sur les rails. Devant nous une diligence sur
son truck[2] se balançait comme un navire ; des éclats
de charbon de terre embrasé voltigeaient avec furie
des deux côtés de la route. — Nous traversions des villages — des collines coupées à pic par la route — ou
bien quelques petits champs de vignes où les échalas
avaient l'air d'épingles fichées en terre.

À ma droite était un monsieur maigre, en chapeau
blanc — à ma gauche deux conducteurs de diligence
qui par-dessus leur veste avaient passé leur blouse
bleue. Le premier, marqué de petite vérole et portant
pour toute barbe une large mazagran[3] noire, était notre
conducteur à nous. Son compagnon, gros gaillard à
figure réjouie, venait depuis quelques jours de donner
sa démission et s'en allait à Lyon faire un voyage
d'agrément et se livrer à l'exercice de la chasse.

Quel mélange d'idées plaisantes ne s'offre-t-il pas à
l'esprit dans la personne du conducteur ? N'y retrouvez-
vous comme moi le souvenir chéri de la joie bruyante
des vacances — vagabondages de la dix-septième
année — la rêverie au grand air avec cinq chevaux qui
galopent devant vous sur une belle route — et des paysages à l'horizon, la senteur des foins — du vent sur
votre front — et les conversations faciles, les rires tout
haut, les interminables pipes que l'on rebourre et que
l'on rallume — tout ce que comporte en soi la confra-
ternité du petit verre — sans oublier non plus ces mys-
térieuses bourriches inattendues qui entrent chez vous

— vers le jour de l'an — dans votre salle à manger chauffée, le matin, vers dix heures pendant que vous êtes à déjeuner ?

L'avez-vous jamais talonné de questions sur la longueur de la route, cet homme patient qui vous répondait toujours ? Dans le coin de votre mémoire, n'y a-t-il pas le souvenir encore ému d'une montée quelconque dominant un pays désiré ? Avez-vous jamais trépigné d'impatience dans une cour de diligence entre un commis qui écrivait et un facteur qui rangeait des ballots ? Avez-vous jamais d'un œil triste jalousé l'homme en casquette qui sautait après tout le monde sur la lourde machine que vous suiviez du regard s'en allant, et qui tournait l'une après l'autre autour de toutes les rues ?

V

J'ai souvenir pendant la première nuit d'une côte que nous avons montée. C'était au milieu des bois ; la lune par places donnait sur la route ; à gauche il devait y avoir une grande vallée.

La lanterne qui est sous le siège du postillon éclairait la croupe des deux premiers chevaux — ma voisine, endormie la bouche ouverte, ronflait sur mon épaule — nous ne disions rien — on roulait.

Le soir vers 10 heures on s'est arrêté à Ancy-le-Franc, pour dîner. Les hommes ont fumé dans la cuisine autour de la grande cheminée. Des voyageurs pour le commerce ont causé entre eux. L'un d'eux prétendait en reconnaître un autre, ce que cet autre niait. «Pourtant il se souvenait de l'avoir vu chez Goyer, à Clermont. Il y avait de cela bien dix-huit bonnes années, et même il faisait un fameux tapage parce qu'on lui avait donné un lit trop court. — Ah! comme vous étiez en colère — oui pardieu, vous criiez joliment. — C'est possible, Monsieur — je ne nie pas — il se peut — mais je n'ai point souvenance.»

VI

Donc, de Paris à Marseille (voilà la troisième fois[1]
que je monte ou descends cette route, et dans quelles
situations différentes toutes les fois!) rien qui vaille la
peine d'être dit.

Parmi les passagers du bateau de la Saône[2], nous
avons regardé avec attention une jeune et svelte créature qui portait sur sa capote de paille d'Italie un long
voile vert. Sous son caraco de soie elle avait une petite
redingote d'homme à collet de velours avec des poches
sur les côtés dans lesquelles elle mettait ses mains.
Boutonnée sur la poitrine par deux rangs de boutons
cela lui serrait au corps, en lui dessinant les hanches,
et de là s'en allaient ensuite les plis nombreux de sa
robe qui remuaient contre ses genoux quand soufflait
le vent. Elle était gantée de gants noirs très justes et se
tenait la plupart du temps appuyée sur le bastingage, à
regarder les rives.

Il y avait aussi sur un pliant une femme hors d'âge
qui était sa mère, sa tante, une amie de la famille, sa
gouvernante, sa femme de chambre ou sa confidente.
Puis dans les alentours, les abordant, les quittant, allant
à d'autres, revenant près d'elles, un petit beau jeune
homme à moustaches en croc, qui fumait des ciga-
rettes, parlait d'une voix flûtée, jouait avec ses bre-
loques et se donnait des airs de prince. Parmi tout ce
qui ballottait suspendu à la chaînette de son gilet, il
prit un médaillon et je l'entendis qui disait tout haut à
ses deux voisines : « Ce sont des cheveux de la baronne. »
Ô exigences de la galerie !!!...

Bientôt cependant il endossa par-dessus sa toilette une sorte de paillasson à longs poils, usé, brossé,
encore convenable et dénotant de tous points chez son
propriétaire des habitudes inavouées d'économie clan-
destine. Si l'homme entier, voix, gestes, discours, cravate, botte et badine, si tout cela se montrait avec
complaisance, était arrangé pour le public, et rentrait

dans son domaine, ce paletot, en revanche, cet infâme
paletot était bien à son maître, à lui seul, il y tenait par
les racines les plus secrètes de sa vie. Sans doute qu'ils
savaient bien des secrets l'un de l'autre, et qu'ils avaient
de compagnie traversé l'averse des mauvais jours.
Pauvre homme qui avait compté sur le soleil! Le froid
était venu. Il avait fallu montrer sa guenille.

Quant à moi, tourmenté par ma bosse de la causa-
lité, je me promenais de long en large sur le pont du
bateau, cherchant en mon intellect dans quelle catégorie sociale faire rentrer ces gens, et de temps à autre,
pour secourir mon diagnostic, jetant un coup d'œil à
la dérobée sur les adresses des caisses, cartons et étuis
entassés pêle-mêle au pied de la cheminée.

Car j'ai cette manie de bâtir de suite des livres sur
les figures que je rencontre. Une invincible curiosité
me fait me demander malgré moi quelle peut être la
vie du passant que je croise. Je voudrais savoir son
métier, son pays, son nom, ce qui l'occupe à cette heure,
ce qu'il regrette, ce qu'il espère, amours oubliés, rêves
d'à présent — tout — jusqu'à la bordure de ses gilets
de flanelle et la mine qu'il a quand il se purge. Et
si c'est une femme (d'âge moyen surtout), alors la
démangeaison devient cuisante. Comme on voudrait
tout de suite la voir nue, avouez-le — et nue jusqu'au
cœur —, comme on cherche à connaître d'où elle
vient, où elle va, pourquoi elle se trouve ici et pas
ailleurs. Tout en promenant vos yeux sur elle, vous lui
faites des aventures, vous lui supposez des sentiments
— on pense à la chambre qu'elle doit avoir, à mille
choses encore, et que sais-je?... aux pantoufles rabat-
tues dans lesquelles elle passe son pied, en descendant
du lit[1].

Puis je suis descendu dans la chambre commune me
mettre à une autre place et penser à autre chose. J'y
sommeillais à demi — mal étendu sur la dure ban-
quette de velours au bruit des roues de la vapeur et au
cliquetis des couteaux heurtant les fourchettes sur les
assiettes, quand tout à coup mon compagnon est entré,

les yeux ouverts, les joues pleines de rire. Il venait de
voir en entrant par hasard dans le salon des dames
nos deux conducteurs qui étaient en tête à tête avec
des demoiselles des premières ; — à genoux par terre,
près des fillettes assises sur des tabourets — rouges —
émus — sans casquettes, ils égaraient leurs mains vers
le *temple de Vénus*, en absorbant tous de compagnie
des petits verres d'anisette.

VII

Nous savions que Gleyre[1] était à Lyon chez son
frère, son beau-frère ou quelque chose d'analogue.
Nous voilà donc, à peine débarqués, cherchant dans
un almanach quelconque tous les Gleyre qui s'y trou-
vaient. Par bonheur nous tombons sur le vrai. Max
envoie un mot et à 11 heures du soir nous étions déjà
au lit quand Gleyre arrive. Nous causons de l'Égypte,
du désert, du Nil. Il nous parle du Sennahar[2] et nous
monte la tête à l'endroit des singes qui viennent la nuit
soulever le bas des tentes pour regarder le voyageur.
Le soir les pintades se mettent à nicher dans de grands
arbres et les gazelles par troupeaux s'approchent des
fontaines. Il y a là-bas des savanes de hautes herbes
avec des éléphants qui galopent sans qu'on les puisse
atteindre.

À 1 heure du matin cependant on se dit adieu, et
toute la nuit nous rêvons Sennahar.

Il a fallu se lever dès 5 heures pour s'empiler dans le
bateau du Rhône qui n'est parti qu'à 10 à cause du
brouillard. Cette navigation en somme nous fut désagréable. On avait froid, on s'ennuyait, on était mal. Le
bord était encombré de barriques d'huile et d'un tas
de passagers. Cela vous tachait, buvait de l'absinthe,
disait mille sottises, était assommant à périr. À 4 heures
du soir encore nous n'étions qu'à Valence, avec la
perspective de passer la nuit sur l'eau et de n'arriver à
Marseille que le lendemain fort tard ou le surlende-

main. Une diligence de hasard se trouvait là — nous engloutissons un méchant dîner, nous sautons dans la guimbarde et un quart d'heure après nous roulons sur la route de Marseille.

On sent déjà que l'on a quitté le Nord. Les montagnes au coucher du soleil ont des teintes bleuâtres. La route va toute droite entre des bordures d'oliviers. L'air est plus transparent et pénétré d'une lumière claire.

Au milieu de la nuit, nous nous sommes arrêtés dans une ville que j'ai reconnue pour Montélimar, ce qui m'a rappelé des boîtes d'exécrable nougat que j'y ai achetées jadis et un déjeuner très froid en compagnie de feu Du Sommerard[1] — il prisait autant que je m'en souviens dans une formidable tabatière en buis, avait de gros sourcils, une grosse redingote, l'air bonhomme et très opaque.

À Avignon il a fallu de suite se mettre en chemin de fer sans pouvoir revoir son château des Papes ni son charmant musée[2] où l'on est tout seul, lisant les inscriptions antiques sur les stèles de marbre, au bruit des arbres du jardin qui se penchent contre les carreaux.

Ici, en cette ville, j'ai vu autrefois en passant dans une rue (et de la rue), une chambre au rez-de-chaussée où il y avait sept lits bout à bout — voilà de la prostitution pourpre au moins. — Les fenêtres étaient toutes grandes ouvertes et les demoiselles en robes roses debout sur le seuil de la porte.

Par respect pour le beau style je donne un souvenir à Chapelle et à Bachaumont, qui retrouvèrent en terre papale M. d'Assoucy avec son petit page[3]. Voilà deux lurons qui ne s'inquiétaient guère d'archéologie ! et qui voyageaient peu pour le pittoresque. Autre temps, autres phrases — chaque siècle a son encre.

Nous étions seuls dans le chemin de fer avec un bon monsieur qui souriait chaque fois qu'une locomotive passait devant nous, et qui répétait entre ses dents : «Hein ? ce que c'est pourtant que l'industrie humaine[4] ?»

Il pleuvait quand nous arrivâmes à Marseille, et après avoir déjeuné nous fîmes un somme sur nos lits.

VIII

La première fois que je suis arrivé à Marseille c'était par un matin de septembre[1] — le soleil brillait sur la mer — elle était plate comme un miroir — tout azurée — étincelante.

Nous étions au haut de la côte qui domine la ville du côté d'Aix. Je venais de me réveiller — je suis descendu de voiture pour respirer plus à l'aise et me dégourdir les jambes. Je marchais. C'était une volupté virile comme j'en ai peu retrouvé depuis.

.... J'admirais la voilure des tartanes[2], les larges culottes des marins grecs, les bas couleur tabac d'Espagne des femmes du peuple — l'air chaud qui circulait dans les rues sombres m'apportait au cœur des mollesses orientales — et les grands pavés de la Canebière qui chauffaient la semelle de mes escarpins me faisaient tendre le jarret à l'idée des plages où j'aurais voulu marcher.

Un soir j'ai été — tout seul — à l'école de natation de Lansac, du côté de la baie aux Oursins[3], où il y a de grandes madragues[4] pour la pêche du thon qui sont tendues au fond de l'eau. J'ai nagé dans l'onde bleue ; au-dessous de moi je voyais les cailloux à travers, et le fond de la mer tapissé d'herbes minces. Avec un calme plein de joie, j'étirais mon corps dans la caresse fluide de la Naïade qui passait sur moi — il n'y avait pas de vagues, mais seulement une large ondulation qui vous berçait avec un murmure.

Pour rejoindre l'hôtel je suis revenu dans une espèce de cabriolet à quatre places — avec le directeur des bains et une jeune personne blonde dont les cheveux mouillés étaient relevés en tresses sous son chapeau. Elle tenait sur ses genoux un petit carlin de La Havane auquel elle avait fait prendre un bain avec elle. La bête grelottait, elle la frottait dans ses mains pour la

réchauffer. Le conducteur de la voiture était assis sur
le brancard et avait un grand chapeau de feutre gris...
Comme il y a longtemps de cela, mon Dieu!

———

(20 février mercredi
1850)

———

Ici finit *La Cange*.
Je copie maintenant mes calepins.

[DE MARSEILLE AU CAIRE]

MARSEILLE

Descendus à l'hôtel du Luxembourg, chez Parrocel[1].
Visite au docteur Cauvière[2] qui nous parle politique
et changement de ministère, tandis que nous eussions
voulu qu'il nous parlât Orient.

Visite à Clot[3] bey[4] que nous bourrons d'éloges et qui
nous reçoit fort bien. — Son secrétaire, jeune Français
vêtu à la nizam[5].

Je repasse devant l'hôtel de la Darse[6] (fermé), — et
j'ai du mal à en reconnaître la porte.

Le jeudi, jour de Toussaint, nous entrâmes dans une
baraque en toile, sur le port, « Il signor Valentino »
— la beauté de mon corps — les deux petites lai-
neuses[7]; pour vérifier l'authenticité de leur chevelure
elles passaient entre les bancs et le public leur tirait
leur tignasse — les grosses mains goudronnées s'enfonçaient là-dedans, et halaient dessus. — Il nous
chante un air de la *Lucrezia Borgia*[8].

Nous allons un soir au théâtre voir jouer deux actes
de *La Juive*[9].

Nous nous traînons dans les cabarets chantants du
bas de la rue de la Darse — dans l'un on joue *Un monsieur et une dame*[10] — dans l'autre, chanteurs, et parmi
eux un être de sexe douteux — « non so come si fa[11] ».

Dimanche matin 4 novembre. À 8 heures, embarqués à bord du *Nil*[1], capitaine Rey, lieutenant Roux.

Passagers : M. Codrika[2], consul de France à Manille, sa femme, sa petite fille, son petit garçon ; MM. Lambrecht et Lagrange[3], voyageurs dans l'Inde ; M. Pellissier[4], consul à Tripoli (Barbarie[5]), un fils en tarbouch[6], une grande fille de dix-huit ans — ressemblant en laid à Laure Le Poittevin[7], un môme en habit de collégien. Aux secondes, des perruquiers, miroitiers, doreurs, etc., menés à Abbas Pacha[8] avec un gros chien[9] sous la conduite d'un mamamouchi[10] en tarbouch — ils venaient souvent s'asseoir aux premières et nous assommaient de leurs discours. — «Crème diamanteuse[11]». — En partant, forte brise — nous dansons — M. Codrika assis sur un banc avec sa femme. L'étourdissement me prend vers le château d'If — j'avale un verre de rhum que je ne tarde pas à vomir et je rentre dans ma cabine où je reste toute la journée sans bouger dans un état de torpeur.

Le lundi, mieux — quoique sans appétit. Le soir nous passons les bouches de Bonifacio[12]. Roux est sur la passerelle et commande.

Il y avait à ce bord un grand comique — aux heures des repas il se condensait dans la rivalité du docteur Barthélemy[13], bel homme, et de Borelli, second lieutenant, assez lourde bête, chauve, provençale. Le commissaire, grand pion, en redingote grise avec la vérole dans l'oreille. Le capitaine Rey, avec son œil fermé[14], laissait tout dire et tout faire. Cette petite vie étroite semblait plus étroite encore dans ce large milieu — la régularité des habitudes que rien ne rompait faisait perdre toute notion de temps ; on ne savait jamais à quel jour de la semaine on était.

Mon meilleur ami était le second, Roux. Nous causions voyages par mer, récits du cap Horn, homme jeté à la mer et enfoncé dans l'eau (perdu) par un coup de bec d'albatros.

Mardi soir, vue de Maritimo[1]. La lune roule sur les flots — il semble qu'elle se tord dedans comme un grand flambeau. Aperception de casques roulant sur l'écume, qui s'emplissent et disparaissent — souvenir des guerres puniques. Je me sentais bien en mer.

MALTE

Mercredi soir arrivés à Malte vers 9 heures — conversation politique et socialiste, après le dîner. Le père Pellissier reconnaît Maxime pour l'avoir vu aux affaires de Juin[2].

Le jeudi il fait assez beau comme nous nous réveillons. Dans le port circulent des barques peintes en bandes rouges et vertes, avec un tendelet en indienne, des glands de coton. Une planche mise de champ forme la relevée de la proue. Quand ils sont deux à nager[3] dans ces embarcations, le premier (plus près de l'arrière), debout, pousse, et le second, assis, tire (= ramant comme nous).

Pour gagner la ville, on passe sous un grand passage voûté et l'on monte une rue pleine de marchands de fromages et de poissons secs, qui nous initie à la puanteur des épiciers grecs, que l'on retrouve partout dans le Levant, depuis Alexandrie jusqu'à Patras.

Aspect propre et pittoresque — toutes les rues en pente, ou à escaliers — lavées — propreté anglaise ; se marie à quelque chose de l'Orient déjà. Toutes les maisons, en pierre de taille, ont des fenêtres à balcon supporté par des consoles Louis XIV — la caisse ou plutôt couverture du balcon est en bois, vert, d'ordinaire.

ÉGLISE SAN GIOVANNI[4]. Dallée de tombes mais couvertes de grandes nattes de paille — c'est traiter les tombeaux comme des fauteuils : aux grands jours on retire les housses. C'est une église italienne — de la dorure, de la peinture — les chapelles latérales communiquent de l'une dans l'autre par des portes romanes. Ces chapelles me font l'effet (vues en perspective surtout) d'être de bons endroits pour les rendez-vous espagnols et XVIe siècle. — La femme est agenouillée — de dessous l'une de ces portes on la regarde qui prie, abaissée sous son grand voile noir. Dans une chapelle latérale de droite, tombeau d'un commandeur : le buste porté par deux hommes sur leurs épaules, un nègre et un Maure[1] — autre chapelle à grille d'argent.

Amirauté[2] — rien — de beaux appartements ; le portrait de S. M. B. George IV, cravaté, rouge, affreux, un vrai coq emmailloté — tentures sombres — tapis turc.

À l'arsenal, les trophées sont complétés par des boucliers en carton — deux ou trois boucliers que nous essayons à grand-peine à soulever tant ils sont lourds.

En face l'Administration des paquebots français, la femme d'un pilote anglais, faisant la rue, vieille Andalouse à traits longs et à œil violent d'amour — la graisse de l'âge est venue par-dessus ; la graisse est pour les vieilles femmes ce qu'est le lierre aux débris, elle cache la ruine et la consolide.

Femmes de Malte généralement petites, teint pâle, le tablier sur la tête[3] — cela se rapproche déjà du voile.

Partis de Malte le jeudi à 3 heures de l'après-midi — nuit soignée, temps lourd vers 10 heures. — M. Codrika avec petites pilules homéopathiques, étouffant — l'orage lui pesait sur les nerfs. La pluie tombe à torrents, et le fournisseur refuse de donner une orange. Barthélemy le fait appeler et le lui ordonne ; on finit par l'avoir. Craquements du navire — je partage jusqu'à deux heures du matin le quart du père Borelli qui trouve qu'il ne fait pas mauvais temps — la mer roule — dans les intervalles du clair de lune, quand elle se dégage un moment des nuages, je vois les gros flots sauter. Le gouvernail frappe contre l'arrière — on dirait des coups de canon. Je monte et je redescends plusieurs fois de la cabine sur le pont, du pont dans ma cabine. Enveloppé dans ma pelisse et couché sur le banc de tribord, les nuages me pesaient sur la poitrine. Tout le temps de la tempête j'ai pensé à Alfred[4]. Les coups de mer sur les tambours rebondissaient jusqu'à moi. Le matin Roux est d'avis de retourner à Malte ; ce ne fut pas si vite fait.

Vers 3 heures de l'après-midi, on ne savait pas où l'on était. — Il y eut un quart d'heure (on avait vu Malte et l'on retournait au large faute de trouver la passe) où ceux qui savaient ce qui se passait furent un peu émus. M. de Lagrange pâlit (la nuit, des mécaniciens avaient pleuré — j'ai entendu pendant la traversée un matelot prédire malheur et le maître de timonerie se méfie du voyage d'Alexandrie à Beyrouth sans savoir pourquoi : «C'est une idée que j'ai » ; je suis inquiet pour lui en ce moment à cause de ce pressentiment et je voudrais savoir le bateau revenu). Quant à moi je sentis un mouvement au ventre qui me déconstipa net. Ce n'était pas de la peur mais de l'émotion : il n'y avait point de danger apparent — c'était l'idée peu gaie de nous perdre la nuit sur les rochers de Malte.

Rentrés à Malte — descendus à l'hôtel de la Méditerranée (rue Santa Lucia[1]). Nous dînons férocement — nous nous réchauffons, nous revêtissons[2]. — Sentiment de repos et de force, de brutalité normande et de digestion. Les maîtres avaient été inquiets la nuit : «la povera vapore, la povera vapore », répétait l'hôtesse. — Le soir chierie excellente. Après le dîner autour de la rue Santa Lucia, un jeune gars qui nous accoste en nous disant : «Monsieur, voulez-vous des femmes ? » Nous ne retrouvons pas ce drôle. — Café : limonade à la neige ; elle venait sans doute de l'Etna. Pour ornement aux murs, des draperies dans le goût de la Restauration.

Le lendemain nous montons sur la terrasse de l'hôtel pour voir le temps qu'il fera. La mer bleu foncé, encore forte à l'horizon. Le fils Pellissier avec son bonnet rouge fumant une cigarette — le père Pellissier faisait le sultan dans l'hôtel et hurlait comme un tigre à propos de l'assaisonnement des mets.

DE CITTÀ LA VALETTE À CITTÀ VECCHIA

Nous montons en calessina pour aller à Città Vecchia. — Excellente description de cette boîte dans le livre de Maxime[1] — mais la calessina s'augmente de chic quand un prêtre est dedans — vu de profil avec le tricorne ecclésiastique c'est charmant. Souvent les curés sont en compagnie de dames. Il y aurait de jolies petites choses à écrire là-dessus.

À la porte de la ville plusieurs guides s'offrent à nous. Nous en prenons un qui marchait avec de superbes mouvements de taille, pantalon blanchâtre.

Grandes lignes de terrain — deux palmiers à droite — aqueduc — église Saint-Paul, cathédrale — nulles. Une grotte de saint Paul; une autre grotte de saint Paul avec un petit autel au fond; celle-là est pleine d'eau. Ces grottes sont taillées dans une vilaine pierre blanche très tendre. — Des braves gens veulent nous vendre des médailles.

CATACOMBES dans la roche tendre — couloirs s'enfilant, tournant (beaucoup plus petits que ceux de Naples[2] et plus tortueux) — des deux côtés excavations pour mettre les morts. Le dessus est un demi-arc très développé — à côté souvent un autre petit trou pour l'enfant — quelquefois deux sont à côté l'un de l'autre. Aux carrefours des sortes de meules rondes posées à plat — nous remarquons des façons de colonnes cannelées, dégrossies à même la pierre — on étouffe — l'étendue de ces catacombes est inconnue — notre guide, homme noir, prêtraillon féroce, petit, maigre, mélange d'Espagnol, de Bédouin et de jésuite, nous raconte que dans son enfance un des professeurs de son séminaire s'y aventura et y resta. — Un cochon lâché reparut à Città La Valette. Dans son opinion les catacombes s'étendent sous toute l'île.

DE MALTE À ALEXANDRIE

Repartis de Malte le samedi soir à 6 heures après un dîner très gai à bord — le bord me chérit, je dis beaucoup de facéties, je passe pour un homme très spirituel.

Journées du dimanche et du lundi assez tranquilles, de la houle. Lundi vers 3 heures la mer grossit — le vent debout ne nous quitte plus ; nous piquons dedans ; on met les voiles pour appesantir le navire. La nuit fut vigoureuse ; Mme Codrika embêtant son mari : « tes pauvres betits henfants ! c'est l'orgueil de l'homme », etc. Suée du pauvre homme, profil de l'homme tanné au superlatif ! Il est sorti de sa chambre, débraillé, oppressé, pâle et, me prenant la main : « Vous n'êtes pas marié, vous, mon ami — vous êtes bien heureux ! » Je reste sur le pont, accroché à un cordage de l'arrière. L'officier de quart ne peut se tenir debout — tout pète, craque et tremble — une écoute se casse comme un fil ; le gros chien d'Abbas Pacha ne sait où se mettre ; celui du maître d'équipage se cache derrière le compas. J'essaie de me coucher à diverses places — le commandant, tout habillé, dort sur son canapé, le garçon de service par terre dans le carré, enveloppé d'un prélart[1]. De temps à autre je ris malgré moi du grotesque qui se passe : gens qui gueulent et dégueulent, craquements du navire, toutous errants, M. et Mme Codrika qui se disputent. À chaque lame le bateau s'enfonce de tribord et se relève furieusement en faisant la poêle.

Je sens des instincts marins — l'eau salée m'écume au cœur — il me prend des envies de monter dans les haubans et de chanter ; en d'autres moments je suis embêté une seconde en songeant qu'après tout on peut périr en mer. Codrika près de moi me lâcha cette parole : « Quand je pense que ces pauvres enfants se jouaient[2] encore aux Champs-Élysées il y a quinze jours » ; puis nous disions : « montagne humide », « plaine liquide » et nous injuriions Racine[3]. Entre 4 et 6 heures du matin l'ouragan se calme. Le bateau est en triste état : ses cuivres font autant de poches à sa carène ; un des caillebotis[4] a été enlevé ; la chaudière fuit et s'éteint, on est obligé de la remplir à bras. La mer avait été aussi forte et même plus que dans la nuit du jeudi au vendredi, seulement il n'y avait eu ni feu Saint-Elme[1], ni orage, ni pluie ; le temps au contraire était très clair et le ciel étoilé — cela rendait gai avec la grosse mer.

Mardi et surtout mercredi, beau temps. Nous nous vautrons sur nos pelisses, sur le pont, sous la tente des premières. Lagrange fait le portrait de Codrika en Don Quichotte avec le plat à barbe ; et Codrika celui de Roux[2].

Le mercredi, au soir, longue et intime causerie avec Codrika. Elle commença comme toutes les causeries par le bordel ; puis elle devint sentimentale. Il me raconta de sa vie trois histoires d'amour : 1º à Paris, une maîtresse, dans le faubourg Saint-Honoré ; il escaladait son jardin et passait une partie de la nuit souvent les pieds dans la neige ; 2º en Grèce, escalade avec une échelle ; 3º adieux à Genève avec une femme qu'il aimait depuis longtemps, — un matin, — par temps de brouillard ; elle le regarda s'en aller du haut de sa terrasse « et encore une page de la vie fut tournée, nous ne nous sommes plus revus » — homme passionné, nerveux, malade — grandes façons de vivre — souffrant beaucoup — a dû inspirer et ressentir de violentes âcretés et des fougues ; belle nature, nerveuse — il lui manque la fortune, et des occasions légitimes d'énergie.

Jeudi matin temps superbe ; tout le monde est gai, on va bientôt débarquer. Nous prenons un pilote pour la passe d'Alexandrie ; il a un turban blanc — (nous avions à bord, sur les passavants[3], deux hadjis[4] d'Algérie qui n'ont pas bougé de leur place). Entré dans le port il demande du pain et du fromage à Roux en lui prenant la barbe : « As-tu les mains propres, au moins, sacré cochon ? » — Débarquement — chaos de cris et de paquets — sur le bord du quai, à gauche, des bons Arabes pêchent à la ligne. Le premier bâtiment que je vois dans le port est un brick de Saint-Malo — et la première chose sur la terre d'Égypte un chameau[5]. J'étais monté dans les haubans et j'avais aperçu le toit du sérail[1] de Méhémet Ali[2] qui brillait au soleil, dôme noir, au milieu d'une grande lumière d'argent fondue sur la mer. Négresses, nègres, fellahs[3].

Le canot nous débarque; à cet endroit, il y a une fontaine; les chameaux venaient y remplir leurs outres — impression solennelle et inquiète quand j'ai senti mon pied s'appuyer sur la terre d'Égypte.

ALEXANDRIE

Grande ville, avec la place des Consuls[4] — bâtarde, mi-arabe, mi-européenne. Messieurs en pantalon blanc et en tarbouch — Hakakim bey, beau-frère d'Artim bey[5]; ses lunettes vertes (à la représentation de la *Norma*[6]) lui donnaient l'air, avec son grand nez, d'une bête fantastique, moitié crapaud, moitié dindon — mais quel joli petit nègre! MM. Jorelle[7], Gallice bey[8], Gérardin[9], Princeteau bey[10], Willemin[11], Soliman Pacha[12], le père Abro, du consulat hollandais de Smyrne, vêtu en Arménien.

Le soir de notre arrivée, promenade de gens dans les rues, portant des fanaux — des enfants nous donnent des petits coups de bâton dans les jambes. Le lendemain, fête d'une circoncision[13] — chameau couvert de piastres d'or — tous les métiers représentés — un phallus mobile[14].

Visite aux AIGUILLES DE CLÉOPÂTRE, l'une debout, l'autre couchée par terre, à droite de la ville, près d'un corps de garde[15].

COLONNE DE POMPÉE[16], monolithe avec un splendide chapiteau corinthien et le nom de «Thompson of Sunderland», écrit à la peinture noire sur la base en lettres de trois pieds de haut[17] — les tombes ont la couleur grise du sol, sans la moindre verdure.

BAINS DE CLÉOPÂTRE[18] — petite anse dans la mer, avec les grottes à gauche. Toutes sortes de couleurs chatoyaient; le bord des roches dans l'eau était rouge, comme s'il y avait eu de la lie de vin répandue; un Arabe pieds nus et retroussant sa robe, avancé dans l'eau jusqu'aux chevilles, nettoyait avec un couteau

une peau de mouton — le soleil tapait sur tout cela.
J'étais debout et muet. Retour à la ville ; nous galopons
sur nos ânes — quelques Bédouins du désert Libyque
entourés de leurs couvertures grises. Halte à un café
près du Mahmoudieh[1] — nous mangeons des biscottes.

Premier bain turc — impression funèbre ; il semble
que l'on va vous embaumer.

VOYAGE DE ROSETTE

Partis d'Alexandrie le dimanche 18, à 7 heures un
quart du matin.

Nuages violets — chemin large — maisons de plaisance aux environs de la ville — palmiers avec leurs
grappes de dattes. La comparaison de Sancho dans les
noces de Gamache[2] : « Ô la belle fille qui s'avance avec
ses pendants d'oreilles, comme un palmier chargé de
dattes » me frappe par sa justesse.

À la sortie de la ville le désert commence. Monticules de sable çà et là — quelques palmiers isolés — la
route monte et descend légèrement ; il n'y a pas de
chemin ; on suit la trace des chevaux et des ânes. De
temps à autre un Arabe sur son baudet ; les plus riches
ont de grands parapluies sur la tête — une file de chameaux conduits par un homme en chemise — femme
voilée d'un grand morceau de soie noire toute neuve,
et son mari sur un autre âne. « Taïëb[3] », et l'on répond
« Taïëb, taïëb », sans s'arrêter. Tableau : un chameau
qui s'avance, de face, en raccourci, l'homme par-derrière, de côté, et deux palmiers du même côté, au troisième plan. Au fond le désert qui remonte — premier
effet du mirage — à notre gauche la mer.

ABOUKIR à gauche à l'extrémité d'une langue étroite
de terre — forteresse où nous arrivons à 10 heures et
demie. La sentinelle, sur le mur, près de sa guérite,
nous crie de nous arrêter ; deux chiens blancs s'avancent sur le pont-levis et hurlent. Au nom de Soliman
Pacha nous sommes reçus. L'officier et ses soldats
turcs sont les boules[4] les plus pacifiques du monde.
Nous déjeunons d'un de nos poulets sous le passage

qui mène à la cour de la forteresse, assis sur des bancs de pierre; c'est un des meilleurs déjeuners de ma vie. Nos bons Turcs admirent nos armes; on cause guerre, militaire, Russie. Maxime commence à faire dire le proverbe de Constantinople: «les Français sont de bons soldats, etc., les Russes de bons cochons». Excellent cahoueh[1]. Nous repartons à 11 heures et demie et nous suivons constamment le bord de la mer; nos chevaux écrasent des coquilles sous leurs pieds; les lames qui viennent expirer sur le sable sont brunes lie-de-vin; çà et là un requin échoué sur la plage; dans le sable des ossements d'animal, entre autres un bœuf, à demi enfoui et dont la tête intacte est momifiée — nous avons déjà vu en sortant d'Alexandrie un chameau aux trois quarts rongé.

Passage en bac à Edkou. Deux chameaux marchant tranquillement dans le gué; — sortis de l'eau, ils se couchent sur le sable pour se sécher, râlent et se vautrent. On a bien du mal à faire embarquer le mulet (celui qui porte nos provisions et sur lequel est monté Joseph) — tout le monde se donne beaucoup de mal si ce n'est le propriétaire du mulet, vieux roquentin aux mollets durs. En sortant du bac, Sassetti[2] s'aperçoit que sa crosse est cassée. Ruades, hennissements, cabrade de nos chevaux; ils n'ont pour bride qu'un licol et se conduisent au sifflet. Quoiqu'ils aient l'air d'infâmes rosses, ils s'enlèvent à la voix, ce sont d'excellentes bêtes.

PLAGE D'ABOUKIR. Nous suivons le bord de la mer — des débris de navires, restes de la bataille d'Aboukir[3]. Nous tirons des cormorans et des pies de mer; nos Arabes (des enfants, sauf le vieux en petit turban) courent comme des lévriers et vont en grande joie ramasser les bêtes que nous avons tuées. Solitude — la mer est immense — effet sinistre de la pleine lumière qui a quelque chose de noir. Histoire de l'homme aux dattes et à la fessée[4]; effet de la veste de Sassetti s'envolant au vent, et le vieux cul noir de l'homme au milieu des vagues blanches — quels cris, et quelle pile !

Nous suivons le bord de la mer jusqu'à 5 heures du soir — on prend à droite — de place en place des colonnes en brique dans le désert pour indiquer la direction de Rosette — les sables sont très mous — le soleil se couche : c'est du vermeil en fusion dans le ciel ; puis des nuages plus rouges, en forme de gigantesques arêtes de poisson (il y eut un moment où le ciel était une plaque de vermeil et le sable avait l'air d'encre). En face, et à notre gauche du côté de la mer et de Rosette, le ciel a des bleus tendres de pastel — nos deux ombres à cheval marchant parallèlement sont gigantesques — elles vont devant nous régulièrement, comme nous. On dirait deux grands obélisques qui marchent de compagnie.

Minarets blancs de Rosette. La végétation recommence — palmiers — monticules. Un de nos petits saïs [1] marche devant nous ; on fait plusieurs détours ; la nuit est close tout à fait.

ARRIVÉE À ROSETTE

Nous arrivons devant la porte de Rosette. Elle s'ouvre et crie comme une porte de grange. Nous traversons des rues étroites à moucharabiehs [2] treillagés — elles sont sombres et étroites, les maisons semblent se toucher. Les boutiques des bazars sont éclairées par des verres pleins d'huile, suspendus par un fil. Si nous eussions gardé nos fusils en travers de nos selles, nous les eussions brisés, à cause de l'étroitesse des rues ; un cheval emplit en effet presque à lui seul le passage entre les boutiques. Nous traversons toute la ville et arrivons à la caserne — escalier sombre — sentinelle à la porte du pacha [3] (Hussein Pacha). Grande chambre en avancée sur la mer [4], entourée de fenêtres de tous côtés ; le pacha assis sur des coussins, main droite estropiée, ressemble à Beauvallet [5] ; le colonel Ismaïl bey, œil à demi fermé, grand mâtin qui a l'air fort brave ; on s'échange beaucoup de politesses ; la chambre qu'on nous destine pour coucher est à côté ;

souper turc, petites galettes sucrées excellentes. Nuit, mauvaise : les chiens de Rosette hurlent atrocement, les puces — et le mal de ventre !

Le lendemain, lundi 19, pendant que je me lavais, entrée du docteur Colucci[1] amené par le pacha ; petit homme, bon, franc, aimable. Nous sortons avec lui ; nous visitons une manufacture de riz : grands fouloirs en bois terminés par une vis en fer. Filature de coton à la main : homme qui tournait le dévidoir, courbé en deux, qui passait et repassait comme un cheval au moulin et souriait devant nous pour nous demander le batchis[2].

Par une mosquée entrouverte, nous voyons dans la cour des colonnes peintes. Sur la porte se tient un jeune Turc qui ressemble à Louis Bellangé[3]. Nous allons dans une sorte d'hôpital où dans des chambres basses sont couchés sur la planche des malades — qui m'ont l'air bien malades. Hôpital oriental antique. Odeur de fièvre et de sueur, soleil passant entre les interstices des murs en planches. Nous montons chez le pharmacien qui nous offre une pipe. Je crève de faim — retour à la caserne — visite au pacha — recafé, rechibouk. À 1 heure et demie, dîner : au moins trente plats (un nègre nous chasse les mouches avec un petit balai — la fenêtre est ouverte et donne sur la mer — valetaille nombreuse, bigarrée de peau et de vêtements de soie) ; la pâtisserie me semble bonne, le reste exécrable ; je goûte du pain arabe, pâte incuite en larges galettes. Je m'observe le plus que je peux pour ne pas faire d'inconvenances.

Dans l'après-dînée promenade à ABOU MANDOUR[4] sur la rive gauche du Nil. Jardin et roseaux (le seul endroit du Nil où j'en aie vu — il n'y en a presque pas sur les bords du Nil) — grand soleil sur l'eau — à Abou Mandour le Nil fait un coude à gauche (rive droite) et de ce côté il y a de hautes berges de sable ; une cange en tartane[5] passe dessus — voilà le vrai Orient ; effet mélancolique et endormant ; vous pressentez déjà quelque chose d'immense et d'impitoyable au milieu duquel vous êtes perdu. Sur une fortification un musulman faisant sa prière et se prosternant du côté du soleil couchant. Abou Mandour est un santon[1]. Sycomore — l'homme qui garde le santon nous donne à manger quelques fruits du sycomore, qui ressemblent à des figues. Ce que nous appelons en Europe sycomore ne ressemble pas au sycomore[2]. Le gardien du santon me donne aussi quelques dattes — un chien me suit — la colique me travaille. Le Nil fait ici un coude, le désert est en face et à droite ; à gauche au-delà du Nil ce sont d'immenses prairies vertes avec de grandes flaques d'eau. Nous montons au télégraphe, le gardien me baise la main.

Retour à la caserne. Nous dînons tous les trois dans notre chambre à l'européenne — haricots excellents. Adieux au pacha — nuit bonne.

Le lendemain mardi, départ — le pacha nous salue de sa fenêtre. Il fait froid toute la journée et nous gardons nos cabans. Sur le bord de la mer nous retrouvons les chameaux à dattes. L'homme rossé nous voyant venir de loin avait pris le large[3].

EDKOU. Pendant qu'on appelle le passager nous chassons dans le marais. Max et moi abattons à la fois cinq pies de mer dont deux se perdent dans l'eau ; c'est mon premier gibier tué. Nous déjeunons de l'autre côté du passage, à l'abri contre le mur du télégraphe, avec la moitié de notre second poulet et les provisions de Hussein Pacha. Il fait froid — la mer est forte — nous rencontrons moins de coquilles qu'avant-hier.

À une lieue environ d'Alexandrie, il passe à côté de nous, à droite, deux chameaux montés par un nègre et un Arabe. Ils sont sans charge, les cordes sont entre-croisées à la selle et pendent sur leurs hanches. Les hommes montés dessus se tiennent debout et les battent à grands coups de bâton de palmier, en riant d'une voix rauque ; les chameaux trottinent comme des dindes. Ils ont passé vite ; rire et air féroce, notes gutturales, âcres, avec de grands coups de bras.

Avant de rentrer à Alexandrie, sur la gauche, sur une hauteur un moulin tout seul.

Nous sommes restés à Alexandrie jusqu'au dimanche 25. Beaucoup de visites[1]. Mal au ventre.

D'ALEXANDRIE AU CAIRE

Dimanche matin 25, départ sur un bateau remorqué par un petit vapeur qui ne contient que la machine. Rives plates et mortes du Mahmoudieh — sur le bord quelques Arabes tout nus qui courent — de temps à autre, un voyageur à cheval qui passe, enveloppé de blanc et trottinant sur sa selle turque. Passagers : Mme Chedutan, grande, maigre, élégante, vêtue en grecque ; son mari, médecin français[2] au service du vice-roi, couché sur des couvertures en bas, avec une Abyssinienne à ses côtés qui le soigne ; famille anglaise : hideuse, la maman semblait un vieux perroquet malade (à cause de son auvent vert ajouté à sa capote) ; M. Duval de Beaulieu, secrétaire de l'ambassade belge à Constantinople ; ingénieur arabe parlant anglais et se paffant de porter[3] le soir à table.

ATFEH[4]. Poules sur les maisons, elles ressemblent à celles des fellahs d'Alexandrie (et de toute l'Égypte). Cela me semble lugubre, surtout au coucher du soleil. Les bateaux des Barbarins[5], enfoncés dans l'eau, sont rehaussés d'un bordage en terre. Le soleil se couche ; les minarets de Fouah brillent en blanc à l'horizon ; à gauche au premier plan, prairie verte.

À Atfeh on entre dans le Nil et l'on prend un bateau plus grand.

Première nuit sur le Nil — état de satisfaction et de lyrisme : je fais des mouvements, je récite des vers de Bouilhet. Je ne peux me résigner à me coucher. Je pense à Cléopâtre. Les eaux sont jaunes — il fait très calme — il y a quelques étoiles. Vigoureusement empaqueté dans ma pelisse je m'endors, sur mon lit de campement que j'ai fait dresser sur le pont, et avec quelle joie ! Je suis réveillé avant Maxime — en se réveillant, il étend son bras gauche pour me chercher...

D'un côté le désert (sur la rive gauche), à droite; à gauche, prairie verte. Avec ses sycomores elle ressemble de loin à une plaine de Normandie avec ses pommiers. À droite, c'est gris rouge. On voit les deux pyramides puis une plus petite; travaux du barrage[1], c'est un pont commencé, à plusieurs arches romanes.

À notre gauche Le Caire s'entasse sur une colline. La mosquée de Méhémet Ali[2] élève son dôme; derrière elle, le Mokattam[3], pelé.

Arrivée à Boulac[4], tohu-bohu du débarquement; un peu moins de coups de bâton qu'à Alexandrie cependant.

De Boulac au Caire, route sur une sorte de chaussée plantée d'acacias ou de gazis[5] — nous entrons dans l'Esbekieh[6], tout planté — arbres, verdure. Descendus à l'hôtel d'Orient[7] chez Coulomb.

LE CAIRE

Visite au consul M. Delaporte[8] — bel homme — figure de jour de l'an; il ne faut pas marcher sur le sable de sa cour. Bekir bey[9], baragouinant; joli logement avec des plantes et des chinoiseries dans son salon. Mme Mari[10], en costume blanc, tarbouch d'or; ancienne superbe femme, cul carré. Lubbert bey[11]. Linant bey[12] nous montre ses dessins.

Le soir de notre arrivée, fête d'un santon: hommes rangés en parallélogramme et psalmodiant avec des gestes indiqués par un homme au milieu; un autre dans l'angle chantait la mélodie. Figure idiote d'un jeune homme (maigre, lippu, crâne fuyant, nez avançant) pris par le vertige du rythme. Un enfant chantait aussi, en s'agitant comme les hommes.

SALTIMBANQUES

Nous entrons dans une maison[13] où l'on faisait une noce. Bouffons, l'un jouait, faisait la femme, elle allait frapper à la porte du médecin: «Qui va là? — Un

malade. — Je n'ouvre pas.» On frappe de nouveau.
«Qui? — C'est... c'est... c'est. — Non. — Qui?» (etc.,
répété plusieurs fois). «Qui? — Une putain. — Ah!
entrez.»

«Que fait le médecin? — Il est dans son jardin.
— Avec qui? — Avec son âne qu'il encule.»

SALTIMBANQUES DE LA PLACE DE ROUMÉLIÉ[1]

Hier 1er décembre nous avons vu sur la place de
Roumélié un saltimbanque, avec un enfant de six à
sept ans et deux fillettes nu-pieds en blouse bleue, les
cheveux tombant en queue dans un mouchoir, sur
leurs épaules. Avec le revers de la main elles font des
pets factices semblables au bruit d'une étoffe que l'on
déchire. Le gamin petit, laid, carré, à ne savoir si
c'était un enfant ou un nain, était très comique. Il
nous abordait dans la foule : «Si vous me donnez cinq
paras[2] je vous apporterai ma mère à baiser»; ou
encore : «Je vous souhaite toutes sortes de prospérités,
surtout d'avoir un très long vit»; ou faisait des tours
avec un grand vase en fer-blanc, et un bonnet de derviche tourneur en feutre blanchâtre. Expression du
«Allah» du gamin en découvrant le pot et qu'il y a vu
des gâteaux à la place de pelotons de fil. La langue
arabe m'a paru charmante en ces choses; elle était
modulée, expressive. Le maître se faisant tirer de la
bouche un fil multicolore qui n'en finissait pas. Pour se
frapper ils avaient des bâtons fendus. Le maître était
le sot et l'enfant le dominait; dans une scène de sur-
dité l'enfant désespéré de ne pouvoir se faire entendre
s'est mis à lui crier au derrière.

L'HÔTEL DU NIL

Au bout de peu de jours nous quittons l'Orient, malgré la société du sieur Neuville[3], pour l'hôtel du Nil[4]
tenu par Bouvaret et Brochier. Personnel : le docteur
Ruppel[5], Mouriez[6], de La Tour[7], le baron de Gottbert[8].
Le corridor du premier étage est tapissé des lithographies de Gavarni arrachées au *Charivari*. Quand les

sheiks[1] du Sinaï viennent pour traiter avec les voyageurs, le vêtement du désert frôle sur le mur tout ce que la civilisation envoie ici de plus quintessencié comme parisianisme (Bouvaret est un ancien comédien de province, c'est lui qui colle ces choses aux lambris); les lorettes, étudiants du quartier latin, et bourgeois de Daumier restent immobiles devant le nègre qui va vider les pots de chambre.

UNE NOCE QUE NOUS RENCONTRONS DANS LA RUE, PRÈS LA MAISON DE LAMBERT BEY[2]

Un jour nous rencontrons derrière l'hôtel d'Orient une noce qui passe. Les joueurs de petites timbales sont sur des ânes — des enfants richement vêtus sur des chevaux; femmes en voile noir (de face, c'est comme ces ronds de papier dans lesquels sautent les écuyers, si ce n'est que c'est noir) poussant le zagarit[3]; un chameau tout couvert de piastres d'or; deux lutteurs nus, frottés d'huile et en caleçon de cuir, mais ne luttant nullement, faisant seulement des poses; des hommes se battant avec des sabres de bois et des boucliers.

HASSAN EL-BILBESI[4]

Un danseur, c'était Hassan el-Bilbesi, coiffé et habillé en femme, les cheveux nattés en bandeau, veste brodée, sourcils noirs peints, très laid, piastres d'or tombant sur le dos — autour du corps, en baudrier une chaîne de larges amulettes d'or, carrées — il joue des crotales[5]; torsions de ventre et de hanche splendides, il fait rouler son ventre comme un flot[6]. Grand salut final où ses pantalons se sont gonflés, répandus.

SOIRÉE CHEZ LA TRIESTINE

Petite rue derrière l'hôtel d'Orient — on nous fait monter dans une grande salle — le divan[7] avance sur la rue. Des deux côtés du divan, de petites lucarnes donnant sur la rue et qui ne peuvent se fermer — en face le divan une grande fenêtre, sans châssis ni vitre, à grille de fer par laquelle on voyait un palmier — sur un grand divan à gauche, deux femmes accroupies — sur une sorte de cheminée, une veilleuse qui brûlait et une bouteille de raki[1]. La Triestine est descendue, petite femme, blonde, rougeaude. La première des deux femmes, grosses lèvres, camuse, gaie, brutale, « un poco mata, signor[2] », nous disait la Triestine ; la seconde, grands yeux noirs, nez régulier, air fatigué et dolent — est sans doute au Caire la maîtresse de quelque Européen. Elle entend deux ou trois mots de français et sait ce que c'est que la croix d'honneur (la Triestine avait une peur violente de la police et qu'on ne fît du bruit chez elle. Abbas Pacha, qui aime les hommes, vexe beaucoup les femmes ; on ne peut dans cette maison publique ni danser ni faire de la musique). Elle a joué du tarabouk[3] sur la table avec ses doigts pendant que l'autre, ayant roulé sa ceinture, et l'ayant nouée bas sur ses hanches, dansait ; elle nous a dansé une danse d'Alexandrie qui consiste, comme bras, à porter alternativement le bord de la main au front. Autre danse : bras droits étendus devant soi, la saignée un peu fléchie, le torse immobile, le bassin fait des trilles.

Avant de nous livrer à la copulation, ces dames ont été faire des ablutions préalables.

J'ai pris Hadély (la seconde), elle a passé devant moi portant un flambeau à la main. Ses chalouars[4] amples traînaient par terre, et ses sandales claquaient sous ses pieds, à chaque pas. Bruit d'étoffe et de vent — frou-frou doux par terre — les piastres d'or de sa cheve-lure, en ligne au bout de fils de soie bruissaient — c'était un bruit clair et lent. Le clair de lune passait par la fenêtre. Je voyais le palmier, un coin du ciel avec du bleu et des nuages.

Dans la chambre une nichée de petits chats s'est dérangée de dessus la couverture où je devais m'étendre. Effet nouveau pour moi de ce nouveau déshabillé — la femme musulmane est barricadée, les pantalons noués et sans ouverture empêchent tout badinage de main.

Elle n'a pas défait sa petite veste verte, à broderies d'or : elle m'a fait signe qu'elle avait mal à la poitrine — elle toussait en effet ; mais tout le reste a été vite dénudé. Sa veste serrée lui faisait se réunir les deux seins. Nous nous sommes couchés ensemble sur la natte — chairs dures et fraîches — des fesses de bronze — les grandes lèvres coupées, le poil rasé. L'impression de son con était celle d'une graisse sèche.

L'ensemble était un effet de peste et de léproserie. Elle m'a aidé à me rhabiller avec une prévenance enfantine, prenant mes affaires et me les tendant. Elle m'adressait de temps en temps des questions de trois ou quatre mots en arabe, et elle attendait la réponse — étrange chose ; les yeux entrent les uns dans les autres, l'intensité du regard est doublée. Et la mine de Joseph au milieu de tout cela ! — Faire l'amour par interprète[1] !

CITADELLE
À moins qu'on n'y entre par la place de Roumélié, on y monte par des routes entourées de hauts murs.

MOSQUÉE DE MÉHÉMET[2]
Sur la plate-forme est la mosquée de Méhémet Ali. Au milieu de la cour, jolie fontaine en albâtre — dans un coin de la mosquée (on la construit maintenant), le tombeau provisoire de Méhémet Ali, entouré d'une cage en bois, recouvert de tapis, sous un lustre de cristal.

Du haut de la citadelle on a la vue générale du Caire. Les pyramides étaient en plein soleil, on ne pouvait les voir ; à droite, la plaine des tombeaux des Califes ; en face, Le Caire ; un peu plus loin à gauche, les masses de décombres qui précèdent le Vieux Caire ; derrière vous le Mokattam, rugueux et triste.

PUITS DE JOSEPH[3]
Plusieurs marches — murs gris-noir — un immense acacia s'épate dessus ; c'est un coin biblique. On des-

cend dans ce grand trou carré, taillé en plein dans le
roc. On a fait des ouvertures carrées dans le pan de
droite du mur afin de donner de la lumière. L'eau
monte à l'aide d'une roue hydraulique. Dans une excavation du mur, est le tombeau de Joseph : c'est un bloc
à même la roche, surmonté d'une petite boule — ça
sonne plus creux que le roc contigu. Nous redescendons dans la ville par le chemin où furent massacrés
les Mameluks[1]. Méhémet regardait la tuerie de la
grosse tour d'en haut où est placé le télégraphe. Avant
d'arriver à la porte qui donne sur la place de Roumélié, rencontre d'un vieux Turc actuellement pese-
venque[2] ; il est parti en France avec Napoléon et est
revenu au Caire. — Sur la place nous retrouvons notre
saltimbanque de l'autre jour avec les deux fillettes et le
gamin.

À PROPOS DE BOUFFONS

Un jour celui de Méhémet Ali prit une femme dans
un bazar et la foutit sur le devant de la boutique *coram
populo*. Il y a quelque temps un enfant sur la route de
Choubra[3] se faisait enculer par un singe.

Un marabout se promenait tout nu dans les rues
avec un takieh[4] sur la tête, et un autre petit takieh sur
le gland. Il retirait celui-ci pour pisser et les femmes
stériles s'allaient mettre sous la parabole d'urine et
s'en arrosaient. — Un marabout (idiot[5]) mourut il y a
quelque temps épuisé par la masturbation de toutes
les femmes qui allaient le visiter. Faits rapportés par
Linant bey.

À Alexandrie dans une noce, M. Aublé, propriétaire
à Rhodes, vit la scène suivante. C'était celle de Méphis-
tophélès interrogeant l'élève[6] sur le choix d'un métier.
«Que veux-tu faire ? — Médecin. — Mauvaise profession parce que… — Soldat. — Non, tu as tort, tu seras
blessé, tu seras tué. — Commerçant. — Tu perdras ton
argent, etc.»

Ainsi de toutes les professions avec des traits san-
glants sur chacune. «Tiens, vois-tu, petit, voici com-

ment on gagne de l'argent, voilà une vraie profession »
— et ce disant il se faisait fourrer dans l'anus un prodigieux phallus de bois de trois pieds de long que
poussait un homme qui le tenait articulé à son ventre ;
à chaque poussée de l'outil l'enculé ouvrait la bouche
et crachait des pièces d'or. — Et le commentaire, bien
entendu.

———

Mardi 4 décembre, bonne journée.

LÉGATION DE TOSCANE
En revenant de l'hôtel d'Orient et cherchant l'ouvrier qui raccommode le pied photographique de
Maxime, j'ai considéré le joli portail de l'hôtel habité
par la légation de Toscane : arcade romane à bâtons
brisés, fûts à quatre colonnes noués comme des cordes.
Dans la cour deux autruches en liberté qui se grat-
taient avec le bec les poux de leur dos.

Khankhalil[1] — bazar des orfèvres, étroit, sombre,
bruyant — bazar des parfumeurs[2]. Rentré pour déjeuner ; quatre lettres de ma mère.

TOMBEAUX DES CALIFES (COURSE AUX)
Entre la levée de terre qui est derrière les portes du
Caire et le Mokattam — couleur grise de la terre, des
tombeaux, des mosquées — à l'horizon du côté du
désert de Suez il y a des mouvements de terrain ressemblant à des tentes.

Mosquée de ...[3] ?

Dans la cour centrale un arbre chargé d'oiseaux.
Nous montons au minaret ; les pierres sont rongées,
déchiquetées. Sur les marches du haut, débris d'oiseaux qui sont venus mourir là, le plus haut qu'ils ont
pu, presque dans l'air. De là j'ai Le Caire sous moi — à
droite le désert avec les chameaux glissant dessus et
leur ombre à côté qui les escorte — en face, au-delà
des prairies et du Nil, les pyramides — le Nil est
tacheté de voiles blanches ; les deux grandes voiles

entrecroisées en fichu font ressembler le bateau à une hirondelle volant avec deux immenses ailes. Le ciel est tout bleu, les éperviers tournoient autour de nous ; en bas, bien loin, les hommes tout petits, ils rampent sans bruit ; la lumière liquide paraît pénétrer la surface des choses et entrer dedans.

Maxime marchande un collier de corail à une femme, collier à boule de vermeil. Elle allaitait un enfant ; elle s'est cachée pour retirer son collier, par pudeur — mais elle n'en montrait pas moins ses « deux tétons », comme dit le père Ruppel. Le marché n'a pas lieu.

À la tombée du jour, la lumière gris bleu violet pénètre l'atmosphère. Rentrée dans la ville, pipe et café dans un café.

Commencements de préparatifs pour l'expédition des pyramides — bon état physique et moral — bon espoir et bon ventre. Allons, allons, tout va bien.

(Mardi 4 décembre, 11 heures et demie du soir)

———

LES PYRAMIDES — SAKKARA — MEMPHIS

DÉPART

Vendredi 7 décembre partis du Caire à midi pour les pyramides.

Maxime est monté sur un cheval blanc qui encense, Sassetti sur un petit cheval blanc, moi sur un cheval bai, Joseph sur un âne.

Nous passons devant les jardins de Soliman Pacha [1]. Île de Roda. Nous passons le Nil en barque ; pendant qu'on est occupé à faire embarquer les bêtes, un mort nous croise porté dans sa bière à bras. Vigousse [2] de nos rameurs qui chantent — ils se penchent en avant et se renversent en arrière en criant crânement. La voile est très enflée, nous filons vite. — GIZEH, maisons en terre comme à Atfeh, bois de palmiers. Deux roues hydrauliques, l'une est tournée par un bœuf,

l'autre par un chameau. Maintenant s'étend devant
nous une immense prairie très verte, avec des carrés
de terre noire, places récemment labourées et les dernières abandonnées par l'inondation, qui se détachent
comme de l'encre de Chine sur le vert uni. Je pense à
l'invocation à Isis : « Salut, salut, terre noire d'Égypte [1] »
— la *terre* en Égypte est noire. Des buffles broutent —
de temps à autre un ruisseau boueux, sans eau, où
nos chevaux enfoncent dans la vase jusqu'au genou
— bientôt nous traversons de grandes flaques d'eau ou
des ruisseaux.

ARRIVÉE

Vers 3 heures et demie, nous touchons presque au
désert où les trois pyramides se dressent. Je n'y tiens
plus et lance mon cheval qui part au grand galop,
pataugeant dans le marais. Maxime, deux minutes
après, m'imite. Course furieuse — je pousse des cris
malgré moi — nous gravissons dans un tourbillon jusqu'au Sphinx. Au commencement, nos Arabes nous
suivaient en criant « σφινξ, σφινξ, oh — oh — oh » — il
grandissait, grandissait et sortait de terre, comme un
chien qui se lève [2].

VUE DU SPHINX = ABOU EL-HOUL
(« le père de la terreur »)

Le sable, les pyramides, le Sphinx, tout gris et noyé
dans un grand ton rose ; le ciel est tout bleu ; les aigles
tournent en planant lentement autour du faîte des
pyramides ; nous nous arrêtons devant le Sphinx — il
nous regarde d'une façon terrifiante. Maxime est tout
pâle ; j'ai peur que la tête ne me tourne, et je tâche de
dominer mon émotion. Nous repartons à fond de
train, fous, emportés au milieu des pierres. Nous faisons le tour des pyramides à leur pied même, au pas.
— Les bagages tardent à venir. — La nuit tombe.

PREMIÈRE NUIT

On dresse la tente (c'était son inauguration ; aujour-d'hui, 27 juin 1851, je viens avec Bossière[1] de la replier — très mal, c'est sa fin) — dîner — effet de la petite lanterne en toile blanche suspendue au mât de la tente. Nos armes sont croisées sur les bâtons. Les Arabes sont assis en rond autour de leur feu, ou dorment enveloppés de leur couverture dans des fosses qu'ils creusent dans le sable avec leurs mains ; ils sont couchés là comme des cadavres dans leur linceul. Je m'endors dans ma pelisse, savourant toutes ces choses. Les Arabes chantent une canzone monotone ; j'en entends un qui raconte une histoire. Voilà la vie du désert.

À deux heures Joseph nous réveille, croyant que c'est le jour ; ce n'était qu'un nuage blanc en face à l'horizon, et les Arabes avaient pris Sirius pour Vénus. Je fume une pipe à la belle étoile, regardant le ciel — un chacal hurle.

ASCENSION

Levé à 5 heures le premier, je fais ma toilette devant la tente dans le seau de toile. Nous entendons quelques cris de chacal. Montée de la grande pyramide, celle de droite (Chéops). Les pierres, qui à deux cents pas de distance semblent grandes comme des pavés, n'en ont pas moins, les plus petites, trois pieds de haut ; généra-lement elles vous viennent à la poitrine. Nous montons par l'angle de gauche (celui qui regarde la pyramide de Chéphren) ; les Arabes me poussent, me tirent ; je n'en peux plus, c'est désespérant d'éreintement, je m'arrête cinq ou six fois en route — Maxime est parti devant et va vite. Enfin j'arrive en haut.

Nous attendons le lever du soleil une bonne demi-heure.

LEVER DE SOLEIL DU HAUT DES PYRAMIDES [1]

En face le ciel a une bande d'orange du côté où va se lever le soleil. Tout ce qui est entre l'horizon et nous est tout blanc et semble un océan ; cela se retire et monte — le soleil paraît — il va vite et monte par-dessus les nuages oblongs qui semblent du duvet d'un flou inexprimable ; les arbres des bouquets de villages (Gizeh, Matarié, Bédréchein, etc.) semblent dans le ciel même, car toute la perspective se trouve perpendiculaire, comme je l'ai déjà vue une fois du port de la Picade dans les Pyrénées [2] — derrière nous, quand nous nous retournons, c'est le désert — vagues de sable violettes. C'est un océan violet.

Le jour augmente. Il y a deux choses : le désert sec, derrière nous — et devant nous une immense verdure charmante sillonnée de canaux infinis, tachetée çà et là de touffes de palmiers ; puis au fond, un peu sur la gauche, les minarets du Caire et surtout la mosquée de Méhémet Ali (imitant celle de Sainte-Sophie) dominant les autres. Je trouve du côté du soleil levant *Humbert frotteur*, cloué sur la pierre avec des épingles — état pathétique de Maxime qui s'était dépêché pour l'apporter et avait cuydé en crever d'essoufflement [3]. Descente facile par l'angle opposé.

INTÉRIEUR DE LA GRANDE PYRAMIDE

Après le déjeuner vous visitons l'intérieur de la pyramide. Elle s'ouvre du côté nord — couloir tout uni (comme un égout) dans lequel on descend — couloir qui remonte ; nous glissons sur les crottes de chauves-souris. Il semble que ces couloirs aient été faits pour y laisser doucement glisser des cercueils disproportionnés. Avant la chambre du roi, corridor plus large avec de grandes rainures longitudinales dans la pierre, comme si on y avait baissé quelque herse [4]. CHAMBRE DU ROI, tout granit en pierres énormes ; sarcophage vide au fond. CHAMBRE DE LA REINE, plus petite, même forme carrée, communiquait probablement avec la chambre du roi.

En sortant à quatre pattes d'un couloir, nous rencontrons des Anglais qui veulent y entrer, et sont dans la même posture que nous. Nous échangeons des politesses et chacun suit sa route.

PYRAMIDE DE CHÉPHREN

On ne monte pas dessus, si ce n'est Abdallah — «Abdallah cinq minutes montir». À l'extrémité son revêtement subsiste encore, blanchi par des fientes d'oiseaux[1].

INTÉRIEUR

Chambre de Belzoni[2]. Au fond un sarcophage vide. Belzoni n'y a rien trouvé que quelques ossements de bœuf, c'était peut-être ceux d'Apis[3]. Sous le nom de Belzoni, et non moins gros, est celui de M. Just de Chasseloup Laubat[4]. On est irrité par la quantité de noms d'imbéciles écrits partout: en haut de la grande pyramide il y a un Buffard, 79, rue Saint-Martin, fabricant de papiers peints, en lettres noires; un Anglais enthousiaste a écrit: Jenny Lind[5]; de plus, une poire représentant Louis-Philippe[6]; presque tous noms modernes; et le jeu arabe (parallélogramme garni de petits trous; on met de petits cailloux dans les trous, c'est un calcul).

PYRAMIDE DE RHODOPIS[7]

Il y a dedans plus de chauves-souris que dans les autres; leur petit cri aigre interrompt le silence de ces demeures cachées. Une chambre effondrée: était-ce là que gisait Rhodopis? Le plafond est ainsi fait: deux pierres convexes se touchant font une ogive très élargie[8]. Non loin, par des couloirs on communique à une autre chambre contenant des cellules latérales, à momies; il y a six cellules, deux au fond et quatre sur le côté droit.

HYPOGÉE, DERRIÈRE LA GRANDE PYRAMIDE

Sur les murs, en demi-relief, prêtres, sacrifices d'animaux, joutes navales ; une vache vêlant — le veau est tiré par un homme. Le couloir est voûté, mais c'est une seule pierre convexe, creusée, qui fait la voûte.

SPHINX

Nous fumons une pipe assis par terre sur le sable en le considérant. Ses yeux semblent encore pleins de vie ; le côté gauche est blanchi par les fientes d'oiseaux — la calotte de la pyramide de Chéphren en a ainsi de grandes taches longues. Il est juste tourné vers le soleil levant ; sa tête est grise ; oreilles fort grandes et écartées comme un nègre — le nez absent ajoute à la ressemblance en le faisant camard ; au reste il était certainement éthiopien, les lèvres sont épaisses — son cou est usé et rétréci — devant sa poitrine, un grand trou dans le sable, qui le dégage.

Après que nous eûmes examiné la seconde pyramide, nos trois Anglais vinrent (nous les y avions invités) nous faire une visite dans notre tente : café, chibouks, fantasia[1] de nos Arabes, trémoussement de cul du vieux sheik appuyé des mains sur un bâton ; les Arabes s'abaissent et se relèvent en claquant des mains et en chantant : «Pso — malem — jara — lendar ; pso — malem — jara — lendar», c'est du langage bédouin et ça veut dire «Sautons tous en rond»[2].

Nous avions pris un garde de Gizeh, nègre formidable, armé d'un bâton terminé par un cercle de fer.

Du haut de la pyramide un de nos guides nous montrait l'endroit de la bataille[3], et nous disait : «Napouleoûn — sultan Kebir? — Aieouat, mameluks», et avec les deux mains il faisait le geste de décapiter des têtes.

La nuit il fait grand vent — la tente tremble sur ses piquets, le vent donne de grands coups dans la toile comme dans la voile d'un vaisseau.

Dimanche. Matinée froide passée à la photographie.

Je pose en haut de la pyramide qui est à l'angle sud-est de la grande.

TOMBEAU-PUITS

Un fossé circulaire en plein roc, puis une plate-forme au milieu de laquelle un trou carré d'environ quatre-vingts pieds (vu de haut en bas) sur une trentaine de large — à côté (du côté des pyramides), un puits carré. Agilité merveilleuse de nos Bédouins. Au fond du tombeau, un sarcophage — dans le sarcophage, une grande figure en granit dont on ne voit que la tête. Je n'y suis pas descendu.

PETITES GROTTES[1] AU BAS
DE LA COLLINE DES PYRAMIDES

Elles ont l'air d'anciennes habitations de troglodytes. La roche est si déchiquetée qu'elle a des apparences animales, comme seraient des vertèbres informes. Le sable est couvert et rempli de détritus humains, noirs et blancs au soleil, morceaux de momies, fémurs. Nous en ramassons quelques-uns (comme nous avons fait hier en allant au Sphinx vers les trois figures de granit couchées dans le sable — quelqu'un a effacé une partie du cartouche qui est sur l'une d'elles).

Scènes en demi-relief : tributs amenés à un roi, bœufs, ânes (parfaits) ; au fond, un grand Isis et Osiris[2] assis, fort beaux ; les sculptures paraissent plus pures que celles de l'hypogée. Petites cellules peu profondes. Sur le même côté, statue debout, fruste, la tête un peu dans les épaules.

PROMENADE À CHEVAL dans le désert l'après-midi. Nous passons entre la première et la seconde pyramide — nous arrivons bientôt devant une vallée de sable, faite comme par un seul grand coup de vent. Grandes places de pierres qui semblent de la lave — temps de galop — essai de nos cornets — silence. Il nous semble que nous sommes sur une grève marine et que nous allons bientôt voir les flots ; nos moustaches sont salées, le vent est âpre et fortifiant — des traces de chacal, des pas de chameau à demi effacés par le vent. En haut de chaque colline on s'attend à découvrir quelque chose de nouveau et l'on ne découvre que toujours le désert.

Nous revenons. Le soleil se couche. La verte Égypte au fond ; à gauche, pente de terrain toute blanche : on dirait de la neige. Les premiers plans sont tout violets ; les cailloux brillent, baignés littéralement dans de la couleur violette, on dirait que c'est une de ces eaux si transparentes qu'on ne les voit pas, et les cailloux entourés de cette lumière glacée sur elle ont l'air métallique et brillent. Un chacal court et fuit à droite — on les entend glapir à l'approche de la nuit — retour à la tente, en passant au pied de la pyramide de Chéphren qui me paraît démesurée et tout à pic ; ça a l'air d'une falaise, de quelque chose de la nature, d'une montagne qui serait faite comme cela, de je ne sais quoi de terrible qui va vous écraser. C'est au soleil couchant qu'il faut voir les pyramides.

> (Dimanche 9 décembre, 8 heures et demie du soir
> sous la tente)

DES PYRAMIDES À MEMPHIS

Lundi 10. Nous longeons le désert qui s'affaisse et descend sur la vallée — soleil, grand air — les pyramides de Sakkara sont plus petites de beaucoup et plus ruinées que celles de Gizeh. À SAKKARA nous avons perdu nos bagages. Je reste au milieu du village — bois de palmiers — pendant que Max bat les environs au grand galop pour retrouver nos gens. Quelques Arabes fumaient au pied d'un mur en terre — cour entourée d'une palissade de roseaux secs — des poules çà et là… Notre saïs en petit bourgeron bleu (il courait les coudes en arrière, comme un oiseau, et la tête en avant), avec le croisé de la corde par-dessus, et coiffé d'un petit turban blanc, promenait au pas mon cheval en sueur. Des Arabes nous remettent sur la route et nous arrivons à MEMPHIS. Campement sur une sorte de petit cap planté de palmiers, au bord d'un grand étang, restes de l'inondation ; à gauche, maisons échelonnées avec un santon blanc ; au fond, perspective plate — verdure.

Mardi matin 11. Promenade au bord du lac avec nos fusils sur l'épaule. Arrivée de Neuville[1] escorté d'une masse de messieurs — pipe et café — tuée de tourterelles au bord du trou où gît, et sur lui-même, un colosse (Sésostris[2] ?) couché à plat ventre dans l'eau.

Nous montons à cheval et à travers des champs cultivés, chevauchant par une longue chaussée de terre poussiéreuse, nous nous dirigeons sur les pyramides de Sakkara. Au pied d'une de ces pyramides, re-rencontre de ces messieurs ; ils ont perdu Neuville, dont on entend au loin la fusillade. Quantité formidable de scorpions. Des Arabes viennent à nous en nous offrant des crânes jaunis et des planchettes peintes. Le sol semble fait de débris humains — pour rarranger la bride de mon cheval, mon saïs a pris un fragment d'os. La terre est trouée et mamelonnée par les puits — on monte et descend — il serait dangereux de galoper dans cette plaine tant elle est effondrée. Des chameaux passent au milieu avec un enfant noir les conduisant.

Pour avoir des ibis, nous descendons dans un puits ; puis c'est un couloir dans lequel il faut ramper sur le ventre ; on se traîne sur du sable fin et sur des débris de poterie ; au fond, les pots à ibis[3] sont rangés comme des pains de sucre chez un épicier, en tête-bêche.

HYPOGÉE

On dévale sur le sable par une ouverture étroite : colonnes carrées enfouies, restes de peinture et d'un beau dessin, chambres voûtées par des pierres convexes longitudinales ; modillons[4] aux corniches, niches à momies. Ça devait être un très bel endroit.

Retour d'Abousir[5] à Memphis au galop.

Nous lisons nos notes sur Memphis, couchés sur le tapis — les puces sautent sur le papier — promenade au coucher du soleil dans les bois de palmiers, leur

ombre s'étend sur l'herbe verte comme les colonnes
devaient faire autrefois sur les grandes dalles disparues. Le palmier, arbre architectural. Tout en Égypte
semble fait pour l'architecture, plans des terrains,
végétations, anatomies humaines — lignes de l'horizon.

Mercredi, retour au Caire — presque toujours sous
des palmiers. La poussière qui s'étend sous leurs pieds
est clairsemée des jours du soleil qui passent dessous
— un champ de fèves en fleurs embaume — le soleil
est chaud et bon. Je rencontre un scarabée[1] sous les
pieds de mon cheval. Nous passons le Nil à Bédréchein, laissant Toura, de l'autre côté du Nil un peu sur
la droite.

Grand espace plat de sables jusqu'aux tombeaux des
Mameluks[2], bon soleil, sentiment de route, poudroie-
ment, chaleur. J'étreins mon cheval dans mes genoux
et je vais le dos voûté, la tête sur la poitrine. Nous rentrons par Carameïdan[3] et la citadelle.

———————

Ce mercredi 12 était
l'anniversaire de ma naissance[4],
28 ans.

———————

[LE] CAIRE

MOSQUÉE DE HASSAN[5]

Vestibule rond — pendentifs en stalactites —
grandes cordes qui pendent d'en haut. Nous mettons
des babouches de palmier.

MOSQUÉE EL-TOULOUN[6] presque détruite, a été destinée par Ibrahim Pacha pour faire un hôpital. Abbas
Pacha a enlevé les ouvriers pour sa maison de campagne sur la route de Matarié. Cour immense ; bas-
côtés ogivaux, soutenus par des piliers en carré long,
flanqués aux quatre coins d'une colonne.

PLACE DE ROUMÉLIÉ

Sur la place de Roumélié, nous retrouvons nos amis les saltimbanques. L'enfant faisait le mort (fort bien), on quêtait pour le ressusciter; on lui mettait un porte-mousqueton en fer dans la bouche et il se promenait avec cela, tout nu. Non loin, groupe d'Arabes jouant du tarabouk et chantant; plus loin un autre contait un conte; de l'encens brûlait près de lui.

BAIN TURC. — Petit garçon en tarbouch rouge qui me massait la cuisse droite d'un air mélancolique.

MARIÉE DANS LES RUES

J'ai entendu une noce et je me suis dépêché. La mariée sous un dais de soie rose, escortée de deux femmes à yeux magnifiques, celle surtout qui était à sa gauche; la mariée, comme toujours, recouverte d'un voile rouge qui avec sa coiffure conique la fait ressembler à une colonne — la mariée peut à peine marcher tant elle est empêtrée.

DES SANTONS

Un santon de Rosette tombe sur une femme et la baise publiquement. Les femmes qui étaient là ont défait leurs voiles et couvert l'accouplement.

Histoire d'un Français perdu dans la Haute-Égypte et sans moyens d'existence; pour vivre il s'imagine de se faire passer pour santon et y réussit. Un Français le reconnaît... — le santon finit par obtenir une place de douze mille francs dans l'administration militaire.

————

Dimanche 16 décembre 1849.

En remontant de déjeuner j'ai entendu le cri aigre de X qui se mourait. J'ai lu sur mon divan les notes de Bekir bey sur l'Arabie[1]. Il est trois heures et demie.

MORT D'UNE ANGLAISE DEVENUE MUSULMANE
LES PRÊTRES CATHOLIQUES ET MUSULMANS
SE DISPUTENT SON ÂME

À 3 heures je suis descendu dans le jardin fumer une pipe. Mme X était morte; en passant sur l'escalier j'ai entendu les cris de désespoir de sa fille. Autour du bassin, près du petit singe attaché au mimosa, il y avait un Franciscain qui m'a salué. Nous nous sommes regardés et il a dit: « Il y a encore un peu de verdoure », et il s'est en allé. Les enfants de l'école du Juif jouaient dans le jardin, deux petites filles et trois garçons, dont l'un faisait crier une mécanique qui fait tourner des soldats. Le docteur Ruppel est venu, a donné une noix au singe qui a sauté sur lui. « Ah! cochon! ah! cochon! ah! petit cochon! » a-t-il dit; puis il s'en est allé faire ses courses en ville, car il avait son chapeau. Dans la cour, Bouvaret en chemise et fumant son cigare m'a dit: « C'est fini » — on va enlever la mère et la fille qui se cramponne à elle — elle crie maintenant à tue-tête, ce sont presque des aboiements.

C'était une Anglaise élevée à Paris — dans le quartier où elle vivait elle a fait la connaissance d'un jeune musulman maintenant caïmacan[1], et s'est faite musulmane. Les prêtres musulmans et les catholiques se disputent son enterrement — elle s'est confessée ce matin, mais depuis la confession elle est revenue à Mahomet et va être enterrée à la turque.

(4 heures moins le quart)

———

PLUIE AU CAIRE

À partir de lundi 17, toute la semaine, il a plu; le temps a été employé à l'analyse des notes de Bekir bey et à la photographie. Deux fois, nous nous sommes risqués avec nos grandes bottes dans les rues du Caire, pleines de lacs de boue — les pauvres Arabes pataugeaient là-dedans jusqu'à mi-jambe et grelottaient. Les affaires sont suspendues; les bazars fermés; aspect triste et froid. Des maisons s'écroulent sous la pluie. Pour sécher la boue on répand dessus de la cendre et des décombres. Ainsi s'élève graduellement le niveau des terrains.

Samedi 22, visite au tombeau d'Ibrahim Pacha dans la plaine qui est entre le Mokattam et le Nil, après Carameïdan. Tous les tombeaux de la famille de Méhémet Ali sont d'un goût déplorable rococo, Canova, europo-oriental, peintures et guirlandes de cabaret, et par là-dessus des petits lustres de bal. Nous longions l'aqueduc qui porte des eaux à la citadelle. Des chiens libres dormaient et flânaient au soleil ; des oiseaux de proie tournaient dans le ciel. Chien déchiquetant un âne dont il ne restait qu'une partie du squelette et la tête avec la peau complète — la tête, à cause des os, est sans doute le plus mauvais morceau. C'est toujours par les yeux que les oiseaux commencent, et les chiens généralement par le ventre ou l'anus — ils vont, tous, des parties les plus tendres aux plus dures.

JARDIN DE RODA

Grand, mal tenu, plein de beaux arbres — palmiste des Indes. Au bout, du côté du Caire, escalier qui descend dans l'eau — palais de Méhémet bey (sur la droite en regardant Le Caire), celui qui fit ferrer son saïs qui lui demandait des markoubs[1]. Dans le jardin de Roda il y a, du côté de Gizeh et cachée sous les arbres, près d'un sycomore magnifique, une maison que l'on louait jadis aux consuls et où l'on mènerait la vie orientale…

HÔPITAL DE KASR EL-AÏNI[2] — bien tenu. Œuvre de Clot bey — sa trace s'y trouve encore. Jolis cas de véroles ; dans la salle des mameluks[3] d'Abbas, plusieurs l'ont dans le cul. Sur un signe du médecin tous se levaient debout sur leurs lits, dénouaient la ceinture de leur pantalon (c'était comme une manœuvre militaire) et s'ouvraient l'anus avec leurs doigts pour montrer leurs chancres, infundibulums énormes ; l'un avait

une mèche dans le cul — vit complètement privé de
peau à un vieux — j'ai reculé d'un pas à l'odeur qui
s'en dégageait. Rachitique : les mains retournées, les
ongles longs comme des griffes. On voyait la structure
de son torse comme à un squelette et aussi bien ; le
reste du corps était d'une maigreur fantastique ; la tête
était entourée d'une lèpre blanchâtre.

Cabinet d'anatomie : préparation en cire d'Auzoux,
dessin d'écorché aux murs. Fœtus d'Auzoux dans sa
boîte ronde ; sur la table de dissection un cadavre
d'Arabe, avec une belle chevelure noire ; il était tout
ouvert[1].

Pharmacien corse, en veste et canne[2]. Le soir, scène
de Sassetti[3].

Lundi 24 décembre, journée passée au MOKATTAM,
où nous n'avons rien vu. Déjeuner entre deux roches ;
les ânes se perdent, Joseph passe tout son temps à les
chercher. Nous marchons dans le désert — nous nous
couchons par terre — pas une idée, presque pas une
parole — bonne journée d'inaction et d'air. Sur la
hauteur en vue de la citadelle, une vieille mosquée[4].
Nous montons les marches ruinées du minaret, d'où
l'on voit Le Caire, le Vieux Caire presque au premier
plan ; les deux grands minarets blancs de la mosquée
de Méhémet Ali ; les pyramides, Sakkara, la vallée du
Nil, le désert au-delà, Choubra au fond à droite. Nous
avons bu une tasse de café dans un café près de la citadelle et fumé dans de longs chichehs[5] (de La Mecque).
À ma gauche un peu derrière moi, un homme monté
sur le banc faisait sa prière — un enfant, pour faire
une farce, a soufflé dans le cornet de Joseph ; un âne
était à la porte, se tenant dans une pose parthéno-
nienne, une jambe en avant et la tête gourmée comme
l'âne de J.-C. dans la fresque de Flandrin[6] à Saint-
Germain-des-Prés. Après avoir fait sa prière, l'homme
s'est tranquillement peigné la barbe, comme fait un
monsieur dans son cabinet de toilette. Ce même âne
de Maxime, qui brayait souvent, avait à la fin des gar-

gouillements comme le chameau : est-ce à force d'en entendre ? on n'a pas encore étudié jusqu'à quel point va l'imitation chez les animaux. Cela pourrait finir par dénaturer leur langue ; ils changeraient de voix...

MESSE DE MINUIT (LATINE) — évêque sous un dais — chandelles, colonnes garnies de damas rouge — au-dessus gynécée en bois de palmier, en forme de ventre (comme malgré soi et par la force de sa destination même ?) ; quelques voiles de femmes paraissaient à travers. Pendant que les prêtres mettaient leurs chasubles, airs dansants de l'orgue.

Mardi 25, jour de Noël. Visite à M. Delaporte. Mme Delaporte, petite, blonde, en anglaises, le bas du visage comme la Muse[1]. Lambert[2] n'est pas chez lui. Mougel bey[3]. Interminable promenade sur l'Esbekieh avec Lubbert et Bekir. Peur de se compromettre de ces messieurs : quelle sotte et triste vie[4] ! Le fils du chérif[5] de La Mecque avec toute sa suite — à cheval, turban en cachemire, caftan[6] vert, teint de café. Dîner : conversation plus que légère, puis socialo-philosophique ; a dû peu amuser la société.

26, visite aux mosquées avec de La Tour et mosieu Malézieux[7] : redingote, col, chapeau, gants jaunes, air pitoyablement couenne, ne s'amusant pas du tout de l'architecture arabe. — En revanche, en passant près du bazar des nègres du côté de Bab el-Foutouh[8], s'est émoustillé : « Dites donc à votre guide de lui dire de se mettre toute nue », à propos d'une pauvre négresse qui était devant nous.

MOSQUÉE EL-AZHAR[9]. Mollahs par terre au soleil, dans la cour, écrivant, pérorant ; enfilades de colonnes au pied desquelles on voyait des couronnes de turbans blancs — le sheik écartait à coups de bâton la foule, quand elle devenait trop compacte autour de nous. — Brutalité de notre cawas[10] pour faire ranger le monde ; sur les marches des mosquées, il prenait son long bâton

à pomme d'argent à deux mains et tapait de droite et
de gauche.

Setti Zeinab — El-Haçanieh[1].

HÔPITAL CIVIL DE L'ESBEKIEH. Fous hurlant dans
leur loge. — Un vieux qui pleurait pour qu'on lui cou-
pât le cou — l'eunuque noir de la Grande Princesse[2]
est venu me baiser les mains — une vieille femme me
priait de la baiser, elle exhibait son flasque et long
téton qui pendait jusqu'au nombril et tapait dessus ;
penchant la tête de côté et montrant les dents, elle
avait des sourires d'une exquise douceur. Dans la cour,
en m'apercevant s'est mise à cabrioler sur la tête « et
leur monstroyt son cul » ; c'est sa coutume lorsqu'elle
voit des hommes. Dans sa loge une femme dansait en
tapant sur son pot de chambre de fer-blanc comme sur
un tarabouk.

Singe devant l'hôtel d'Orient. Une dame de la suite
de la grande-duchesse de Hollande lui a donné ses
gants ; avec elle était un monsieur décoré du Grand
Lion néerlandais et ayant pour épingle de cravate un
vaisseau à trois ponts.

Visite à Batissier[3].

Le soir, bal masqué dans la rue des bordels valaques[4].
Il y avait en tout deux masques ayant le physique de
putains à trois francs, spencers noirs avec des fourrures — grosse femme maîtresse de l'établissement —
table de jeu et consommation de petits verres : c'était
d'un comique froid et stupide.

Jeudi 27. Bazar des parfumeurs. Visite à l'évêque
catholique — réfectoire — bon dîner de ces messieurs ;
il y a deux espèces de gâteaux de Savoie. Il n'y a moyen
d'en rien tirer ; après vingt minutes de conversation
presque à moi seul, je salue la compagnie.

Tombeau des Califes où photographie Maxime.

De La Tour — rentrée au Caire — tout est dans
l'ombre, si ce n'est du côté du Vieux Caire une place
d'or dans le ciel sur lequel se détachent en noir quelques
minarets — Le Caire aux lumières.

Vendredi 28. Démarches infructueuses pour les renseignements commerciaux[1]. Visite à l'évêque copte — qui me reçoit dans sa cour —, précédé par Haçan[2] qui lui dit: «C'est un cawadja[3] françaou qui voyage par toute la terre pour s'instruire et qui vient vers toi pour causer de ta religion.» Dans un petit jardin de quelques arbres, plate-bande de haute verdure sombre — un divan treillagé en fait le tour. L'évêque copte, vieux à barbe blanche dans sa pelisse, accroupi dans un coin du divan, nu-pieds; il toussotait. Autour de lui, des livres. À une certaine distance, trois docteurs en robe noire, plus jeunes, debout, et avec de longues barbes aussi. Quand il a été fatigué, un autre prêtre a continué. Haçan au milieu, debout, les bras croisés dans ses larges manches. J'avais laissé mon courbach[4] à l'entrée. Moi assis sur le divan et devisant[5].

Samedi 29. À 3 heures de l'après-midi, été à BOULAC faire notre première visite à Lambert bey[6]. Le soir, vieux bonhomme qui vient chez nous avec son coute[7] qu'il prend au milieu; il a connu Bonaparte et nous fait la description exacte de sa personne: «Petit, sans barbe, la plus belle figure qu'il ait jamais vue, beau comme une femme avec des cheveux tout jaunes; il faisait indistinctement l'aumône aux juifs, aux chrétiens et aux musulmans.» Notre vieux nous dit qu'il s'embête et voudrait bien que nous l'emmenions avec nous dans notre pays. C'est un fumeur d'opium; le seul effet que cela lui fasse c'est qu'il reste plus longtemps sur sa femme, quelquefois une heure. Il a été jadis très riche, a été marié vingt et une fois et s'est ruiné.

Nous avons eu ce jour-là, après notre déjeuner, des danseurs, le fameux Hassan el-Bilbesi, et un autre avec des musiciens.

HASSAN EL-BILBESI

Son compagnon eût été remarqué sans lui. Pour costume à tous les deux, de larges pantalons et une veste brodée, les yeux peints avec de l'antimoine

(khôl[1]) — la veste descend jusqu'à l'épigastre tandis
que les pantalons, retenus par une énorme ceinture de
cachemire pliée en plusieurs doubles, ne commencent
à peu près qu'à la motte[2]. De sorte que tout le ventre,
les reins et la naissance des fesses sont à nu, à travers
une gaze noire retenue par les vêtements inférieurs et
supérieurs. Elle se ride sur les hanches comme une
onde transparente à tous les mouvements qu'ils font.
La flûte aigre — tarabouk[3] vous sonne dans la poitrine
— le chanteur domine tout. Les danseurs passent et
reviennent. Inexpressivité de la figure sous le fard et la
sueur qui coulent. L'effet résulte de la gravité de la
tête avec les mouvements lascifs du corps ; quelquefois
ils se renversent tout à fait sur le dos, par terre,
comme une femme qui va s'étendre et se relève tout à
coup d'un soubresaut brusque — tel un arbre qui se
redresse une fois le vent passé. Dans les saluts et révé-
rences, temps d'arrêt ; leurs pantalons rouges se bouf-
fissent tout à coup comme des ballons ovales, puis
semblent se fondre en versant l'air qui les gonfle. De
temps à autre pendant la danse, le cornac[4] fait des
plaisanteries et baise Hassan au ventre — Hassan, tout
le temps, ne s'est pas quitté de vue de dedans la glace.

Mouriez déjeunait pendant ce temps-là sur une
petite table ronde à gauche.

Voici la traduction de ce que chantait le chanteur
pendant la danse :

« Un objet turc d'une taille svelte possède des regards
aiguisés et pénétrants.

Les amants, à cause d'eux, ont passé la nuit dans les
fers de l'esclavage.

Je sacrifie mon âme pour l'amour d'un faon qui a su
enchaîner des lions.

Mon Dieu, qu'il est doux de sucer, de sucer le nectar
de sa bouche !

Ce nectar-là n'est-il pas la cause de ma langueur et
de mon dépérissement ?

Pleine lune, c'est assez de rigueur et de tourments ;

il est temps que tu accomplisses la promesse que tu as faite à l'amoureux languissant.

Et surtout ne mets pas un terme aux faveurs que tu lui accorderas. »

Dimanche. Visité l'église copte[1] du Vieux Caire. M. de Voltaire eût dit : « Quelques méchants gredins réunis dans une vilaine église accomplissent sans pompe les rites d'une religion dont ils ne comprennent même pas les prières. » De temps à autre, le premier assistant venu indique tout haut la prononciation du mot que le prêtre ne peut lire.

Crypte de la Vierge, où l'on dit qu'elle se reposa avec son enfant quand elle arriva en Égypte. La crypte est supportée par des arcs plein cintre sur les côtés. Du reste, nulle. On nous lit des fragments d'évangile.

MOSQUÉE D'AMROU[2] — au Vieux Caire — sur le plan de celle de La Mecque. On nous montre la colonne qu'Omar[3] chassa à coups de fouet de La Mecque en lui ordonnant de venir se placer ici. Ce qu'elle exécuta. On voit la marque du coup de fouet. On nous montre un puits dans lequel dernièrement un Algérien retrouva sa tasse qu'il avait laissée tomber dans le puits Zemzem[4] : ce puits communique avec le puits Zemzem. À l'entrée, à gauche, on montre deux colonnes jumelles ; l'homme qui n'a pas dit de mensonge peut, quoiqu'elles soient fort rapprochées, passer entre elles deux et elles se referment ensuite.

Visite à Birr[5], commandant, aide de camp de Soliman Pacha, grand et bon Allemand qui nous offre à déjeuner, ce que nous refusons.

Lundi, Saint-Sylvestre. Départ pour le barrage en dromadaire, qui nous réussit assez. De La Tour et Joseph trottinent à âne — famille Mougel[6] — *Mohammed*.

Photographie — villages de fellahs de l'autre côté du Nil — soirée musicale — couché dans la cange[7] — scandalisé de La Tour.

Mardi, jour de l'an — matinée froide et brumeuse.

Nous repartons sur les dromadaires. Atrocement triste jusqu'à Choubra, il m'est impossible de parler.

Mercredi. Visite à Linant Bey. Il nous reçoit dans son jardin dont on taille les haies; il y a des roses, nous sommes au 2 janvier. Linant nous montre l'atlas de M. Jomard[1] sur son voyage à l'oasis d'Amon.

Jeudi 3. Achat de graines; excellent bain.

MATARIÉ = HÉLIOPOLIS

Vendredi 4. Départ pour MATARIÉ — route sous des arbres — obélisque[2] dans le jardin de Selim[3] effendi[4]. Un Arménien à long nez d'oiseau de proie, signe distinctif de la race. Petite sakieh[5] à l'entrée du jardin où est l'obélisque. L'arbre de la Vierge[6] est dans un autre jardin, sur la droite en arrivant à Matarié; c'est comme plusieurs bûches mises de champ, du milieu de la réunion desquelles sort un tronc; le jardin est plein de roses. — Je rentre au Caire, seul, dans un bon état. Le matin, en venant, j'avais vu un ibis blanc picorant dans l'herbe verte à côté des buffles; quelquefois on en voit de perchés sur leur dos ou sur leurs cornes.

Samedi 5. J'ai traversé Le Caire à pied tant on glissait[7]. Tout le long de la route, tantôt je descendais de mon baudet, tout en colère, je faisais quelque cents pas à pied puis je remontais, et toujours de même. Le jeune Mohammed criait: «Haênbraim aibraïm!» de toute sa force, et Ibrahim ne venait pas. Nos fouilles auprès des deux piliers carrés de pierre à l'entrée de Matarié sont infructueuses[8], nous ne trouvons qu'un gros bardac[9], un caillou rond, et une espèce de bracelet en poterie. Rentrée au Caire par le désert de Suez. Le soir à dîner conversation des plus libres.

AQUEDUC DE JOSEPH[10]

Dimanche 6 janvier. Nous passons tout l'après-midi à tirer des oiseaux de proie le long de l'aqueduc de Pharaon.

CHIENS, CHARNIER

Des chiens blanchâtres, à tournure de loup, à oreilles pointues, hantent ces puants parages ; ils font des trous dans le sable, nids où ils couchent — carcasses de chameaux, de chevaux et d'ânes ; il y en a qui ont le museau violet de sang caillé, recuit au soleil. Des mères pleines se promènent avec leurs gros ventres ; suivant leur caractère individuel, ils aboient aigrement ou se dérangent pour nous laisser passer. Un chien d'une autre tribu est fort mal accueilli lorsqu'il vient dans une tribu étrangère. Des huppes tigrées et au long bec picorent les vermisseaux entre les côtes de charognes — les côtes du chameau, plates et fortes, ressemblent à des branches de palmier dégarnies de feuilles et courbées. Une caravane de quatorze chameaux passe le long des arcs de l'aqueduc pendant que je suis à guetter des vautours — le grand soleil fait puer les charognes, les chiens roupillent en digérant, ou déchiquettent tranquillement.

Après la chasse aux aigles et aux milans nous avons tiré sur les chiens ; une balle qui tombait près d'eux sur le sable les faisait s'en aller lentement sans courir — nous étions sur un mamelon, eux sur un autre ; tout le vallon compris entre eux et nous était dans l'ombre. Un chien blanc posé au soleil, oreilles droites. Celui que Maxime a blessé à l'épaule s'est tourné en demi-lune, a roulé avec des convulsions par terre, puis s'est en allé... mourir dans son trou, sans doute. À la place où il avait été atteint, nous avons vu une flaque de sang, et une traînée de gouttelettes s'en allait dans la direction de l'abattoir. C'est un enclos, de médiocre grandeur, à trois cents pas de là ; mais il y a cent fois plus de charognes en dehors qu'en dedans, où il n'y a guère que des tripailles et un lac d'immondices. C'est au-delà, entre le mur et la colline qui est derrière, que se voient d'ordinaire le plus de cercles tournoyants d'oiseaux — tout le terrain de ce quartier n'est que monticules de cendre et poteries cassées — sur un morceau de poterie, des gouttes de sang.

FILLES À SOLDATS

C'est le long de l'aqueduc que se tiennent d'ordinaire les filles à soldats, qui se livrent là à l'amour moyennant quelques paras. Maxime en chassant a dérangé un groupe, et j'ai régalé de Vénus nos trois bourriquiers moyennant la somme de soixante paras (une piastre et demie, sept sols environ). Ce jour-là quelques soldats et des femmes fumaient au pied des arches et mangeaient des oranges ; un d'eux monté sur l'aqueduc faisait le guet. Je n'oublierai jamais le mouvement brutal de mon vieil ânier s'abattant sur la fille, la prenant du bras droit, lui caressant les seins de la gauche et l'entraînant, le tout dans un même mouvement, avec ses grandes dents blanches qui riaient — son petit chibouk de bois noir passé dans le dos — et les guenilles enroulées au bas de ses jambes malades.

Lundi 7. Entrée au Caire de la princesse belle-mère d'Abbas Pacha, revenant du pèlerinage de La Mecque. On a été l'attendre au palais qui est dans le désert de Suez.

Pèlerins montés sur des chameaux, qui descendent et se jettent dans les bras de leurs amis ou parents — deux hommes qui s'embrassent en pleurant et s'écartent aussitôt ; manœuvres de l'infanterie irrégulière dans le désert — il fait froid et beaucoup de poussière. Bekir bey nous fait entrer parmi l'état-major ; la musique joue des polkas ; le chef de musique, grosse bedaine en redingote et en souliers-bottes, à cheval ; Nubar bey[1], jeune Arménien à la tournure quartier latin ; — figure grotesque des pauvres pachas turcs serrés dans leurs uniformes européens.

UN CHAMEAU HABILLÉ

Les chameaux de la princesse ont aux genouillères des miroirs entourés de colliers de perles ; autour du cou un triple collier de sonnettes — sur la tête des bouquets de plumes de couleurs.

UNE LITIÈRE

Les fenêtres de sa litière sont en forme de hublot de navire et décorées de glaces à l'intérieur. Les lances des irréguliers sont, au bout de la hampe, décorées d'un hérisson de plumes.

UN QUARTIER DU CAIRE

Mercredi. Je me promène tout seul[1] dans Le Caire, par un beau soleil, dans le quartier compris entre Carameïdan et la porte de Boulac (celle qui est au coin de l'Esbekieh, à gauche en regardant le nord). Je me perds dans les ruelles et j'arrive à des culs-de-sac. De temps à autre je trouve une place faite par des décombres de maisons ou plutôt par des maisons qui manquent — des poules picorent — des chats sont sur les murs — vie tranquille, chaude et retirée — grands effets de soleil éblouissant lorsque tout à coup on sort de ces ruelles si resserrées que les auvents des moucharabiehs des maisons entrent les uns dans les autres.

RENTRÉE DE LA CARAVANE DE LA MECQUE

Jeudi 10. Rentrée de la caravane de La Mecque — entrée du Tapis[2].

Nous nous levons matin et nous allons dans la rue du côté de Bab el-Foutouh attendre la caravane. On voit des têtes de femmes aux fenêtres, sous les auvents des moucharabiehs, et qui se voilent dès qu'elles s'aperçoivent qu'on les regarde.

LE MILITAIRE ORIENTAL *S'EUROPISANT*

Sur un chameau est assis un homme tout nu jusqu'à la ceinture, qui se dandine en mesure, dervichisant. Les hommes de la cavalerie irrégulière ont des attitudes superbes de déguenillement et de férocité — pas de pièces à leurs vêtements, de la poussière et pas de taches ; mais en revanche, quelque bien disciplinée (relativement) que soit la troupe, c'est d'une opposition grotesque. Plagiat européen — les pauvres officiers en sous-pieds, et quelles chaussures !

———

Chamas[1] — Mlle Rose Jallamion — Histoire de Birr et du baron de Gottbert.

———

Jeudi 17. Boulac — Nil — cange — soleil — vaste et calme aspiration. Bains seuls, parfums, lumière par les lentilles de verre des rotondes — bardaches[2]. Jusqu'à 1 heure de nuit nous travaillons avec Khalil effendi[3]. C'est l'Épiphanie des Grecs, nous sortons à 1 heure du matin ; en attendant l'ouverture de l'église, nous stationnons dans un café ; l'église ouvre à 4 heures du matin.

ÉPIPHANIE DES GRECS

Église des Arméniens : une espèce de rotonde vitrée à l'entrée, dans laquelle on vend des bougies. Au moment où nous entrons les assistants sont tournés le dos à l'autel et le nez vers la porte. Les tableaux religieux sont dans le goût de ceux des Coptes. — Effet charmant des chœurs à demi-voix (chantés par les enfants) qui continuent le point d'orgue du fausset poussé par l'officiant. Quand le fausset est au bout de son point d'orgue, le chœur, mezza voce, continue — peu de beauté dans les costumes — le signe de croix est mêlé aux vraies prosternations musulmanes. Ainsi : d'abord un signe de croix, puis une prosternation où le front touche à terre.

Re-station dans un café. Max va se coucher — les Grecs ne sont pas encore ouverts. Troisième station dans un café, Joseph et moi. Il est quatre heures du matin.

Dans l'église grecque : tableaux byzantins d'un goût russe — cela vous reporte aux neiges. En entrant (pour la deuxième fois) dans l'église, le demi-crépus-

cule commençait. J'avais ce picotement des yeux d'un
homme qui a veillé sur ses jambes. Quelques grandes
dames grecques entraient dans l'église ; j'ai été saisi
par une bouffée de bonne odeur (fraîche) qui sortait de
dessous leur voile dans le grand mouvement de coude
qu'elles faisaient pour le raffermir sur leur tête — et
par le bas que le vent soulevait. À cette heure je vois
passer devant moi un bas d'étoffe rose bouffie et le
bout d'un pied dans une pantoufle jaune pointue.

L'office fut interminable. Le patriarche dans sa
chaire, fier et dur de regard — a apostrophé deux ou
trois fois vigoureusement les femmes qui babillaient
dans le gynécée — petit garçon en redingote allant lui
baiser la main et se prosternant — abus du baisement
de main. Lui-même baise l'évangile. Après une quête
on verse aux assistants de l'eau de fleur d'oranger sur
les mains — je m'en vais à 8 heures et la messe n'a fini
qu'à 10 !

Le lendemain matin, contrat avec raïs Farghali au
consulat[1]. Lundi matin visite à Soliman Pacha.

DAUSEH

Vendredi 25 janvier, cérémonie du Dauseh[2] = piéti-
nement. Froid — sur le mur — un vieux qui essaie à
pisser et se traîne sur les genoux en frottant sa pauvre
histoire par terre. Des putains valaques à côté de nous
sur le mur. Tohu-bohu de couleurs à cause de tous les
turbans qui se pressaient — deux voitures pleines
d'étrangers — une troisième voiture, verte, d'où sort la
tête d'un nègre. Sur la terrasse du palais à droite des
eunuques qui regardent.

Deux troupes d'hommes se sont avancées, se balançant et hurlant, quelques-uns avec des broches de fer
passées dans la bouche, ou des tringles passées dans la
poitrine ; et aux deux bouts étaient des oranges — un
grand nègre, la tête portée en avant et tellement
furieux qu'on le tenait à quatre — il ne savait plus où
il était. Des eunuques tombaient sur la foule à grands
coups de bâtons de palmier pour faire faire place ; on

entendait les coups sonner sur les tarbouchs comme sur des balles de laine — ça avait le son régulier et nombreux d'une pluie. Par ce moyen un chemin a été ouvert dans la foule, et l'on y a déposé les fidèles en tête-bêche, couchés à plat ventre par terre. Avant que le chérif ne passât un homme a marché sur l'allée d'hommes pour voir s'ils étaient bien serrés les uns contre les autres et qu'il n'y eût pas d'interstice.

Le chérif en turban vert, pâle, barbe noire, attend quelques moments que la rangée soit bien tassée ; son cheval est tenu à la bouche par deux saïs, et deux hommes sont aux côtés du chérif et le soutiennent lui-même. Cheval alezan foncé, le chérif en gants verts. À la fin, ses mains se sont mises à trembler et il s'est presque évanoui sur sa selle, au bout de la promenade — il y avait, à vue de nez, environ trois cents hommes — le cheval allait par grands mouvements et avec répugnance, donnant des coups de reins sans doute. La foule se répand aussitôt derrière le cheval quand il est passé, et il n'est pas possible de savoir s'il y a quelqu'un de tué ou blessé. Bekir bey nous a affirmé qu'il n'y avait eu aucun accident.

La veille nous avions été au couvent des derviches — furieux coups de tambourin — un homme se roulait par terre avec un couteau — quels coups de tarabouks ! — le canon n'en approche pas, comme effet terrifiant. Tentes sur l'Esbekieh, nous nous y promenons le soir, aux lumières, à regarder les longues files de gens chanter[1].

Lundi 28. Présentation de M. Le Moyne[2], consul général, au consulat du Caire — effet triste de l'habit brodé d'argent de M. Belin[3], sans croix, entre celui de M. Le Moyne et celui de M. Delaporte. Pompe — M. Desgoutains, en Européen, que nous avions vu la veille en vieil Égyptien, regardant chanter dans une tente de l'Esbekieh.

Mardi 29. Réception de M. Le Moyne à la citadelle. Non-envoi de troupes. On part nonobstant — grand divan en brocatelle — au fond, dans un angle, Abbas

Pacha[1] (quelque chose de Baudry[2] plus grand). Mameluks déplorables, ressemblent à des domestiques de louage. Triste luxe. Chamas avec une bande d'or à son pantalon, à cheval avec la canne. — Visite au consulat. Zizinia[3] descend de voiture, coulé en argent; ressemblait à un bâton de sucre de pomme entouré de sa feuille de plomb; il descend de sa voiture d'une manière carrée. Visite chez Bekir. Lubbert: «Son Altesse a été charmante.» M. Benedetti[4], et Mme Mari. La négresse de Bekir, drapée du menton dans son voile blanc, apportant les chibouks et le café.

Soirée froide et sans soleil.

Mardi 5 février. Dîner chez Soliman Pacha avec M. Machereau[5], ex-professeur de dessin à l'école de Gizeh (supprimée). À 8 heures, couché dans la cange. Dévoré de puces pour l'inaugurer.

———

SUR LE NIL

Nous restons la nuit amarrés devant le conak[6] de Soliman Pacha. Maxime attend des glaces par le courrier de demain.

Le matin, mercredi 6. Nous entendons jouer au billard chez Soliman[7]. Nous faisons une petite course en sandal[8] jusqu'à la pointe de l'île de Roda — nos marins sont tout étonnés de voir un cawadja manier des avirons. À 2 heures Joseph arrive — sans glaces! Nous partons.

Bon vent arrière — peu à peu, les barques si nombreuses s'éclaircissent — déjeuner — la cange va inclinée sur tribord — le canot de la douane nous accoste — trois piastres et nous passons.

Il fait beau, nos marins sont joyeux, nos matelots font de la musique — Joseph à son fourneau et l'écumoire à la main, exécute deux ou trois pas. Chimy, le grotesque de la troupe, danse avec un bardac sur la tête.

Le vent faiblit à l'entrée de la nuit. Coucher de soleil. Les pyramides de Sakkara se détachent en gris dans la couleur d'or qui s'étend depuis la ligne de la terre jusqu'au milieu du ciel ; à gauche, c'est d'abord rose, jaune, vert, enfin bleu ; au milieu est le Nil jaune — et au milieu du fleuve la cange — et Joseph au milieu de la cange avec un mouchoir noué sur son tarbouch.

Jeudi matin 7. Quand je monte sur le pont, on est tout près de la rive. La couleur de la terre est exactement celle des Nubiennes que j'ai vues au bazar des esclaves.

On hale à la corde[1] ; vers 10 heures, on s'arrête à une île du fleuve — les pyramides de Sakkara sont derrière nous à droite. Nous descendons avec nos fusils dans l'île, nous rencontrons deux hommes couchés dans les roseaux — des canards et des oiseaux blancs. C'est le grotesque de l'équipage qui nous suit avec un grand et gros bâton — le sable : l'aspect général est celui des bords de l'Océan — sur la grève, quelques places mouillées qui ressemblent à de la crème de chocolat grise.

KHAMSIN. On s'enferme — le sable croque sous les dents — les visages en deviennent méconnaissables — il pénètre dans nos boîtes de fer-blanc et abîme nos provisions. Il est impossible de faire la cuisine. Le ciel est complètement obscurci ; le soleil n'est plus qu'une tache dans le ciel pâle ; de grands tourbillons de sable se lèvent et fouettent les flancs de notre daby[2]. Tout le monde est couché. Une cange d'Anglais descend le Nil, avec furie, et tournoie dans le vent. — À la nuit tombante Max descend à terre avec Sassetti et Joseph, et tend quelques lignes de fond.

Vendredi. Tiré à la corde le matin pendant quatre heures ; nous amarrons au village de KAFR EL-AYAT, où nous sommes un peu protégés de la poussière par sa berge plus haute. Quelques bateaux sont amarrés au bord. — Nous passons la journée de khamsin renfermés dans notre chambre. Le soir nous mettons pied à

terre et nous allons à vingt minutes de là chasser des
tourterelles dans un bois de palmiers qui entoure un
village. Jeune garçon en turban blanc qui nous suit et
nous indique les oiseaux sur les branches tout en filant
au fuseau du coton jaunâtre.

Samedi, même mouillage — chasse le matin au
même endroit, vent froid — groupes de moutons et de
buffles qui passent çà et là entre les palmiers, conduits
par un enfant déguenillé ou par une femme ; le vent
tord et colle avec furie les vêtements bleus de la fellah
— silence — bientôt le village tout entier marche
autour de nous et nous accompagne ; un jeune garçon
grimpe au haut d'un palmier dénicher une tourterelle
qui s'y était accrochée en tombant. Après le déjeuner
retour au même endroit et plus loin encore dans un
autre bouquet de palmiers. Toute la journée nous faisons un effroyable abatis d'oiseaux[1]. Couchés à 7 heures
du soir, nous dormons quinze heures.

Dimanche. Mauvais temps ; resté dans la cange toute
la journée, amarrés un peu plus loin que le village
précédent. Un Arabe tenant en laisse les lévriers de
Haçan bey est venu les faire boire à la rivière — deux
ou trois bateaux là — lu de l'Homère, écrit de *La
Cange*[2].

Lundi. Le temps se radoucit. Pyramide de Saioué[3] à
droite, que je vois le matin. Toute la journée halé à la
corde — un peu de vent — le Nil est tout plat — nous
marchons sur la berge, foulant du beau sable fin. Nous
passons l'après-midi à paresser sur le pont ; le soir
nous redescendons à terre à gauche, sur la rive droite.

Des nuages d'or semblables à des divans de satin
— le ciel est plein de teintes bleuâtres gorge-pigeon.
Le soleil se couche dans le désert. À gauche, la chaîne
arabique avec ses échancrures — elle est plate par son
sommet, c'est un plateau — au premier plan, des palmiers, et ce premier plan est baigné dans la teinte
noire. Au deuxième plan, au-delà des palmiers, des
chameaux qui passent. Deux ou trois Arabes vont sur
des ânes. Quel silence ! — pas un bruit — de grandes

grèves et du soleil ! Le paysage ainsi peut arriver à devenir terrible — le Sphinx a quelque chose de cet effet.

BENISOUEF

Le 13, arrivée à Benisouef. Comme notre cange aborde, un barbier se présente avec son miroir rond, incrusté, et ses serviettes pelucheuses.

Maison du gouverneur crépie à la chaux. — Son enfant vêtu à la stambouline[1] et tiré dans des sous-pieds.

Jeudi 14. — Départ pour Medinet el-Fayoum sur d'exécrables ânes, munis de bâts plus exécrables encore.

Campagne plate — tapis vert uniforme relevé de temps à autre par un bouquet de palmiers cachant un village — Immense quantité de fèves — on dirait que ce légume se venge de son interdiction. Déjeuner près d'une fontaine au village de EL-AGEGH. — Autre village plus grand, où Maxime se perd.

TOMBEAUX ÉTRANGES

Tombeaux ruinés, qui ressemblent à des culs de four ; des guenilles, des os blanchis paraissent à même dans la terre, comme une galantine coupée par la moitié.

Douar[2] de Bédouins — belles filles dans la campagne — chiens hurlant autour des tentes déchirées. Nous traversons un petit bout de désert — campagne redevient cultivée.

MEDINET EL-FAYOUM

« Favorisca[3] » pour le café. Couvent[4]. Deux Allemands sans culottes et en redingotes humant le raki. Boule d'un janissaire[5].

SABA CAHIL. Petit homme vif, ressemblant au père Magnier[6]. Son ami et hôte le prêtre ressemblant un peu à Pottier[7]. Consommation de petits verres, avec des dragées — le soir on cause de saint Antoine, Arius, saint Athanase[8]. Les notables du pays viennent nous examiner. Dans son divan, accrochés au mur : une vue de Quillebeuf, une de Graville[1], paysage aux environs de Rouen. Ces méchantes lithographies lui venaient de M. Drovetti[2].

Le soir après le dîner, re-petits verres et cantiques de la Vierge à tue-tête.

Le jeune garçon de Saba Cahil — présentant les chibouks avec beaucoup de grâce. Pour ses péchés, le padre lui ordonnait comme pénitence de balayer sa chambre avec sa langue! — Je passe la nuit à me gratter, et à entendre les chiens aboyer.

Le lendemain matin, promenade le long du Bahr-Yousouf[3]. Nous regardons un homme jeter un épervier[4]. — Mosquée en ruines dont on voit les arcades au bord de l'eau — tas de décombres réduits en tas de poussière grise — arbustes au bord de l'eau. C'est là l'ancienne Medinet. Promenades dans les bazars — visites au frère du gouverneur de la ville, Mahmoud aga[5], et au gouverneur du Fayoum, Iousouf effendi[6].

Départ pour le lac Mœris. Couché à ABOU GAUSCH. — Nazir[7] vieux, estropié de la main, figure de polichinelle. Pour dîner, un plat de pain trempé. Le tapis sur lequel nous nous étendons a plus de puces que de fils; la chambre est bâtie en terre; elle a deux fenêtres et une porte au haut d'un escalier en ruines. Je passe la nuit les yeux ouverts. Je vais fumer dans ma pelisse sur le mur, près de là, à gauche en sortant, et je regarde les étoiles — le ciel est pur, les étoiles ont l'air de colliers… de couronnes brisées… les chiens aboient — plus près un petit enfant crie dans la nuit. À 5 heures je réveille Joseph qui se lève d'un bond: «Si signore»; à 6 heures nous partons pour le lac, le sheik en tête.

Au bout de deux heures de marche, la verdure nous quitte — le terrain sec est crevassé par de grandes fentes régulières. Canal de Bahr-Yousouf = énorme encaissement. L'eau coule au fond entre des verdures rabougries. Pittoresque inattendu des montagnes au milieu d'un pays plat.

Le lac est tout bleu foncé — les montagnes derrière.

On arrive jusqu'au bord difficilement, à cause du marais — les gens de la suite du sheik vont dans l'eau jusqu'aux genoux, pêcher des poissons qu'ils prennent avec la main. Nous ne voyons du lac aucune extrémité, ni ce qui le termine à droite, ni ce qui le termine à gauche, mais seulement ce qui est en face et la rive où nous sommes[1].

Retour à Abou Gausch — nous dévorons à pleines mains un morceau de mouton — le brave sheik reçoit, à l'insu de ses gens, quatre medgids[2].

Retour à Medinet. Les buffles, les moutons, les chèvres, tout rentre — gamins à califourchon sur des ânes chargés d'herbes, la poussière tourbillonne sous le pied des bêtes. Dîner chez Saba Cahil. Le bon padre fait gras par politesse pour nous, et nous en donne la permission — plaisanterie de l'hôte sur le padre à ce sujet. Cela me rappelle M. le maire tourmentant M. le curé qu'il invite à dîner le dimanche. Notre hôte cependant faisait maigre. — Sa femme, grosse Syrienne laide à bonne figure, enceinte (des œuvres du padre?). Il boit à «la republica francesa». Brave homme religieux, hospitalier — ses politesses nous touchent.

Dimanche retour à Benisouef — déjeuner près d'un santon sous un grand arbre — de pauvres Arabes qui travaillent aux digues par corvée — bu, en guise de tasse, dans le long pot en fer-blanc à tabac.

Lundi — repos. Rencontre de la cange de M. Robert[3] et du Polonais qui a habité Neufchâtel. — grands radeaux faits avec des jarres ballas[4] et que l'on rame avec des baliveaux déracinés. Nos matelots font venir une putain à bord, qui danse — danse dos à dos et tête à tête. Au soleil couchant le Nil est tout plat, le ciel rose, la terre noire. Sur le bleu du fleuve une teinte rosée, reflet du ciel. — Devant nous, en plein raccourci, arrive une cange; les marins rament en chantant. Toute noire dans la lumière qui l'entoure — elle aborde près de nous. Au dîner Joseph se surpasse dans la confection d'un pâté comme il avait fait le matin pour une omelette.

Il rentre de la ville — il a été voir une fille «qui tient des... (avec le geste d'une citrouille) et qui sont comme ça» (en frappant sur la table où j'écris). Nous y allons.

UN LUPANAR PRIMITIF

C'est un bouge en limon du Nil, il faut ramper pour y entrer. On ne peut s'y tenir que courbé ou à genoux. Le toit est recouvert d'une botte de roseaux — la lampe est dans un trou pratiqué dans l'épaisseur du mur. Cette fille a une gueule affreuse — bel effet se mettant toute nue d'un mouvement[1] et se couchant à plat sur la natte — la porte ne fermait pas — dix piastres pour nous deux Max — on trouve que c'est peu. — Le matelot à la porte (qui ne fermait) affirme que c'est suffisant. Il fait clair de lune — deux chiens sont sur un mur — deux poutres en bois sortant d'un mur me heurtent. Je suis comme Horace[2].

DE BENISOUEF À SIOUT, les berges du fleuve, souvent, sont à grandes lignes droites les unes sur les autres.

La montagne blanche (chaîne arabique) est mamelonnée en monticules qui sont rayés en gris, rayés comme le dos d'une hyène; d'autres fois c'est une falaise blanche tout unie.

DJEBEL TEÏR[3]

Couvent copte. Moines à l'eau descendant tout nus de la montagne: «cawadja christiani, batchis, cawadja christiani[4]», et les échos dans les grottes répètent «cawadja! cawadja!» — Ils entourent le bateau. Chimy[5] danse l'abeille[6] et fait mine de se vouloir sodomiser soi-même. — Gueulade — coups de bâton; Joseph frappe avec ses pinncettes — les noms d'Allah et de Mohammed, tohu-bohu de manœuvres, de coups, de culs nus — pendant ce moment une barque nous croise.

À gauche (rive droite) la chaîne arabique se rapproche de nous. Quelquefois elle est inclinée — avec un attique qui règne au haut — d'autres fois elle est à pic — généralement elle affecte le profil d'un plateau. Son sommet est presque toujours plat.

La chaleur commence.

SOUADEH[1]

Vendredi 22, mouillé le soir à SOUADEH — lune — bois de palmiers (c'est sur la rive droite, à gauche). Nous nous promenons dans un champ de cannes à sucre, trois matelots nous escortent avec leurs bâtons — des chiens aboient — des rigoles coulent au pied des cannes à sucre.

———————

De temps à autre on rencontre une cange qui descend — presque toujours c'est un Anglais — effet triste — on se croise — on se regarde passer sans rien dire.

Sur le bord de l'eau, des échassiers rangés en file — quand on descend sur la grève on voit les marques innombrables de leurs longues pattes minces.

Dans le ciel, bandes d'oiseaux qui se déploient comme la gigantesque lanière d'un fouet, détachée — cela va en l'air comme une corde abandonnée, poussée dans le vent.

Pas de montagnes à droite, sur la rive gauche ; ligne unie de palmiers ; la berge est grise.

SHEIK-SAÏD (santon de)

On donne à manger aux oiseaux qui sont censés porter le pain au santon pour la consommation des pauvres et des voyageurs. On émiette du pain sur le pont ; ils y viennent et le mangent. On le leur jette dans l'eau, ils fondent dessus les ailes ouvertes, et repartent.

De temps à autre, dans la roche il y a des trous ; ce sont les demeures des anciens ermites.

———————

Le Nil, souvent, a l'air d'un lac. On est emprisonné par des coudes. On ne sait pas de quel côté on va, et comment on pourra sortir. La chaîne arabique généralement est une haute falaise blanche.

———————

Sur le bord de l'eau un buffle qui vous regarde.

———————

MANFALOUT
Bâtie sur la rive. Les maisons sont de même couleur qu'elle. Le Nil emporte la ville par morceaux.

———————

Lundi 25. — Depuis deux jours nous ne voyons plus de grues mais des hérons. Tantôt le bateau s'est engravé, nous avons poussé tous. Pendant le dîner nous arrivons au rivage de Siout, et nous nous y amarrons. — Quand nous sortons sur le pont, il fait à gauche un large clair de lune sur les flots — c'est une plaque d'argent. Préparatifs de lettres pour demain matin. Aujourd'hui, salut d'un bateau dont nous ne pouvons reconnaître le pavillon. — Quatre coups de feu.

SIOUT[1] — LYCOPOLIS est à un grand quart de lieue du Nil — au bord des digues, gazis; dans une prairie, ibis noir.
Nous entrons dans la ville par le divan[2], le conak est à droite. Grande cour carrée, blanche, plantée d'arbres. Rues en pentes bien balayées. Promenade vers la ville des morts, avec le docteur Cuny[3]; nous voyons passer un enterrement.
Nous montons dans les grottes de LYCOPOLIS. Par l'ouverture, large, vue encadrée des prairies; au fond la chaîne arabique. Au premier plan, se détachant dans la lumière, un âne. À gauche, en bas, lorsqu'on descend, grand cimetière avec ses murs dentelés et ses

dômes — les murs dentelés représentent d'ensemble un régiment confus de mâchoires de requins[1].

Notre guide nous prend par la main et nous conduit mystérieusement nous montrer l'empreinte, sur le sable, d'une bottine de femme — c'est une Anglaise qui a passé là il y a quelques jours — pauvre garçon!

Déjeuner chez Cuny. Sa femme, fille de Linant bey.

Promenade dans les bazars — gros Syrien marchand de toiles — un Polonais causant en italien avec Max. Bain excellent, tellement chaud que je ne peux mettre le pied dans la piscine.

Le jour s'abaisse; nous retournons à la cange — les gens qui marchent sur la rive du fleuve ont l'air d'ombres chinoises. Il est nuit.

RE-LUPANAR

Au bord de l'eau, dans une cahute plus basse encore que celle de Benisouef nous baisons une délicieuse enfant de quinze ans, fine, charmante. Notre guide nous couvre de sa couverture pour entrer. Pour arriver jusqu'au boudoir, il faut ramper sur les genoux. Le plafond est en cannes à sucre — une lampe dans l'angle — gestes de chatte triant les piastres dans ma main... — elle me montre ses bagues, son bracelet, ses boucles d'oreilles. Avidité excessive.

Mercredi. Notre grotesque Chimy déserte. Après l'avoir attendu quelque temps, nous partons à 11 heures. Excellent vent arrière. Maxime a tué ce matin un petit oiseau vert qu'il vient de jeter à l'eau. C'était comme une fleur s'en allant sur les ondes. Ce qui lui a fait dire spirituellement: «Les oiseaux ne sont-ils pas les fleurs de l'air?»

Mercredi 27, jeudi 28: bon vent arrière.

Vendredi 1er mars. — À 11 heures 10 minutes du matin aperçu le premier crocodile. Il se tenait sur le sable au bord de l'eau. Bientôt nous en voyons quelques autres, parmi les arbrisseaux sur la berge, à gauche. Le raïs se soucie peu de nous descendre, à cause de la mauvaise réputation «de ces parages» où il y a beaucoup de voleurs. — Pendant une heure et demie nous chassons vainement les crocodiles glissant et déboulinant[1] dans les herbes.

Samedi 2. — Au milieu du jour nous voyons plusieurs crocodiles à la pointe d'un îlot. Quand la cange approche, ils se laissent glisser dans l'eau, comme de grosses limaces. Nous marchons sur cet îlot de sable pendant une heure sans rien trouver. Au bout de l'îlot je tue un petit vautour.

HAMAMEH

Le soir, nous mouillons à HAMAMEH, en face DENDERAH. — Cela devient grand — palmiers doums[2] : cet arbre fait penser à un arbre peint. Petit bois, à tournure, avec des hommes en robe bleue, assis au pied, fumant leurs pipes. Au coucher du soleil, la verdure devient archiverte (on entre dans une autre nature, le caractère agricole de l'Égypte disparaît), la chaîne arabique est lie-de-vin, tout le paysage énorme.

Un pêcheur nous propose un crocodile empaillé. Chien qui hurlait affreusement à son côté. Nous enjambons plusieurs chadoufs[3] pour aller dans le champ où était le crocodile.

KENEH

Dimanche matin — comme Siout, la ville est à quelque distance du Nil ; un bras stagnant du fleuve est au pied des maisons. Mais pour aller de la cange à la ville il faut une demi-heure à pied, vingt minutes en se pressant, d'abord sur le sable, ensuite sur une haute digue. Des arbres à gauche, parmi lesquels des cassiers[4].

ALMÉES[5]

Les bazars sentent le café et le santal[6]. Au détour d'une rue, en sortant du bazar, à droite, nous tombons tout à coup dans le quartier des garces. La rue est un peu courbe. Les maisons, de terre grise, n'ont pas plus de quatre pieds de haut. À gauche en descendant vers le Nil, une rue adjacente, un palmier — ciel bleu — les

femmes sont assises devant leur porte sur des nattes,
ou debout — les maquerelles sont avec elles. Vêtements clairs, les uns par-dessus les autres, qui flottent
au vent chaud — des robes bleues autour du corps des
négresses — elles ont des vêtements bleu ciel, jaune
vif, rose, rouge — tout cela tranche sur la couleur des
peaux différentes. Colliers de piastres d'or tombant
jusqu'aux genoux — coiffures de fils de soie (enfilés de
piastres) au bout des cheveux — elles bruissent les
unes sur les autres. Les négresses ont sur les joues des
marques de couteau longitudinales, généralement trois
sur chaque joue — c'est fait dans l'enfance, avec un
couteau rougi.

Femme grosse (Mme Maurice[1]) en bleu, yeux noirs
enfoncés, menton carré, petites mains — les sourcils
très peints — air aimable.

Petite fille à cheveux crépus descendus sur le front,
— marquée légèrement de petite vérole (dans la rue
qui continue le bazar en suivant tout droit pour aller à
Bir Amber, passé l'épicier grec). Une autre était vêtue
d'un habar[2] de Syrie bariolé. Grande fille qui avait
une voix si douce en appelant «cawadja! cawadja!»...
Le soleil brillait beaucoup.

FIORANI — ORTALI

Arrivée inopportune de Fiorani (M. de Lauture[3] m'a
dit qu'il était mort depuis) et du sieur Ortali[4]: il faut
aller chez eux! récriminations d'Ortali sur le compte
de Cuny. Arrivée d'un domestique anglais et du drogman[5] Abraham chez Fiorani, qui nous montre sous
une barrique, dans sa cour, une statue égyptienne (de
la décadence), assise et les bras croisés; c'est une
femme. À la fenêtre nous voyons une Grecque, petite,
blanche, yeux bleus, allaitant un enfant (c'est la femme
de Fiorani?). — Fiorani, pantalon de toile; veste, main
estropiée, *spina-ventosa*[6]. — Ortali: «si vous avez besoin
de moi»; me rappelle François, mon guide d'Ajaccio[7].

CAWADJA! CAWADJA!...

Nous retournons dans la rue des garces. Je m'y promène exprès; elles m'appellent: «cawadja, cawadja, batchis! batchis, cawadja!» Je donne à l'une, à l'autre, des piastres — quelques-unes me prennent à bras-le-corps pour m'entraîner — je m'interdis toute espèce d'acte pour que la mélancolie de ce souvenir me reste mieux, et je m'en vais[1].

———

Le fils Issa, aveugle.

———

Visite pour des bardacs qui sont rangés par grands tas gris.

———

Nous avons un nouveau matelot, Mansourh[2]. Avant de partir nous achetons à un homme, qui nous les propose sur le rivage, une boîte de dattes sèches de La Mecque!

Repartis vers deux heures et mouillé à onze heures du soir à NAKHADAH.

———

Jusqu'à présent le Nil ne se rétrécit pas.

———

La nuit, quelques étoiles se mirent dans l'eau — elles y sont allongées comme la flamme de grands flambeaux.

Le jour, sous le soleil, à la pointe de chaque vague brille une étoile de diamant.

———

Les montagnes ont quelquefois des dispositions de lignes pareilles à celles qui se trouvent dans un aérolithe, quand on le coupe par le milieu.

———

Lundi 4 mars, deux heures. — Nous allons bientôt
passer devant Thèbes. À droite devant nous, derrière
la montagne, se trouve la vallée des Rois. À gauche
devant moi, il y a une petite barque où sont des
hommes qui pêchent. Elle touche une grande grève de
sable, au bout de laquelle est une ligne verte de palmiers. Le vent vient de reprendre — nous allons plus
vite.

PASSÉ DEVANT LOUQSOR

Je nettoyais ma lorgnette quand nous avons aperçu
Louqsor à notre gauche. Je suis monté sur la chambre.
Les sept colonnes, l'obélisque, la maison française[1] —
des Arabes assis au bord de l'eau près d'une cange
anglaise. Le gardien de la maison française nous crie
qu'il a une lettre pour nous : c'est la carte du baron
Anca[2]. Nous haltons. Parmi les gens devant notre
barque, un nègre, drapé comme une momie, tout en
cartilage, desséché, avec un petit takieh sale sur le
haut de la tête ; — des femmes baignent leurs pieds
dans l'eau — un âne est venu boire.

COUCHER DE SOLEIL SUR MEDINET HABOU

Les montagnes (côté de Medinet Habou) sont indigo
foncé — du bleu par-dessus du gris-noir avec des
oppositions longitudinales lie-de-vin, dans les fentes
des vallons. Les palmiers sont noirs comme de l'encre
— le ciel rouge — le Nil a l'air d'un lac d'acier en
fusion.

Quand nous sommes arrivés devant Thèbes, nos matelots jouaient du tarabouk ; le bierg[3] soufflait dans sa
flûte ; Khalil dansait avec des crotales. Ils ont cessé
pour aborder.

C'est alors que jouissant de ces choses, au moment
où je regardais trois plis de vagues qui se courbaient
derrière nous sous le vent, j'ai senti monter du fond de
moi un sentiment de bonheur solennel qui allait à la
rencontre de ce spectacle ; et j'ai remercié Dieu dans

mon cœur de m'avoir fait apte à jouir de cette manière. Je me sentais fortuné par la pensée, quoiqu'il me semblât pourtant ne penser à rien — c'était une volupté intime de tout mon être.

ESNEH

Mercredi 6. Arrivés à Esneh[1] vers 9 heures du matin. Près de la berge quelques palmiers — un peu plus loin on descend légèrement et l'on remonte par un mouvement de terrain ; là se trouve le quartier des Nubiens.

BAMBEH

Pendant que nous déjeunions, une almée maigre et les tempes étroites, les yeux peints d'antimoine et ayant un voile passé par-dessus sa tête, qu'elle tenait avec ses coudes, est venue causer avec Joseph. — Elle était suivie d'un mouton familier, dont la laine était peinte par places en henné jaune ; le nez muselé par une bande de velours noir ; très touffu, les pieds comme ceux d'un mouton factice, et ne quittant pas sa maîtresse.

LA VILLE

Nous descendons à terre. La ville comme toutes les autres, en boue sèche ; moins grande que Keneh, les bazars moins riches. Sur la place, café avec des Arnautes[2] — la poste y réside, c'est-à-dire l'effendi y vient faire sa besogne — école au-dessus d'une mosquée, où nous allons pour acheter de l'encre. Première visite au temple, où nous ne restons guère. — Sur les maisons sont des sortes de tours carrées avec des perches couvertes de ramiers. Sur leurs portes, quelques putains — moins qu'à Keneh, d'un costume moins brillant, d'un aspect moins crâne.

MAISON DE KUCHIUK-HANEM

Bambeh nous précède accompagnée du mouton ; elle pousse une porte et nous entrons dans une maison

qui a une petite cour, et en face la porte un escalier.
Sur l'escalier, en face de nous, la lumière l'entourant,
et se détachant sur le fond bleu du ciel, une femme
debout, en pantalons roses, n'ayant autour du torse
qu'une gaze d'un violet foncé.

Elle venait de sortir du bain — sa gorge dure sentait
frais, quelque chose comme une odeur de térébenthine
sucrée[1]; elle a commencé par nous parfumer les
mains avec de l'eau de rose. — Nous sommes entrés
au premier étage; on tourne à gauche au haut de l'escalier dans une chambre carrée blanchie à la chaux —
deux divans — deux fenêtres — une du côté des montagnes, une autre donnant sur la ville; de celle-là,
Joseph me montre la grande maison de la fameuse
Safiah.

KUCHIUK-HANEM[2] est une grande et splendide créature — plus blanche qu'une Arabe — elle est de Damas
— sa peau, surtout du corps, est un peu cafetée.
Quand elle s'assoit de côté, elle a des bourrelets de
bronze sur les flancs. Ses yeux sont noirs et démesurés
— ses sourcils noirs — ses narines fendues — larges
épaules solides — seins abondants, pomme. Elle portait un tarbouch large garni au sommet d'un disque
bombé, en or, au milieu duquel était une petite pierre
verte imitant l'émeraude; le gland bleu de son tarbouch était étalé en éventail, descendait, et lui cares-
sait les épaules. Devant le bord du tarbouch, posée sur
les cheveux et allant d'une oreille à l'autre, elle avait
une petite branche de fleurs blanches, factices. Ses
cheveux noirs frisant, rebelles à la brosse, séparés en
bandeaux par une raie sur le front — petites tresses
allant se rattacher sur la nuque — elle a une incisive
d'en haut, côté droit, qui commence à se gâter. Pour
bracelet, deux tringlettes d'or tordues ensemble et
tournées l'une autour de l'autre. Triple collier en gros
grains d'or creux. Boucles d'oreilles: un disque en or,
un peu renflé, ayant sur sa circonférence des petits
grains d'or.

Elle a sur le bras droit, tatouées, une ligne d'écritures bleues[1].

Elle nous a demandé si nous voulions nous amuser. Maxime a d'abord demandé à s'amuser seul avec elle et est descendu dans une salle du rez-de-chaussée — à gauche en entrant dans la cour — après M. Du Camp ç'a été M. Flaubert.

Les musiciens arrivent, un enfant et un vieux, l'œil gauche couvert d'une loque; ils raclent tous les deux du rebabeh[2], espèce de petit violon rond, terminé par une branche de fer qui s'appuie par terre, avec deux cordes en crin. Le manche aussi est très long par rapport au corps même de l'instrument. Rien n'est plus faux ni plus désagréable. — Les musiciens ne discontinuent pas d'en jouer; il faut crier pour les faire s'arrêter.

KUCHIUK-HANEM ET BAMBEH SE METTENT À DANSER — la danse de Kuchiuk est brutale comme coups de cul. Elle se serre la gorge dans sa veste de manière que ses deux seins découverts sont rapprochés et serrés l'un près de l'autre. — Pour danser, elle met comme ceinture pliée en cravate un châle brun à raie d'or avec trois glands suspendus à des rubans[3]. — Elle s'enlève tantôt sur un pied, tantôt sur l'autre, chose merveilleuse; un pied restant à terre, l'autre se levant passe devant le tibia de celui-ci, le tout dans un saut léger. J'ai vu cette danse sur des vieux vases grecs.

Bambeh affectionne la danse en ligne droite. Elle va — avec un baisser et un remonter d'un seul côté de hanche — sorte de claudication rythmique, d'un grand caractère. Bambeh a du henné aux mains (elle a servi de femme de chambre au Caire, dans une maison italienne, et entend quelques mots d'italien — un peu mal aux yeux). Leur danse du reste, sauf ce pas de Kuchiuk indiqué plus haut, ne vaut pas de beaucoup celle de Hassan el-Bilbesi. L'opinion de Joseph est que toutes les belles femmes dansent mal.

Kuchiuk a pris un tarabouk — elle a, quand elle en joue, une pose superbe. — Le tarabouk est sur ses genoux, plutôt sur la cuisse gauche — le bras gauche a le coude baissé, le poignet levé, et les doigts jouant tombant entrécartés sur la peau du tarabouk — la main droite frappe et marque le rythme — elle se renverse la tête un peu en arrière, gourmée, et la taille cambrée. — Ces dames, surtout le vieux musicien, absorbent considérablement de raki.

Kuchiuk danse avec mon tarbouch[1] sur sa tête, elle nous reconduit jusqu'au bout de son quartier et alternativement monte sur nos deux dos en faisant beaucoup de charges, comme une vraie garce catholique.

Café de ces dames — gourbis, avec des jours de soleil entrant par les branches et faisant des taches lumineuses sur la natte où nous sommes assis. Nous en prenons une tasse. Joie de Kuchiuk en voyant nos deux mèches et en entendant Max dire «la illah Allah Mohammed rassoun Allah[2]».

Seconde visite plus détaillée au temple — nous attendons l'effendi pour lui remettre une lettre — dîner.

Nous revenons chez Kuchiuk. La chambre était illuminée par trois mèches dans des verres pleins d'huile, mis dans des girandoles de fer-blanc accrochées au mur. Les musiciens sont à leur poste — petits verres pris très précipitamment. Le cadeau de liquides et nos sabres font leur effet.

Entrée de Sophia-Zougairah, petite femme à nez gras, yeux noirs, enfoncés, vifs, féroces et sensuels[3]. Son collier de piastres sonne comme une charrette — elle entre et nous baise la main.

Les quatre femmes assises alignées sur le divan et chantant. Les lampes font des losanges tremblotants sur les murs — la lumière est jaune. Bambeh avait une robe rose à grandes manches (toutes sont en étoffes claires) et les cheveux couverts d'un fichu noir à la fellah. — Tout cela chantait, les tarabouks sonnaient et les rebecs monotones faisaient une basse criarde, *piano*. C'était comme un chant de deuil gai.

Je descends avec Sophia-Zougairah — très corrompue, remuant, jouissant, petite tigresse. Je macule le divan.

Second coup avec Kuchiuk. Je sentais en l'embrassant à l'épaule son collier rond sous mes dents. Son con me polluait comme avec des bourrelets de velours. — Je me suis senti féroce.

Kuchiuk nous danse l'abeille[1]. Préalablement, pour qu'on puisse fermer la porte on renvoie Fergalli et un autre matelot[2], jusqu'alors témoins des danses et qui au fond du tableau en constituaient la partie grotesque — on a mis sur les yeux de l'enfant un petit voile noir, et on a rabattu sur les yeux du vieux musicien un bourrelet de son turban bleu. — Kuchiuk s'est déshabillée en dansant — quand on est nu, on ne garde plus qu'un fichu avec lequel on fait mine de se cacher et on finit par jeter le fichu. Voilà en quoi consiste l'abeille[3]. Du reste elle a dansé très peu de temps et n'aime plus à danser cette danse. Joseph, animé, rouge, battant des mains : « là, en, nia, oh ! en nia, oh ! » — À [la] fin, quand après avoir sauté de ce fameux pas les jambes passant l'une devant l'autre elle est revenue haletante se coucher sur le coin de son divan, où son corps remuait encore en mesure, on lui a jeté son grand pantalon blanc rayé de rose, dans lequel elle est entrée jusqu'au cou, et on a dévoilé les deux musiciens. — Quand elle était accroupie, dessin magnifique et tout à fait sculptural de ses rotules.

Autre danse : on met par terre une tasse de café — elle danse devant, puis tombe sur les genoux et continue à danser du torse, jouant toujours des crotales et faisant dans l'air une sorte de brasse, comme en nageant. Cela continuant toujours, peu à peu la tête se baisse — on arrive jusqu'au bord de la tasse que l'on prend avec les dents, et elle se relève vivement d'un bond.

Elle ne se souciait pas trop que nous restions à coucher chez elle, de peur des voleurs qui viennent lorsqu'ils savent qu'il y a des étrangers. Des gardes ou maquereaux (elle nous les montrait en nous disant «ruffian, buono ruffian» et leur donnait de grands coups de pied dans le cul et des soufflets, pour rire) ont couché au rez-de-chaussée dans une salle qui est entre la chambre voluptuaire et la cuisine.

Le soir, pendant les danses je suis sorti dans la rue. Une étoile très vive brillait dans le nord-ouest sur une maison à gauche — silence complet — rien que la fenêtre de la maison de Kuchiuk éclairée — et le bruit de la musicienne et la voix des femmes qui chantaient.

Sa servante, qui passe la nuit dans la chambre à côté avec les gardes et Joseph, est une esclave d'Abyssinie, négresse qui porte à chaque bras la cicatrice ronde — comme une brûlure (ou un vésicatoire mais moins régulier) du bubon pestilentiel. Elle s'appelait Zeneb et dans la nuit quand Kuchiuk l'appelait elle traînait sur la première syllabe: «*ia, Zééneb — ia, Zééneb*».

Nous nous sommes couchés. Elle a voulu garder le bord du lit. Lampe: la mèche reposait dans un godet ovale à bec. Son corps était en sueur d'avoir dansé — elle avait froid. Après une gamahuchade des plus violentes, coup. — Elle s'endort la main dans la mienne, les doigts entrecroisés. Elle a ronflé. La lampe dont la lumière faible venait jusqu'à nous faisait sur son beau front comme un triangle d'un métal pâle — le reste de la figure dans l'ombre. Son petit chien dormait sur le divan sur ma veste de soie. Comme elle se plaignait de tousser j'avais mis ma pelisse sur sa couverture.

J'entendais Joseph et les gardes qui causaient à voix basse dans la salle à côté. — Je la regardais dormir. Je songeais à des autres nuits où je regardais d'autres femmes dormir[1] — et toutes les autres nuits que j'ai passées blanches. Je repensais à tout, je m'abîmais de tristesses et de rêveries. Je m'amusais à tuer sur le mur les punaises qui marchaient et ça faisait sur cette muraille blanchie de longues arabesques rouges-noires[2]. Je sentais sur mes fesses son ventre (j'étais accroupi sur le lit) — sa motte plus chaude que son ventre me chauffait comme avec un fer. Une autre fois

je me suis assoupi le doigt passé dans son collier comme
pour la retenir si elle s'éveillait. J'ai songé à Judith et
à Holopherne[1]. Quelle douceur ce serait pour l'orgueil
si en partant on était sûr de laisser un souvenir — et
qu'elle pensera à vous plus qu'aux autres, que vous
resterez en son cœur[2].

À 2 heures trois quarts elle se réveille. — Recoup[3] —
plein de tendresse. Nous nous serrions les mains. Nous
nous sommes aimés, je le crois du moins. Tout en dormant elle avait des pressions de main ou de cuisses
machinales comme des frissons involontaires. — Je
fume un chicheh. Elle va causer avec Joseph. — Je sors
dans la rue, les étoiles brillent, le ciel est très haut.
Kuchiuk revient portant un pot de charbons allumés
— pendant une heure elle s'est chauffée accroupie
autour puis elle est revenue se coucher et se rendor-
mir. Le pot de charbons était à la tête de son lit (cafas[4]
en cannes de palmier) et elle dormait sa grosse couverture piquée par-dessus la tête — « basta ».

Le matin nous nous sommes dit adieu fort tranquillement. Nos deux matelots viennent pour porter
nos affaires à la cange. Je vais chasser autour d'Esneh
après être rentré à la cange. — Champ de coton sous
des palmiers et des gazis — des Arabes, des ânes, des
buffles vont aux champs — le vent soufflait dans les
branches minces des gazis. Cela sifflait comme chez
nous dans les joncs. Le soleil monte, les montagnes ne
sont plus comme le matin, en sortant de chez Kuchiuk,
rose tendre — l'air frais me fait du bien aux yeux.
Hadji-Ismaël[5] qui m'escortait se penche de temps à
autre pour découvrir des tourterelles entre les branches
— quand il m'en montrait je ne les voyais guère. Un
homme puisait à un chadouf. J'ai pensé beaucoup à ce
matin à la Saint-Michel chez le marquis de Pomereu,
au Héron, où je me suis promené tout seul dans le
parc après le bal. — C'était dans les vacances de ma
quatrième à ma troisième[6].

Je retourne à la barque prendre Joseph. — Lettre
donnée à l'effendi — achat de viande, de ceinture — le

tailleur pour mes guêtres dans un khan[1] où a habité Joseph lorsqu'il servait deux maîtres qui cherchaient des trésors. — Nous prenons de l'encre à la mosquée. Les moutards emplissaient l'école et écrivaient sur des planches.

Nous rencontrons Bambeh et la quatrième femme qui jouait du tarabouk. Bambeh s'est occupée de notre provision de pain. Elle a la figure extrêmement fatiguée. — Parti de Esneh à midi moins le quart. — Des Bédouins nous ont vendu une gazelle qu'ils avaient tuée le matin, de l'autre côté du Nil.

TEMPLE D'ESNEH

Est au milieu de la ville, enfoncé dans les terrains. On y descend par un escalier en terre, fait depuis les déblais opérés jusqu'au pied des colonnes[2] — ce n'est que le pronaos[3] du temple. Au fond, porte au milieu, deux autres plus petites — les murs sont couverts de grands dessins représentant des présentations d'offrandes à des divinités. Partout les mêmes scènes sont répétées — les colonnes sont couvertes d'hiéroglyphes — sur les colonnes on voit une espèce d'oiseau ressemblant par le corps à un perroquet avec des oreilles et des pattes de lièvre. Il est accroupi sur le train de derrière dans une position animée, et les pattes rapprochées de la tête. Comme plastique, l'ensemble du dessin de toutes ces représentations est généralement lourd, mastoc, décadent. Les genoux au lieu d'être perpendiculaires à la jambe sont rentrés en dedans comme les miens, ce qui est laid.

MESURES

Ce temple a de longueur 33 m. 70 et de largeur 16 m. 89. — La circonférence des colonnes est de 5 m. 37. La hauteur totale des colonnes est de 11 m. 37. Il y a 24 colonnes.

Par l'ouverture supérieure, entre le sol et le plafond la lumière arrivait en plein — sur un mur d'en face, poteries rondes pour recevoir des pigeons — un Arabe est monté sur le chapiteau d'une colonne pour laisser tomber le ruban métrique — une vache jaune, à gauche, a passé sa tête.

À l'entrée, débris de momies confisquées par le gouvernement dans les environs et que l'on a mises là. Dans un des cercueils, tête d'enfant bien conservée, et encore parfaitement reconnaissable.

Sur les dalles couronnant les murs (toit du temple), des noms de troupiers français — mur de l'est — et la date 1799. *Louis Ficelin*, *Ladouceur*, *Lamour*, *Luneau*, *François Dardant*.

Il y a là aussi à côté — c'est ici que je le vois pour la première fois — des marques de pieds faites au couteau, comme si l'on avait avec un couteau suivi tout le contour du pied. Ensuite on a par des raies figuré la séparation des doigts. C'est au coin sud-est que se trouvent le plus de marques de pieds. À côté d'un de ces pieds est cette inscription[1] :

ΠΑΧΟΜ
ΠΕΙΕΝ
8ჿᏢᎱჿ8

ASSOUAN

Samedi 9 mars. Arrivés à ASSOUAN à travers les rochers qui sont au milieu du fleuve — ils sont chocolat noir; de longues fientes d'oiseaux font dessus de grandes raies blanches qui vont s'élargissant par le bas — à droite des colonnes de sable, nues, sans rien autre chose sur elles que le bleu du ciel cru, tranchant — l'air est très profond, la lumière tombe d'aplomb. C'est un paysage nègre.

Assouan sur la rive droite. — Nous doublons l'île d'Éléphantine pour y arriver, et nous voyons des gens du pays passer le fleuve assis dans l'eau comme des Tritons sur des bottes de cannes ou sur des troncs de palmier et pagayant avec une seule rame[2], le corps nu et noir — brille au milieu des flots — jusqu'à la ceinture. Sur le bord on défait sa chemise, on la roule en turban autour de sa tête — on y glisse le chibouk.

Arrivé à la rive opposée on laisse là cet étrange bateau, on remet, ou non, sa chemise et l'on s'en va.

Sur la plage d'Assouan quelques petites canges. Des Nubiens sont autour de marmites qui bouillent sous une espèce de tente supportée par quatre bâtons.

À gauche en arrivant à Assouan, quand on double Éléphantine, restes d'un mur romain. Rocher avec une inscription hiéroglyphique[1].

ÉLÉPHANTINE

Promenade dans Éléphantine[2]. — Une cange échouée sur sa rive (côté d'Assouan), sous des palmiers dans la position d'un gros poisson laissé par la marée. Mansourh nous accompagne. Enfants qui nous suivent — nous tournons, nous passons sous les palmiers — les sakiehs, tirés par deux maigres vaches, crient; un enfant est assis derrière. Au bout de l'île, banc de sable — au milieu de l'île, verdure de l'orge — à la partie méridionale, ruines, débris de poteries et un cimetière près de deux piliers (restes d'une porte), dont les dessins sont fort abîmés. À cet endroit, en se tournant vers le nord on a le paysage suivant : au premier plan des terrains gris — entre deux avancées de palmiers la verdure de la prairie — au bout de l'île, le Nil dans la découpure des rochers et sur la droite le palais blanc de Mahmoud bey, qui semble tout au bout de la prairie quoique en étant très loin — des deux côtés, le Nil — à gauche des collines de sable toutes jaunes, à droite Assouan dans les palmiers.

Au coucher du soleil les arbres ont l'air faits au crayon noir et les collines de sable semblent être de poudre d'or — de place en place elles ont des raies noires minces (traînées de terre, ou plis du vent) qui font des lignes d'ébène sur ce fond d'or — or comme celui des vieux sequins.

Assouan n'est pas tout à fait sur le bord du Nil, il faut monter. Nous allons dans un petit khan acheter de la gomme (à gauche, du même côté que le café). Le dessus fait de nattes de palmier était pénétré de soleil

— il pendait en déchirures épaisses, losangées, etc. Toiles d'araignées qui pendaient dans les coins — la poussière unissait le ton varié des fils des nattes — le bleu du ciel, féroce, passait à travers les trous de formes différentes.

Le mâlim[1] avec son fils, malade.

Le gouverneur sur le devant de sa porte porte ses deux mains à son turban pour saluer nos firmans[2] — à côté de lui, un gros blond obèse couvert d'habits, ancien gouverneur de Wadi Halfa.

DOUANE

On lui amène un homme qui a découvert de l'argent dans l'île d'Éléphantine, qui l'a déclaré, et auquel on n'en donne pas moins la question pour savoir s'il n'a pas mis quelques pièces de côté — un soldat déserteur — une petite Nubienne fort bien faite, dont on mesure la taille avec un bâton pour tarifer la somme que chaque marchand doit payer par tête d'esclave.

Dans une boutique nous voyons une almée grande, mince, noire ou plutôt verte, cheveux crépus nègres — ses yeux d'étain roulent — de profil elle est charmante. Autre petite femme gaie avec ses cheveux crépus ébouriffés sous son tarbouch.

AZIZEH

Cette grande fille s'appelle Azizeh. Sa danse est plus savante que celle de Kuchiuk. Pour danser elle quitte son vêtement large et passe une robe d'indienne à corsage européen. Elle s'y met — son col glisse sur les vertèbres d'arrière en avant et plus souvent de côté, de manière à croire que la tête va tomber. Cela fait un effet de décapitement effrayant.

Elle reste sur un pied, lève l'autre, le genou faisant angle droit — et retombe dessus. Ce n'est plus de l'Égypte, c'est du nègre, de l'africain, du sauvage — c'est aussi emporté que l'autre est calme.

Autre pas : mettre le pied gauche à la place du pied droit, et le droit à la place du gauche, alternativement, très vite.

La couverture qui servait de tapis dans sa cahute faisait des plis — elle s'arrêtait de temps en temps pour la retirer.

Elle s'est mise nue — elle avait sur le ventre une ceinture de perles de couleurs et son grand collier de piastres d'or lui descend jusqu'au-dessous du vagin — elle le passe par le bout dans sa ceinture de perles. Sensation fraîche de sa ceinture sous votre ventre.

En dansant, précipités de hanche furieux et la figure toujours sérieuse. Une petite fille de deux ou trois ans — en qui le sang parlait — tâchait de l'imiter et dansait d'elle-même, sans rien dire.

C'était sous une hutte en terre à peine assez haute pour qu'une femme s'y tînt — dans un quartier hors de la ville, tout en ruines, et ruines à ras de terre — au milieu de ce silence, ces femmes en rouge et en or.

Sur le bord de la plage un homme tenant des plumes d'autruches à la main, nous les propose à vendre.

PASSAGE DE LA PREMIÈRE CATARACTE [1]

Lundi 11 mars. — Le matin nous nous disposons à passer la cataracte [2] et nous partons avec deux raïs spéciaux, et un pilote nubien (raïs Haçan) qui nous doit mener jusqu'à Wadi Halfa.

Notre vieux pilote, ridé, à grand nez, courbé sur la barre et regardant au loin. Des enfants montés sur des troncs de palmiers se jettent dans les tourbillons d'écume et disparaissent. On voit la proue de leur tronc de palmier qui se cabre lorsqu'ils remontent à la surface — ils abordent sur le pont, tout ruisselants d'eau — ça a l'air de statues de bronze dégouttelant de l'eau des fontaines, que le soleil fait briller sur leur corps. Les dents des Nubiens sont plus longues, plus larges et plus écartées, la musculature est moins forte que celle des Arabes.

Les rochers semblent être de grands blocs de charbon de terre — morceaux de granit rose — ailleurs le granit est veiné comme du marbre.

À midi et demi, nous nous arrêtons au bas des cataractes et nous y passons la nuit dans une petite anse au milieu des rochers. Promenade sur les rochers — les cataractes sont encloses de collines. Il y en a trois, à gauche. Sur un plan secondaire une quatrième s'aperçoit entre la deuxième et la troisième. Deux enfants nous accompagnent, l'un petit, tout nu, tête moutonnée, auquel nous avons donné des colliers le matin — succès de nos colliers.

À gauche il y a une grande digue naturelle de sable. C'est le vent qui l'a faite. Nous marchons dans l'ombre qu'elle fait — nous montons dessus. Nous étions tout à l'heure sur son côté ouest — quand nous sommes parvenus sur sa crête, nous trouvons tout le côté est illuminé par le soleil d'une teinte d'or pâle. Nous marchons faisant ébouler le sable qui fuit sous nos pieds comme une onde.

Mardi 12. — Nous partons à 7 heures du matin. La grande voile de la cange passe entre les rochers qu'elle frise souvent. Vue de terre avec ses deux voiles dépliées, et lorsqu'elle est au repos, elle semble un grand oiseau (une cigogne), arrêté les ailes ouvertes, mais dont la tête serait cachée sous ses jambes.

Un homme se jette à l'eau pour porter le câble de l'autre bord — je vais à pieds nus sur les rochers, guidé par le fils d'un sheik d'un village voisin qui la veille était venu travailler à bord. On attache un câble de côté pour que le bateau ne dévie pas, et avec un second câble on tire en avant.

Un vieux raïs (Douchi) vient là rien que pour crier — il se balançait comme un singe et lançait ses bras en poussant des cris aigus qu'il variait, paraissant s'inquiéter beaucoup plus de faire suivre ce rythme que de la manière dont on tirait le câble. Quelquefois le bateau était entré dans l'eau jusqu'à moitié par l'avant tandis que l'arrière, levé déjà du niveau inférieur, restait suspendu en l'air. Une longue file d'hommes sur les rochers, tirant tous à la fois en chantant — la cange couverte d'hommes[1] qui poussaient, criaient, chantaient — bruit des eaux, enfants s'y jetant, corps ruis-

selants d'eau qui en sortent, écume au bord des rochers
noirs — soleil — sables jaunes.

Nous passons au milieu d'un petit village nubien.
Un soldat (en vert) veut me prendre mon guide pour
une rixe de la veille — j'arrange l'affaire. Petite fille nue
avec un caleçon de franges de cuir, un collier et des
bracelets de perles de couleur — les cheveux frisés en
petites mèches sont disposés sur le front de manière à
y décrire un fer à cheval.

La cataracte abandonnée ouverte il y a une quarantaine d'années par le vieux Douchi et où il a perdu un
vaisseau d'Ibrahim Pacha est toute droite comme un
canal (elle est à droite en montant, lorsqu'on suit le
grand chenal). Cinq hommes s'y jettent pour m'amuser — trois sont montés sur des troncs de palmiers et
deux sont à la nage.

MAHATTA

Je monte dans notre sandal conduit par deux enfants,
qui me mènent jusqu'au village de Mahatta où doit
arriver la cange. Bouquets de palmiers entourés de
petits murs circulaires au pied d'un desquels fumaient
deux Turcs — c'était comme une vue de l'Orient dans
un livre.

Dans la poussière se traînait un enfant rachitique.
Ses cuisses n'étaient pas plus grosses que le bas de ses
jambes, et son dos était bossu comme s'il avait eu la
colonne vertébrale cassée.

Au village nubien que j'ai traversé avec Joseph, il
m'a montré un jouet d'enfant consistant en un tout
petit bout de bois d'où partent plusieurs lanières de
cuir dont quelques-unes sont garnies de perles de couleur. Le tout est recouvert de trois ou quatre loques
grises de poussière.

Nous rembarquons nos bagages apportés par des
chameaux — Sassetti couvert d'armes.

Après Mahatta les palmiers deviennent fort gros.
Une file de bœufs du Kordofan passe à gauche sur la
rive droite — le Nil va se resserrant, les montagnes ne

le quittent plus, il a l'air de ne pas couler. Le courant, si fort en deçà des cataractes, est ici faible.

Mercredi 13. — Il passe devant nous une migration de cigognes. — Fête grotesque donnée à Fergalli[1] — il est nommé pacha, ses sujets viennent lui présenter leurs hommages ; avec leur main et leur bouche ils imitent le bruit des instruments ; pets factices faits avec les mains. Fergalli fait semblant de leur donner un batchis. Le bierg avec un couteau lui scie quelques poils de la barbe.

ABOU HORR

Jeudi 14. Arrêtés à ABOU HORR juste sous le tropique du Cancer, faute de vent — quelques Nubiens viennent nous vendre différents objets. Maxime essaie à faire une épreuve d'un chadouf[2]. — Laideur d'un grand nègre qui pose à droite.

Le village est au pied de la montagne dont les assises régulières amoncelées donneraient (si on ne les avait déjà vues) la meilleure idée de la base en ruine de la grande pyramide. Les petits garçons sont tout nus, les jeunes filles n'ont qu'un caleçon d'aiguillettes de cuir. L'aiguillette de cuir se retrouve partout et les chevelures me semblent l'imiter, à moins que ce ne soit l'aiguillette qui imite la chevelure.

Le courrier de la poste s'est arrêté devant moi pour me demander un batchis. Il portait sur son dos une sacoche en cuir et à la main le petit bâton de gazis, recourbé. Derrière lui et courant aussi suivait un jeune garçon sonnant d'une sonnette et qui avait, passé au bras gauche, un poignard attaché à un bracelet de cuir. Ils sont repartis en courant.

J'ai vu une petite fille de douze ans environ, nue, charmante, avec son petit caleçon de cuir battant sur ses cuisses et ses petites mèches tressées tombant sur ses épaules — ses yeux d'émail souriaient — ses reins cambrés — elle avait un petit collier rouge et des bracelets à grains bleus. Elle portait un panier dans une pauvre maison et elle en est ressortie. À côté d'elle sa mère, contre laquelle elle se tapissait, femme à figure carrée, d'expression douce, fort belle autrefois. — Vieille femme aveugle conduite par une petite fille — petite fille aveugle, toute nue, à qui nous avons donné l'aumône.

Le soir nous nous sommes promenés sur la berge, sous des palmiers touffus — deux nègres assis par terre épluchaient du coton. Entre ces grands palmiers qui sont au premier plan, et un bouquet d'autres palmiers plus petits et dont les branches retombaient en courbes molles comme eussent fait des jets de liquides verts, on voyait le Nil; après le Nil qui entrait là dans les terres, au troisième plan s'avançait une demi-lune de grands palmiers; après eux une grande pelouse d'orge très verte qui allait jusqu'à la montagne — au pied de laquelle est le village. Ses maisons grises confondent avec elle leur ton, et comme ces maisons sont carrées il semble que ce ne soit que quelques grosses pierres des assises inférieures de la montagne. Entre les premiers palmiers et le Nil (entre le premier et le second plan), il y a deux petits carrés de cotonniers dont les feuilles sont rouges — rouillées par places — des coques de coton commençaient à s'ouvrir.

D'Abou Horr à Maharakkah cela redevient Égypte. Les montagnes basses et épatées sont plus reculées — sur les rives un peu d'herbe. On prendrait de loin la montagne de Maharakkah pour une pyramide. Le Nil, plus large depuis ce matin, se resserre.

MEDYK

Nous amarrons le soir, à 5 heures, à MEDYK.

Promenade à droite sur la rive gauche — sable très jaune; dans le sable, par places, parmi sa couleur jaune de grandes dalles de grès gris. Le Nil est couleur bleu sale ou ardoise pâle; les montagnes sont gris noir. Le soleil toute la journée a été caché, le ciel pâle et sale. Fort vent d'ouest. Nous sommes arrêtés maintenant près d'une sakieh — à mesure que l'on avance elles deviennent de plus en plus couvertes.

KOROSKO

Korosko. — Paysage grandiose et dur, encadré (lorsqu'on arrive) par deux vieux gazis — grandes montagnes de pierre — une, deux et la troisième par-derrière. Dans la gorge, à droite en débarquant de la barque, est le commencement du chemin de Khartoum; c'est par là qu'on s'en va.

Hideuse vieille femme accroupie à arranger du coton et qui avait une petite fille sur ses genoux.

Quelques Ababdehs[1] — leurs chameaux — quelques-uns ont, quant à la tête, des mines de girafes. L'on raccommodait l'ongle du pied de l'un d'eux avec un bout de cuir.

Coiffure des Ababdehs; pas de bonnet. Des deux côtés de la tête ils portent les cheveux longs en deux grosses touffes. Sur le sommet les cheveux sont hérissés, coupés en brosse, ou rasés (plus rare). Ils ont le type bien moins nègre que les Nubiens et la peau beaucoup moins noire aussi. Air brave et intelligent.

Saleté des femmes de Korosko. — Elles se graissent les cheveux avec de la graisse de mouton qu'elles délaient dans leur bouche; leurs mèches en sont collées de manière à ne pouvoir reconnaître que ce soient des cheveux; la crasse noire reste par plaques sur leur peau. Deux femmes: une petite, camuse, nez très écrasé du milieu — fort grands yeux; une grande à qui je marchande deux mèches avec leurs ornements en or. — La première tournait des graines dans un panier plat.

COUCHER DE SOLEIL, SOUS LE TROPIQUE

Au coucher du soleil le ciel s'est divisé en deux parties; ce qui touchait à l'horizon était bleu pâle, bleu tendre, tandis qu'au-dessus de nos têtes dans toute sa largeur c'était un immense rideau pourpre à trois plis, un, deux, trois. — Derrière moi et sur les côtés le ciel était comme balayé par de petits nuages blancs allongés en forme de grèves. Il avait eu cet aspect toute la journée. La rive à ma gauche était toute noire. Le grand rideau vermeil s'est décomposé en petits monticules d'or moutonnés ; c'était comme tamponné par petites masses régulières. — Le Nil rougi par la réflexion du ciel est devenu couleur sirop de groseille. Puis, comme si le vent eût poussé tout cela, la couleur du ciel s'est retirée à gauche, du côté de l'Occident, et les ténèbres sont descendues.

Dimanche 17 mars. — Pas de vent — nous faisons environ deux lieues à la corde. Chassé sur la rive gauche sous des palmiers. Je tue plusieurs tourterelles et trois oiseaux de proie, dont deux gypaètes. — Des enfants et un grand nègre nous suivaient — les animaux [entravés] avaient peur de nos coups de fusil et bondissaient en tirant sur leur corde.

Au coucher du soleil, nous voyons les montagnes de la chaîne libyque par des échappées de palmiers — le ciel est bleu tendre — l'atmosphère rose.

TEMPLE D'AMADA

Sur la rive gauche du Nil, à deux cents pas du rivage[1]. Le sable le domine sur les côtés.

Il est en grès. Quatre files de piliers — trois piliers à chaque file ; au bout de chaque file une colonne à chapiteau carré.

Le temple est recouvert par de grandes dalles plates dont plusieurs sont chargées d'inscriptions grecques illisibles. Il y a sur ces dalles des ondulations régulières naturelles, comme seraient des vagues. — C'est le temps qui a fait cela, la pierre qui s'est usée — à moins de supposer, ce qui est peu probable, qu'on ne l'ait pas suffisamment dégrossie.

Une porte carrée, un couloir transversal sur lequel s'ouvrent les trois portes des trois couloirs parallèles qui par le fond communiquent entre eux.

Dans le pronaos des caractères sont profondément entaillés ; dans le temple ils sont en relief et peints comme les figures.

Le couloir du milieu est le plus large comme serait

la nef, et au fond juste en face la porte il y a peint sur
le mur une cange portant trois figures. Première : est
assise, coiffée du pschent [1], coloriée en jaune ; deuxième
assise, en rouge, à tête d'épervier, coiffée de la boule
et tenant le nilomètre [2] ; troisième en rouge, sans coiffure apparente, debout, présente aux deux premiers
personnages quelque chose dans ses deux mains qui
semble être deux boules ou sphères. Une très longue
inscription hiéroglyphique est placée sous cette représentation [3].

Même pièce : le visage tourné vers la porte et assises
sur des trônes sont deux figures de grandeur nature.
Première, à droite en rouge, à tête d'épervier coiffée
de la boule, tenant la clef et le nilomètre avec un appendice qui part au-dessus de l'articulation du genou et
retombe vers les pieds, espèce de long crochet, plus
large à mesure qu'il descend vers la terre ; deuxième à
gauche, en bleu avec ce même crochet, portant la clef
et le nilomètre, coiffée d'un très long pschent dont les
petits carrés sont alternativement rouges et bleus.

À droite après l'inscription, trois grandes figures
debout : la première, tournée vers le fond en rouge,
calotte noire, uræus [4], bâton sur lequel il appuie sa
main gauche ; deuxième en bleu, très long pschent, la
clef ; il est tourné vers la porte d'entrée ; troisième
tournée vers le précédent, en rouge, uræus (mutilée).

Sur le mur de gauche trois grandes figures, rouges :
première plus près du fond le regarde — deuxième, au
milieu, a une tête d'épervier, des bandelettes bleues, et
présente un vase sur lequel il y a une clef et deux
autres attributs ; troisième : sa coiffure figure une espèce
de lyre et est portée en arrière, sa main droite porte la
clef, sa gauche est unie à la droite du précédent et de
leurs mains confondues pendent de chaque côté des
jets parallèles [5].

Le temple est éclairé par le jour de la porte et par les
trous du plafond faits par les Arabes qui l'ont habité.
Dans la petite pièce du fond, après le couloir de

droite, trou dans l'angle droit. — Un large rayon de soleil passait dans lequel tournoyait de la poussière. La lumière allait frapper un œil surmonté d'un vase et éclairait les figures bleues et rouges.

Pièce de droite : près la porte d'entrée, un pasteur debout conduit ses troupeaux : quatre bœufs échelonnés l'un sur l'autre entre les intervalles des cordes qui vont en faisceau se réunir dans la main du pasteur, partant du pied des bêtes où elles sont attachées.

Même pièce : sur le côté gauche en entrant : figure debout — une étoile — un glaive ; la main gauche fermée ; le corps est terminé en gaine et deux mains qui passent par-derrière et que l'on voit en raccourci semblent y rajouter des pieds.

Dans le pronaos il y avait trois Nubiennes et une négresse qui ramassaient des crottes de chèvre qu'elles épluchaient dans le sable. Le temple y est enfoui.

Au-dessus du pronaos, ruines du tombeau.

Quand on est monté sur les dalles extérieures du temple, on a derrière soi : le désert avec ses sables jaunes, en face le Nil et au-delà les montagnes grises mamelonnées. Entre le Nil et les montagnes, ligne de verdure des palmiers et champs d'orge — la rive du Nil est ornée de place en place de sakiehs ; à droite le Nil fait un coude et l'horizon s'aplatit.

Du fond du temple on voit le Nil compris entre le sable qui dévale vers l'entrée du temple et le grès du plafond et des piliers du pronaos — les dieux peints sur la bari[1] pouvaient voir les canges passer.

DERR

Une plage — montée — un grand sycomore ramu[2]. Le gouverneur, accroupi sur un divan en terre recouvert d'un tapis râpé, nous invite à prendre le café. Les rues sont larges, des murs gris assez élevés entourent des jardins pleins de palmiers et dont les feuilles retombent — il fait tranquille — air chaud. Des Nubiens en longue chemise blanche passent — à l'angle d'un mur un groupe assis et fumant.

Au bout de la ville une colline. Quelques tombes entourées de murs en briques crues. — Ce qui est sur le mort même (ce qui remplace la pierre sépulcrale) est un assemblage de petits cailloux — sur le mur règnent pour ornement des briques posées obliquement et se touchant par leurs angles comme des châteaux de cartes — le sommet des angles est recouvert d'un rang de briques posées à plat.

TEMPLE[1]

Le pronaos est détruit, il ne reste que les bases des piliers. Sur les deux côtés de la porte, un grand guerrier en mouvement tenant sous sa main un faisceau de peuples vaincus.

Sur le mur de gauche un dieu coiffé de la coiffure d'Amon[2], tenant un fouet et ayant le phallus en érection — érection horizontale. —

Plus loin sur le mur, un homme dans une forêt.

———

Nous voyons sur la grève des pastèques dans des petits tas de sable longs.

Mardi 19, fait sept lieues environ. Dans l'après-midi, abordé deux canges de marchands d'esclaves qui descendent vers Le Caire — acheté des ceintures et des amulettes.

BATEAUX GELLABS[3]

Le premier avait pour maître un gros homme à favoris noirs ; — nous montons sur la chambre — il nous offre des bouquets de plumes d'autruches.

Les mâts sont abattus — le bateau descend à l'aviron. Les femmes noires sont entassées dans des poses différentes ; quelques-unes broient de la farine sur des pierres, avec une pierre, et leur chevelure pend pardessus elles, comme la longue crinière d'un cheval qui broute à terre. Dans ce mouvement de broiement, leurs seins ballottent avec le catogan de cuir qu'elles ont sur le dos et leur chevelure tressée. — Une mère avec son petit enfant ; on en coiffait une ; petite fille du plateau de Gondar avec des piastres au front — elle est restée immobile et placide quand Maxime lui a mis le collier de boules de mercure[1]. — Toutes ces têtes sont tranquilles ; pas d'irritation dans le regard — c'est la normalité de la brute.

Pour avoir encore quelques colliers, le gellab quand nous sommes partis a fait sortir de la chambre deux ou trois des mieux ou des plus proches de la porte — une Abyssinienne, grande, hautaine, se tenait debout appuyée sur le plat-bord, le poing sur la hanche, et nous regardait nous en aller.

Deuxième barque — le marchand est en turban blanc — nous nous asseyons sous le tendelet sur un divan sanglé. On coiffe une femme avec une pointe de porc-épic ; on défait ainsi une à une les petites mèches tressées et puis on les refait. — Les gellabs nous proposent de beaux sacs, des courges ; celui du deuxième bateau une sorte de pot à eau en cuir, à deux bras et que l'on peut porter à l'aide d'une courroie.

Ces femmes sont balafrées de tatouages. Dans la seconde barque il y en avait une qui avait son dos ainsi marqué du haut en bas — ça faisait tout le long des reins des lignes de bourrelets successifs, cicatrices de coupures cautérisées au fer chaud. Sur tous ces bateaux, il y a parmi les femmes de vieilles négresses qui font et refont sans cesse le voyage. C'est pour consoler et encourager les nouvelles esclaves, elles leur apprennent à se résigner et servent d'interprètes entre elles et le marchand qui est arabe.

————

Dans certains couchers du soleil les nuages partent d'une crête principale comme les mèches d'une crinière (de cheval) lumineuse.

————

Les nuages marbrent le Nil en grandes plaques bleu pâle.

————

WADI HALFA

Vendredi 22. Nous abordons sur la plage de WADI HALFA comme nous finissions de dîner. Le clair de lune brille si bien sur le sable que ça semble un effet de neige ; le sable paraît fort blanc, la plage est large. À un demi-quart de lieue (à gauche) est une ligne de palmiers dans lesquels sont quelques maisons ; c'est là tout le village ; à droite de l'autre côté du Nil est le désert avec deux petites montagnes de forme conique (tronquées par le sommet) et très larges par la base.

Sur la plage un ingénieur arabe parlant bien le français, Khalil effendi, et autre effendi nubien dont la chemise blanche au clair de lune flottait au vent. Toute la journée le vent avait été fort et nous avait bien poussés. — Visite de ces trois messieurs[1]. L'ingénieur arabe (Mahmoud ?) : haine des Anglais, dont un dernièrement lui a fait refuser une bouteille de raki et le lendemain en avait vendu cinquante à un autre compatriote ! Il nous fait des citations de *La Tour de Nesle*[2], chante : «ouvre-moi ta porte», parle du fanatisme musulman, etc. (le lendemain matin Joseph l'a vu faire ses ablutions et ses prières comme un bon dévot). Il est venu ici pour le travail de canalisation des cataractes. Nous lui faisons cadeau d'une bouteille de raki, ce qui paraît lui faire extrêmement plaisir ; il faut qu'il prenne la goutte tous les matins, «il ne peut s'en passer».

DJEBEL ABOUSIR

Samedi 23. Excursion à Djebel Abousir[3] par le désert d'Abou Solôme, rive gauche du Nil.

Le derrière de la montagne de Djebel Abousir («allomes principier à ganter la montagne»[4]) ressemble au derrière de la tête du Sphinx. Beau ravin de sable entre les roches. La deuxième cataracte, dont nous ne voyons d'ici qu'une partie, me paraît plus plate que la première. C'est une succession de petits lacs encadrés dans des rochers noirs très luisants, comme du charbon de terre. — Çà et là entre l'eau et les granits noirs

quelque ligne mince de verdure ; ce sont des gazis qui
ont poussé entre les roches. — La tête d'Abousir par-
derrière (forme de champignon) est couverte de noms
de voyageurs — toutes dates modernes, peu de Français, presque tous Anglais. Il y en a qui ont dû demander trois jours à entailler — Belzoni[1] 1816.

SECONDE CATARACTE

Nous descendons vers la cataracte par une pente de
sable où nous enfonçons jusqu'aux genoux — d'en bas
la montagne coupée à pic ressemble à une falaise — il
y a dans l'épaisseur du roc une grande entaille, comme
une dalle immense posée de champ, comme un long
pan de mur qui se détache. Nos Arabes jettent des
troncs dans la fissure pour faire envoler des oiseaux
— silence — bruit de l'eau et des cascades — tourbillons sur le courant — des endroits plats tels que des
nappes d'huile indiquent les places circonscrites par
des courants. Max se jette à l'eau pour aller dans une
petite île voisine, à droite ; nous remontons par le
ravin de sable.

Grand vent et grande chaleur pour revenir à Wadi
Halfa, la poussière nous abîme les yeux et croque sous
les dents ; elle colle dans les cils. — Nous avons soif.

Avant de repasser l'eau pour gagner notre barque
nous visitons des marchands du Sennahar qui sont
campés là, en face Wadi Halfa. — Dents d'éléphant
enfermées dans des peaux blanches qui prennent la
forme des dents et toutes leurs marques. Un petit singe
maigre et fatigué est attaché à un tronc d'arbre renversé, il boit dans une courge.

HOMMES DU SENNAHAR

Les hommes du Sennahar sont gras, sans musculature saillante — poitrine développée et seins pointus
comme une femme. — Ils sont entièrement noirs avec
des traits caucasiques. — Nez peu larges, longs, fins,
lèvres minces ; le regard n'est ni sémitique ni nègre, il
est doux et malicieux ; l'œil est entièrement noir sans

que le blanc soit couleur café comme chez les Nubiens. L'un d'eux a une exostose[1] au front et un autre en a une au poignet.

Dimanche 24 mars, jour des Rameaux. Parti à 6 heures du matin en canot pour la cataracte, avec raïs Haçan et trois autres Nubiens de la première cataracte.

PETIT RAÏS MOHAMMED

J'ai avec moi un petit raïs de quatorze ans environ, Mohammed; il est de couleur jaune, une boucle d'oreille d'argent à l'oreille gauche; il ramait avec une vigueur pleine de grâce, criait, chantait en passant les courants, menait tout le monde; — ses bras étaient d'un joli style, avec ses biceps naissants. Il a ôté sa manche gauche, de cette façon il était drapé sur tout le côté droit, avait le côté gauche et une partie du ventre à découvert. Taille mince — plis du ventre qui remuaient et descendaient quand il se baissait sur son aviron. Sa voix était vibrante en chantant «el naby, el naby». C'est là un produit de l'eau, du soleil des tropiques, et de la vie libre; — il était plein de politesses enfantines: il m'a donné des dattes et relevait le bout de ma couverture qui trempait dans l'eau.

Sur des rochers plusieurs gypaètes étaient posés — au bas d'un rocher à gauche (en allant à la cataracte), un vieux crocodile échoué. Le soir nous avons revu les mêmes gypaètes et de plus avec eux un chacal qui s'est enfui à notre approche.

J'arrive au pied de Djebel Abousir à 9 heures et je tire de nombreux coups de fusil pour appeler Maxime[2]. De loin un rocher noir brillant au soleil me fait l'effet d'un Nubien en chemise blanche, posté en vigie, ou d'un morceau de linge blanc qui sèche — comment ce qui est noir peut-il ainsi arriver à paraître blanc[3]? c'est quand le soleil éclaire le tranchant d'un angle. J'ai plusieurs fois observé ce même effet, et Gibert[4] m'a dit à Rome l'avoir remarqué également.

Je déjeune sous la pente de la tente — en plein soleil

— je m'étais couché par terre pour chercher un peu d'ombre mais l'ombre n'a pas tardé à s'en aller.

Promenade autour des deux pics voisins — la tente était devant eux — en avant de la cataracte (c'est-à-dire du flanc de la cataracte). Au détour du premier pic du côté du désert, grand mouvement de sable ondulé ; les cataractes sont au bout dans cet encadrement (bien entendu faisant dos à l'ouest). Du haut du second pic on voit le désert d'abord mamelonné, puis s'en allant par grandes lignes plates. En se tournant vers le nord on voit un bout du Nil. Je reviens à la tente tout seul par le désert et derrière les montagnes — silence — silence — silence. La lumière tombe d'aplomb — elle a une transparence noire. — Je marche sur les petits cailloux, la tête baissée — le soleil me mord le crâne.

Retour à Wadi Halfa en canot, avec Maxime. — Le petit Mohammed comme le matin. — Nous sommes balancés par le vent et par les vagues. La nuit tombe. — Les vagues battent l'avant de notre canot qui se cabre. La lune se lève. Dans la position où j'étais elle éclairait ma jambe droite et la partie de ma chaussette blanche comprise entre mon pantalon et mon soulier.

Lundi. — À 9 heures du matin je pars seul à âne, pour aller à la cataracte tuer le chacal que nous avons vu la veille autour du crocodile mort. — Mon âne est intraitable ; il ne veut aller que de côté ; je reviens à pied au bout d'une demi-heure par le bord de l'eau. J'étais parti par le derrière de Wadi Halfa. — En allant ce matin photographier à la cataracte, Max a vu de loin un chameau qui courait, avec quelque chose de noir qui le suivait en bas : c'était un esclave des gellabs qui s'était enfui et que l'on ramenait ainsi attaché au chameau.

DÉPART DE WADI HALFA LUNDI 25 MARS

Nous partons de Wadi Halfa vers midi — la barque est démâtée[1].

Le soir, arrêtés au milieu du fleuve — nous nous

promenons au clair de lune sur un long îlot de sable, où nous causons d'Hennet de Kesler[1] — le lendemain autres causeries au clair de lune, sur du sable aussi.

IBSAMBOUL. ABOU SIMBEL[2]

Les colosses[3] — effet du soleil vu par la porte du grand temple à demi comblé par le sable. C'est comme par un soupirail.

Au fond, trois colosses entrevus dans l'ombre. Couché par terre, à cause du clignement de mes paupières, le premier colosse de droite m'a semblé remuer les paupières — belles têtes — vilains pieds.

Les chauves-souris font entendre leur petit cri aigu — pendant un moment, une autre bête criait régulièrement[4], et cela faisait comme le battant lointain d'une horloge de campagne. J'ai pensé aux fermes normandes[5], en été, quand tout le monde est aux champs vers trois heures de l'après-midi... — et au roi Mykérinos[6] se promenant un soir, en char, faisant le tour du lac Mœris avec un prêtre assis à côté de lui. Il lui parle de son amour pour sa fille. — C'est un soir de moisson; les buffles rentrent...

Essais d'estampage.

Petit temple[7].

Sur les piliers, figures semblables à des perruques fichées sur des champignons de bois.

Que signifie dans le grand temple un bloc de maçonnerie couvert d'inscriptions démotiques[8], entre le troisième et le quatrième colosse à gauche en entrant?

Dans le grand temple, nef de gauche, belles représentations de chariots. Les ornements de tête des chevaux sont compliqués et les chevaux généralement longs et ensellés[9].

Le Jeudi Saint nous commençons les travaux de déblaiement pour pouvoir dégager le menton d'un colosse extérieur[10].

Vendredi. — Travaux de déblaiement : « aouafi, aouafi » — taille cambrée d'un petit nègre frisé, laid (yeux abîmés de poussière), qui apportait sur sa tête un vase plein de lait.

Dans le petit temple, quantité d'alvéoles de guêpes, surtout aux angles.

Réflexion : les temples égyptiens m'embêtent profondément[1]. — Est-ce que ça va devenir comme les églises en Bretagne, comme les cascades dans les Pyrénées[2] ? Oh ! la nécessité ! Faire ce qu'il faut faire ; être toujours, selon les circonstances (et quoique la répugnance du moment vous en détourne), comme un jeune homme, comme un voyageur, comme un artiste, comme un fils, comme un citoyen, etc., doit être !

IBRIM

31 mars. Dimanche de Pâques. Arrivé le soir devant le vieil Ibrim sur la rive droite du Nil. Pendant que Max faisait d'en bas une épreuve de la forteresse[3] j'y suis monté lentement par le flanc de la montagne, me heurtant les ongles des orteils aux pierres sèches déboulinées d'en haut — la terre a l'air de cendre — trois ou quatre Arabes ont passé à ma droite montés sur des ânes. Je tourne tout autour de la citadelle pour trouver une issue afin d'y entrer ; à la fin j'en trouve une sur le plateau qui regarde l'est.

L'intérieur est une ville entière comprise dans des murs ; les maisons sont ruinées toutes et tassées les unes près des autres ou plutôt même contiguës ; entre elles des rues serpentent ; au milieu une grande place. Si vous montez sur un mur, toutes ces bases de maisons ruinées dont il ne reste plus que les quatre murailles font l'effet d'un damier régulier. — Ruines d'une mosquée avec une colonne de granit sur laquelle est une croix grecque — des colonnes pareilles servent de seuils dans plusieurs endroits. La porte d'entrée était du côté du nord. Par les brèches des murs on voit de grandes longueurs du Nil ; il a de larges îles de sable — de l'autre côté du Nil, le désert — au second plan du désert, un arbre tout seul à droite ; un peu plus loin deux à gauche.

L'ensemble de cette ruine sent la fièvre — on pense à des gens ennuyés s'y mourant de marasme. C'est de l'Orient moyen âge, mameluk, barbare. La citadelle bâtie tout à pic sur le rocher appartenait jadis aux mameluks qui dominaient le fleuve — elle est généralement bâtie en pierres sèches ; quelques parties, mais rares, aux angles plutôt, sont en pierres taillées.

Il fait un grand silence — personne — personne — je suis seul. Deux oiseaux de proie planent sur ma tête. — J'entends de l'autre côté du Nil, dans le désert, la voix d'un homme appeler quelqu'un.

Je suis revenu à la nuit tombante, lentement et regardant de partout l'ombre noire qui s'étendait. — À ma gauche un long ravin qui conduit dans le désert — sur le flanc de la ravine serpente un sentier, chemin d'hyène. Il y en a beaucoup par ici ; le soir le raïs nous avertit de ne pas nous écarter du bateau ; l'année dernière un Turc a été mangé à la première cataracte avec son cheval — Maxime inquiet de ma longue promenade avait envoyé des matelots à ma rencontre.

Lundi 1er avril. Seconde visite à la forteresse avec Maxime.

Les grottes d'Ibrim, au bord du fleuve, élevées de huit à neuf pieds, sont une bonne mystification ; il n'y a rien du tout[1] ; cela m'égaie pour toute la journée.

Nous passons l'après-midi couchés à l'avant du navire, sur la natte de raïs Ibrahim, à causer, non sans tristesse ni amertume, de cette vieille littérature, tendre et inépuisable souci[2] ! — Le soir arrivés et couchés à Amada.

KOROSKO

Mardi 2 avril. — Temps de khamsin — journée lourde — le soleil est caché par des nuages. En arrivant, à midi, à Korosko, il m'arrive comme les exhalaisons d'un four (*comparaison littérale*), des bouffées de vent chaud. — L'on s'en sent les poumons chauffés (*sic*). D'où vient le vent ? voilà de quoi rêver.

Un jeune homme dont j'avais arrangé l'affaire à la

première cataracte en montant [1] (c'était la même affaire que celle dans laquelle figure le soldat — mon guide de la première cataracte avait déchiré, je crois, une milayah [2] à celui-ci) me reconnaît (je lui avais payé l'amende de l'autre) — il m'accompagne jusqu'au bout du pays, au chemin de Khartoum.

Il y a un petit campement d'Ababdehs à crinières léonines. Un d'eux est appuyé sur un bâton passé sur sa nuque avec les deux mains ramenées au bout comme un ours ; sa chevelure est ramenée en arrière. Il a parlé aux hommes qui étaient avec lui ; c'était comme le claquement de bec d'un pélican. Je reviens — des chameaux sont couchés au soleil — dans une maison, un petit enfant crie.

Joseph me rejoint. Nous allons jusqu'au bout du pays pour acheter une lyre nubienne et trouver des provisions — nous entrons dans une maison séparée en deux intérieurement par une natte et y buvons de l'eau dans une courge creuse.

CHAMEAU MALADE

Un corbeau se tient, immobile, non loin d'un chameau malade. Il sent l'odeur du moribond ; de temps à autre, quand je lui jette des pierres, il s'écarte, puis il revient bientôt. Ces chameaux éreintés ont le dos bleu par l'usure de la selle ; aux jambes des gales et des marques de feu — ils ferment l'œil à demi, sont très maigres — trou profond de l'arcade zygomatique.

Maison où l'on boit du bouza [3], toute basse et couverte de plusieurs nattes qui s'épandaient en dehors — un homme accroupi contre le mur et qui pissait était presque aussi grand qu'elle. Un homme chantait dans la maison ; par la porte j'ai vu ses jambes. Un peu plus loin à gauche, bordel même aspect ; seulement la maison est un peu plus grande. — Agglomération de deux ou trois maisons. Je revois une putain que j'avais vue la première fois en montant le Nil — petite, grasse, mastoïdes écartés, bras très forts et très beaux — elle est entourée d'un linge, gris de crasse — verroterie au col et aux bras — au col un collier en ficelle dont le milieu est une espèce de scarabée.

Les selles des chameaux sont rangées debout le cul l'une dans l'autre — des tas de grains sont entourés de nattes.

Au bord de la rive, des bateaux amarrés — des enfants quand nous partons se jettent à l'eau et viennent nager autour de la cange pour avoir un batchis.

Vers 2 heures, aperçu sur un petit rocher trois crocodiles. Max en blesse un qui s'en va lentement, nous le poursuivons en canot sans le pouvoir atteindre.

Le soir à 5 heures, pris un bain dans le Nil.

SEBOUA[1] — sur la rive gauche — deux ou trois maisons — en avant d'elles un palmier bas, touffu, dont les paquets de feuilles jaunes pendent de loin comme des besaces attachées aux branches vertes.

Temple. — Deux colosses d'environ dix à douze pieds, les poings fermés, le pied gauche en avant — ensuite des sphinx. Les deux premiers qui sont près des colosses paraissent jusqu'à la croupe. Couleur de marbre de celui de droite. Les deux seconds sont enfoncés dans le sable jusqu'à la tête ; celui de gauche est encore reconnaissable ; une fissure de la pierre a exagéré la fente de sa bouche qui va ainsi jusqu'à ses bandelettes. Des deux troisièmes on ne voit que le sommet de la tête de celui de droite — les autres sphinx du dromos[2] manquent.

Pylônes[3] — sur chacun, un guerrier tenant des peuples vaincus et en face de lui un dieu. Le pronaos est enfoui dans le sable, on distingue trois piliers de chaque côté.

Le temple même est complètement enfoui dans les sables. En se tournant vers le Nil qui fait comme un arc, montagne à crête aiguë, mamelonnée, dont la ligne générale ondule.

Au pied du pylône à gauche, un colosse renversé les pieds plus hauts que la tête — à droite un autre tombé sur le ventre.

COIFFURE EN MÉTAL DES SPHINX?

Sur le sommet de la tête du sphinx il y a des trous de quelques pouces de profondeur (trois ou quatre) — quel en était l'usage ?

Avaient-ils une coiffure mobile[1], en métal, surajoutée ?

En quittant le temple, acheté deux lances — nous passons la nuit au milieu du Nil.

Jeudi 4 avril. — Partis à 4 heures du matin.

Vers 11 heures nous rencontrons la cange de l'effendi que nous avions déjà vu à Wadi Halfa[2] et qui est le nazir d'Ibrim chargé d'extorquer l'impôt depuis Assouan jusqu'à Wadi Halfa (il ressemble à Schimon[3]). Il a pris de force, par surprise, un sheik d'un village qui n'avait pas donné un sou de l'impôt exigé — le vieillard était attaché au fond de la barque, on ne voyait que son crâne nu et noir reluisant au soleil[4]. La cange de l'effendi nous côtoie quelque temps puis nous accoste par l'avant. Un homme transborde à notre bord un petit mouton noir qui bêle ; c'est un présent de l'effendi qui n'est pas fâché d'être avec nous en cas de rixe. — Toute la journée, en effet, nous voyons des hommes et des femmes des villages révoltés nous suivre (ou mieux le suivre) sur la rive.

Il nous fait une longue visite ; nous lui faisons cadeau d'une bouteille de vin de Chypre et d'une de raki. — Le sheik sera reconduit à Derr ou, après quatre à cinq cents coups de bâton on le laissera accroché au grand sycomore qu'il y a là, jusqu'à ce que quelqu'un réponde pour lui.

BASTONNADE

Nous causons bastonnade avec le nazir. Quand on veut faire mourir un homme, quatre ou cinq coups suffisent : on lui casse les reins et la nuque. Quand on veut seulement punir le condamné, on frappe sur les fesses. Quatre à cinq cents coups, c'est l'ordinaire — le patient en a pour cinq à six mois à être malade — il faut attendre que les chairs tombent. L'effendi nous dit cette petite phrase en riant[5]. Le plus ordinaire-

ment, en Nubie, c'est sur la plante des pieds que se
pratique la bastonnade. Les Nubiens redoutent beaucoup ce supplice parce qu'ils ne peuvent plus marcher
après. Au bout d'une visite de trois heures le nazir
nous quitte. Il fait aborder sa cange à la maison d'un
chef des Ababdehs, avec un jardin clos et des palmiers
— un arbre trapu sous lequel nous distinguons beaucoup de monde — il est assis dessous et se chamaille
avec eux sans doute.

Le soir abordé près du temple de MAHARAKKAH que
nous allons voir après dîner, à la clarté des étoiles.
Elles brillent entre les colonnes, au-dessus de nos têtes
dans les brèches des ruines — un matelot nous éclaire
avec sa lanterne.

MAHARAKKAH

Vendredi. Matin, visité le temple[1]. Était-ce un temple?
une église? Un voyageur moderne, au dire d'un jeune
Arabe qui nous accompagne, a mis ces inscriptions
grecques dont il a ensuite recouvert quelques-unes, et
des peintures murales sur le mur de droite. — Sur un
pan de mur qui fait partie d'une petite enceinte carrée
voisine du temple et dont il m'est impossible de retrouver la destination, à côté de restes de figures égyptiennes entaillées sur la pierre est représentée une
sorte de Vierge[2] d'un style fruste, tenant un homme sur
ses genoux; derrière elle un gros palmier mal fait;
autre bonhomme de même style, portant un vase long.
— Amas d'étrons d'hyènes, elles viennent chier là
toutes les nuits. — Pendant que Maxime travaille son
épreuve, Joseph assis à côté de moi sur le sable me
parle de son enfance et de la manière dont il a quitté
son pays[3] — deux ou trois compagnies de perdrix passent et vont s'abattre plus loin — à gauche derrière
nous une petite ligne de palmiers — gentil petit enfant
noir pataugeant dans le sable et qui faisait des grimaces pour m'amuser. — On repart après avoir tué le
mouton du nazir d'Ibrim[4].

DAKKEH

Temple en grès[1] — pylône ; on monte dedans par un escalier qui est éclairé par des soupiraux, ou mieux des créneaux ; de place en place de petites salles — sur le plateau des pylônes, le couronnement extérieurement recourbé fait parapet. De chacun des deux œils-de-bœuf supérieurs anciennement carrés comme tous les autres jours des pylônes, part longitudinalement une entaille carrée, telle que la rainure à faire glisser la herse ; elle est plus large en bas qu'en haut. Le mur du pylône n'était point vertical, cette rainure l'est — cela existe du côté de l'entrée — quel en était l'usage[2] ?

Sur la porte des pylônes, des deux côtés, uræus surmontant la boule et restes de peintures bleues. Sous la porte côté gauche, un personnage debout coiffé du pschent. La pierre étant enlevée on ne peut voir les attributs. Devant lui, figure assise tenant un sceptre entouré du serpent et coiffé ; deuxième figure, femme léontocéphale tenant la clef ; troisième : femme avec l'uræus, tenant un bâton (l'extrémité manque) — les deux portes pour pénétrer dans les pylônes sont sur le côté qui regarde le temple.

Temple. Façade : deux colonnes ; trois portes ; celle du milieu plus grande que les deux autres latérales. À toutes les trois, sur les deux côtés et en dessus une demi-colonnette engagée dans le linteau de la porte figure les faisceaux. — La porte du milieu s'appuie de chaque côté sur la moitié des deux colonnes qui supportent le toit.

Entre le temple et les pylônes, excavations comme des souterrains comblés, morceaux de poterie. — Sur chacun des côtés de la façade belles représentations, surtout du côté droit, à ras du sol. Deux représentations : 1° derrière un dieu, une déesse tenant une enfilade de lotus ; 2° derrière un dieu, une déesse portant une espèce de champ d'épis au bout duquel sont plusieurs volatiles ; les oies semblent tomber de sa main.

Première salle. Plafond et partie supérieure des murs abîmés par un enduit sur lequel se retrouvent des restes de mauvaise peinture chrétienne ; ancienne église copte sans doute ? — Des figures de femmes et surtout de femmes léontocéphales sont nombreuses ; elles tiennent un lotus, la boule avec l'uræus. Sur une des colonnes, en dedans le musicien — Typhon[1] (?) — avec la lyre droite qui est dans les planches de Creuzer[2]. Sur l'autre colonne à la même place, entre le dépassement de la porte et la petite porte, un cynocéphale debout et tenant un vase long surmonté d'une coupe dans laquelle est une figure surmontée elle-même.

Est-ce une bari, ou une façade de temple ?

————

Sur la petite porte de ce même côté (gauche), en regardant le pylône, au bout d'une présentation il y a dans un vase un cynocéphale femelle, assis, qui tient quelque chose d'indistinct sur ses genoux — un lièvre ? et semble coiffé du pschent.

Sur la portion intérieure du mur dont l'épaisseur des deux petites portes tient la moitié et à partir d'elles jusqu'en bas, il y a comme ornement des sortes de corps de salamandres à têtes de cynocéphales et de serpents. Façade du second naos[3] : très riche, beaucoup de femmes léontocéphales avec le sceptre, l'uræus, la boule. Dans une petite chambre latérale, la figure du lion est reproduite en grand.

Dans la dernière chambre, même genre de sujets. Femmes léontocéphales à longue chevelure tressée, un personnage en grand fait l'offrande d'un lion — au haut de coiffures composées de trois urnes à calice (= lotus ?) sont trois oiseaux, un sur chacun de ces cylindres ventrus et évasés par le haut — en bas sur les quatre côtés règne la représentation d'une femme entre des calices superposés, ouverts, d'où partent des boutons ; la femme est coiffée de trois lotus épanouis et tient de chaque main une espèce d'urne surmontée

d'une croix. Elle a double téton, un petit en dessous,
un plus long et plus gros en dessus — double collier,
cuisses larges, d'un style lourd ; sa ceinture qui commence à la cambrure du dos fait un angle, se courbe,
contourne son ventre et remonte à la hauteur du nombril — cela ressemble à un cor de chasse. À ses pieds
est le bœuf Apis ou un gros oiseau[1].

Samedi matin. — J'achète deux mèches de femmes
avec leurs ornements. Les femmes auxquelles on les
coupe pleurent ; mais les maris qui les coupent gagnent
dix piastres par chaque mèche.

Embarqués et prêts à partir, on vient nous en offrir
une autre que prend Max. Ça a dû être une désolation
pour ces pauvres femmes, qui paraissent y tenir beaucoup. Sous le soleil du matin il y avait là des têtes luisantes de graisse qui brillaient comme des barques
goudronnées à neuf.

KIRCHEH

Sable — le village a l'air moins pauvre que le précédent. Un grand arbre sous lequel sont assis des bœufs
du Sennahar avec leur figure à la Apis et leur bosse
sur le garrot. — À droite en montant vers le temple
mosquée carrée, bâtisse en limon gris assez propre —
nous montons, des enfants prennent des bouts de câble
pour nous servir de torches.

Dromos détruit, colosses mutilés. Quelques-uns n'ont
plus que la saillie des pierres ou se tiennent encore par
parties. La tête de l'un est renversée par terre, le front
en bas.

Spéos[2] comme celui d'Ibsamboul, colosses de même
style encore plus trapus. L'allée au milieu d'eux est
étroite — dans les bas côtés, excavations carrées dans
la muraille où sont des figures en pied méconnaissables. Les colosses de l'intérieur portent sur le ventre,
à la place de l'agrafe de leur ceinture, des têtes de
lions. On est ébloui et étourdi par la multitude de
chauves-souris. Elles tournoient et crient. Nos enfants
arabes agitent leurs torches — un d'eux se tenant

debout sur une pierre comme sur une table et levant sa torche en l'air. Quand elles partent par la porte d'entrée on voit l'air bleu à travers les minces ailes grises des chauves-souris. À la porte un âne se tenait découpé dans la lumière — au-delà, ciel et le Nil tout bleus ; entre le ciel et le Nil une ligne jaune, c'est le sable.

Nous redescendons au village. Un vieux, propre, à barbe blanche, finit par vendre à Maxime un flacon d'antimoine. Un homme en blanc fumant un chibouk sur une porte donne une poignée de main à Joseph — dans l'intérieur de la maison un marchand d'esclaves assis sur sa natte — à gauche au-dessus de lui est suspendue une longue chaîne en fer pour son commerce et que Joseph guigne pour le voyage de Syrie ; embarquement au canot ; coups de bâton administrés aux gamins qui se précipitent trop violemment pour le batchis. — Au bout de quelque temps, arrêtés à cause du vent contraire. Acheté là deux colliers en cuir près d'une sakieh sur la rive droite. À la nuit tombante arrivés à DANDOUR. La première étoile paraît comme je suis assis sur le mur de l'enceinte du temple[1] ; — grand éboulement de pierres — palmiers bouffants, à droite un peu de verdure ; le Nil tranquille et les montagnes qui, du côté d'Abou Horr à gauche, étaient tout à l'heure lie-de-vin noir.

GARBY DANDOUR

Dimanche 7. Resté à Garby Dandour à cause du vent contraire. Dans l'après-midi promenade au bord du Nil — nous passons dans un village où un homme a une lèpre blanche sur la partie supérieure du visage[2].

CALABSCHI

Lundi 8 arrivé à 10 heures et demie à Calabschi ou Calabaschi sur la rive gauche. Palmiers et doums. Le village est parmi les ruines des ouvrages extérieurs du temple[3]. D'abord une longue chaussée en dalles qui tourne son T vers le Nil ; grand pylône dont le couronnement est détruit, avec des jours comme à Dakkeh et une grande fente longitudinale et carrée, des deux côtés de la porte comme à Dakkeh ; cour qui avait des colonnes sur les deux côtés ; en face devant vous, le naos même avec quatre colonnes, une porte et quatre portes pleines plus petites ; les deux qui sont près de la grande porte ont dans leur plein un carré coupé dans la pierre, qui servait d'entrée.

La cour est encombrée des débris des colonnes, grandes pierres bousculées les unes par-dessus les autres — à droite une porte latérale, et trois autres plus petites sur le côté gauche ; je n'en vois que trois petites.

Naos, première chambre. Deux colonnes à gauche encore subsistantes ; sur la porte d'en face (celle de la seconde pièce), figures en demi-relief encore bonnes, une Isis donnant à téter à Horus[1] et une espèce d'oiseau à figure d'homme étrangement coiffé. À partir d'ici, car cette façade en est toute la largeur, commence un second naos plus petit que le précédent et qui a trois salles allant de plus en plus petites.

Dans la seconde, un grand nombre de peintures sont conservées ; le bleu et le rouge dominent : le rouge est pour les chairs, pour les boules et les sphères des coiffures ; les pschents sont bleus. Caleçons rayés longitudinalement avec le mouvement de la fesse indiqué. Les sièges sont généralement peints en petites lames, un rang de rouge, un rang de vert ou de bleu. Un personnage très abîmé portant un sceptre et la coiffure en lyre est enveloppé d'une longue robe (transparente ? on voit toute la cuisse à travers la draperie tendue droite) dont le dessin est : des petites [bandes] blanches obliquement croisées formant par leur intersection des losanges de couleur violette au milieu desquels est une petite rondelle blanche ayant à son centre un pois rouge — au point d'intersection des bandes sont aussi des pois rouges se trouvant sur la même ligne que ceux des rondelles.

Cette pièce était éclairée par un soupirail en haut

sous le plafond, à droite. La troisième pièce en a un à droite, un à gauche, et deux en face. Elles avaient pour plafond un dallage énorme en pierres de taille d'au moins trois pieds d'épaisseur. Le second étage était parallèle au premier, quant au deuxième naos du moins.

De là un escalier (à droite si vous regardez le Nil) dans l'épaisseur de la muraille vous descend à une petite pièce carrée de quatre pas de longueur sur quelque cinq pieds de large, ayant une porte du même style que les grandes portes — colonnes rondes où s'appuie le linteau de la porte à chapiteau, porte à demi pleine, porte.

ÉCLAIRAGE DES TEMPLES

Ici dans la petite antichambre entre l'escalier et la porte de cette petite pièce, fenêtre à gauche, qui éclaire la première chambre du deuxième naos ; cette anti-chambre paraît elle-même n'avoir pas eu de plafond. Ainsi la lumière arrivait par plusieurs détours et non d'aplomb ; une pièce moins éclairée la recevait d'une autre plus éclairée.

Une enceinte qui continue le mur même du dromos entoure les deux naos. Il y a aussi une seconde enceinte qui me paraît avoir été en terrasse, c'est-à-dire plate comme... ... — Ce mur extérieur est plus élevé (celui qui touche à la montagne). Dans l'épaisseur je vois une porte. — Les moignons de pierre qui règnent sur le mur extérieur du deuxième naos ont-ils servi à sup-porter des constructions abritant l'espace compris entre ce mur et la deuxième enceinte ?

De la seconde enceinte on pénétrait par une porte dans une autre enceinte carrée, adjacente au temple, qui est sur son côté droit — on y entrait aussi de face par une porte simple et qui est sur la même ligne que le pylône du temple. Qu'était-ce que cette construction ?

[BET-OUALLI]

(Voir la description de Champollion le jeune[1] dans ses *Lettres sur la Nubie*).

TAFAH

Mardi à 6 heures moins un quart du matin.

Deux temples, petits tous deux ; l'un, complètement engagé dans le village, sert d'habitation[1].

Gens qui viennent apporter du lait, des poulets, de petits paniers et des boucliers en peau de crocodile et d'hippopotame — une femme marchant avec un pot de lait sur la tête et son enfant sur le bras gauche — le bras droit est découvert. — Grande bougresse qui vend des pigeons à Joseph : bras virils, figure un peu camuse, bandeaux tressés de petites tresses ; c'est réuni en plaques noires, verni par la graisse. Cambrure de son dos brun ; bague en cuivre au pouce.

Quelques palmiers ; les montagnes au fond ; soleil du matin.

KERTASSI

À 9 heures du matin. — Non loin des ruines du temple, chapelle égyptienne au milieu d'une carrière — l'entour est tabulaté d'inscriptions grecques. Dans les environs, dans le désert, pour y venir, marques de pieds entaillées sur la pierre ; il y a aussi un pied d'enfant. C'était sans doute un lieu de pèlerinage.

DEMYT

Dans l'après-midi promenade entre des palmiers et des champs sur le bord du fleuve — une grosse femme.

DEBOD

Mercredi matin. —

Temple[2]. Trois portes encore debout en enfilade. Le temple est fort ruiné ; il n'a pas été achevé ; le mur en certains endroits n'est pas encore ciselé et des carrés de pierres sur les portes attendent que l'on sculpte le globe avec l'uræus. Je reste à l'ombre dans un coin fouillant le sol avec mon bâton de palmier. J'ai trouvé la moitié du sabot d'une vache — un petit oiseau blanc

à tête et queue noires descendant du mur qui est derrière moi est venu se poser tout en face et près de moi.
Quand tout le monde a été parti deux autres sont venus
se mettre sur le chapiteau d'une colonne à gauche.

Avant de nous rembarquer, un sorcier nègre au nez
épaté nous dit la bonne aventure. Dans un panier plat
plein de sable il fait des cercles, et de ces cercles partent des lignes qu'il trace avec le doigt. Il me prédit
que «je recevrai à Assouan deux lettres, qu'il y a une
dame vieille qui pense beaucoup à moi, que j'avais eu
l'intention d'emmener ma femme avec moi en voyage
mais que tout bien décidé je suis parti seul — que j'ai
à la fois envie de voyager et d'être chez moi — qu'il y
a dans mon pays un homme très puissant qui me veut
beaucoup de bien — et que de retour dans ma patrie je
serai comblé d'honneurs».

PHILAE

Arrivés vers 5 heures du soir.

Je file avec Joseph à Assouan par le désert. Nous
sommes armés jusqu'aux dents de peur des hyènes
— nos ânes trottinent bon pas; un jeune garçon de
douze ans environ, charmant de grâce et de prestesse,
vêtu d'une grande chemise blanche court devant nous
en portant une lanterne — le bleu du ciel est tacheté
d'étoiles; ce sont presque des feux; ça flambe. — Vraie
nuit d'Orient! Un Arabe monté sur un chameau et qui
chantait a débouché à droite, a coupé la route, et s'en
allait devant nous.

À Assouan il y a un paquet énorme mais rien pour
moi. La *Gabrielle* d'Augier[1] y était — seule chose à
mon usage! du reste, des lettres pour Max et Sassetti;
cela m'a semblé très amer. — Nous revenons de suite
par les villages au bord des cataractes, nos petits guides
ayant peur du désert à cause des bêtes féroces.

Jeudi 11. Notre tente est déposée sur la plage orientale de Philae où nous sommes amarrés. Arrivée inat-
tendue de Mouriez et de Willemin en chapeaux blancs.
Abdallah (ancien domestique de l'hôtel Brochier[2]) est

avec eux, ainsi que le médecin d'Assouan qui reste en compagnie des domestiques. — Déjeuner très gaillard — on se quitte à 3 heures. — Promenade de l'autre côté de l'eau vers le village de Bab; je monte la montagne et entre dans le santon de KOUBBET EL-HAOUA. Pour poser je monte au haut de la mosquée de KELEEL-RASOUN-SABA. — Mine immense de notre vieux Fergalli expliquant comme quoi il n'entend rien à la photographie et que ce n'est pas son métier.

Vendredi 12 avril. — Descente des cataractes[1]. La cange est chargée de monde comme pour les monter; il y a à bord un prêtre[2] qui dit tout le temps des prières, se balançant sur le plat-bord de tribord. — Moment d'anxiété quand le bateau filant sur le grelin plonge de l'avant; c'est comme un bouchon de liège courant sur la chute d'un moulin.

Nous arrivons à midi à Assouan, moi crevant de faim. Déjeuner au café avec du poisson frit et des dattes. Quel bon déjeuner! — barbier — visite au bateau de ces messieurs. Mouriez au broc[3] — visite à ces dames. Les féroces chiens d'Erment hurlent; les enfants pleurent — une petite fille à front carré et à cheveux blonds (sans doute faite par quelque Anglais) que Willemin prend dans ses bras en répétant: «Ah bent! ah bent!» — sueur de Mouriez — j'essaye — mais en vain!

Nous revenons par le désert. Campés à Philae samedi, dimanche, lundi. — Je ne bouge de l'île et je m'y ennuie[4]. Qu'est-ce donc, ô mon Dieu, que cette lassitude permanente que je traîne avec moi! elle m'a suivi en voyage! je l'ai rapportée au foyer! la robe de Déjanire[5] n'était pas mieux collée au dos d'Hercule que l'ennui ne l'est à ma vie! elle la ronge plus lentement, voilà tout!

Lundi, khamsin crâne. Les nuages sont rouges, le ciel est obscurci — le vent chaud emplit tout de sable, on a la poitrine serrée, l'esprit triste. Dans le désert ce doit être affreux.

Ce qui indigne à Philae ce sont les dévastations religieuses; cela rappelle par son parfum de sottise les *expurgata* [1]. — Dans la dernière salle du grand temple, jolie Isis allaitant Horus, souvent moulée — dans la première cour, mille jolis détails — dans une des salles supérieures, scènes d'embaumement [2], le mort bande très raide — dans le coin à droite, femme ployée sur les genoux avec des bras désespérés, lamentants; l'observation artistique perce ici à travers le rituel de la forme convenue. — Petit temple d'Hathor [3] — le plus beau c'est la fameuse inscription «une page d'histoire ne doit pas être salie» et l'annotation «une page d'histoire ne s'efface pas» [4].

Mardi. Parti par le désert avec cinq chameaux portant notre immense bataclan. — Deux stations pour boire — dans la seconde, près du gros vase une petite souris morte. Arrivé à Assouan à peu près en même temps que Max qui a descendu la cataracte en sandal.

ASSOUAN

Mercredi 17. Promenade dans Assouan; achat d'une bague d'argent à une marchande de pain. Les marchandes de pain au coin des rues sont généralement d'anciennes almées. — Soultân, pauvre diable écrasé, rongé, dévoré de vérole, que j'ai l'idée d'expédier au Caire [5].

Au coucher du soleil, visite de ces dames, Azizeh et la petite rieuse et une troisième, grande, de figure immobile et marquée de petite vérole; les marins nous regardent avec du public survenu pour la circonstance au bruit des tarabouks — tout cela nous dérange. Elles ont toutes ce mouvement de cou glissant sur la vertèbre qui nous avait émerveillés la première fois; nous nous enfermons avec elles pour qu'elles nous dansent l'abeille [6] — qui est un mythe. Joseph prétend ne l'avoir vraiment vu danser qu'une fois et c'était par un homme. — Quant à celle-ci, ça consiste à se mettre nue et à crier: «in ny a oh! in ny a oh!»

Jeudi 18. Matin. Visite du gouverneur d'Assouan, de mâlim Khalil et de son fils, du nazir d'Ibrim; ces messieurs viennent dans l'espérance d'une bouteille de

raki; nous payons une oque[1] de tabac à mâlim Khalil. Ce sont tous d'affreuses canailles et dont la bassesse reluit de tous les respects dont on les entoure.
Démarches pour Soultân; il y a un mauvais vouloir
évident. Quand il a su qu'il partirait et qu'il pourrait
guérir, il a voulu nous baiser les pieds — ses yeux
pleurants pleins de tendresse. La reconnaissance non
méritée gêne — c'est la récompense d'un sacrifice qui
n'a pas eu lieu; on se trouve honteux et devoir quelque
chose à l'obligé.

À 6 heures du soir, Haçanin en portant une poutre
se casse la jambe; il tombe comme un oiseau blessé.
Pansement sur le sable aux flambeaux[2] — toute la nuit
nous l'entendons crier «cawadja! cawadja!» d'une
voix dolente.

Vendredi 19. Promenade le matin dans l'île d'Éléphantine pendant qu'on tire le bateau sur la plage
pour le réparer. Nous nous asseyons sous des palmiers
du côté de l'ouest. — Enfant borgne qui chasse les
autres avec un bout de palmier dont l'extrémité est
tressée en fouet.

Déjeuner au café d'Assouan — chameaux qui passent — soleil — nattes en paille sur nos têtes. Tous ces
gens qui viennent boire là; en face de nous un cawas
(russe) avec des bottes recourbées. Il était midi — le
prêtre chantait dans la mosquée. — Transbordement
d'Haçanin dans le bateau, départ d'Assouan.

KOUBANYEH EL-ABOU ARIS

Arrivés à 6 heures du soir. Nous montons sur la
berge, Mansourh nous accompagne. — Hommes en
silhouette au milieu des gazis et des palmiers — grandes
bandes vermillon dans le ciel — des lacs vert pâle se
fondent dans le bleu du ciel. Les palmiers s'irradiant
par gerbes comme des fontaines, à mesure que vient la
nuit ils foncissent de ton. Quelques voiles sur le Nil.
Les montagnes basses du côté du Levant sont roses.

Que serait une forêt où les palmiers seraient blancs
comme des bouquets de plumes d'autruche?

Les hommes, lorsqu'ils viennent de faire leur prière, gardent au front et au nez la poussière de la prosternation.

KOM OMBO
Samedi 20. Arrivés dans l'après-midi.
Les ruines du temple sont descendues jusque dans le Nil — le fleuve, de là fait un coude à gauche — juste en face, un grand îlot de sable. À gauche, champs entourés de clôtures en roseaux secs ; plus loin quelques arbres ; un grand village gris avec deux pigeonniers carrés — le désert — et la bordure des montagnes à l'horizon.
Le temple est enfoui dans le sable. Au plafond, le vautour répété — Isis d'un joli style — un homme qui fait le mouvement d'un nageur — restes de peintures bleues. Il reste treize colonnes. Elles sont couvertes d'uræus ; c'est là ce qu'il y a de plus fréquent et de plus nombreux. Sur le portique du temple une barque portant au milieu une sphère dans laquelle un homme accroupi. Ailleurs personnage accroupi dans une espèce de courge. Sur un pan de mur en pierres de taille subsistant encore, séparé du temple, plus près du fleuve, reste de pylône sans doute, il y a plusieurs fois répétée la croix ansée[1] sur l'espace en retrait entre les deux pans. Il y a alternativement une ligne de croix et une ligne de bonshommes dans un vase rond avec des inscriptions hiéroglyphiques. Sur le sécos[2], inscription grecque indiquant que Ptolémée et Cléopâtre ont dédié ce sécos à Apollon et aux autres dieux ; c'est sur le linteau supérieur, nous n'avons pu lire le reste[3].
Parmi les noms de voyageurs, J. Chasseloup Laubat[4], officier français 1825, et Darcet[5] ; la date est illisible, le nom a été gravé par petits trous ; il est sur la façade du temple, un peu à droite à hauteur d'homme............
Pendant que j'étais à regarder le plafond, monté par-derrière, tourné vers le Nil, un oiseau est venu s'accrocher des pattes à un roseau desséché qui a passé

par la fente du plafond et se tient là droit — les petits oiseaux vivants regardent les vautours sculptés et s'envolent après.

Un homme sur son cheval blanc a débouché de par-derrière du côté des ruines en briques crues, a passé devant le temple et est revenu du côté de la brèche dans le pan longitudinal de briques crues à gauche, pour gagner le côté des paysans.

Le soir, nous mouillons à

EL-MOHAMMIT

Mangé à dîner une pastèque. Le chat noir que Joseph a pris à Assouan commence à m'embêter. Haçanin se remue sur son matelas comme un possédé malgré toutes les recommandations qu'on lui fait pour rester tranquille.

CARRIÈRES DE SILSILIS

Affreuse blague[1]! Ce sont des pans de mur à pic taillés à même dans la montagne. Grand soleil! Nous suons beaucoup sur le sable.

TEMPLE DE DJEBEL SELSELEH

Galerie en voûte creusée — dieux dans le mur, six à chaque bout — et trois dans des niches à même les piliers.

Déception relativement à nos fouilles — tout ce qui sonne creux n'est pas trésor. Trous nombreux dans le mur faits par les Arabes.

Lundi 22 avril, khamsin. Le Nil a des flots comme la mer. À la nuit tombante arrivé à EDFOU, c'est-à-dire à une demi-lieue car le village et le temple ne sont pas sur le bord du fleuve (rive gauche).

EDFOU

Le village entoure le gigantesque temple et a même monté sur lui en partie. — Pylônes énormes, les plus grands que j'aie vus — dans les pylônes plusieurs salles. Belle Isis à droite. De dessous la porte du pylône, vue des colonnades des deux côtés. La cour avec des mouvements de terrain = amas de poussière grise.

Du haut des pylônes, vue splendide : en se tournant vers le nord on voit la route d'Esneh qui s'en va ; on plonge sur le village dont les maisons ont pour toit des nattes de paille. Partout c'est la même scène ; on s'occupe de la vie ; une femme donne à boire à un âne dans une courge ; deux chèvres luttent en heurtant leur front ; une mère emporte son enfant sur son épaule ou prépare à manger. Au haut du pylône, noms de troupiers français. Le temple d'Edfou sert de latrines publiques à tout le village. Dans les pylônes les meurtrières énormes sont pratiquées à hauteur de talon et éclairent les salles par en haut ; la lumière frise sur les dalles.

Du pronaos sur le toit duquel sont bâties des maisons, les chapiteaux des colonnes enfouies sont alternés, un égyptien composite, l'autre feuille de palmier. Non loin tout à côté et si bien enfoui qu'on a du mal à le trouver, le petit temple ; il est dévasté, et ne tient plus que par une colonne faite d'un tas de pierres brisées, ramassées. Sur les murs, représentations peintes d'Isis allaitant Horus. Les Isis d'Edfou, comme à Philae, ont généralement le visage allongé par le bas, les joues bouffies, le nez pointu ; tel est le style de visage des Bérénice et des Arsinoë dont on *prétend* que ces représentations sont les portraits.

Non loin du bord du Nil, magasin du gouvernement ; grands tas de blé — pour monter jusqu'en haut un homme marche sur des troncs de palmier jetés sur le talus du tas.

EL-KAB

Mercredi 24. — Dès le matin partis pour voir les grottes. Plusieurs insignifiantes mais dans deux, restes de peintures curieuses représentant des scènes de la vie rustique, une surtout[1]. Au fond, trois dieux ou déesses dans une niche ; les deux dieux ou déesses latéraux passent la main derrière la taille du dieu du milieu et ont l'air de le soutenir ; sur le panneau de droite hommes et femmes agenouillés ou plutôt accroupis et respirant des lotus ; homme tuant un bœuf, la tête est retournée en bas — le bœuf est ouvert, on lui voit les côtes sanglantes ; roi et reine, mari et femme (demi-nature) assis sur des divans, la femme passant la main sur l'épaule de l'homme et de l'autre lui tenant l'avant-bras ; les pieds des meubles sont en jambes de lion. — Les femmes étaient vêtues d'une manière de sarrau, descendant jusqu'au mollet, très décolleté et qui tenait aux épaules par deux larges bandes montantes, à la façon des tabliers d'hôpital.

Sur le pan de droite, ânes allant aux champs, l'un se baisse pour brouter un chardon, l'autre détourne la tête et regarde en arrière — troupeau de cochons — troupeau de chèvres — un bouc veut en saillir une ; un char : le cheval a des tournures de stepper[1] anglais, nez levé, jambes qui tombent dans la position d'un cheval lancé au grand galop et qui s'arrête tout court. Laboureurs : derrière la charrue on ensemence ; belle pose du semeur, le blé en jets s'en va de ses mains tel qu'une fontaine jaune — tas de blé qu'on empile — on en remplit de grands sacs longs — les bœufs tournent et battent ; c'est là qu'est la chanson : « Battez, battez, ô bœufs, de la paille pour vous, de la farine pour vos maîtres » (voir *L'Égypte* de Champollion-Figeac, *Univers pittoresque*[2]). Vendanges — une vigne en berceau ; des hommes portent du raisin sur leur tête dans des paniers — on le presse entre des ais de bois qui coulissent sur une potence, on ramasse le vin et on le met dans des pots. — On prépare des oies que l'on met dans des pots — poissons secs éventrés que l'on colle ensuite contre les murs. — Barque avec des avirons dont le bout de la palette est rond ; un homme tombe à l'eau la tête en bas.

VOILURE DES ANCIENS ÉGYPTIENS

La voile tendue roulait sur une roue placée sur le toit de la chambre — autres barques que l'on tire à la corde. — Rien n'est amusant comme ces peintures qui sortent de la rigidité impitoyable de l'art égyptien.

Sur le bord de l'eau — à peu près — grande enceinte en briques pharaoniques dont les murs ont bien une trentaine de pieds d'épaisseur; à peine si l'on reconnaît les ruines d'un temple qu'il y avait là et que Méhémet Ali a fait détruire pour bâtir son palais d'Esneh.

À 10 heures, nous sommes partis.

Marché pendant une heure en plein soleil, sur le sol blanc du désert. — Pans de montagnes — cirques immenses — en allant nous causons d'Abd el-Kader[1] et en revenant de la garde nationale de Paris — quelques nuages — lumière blanche et fine comme de la poussière; c'est énorme. Petit temple d'Hathor — têtes à perruques comme au petit temple d'Ibsamboul[2]; peintures assez bien conservées — à gauche au fond, grand dieu bleu avec les plumes de pintade (Nilus? Amon?). Autour du temple, marques de pieds au ciseau — personne n'a encore rien dit là-dessus[3], et chaque fois que je rencontre ces pieds, je suis ému — c'est trop beau comme témoignage, rien que la marque d'un pied!

Max fait effacer le nom de J. Chasseloup et écrit l'inscription touchant Durnerin[4].

Je regarde longtemps une tarentule avec ses yeux verts qui marchait dans un trou de la porte, à la renverse — elle avait de gros yeux verts effrayants — on eût dit qu'elle était étonnée de voir deux si grosses choses que nous deux; puis elle est rentrée dans sa cachette.

Autre temple spéos en voûte; on y montait par un escalier. L'intérieur complètement dégradé. Joseph ramasse des crottes de gazelle qui sentent le musc et qui sont bonnes à fumer.

J'aperçois un caméléon tout blanc; il se réfugie sous une pierre; je la lève; il court sur la terre blanche — Max le tue d'un coup de bâton sur le cou. Le Nil autrefois passait peut-être par la route que nous suivons; la sonde des pilotes a heurté ces grands rochers (les m... d'oiseaux par terre ou sur les pierres sem-

blent de loin la couleur de la pierre ou de la terre). Car
le Nil s'ennuie dans ses sables et change de cours.

Jeudi 25, temps de khamsin, retenus tout le jour au
mouillage de Sabayeh.

ESNEH

Vendredi 26 arrivés à 6 heures du matin ; temps
lourd et couvert, le ciel est blanc.

À 10 heures environ Bambeh vient à la cange et
monte à bord. Elle a mal à l'œil droit qui est couvert
de son bandeau ; nous lui donnons de l'eau blanche [1].
Le mouton n'est plus avec elle, le mouton est mort.
Nous allons chez Kuchiuk-Hanem par le derrière de la
ville, Bambeh marche devant nous.

CHEZ KUCHIUK-HANEM

La maison, la cour, l'escalier ruiné, tout est là — mais
elle n'est plus là — elle — sur le haut, torse nu — éclairée dans le soleil. Nous entendons sa voix qui salue
Joseph ; nous montons au premier, Zeneb verse de
l'eau sur les pavés — silence — temps lourd — nous
attendons.

Elle arrive, sans tarbouch, sans collier, ses petites
tresses tombent au hasard ; nu-tête ; ainsi son crâne est
très petit, à partir des tempes. Elle a l'air fatigué et
d'avoir été malade. Le docteur Willemin lui a fait sur
le sein droit un énorme suçon. Elle se coiffe avec un
mouchoir ; elle envoie chercher ses colliers et ses
boucles d'oreilles que tient en dépôt un séraf [2] de la
ville, avec son argent ; elle n'a rien chez elle de peur
qu'on ne la vole. Nous nous faisons des politesses et
compliments. Elle a beaucoup pensé à nous ; elle nous
regarde comme ses enfants et n'a pas rencontré de
cawadja aussi aimable.

Deux autres femmes : première à nez fort, droit,
accroupie à gauche ; deuxième petite, noire, assez jolie
de profil, mais dansant fort mal. Notre vieux musicien
et un autre à barbe blanche, escorté de sa femme,
vieille qui joue du tambour de basque ; c'est une maî-

tresse de danse; elle fait des signes à la petite qui danse
et se dépite, marque la mesure, indique le pas. Physionomie souriante, face carrée comme d'un vieil eunuque
blanc. Elle se met à danser; sa danse est une pantomime dramatique. Nous avons là quelque chose de
l'ancienne danse.

Kuchiuk danse. Mouvements du col se détachant
comme Azizeh — et son charmant pas antique, la
jambe passant l'une devant l'autre.

Dans sa chambre au rez-de-chaussée[1] il y a, comme
ornement, collées au mur, deux petites étiquettes, l'une
qui représente une Renommée jetant des couronnes et
une autre couverte de caractères arabes. Ma moustache l'indigne encore; puisque j'ai une petite bouche
je devrais ne la pas cacher. Nous nous quittons avec
promesse de lui venir dire adieu.

Dans la cour, grande canaille l'œil couvert d'un
bandeau et qui tend la main en disant «ruffiano»; je
lui donne trois piastres. — De tout cela il est résulté
une tristesse infinie. — Elle s'était comme le premier
jour frotté les seins avec de l'eau de rose. C'est fini, je
ne la reverrai plus et sa figure, peu à peu, ira s'effa-
çant dans ma mémoire!

Bazars — café où je reste presque tout l'après-midi
à regarder le monde. Un enterrement passe sur la
place.

FOURS À POULETS

Four à poulets[2]; c'est une longue galerie voûtée
ayant des fours latéraux que l'on chauffe sur les quatre
côtés dans des espèces de petites rigoles. Au milieu,
correspondant à la lumière de la voûte — trou par
lequel arrive le jour et l'air —, est un trou. Sous le four
sont placés les œufs; ils restent là quatorze jours; le
quatorzième on les met *sur* le four jusqu'au vingt-
deuxième, où ils éclosent. Un tas de poulets grouille
par terre; cela ondule comme de la vermine blanche
et jaune; on les balaie à coups de pied pour que nous
ayons de la place. — Cela m'a fait un effet étrange de

corruption, et est une des choses qui m'ont le plus
étonné de ma vie, comme factice remplaçant l'orga-
nique : l'homme ici crée en quelque sorte.

COUVENT COPTE DES MARTYRS

Samedi 27 avril — mauvais temps ; nous allons au
couvent des Martyrs à une lieue d'Esneh à travers des
champs de blé où nous tournons. — Un chien d'Erment, hérissé, à poils longs, aboie sur le mur. Joseph
frappe à la porte avec un caillou ; un frère copte vient
nous ouvrir — dans le corridor couvert qui mène à
une cour, un petit ânon — le couvent se compose
d'une série de pièces quadrilatérales voûtées en dôme ;
le jour tombe d'un trou par en haut ; le sol recouvert
partout de nattes de palmier ; partie romane très
ancienne — grands cubes qui ont l'air de tombeaux —
une colonne en fer sur laquelle on pose l'évangile —
chaire à prêcher, fruste, dans un coin — aspect mysté-
rieux et caché, le tout vu par un demi-jour ; deux
vieillards dont l'un est borgne ; quatre ou cinq gamins
qui les servent ; c'est là le christianisme primitif.

PRÊTRE D'ABYSSINIE

Il y a dans ce couvent et de passage, un prêtre abyssinien qui revient de Jérusalem — grand, maigre, yeux
en amande, long nez aquilin, belle physionomie, type
tout indien ; il souffre de la poitrine et a la maigreur
des gens qui meurent de langueur ; il s'ennuie beaucoup, regrette son pays ; l'Égypte est un enfer pour lui.

Nous causons ensemble d'Abyssinie. La fureur de
l'émasculation existe réellement telle qu'on me l'avait
dit. Il y a en Abyssinie plus de vingt rois. Dernièrement
les Abyssins ont tué une garnison turque entière qui
était dans l'île située en face Massaouah[1]. — Il y a
pour les Européens voyageant en petit nombre du
danger dans les montagnes, parce que ces montagnes
sont couvertes de forêts affermées pour la chasse de
l'éléphant. Il s'étend beaucoup sur le bon marché des
vivres de l'Abyssinie. En nous séparant nous nous sou-
haitons de revoir nos patries dont nous sommes loin

l'un et l'autre — que Dieu l'ait ramené dans la sienne[1]! — Quant au lien chrétien, il me paraît nul; le vrai lien est dans la langue; cet homme-là est bien plus le frère des musulmans que le mien.

Je reviens nu-pieds, à cause de mes bottes qui me gênent atrocement. Non loin de la cange, entre Esneh et le palais de Méhémet, je me suis arrêté à regarder les montagnes.

COUCHER DE SOLEIL

Les collines basses, dénudées, grises et vues à travers la transparence de la lumière rose étalée sur elles et qui s'apâlissait sur le gris, avaient pour couleur générale un grand ton uni vaporeusement rembourré d'en dessous: c'était comme de grands voiles blonds posés sur les collines.

En notre absence Kuchiuk-Hanem et Bambeh sont venues pour nous voir!

Le soir nous passons de l'autre côté du Nil pour aller tuer des spatules, que nous manquons. — Immense étendue de sable plate; la lune dessus; nos deux balles côte à côte.

UN HOMME RICHE RENTRANT CHEZ SOI

Le gouverneur de Siout revient d'Esneh pour coucher au palais du gouvernement — à cheval — avec du monde précédé de deux hommes qui portent des machallahs[2]. On ne voit qu'eux se détachant sur le mur éclairé par la résine brûlante; le reste s'agite dans l'ombre, ombres plus noires — des parcelles de feu voltigent et tombent à terre derrière eux.

Dimanche matin 28, partis de bonne heure d'Esneh; marché à l'aviron toute la journée, malgré le vent.

ERMENT

Lundi —

Le temple et le village sont à une grande demi-lieue du rivage — plaine couverte de tombeaux turcs — santon — derrière, grande prairie avec des animaux. Ruines du temple[3]; les chapiteaux des colonnes sont

couverts de pigeons qui viennent des pigeonniers voisins, pigeonniers faits avec des branches d'arbre sèches.
Chaleur ; photographie, je cure les plateaux[1] ; effendi
de Mustapha bey, gros jeune homme malade de l'œil ;
sac à papiers ; il ramène son âne par le licou jusqu'à
notre barque où il nous accompagne ; il nous fait cadeau
de fromages arabes, petits fromages blancs à la pie[2],
fort détestables selon moi.

Le soir à 8 heures nous arrivons à LOUQSOR.

THÈBES

ARRIVÉE À LOUQSOR

Nous sommes arrivés à Louqsor le 29 avril, lundi, à
8 heures et demie du soir. La lune se levait. Nous descendons à terre — le Nil est bas et un assez long
espace de sable s'étend du Nil au village de Louqsor —
nous sommes obligés de monter sur la berge pour voir
quelque chose. Sur la berge un petit homme nous
aborde et se propose à nous comme guide ; nous lui
demandons s'il parle italien : « Si signor, molto bene. »

La masse des pylônes et des colonnades se détache
dans l'ombre — la lune qui vient de se lever derrière
la double colonnade semble rester à l'horizon, basse
et ronde, sans bouger, exprès pour nous, et pour
mieux éclairer la grande étendue plate de l'horizon.
Nous errons au milieu des ruines qui nous semblent
immenses. — Les chiens aboient furieusement de tous
les côtés, nous marchons avec des pierres ou des
briques à la main. Par-derrière Louqsor, et du côté de
Karnak, la grande plaine a l'air d'un océan — la maison de France éclate de blancheur à la lune, comme
nos chemises de Nubien ; l'air est chaud — le ciel ruis-
selle d'étoiles. — Elles affectionnent ce soir la forme
de demi-cercles, comme seraient des moitiés de colliers
de diamants dont çà et là manqueraient quelques-uns.
Triste misère du langage : comparer des étoiles à des
diamants !

LOUQSOR

Le lendemain mardi nous visitons Louqsor. Le village peut se diviser en deux parties, divisées par les
deux pylônes ; la partie moderne à gauche ne contient
rien d'antique, tandis qu'à droite les maisons sont sur,
dans, et avec les ruines. Les maisons habitent parmi
les chapiteaux des colonnes ; les poules et les pigeons
huchent[1], nichent dans les grosses feuilles de lotus ;
des murs en briques crues ou en limon forment la
séparation d'une maison à une autre ; les chiens courent sur les murs en aboyant. Ainsi s'agite une petite
vie dans les débris d'une grande.

Il y a trois colonnades, deux de petites colonnes, une
de grosses ; les grosses ont des chapiteaux-champi-
gnons, les petites ont des chapiteaux-lotus non épanoui.

PYLÔNES

La corniche des pylônes a été brisée ; elle subsiste
seulement dans la partie interne de la porte. Des deux
côtés de la porte, deux colosses enfouis jusqu'à la poitrine ; les épaules du colosse de gauche sont la seule
chose d'eux qui soit intacte ; ils devaient être d'un très
beau travail à en juger par les bandelettes et les oreilles
— un troisième colosse sur le pylône de droite est
complètement enfoui, on n'en voit plus que le bonnet
de granit poli qui brille au soleil comme une pipe de
porcelaine allemande — en face les pylônes, sur les
maisons qui font vis-à-vis, pigeonniers ; les pigeons
s'envolent et vont battre des ailes au sommet des
pylônes. Sur le pylône de gauche on voit une bataille[2] ;
les chars sont alignés c'est-à-dire échelonnés les uns
sur les autres, par défaut de perspective ; tous les chevaux sont cabrés ; pêle-mêle de gens et de chevaux tombant les uns sur les autres ; le roi (grande nature) est
debout sur un char à deux chevaux, et tire de l'arc ;
derrière lui un flabellifère[3] ; il est au milieu de la
bataille. — Plus loin sont des gens dans une grande
barque, debout — un homme debout (nature moyenne)

sur son char, conduisant les mains très en avant, chic anglais — sur le pylône de droite on voit vaguement des chars et des guerriers; un homme (de grande nature), assis, semble recevoir des captifs. Le pylône de gauche représentait la bataille et celui de droite le triomphe. — C'est contre le pylône de gauche que se trouve l'obélisque, dans un état parfait de conservation. Une chiade blanche d'oiseaux tombe d'en haut et s'épate par le bas comme une coulée de plâtre; c'est par la merde des oiseaux que la nature proteste en Égypte; c'est là tout ce qu'elle fait pour la décoration des monuments — ça remplace le lichen et la mousse. L'obélisque qui est à Paris[1] se trouvait contre le pylône de droite. Huché sur son piédestal, comme il doit s'embêter là-bas sur sa place de la Concorde, et regretter son Nil[2]! que pense-t-il en voyant tourner autour de lui les cabriolets de régie, au lieu des anciens chars qui passaient jadis au niveau de sa base?

L'intérieur des pylônes est difficile à monter; les pierres sont disposées angle sur angle de la même manière que dans les couloirs des pyramides. D'en haut, nous voyons Joseph en bas avec sa chemise blanche, tranquillement assis sur la natte de la mosquée — car il y a en dehors de la mosquée une sorte de longue plate-forme ou terrasse basse recouverte d'une natte. Pour monter sur les pylônes nous passons par l'intérieur de la mosquée où piaule en se dandinant sur ses jambes croisées toute une école de bambins; le maître lit tout haut, chantant d'un ton de fausset. L'escalier du pylône descend jusque dans l'intérieur de la mosquée.

JARDIN DE PRISSE[3]

Nous visitons l'ancien jardin de Prisse qui appartient maintenant au sheik des Ababdehs — une treille en maçonnerie couverte de vignes — des palmiers nains, ou petits — deux ou trois domestiques nègres circulent là-dedans. On nous apporte des bouquets de laurier-rose. Quand nous allons pour sortir un nègre

se met le dos contre la porte pour nous demander batchis, ce qui fait que nous ne lui en donnons aucun.

JARDIN FRANÇAIS

Planté par les officiers du *Luxor*[1]; les murs sont
plantés de feuilles d'aloès, sèches. — Ce jardin est plein
d'orangers et de citronniers, quelques palmiers s'élèvent droits au-dessus de ces masses rondes; le plaisir
de la verdure m'a surpris avec un charme étrange. On
nous apporte des petits citrons verts et des bouquets
de menthe. — Dans l'après-midi nous partons pour
KARNAK.

KARNAK

La première impression de Karnak est celle d'un
palais de géants; les grilles en pierre qui se tiennent
encore aux fenêtres donnent la mesure d'existences
formidables; on se demande en se promenant dans
cette forêt de hautes colonnes si l'on n'a pas servi là
des hommes entiers enfilés à la broche comme des
alouettes. Dans la première cour[2] après les deux grands
pylônes en venant du Nil, il y a une colonne tombée et
dont toutes les pierres sont encore disposées malgré
leur chute comme serait une colonne de dames, à bas.
— Nous revenons, l'allée des sphinx n'a pas une tête;
ils sont tous décapités. Des gypaètes blancs, au bec
jaune, voltigent sur une butte autour d'une charogne;
à droite il y en a trois sur leurs pattes, arrêtés et qui
nous regardent passer tranquillement. — Un Arabe
passe au grand trot devant nous sur son dromadaire.

COUCHER DE SOLEIL À LOUQSOR

Au coucher du soleil je m'en vais du côté du jardin
français vers une petite crique que fait le Nil; l'eau est
toute plate; un moucheron y trempant ses ailes la
dérangerait. Des chèvres, des moutons, des buffles pêle-
mêle viennent y boire, de petits chevreaux tètent leurs
mères pendant que celles-ci sont à boire dans l'eau;
une d'elles a les mamelles prises dans un sac; des

femmes viennent prendre de l'eau dans de grands
vases ronds qu'elles remettent sur leur tête. Quand un
troupeau est parti il en revient un autre — les bêtes
bêlent ou mugissent avec des voix différentes ; peu à
peu tout s'en va — la nuit vient — sur le sable, de
place en place un Arabe fait sa prière. Les montagnes
grises d'en face (chaîne libyque) sont couvertes d'un
ton bleu — des nappes d'atmosphère violette se répan-
dent sur l'eau ; puis peu à peu cette couleur blanchit et
la nuit vient.

PREMIÈRE VISITE À MEDINET HABOU

Après le dîner nous traversons le Nil et nous allons
au pied de la montagne de Medinet Habou passer la
nuit à l'affût de l'hyène[1] ; nous nous couchons à la
belle étoile (et quelles étoiles !) sur nos paletots au
milieu des pierres. Joseph et les guides causent toute
la nuit ; le mouton que nous avions pris dans un village
(de ce côté du Nil) reste attaché et le lendemain nous
le retrouvons intact.

À 6 heures du matin nous déjeunons dans le palais
de Medinet Habou[2] avec du lait et des œufs durs ; la
montagne toute proche par-derrière domine ces grands
édifices encore debout. — Architecture et paysage
semblent avoir été faits par le même ouvrier.

LE SIEUR ROSA

Nous allons faire visite au sieur Rosa[3] marchand
d'antiquités, Grec de Lemnos ; c'est pousser loin la
haine de toute végétation : le *site* est un vrai four à
plâtre ; des chiens aboient, on ne veut pas nous ouvrir ;
enfin on nous ouvre la porte. Dans la cour, momies
débandelettées debout, dans le coin à gauche, en
entrant ; l'un s'écore[4] des deux mains sur son phallus ;
un autre fait une torsion de la bouche et a les épaules
remontées comme si le vivant fût mort dans une grande
convulsion. — Dans une salle basse au rez-de-chaussée il y a des momies dans leur cercueil ; fort beau cercueil de femme, peinture brune. — Deux autres momies

dans des cercueils non ouverts. Le vieux Grec vit là, il
a mal aux yeux et se les essuie avec son mouchoir; on
cause politique, c'est-à-dire des affaires de Grèce; il
va se chercher des journaux grecs et en lit tout bas
quelques passages.

Les colosses de Memnon[1] sont très gros; quant à
faire de l'effet, non — quelle différence d'avec le
Sphinx! Les inscriptions grecques se lisent très bien;
il n'a pas été difficile de les relever. — Des pierres qui
ont occupé tant de monde, que tant d'hommes sont
venus voir, font plaisir à contempler. — Combien de
regards de bourgeois se sont levés là-dessus! chacun a
dit son petit mot et s'en est allé.

De retour à la cange vers 3 heures.

VALLÉE DE BIBAN EL-MOLOUK

Le lendemain jeudi 2 mai, parti à 6 heures du matin
à cheval; on m'a donné une selle anglaise; j'ai mes
grandes bottes et mon large pantalon de toile à la
nizam — je jouis d'être à cheval. Visité le temple de
Gournah et les tombeaux des rois à Biban el-Molouk
— pour aller à la vallée des Rois le paysage est anthro-
pophage[2]; on monte lentement dans une large ravine
entre des montagnes pelées. Elles sont coupées à grands
pans; les éclats de pierre roulent sous les pieds des
chevaux; les étriers me brûlent les pieds.

Affaire du sheik à propos de nos estampages dans le
petit tombeau de Gournah[3]. — Trombe de sable; ça se
lève comme une colonne de fumée et ça tourne en vis
comme un tire-bouchon, tout en montant en l'air.
Bientôt l'horizon est complètement pris; on est obligé
de s'envelopper tout à fait la tête; les chevaux en
paraissent gênés.

MAISON DE FRANCE

Nous allons coucher dans la maison de France[4].

L'escalier donne sur un quartier plein de décombres
au bout duquel se trouvent les maisons des filles. Nous
avons deux pièces. Dans la première il y a un cham-

branle de cheminée; Joseph s'y établit; Abdulmineh
(gardien de la maison) et les matelots sur une natte.
— La petite chambre pour la photographie est à droite,
notre chambre à divan à gauche avec balcon donnant
sur le Nil; vue des montagnes de la chaîne libyque.
Visite au gouverneur pour l'affaire du sheik de Gournah[1]. Dans l'après-midi course à Karnak, sur une selle
qui me casse le cul, afin de marquer les estampages à
faire.

Le soir le gouverneur nous rend notre visite.

Samedi matin promenade dans Louqsor; café; bons
Turcs fort aimables — Arnautes qui jouent avec des
petites coquilles dans une sorte de damier creusé —
un Arnaute qui essaie de faire monter son cheval sur
l'escalier — Turc en veste rouge qui m'offre à boire du
bouza.

Nous partons pour Karnak. — Logés dans la chambre
du roi, c'est celle qu'a occupée le docteur Lepsius[2].
Petite mare verte où toutes les nuits navigue une cange
d'or avec des hommes d'or[3]. Le bord est piqué de joncs
pointus, piquants — Maxime s'y baigne — aspect de
son corps nu, debout — sur les bords.

Je passe la nuit en dehors sur un matelas mis sur
une pierre, seulement vêtu de ma chemise de Nubien;
les étoiles resplendissent de scintillations. Gardes — un
au-dessus de ma tête que j'aperçois dans la nuit — les
chacals aboient affreusement et en multitude — claquement de bec des tarentules — les chacals la nuit
viennent manger nos provisions.

Dimanche 5. Surveillé les estampages dans le palais.
Quand cette besogne stupide fut achevée, promenade
autour de Karnak du côté nord. J'ai été boire de l'eau
dans une fontaine près d'un santon; l'eau est dans une
grande jarre; on la puise avec une écuelle en terre et
l'on boit. — Des nattes dans le santon; au milieu, un
petit tombeau; c'est un lieu de repos. Belle chose que
les santons! Un peu plus loin, village (sur la gauche
entre Karnak et le Nil) avec un palmier recourbé
comme une cravache — des bœufs, au fond, passent

dans les palmiers; je reprends, sur la droite — une porte nord; il y avait là encore une allée de sphinx; un seul se reconnaît à la croupe. Cette porte nord ainsi que celle de l'est sont abîmées quant aux représentations anaglyptiques. — Le soir un effendi, propriétaire des environs, vient nous faire une visite. Il est vêtu de blanc — se laisse repousser la barbe — a l'air d'avoir fort chaud — vêtement à larges manches de chemise; il se passe la main sur les bras; pieds et mains gras. À ma droite un domestique noir accroupi tenant une lance; son fusil est dans un coin, un yatagan à sa ceinture.

Lundi re-estampage. Le moyen mange le but — une bonne oisiveté au soleil est moins stérile que ces occupations où le cœur n'est pas.

Comme nous sommes dans le petit temple ptoléméïde de Karnak (à gauche en arrivant), bouffon monté sur son âne — il nous tire par pompe des coups de pistolet chargé à poudre — son pistolet d'Arnaute est enveloppé avec soin dans des guenilles et dans un fourreau en cuir[1].

Nous allons nous promener au bord du Nil, au bord femmes avec des pots sur leur tête — l'eau agitée — soleil frisant sur l'eau et me gênant l'œil. En nous en retournant à notre logement de Karnak, un enfant devant nous courait tout nu en traînant une branche d'arbre; cela faisait de la poussière. Le soir notre ami l'effendi vient nous faire encore une visite; il est de Bagdad, nous aime beaucoup et accepte «pour son père» une boîte de pilules de cantharides[2]. Dans la journée il nous avait fait cadeau d'œufs, de lait, de poules et d'un mouton. Son petit nègre — veste de damas, yeux ronds et sortis, un peu injectés de sang.

MEDINET HABOU

Enceinte ptoléméïde du temple — deux pylônes.

À gauche, entrée du palais. Pavillon à deux étages[3]. L'étage était supporté par des consoles qui sont des têtes d'hommes; les fenêtres carrées sont plus grandes

en large qu'en long, de face, tandis que les fenêtres de
côté, les latérales, sont plus grandes en long qu'en
large. Sur la face intérieure du pavillon, rois tenant à
la main des vaincus et les amenant à des dieux ; les
vaincus ont des coiffures de sauvages.

Dans la première cour, PETIT TEMPLE carré, avait
deux étages, était enclavé dans le palais. Les ruines des
maisons arabes encombrent tout et moutonnent à l'œil[1].

Le dos ainsi tourné au Nil, quand on regarde devant
soi, on voit les montagnes blanches à gauche — la
chaîne libyque en face dominant le palais — à droite
les colonnades de l'Amenophium bordées à leur extrémité par quelques gazis ; derrière cette pointe de verdure les montagnes vont s'abaissant à l'horizon jusqu'à
une grande ligne de palmiers qui décrit à l'œil la moitié de l'horizon. Au premier plan le petit temple blanc
est enfoncé entre les décombres gris-noir des anciennes
maisons arabes. À ma droite et plus près encore, le
grand pavillon avec ses fenêtres, pleines d'ombre maintenant : carrés noirs.

TROISIÈME COUR

Carrée — était entourée de colonnes dont cinq subsistent encore ; les fûts sont brisés et gisent pêle-mêle
par terre. Sur le côté est et ouest piliers carrés ; le côté
nord et sud a de grosses colonnes rondes ; chapiteaux
unis tout ronds. — Outre ses piliers le côté ouest a un
second rang de colonnes à chapiteaux unis ; les bracelets des chapiteaux des colonnes sont peints en bleu.
— Les colonnes de l'intérieur de la cour ont des chapiteaux en feuilles de lotus.

Le plafond des galeries est en grandes dalles peintes
en bleu, parsemé d'étoiles blanches.

Le dessous de la porte des pylônes : Osiris en vautour avec de grandes ailes et des attributs, le tout en
bleu.

FIGURES DES GALERIES

CÔTÉ SUD. EN HAUT TROIS GROUPES

1º. Bari portée par des hommes presque grandeur
nature — le nu peint en rouge. Les rames de la barque

sont pressées et disposées l'une sur l'autre à l'avant,
imitant une aile étalée. Y a-t-il intention de rappeler ici
Osiris reproduit par l'oiseau ?

2°. Deux files d'hommes marchant deux à deux et
portant une corde, dont un personnage coiffé de l'uræus
tient le milieu ; le nu des hommes est rouge ; colliers
bleus ; celui qui marche en tête, seul tient dans ses
mains un carré qu'il présente.

3°. Homme portant un brancard sur lequel sont des
petits bonshommes, chacun entre une colonne ; les
hommes qui portent sont fort beaux, la tête complètement nue. Derrière le brancard et comme le conduisant marche un homme portant un bâton au haut
duquel sont deux bandelettes et un oiseau.

EN BAS

Un roi sur son char, le dos tourné vers la tête du
cheval ; des hommes qui viennent à la hauteur des
naseaux du cheval, l'arrêtent. Le cheval est coiffé de
plumes et de lotus ; sa couverture est rayée en long de
bandes bleues. *Qu'était-ce que la boule qui est toujours
sur le garrot des chevaux ?* Deux grands flabellums
ombragent le roi, tourné vers trois files d'hommes ; on
lui présente des mains et des phallus naturels coupés ;
·les phallus se voient tout en bas contre terre, ils ont
leurs testicules et ne sont point circoncis. Un écrivain,
placé derrière l'homme qui les compte et qui a un
bâton ou plutôt un instrument tranchant sous le bras,
enregistre. Viennent des captifs, quelques-uns les bras
liés très élevés au-dessus de la tête, tuniques bleues,
vertes, avec deux bandes blanches en large ; ils ont des
figures anguleuses, des barbes en pointe, et d'au-dessus de leurs oreilles, continuant la mèche des tempes,
pendent des cornes ou des trompes recourbées en
dedans par le bout[1].

CÔTÉ EST

Mêlée guerrière comme sur le pylône de Louqsor ;
chars, etc. ; les hommes renversés coiffés comme ci-
dessus — un homme que l'on voit la tête en bas et qui
se trouve sous la verge du cheval du roi est coiffé

comme un sauvage ; je ne sais si ce sont des plumes ou des cheveux droit levés comme seraient les mèches des Ababdehs si on les levait — il a aussi la barbe en pointe. — Grand char du roi ; le cheval est *rampant*, couverture bleu et rouge rayée en large. Le roi a les guides passées autour des reins ; il décoche une flèche ; son arc est près de lui. Le char passe sur le corps d'un homme. En dessous, des escadrons marchent au pas et à grands pas.

2º. Le roi sur son char, cheval se gourmant ; chic anglais dans les pieds, couverture en damier comme une étoffe écossaise. — Debout, le roi tient le fouet de la main droite ; c'est un tout petit fouet, qui ne pouvait atteindre que sur les fesses des bêtes.

3º. Le roi à pied amène les prisonniers enchaînés à Amon, qui tient le nilomètre.

ANGLE NORD-OUEST

Hommes portant des rames dans leur chevelure, comme aux cataractes.

CÔTÉ NORD

Fort belle bari ayant à la poupe et à la proue des têtes de bélier (Amon) au cou desquelles sont suspendus par deux cordes des carrés terminés par des franges ou clochettes. Ces béliers ont un triple collier frisé comme de la laine.

Belle bari ornée à la poupe et à la proue de têtes humaines coiffées de cornes et avec un collier comme ci-dessus.

———

La face extérieure du pylône qui regarde la montagne est presque enfouie sous les décombres des maisons arabes — les pierres de l'escalier de ce pylône ne sont pas disposées comme dans l'intérieur des pyramides et dans le pylône de Louqsor ; elles sont droites mais la bandelette d'hiéroglyphes suit le mouvement de l'escalier.

DEUXIÈME COUR

Sur le pylône de gauche (étant tourné vers la montagne) le roi amène au dieu des captifs ; quelques-uns coiffés tout à fait comme des sauvages. Le pylône de droite est couvert d'hiéroglyphes.

Le côté gauche a des colonnes.

Le côté droit a des piliers.

Les deux galeries latérales de cette cour sont presque enfouies, les hiéroglyphes profondément entaillés — restes de peintures.

————

Maxime retourne à la cange préparer des papiers — on va camper près des deux colosses. Je monte à cheval et je vais me promener seul autour de Medinet — je monte vers les syrinx[1]. Un renard sort d'une grotte avec un bruit de serpent qui dérange des pierres, il monte à pic, se détourne et me regarde tranquillement ; je prends mon lorgnon et nous nous contemplons. Même aventure m'arrête dix minutes après, en descendant, avec un chacal — un homme se tenait debout sur un monticule de terre avec un chien.

Je descends vers le Nil — village avec des pigeonniers — deux affreux chiens d'Erment sautent à la croupe de mon cheval.

Je passe la nuit près des colosses, sous la tente ; le vent est furieux ; les moustiques me dévorent ; je suis abîmé de poussière.

Le matin je fais une course à cheval du côté de l'hippodrome, précédé de notre guide Omer[2] (grand, sec, bonhomme, coiffé d'un cône raide gris-blond en feutre qui le fait ressembler à un prêtre de Persépolis. C'est ce qui a précédé le tarbouch ; si on l'enroulait d'une écharpe, ce serait tout à fait l'ancien turban des gravures — Omer a un petit chibouk de bois noir à nœuds).

Grande campagne nue — les chevaux marchent sur la terre dure, régulièrement balafrée de longues crevasses de sécheresse.

Le temple a une enceinte en briques crues pharaoniques et un revêtement complet romain — c'est dans cet édifice romain que se trouve un naos égyptien ptoléméïde — retour au galop par Medinet Habou, fanta-

sia avec Omer — nos Arabes sont au pied du colosse.
Le sieur Rosa nous vient faire une visite ; il a un turban blanc, une chemise de Nubien blanche ; il marche
sous un parapluie de coton blanc, et porte à la main
son chibouk et un bâton de bois blanc terminé par un
pic, qu'il s'est tourné lui-même.

Pendant que l'on charge tout pour s'en aller au
RAMESSEUM[1], rébellion d'un de nos chameaux ; course
à travers champs — la charge s'en allait graduellement, le broc de fer-blanc passé à un pied de la terre
saute comme un bracelet ; la table de Brochier[2] est
mise en pièces.

Joseph et moi partons pour Louqsor — mâlim. —
Café où je fume un chicheh avec plaisir — Arnautes,
ces bons Arna-autes !

AMENOPHIUM[3]

Colosses comme ceux d'Ibsamboul, mais n'ont pas
la frange au milieu des cuisses — sur la paroi intérieure de la porte de l'Amenophium grand combat,
hommes levant les mains d'une bonne façon avec intention de naïveté[4]. Un homme *combattant à cheval* ?
Champollion dit que la cavalerie n'est pas mentionnée
sur les monuments à de rares exceptions près ; est-ce
celle-là qu'il sous-entend[5] ? Le point d'interrogation
que je retrouve dans mes notes indique je crois qu'il y
a peut-être derrière l'homme la place pour un char
absent — il me semble cependant que non ?

HYPOGÉES OU SYRINX

C'est incontestablement ce qu'il y a de plus curieux
comme *art* en Égypte.

Représentation de métiers, etc. ; joueurs de mandoline ; la mandoline à manche très long.

Joueurs de flûte et de harpe.

Putains nues avec l'intention lubrique de la cuisse
dont le genou est rentré très en dedans ; ces demoiselles ont des robes transparentes, cela rappelle les
bordels Devéria 1829[6]. La gravure cochonne a donc

existé de toute antiquité. Il y a des gens qui cauponi-sent[1] et banquettent en se faisant des langues (chose à peu près inconnue à l'Orient moderne).

Dans la même grotte, grand couloir, mur à droite : un homme nu peint en rouge qui est dans une barque et qui cueille des lotus ; au-dessus de sa tête une branche s'incline ; une cigogne se tient sur l'arbrisseau ; chose charmante, pleine de grâce et d'originalité.

On sent une odeur de laiterie et de chauve-souris. Quelques-unes de ces grottes s'étendent en large, d'autres en profondeur seulement — des familles vivent là-dedans avec leurs enfants nus, des poussins, etc. Quelques-unes ont des portes avec des planches peintes de cercueil.

De là, la terre sous vos pieds est trouée comme un tamis et d'une effroyable façon — plaine de Thèbes, au milieu les deux colosses vus de dos — Medinet Habou sur la droite, qui se découpe carrément dans la plaine, fuyant et se rétrécissant de ce côté. Au-delà de la plaine le Nil bleu — Louqsor à qui rien n'est compa-rable comme effet de ruine dans le paysage. Au fond les montagnes blanches au sommet et déchiquetées, avec un glacis rose sur leur bleu ; le bleu domine de beaucoup. À gauche au fond, Karnak confus ; l'Ame-nophium (ou Ramesseum) à nos pieds ; un peu plus loin, Gournah avec ses dalles basses = revêtement supérieur de son toit, et qui de ce côté, à cause des monticules (terres provenant des trous) qui l'entou-rent, paraît très bas.

Nous passons la nuit dans le Ramesseum au milieu des grosses colonnes, la figure tournée vers le pylône. Il fait des étoiles — le piaulement des chacals alterne avec l'aboiement des chiens.

GOURNAH

Grotte noire et puante à côté — palmiers très près du temple à côté en venant du Nil. Au Ramesseum ; quelques gazis en y arrivant.

Visite aigre du sheik à propos du petit tombeau de Gournah.

BIBAN EL-MOLOUK
Nous partons de Gournah pour la vallée des Rois — terrains blancs, soleil — on sue de l'entrefesson sur sa selle. Omer marche à pied devant moi. Nous sommes campés à l'entrée du tombeau marqué n° 18[1]. Il y a en entrant le portrait de Mustapha bey (ressemble à un curé) et celui de Lallemand[2] par Dantan jeune[3], janvier 1849 — Arabes couchés par terre et causant à voix basse — Sassetti dormant sur le paquet du tapis ; Max parti dans le tombeau de Belzoni[4].

(Vendredi 10 mai, 3 heures de l'après-midi)

————

GARGAR
Gargar, vieux, sec et robuste amateur de raki et de bardaches. Selon lui on ne peut être fort que lorsqu'on boit de l'eau-de-vie, c'est là la cause de la supériorité des Francs[5] sur les musulmans. Il se frappe la poitrine à grands coups, et bouscule les autres Arabes pour nous le prouver ; une fois par terre, il fait mine de les vouloir sodomiser. Il nous charge de faire ses compliments aux officiers du *Luxor*, qu'il aime beaucoup.

CHASSEURS D'HYÈNES
Mine des chasseurs d'hyènes. Le vieux petit, barbe grise, figure souriante, chaussé de bons souliers rouges — son compagnon homme de trente-six ans, sandales, fusil à mèche, sombre personnage plus effrayant à rencontrer que son gibier. Ils portent une petite outre pleine d'eau qui est toute leur provision pour trois ou quatre jours ; quand ils ont tué une hyène ils la mangent et prennent la peau. — Le mauvais état de nos chaussures fait que nous sommes obligés de renoncer à cette partie de chasse qui aurait pu être curieuse.

————

Tout le temps que je suis à Medinet on me donne pour saïs une petite fille de dix à douze ans, qui est obligée de suivre mon cheval au trot et au galop; ce qui fait que je suis obligé d'aller au pas. Les parents de ce pays sont donc encore plus bêtes que ceux du nôtre.

17. MENEPHTA [1]

GRANDE SALLE DES MOMIES

Dalles à hauteur d'appui, faisant console circulaire sur laquelle étaient disposées des momies.

Sur le linteau supérieur du côté droit en entrant, lituus [2] couronnés du pschent et terminés en bas par la harpé [3].

Côté immédiat de l'entrée, à droite, des hommes sur une barque, entourant Amon, ont autour du torse une espèce de camisole rattachée aux épaules par deux cordons dont le dessin est en damier; ce sont de petits carrés indigo sur bleu plus pâle.

Grand serpent vert à taches noires portant sur le sommet de ses ondulations des têtes d'hommes: face rouge, chevelure indigo (ou noire), barbe indigo (ou noire); la commissure des yeux est marquée par un gros trait qui continue la paupière supérieure jusqu'à l'oreille; il y a quatre têtes. Sous la gueule du serpent est la croix. De son gros œil rouge quatre lignes noires descendent; a-t-on voulu figurer des larmes? ou des plis de la peau?

Sur la plinthe du milieu, homme ayant sur la tête un scarabée posé horizontalement dans l'ellipse d'un serpent à cinq têtes.

Sur la plinthe du bas, serpents debout; de leur bouche découle un liquide qui engendre la harpé; ces serpents sont rouges, tachés de noir; la bordure indique la harpé rouge, plus pâle, bordée d'une ligne noire.

Côté du fond en entrant: uræus droits, la queue repliée sous eux et posés sur des espèces d'échasses bifurquées à leur base.

Plinthe du milieu: quatre béliers, la toison est en

gros bleu, le corps en jaune, portant le pschent, les plumes, le pschent, la boule.

Série de têtes à des potences. Est-ce une généalogie ?

Chacune de ces potences a à côté d'elle des hiéroglyphes différents ; ce n'est pas donc une répétition de la même chose, quoique toutes ces représentations se ressemblent[1].

Barque tirée par des hommes ; au milieu, debout sous l'arceau d'un serpent, Amon tenant le crochet.

CÔTÉ GAUCHE. Plinthe inférieure : crocodile vert avec les écailles d'un joli travail, sur un rocher de sa taille qui a à son extrémité, sous la tête du crocodile, une tête humaine ; le rocher est tacheté et porte à son extrémité, sous la patte environ du crocodile, un œil humain, deux têtes humaines et deux signes méconnaissables pour moi.

Plinthe du milieu : sortes de couches terminées par des têtes humaines. Il y avait au milieu de cette admirable chambre deux piliers ; l'un fut renversé par le Dr Lepsius[2]. Sur le deuxième pilier, d'un travail exquis, et peint sur ses quatre faces, dieux à visage vert, les poings près l'un de l'autre sur la poitrine, les coudes écartés, et tenant dans leurs mains le sceptre et le fouet.

Aux quatre coins de l'appartement, sous la console circulaire, un divan à tête de léopard et à pieds de lion, peint.

SUR LE CÔTÉ GAUCHE immédiatement en entrant, corps de femme terminé par un long serpent.

GRANDE SALLE DU FOND. Plafond peint ; fresques d'un ton blond — un Typhon dévoré par le crocodile : le crocodile, dressé debout, par-derrière appuie ses pattes sur les épaules de Typhon. Étourdissante chose comme vestige de religion antique !

Petite chambre à droite avant d'arriver à cette salle (la chambre des momies est à gauche en allant au grand plafond voûté) : un bœuf sur la paroi d'en face ; une panégyrie s'agite dans ses jambes ; les hommes lui viennent au jarret. Au-dessus de lui et autour, le mur est blanc — les noms des voyageurs écrits au couteau y disparaissent les uns sous les autres ; c'est tout aussi hiéroglyphique que les hiéroglyphes qui entourent les trois autres côtés de la chambre.

16.

Entrée difficile — une seule chambre avec un sarcophage en granit, vide. Une inscription au crayon déclare que Belzoni, Straton, Beechey et Bennett ont été présents à son ouverture le 11 octobre 1817[1].

Sur la paroi de droite, hommes sans bras portant des figurines. Hommes : chevelure verte, barbe noire ; aux deux bouts du bâton qu'ils portent, un bœuf ; de sa tête pend une corde que tient un homme (il y en a quatre), un (rouge) en tablier blanc et sans barbe — sur les deux extrémités du bâton ou brancard le bœuf lui-même est porté, se tenant debout. Paroi d'en face, dans l'angle, femme jolie, les nus en jaune, des bracelets verts aux poignets, des bracelets jaunes et verts aux bras, un collier jaune et vert, sur sa chevelure noire un scarabée jaune. Le roi est conduit par un dieu à tête d'épervier, coiffé du pschent (le nu en rouge), à Amon-Rê assis. — Près de lui et lui tournant le dos, un dieu tenant la croix et le nilomètre (le nu en rouge, la tête de scarabée noire), assis sur un trône[2] ; d'au-dessus de sa rotule part l'appendice souvent remarqué.

Sur la porte d'un petit caveau, même paroi : trois personnages à genoux sur le genou droit, la main droite levée en l'air, la main gauche sur la poitrine ; le premier est à tête de chacal, le second à tête humaine, le troisième à tête d'épervier ; les nus sont en rouge.

Sur la paroi de gauche, petites momies en noir couchées les unes au bout des autres ; plus loin, grandeur nature, le roi entre un dieu à tête de chacal et un dieu à tête d'épervier.

Ceci[3] se trouve sur la paroi de l'entrée dans l'angle à gauche près d'un homme vert tenant le nilomètre (crochet) bariolé dans toute sa largeur de la même manière et des mêmes couleurs.

À Philae sur un bas-relief un homme se trouve engagé dans un cône semblable.

À droite, dans l'angle, sur les quatre côtés de l'appartement la figure du serpent se retrouve, soit pliée en plusieurs doubles comme une série de 8, soit verticale, ondulant dans la bandelette d'un cartouche.

Des deux côtés de la pièce, chambres comblées dans lesquelles on ne peut plus entrer.

———

9.

CHAMBRE DU SARCOPHAGE[1]

Des bras, se bifurquant à partir du coude et ayant deux mains élevées, suppliantes, vers une boule d'où part un jet qui va rejoindre une autre boule — sous l'arc du jet un personnage tout rouge, debout; barbe, coiffé du bonnet en pointe à bouton.

Ailleurs des têtes levant la main — une tête lève deux bras démesurés — sur le pouce des mains il y a un homme debout qui lève les mains — sur la tête principale, une femme debout a les bras levés; au-dessus de sa tête, une boule rouge.

Les hommes sans têtes et les bras liés ne devaient pas simplement vouloir dire des captifs, mais avaient sans doute un sens symbolique plus élevé.

Sur le linteau de la porte de l'antichambre qui précède la salle du sarcophage, une boule avec quatre serpents — à gauche un homme courbé comme un bûcheron — à droite un homme les bras liés, à genoux — au-dessus à droite, un homme les bras liés, la tête en bas, un autre ainsi — à la place du quatrième à gauche, rien de distinct.

COULOIR À GAUCHE. Des hommes ou mieux des âmes montent un escalier au haut duquel Amon est assis avec ses insignes; un homme tient une balance — plus loin l'âme sous forme de porc dans un bateau est renvoyée par un personnage qui la fouette.

6.

COULOIR À GAUCHE[1]

Crocodile tout seul sur un navire — sur le dos du crocodile une tête humaine, visage rouge, cheveux bleus; de devant son menton part une ligne qui porte à son extrémité le bonnet pointu à bouton. La proue du navire est en forme de ce bonnet pointu à bouton, et est couronnée du pschent, en sens inverse — avant la proue et la poupe, et les séparant du crocodile, il y a une rame debout, c'est-à-dire: poupe-rame debout-crocodile-rame debout-proue; en face, sur le mur de droite, se tiennent les débardeurs.

Côté droit dans le couloir: une momie peinte, fort belle, avec le phallus cassé; elle est oblique et comme si elle tombait; elle lève les bras au ciel, elle est entourée du serpent, le tout sur fond jaune tacheté de petites taches rouges. — Est-ce une mort subite? quelque punition divine??

Non loin, flèches jaculatoires qui ont l'air d'engendrer des serpents.

Partis de Biban el-Molouk le dimanche 12.

Lundi 13. Promenade à cheval, d'abord le long de la crique du Nil qui se jette à droite du palais de France quand on le regarde le dos tourné au fleuve — nous passons derrière le jardin de France, nous nous écartons beaucoup et nous tombons dans le sud. Halte dans un jardin où il faut se baisser pour passer sous les arbres — nous nous asseyons sur un tas de feuilles de palmier sèches. Un bonhomme nous apporte une jatte de lait caillé et des petits pains chauds sur un panier plat — le lait caillé se répand en voulant mettre la jatte d'aplomb — Maxime plante des petites branches sèches dans les caillots de lait frémissants; ça fait un paysage de Norvège; le lait figure la neige et les petits bâtons les peupliers sans feuilles.

Le ruisseau de la sakieh coule devant nous — je suis

dans mes grandes bottes en cuir de Russie — nous fumons un chibouk, nous causons.

Nous passons encore une fois par Karnak, sur la berge méridionale de la petite mare verte. J'ai envie de revoir notre petite chambre et la pierre où j'ai dormi aux étoiles — Karnak me semble plus beau et plus grand que jamais — tristesse de quitter des pierres ! pourquoi ?

KENEH

Jeudi 16 mai. Notre cange aborde sur la plage de Keneh où nous trouvons le petit baron de Gottbert, dans son nizam gros bleu, qui nous attendait — déjeuner avec lui — toute la journée et celle du lendemain est occupée aux préparatifs du voyage de Kosseïr.

Visites aux sieurs Ortali, médecin, en manches de chemise et en bonnet crasseux, et Fiorani — long déjeuner chez le père Issa[1], où se débattent les prix pour la traversée du désert. — Un Grec, épicier, natif de Chio, établi dans la rue qui prolonge le bazar, à droite ; même rue que celle où demeure Osnah Taouileh[2].

OSNAH TAOUILEH

Elle nous prie de lui rapporter de Kosseïr des poissons secs. — C'est à elle que je vois, la première fois, se laver la bouche avec un morceau de savon de Marseille. Nous achetons des outres que l'on va laver dans le petit bras du Nil qui est derrière Keneh. En faisant ses courses dans le bazar, Joseph se fout par terre d'une façon triomphante.

À peine arrivés chez Fiorani, nous apprenons que Gottbert vient de faillir tuer plusieurs personnes ; son fusil est parti inopinément — ce dont nous l'avions prévenu. Sa figure embobelinée de son coufieh[3] — petits gants de coton pour s'abriter les mains du soleil — une canne — il va dans le désert établir des télégraphes de Keneh à Kosseïr.

KOSSEÏR

Samedi 18 mai — nous nous levons au petit jour —
il y a, amarrés sur la plage, quatre bateaux de gellabs;
les esclaves descendus à terre marchent conduits par
deux hommes; ils vont par bandes de quinze à vingt.
Quand je suis monté sur mon chameau, Hadji-Ismaël
saute pour me donner une poignée (l'homme à terre
allongeant le bras pour donner une poignée de main,
ou offrir quelque chose à l'homme monté sur son chameau, est un des plus beaux gestes orientaux — surtout au départ; il y a là quelque chose de solennel et
de gravement triste). Les habitants de Keneh ne sont
pas encore levés — sur leurs portes les almées couvertes de piastres d'or balaient leur seuil avec des
branches de palmier ou fument le chibouk du matin.
Le soleil sans rayons est voilé par la vapeur du khamsin. À gauche, montagnes arabiques comme des falaises,
devant nous le désert grisâtre — à droite des plaines
vertes. Nous marchons sur la limite du désert — peu à
peu la plaine cultivée nous quitte, on la laisse sur la
droite et l'on s'enfonce dans le désert — au bout de
quatre heures, on arrive à un petit bois de gazis, avec
une longue construction à galerie en arcades, au rez-
de-chaussée. C'est un khan, BIR AMBER. Nous déjeunons dans le santon sur des nattes; nous y faisons la
sieste. Arrivés à Bir Amber à 9 heures et demie, repartis à 11 heures et demie. — Devant la galerie du khan,
deux longues auges en pierre où s'abreuvent des chameaux — Arabes à l'ombre qui mangent, prient, dorment — les animaux, comme les gens, sont sous les
arbres, au hasard, comme ils sont venus, ou ont pu se
mettre — c'est la vraie halte du voyage. Le terrain
mouvementé est caillouteux — la route est aride, nous
sommes en plein désert — nos chameliers chantent et
leur chant finit par une modulation sifflante et gutturale
pour exciter les dromadaires. Sur le sable se voient
parallèlement plusieurs sentiers qui serpentent d'accord, ce sont les traces des caravanes; chaque sentier

a été fait par la marche d'un chameau. Quelquefois il
y a ainsi quinze, vingt sentiers — plus la route est
large, et plus il y a de sentiers parallèles ; de place en
place, toutes les deux ou trois lieues environ (mais au
reste sans régularité), larges places de sable jaune et
comme vernies par une laque terre de Sienne : ce sont
les endroits où les chameaux s'arrêtent pour pisser.
— Il fait chaud — à notre droite un tourbillon de
khamsin s'avance, venant du côté du Nil dont on aperçoit encore à peine quelques palmiers qui en font la
bordure ; le tourbillon grandit et s'avance sur nous ;
c'est comme un immense nuage vertical, qui, bien
avant qu'il ne nous enveloppe, surplombe sur nos têtes
tandis que sa base à droite est encore loin de nous. Il
est brun-rouge — et rouge pâle —, nous sommes en
plein dedans. Une caravane nous croise, les hommes
entourés de coufiehs (les femmes très voilées) se penchent sur le cou des dromadaires — ils passent tout
près de nous, on ne se dit rien — c'est comme des fantômes dans des nuages. Je sens quelque chose comme
un sentiment de terreur et d'admiration furieux me
couler le long des vertèbres. Je ricane nerveusement
— je devais être très pâle et je jouissais d'une façon
inouïe. Il m'a semblé pendant que la caravane a passé
que les chameaux ne touchaient pas à terre — qu'ils
s'avançaient du poitrail avec un mouvement de bateau,
qu'ils étaient supportés là-dedans, et très élevés au-
dessus du sol ; comme s'ils eussent marché dans des
nuages où ils enfonçaient jusqu'au ventre.

De temps à autre nous rencontrons d'autres caravanes. À l'horizon, c'est d'abord une longue ligne en
large, et qui se distingue à peine de la ligne de l'horizon — puis cette ligne noire se lève de dessus l'autre,
et sur elle bientôt on voit des petits points ; les petits
points s'élèvent, ce sont les têtes des chameaux qui
marchent de front — balancement régulier de toute la
ligne. Vues en raccourci ces têtes ressemblent à des
têtes d'autruches.

Le vent chaud vient du midi — le soleil a l'air d'un

plat d'argent bruni — une seconde trombe nous gagne. Ça s'avance comme une fumée d'incendie couleur de suie avec des tons complètement noirs à sa base — ça marche... ça marche... le rideau nous gagne, bombé en volutes par le bas avec ses larges franges noires. Nous sommes enveloppés, le vent frappe si fort que nous nous cramponnons à nos selles pour ne pas tomber. Quand le plus fort de la tourmente est passé, pluie de petits cailloux poussés par le vent — les chameaux tournent le cul, s'arrêtent et s'abattent — nous nous remettons en marche.

Vers 7 heures et demie du soir les dromadaires changent brusquement de route et se dirigent vers le sud. Quelques instants après nous apercevons à travers la nuit quelques masures à ras de terre autour desquelles dorment des dromadaires. C'est le village de LA GITA. Il y a là un puits d'eau bonne pour les chameaux. Une dizaine de huttes informes, composées de pierres sèches amoncelées et de nattes de paille, habitées par les Ababdehs. Quelques chèvres cherchent un peu d'herbe entre les pierres — des pigeons picorent le reste de la paille des chameaux — des gypaètes se promènent en se dandinant tout autour des masures. On nous refuse du lait — téton d'une négresse : il lui descendait bien jusqu'au-dessous du nombril, et tellement flasque qu'il n'y avait guère que l'épaisseur des deux peaux — en se baissant à quatre pattes, il doit certainement traîner à terre.

Nous couchons sur nos couvertures, par terre — à 3 heures je me réveille — nous partons à 5. D'abord nous marchons pendant une heure à pied.

Au milieu du jour, arrêtés pendant quatre heures à GAMSÉ SHEMS[1] dans une petite grotte formée par un rocher éboulé — j'y dors couché sur le dos ; quand je lève la main en m'étirant à mon réveil, le vent me la chauffe comme l'exhalaison d'un four — nous sommes obligés d'envelopper les pommeaux de nos selles avec nos mouchoirs. Vers 4 heures du soir, à droite dans le rocher noir tableaux hiéroglyphiques surchargés d'ins-

criptions grecques : sacrifice à Amon générateur et à
Horus. Les montagnes vont se resserrant, nous marchons dans un large couloir. Le soir, belle lune, les
ombres des cols de nos chameaux se balancent sur le
sable — à 9 heures et demie nous passons près d'une
grande construction entourée de murs carrés, c'est le
puits de EL-HAMAMAT[1] creusé par les Anglais. Nous
allons coucher une demi-heure plus loin, après onze
heures de marche.

Lundi 20 — partis à 4 heures et demie. Défilé dans
les montagnes, montée et descente — au milieu de la
route, dans un écartement des montagnes un gazis
mort et dont l'écorce a été enlevée ; quelques autres
petits en fleurs, plus loin. Un de nos deux chameliers
prend une outre vide et court devant nous ; une grande
heure après, nous le rejoignons à BIR EL-SED (puits de
la Serrure, puits fermé) — le puits est une excavation
de trois pieds de diamètre dans la terre, on se glisse
sous un rocher pour y pénétrer ; — il a peu d'eau et
encore est-elle très terreuse. C'est dans un endroit fort
resserré ; en venant de Keneh, la route monte après.
Au bas du puits, dix pas avant d'y arriver, un vieux
Turc est là tranquillement assis avec ses domestiques
et ses femmes, sur son tapis. Près du puits, un chameau râlant couché sur le flanc ; il s'est cassé les reins
en tombant dans le puits ; son maître l'en a retiré et il
reste là à mourir depuis trois mois ; quand son maître
passe, il lui donne à manger et les Arabes lui donnent
à boire ; la grande affluence de hadjis au puits explique
comment il n'est pas dévoré par les bêtes féroces.
— Pendant que nous sommes là passe une caravane
qui nous croise — la gorge est fort étroite — encombrement de chameaux et de gens. Il faut mettre pied à
terre et conduire les dromadaires par le licol — on va
à pied, pendant quelque temps, à cause de la difficulté
de la route ; elle est semée de carcasses de chameaux,
avec la peau et très proprement évidés en dedans ; ce
sont les rats qui font cette besogne — la peau intacte,
rongée en dedans, fine comme une pelure d'oignon,

desséchée au soleil et tendue comme un tambour, recouvre le squelette gratté — innombrables trous à rats dans le désert.

La route se rélargit, nous passons près d'un khan détruit, OKEL [1] ZARGA (le khan violet) — pas un bruit, chaleur dévorante — les mains vous picotent comme dans une étuve sèche — le carbone miroite à vingt pas de nous, ça fume à trois pieds du sol environ. À 11 heures trois quarts nous nous mettons à l'abri sous un grand rocher en granit rose où se tenait au frais une compagnie de perdrix du désert. L'endroit se nomme ABOU ZIRAN (le père des jarres). Nous dévorons une pastèque que Joseph a achetée le matin à BIR EL-SED ; il faut laisser nos poulets, ils sont pourris. La veille à la même heure, il nous avait fallu jeter notre gigot ; à peine était-il tombé par terre qu'un gypaète s'est abattu dessus et s'est mis à le dévorer. Nous rencontrons toute la journée beaucoup de perdrix.

Le soir le chameau de Joseph s'emporte — je le vois passer à ma gauche, épouvanté et poussant des cris — sa veste blanche se perd dans la nuit — nous sautons pour courir après lui, d'autant que nos chameaux font mine d'imiter le sien. Il revient à nous à pied : « Savez-vous je no pas été couillon. Je me son ganté [2]... » — nous passons des ficelles dans les narines de nos dromadaires, qui sont en tremblement et en fureur. Nous nous arrêtons prudemment et nous couchons dans un fort bel endroit découvert et comme une petite plaine qui s'étale sur notre gauche dans la montagne HAOUEH, endroit clair ou découvert.

Mardi 21 — partis à 4 heures du matin, nous descendons toujours. Les caravanes se multiplient ; les montagnes blanchissent avec de grandes raies brunes. À 8 heures nous arrivons à BIR EL-BEDAH (le puits blanc — à cause des montagnes qui l'avoisinent) ou BIR INGLISS (= puits des Anglais — qui l'ont creusé) — un campement d'Ababdehs entoure le puits ; masures de paillassons et de terre. L'endroit est large, c'est une plaine dans la montagne. Un jeune homme, nu et seulement couvert d'un caleçon de toile, grise de crasse ou de poussière, prend mon chameau (geste du bras qui se lève en sautant!) pour le faire boire — il puise de l'eau dans une outre au bout d'une corde et il retire l'outre pleine ou à peu près et pissant par tous ses trous — le puits est entouré d'une margelle de pierres sèches, large de base et peu haute, il se piète dessus, en tirant. Les chameaux boivent lentement et énormément — il y a trois jours qu'ils n'ont bu — il fait soif aussi pour nous et cette eau est exécrable[1]! les Ababdehs ne veulent pas nous vendre du lait, seule nourriture qu'ils aient.

La route tourne à gauche, nous descendons — les montagnes calcaires entourant cette plaine rappellent le Mokattam — le ciel est tout chargé de nuages, l'air humide, on sent la mer — nos vêtements sont pénétrés de moiteur. Je désire ardemment être arrivé, comme toutes les fois que je touche à un but quelconque: en toute chose j'ai de la patience jusqu'à l'antichambre. Quelques gouttes de pluie; une heure après avoir quitté le puits, nous arrivons dans un endroit plein de roseaux et de hautes herbes marécageuses — des dromadaires et des ânes sont au milieu, mangeant et se gaudissant — de nombreux petits cours d'eau épandus coulent à terre sous les herbes, et déposent sur la terre beaucoup de sel; c'est EL-AMBEDJA (endroit où il y a de l'eau). Les montagnes s'abaissent — on tourne à droite — pan de rocher rougeâtre, à gauche à l'entrée du val élargi qui vous conduit d'abord sur des cailloux, ensuite sur du sable, jusqu'à KOSSEÏR. Dans mon impatience je vais à pied, courant sur les cailloux et gravissant les monticules pour découvrir plus vite la mer. Dans combien d'autres impatiences aussi inutiles n'ai-je pas tant de fois déjà rongé mon cœur! — enfin j'aperçois la ligne brune de la mer Rouge sur la ligne grise du ciel. — C'est la mer Rouge!

Je remonte à chameau; le sable nous conduit jusqu'à Kosseïr — on dirait que le sable de la mer a été poussé là par le vent, dans ce large val — c'est comme le lit abandonné d'un golfe ; de loin on voit les mâts de l'avant des vaisseaux, qui sont désarmés comme ceux du Nil. On tourne à gauche — sur de petites dunes de sable voltigent et sont posés des oiseaux de proie — la mer et les bâtiments à droite ; Kosseïr en face, avec ses maisons blanches — à droite, avant de tourner, quelques palmiers entourés de murs blancs : c'est un jardin, comme cela fait du bien aux yeux !

Nous traversons la ville — nos chameliers prennent les licols de nos bêtes et nous conduisent — les Arabes se rangent en haie pour nous laisser passer. Nous logeons chez le père Élias, frère d'Issa de Keneh. C'est un chrétien de Bethléem, vieillard à barbe blanche, figure franche et cordiale, agent français dans ce pays. Sur le seuil de sa porte nous trouvons M. Barthélemy (fils, aîné), chancelier du consulat de Djedda. Il est débraillé et en chapeau de paille couvert d'une coiffe de coton blanc. On nous installe dans un petit pavillon carré ; une fenêtre donne sur la mer, l'autre sur la rue, la troisième sur la cour du père Élias, toute pleine d'ardebs[1] de blé — la mer vue de ma fenêtre est plutôt verte que bleue — les barques arabes avec leur arrière surchargé, leur avant faible et leur pointe qui remonte le plus possible. — Arrivée de M. Métayssier, consul de France à Djedda, le col dans les épaules, et sentant le musc, ce qui me fait présumer qu'il a un séton — bavard, insipide, funeste, sait tout, connaît tout le monde, a donné des conseils à Casimir Perier, à Thiers, à Louis-Philippe… pauvre homme ! mon voyage n'était pas fini que j'ai appris la fin du sien. Il est mort à Djedda après trois mois de séjour !…

Nous faisons un tour dans la ville — elle est assez propre ; ça ne ressemble plus à l'Égypte — races diverses de nègres, quelques-uns ressemblent à des femmes — un entre autres, que j'ai rencontré sur la jetée en bois (plancher sur pilotis qui s'avance dans la rade) ; il avait des seins, des hanches et des fesses de femme, et le crâne si serré à partir des tempes qu'il faisait presque pyramide — il y a, je crois, dans la race

nègre, plus de variétés encore que dans la race blanche ;
comparez le nègre du Sennahar (type indien, cauca-
sique-européen, pur noir) avec le nègre de l'Afrique
centrale ! — la tête du nègre de Guinée est une tête de
Jupiter à côté.

Ces gens nus et portant pour tout bagage une écuelle
(calebasse vidée), viennent on ne sait d'où — il y en a
qui sont en marche depuis plusieurs années. Le docteur Ruppel[1] en a vu au Kordofan qui étaient en route
depuis sept ans. MM. Barthélemy et Métayssier en
venant de Keneh à Kosseïr en ont trouvé un à demi
mort de soif sur la route — il était en marche dans le
désert depuis un an — quelques-uns viennent avec
leur femme, elle accouche en route. Des Tartares de
Boukhara, en bonnet pointu fourré, nous demandent
l'aumône, ils ont des figures d'affreux gredins — l'un
surtout à qui il manque deux dents sur le devant et qui
sourit — nous les retrouvons couchés à l'ombre d'une
barque et recousant leurs haillons — les pèlerins vous
persécutent pour avoir l'aumône et se ruent comme
des vautours affamés sur les écorces de pastèques que
l'on dévore ici jusqu'au vert — nègres excessivement
grands, et non moins extraordinairement maigres ; ils
semblent n'avoir que les os et être d'une faiblesse
extrême — c'est encore une espèce particulière du
nègre. Pirogues de pêcheurs de perles qui sont creusées dans des troncs d'arbres ; avirons qui sont de
simples perches au bout desquelles on a cloué une
planchette ronde. Nous nous promenons au bord de la
mer, le long des barques tirées sur la plage ; plusieurs
sont en une espèce de bois des Indes, jaune, très dur ;
toutes sont clouées avec des clous en fer. Impitoyabi-
lité de M. le consul, qui ne me demande pas mieux que
d'allonger la promenade d'une petite demi-heure. — Je
suis harassé de lui, et de fatigue ; parmi les animaux
féroces un des plus dangereux c'est « l'homme qui
aime à faire un tour ».

Dîner abondant — eau exécrable ! Moi qui m'étais
promis de boire à Kosseïr ! tout est infesté de cette

épouvantable odeur de savon et d'œuf pourri, jusqu'aux latrines qui sentent l'eau de Kosseïr et non autre chose! — On a beau y mettre un peu de raki; ça ne la corrige pas. — Le fils de M. Élias ne dîne pas avec nous; c'est un jeune homme d'une vingtaine d'années, l'air timide et dévot avec un nez pointu et une bouche pincée. Nous sommes servis par un jeune eunuque de dix-huit ans environ, Saïd, en veste à raies de couleur, tête nue, moutonné, un petit poignard passé dans sa ceinture façon cachemire, bras nus, grosse bague d'argent au doigt, souliers rouges pointus — sa voix douce, quand, nous présentant le plateau de café de la main droite, il mettait le poing gauche sur la hanche en disant: «Fadda». Il a pour compagnon un long imbécile d'Abdallah, déguenillé et dont l'intelligence n'est pas suffisante pour parvenir à moucher les chandelles. — Comme j'ai bien dormi la nuit sur le divan du père Élias! — quelle délicieuse chose de reposer ses membres!

Mercredi 22 — promenade dans la ville — les cafés sont de grands khans ou mieux okels; ils sont vides dans le jour; les chichehs de La Mecque reluisent. Nous visitons la barque où doivent s'embarquer ces messieurs; nous passons sous les amarres (d'écorces de palmier) de toutes celles qui la précèdent — deux enfants debout nous font aller en passant de câble en câble — ils chantent. La barque de la mer Rouge est effrayante — ça sent la peste — on a peur d'y mettre le pied. Je remercie Dieu de n'être pas obligé de m'en servir. Pour latrines, il y a une sorte de balcon ou de fauteuil en bois, accroché extérieurement au bastingage — quand la mer est un peu forte, on doit être enlevé de là, net. Le divan et la chambre occupent le château d'arrière — le tout non ponté et plein de marchandises; des hommes jouaient aux cartes avec de petites rondelles de cuir imprimé de couleurs; il y avait dessus des soleils, des sabres, etc. Le soir nous prenons un bain de mer, au soleil couchant — quel bain! comme je m'étalais avec délices dans l'eau[1]!

Jeudi 23 mai — nous partons sur des ânes de très grand matin pour aller visiter le vieux Kosseïr, dont il ne reste absolument rien. Nous sommes accompagnés de M. Barthélemy, du fils Élias avec son large vêtement brun qui s'agite au vent et conduisant habilement son dromadaire, et du janissaire de M. Métayssier, Reschid.

UN MONSIEUR

C'est un Khurde ; il a été fait prisonnier dans l'Hedjaz et a tourné les sakiehs pendant sept ans. Toute son ambition est de voir Paris et de s'engager pour servir en Afrique. Il est amoureux fou d'une femme qu'il emmène avec lui à Djedda. — Il l'avait déjà renvoyée pour inconduite ; mais en repassant à Keneh, où elle était fille publique, il l'a reprise. Il porte un arsenal sur lui et se charge avec plaisir de nos deux fusils. Se disputant ces jours passés avec un descendant du prophète qui se vantait de sa souche, il prit sa pantoufle, cracha dessus, et souffletant avec elle le petit-fils de Mohammed : « Tiens, voilà le cas que je fais de ta famille, du prophète et de toi ! » Le second janissaire de M. Métayssier, Omer aga, grand, figure maigre, plus intelligent que son confrère, robe bleue. Au vieux Kosseïr la mer prend des couleurs fabuleuses et sans transition de l'une sur l'autre, depuis le marron foncé jusqu'à l'azur limpide — la mer Rouge ressemble plus à l'Océan qu'à la Méditerranée — que de coquilles ! — Maxime, indigéré, dort sur le sable — M. Barthélemy et le fils Élias cherchent des coquilles — odeur des flots — de grands oiseaux passaient à tire-d'aile. Soleil, soleil et mer bleue — dans le sable de grands morceaux de nacre [1].

À 4 heures nous disons adieu au père Élias — c'est un des moments de ma vie où j'ai été le plus triste, l'amertume me crispa le cœur — le père Élias lui-même la ressent. Il a les yeux pleins d'eau et m'embrasse. Couché à EL-BEDAH. Seul je mange, Maxime a son indigestion et Joseph est empoigné de la fièvre — vent violent toute la nuit.

Vendredi 24 mai. L'eau de Kosseïr repourrie dans les outres devient trop mauvaise pour être bue[1] ; il faut s'en tenir aux pastèques. Nous rencontrons des pèlerins d'Alexandrie qui vont à Kosseïr, tous à dromadaire ; les femmes crient en se disputant et en gesticulant fort. À 10 heures nous nous arrêtons en plein soleil, dans une grande plaine, EL-MOUR ; avec une corde nous attachons nos couvertures à un gazis, tant bien que mal, et nous essayons de dormir dessous. Le soir à 7 heures trois quarts nous nous arrêtons et couchons à EL-MEGHAR (la grotte).

Samedi 25 — à BIR EL-SEB. Le pauvre chameau est mort et assez entamé ; les gypaètes le guignent. — Je me jette la tête dans une terrine en bois et je bois à grands traits l'eau terreuse du puits, mais bien préférable à celle que nous avons dans nos outres. À 10 heures et demie nous dormons dans l'escalier du grand puits de BIR EL-HAMAMAT — à 8 heures, arrêtés et passé la nuit à KOUSOUROU EL-BENAT (le reste des filles) malgré les observations de nos chameliers qui nous disent que c'est un endroit fréquenté par le diable et qu'il ne fait pas bon s'y arrêter — pendant la nuit un chacal vient enlever une partie de nos provisions qu'on avait mises au frais[2].

Dimanche 26 — partis à 3 heures trois quarts du matin — déjeuner à LA GITA — nous mangeons des pastèques. — Vieille femme qui se glisse pour venir en ramasser les côtes. — Nous repartons sans faire la sieste.

À 4 heures du soir nous arrivons à BIR AMBER ; Joseph a eu le délire pendant les trois dernières heures du voyage. Nous nous couchons sous les gazis, à l'ombre, et nous buvons à notre aise et à notre saoul — au milieu des chevaux, des ânes, des chameaux, des poules qui font tant de bruit que notre nuit en est troublée.

Lundi 27, à 4 heures moins le quart du matin nous partons pour Keneh — au bout de deux heures de marche, nous commençons à rencontrer grand nombre

de personnes — nous apercevons les pigeonniers carrés de Keneh.

À huit heures, nous arrivons à la cange où nous
sommes reçus avec effusion. Hadji-Ismaël est le premier qui me salue comme il avait été le dernier qui
m'ait dit adieu.

————

de Keneh à Kosseïr 45 heures 1/2 de marche
retour　　　　　　　　41 heures 1/4

————

————————————

Course dans Keneh; je suis éreinté — bain. Une
almée (= mère Maurice[1]), yeux noirs très allongés par
l'antimoine; visage retenu par des bandes de velours,
bouche rentrée et menton saillant — sentant le beurre
— robe bleue. Elle demeure au bout de la rue, dans la
maison qui en fait le fond.

Je revois Osnah Taouileh qui me fait signe que j'ai
de beaux yeux et surtout de beaux sourcils, et qui en
veut à mes moustaches[2] comme toutes ces dames d'É-
gypte. — Dîner chez Fiorani. Son épouse! — On m'a
dit depuis qu'il était mort, ce bon Fiorani[3].

Mardi 28 mai — Denderah.

DENDERAH
Mardi 28 mai.

Bois de doums avec de longues herbes — nous
sommes obligés de faire un coude sur la droite.

Il y a un pylône, à gauche, séparé de toute espèce de
construction. Le pylône du temple même est ruiné; ça
ne fait plus qu'une porte.

On arrive au temple par une sorte de couloir formé
par deux murs en briques crues, construction arabe
que l'on a faite lorsque le temple servait de magasin.

Le village qui est derrière le temple est complètement ruiné. Tous les chapiteaux du temple représentent la figure d'Hathor; dans l'angle droit petit temple

d'Hathor. Dans un arrière-temple qui est derrière le grand, ainsi que sur les faces des chapiteaux du pronaos, figure d'Isis allaitant, un bras offre le sein et l'autre est fièrement posé sur le genou, le pouce en dehors et les doigts en dedans.

Extérieurement sur les trois faces du temple, des têtes de lions accroupis ressortent ; ils sont posés sur des poutrelles de pierre qui sortent du mur.

Dans le TYPHONIUM[1] à droite, figures de Typhons entiers sur tous les chapiteaux et des quatre côtés. Il tient de chaque main deux guirlandes droites de lotus qui au-dessus de sa tête font berceau ; il a sur la poitrine, passée à une chaîne, une amulette ronde que je prends pour un scorpion ? Antithèse du scarabée ?

Sur la quatrième colonne en entrant à droite, côté qui regarde le mur, bracelet au haut des bras et aux poignets, barbe très épatée, le bout des seins indiqué ; le nombril est creusé ; sous le nombril une ceinture qui lui prend le ventre. La frise des trois côtés est composée de têtes de Typhon. Un Typhon de profil me paraît adorer un roi (pschent et uræus) assis sur un lotus ? à la manière arabe, le cul étant sur le même niveau que les talons.

Intérieur : deux chambres ; première, quelques petites têtes d'Hathor, presque méconnaissables ; deuxième chambre, Isis allaitant, coiffée du pschent et de la boule. Insupportable odeur des chauves-souris — couleur noire de la pièce.

GRAND TEMPLE. Première salle, trois rangs de colonnes, de trois chacun, des deux côtés ; en haut, sur des bandes latérales, zodiaque sur fond bleu avec des étoiles, dieux dans des barques — sur les colonnes, clefs dans des courges. — Exagération du symbolisme — coiffures très compliquées.

DECHNÉ

Maisons clairsemées dans la campagne ; c'est là la ville. Grands pigeonniers carrés. C'est jour de bazar, c'est-à-dire quelques marchands étalent en plein air leurs denrées sur un tapis ou par terre. — Un café avec un grand arbre au milieu ; sur nos têtes des nattes trouées ; sur les divans de terre sèche quelques Arnautes.

BELIANEH, dont je ne vois rien que quelques palmiers. Je renâcle pour Abydos[1], éreinté que je suis encore par la fièvre, suite de mon voyage de Kosseïr ; et puis franchement je commence à avoir assez de temples. Mon âne surtout, dont je ne peux rien faire et sur lequel je roule, est pour beaucoup dans le parti que je prends de retourner à bord où je dors toute la journée.

M. Giorgi Frengi, petit gros homme, à cul lourd, en veste, selle anglaise sur son âne ; assez agréable de conversation. «C'est un bougre bien adroit», nous disait Fiorani.

GIRGEH est dévoré par le Nil. On monte à pic à travers les décombres. Quand on est en haut on a en face de soi une montagne toute grise et qui s'arrête net ; à droite, le Nil qui fait un grand coude, et une prairie verte avec des lignes de palmiers — à gauche un minaret avec un bouquet de palmiers et une mosquée en ruines coupée par le milieu et dont on voit de plan les arcades — en se retournant un peu, second minaret et autres palmiers.

La ville jadis était plus grande que Siout, mais elle est en décadence — bazar, vieux marchand à barbe blanche qui nous vend des michmichs[2] — nous retrouvons le Polonais de Siout auquel nous achetons du vin de Chypre pour faire cuire les abricots — nous allons chez ces dames où nous restons quelque temps assis sur un cafas, après quoi nous partons. Une négresse portant un enfant, avait de gros bracelets d'argent aux pieds, ainsi que la vieille du lieu, balle affreuse.

Le 3 juin au soir, raïs Ibrahim, qui a déjà fait si triste mine à Girgeh avec sa dent arrachée, refuse d'atterrir de peur des voleurs, ce qui excite notre hilarité.

Depuis plusieurs jours, vent constamment violent et contraire.

AKHMIN

Mardi 4. Au coucher du soleil arrêtés à Akhmin que nous traversons au pas de course — café avec une belle grille en bois percé à jour — il ne reste rien du temple — une inscription grecque sur une pierre ; la nuit nous empêche de voir si elle est complète ou partielle[1]. Pour arriver là on descend ; mouvement de terrain, bouquet de palmiers, palmiers aussi de l'autre côté de la ville, en entrant. — Rues larges, maisons assez hautes, en somme rien de remarquable.

SIOUT

Vendredi 7. Arrivés à 4 heures et demie.

Docteur Cuny. — Visité avec lui la mosquée et avec le pharmacien, grand escogriffe, l'air assez bon enfant, abruti par l'alcool et la misère — colère d'un musulman ; sakieh où nous nous asseyons ; M. Dimitri avec son chapeau blanc ; dîner qui nous restaure. — Le lendemain, déjeuner et sieste chez Cuny qui est désolé de ne pouvoir nous donner une partie de filles : l'ancien gouverneur qui vient de partir les a chassées par puritanisme. Visite à Aymes bey[2] dans sa belle maison sur le bord de l'eau — intérieur sale — nous tournons dans deux ou trois petites cours où des chevaux aux entraves hennissent.

Aymes bey, vieillard sec, ardent patriote, ennemi des prêtres qu'il regarde comme des comédiens, vieux républicain de 93, s'indigne de la bassesse et de la tyrannie, balle plaisante et énergique. — Dîner chez le docteur — son moutard — coucher dans le divan du rez-de-chaussée ; la statue au bas de l'escalier ; petite négresse dans ses vêtements blancs. Nous mangeons au premier dans un appartement ouvert donnant sur la cour, bonne et cordiale hospitalité. Nous nous quittons le dimanche matin ; nous ne partons du mouillage de Siout que le soir.

Lundi et mardi, temps exécrable.

GROTTES DE SAMOUN

Mercredi 12 arrivés à 6 heures du matin à CHÉGUEG GU'IL, d'où nous partons pour visiter les grottes de Samoun ou grottes des crocodiles.

Nous allons à âne jusqu'au pied de la montagne, que nous montons obliquement. Vue splendide du Nil et d'une immense étendue de terre, paysage plat sans incidents, beau par son étendue et ayant pour premiers plans les dévals de la montagne — un peu de désert — mouvement du terrain, léger; un trou dans lequel on descend, il faut marcher sur les genoux; c'est du sable, bientôt ce n'est plus que de la pierre; les pierres anguleuses sont grasses, noires, glissantes — douleur aux genoux; tout suinte le bitume; on rampe sur la poitrine — atroce fatigue. Seul on n'irait pas loin, la peur et le découragement vous prendraient. On tourne — on descend — on monte. Souvent il faut se glisser de côté pour passer. Je suis souvent obligé de me mettre sur le dos et de me glisser à coups de vertèbres comme un serpent. — À deux cents pas environ du chantier des momies, cadavre desséché d'un Arabe que l'on ne voit bien que jusqu'au tronc; il a la face horriblement contractée; la bouche de côté, ronde comme un œuf, crie de toute la force humaine possible. C'est un Arabe venu là avec un Maugrabin et mort on ne sait comment. La tradition est qu'ils étaient venus chercher des trésors et que le Diable l'a étranglé. Il y a quelques années, à peine si l'on pouvait entrer dans ces grottes; on y étouffait au bout de cinq minutes; il se sera déclaré sans doute quelque courant d'air depuis. Il y a quelques années le feu y a pris et a duré un an; c'est là sans doute la cause de l'espèce d'humidité qui règne: le bitume suinte de partout, les roches en ont des sortes de stalactites, on en sort goudronné. L'Arabe mentionné plus haut s'est momifié tout seul. On me dit de faire un effort pour monter, je m'appuie (les bougies sont éteintes) sur les deux pieds de momie qui font seuil, et j'entre.

Amoncellement désordonné de momies de toutes sortes, le plafond noir de bitume, les côtés pleins d'ombre, le sol gris-jaune de la couleur des bandelettes ; je m'assois haletant par terre, la toux ne me quitte pas.

Ils sont là tous les uns sur les autres, entassés tranquilles ; on casse des os sous ses pieds, on baisse la main et on tire un bras[1]. Jusqu'à quelle profondeur faudrait-il descendre pour trouver le sol ? il y en a tant qu'il peut y en avoir.

Le retour est encore plus pénible — on a la fatigue précédente en sus. À partir de la seconde moitié de la route c'est accablant. — On arrive brisé, suant à grosses gouttes, le cœur battant à vous rompre les côtés, la poitrine oppressée comme si l'on portait dessus cent quintaux. L'impression de terreur et d'étrangeté y est peut-être pour beaucoup.

Ce voyage a duré pour moi trois quarts d'heure et cinq minutes, trois quarts d'heure juste pour Maxime.

Nous revenons à la cange par un beau et clair temps — le vent frais — la vue est encore plus belle en descendant la montagne qu'en la montant, on voit sans être obligé de se retourner. À peu près au haut de la montagne, à droite, en montant, trou naturel, carré, au bord duquel se tenait le matin un gros oiseau. Au haut de la montagne, endroit (à droite en descendant) couvert de grosses pierres rondes ressemblant assez à des boulets. Nos matelots disent que c'étaient originairement des pastèques et que Dieu les a changées en pierres. Pourquoi ? parce que ça lui a fait plaisir. Voilà toute la légende[2]. — Nous arrêtons à

AMARNA (non indiqué sur la carte) le jeudi 13 juin à 5 heures du soir, sur la rive droite.

Palmiers ; coude du Nil — deux bateaux qui remontent étant à ma gauche par rapport à la place où je suis assis. — Trois petites filles passent, assises sur un seul âne : la plus grande à l'arrière, la plus petite sur le garrot, les six jambes ballottent pour faire aller l'âne — homme qui passe sur un chameau, une femme derrière se tient accroupie. Paysage charmant et d'une largeur tranquille.

SHEIK ABADEH (= ANTINOË)
Vendredi 14, arrivé à 11 heures du matin.
Énorme et rameux sycomore.

Il ne reste rien[1] ; trous, monticules gris, un palmier çà et là — la chaîne arabique au fond — ruines d'un bain qui ressemble complètement à un bain arabe ; par terre, troncs de colonnes de marbre.

Dans le village, par terre, un chapiteau composite — une colonne passe au milieu d'une maison.

Antinoë est la vraie ruine dont on dit : « Ici pourtant fut une ville ». — Des Arabes nous viennent offrir de sottes curiosités. — Petite fille rousse, large front, grands yeux, nez un peu épaté et reniflant ; figure étrange pleine de fantaisie et de mouvement — autre enfant brune, à profil droit, sourcils noirs magnifiques, bouche pincée — quel charmant groupe un peintre eût fait avec ces deux têtes et le paysage à l'entour ! Mais où trouver le peintre ? et comment composer le groupe ?

BENI-HASSAN
Samedi 15 — le matin — Joseph est malade de la fièvre ; il ne nous suit pas. — Sables ; puis on monte tout droit. Nous visitons les deux grottes le plus au nord. Première : chasses ; un lion qui tombe sur une antilope, gymnastique très drôle. Deuxième : chasses, mais plus abîmée que la précédente. Les colonnes de l'intérieur ont disparu. Trois voûtes parallèles, c'est-à-dire trois corps de plafonds taillés en forme de voûtes. À l'entrée des deux grottes, colonnes doriques[2] — la création du *sheik*[3], ici à son apogée, nous empêche de bien considérer les grottes.

MINIEH
Dimanche 16. Le pharmacien du gouvernement, espagnol — M. Monnier[4] et « sa compagne » ; M. Nar-

cisse Poirier ; le père Antonini ; le pharmacien du régiment. Longue sieste chez M. Monnier.

DJEBEL TEÏR

Lundi 17 à midi nous sommes forcés d'amarrer en face ; c'est là qu'est situé le couvent copte. Cette fois, c'est bien pâle ; deux ou trois moines seulement viennent nous demander batchis à la nage ; ils ont comme la première fois la mine de gredins, mais notre grotesque n'est plus là[1].

VILLAGE DE GARARA

Mercredi 19. Avec le santon de SHEIK AMBAREK. L'intérieur du santon est couvert par terre de nattes usées ; une cange est pendue en ex-voto au plafond à l'aide d'un fil, et une autre plus petite de même.

Je suis resté longtemps assis sur le seuil du santon, le dos tourné vers le village adossé au pied de la montagne blanche.

FECHN

Jeudi 20. À quelque distance du fleuve est le village.

Santon de SHEIK SCHEMERDÉ ; grands arbres à l'entour, bruit régulier de grosse caisse, et de cymbales. Deux hommes dansaient ou plutôt s'inclinaient de droite et de gauche l'un devant l'autre, en faisant des mines avec leur milayah ; ça tenait le milieu entre le danseur et le derviche, et était en somme assez pitoyable. — La ville n'a rien de particulier.

Vendredi 21, temps exécrable.

BENISOUEF

Samedi 22 arrivés à 9 heures du matin.

À 8 heures du matin comme nous venons de nous lever, arrivée à bord d'un petit santon tout nu, ruisselant d'eau, et qui nous embrasse avec effusion — dix piastres.

À Benisouef, achats — capitaine aimable chez le barbier ; le bordel est démoli, je reconnais seulement en y allant la poutre contre laquelle j'ai cuydé me tuer[1]. Dans la rue, un chien avec un chancre à l'oreille, qui était pleine de mouches et d'œufs de mouches. — Nous allons chez une vieille femme acheter des poulets ; calme — chèvres qui montent et descendent l'escalier, une surtout avec des taches noires sur ses oreilles blanches ; le poulailler était une espèce de four, bas, où elle prenait les poules......

À 4 heures et demie nous nous arrêtons à une lieue environ de Benisouef, à cause du vent contraire.

SAOUL

Dimanche 23 nous nous arrêtons au milieu du jour au village de Saoul. Le soir nous allons avec Joseph pour chercher du lait ; les buffles revenaient du fleuve ; on les a attendus pour nous donner du lait « Fi léban ? » .... — Des bœufs tournant en rond battaient les blés, ce qui me rappelle l'idylle égyptienne : « Battez, battez, ô bœufs[2] », etc. Placés sur un monticule de poussières, ayant derrière nous une ligne de palmiers dans lesquels un soleil couchant se répandait, nous avions devant nous la chaîne arabique, le Nil ; au deuxième plan la campagne blonde de blés coupés, avec des fellahs et des bœufs s'y agitant — sur les murs des maisons, des blés — la lune a paru toute ronde, entre deux palmiers. Rien ne faisait mieux songer à l'Égypte ancienne, l'Égypte agricole et dorée. Peu à peu la nuit est venue.

RETOUR AU CAIRE

Le mardi 25 au matin nous avons vu Le Caire ; nos hommes rament d'un air gai — nous revoyons les pyramides — le nombre des barques augmente peu à peu, et successivement Roda, Gizeh, le conak jaune de Soliman Pacha, le palais de la Grande Princesse, Boulac — nous voilà revenus.

LE CAIRE

Je vais de Boulac au Caire à pied — je rencontre Brochier dans la rue de l'hôtel. Le Caire m'a paru vide et silencieux — impression pareille à celle que l'on a lorsqu'on descend de diligence et qu'on se trouve tout à coup seul, désœuvré, dans un hôtel. Je défais les cantines et range. Courses au consulat pour les lettres; paquet de lettres. Catastrophe galante de Maxime[1]! Dîner, la table est mise près du jardin — M. Rochas[2]. Daguerréotypes, le soir — la nuit, regret énorme du voyage et du bruit des avirons tombant en cadence dans l'eau! Pauvre cange! oui, pauvre cange, où es-tu, maintenant? qui est-ce qui marche sur tes planches?

Mercredi 26, visites — dîner à Boulac chez raïs Farghali; le petit Khalil en gilet de soie nous sert; nous dînons dans une salle basse, un peu obscure, ayant des carreaux dans l'angle du fond, à gauche en entrant — luxe de pains — caractère patriarcal du raïs Farghali. Le soir à l'Esbekieh, musique. Lambert bey et Batissier.

De toute la semaine, rien! le soir ces musiciens maltais de l'Esbekieh. «Etni chicheh» crié par un grand Nubien qui court en les portant: «Cawadja Iousef, etni chicheh.» — Conversations de Lambert — discussions esthétiques et humanitaires avec Lambert sur la théorie de l'art[3] — histoire du cheval de Kosrew bey[4] et de Sassetti. Visite à Linant bey; jardin embaumant au fond avec Lubbert et le docteur Arnousse. Histoires polissonnes de Lubbert bey[5]; anecdote de la princesse Bagration[6] aux Champs-Élysées, avec un grand escogriffe en redingote blanche et en canne par-derrière. — Nuit passée jusqu'à 4 heures du matin avec Mouriez, à parler du père Jourdain; nous avions commencé par causer de Hamlet. Fagnart vient dîner à l'hôtel du Nil.

DERNIÈRE JOURNÉE

Aujourd'hui lundi 1er juillet, visite le matin à Willemin, qui est au lit, se lève en caleçon; à Lambert, en
takieh et en robe de chambre; il s'élargit vers nous
quant aux doctrines esthétiques. Après le déjeuner,
chicheh au Café du Mouski[1]. Adieux à MM. Delaporte
et Belin. Nous allons à l'hôpital de Kasr el-Aïni —
roseaux — navrement profond de foutre le camp. Je
sens par la tristesse du départ la joie que j'aurais dû
avoir à l'arrivée. Des femmes puisent de l'eau, fellahs
que je ne reverrai plus! un enfant se baigne dans le
petit canal de la sakieh.

SOULTÂN. Le public m'empêche d'être ému suffisamment de ses larmes de reconnaissance[2]. Il veut
nous suivre dans notre pays! — J'avais déjà éprouvé
cette émotion à Assouan, c'est pour cela peut-être
qu'elle fut faible ici.

Boulac — Haçanin — adieux des matelots; l'émotion avait été hier en embrassant raïs Ibrahim pour lui
dire adieu. M. et Mme Fagnart — Fagnart me semble
plus dégagé plastiquement (il ne pose plus le gai)
parce que là il est dans le vrai. Dîner chez Willemin —
dernière soirée avec Lambert — adieux à la grille de
son jardin: une sympathie quittée.

Mouriez jusqu'à 3 heures; le jour paraît, les coqs
chantent, mes deux bougies brûlent, je sue dans le dos
— les yeux me piquent et j'ai le frisson du matin. Combien de nuits n'ai-je pas déjà passées!... Dans quatre
heures je quitte Le Caire. Adieu à l'Égypte — «I
Allah», comme disent les Arabes.

(Mardi matin, 4 heures 5 minutes)

DU CAIRE À ALEXANDRIE

Paquebot du Caire à Alexandrie — Delaporte, Belin,
Lubbert venant dire adieu à M. et Mme Langlois[3].
Lubbert en chapeau de paille. Le colonel Langlois et
sa femme. — Attaque de nerfs[4] vers 3 heures de
l'après-midi.

ALEXANDRIE
Hôtel d'Orient — après-midi passés à lire *Valentine*, *Indiana*[1], *Thadéus le ressuscité*[2], *La Guerre du Nizam*, *Une veuve inconsolable* de Méry[3] — quelques visites; en somme, rien.

MM. Dufau, Chojecki[4] (= Koieski), Smith.

Nous retrouvons le Polonais compagnon de M. Robert qui dans ce moment dirige la construction d'une église au bout de la place des Consuls — préparatifs du départ, emballage. M. Custos, commis de la maison Pastré[5].

Un jour en allant dans les bazars pour acheter des takiehs, femme accroupie, vêtue de blanc, au coin d'une rue, et qui en a deux ou trois.

Patron de barque grecque — après-midi passé sur le port ou dans la rade.

Au spectacle, *Bruno le fileur*[6] en italien.

La veille de notre départ, promenade en calèche avec M. Gérardin à la maison de campagne de M. Pastré[7] et à celle d'Abbas Pacha (ancien jardin Rosetti[8]). Ces jardins sont d'un effet atrocement triste; on y crève d'ennui. Le désert est là derrière, ça semble vouloir le nier et il vous persécute dans les horizons. Au jardin d'Abbas Pacha, colonnes au pavillon; premier plan: verdure, le désert au bout. C'est bien là le jardin d'où, dans son pavillon, la sultane voit venir au loin un dromadaire qui galope à toutes jambes; elle jette un regard triste sur l'horizon sans bornes...

Nous revenons — notre saïs court devant la calèche et fait claquer son fouet.

———

Narguilés[9] fumés dans un café grec — estrade en planche sur la mer.

———

D'ALEXANDRIE À BEYROUTH
Le lendemain, embarqués sur l'*Alexandre* à 7 heures. On ne part que le lendemain mercredi, à cause du tou-

rillon. C'est pendant que je dormais que le bateau est parti, je n'ai pas vu s'en aller à l'horizon la terre d'Égypte — je ne lui ai pas fait mes derniers adieux. Y retournerai-je?...

Capitaine peu aimable, grand nez comme de Maurepas[1] — polichinelle de docteur — M. Hébert = père Parain maritime; ancien négrier, de Nantes. — M. Delabouq — père Hue — pas de mal de mer.

À bord, petite négresse[2] qui appartient à des marchands chrétiens de Syrie; elle pleurait en abondance et est restée presque tout le temps couchée sur le flanc, au soleil, à côté de la cheminée. — Dans les rues d'Alexandrie, flâne un gredin de nègre, vêtu à l'européenne, garni d'un chapeau et d'une canne. Deux moines, l'un hollandais, qui va en Perse, l'autre a l'air italien et va je ne sais où.

Le soir du jeudi on aperçoit la terre de Syrie; brume sur les côtes — tout est trempé d'humidité — quelques lumières à ras de l'eau, c'est Beyrouth. Le bateau va à demi-vapeur — silence, une poule sous l'avant glousse — la lanterne suspendue à la vergue crépite dans la nuit — commandements du capitaine sur la passerelle — sondage; on repart, on s'arrête.

La lune est couchée — étoiles, étoiles — il vient de terre un cri strident et répété (ce sont les cigales?) comme un chant de grillon; puis la voix d'un coq et un autre qui lui répond — les lumières grandissent. Nous laissons à notre gauche un navire dont la chambre du capitaine est éclairée — on lâche l'ancre. Je vais me coucher. Il est 3 heures du matin.

[*Liban-Palestine*]

Vendredi 19, départ de l'*Alexandre* à 7 heures du matin — voix du timonier de notre barque qui me rappelle celle du marchand de mouron. Nous prenons avec nous une petite Alsacienne qui va rejoindre son fiancé à Jérusalem et un jeune Allemand en lunettes qui l'accompagne[1]. Débarquement, embarras et colère — bêtise des lazarets en général et du chef gardien du lazaret de Beyrouth en particulier. Le docteur du bord prend un bain; sa balle avec son chapeau de paille dans l'eau. On s'arrange — grand vent dans le lazaret — le soir, bain de mer; quelle mer! Liban couronné de nuages; cigales qui sautent dans les buissons. Lazaret. Voix de l'homme qui nous y conduit dans la barque — elle me rappelle celle du marchand de mouron — palais du lazaret où nous logeons[2]. Embarras du débarquement. Le chef gardien, grand dégingandé avec un œil de travers. *[illis.]* trois jours — grand vent par les fenêtres. Émigré italien logeant dans le corridor. Bains de mer. Le mardi matin nous en sortons. Homme en veste de soie bariolée, en coufieh, qui arrive au galop, figure pâle, fière tournure; haies de figuiers de Barbarie — café au bord de l'eau — voyageurs sur des ânes. Cela me fait l'effet d'un paquet de rubans de couleurs qu'on me secoue devant les yeux.

BEYROUTH. Les maisons sont en pierre, ce n'est plus l'Égypte. Je ne sais quoi qui fait déjà penser aux croisades. Hôtel de Battista sur le port[1]. Fort dans la mer à droite, démoli par les Anglais. — Bataille pour les pastèques qui arrivent de Jaffa. Les enfants qui se baignent là toute la journée se font des turbans verts avec les morceaux de pastèques qui flottent sur l'eau. Hôtel ; le chancelier d'Autriche (« Le séjour de Damas est-il délicieux ? y passiez-vous des soirées sereines ? »), un Russe, le capitaine maltais, l'émigré italien qui me fait l'effet d'une canaille et accepte très bien nos 50 francs. Bazars : c'est très heurté, tassé, populeux ; beaucoup de soie. Soirées du Ramadan. Petite mécanique dans les cafés, qui fait du bruit — on boit de la neige — MM. de Lesparda[2], Rogier[3], Pérétié[4], M. et Mme Suquet[5]. — Cimetière, un soir, à la tombée du jour, trois moutons qui paissaient l'herbe parmi les pierres, un Arabe couché sur un tombeau avec deux ou trois autres qui avaient l'air de blaguer et faisaient tranquillement leur kief[6] — un chemin au beau milieu et par-dessus les tombes — la mer — verdure et Beyrouth à droite — beaucoup d'herbes ; un vieux, maigre, à barbe grise, qui dit son chapelet sur une pierre — tombe — enceinte qui renferme deux tombes, et a un dessus de tente pour protéger les branchages sur les deux tombes.

Pique-nique sur l'herbe aux Pins[7]. Moines passant avec des chapeaux couverts de mouchoirs et chameaux — ciel violet sur les montagnes à travers les arbres. Matinée[8] chez Rogier. La petite Turque, coiffure de jasmin. Fatmé mélancolique — la grosse — la maigre — balle sereine de Rogier — importance d'Abdallah[9].

Partis de Beyrouth à 4 heures et demie du matin — d'abord sables entre des haies — puis les montagnes, grandes pentes — entre les gorges une poussière de lumière comme de la neige éthérée qui se tiendrait en l'air immobile et en serait pénétrée — à droite la mer ; le cuir de ma selle crie. Des bouquets de caroubiers se versent sur la terre et ont l'air taillés comme des

arbres de jardin. Rencontre de zingari (je ne crois pas
que ça en soit) ; un enfant portant une grosse caisse
sur le dos — à la tête de mon cheval me montre le ciel
en levant les mains et répète plusieurs fois Allah d'une
façon attendrissante. Femmes qui portent l'enfant dans
une espèce de hamac suspendu à leurs mamelles. Lauriers-roses. — Rivière : EL DAMOUR — un tournant où
ça a l'air d'un coin de parc — un peu avant, effet d'un
pont dont il ne reste plus que les arches initiales. Les
lauriers-roses en fleurs poussent jusque sur le bord de
la mer. Nos chevaux passent dans l'eau — déjeuner à
11 heures et demie, à NABI JONAS, endroit où Jonas fut
vomi[1]. Une grande gorge qui se dévale vers le rivage,
avec deux grands arbres. Dormi sur une natte dans un
café ; une petite varangue de branchages secs devant
— nos mulets débâtés se roulent ; nous repartons à
deux heures. La route (ancien chemin[2], on le suit par
moments) monte des coteaux, descend, suit le bord de
la mer — la mer, la mer —, enfonce dans les sables,
remonte parmi les pierres où nos chevaux marchent
lourdement. La pente des montagnes s'incline à cause
de la quantité de pierres mêlées à la verdure, ça ressemble à un immense cimetière abandonné.

SIDON[3] au fond de l'horizon, à la pointe, dans les
flots, avancée en pâté. Devant la ville, un rocher, long,
autour duquel plusieurs vaisseaux. Jardins — silence
de la ville en y entrant — un vieillard aveugle en turban vert conduit par un enfant — au milieu des rues
est une espèce de rigole carrée pour les chevaux ; on
sent l'encens, l'église, une odeur sacerdotale, quelque
chose qui fait penser à la fraîcheur des églises en été.
Khan français[4] : vasque carrée, au milieu bananier.
Chevaux de l'émir Beschir[5]. Couvent des frères de la
Terre Sainte. Docteur Gaillardot[6], son divan. Souper
dans une grande salle ; pots en étain qui contiennent
de l'eau d'où on la verse dans notre carafe. Père Casimir, longue barbe, parlant italien, vite, et fermant
l'œil.

(Mercredi 31 juillet, 9 heures du soir)

La journée d'aujourd'hui moins accidentée qu'hier. On sort de SAÏDA par des jardins, puis on regagne la mer, que l'on suit presque toute la journée ; les montagnes sont plus basses que le jour précédent et plus loin du rivage ; une vieille tour du temps des croisades, entourée de feuillages à sa base, éclairée par le soleil levant. — Presque toute la journée on traverse une lande couverte de chardons desséchés, de petits caroubiers que le vent de mer a rasés ; quelquefois un champ de maïs, un plant de tabac. Le matin nous avons passé une rivière, le pont à angle a sa dernière arche séparée de lui — le bloc s'est en allé se pencher sur le flanc, et reste là au soleil.

Déjeuner à ANHYDRA au bord de la mer ; il y a une petite baie, nous la voyons à travers deux grands arbres ; vasque carrée, sur le rebord de laquelle nous avons déjeuné avec des figues, de la viande froide et de la confiture de dattes. — Un grand figuier dans la cour (derrière la maison), où coule dans un petit aqueduc l'eau qui va tomber dans la vasque — veau qui tétait une vache de couleur gris perle. Nous repartons. Seconde rivière, je reste monté sur le bord à voir tous les mulets passer à travers le bois de lauriers-roses qui s'épanouit à l'entour de l'eau. La lande — triste — triste. Troisième rivière ; nous la passons sur le pont, elle est trop large. L'eau est très verte ; gourbi de branchages où nous haltons ; vieux bonhomme assis là qui est pris de convulsions.

TYR est au milieu d'une espèce de demi-lune très évasée. Arrivés à 2 heures, descendus au couvent grec. Plus rien. Quelques méchants bazars, un silence de peste et de mort ; çà et là un enfant magnifique. — La race ici (femmes — ce que j'en peux voir) me semble fort belle. — Avant d'arriver à Tyr, sur le sable un vieux vaisseau échoué ; un homme qui lave un mouton dans la mer. — Le port est à gauche en arrivant ; deux grands blocs restés debout dans l'eau. Pour monter dans le haut quartier de la ville il faut passer, le long du mur d'une maison qui plonge ses pieds dans l'eau, sur quelques pierres mises là, ou qui sont là, en forme de trottoir. — Personne ; c'est encore plus silencieux qu'en bas. Le drapeau blanc du consul de Naples flotte à son mât sur une maison. Des remparts, vue bleue de la mer. Le ciel est triste, quelques nuages, l'air est sombre quoique lumineux. La ville entourée de remparts moyen âge, comme Aigues-Mortes ; en face de nous à une demi-portée de fusil, un tas dispersé de colonnes de granit dans l'eau — il y en a plusieurs dans le port aussi — la mer les lave et les relave sans cesse. À l'endroit où nous étions, il y avait un coude des remparts, ça faisait angle, le soleil casse-brillait sur les flots bleus.

M. Élias, agent français, va bientôt crever — grand divan blanc avec un divan tout autour, voûté, ancienne église ; sa petite et grassouillette vieille femme pète dans un chibouk pour le curer — effet de ses joues enflées, avec les longs fils de soie de sa chevelure qui lui pendent jusqu'au cul ; la grande négresse sur ses patins qui jetait de l'eau dans la cour ; femme mûre assise en face de nous, les genoux écartés, immobile, œil noir et fendu, nez aquilin arqué, visage marmoréen — je pense aux races antiques et ce que devait être la femme d'un patricien de Tyr ; sa fille, visage ovale, blanche avec des cheveux noirs ; légion de demoi-selles dans l'appartement à droite en entrant. Du haut de la terrasse de cette maison, la mer, les remparts, les maisons avec leurs terrasses blanches que relèvent les verdures qui les séparent, quelques palmiers (le pal-mier de Tyr sur les médailles) tournés vers la terre, une plaine — le Liban : une chaîne basse, de couleur un peu grise-violette, par-derrière elle une seconde chaîne, violet très pâle, noyée dans les nuages et tein-tée de lait, d'un ef et aérien. — Mauvais dîner ; l'épouse du sieur Élias demande un petit batchis à Joseph ; jeune homme, fils de l'agent d'Autriche, à qui nous donnons du sulfate de quinine [1]. Dans la cour du cou-vent grec nous ne voyons ni couvent ni Grec, mais à droite en entrant d'assez belles filles avec des matelots grecs. C'est une famille qui demeure là ; ça m'a l'air un peu bordel, ce qui me flatte en pensant à l'Ennoïa de Simon que j'ai fait danser nue devant des matelots grecs[1]. — Couchés au premier dans une grande chambre, sur des nattes ; toute la nuit démangeaisons de boutons de puces, de moustiques. — La lampe suspendue près de la porte ouverte éclaire. — Bruit des sonnettes des mulets.

Vendredi partis à 4 heures du matin avant le lever du soleil. — Me semble plus courte que la précédente quoiqu'elle soit plus longue — moins de lauriers-roses, mais ça change — la montagne, toujours à notre gauche, s'abaisse de façon à ne plus être que des mouvements de terrain — bouquets d'arbrisseaux à fleurs violettes qui ressemblent à de la lavande ; les arbres du côté de la mer sont courbés et rasés par le vent. En sortant de la ville, tour carrée enfoncée dans la verdure — le soleil n'est pas encore levé, c'est d'un ton dur et verdâtre, la tour est carrée, ronde sur ses angles, les fenêtres vont s'élargissant de l'intérieur à l'extérieur. Un escalier conduisait à l'entrée de la tour, on n'y peut monter, il y a brèche entre lui et la tour. — En fait de vasques de Salomon (nous tournons autour d'un clos sans savoir pourquoi — cheval de Joseph), je vois une grande auge carrée, mais c'est un assemblage de moulins, de bruit d'eau, de cabanes et de verdure accoudés à un déval de terrain[2]. — Nous sommes joints par un jeune homme en veste verte, à nez cambré comme Mme de Radepont[3] et à yeux noirs qui me paraît beau de loin et assez laid de près, monté sur un cheval, à la turque avec un tapis sur la selle. — L'ancienne voie reparaît par places, elle est droite, tirée au cordeau et de la largeur d'une grande route de troisième classe ; nos chevaux trébuchent sur ses grosses pierres. À gauche pente qui monte, à droite pente qui descend — rochers parmi la verdure ou verdure parmi les rochers ; ces fleurs violettes de la veille, caroubiers, etc.

On monte. — DJEBEL[1] EL-ABIAT (cap Blanc) — chemin ardu, la corniche en grand — on monte — on monte, les chevaux donnent de grands coups de reins. On donne en plein sur la mer. Grandes marches naturelles comme d'un escalier. Ça tourne quelquefois, on aperçoit tout à coup la mer entre les deux oreilles de son cheval à quelques centaines de pieds au-dessous de soi — comme c'est beau! — La descente est plus difficile — la voie recommence, elle s'arrête à deux fontaines qui coulent à pleine gorge. Collines qu'on monte et qu'on descend. Autre montagne, mais d'un effet moins magnifiquement empoignant comme montée; il n'y a qu'au haut d'où l'on a une vue immense de la mer tout à coup — c'est sur celle-là qu'allaient, faites pour elle, les galères à proues peintes. De là on peut voir Tyr; là sans doute on venait pour voir arriver les vaisseaux qui revenaient de...? — plaine à nos pieds à gauche — une ancienne maison à l'ombre de laquelle nous haltons un instant — deux étrons à l'endroit le plus beau. Il faut repartir, nous redescendons; déjeuner dans le bouquet d'arbres que nous apercevions d'en haut — nous dormons au bord de la route sous un saule. Repartis on va tout droit. Un janissaire vêtu de blanc passe au galop devant nous; à l'entrée d'un petit pont nous rencontrons une troupe de gens à mine étrange, bronzés, hâlés, quelques-uns avec des peaux de gazelle et de mouton, coiffés de bonnets pointus. Deux portent sur leurs épaules quelque chose d'enveloppé dans une coiffe, qui m'a l'air de guitare et qui pourrait être des carabines: ce sont des derviches, arrêtés par la police du lieu pour voyager sans tesquereh[2]. Cette bande n'a pas l'air rassurant, Max se rapproche des bagages. — Rencontre de Bédouins du pays de Hauran[3], ils viennent vendre des blés à Saint-Jean-d'Acre; gens hâlés, beaux comme chic avec des cordes de chameau à la tête et de grandes couvertures à raies sur les épaules. Deux femmes marchant à pied, l'une a les lèvres peintes en bleu. — Aqueduc de Djezzar Pacha[4], que nous voyons à EL-MAYA; il traverse le paysage. Nous l'avions passé quelque temps auparavant, il était couvert de verdure et disparaissait dessous. — Rien n'est joli comme la campagne vue dans l'encadrement d'une arche d'un de ces ponts ou d'un aqueduc, surtout quand passent dessous des chameaux ou des mulets.

SAINT-JEAN-D'ACRE, de loin un carré long avec une tour à chaque bout. La ville à l'arrivée me semble un bazar animé ; marchand de sherbet[1] et de boissons froides avec un morceau de neige sur un pic en fer. Khan sale et abandonné où nous déposons nos bagages. Nous dînons dans un cabaret, avec une ratatouille où il y avait des tomates et que nous dévorons à pleines mains en buvant du sherbet à la neige qui sent le raisin, la rose et la mélasse. Espèce de canaille grisonnante à accent anglais qui nous fait des questions de gendarmes. — Couchés près de la vasque vide du khan, sur nos lits, sous un saule où brûle suspendue une mèche dans un verre d'huile ; elle éclaire le feuillage sur ma tête.

Saint-Jean-d'Acre désolé, vide. Maisons en pierres comme dans les autres petites villes. On y pense à des engagements de croisés dans les rues. La ville est pleine de ces Bédouins, leurs tas de blé encombrent une cour qui ferme sur la mer : c'est l'entrée du port qui n'existe pas. La rade est fort grande, mais c'est plutôt à Caïfa[2] que l'on pourrait en faire un. — Deux tombes d'officiers anglais au milieu de la ville — pourquoi ne pas les avoir mises au cimetière turc ? c'est d'une vanité triste. Tombes antiques, l'une couronnée d'une urne et la seconde carrée à la romaine ; les chiens chient tout autour. Grande cour, ancien camp fortifié, garni de quantité de petites arcades supportant des arcades ; ça a un aspect de cirque et me rappelle au premier coup d'œil les arènes de Nîmes[3]. Traces des boulets anglais[4] ; la veille, avant d'arriver à Saint-Jean-d'Acre, nous avions trouvé un obus dans les champs. — Nous voyons des femmes qui s'enfilent sur un côté de la tête des brochettes de piastres d'argent, ou des talaris[5]. Jusqu'à Caïfa on suit le bord de la mer — sur le rivage des débris de pastèques ; quelques-uns blanchis par le soleil ; à l'intérieur, ont l'air de crânes vidés — rien n'est plus triste qu'un beau fruit sale. Paniers échoués, débris des naufrages, des nattes aussi — carcasses de vaisseaux enfouis dans le sable comme seraient [les squelettes] d'animaux marins morts de vieillesse sur la grève. Au fond de la rade un vaisseau sur le flanc, qui n'a plus que sa membrure et un mât, ressemble à une mâchoire dans laquelle serait fiché un cure-dent. — Nous passons deux rivières à gué, la seconde assez large et plus profonde ; nos chevaux ont de l'eau jusqu'au ventre.

CAÏFA, rien : ville neuve, bazar ouvert, sans nattes pour garantir du soleil. L'agent français nous dit que les Wahabites se sont emparés de La Mecque. Sur la plage, un oiseau de mer, gris avec le bout des plumes noires et bas sur pattes (une mouette), volait et marchait devant moi, tantôt partait puis se rabattait tout doucement ; j'étais dans un bon état. De Caïfa au CARMEL on monte. Au pied du raidillon qui mène au monastère, énormes oliviers creux en dedans — la Terre Sainte commence, ils sont au bas de la montagne et sur la pente — on a vu ça dans les vieilles histoires saintes. Je songe à Chateaubriand en Palestine[1], à Jésus-Christ qui marchait nu-pieds par ces routes. — Arrivés au monastère à midi environ, il fait grand vent ; devant le couvent, jardin potager avec une petite pyramide au milieu.

(Mont Carmel
Samedi 3 août 1850.
9 heures et demie — du soir)

Elle indique les restes des Français à Saint-Jean-d'Acre, pendant l'expédition de Bonaparte.
Le couvent grande bâtisse blanche — église en dôme — fortifiée ; il y a même des moucharabiehs dissimulés. Rien de curieux ; ça sent le couvent moderne,

le Sacré-Cœur, c'est propre et froid; rien de vrai.
Comme ça contrarie le sens religieux de l'endroit! que
c'est peu le Carmel quoique ce soit au Carmel... En
dessous du chœur de l'église, grotte d'Élie. — Le Père
Charles[1], le Père hospitalier. — Sieste, pris nos notes,
dîner. Max copie les plus belles choses des voyageurs
dans le livre[2].

Dimanche 4, visité le couvent — un capitaine marchand, marseillais, avec son gamin. Partis à 9 heures
jusqu'à CASTEL-PELEGRINO[3], au bord de la mer, dans
des sables tirants. Castel-Pelegrino — ruine d'un effet
charmant et terrible. Quels gars que les croisés! quelles
poitrines et quels bras ça avait! C'est maçonné comme
le Château-Gaillard, qui est de la même époque: troisième croisade, Philippe Auguste, Richard Cœur de
Lion; seulement la maçonnerie de galets et de mortier
est recouverte de pierres de taille. — Un grand pan de
mur du côté du Carmel, encore debout tout droit; de
ce côté une petite tour (arabe?); du côté de la pleine
mer, belle et vaste salle ogivale (des gardes?), bâtie en
pierres énormes; porte sur la mer. Du côté faisant
face à la terre, petit navire à droite (avec une grue qui
sert à transporter des pierres à Saint-Jean-d'Acre).
Vue générale de la ruine, à gauche un puits comblé, en
haut une construction carrée plus moderne, faite avec
les débris de la forteresse et habitée par quelques
Arabes, dont l'un demande à voir le couteau de chasse
de Joseph. Dans ces environs quelques cahutes arabes,
des chiens aboient après nous. — Contraste de cette
ruine du monde germanique, normand, roux, et bru-
meux, avec ce ciel, ce soleil et cette mer. Lande jusqu'à Thura (Dora); à notre gauche la chaîne de collines
couleur de terre est brodée et comme fresquée en gris
par les pierres — à un endroit, mouvement de terrain
tout gris-blanc à cause d'elles; ce sont de grandes
dalles. Deux ou trois maisons carrées en haut. En bas
de la pente, à peu près, un arbre, sorte de frêne, déchiqueté et dont les racines, sorties et couchées sur le sol,
ont plus de deux longueurs de cheval de long — c'est

comme d'énormes câbles les uns sur les autres et étendus mal attachés au pied de l'arbre. — Tous ces jours-
ci, quantité de cigales, de lézards ou de salamandres,
et de caméléons ; ceux-ci se promènent lentement sur
la pointe des buissons desséchés ou sur les grosses
feuilles piquantes des figuiers de Barbarie — Hanna[1]
en a pris un par la queue, l'a donné à Max qui l'a lâché
sur la crinière de son cheval — (il avait des taches chocolat) — est monté jusqu'aux oreilles, d'où il a dégrin-
golé par terre — le cheval de Joseph derrière nous a
failli l'écraser en passant.

DORA = THURA[2]. Chétif village au bord de la mer. Au
coin du khan où nous descendons, hommes accroupis ; l'un lit le Coran à haute voix à la société, un autre
se fait raser. Nous logions au premier dans une salle
qui me semble remonter aux croisades, ouverte à tous
les vents — dîner par terre, sur le tapis, sur la terrasse
en vue de la mer. Avant le dîner, promenade au bord
des flots le long de la petite anse pour aller vers un
pan d'une tour ruinée qui domine la mer — là, restes
dans l'eau d'anciennes constructions probablement du
temps de Castel-Pelegrino, que l'on voit au loin. Nous
revenons les pieds dans l'eau. Nuit insectée. Lundi,
partis avant le jour. Froid du matin ; nos tarbouchs
sont trempés par l'humidité. Jusqu'à Césarée nous
enfonçons dans les sables.

CÉSARÉE. L'enceinte se voit encore. Mur continu avec
des avancées carrées, en partie couvertes de verdure,
multipliées et très larges de la base. — Anse et restes
de constructions, tours ? qui défendaient sans doute
l'entrée du port. Nous siestons à 10 heures ; à MINA
SABOURA, au bord de la mer sous une avancée de
rochers qui nous protège du soleil. De toute la journée
nous n'avons pas vu de montagnes, c'est seulement un
mouvement de terrain continu à notre gauche — sables,
sables parsemés de caroubiers. Nous rencontrons un
homme presque nu avec deux gros bardacs pendus à
son corps ; il porte sur l'épaule un long bâton. — Avant
d'arriver à OUMM KHALID EL-MUKHALED[3], en sortant

d'une lande complètement nue, à la teinte roussie par les herbes desséchées et qui va en montant, on découvre tout à coup une plaine immense d'une teinte vert très pâle, piquée au fond par les boules vertes des oliviers; à l'horizon un bourrelet de montagnes. En arrivant ici, femme vêtue en bleu qui montait le chemin en portant un vase sur sa tête; elle revenait de la fontaine, qui est à gauche, au bas du village en y arrivant. — Nous avions guigné un arbre pour y passer la nuit, mais une petite caravane s'est trouvée être dessous. Nous avons traversé le village, nous sommes de l'autre côté sous un vieux sycomore, les mulets, les muletiers et le bagage devant nous, les chevaux derrière. À notre gauche repose, couché, appuyé sur son habar, notre guide de la journée[1], sheik Mohammed, homme à grand nez courbé et qui porte le poids de son turban sur le côté droit — il a son fusil en travers sous l'oreille.

Hier galopage de Hanna pour attraper des crabes. Aujourd'hui ces messieurs ont plaisanté à coups de poing et à coups de pied. Le matin, traces de pieds de bêtes fauves sur le sable.

Après une nuit blanche causée par les puces sous le beau sycomore, nous partons au petit jour jusqu'à ALI IBN ORAMI[2] dans l'intérieur des terres, landes parsemées de pierres et de bas caroubiers. Ali Ibn Orami. Restes de forteresse à droite. Là on prend le bord de la mer et l'on voit au loin le pâté long de maisons étagées de Jaffa. Sables où l'on enfonce — passage d'une rivière. Arrivés à JAFFA vers midi. Cinq vaisseaux en rade. On monte pour arriver à la ville. Cimetière[3] en pente, quelques dômes s'arrondissent au-dessus des maisons, le cimetière au premier plan, la ville au second; plus haut à gauche des nopals[4], des jardins (c'est à la place du camp français de Bonaparte[5]). — Entrée tumultueuse dans Jaffa, nous traversons toute la ville. Couloir entre les maisons et le rempart en partie dénudé et dont plusieurs blocs sont tombés dans la mer. Khan arménien ; nous logeons dans un appartement de femmes, petite pièce carrée à croisillons de bois.

Rues en pente d'une saleté inouïe, toutes espèces d'immondices et de reliques. — M. B. Damiani[1] et son père, officiers du *Mercure*[2] ; nous faisons avec lui une promenade. Hôpital des pestiférés de Jaffa = couvent arménien à arcades au premier. Couvent catholique nul. — M. Damiani nous montre au pied des remparts, du côté des jardins, un [*illis.*] qui est l'extrémité de la mine par où Bonaparte a attaqué la ville. — Khan charmant, avec une fontaine à arceaux au milieu ; dans l'intervalle des arcades, sur la face intérieure, sortes de fausses tourelles terminées par des cônes. — Déjeuner dans une locanda grecque, avec du vin de Chypre, du poisson frit froid et des raisins. — le soir chicheh dans un café au pied de notre khan, matelots du *Mercure*.

Mercredi matin 7, déjeuner chez M. Damiani avec M. Human[3], vice-consul à Sidon, et un Polonais chef de la quarantaine de Jaffa. Parti à 3 heures — routes dans les sables entre des nopals, comme en sortant de Beyrouth du côté des Pins[4] — fontaine d'une construction pareille à celle du khan ci-dessus : colonnes, tourelles à cônes, une grande arcade au milieu, qui en est la fontaine ; derrière trois cyprès. C'est un carrefour. Un homme se tenait près de la fontaine, à gauche. Campagne plate avec de doux et larges mouvements (çà et là un carré de sésame, en approchant de Ramleh), un ton général blond quoique très cru. Le ciel est excessivement bleu et sec, sans nuages — à l'horizon, fonds laiteux des montagnes. Nous rencontrons quelques voyageurs ; les femmes (une petite noire un peu bouffie) voyagent à visage découvert.

Ramleh au fond de la plaine, plate, au pied des montagnes — plaine unie ; on aperçoit la ville en descendant d'une espèce de mouvement de terrain en dos

d'âne. Quelques oliviers — rien n'est plus Palestine et
Terre Sainte. Singulière transparence des couleurs —
la route en sable est vermeille, textuellement, et toute
la plaine grise illuminée d'une teinte d'or très pâle.
Cimetière avant d'arriver à Ramleh : larges tombes
carrées en maçonnerie ; Max fait marcher son cheval
dessus. RAMLEH. Rue déserte, dômes, quelques palmiers
maigres entre eux, le ciel bleuissant de la nuit au
milieu de tout ça, passant sur les arbres et entre les
maisons démantelées — les constructions sont en
grosses pierres, anciennes destinations militaires. Nous
passons sous une voûte ogivale où un cheval est attaché ; la ville est aux trois quarts inhabitée. Nous campons en déval de la ville sous des oliviers — à cause
des moustiques, des muletiers, des chevaux et de l'idée
que je dois voir Jérusalem le jour suivant, nuit blanche.
   Le matin, jeudi 8, promenade au jour levant dans
Ramleh ; rien que nous n'ayons vu la veille. C'est
grand, vide et sale. Jeune homme boiteux qui tenait
nos chevaux pendant cela ; c'était un de nos gardes de
la nuit passée. — Nous rejoignons notre bagage parti
trois quarts d'heure avant nous ; nous marchons pendant trois heures avant d'atteindre le pied de la montagne. — Village de KOHAB, on battait les blés ; Max
me parle de Ruth[1]. — Vers le pied de la montagne,
nous sommes accostés par une espèce de vieux gredin
à barbe blanche et l'épaule couverte d'un habar noir et
blanc. Il nous sert de garde pendant quelque temps et
nous quitte à une maison en pierres, à gauche. La
montagne est une succession de gorges les unes sur les
autres ; quand on croit en avoir fini, on en a encore.
Oliviers magnifiques, vieux, creusés en dedans, larges ;
les pierres ont des trous et ressemblent à des éponges,
elles tachent en gris la verdure des touffes de caroubiers, de lentisques et d'une espèce de petits chênes en
buissons (= rouvre ?). Plus on monte, plus les pierres
augmentent — la lumière blanchit et donne un ton
d'une crudité féroce à la montagne grise ; arbustes et
herbes sur lesquelles la trace des limaces a l'air de

givre, mais c'est avant la montagne ; çà et là un carré
foui d'oliviers, mais plus petits — plateau — le village
de KARIET EL-ENAB est en descendant déjà, à droite.
Maisons en pierre — une grande construction qui était
une église. — Jeune homme en turban jaune qui me
sourit à la porte de l'(ancienne) église où Max était
entré[1].

Nous remontons à cheval. Hannah avait pris à droite
sous les oliviers et était descendu par le plus court
— Joseph file vite et sans lever la tête[2] — femmes qui
dansaient en rond : «C'est un mort.» Joseph crie à
Sassetti de ne pas s'arrêter et le dit en arabe d'une
façon brutale à Abou Issa. On descend encore quelque
temps — sur les sommets de cet entonnoir, quelques
petites tours anciennes. On remonte, c'est de plus en
plus sec et dur — pour descendre il faut quitter son
cheval. Larges dalles — avant le village, la montagne
est ainsi, surtout vers le bas : une ligne de pierres, c'est
la couche calcaire, une ligne de verdure, et ces lignes
parallèles vont dans le sens de la montée. Enfin nous
arrivons, mourant de faim, la tête vide et tout nous
dansant dans le cerveau, au fond d'une vallée pleine
d'arbres où il y a de l'eau — un pont. GASSER EL-
KAROUM. Jardin, citronniers, vignes — famille juive
qui nous donne des tapis — les femmes avec leur
espèce de chapeau en visière, ou de visière qui fait
chapeau — la femme du jeune homme qui nous avait
fait toutes ces politesses, plaquée un peu, tétons que
l'on voit facilement, grâce au décolletage intermédiaire complet ; elle nourrissait son enfant. Nous dormons une heure sous un citronnier ; nous nous lavons
la figure sous le pont et nous remontons à cheval à
3 heures. On monte encore pendant une grande heure
— arrivée sur le plateau, tous les terrains des montagnes ont une couleur de poudre de bois rouge foncé,
ou mieux de mortier — à chaque instant je m'attends
à voir Jérusalem et je ne la vois pas — la route (on distingue la trace d'un ancien chemin) est exécrable, il
n'y a pas moyen de trotter — enclos de pierres sèches

dans ce terrain de pierres. Enfin au coin d'un mur, cour dans laquelle sont des oliviers ; j'aperçois un santon — c'est tout — je vais encore quelque temps — des Arabes que je rencontre me font signe de me dépêcher et me crient el-Kod*s*, el-Kod*s*[1] (prononcé, il m'a semblé, *codesse*) — quelques femmes vêtues de blouses bleues qui m'ont l'air de revenir du bazar — au bout de trois minutes, JÉRUSALEM.

Comme c'est propre ! les murs sont tous conservés — je pense à Jésus-Christ entrant et sortant pour monter au bois des Oliviers — je l'y vois par la porte qui est devant moi. Les montagnes d'Hébron derrière la ville, à ma droite, dans une transparence vaporeuse ; tout le reste est sec, dur, gris ; la lumière me semble celle d'un jour d'hiver tant elle est crue et blanche — c'est pourtant très chaud de ton, je ne sais comment cela se fait. Max me rejoint avec le bagage, il fumait une cigarette. Piscine de Sainte-Hélène : grand carré à notre droite — nous touchons presque aux murs ; la voilà donc ! nous disons-nous en dedans de nous-mêmes.

M. Stéphano[2], avec son fusil sur l'épaule, nous propose son hôtel. Nous entrons par la porte de Jaffa[3] et je lâche dessous un pet en franchissant le seuil, très involontairement — j'ai même au fond été fâché de ce voltairianisme de mon anus. Nous longeons les murs du couvent grec ; ces petites rues en pente sont propres et désertes. Hôtel — visite à Botta[4] — couchés de bonne heure.

Vendredi 9, promenade dans la ville — tout est fermé à cause du Baïram[5] — silence et désolation générale — la boucherie — couvent arménien — maison de Ponce Pilate = sérail, d'où l'on découvre la mosquée d'Omar. Jérusalem me fait l'effet d'un charnier fortifié — là pourrissent silencieusement les vieilles religions — on marche sur des merdes et l'on ne voit que des ruines — c'est énorme de tristesse.

———

Vendredi 9, 5 heures.

Jérusalem, hôtel de Palmyre — en revenant de chez M. Botta où nous avons rencontré des messieurs alsaciens.

————

JÉRUSALEM, 11 août 1850[1].

————

Voilà le troisième jour que nous sommes à Jérusalem. Aucune des émotions prévues d'avance ne m'y est encore survenue — ni enthousiasme religieux, ni excitation d'imagination, ni *haine des prêtres*, ce qui au moins est quelque chose. Je me sens devant tout ce que je vois plus vide qu'un tonneau creux — ce matin dans le Saint-Sépulcre, il est de fait qu'un chien aurait été plus ému que moi. À qui la faute, Dieu de miséricorde? à eux, à vous, ou à moi? — à eux, je crois, à moi ensuite, à vous surtout. Mais comme tout cela est faux, comme ils mentent, comme c'est badigeonné, plaqué, verni, fait pour l'exploitation, la propagande et l'achalandage! Jérusalem est un charnier entouré de murs. La première chose curieuse que nous y ayons rencontrée, c'est la boucherie : dans une sorte de place carrée, couverte de monticules d'immondices, un grand trou — dans le trou, du sang caillé, des tripes, des merdes — des boyaux noirâtres et bruns, presque calcinés au soleil tout à l'entour — ça puait très fort; c'était beau de franchise de saleté! Ainsi, disait un homme à rapprochements ingénieux et à allusions fines, dans la ville sainte, la première chose que nous y vîmes c'est du sang[2].

Tout était silencieux, nous n'entendions pas de bruit, personne ne passait — çà et là le long du mur et vous faisant place, quelque juif polonais, blond, barbu, avec son gros bonnet de poil de renard. Les bazars sont fermés — c'est le Baïram, ce qui fait, à toutes les évolutions religieuses de la journée et de la nuit musul-

manes, tirer une quantité emphatique de coups de
canon. Les devantures des boutiques semblent rongées
par la poussière et dans quelques-unes tombent en
ruines ; les bazars sont couverts, longs, étroits et d'un
bel effet comme perspective. Tout est voûté à Jérusalem ; de temps à autre, dans les rues, on passe sous
une moitié ou sous un quart de voûte ; les maisons se
sont établies dans ces anciennes constructions, et partout on en a des voûtes sur sa tête. Sauf les environs
du quartier arménien qui sont très balayés, tout est
fort sale. Le pavé est presque impossible pour les chevaux — dans la rue de notre hôtel, un chien jaune
pourrit tranquillement au beau milieu, sans que personne songe à le pousser ailleurs. Les merdes le long
des murs sont effrayantes de mauvaise qualité ! Mais il
y a pourtant moins de débris de pastèques qu'à Jaffa.
Ruines partout ; ça respire le sépulcre et la désolation.
La malédiction de Dieu semble planer sur la ville ; ville
sainte de trois religions et qui se crève d'ennui, de
marasme et d'abandon. De temps à autre un Arnaute
armé, dans ces rues vides en pente — le soleil là-
dessus — des décombres — de grands trous dans les
murs.

Il y a, comme à Tyr, à Sidon, à Jaffa, sur toute la
côte, des enfants à belle tête, les petites filles surtout,
avec leurs figures pâles entourées de cheveux noirs
mal peignés — notre guide, le jeune Iousouf, adolescent de dix-huit à vingt ans, à yeux noirs et à tournure
féminine, rougissant, modeste, doux — les soldats
turcs (tout comme le pacha) sont amoureux de lui, et
l'appellent quand il passe près des remparts : « Cawadja
Iousouf, guèl bouraïa[1], cawadja Iousouf. »

Le couvent arménien est immense ; c'est propre —
bien maçonné — considérable de cours intérieures, de
terrasses et d'escaliers — constructions pour les moines,
autres pour les pèlerins. L'Arménien me paraît ici
quelque chose de bien puissant en Orient : il y a de ces
inutilités de propriétaire[2] qui dénotent le gousset
plein, telles que les rampes en fer sur les terrasses.

L'église[1] est surprenante de richesse ; le mauvais goût atteint là presque à la majesté. Suffit-il donc qu'une chose soit exagérée pour qu'elle arrive à être belle ? Malheur à qui ne comprend pas l'excès ! Revêtement en faïence bleue jusqu'à hauteur d'homme, colonnes carrées. À gauche chapelle de Saint-Jacques ; la place où il fut décollé marquée par un cercle, et sous l'espèce d'autel entouré de fleurs et de flambeaux, vue sous verre, une tête décapitée. L'autel tient tout le fond de l'église, est en dorure, composé de trois arceaux, le plus grand au milieu. Peintures généralement mauvaises — portraits des patriarches — au-dessus, scènes de la vie de Jésus — les Saintes Vierges avec le bambino, auréolées d'argent ainsi que lui ; on voit ainsi la figure peinte dans un cadre de métal ; une a au doigt un vrai diamant — tableaux des martyrs. Les gens qui lapident saint Étienne sont d'une férocité intentionnelle bien grotesque : voilà de vrais «meschants». Un lion qui dévore je ne sais plus quel saint, à côté, est aussi fort bon ; il a la gueule plus grande que le reste du corps. Un saint Laurent sur des flammes impossibles. Du côté de la porte, un Martyre des Innocents où au moins il y a quelques intentions : un petit enfant au premier plan qui meurt en vomissant. À mesure qu'on examine le détail de cette église la première impression s'en va. Si le mot d'Henri Heine, «le catholicisme est une religion d'été[2]», est d'une vérité de sensualité si profonde, le mot n'en est pas moins pour moi lié à l'idée moyen âge, et celui de Moyen Âge à l'idée de pluie et de brouillard — ô pauvres églises de ma patrie aux parois verdies par les hivers, combien mieux je vous aime ! — Religieusement parlant, ce n'est plus de notre monde à nous. Luther est revenu protestant de l'Italie de Léon X[3].

Dans l'église grecque du Saint-Sépulcre, même ornementation. C'était charmant, une grande lumière illuminait tout, vêtements blancs des femmes, turbans et vestes de couleur des hommes, groupes debout tournés du côté de l'autel, patriarche à barbe blanche, Grecs

venant baiser toutes les scènes de la Passion qui sont
sur la cloison qui sépare l'église du chœur véritable.
— Dans l'église arménienne, effet plein de fantaisie :
des longues guirlandes d'œufs d'autruches coloriés qui
tombent du plafond ; à la porte, à gauche, timbre en
airain, plaque sur laquelle on frappe pour remplacer
les cloches. Dans la rue qui mène à la maison de Ponce
Pilate = Harat-Hatta (rue de Hatta ?), maison de Véronique[1] à droite en descendant, basse, à petite porte, à
demi enfouie sous terre et comme toutes les autres. La
maison de Ponce Pilate est une grande caserne[2], c'est
le sérail — de sa terrasse supérieure on voit en plein la
mosquée d'Omar[3] bâtie sur l'emplacement du Temple.

Le lendemain matin samedi, nous nous sommes
levés à 6 heures pour aller voir les Juifs pleurer devant
les restes de ses murs — ils sont, à la base, en pierres
cyclopéennes qui rappellent l'Égypte par la puissance
du travail, carrées et ornementées d'un quadrilatère
intérieur pareil à celui que les menuisiers poussent au
rabot sur les portes. — Vieux Juif dans un coin, la tête
couverte de son vêtement blanc, nu-pieds, et qui psal-
modiait quelque chose dans un livre, le dos tourné vers
le mur, et en se dandinant sur ses talons. La même
construction, le même mur se retrouve de l'autre côté
du temple, côté est — comme nous nous en allions de
là, nous avons rencontré d'autres Juifs qui y venaient
sans doute. Je me suis fait raser chez un barbier, qui
me regardait en riant sans que je sache pourquoi, et
qui m'a rasé à l'eau chaude. De là nous avons été
fumer un chicheh dans un café. En nous retournant
du divan de bois où nous étions assis, nous apercevons
une grande piscine carrée (piscine d'Ézéchiel[4]), pleine
d'eau verdâtre, entourée de hauts murs percés çà et là,
à des places rares, de petites fenêtres irrégulières ; ce
sont les murs de derrière des maisons qui l'entourent.
Rentré à l'hôtel, j'ai lu la Passion dans les quatre
évangélistes[5]. Sieste. Dîner chez Botta[6] ; homme en
ruines, homme de ruines, dans la ville des ruines ; nie
tout, et m'a l'air de tout haïr si ce n'est les morts ; rap-

pelle le Moyen Âge de tous ses vœux, admire M. de
Maistre[1]. Il apprend maintenant le piano et avoue
qu'il n'est pas un creuseur. C'est une phase de la vie
de cet homme ; fatigué de tentatives (sa vie en est un
tissu, médecin, naturaliste, archéologue, consul) il a
essayé de celle-là — il n'en veut pas d'autre, c'est assez.
« Que l'humanité soit comme moi », disent tous ceux
qui ne peuvent soit la dominer, soit la comprendre.
Son chancelier[2], néo-catholique, partisan de la musique
sérieuse, ignore Hummel, Spohr, Mendelssohn[3], etc.,
m'assomme avec des Haendel que je ne l'avais pas
prié de me jouer — sa main droite allait plus vite que
la gauche[4]. — Pauvres bougres, en définitive.

Samedi, visite au Saint-Sépulcre — l'extérieur, avec
ses parties romanes, nous avait excités ; attente trom-
pée sous le rapport archéologique. Les clefs sont aux
Turcs, sans cela les chrétiens de toutes sectes s'y déchi-
reraient. Les gardiens couchent dedans, près de la
porte, sur un divan. Pour voir l'église quand elle est
fermée (et elle l'est toujours, sauf le dimanche), il faut
passer sa tête par des trous pratiqués *ad hoc* dans la
porte — on voit alors la pierre d'onction sous ses
lampes et les bons Turcs sur leur divan ; on fait la
conversation avec eux. Nous trouvons dans le Saint-
Sépulcre notre Italien réfugié[5] ; il s'y est fait enfermer
exprès et y vit jour et nuit (temporairement toutefois)
pour « s'inspirer de la poésie de ces lieux » : quel artiste !
je le soupçonne plutôt d'être une infecte canaille qui
carotte les Pères latins afin de se nourrir gratis et longtemps dans leur couvent. Une chose a dominé tout
pour moi, c'est l'aspect du portrait en pied de Louis-
Philippe[6] qui décore le Saint-Sépulcre — ô grotesque,
tu es donc comme le soleil ! dominant le monde de ta
splendeur — ta lumière étincelle jusque dans le tombeau de Jésus. Ce qui frappe le plus ensuite, c'est la
séparation de chaque église, les Grecs d'un côté, les
Latins, les Coptes — c'est distinct, retranché avec soin
— on hait le voisin avant toute chose — c'est la
réunion des malédictions réciproques, et j'ai été rem-

pli de tant de froideur et d'ironie que je m'en suis allé
sans songer à rien plus. Un chrétien a demandé à mon
drogman si je n'étais pas le pacha — Dieu me préserve
pourtant d'avoir eu une pensée d'orgueil! Non, j'allais
là bêtement, naturellement, sans me fouetter à rien et
dans la simplicité de mon cœur calme[1]. Heureux sont-
ils tous ceux qui là ont pleuré d'amour céleste — mais
qui sait les déceptions du patient Moyen Âge, l'amertume des pèlerins de jadis, quand, revenus dans leurs
provinces, on leur disait en les regardant avec envie:
«Parlez-m'en, parlez-m'en». «Méfie-toi du hadji» (proverbe arabe). Les Arméniens qui font le pèlerinage de
Jérusalem ont défense, sous peine d'excommunication,
de parler à leur retour de leur voyage, dans la crainte
que ce qu'ils en diraient ne dégoûtât leurs frères d'y
aller (Michaud et Poujoulat[2]). La déception, s'il y en
avait une, ce serait sur moi que je la rejetterais et non
sur les lieux.

En revenant nous sommes entrés sur le seuil de
l'église protestante. Messieurs en noir assis sur des
bancs de chaque côté, autre monsieur en rabat dans
une chaire, à gauche, lisant l'Évangile; murs tout nus
— ça ressemblait à une école primaire ou à une salle
d'attente dans un chemin de fer. J'aime mieux les
Arméniens, les Grecs, les Coptes, les Latins, les Turcs,
Vichnou, un fétiche, n'importe quoi — adieu, bonsoir,
c'est assez — sortons de là! Nous n'y sommes pas restés *un quart de minute* et j'ai eu le temps de m'y ennuyer
véritablement et profondément. — Dans l'après-midi,
avec Stéphano, Iousouf, Sassetti et deux moucres[3],
visité les tombeaux des Rois, la montagne des Oliviers,
Siloë et la maison de Caïphe.

Tombeaux des Rois à l'ouest de la ville. On entre par
une espèce de grotte ouverte; ouverture à gauche où il
faut se courber pour passer. C'est une série de salles (il
y en a deux étages), avec des excavations dans le mur.
L'entrée est petite et carrée — chaque caveau contient
généralement la place de trois cercueils, un au fond,
deux de chaque côté. Sur les côtés de ceux-ci, petits

trous dans le mur en forme de pyramide creusée, faits
pour contenir des lampes sépulcrales. Après l'Égypte
cela n'a rien que de très médiocre ; c'est un travail de
carrier assez habile, voilà tout. Le jardin des Oliviers,
petit enclos en murs blancs, au pied de la montagne de
ce nom. — Grand vent, les oliviers au feuillage pâle et
argenté tremblaient, l'air était âpre quoique chaud, la
route toute blanche, le ciel féroce de bleu. En haut, de
dessus le minaret qui domine le mont des Oliviers, vue
générale de Jérusalem : la ville en amphithéâtre incline
de l'ouest à l'est ; elle penche du côté des tombeaux,
du côté de la vallée de Josaphat qui change de nom à
la fontaine de Siloë et prend celui de Cédron. Dans la
mosquée de l'Ascension, vieux bonhomme à nez de
polichinelle, en espèce de paletot jaune, qui est venu
nous ouvrir — on montre une pierre entourée d'un
cadre de pierre, sur laquelle les croyants voient la
marque du pied de Jésus ; c'est là qu'il s'élança pour
monter au ciel[1]. — Le soir nous allons faire une visite
à Botta ; il est avec le révérend Père des Latins.

Lundi. Partis à 7 heures un quart pour BETHLÉEM.
Jusqu'au couvent grec (d'Élie), assez belle route — au
couvent, rien que des confitures, du café et un assez
bonhomme papas[2] grec en barbe blanche qui m'a l'air
émerveillé de la politique que lui fait Maxime à propos
des protestants, juifs convertis ; ceux-ci menacent de
devenir maîtres de Jérusalem[3]. — De là à Bethléem,
aspect pierreux et montagneux, c'est presque le désert,
ça commence. De temps à autre quelques femmes de
Bethléem avec leurs vêtements rayés, ont sur la poitrine un carré de soie de couleur — ce sont les filles
qui portent la guimpe de pièces d'argent autour de la
tête, les femmes portent une calotte dure avec deux
oreillons terminés en pointe qui couvrent les oreilles ;
au frontal, rangées de pièces les unes sur les autres
— par-derrière quelques autres d'où pendent de grosses
médailles à des ficelles — le contour supérieur du bonnet est un bourrelet, qui chez les riches se change en
cercle d'argent. — Bethléem, grand village de pierre.

Devant lui, une vallée ou plutôt un vaste entonnoir, une gorge avec des gorges qui y aboutissent ou en partent. — Bâti en pierres, constructions solides — on truélise beaucoup. À l'entrée, femmes au puits qui puisaient de l'eau au milieu des chameaux ; à gauche, place écœurante, ce sont les latrines de la ville. De là, nous voyons non loin de nous en face, dans le champ qui est au-dessous, des femmes chanter en se lamentant : c'est un enterrement — on dit la messe des morts dans l'église arménienne quand nous y arrivons. Tout l'édifice a un toit de bois. Première partie séparée du reste par un refend, colonnes rondes, chapiteaux à feuilles d'acanthe, peints et d'un effet désagréable, deux rangées de colonnes de chaque côté ; en dessus, restes de mosaïques indistincts. — Comme au Saint-Sépulcre, il y a les Arméniens, première chapelle à gauche en entrant ; les Grecs, la grande au milieu et la petite à droite ; les Latins séparés des deux autres et d'une nullité désespérante, sauf leur grotte de saint Jérôme, pauvre et mal obscure.

Église grecque : retable en bois ciselé à jour, sculpté, très fouillé, doré, la porte du milieu toute dorée. Entre chacune des colonnes du retable, tableaux — saint Jean tenant dans sa main droite un plat sur lequel est sa tête décapitée (c'est l'apothéose ? est-ce pour cela qu'il est représenté avec des ailes[1], là et ailleurs ?) — à droite, portraits de saint Nicolas et de saint Spiridion ensemble, debout, de face. La partie supérieure du retable, son second étage : *idem*, orné de tableaux plus petits, scènes de la vie de Jésus — à hauteur d'appui du retable et glissant sur une rampe, petits tableaux de même style, sur panneau et faits pour le baisement des fidèles. — Dans le coin à gauche, lorsqu'on est de face au retable, tableau d'Abraham et d'Isaac — au premier plan à droite il prie le Seigneur, à gauche il marche avec Isaac, se dirigeant sans doute vers le lieu du sacrifice, avec l'âne qui porte du bois sur son dos et baisse la tête vers la terre (pour mieux marcher ou pour brouter ?) ; au second plan Isaac lui-même porte le bois sur son dos et son père tient à la main le couteau ; au troisième, Isaac est couché, Abraham va l'égorger, un mouton est là attaché par une corde au pied d'un arbre. Cependant l'ange détournateur est en haut à droite, et Abraham détourne la tête à sa voix. Partout Abraham et Isaac ont la tête entourée d'un disque d'or, si ce n'est Isaac lorsqu'il est étendu prêt à être sacrifié[1]. — Un tableau du même genre vers le côté droit de l'entrée de la crèche, près la deuxième chapelle grecque : au milieu (le panneau est une demi-sphère), la Vierge sur laquelle descend la Conception en forme de longue langue de feu, une gloire en pointe. Au milieu de la poitrine, debout et les bras étendus comme elle, Jésus en l'âge mûr ; il est porté sur le large pli de son vêtement qui cintre en allant d'un bras à l'autre bras. Elle-même est au milieu d'un disque de gloires lumineuses lancéolées. Au-dessus de la Conception plane le Père au sommet, et vers elle se penchent des deux côtés les patriarches et les prophètes pour la voir descendre sur la Vierge. Ce tableau représente les scènes diverses de la vie de Jésus ; la Vierge en est le centre, mais bien entendu sans aucun rapport dramatique avec tout le reste. — Près de la troisième chapelle ou troisième autel [*illis.*] grecque, une somptueuse Vierge byzantine avec le bambino. Les parties vêtues sont couvertes, en nature, d'un brocart recouvert d'un tas de choses étincelantes ; elle a un voile, mis en résille, c'est-à-dire qui lui passe sur la tête comme aux femmes d'ici, à bandes d'argent ; de sa couronne part en superfétation d'ornement une sorte de queue de paon à œils bleus et blancs ; quelques blancs sont emportés à la pièce, et ces trous sont remplis par des têtes de chérubins.

CRÈCHE. Deux escaliers tout pareils en marbre d'une couleur rosâtre — dix marches à monter de l'entrée jusqu'à la crèche, six du niveau du sol de l'église au seuil de la crèche même ; l'escalier est en demi-cercle. Porte romane avec un léger mouvement ogival cependant — deux petites colonnes en marbre blanc

de chaque côté ; au-dessus de la porte, côté droit, une
Vierge avec le bambino byzantin d'argent relevé d'or.
Rien n'est suavité plus mystique et d'une splendeur
plus douce que l'entrée de la crèche par le côté gauche :
l'œil se perd dans l'illuminement des lampes qui brillent
au milieu des ténèbres, on en voit devant soi une
longue enfilade — à droite et à gauche et au fond.

———————

Cinq lampes[1] sont allumées à l'endroit même de la
nativité, protégées par une grille ; les lampes empêchent de voir (par leur lumière) une Nativité, qui fait
fond, encadrée d'argent. L'endroit de l'adoration des
mages est en demi-lune, éclairé de 16 lampes, sous
une sorte d'avancée en forme d'autel — par terre, le
lieu même où Jésus fut posé était marqué par une
grande étoile dont on a enlevé l'or[2]. Quelques-unes de
ces lampes brûlent dans des verres verts : elles sont
surmontées d'œufs d'autruches au-dessus de l'endroit
où les cordes s'attachent — entre-croisement des cordes
au plafond — tout est tendu (ou recouvert) d'une
petite indienne. Je suis resté là, j'avais du mal à m'en
arracher ; c'est beau — c'est vrai — ça chante une joie
mystique. Quelques lampes étaient éteintes ! sur les
cinq de l'adoration des mages, une l'était !

Déjeuner chez Issa, parent de celui de Keneh[3]. Acheté
des objets de piété. — À une demi-heure de Bethléem,
jardins de Salomon, village de ORTHAS ; effet charmant de ce petit oasis (qui se répand au sud), au
milieu de ces gorges grises poudrées de pierres ; la
Crau est un enfantillage à côté. Vasques de Salomon,
trois ; dans la seconde il y a un peu d'eau, et la troisième est pleine à moitié. Recouverts à l'intérieur d'un
enduit en ciment — carrés au fond — trois étages le
long des murs ; pour descendre, escaliers le long des
murs. On pense aux filles d'Israël descendant là pour
puiser de l'eau dans de grandes urnes, c'est de l'architecture à la Martin[4]. Village (sans nom) dans une
ancienne forteresse turque, toujours prétendue bâtie

par Salomon. Il n'y a presque rien dedans qu'un grand chic de ruiné. Nous ne revenons pas par Bethléem. Issa nous quitte et prend un chemin à droite. À gauche, verdure des oliviers qui remplissent une gorge et remontent des deux côtés à mi-côte. — Rencontre de Bédouins sur des chameaux, en chemises blanches, dépoitraillés, presque nus, se laissant dandiner sur leurs bêtes — un nègre, le dernier de la bande. Autre rencontre : au haut d'une montée, troupeau de jeunes dromadaires sans licol et sans charge, allant à la file ; pour descendre ils se sont éparpillés. Le bleu du ciel cru passait entre leurs jambes raides aux mouvements lents — derrière, sur le dernier, une femme tenant une toute petite fille avec son petit bonnet couvert de pièces d'argent. — Je suis descendu tout seul dans le Gethsémani [1], je suis remonté et nous sommes rentrés par la porte de Jaffa.

SAINT-SÉPULCRE

À l'entrée, pierre d'onction [2], en marbre rosâtre veiné, dans une espèce de cadre *idem*, aux coins duquel sont quatre boules en cuivre. À la tête et aux pieds, six candélabres ; au-dessus pendent à une chaîne de fer huit lanternes découpées et enluminées de bleu et de vert et qui de loin ont un air de lanternes chinoises — en face quand on entre, au-delà de la pierre d'onction, tapisseries sur la muraille, représentant les principaux miracles de Jésus-Christ.

Le Saint-Sépulcre même : coupole plâtrée soutenue par dix-huit piliers carrés ornés de tableaux pitoyables. Le dôme tombe en ruines [3] — au milieu sous le dôme, petite chapelle quadrilatérale au bout de laquelle, extérieurement, se trouve l'autel copte. Pour entrer dans le Saint-Sépulcre on défait ses souliers, l'usage musulman prévaut. Notre janissaire turc chasse à grands coups de bâton les mendiants (intolérables du reste). Aveugle auquel il donne un coup de poing. C'est un grand jeune homme à veste rouge qui m'a l'air de s'ennuyer atrocement. — Entre deux piliers du dôme

j'aperçois la cuisine des gardiens du Saint-Sépulcre
(lesquels on voit sur un divan à l'entrée); on lave des
assiettes, au fond j'aperçois du feu, on marmitonne, on
fait le café. Dans le couvent des Latins (Capucins de la
Terre Sainte) nous avons retrouvé notre janissaire prenant sa petite tasse de café avec les bons Pères.

Il y a deux pièces, la première[1] soutenue par douze
colonnettes, engagées dans les murailles, en marbre
blanc. À côté de la porte, ouverture d'un étroit escalier
qui monte sur la plate-forme de l'édifice. Cette pièce
est éclairée par quinze lampes, cinq aux Arméniens,
cinq aux Grecs, cinq aux Latins. Au milieu, contenu
dans une console carrée en marbre blanc, un cube de
pierre : c'est ce qui reste de celle qui bouchait l'entrée
du véritable Saint-Sépulcre. La seconde pièce sent une
odeur de première communion; il y a tant de lampes
pressées les unes près des autres que ça a l'air du plafond de la boutique d'un lampiste : treize aux Arméniens, treize aux Grecs, treize aux Latins, quatre aux
Coptes — parmi les cierges qui entourent la salle il n'y
en a que quatre qui brûlent. Économie! Au fond, taillé
dans le mur, en bas-relief, un Christ, peinturluré et
flanqué d'une Résurrection et d'une Ascension, d'un
goût rococo xviiie siècle déplorable. Les fleurs, roses,
sont dans de petits vases en porcelaine, de couleur gri-
settes de province. La pierre du sépulcre en marbre
blanc; quelques taches d'huile — une grande fente au
milieu — au fond une petite armoire, où se mettent les
queues-de-rat que l'on allume contre le rebord de la
muraille — nous en avons allumé comme les autres; le
prêtre grec a pris une rose, l'a jetée sur la dalle, y a
versé de l'eau de rose, l'a bénite et me l'a donnée —
ça a été un des moments les plus amers de ma vie. C'eût
été si doux pour un fidèle. Combien de pauvres âmes
auraient souhaité être à ma place — comme tout cela
était perdu pour moi! que j'en sentais, bon Dieu, l'ina-
nité, l'inutilité, le grotesque et le parfum! — Une femme
d'environ cinquante ans, maigre, laide, pâle, est venue,
et frappait sa poitrine sèche de ses mains maigres.

En face, église grecque; retable à sept arches. Je n'ai jamais vu de cierges si gros, ce sont des arbres. Au-dessus de la principale arcade du retable, élevée et en dehors du niveau du retable, une sorte de chaire en forme de balcon, d'où, aux jours de fête, le patriarche donne la bénédiction. Du bas de ce balcon en tambour s'envolent cinq colombes (Saint-Esprit) qui tiennent au bout d'un fil, à leur bec, des boules bleues; cela me rappelle les *langues* de Babylone dont parle Philostrate dans la *Vie d'Apollonius* [1]. Au milieu de l'église grecque, dans une espèce d'urne ronde, boule de marbre blanc rayé d'une bande noire, qui marque la place où l'ange est apparu aux saintes Femmes.

On monte au Calvaire par un escalier de dix-neuf marches. Il est séparé en deux [2]; une moitié appartient aux Grecs, la plus luxueuse; la seconde aux Latins. Partout lampes, marbres de couleur. Mais surtout et chez tous, mauvais goût révoltant.

Galerie supérieure tout le long du pourtour du dôme, séparée en deux: une aux Arméniens, l'autre aux Latins; c'est contre le mur de celle-ci que se trouve le portrait de Louis-Philippe [3]. L'église arménienne est en bas — il faut descendre plusieurs marches en dessous de l'église grecque (il faut prendre à droite, en entrant dans le Saint-Sépulcre — entre l'escalier du Calvaire et l'église grecque).

Le pacha a les clefs du Saint-Sépulcre; sans cela les sectes s'y massacreraient — au point de vue de la paix, il est heureux que les Turcs aient les clefs du Saint-Sépulcre — cela pourtant choque si énormément que ça en fait rire. Le meurtre d'un Juif sur la place du Saint-Sépulcre se rachète par soixante paras. — Pendant que nous visitions le Saint-Sépulcre, j'ai entendu 4 heures sonner aux différentes horloges des églises.

(Mardi 13 août)

Jeudi 15, jour de l'Assomption; nous sommes sortis par la porte de Saint-Étienne, sur la face extérieure de laquelle se voient quatre lions, classiques, retroussés, féroces, bons lions tels qu'il s'en trouve dans les « histoires du monde » du XVIe siècle. Des soldats lavaient leur linge dans leurs cuvettes de bois ; un d'eux a appelé le jeune Iousouf qui était avec nous. Place dans le rocher où fut lapidé saint Étienne. Le jardin des Oliviers est fermé, voilà la seconde fois que nous ne le pouvons voir. Église du tombeau de Marie, à gauche — à la porte, un Abyssinien en turban bleu, que nous avons déjà vu dans le Saint-Sépulcre — c'est d'un effet très beau. On descend beaucoup de marches — obscurité — quelques lampes çà et là, peu sont allumées — on empoisonne l'encens. La chapelle est en retour à droite, mais je suis saturé de saintetés. Nous retrouvons notre petite mendiante blonde que nous avons déjà vue sur la place du Saint-Sépulcre ; une espèce de sheik nous fait descendre dans une grotte où, selon lui et les autres, Jésus a sué la sueur de sang. — Quelle rage de tout préciser ! ils voudraient tenir Dieu dans leurs mains. Nous avons fumé un chicheh et pris une tasse de café sous un arbre, entre le tombeau de la Vierge et le jardin des Oliviers ; non loin de nous, dans un enclos, deux Capucins se livraient au même passe-temps (de plus, de l'eau-de-vie), en compagnie de deux très belles personnes dont on voyait à nu les seins blancs. Comme ça amuserait M. de Béranger[1], et quelles railleries il décocherait là-dessus ! Décocherait-il « les traits de la satire » ! Joseph a acheté là des espèces de gâteaux secs, minces feuilles de pâtisserie, blondes, faites avec de l'huile de sésame. En descendant la vallée de Josaphat, à gauche, trois tombeaux : premier, d'Absalon, espèce de temple carré surmonté d'une rotonde terminée par une manière de cône rentré — sur chaque coin, un pilier carré dans lequel est engagée une colonne — sur chaque face, deux colonnes à chapiteau ionien. Frise plate avec de petits carrés d'un goût lourd. Ensemble fort mauvais.

Le second tombeau (de Mathias[2]), pris à même le roc et entouré par lui, de même style sauf les chapiteaux des colonnes — au-dessous, dans le roc, deux

fenêtres ou trous carrés taillés à même (on entre là-
dedans par le troisième tombeau et on trouve plusieurs autres petites grottes) — le chemin passe devant,
au milieu des tombes israélites, couvertes d'hébreu
ainsi que les murs du troisième tombeau (d'Ézéchias),
celui surtout qui est tourné vers l'ouest, faisant face
aux remparts. Colonnes de même style que celles du
premier tombeau; le toit est un seul bloc de pierre
taillé en pyramide. À côté de ce dernier tombeau se
trouve, en descendant la vallée, un quatrième monument[1], sorte de petit temple hypogée enfoui sous terre
et dont paraissent encore les chapiteaux informes de
deux colonnes. Des pierres bouchent, exprès, car elles
sont rangées en mur, l'intérieur, et l'entrée a été enva-
hie par un monticule de terre.

La fontaine de Siloë est plus bas, en face le village
de ce nom, bâti sur la montagne. Il y a là quelques oliviers, et vingt pas plus loin commencent des jardins
légumiers; un marmot rampait sur les pierres — un
âne regardait dans le fond d'une auge vide. Des hommes
montaient l'escalier de la fontaine, portant sur leur
dos leurs outres gonflées. J'ai empêché le little baby de
tomber, et je l'ai remis sur l'espèce de plate-forme où
il était. On descend plusieurs marches — une voûte —
un second escalier; au-dessus, rochers noirâtres; au
fond et comme dans un antre, de l'eau tranquille : c'est
la fontaine. Bruit que faisaient les hommes en rem-
plissant leurs outres avec leur main. La maison de
Caïphe[2], du côté sud de la ville, en haut, propre,
blanche, voûtée, arcades — de la cour jusqu'au toit, un
prodigieux cep de vigne qui monte — c'est le plus
grand et le plus énorme que j'aie vu. Sur la terrasse de
la maison il y a du raisin. Stéphano en a cueilli; il
n'était pas encore tout à fait mûr; grosses grappes vio-
let-blanc.

Vendredi 16. — EXPÉDITION DU JOURDAIN ET DE LA
MER MORTE. À mesure que l'on s'éloigne de Jérusalem,
la route devient moins pierreuse; elle ne fait jusqu'à
Jéricho que monter et descendre. Sheik Mohammed

— blond, turban blanc, bottes rouges — et deux autres hommes du village de Siloë nous font escorte. Nous rencontrons beaucoup de Bédouins avec leurs chameaux, qui vont vendre du blé à Jérusalem ; c'est jour de bazar. Affreux drôles à mine peu rassurante, chaussés de toute espèce de façons, depuis les grosses bottes rouges jusqu'à la simple semelle rattachée avec des cordes. Autour du corps une grosse et large ceinture de cuir ; coufiehs. Tous ou presque tous ont des fusils longs, à nombreuses capucines de cuir. N'importe quoi, mis sur le dos d'un Bédouin, devient bédouin — c'est ce qui explique que c'est toujours la même couleur, quoique composée d'éléments différents. Quelques-uns sont tête nue. Leurs femmes ont des yeux énormes, couleur de café brûlé — lèvres peintes en bleu. Au fond d'une gorge en entonnoir, nous apercevons deux constructions : une sorte d'arcade — et à côté trois ou quatre autres en ruine. C'est le puits de la Samaritaine. Nous haltons là quelques instants ; il y avait des ânes, des chameaux et des Bédouins au repos, tous pêle-mêle. Le soleil tapait dessus et la montagne tout autour. Un chameau vu au haut de la montée, en face de moi ; il montait lentement ; vu en raccourci, je ne voyais que son train de derrière — l'air passait entre ses jambes allant pas à pas ; se découpant sur le bleu il avait l'air de monter dans le ciel. — La terre a succédé aux pierres, puis c'est le calcaire ; je ne sais comment la lumière s'arrangeait, mais frappant sur les parois blanchâtres de la route ça faisait du rose, de grandes nappes indistinctes, plus vives à la base, et qui allaient s'apâlissant à mesure qu'elles montaient sur la roche. Il y a eu un moment où tout m'a semblé palpiter dans une atmosphère rose. Le chemin tournait, le soleil frappait sur nous ; j'entendais derrière moi les galopades de nos sheiks qui faisaient des fantasias. Ils ont passé à mes côtés, je me suis lancé comme eux. De temps à autre, entre les gorges, tout à coup apparaît dans un déchirement de la montagne la nappe outremer de la mer Morte. À de certaines places, la terre

grisâtre, tachetée régulièrement par des bouquets
d'herbes roussies, ressemble à quelque grande peau de
léopard mouchetée d'or. Ailleurs, entre le fond roux
des herbes — ce n'est pas de l'herbe qui pousse, mais
de la paille —, taches grises de la terre qui se voit par
intervalles. Avant de débusquer sur la plaine de Jéricho, la route se resserre étrangement, couloir sinueux
entre deux murailles gigantesques; nous rampons sur
le flanc de celle de droite.

Tout au fond de cette vallée de Nabi Moussa[1] se
traîne une petite ligne de verdure à la place où coule
l'hiver le torrent, à sec maintenant; ça fait l'effet d'une
petite couleuvre verte et rampant au pied de grands
rochers. Du haut de la montagne de Nabi Moussa:
grande plaine sans limites à droite ni à gauche, avec la
verdure des arbres piquants, qui surprend et ravit; au
second plan, la nappe plate et bleue de la mer Morte;
au fond les montagnes passant, suivant que la lumière
marche, par toutes les teintes possibles de ce que je ne
peux appeler autrement que bleu; à gauche, le mont
de la Quarantaine avec quelques ruines dessus. Nous
descendons dans la plaine et après avoir pendant une
demi-heure serpenté à travers des bouquets d'arbres
épineux, nous arrivons sur les bords d'un petit ruisseau d'eau claire; nous nous déharnachons, déjeunons
et faisons la sieste (Aïn Sultan[2]) — l'eau est rapide,
remplie de petits poissons qui entraînent nos tranches
de pastèques. — Nous arrivons à ER RIHA[3] vers
4 heures: forteresse turque, bâtisse carrée en pierres,
au milieu du village composé peut-être d'une quarantaine de maisons ou de huttes. Dans la cour, gourbis
où sont attachés les chevaux — une jument grise avec
son petit poulain, né il y a deux jours; à peine s'il se
peut soutenir sur ses jambes, il se cogne les jarrets et
marche sur ses paturons. Il y a là une vasque d'eau, à
droite en entrant, où sont assis et fument plusieurs
Turcs. À l'étage supérieur de la forteresse, entouré de
créneaux faits de boue et de pierre et dont les découpures, d'en bas, sont d'un charmant effet, surtout

lorsque quelques soldats s'y dessinent dessus, deux gourbis de branchages — on nous met des tapis sous l'un d'eux, nous fumons la pipe et prenons le café. En bas, dans une chambre, femme qui fait du pain sur une plaque de fer, le pain est ainsi cuit de suite ; fumée qui nous fait, ainsi qu'elle, pleurer. C'est du pain sans levain (le pain de voyage des Hébreux). Avant de dîner nous sortons dans le bois environnant. Le jour baisse. Les montagnes d'en face ont des bosses et des creux, ce qui fait des rondelles d'ombre et des points de lumière ; ailleurs elles ont des coupes métalliques et comme des facettes régulièrement taillées en long. Plus loin c'est un incendie rose, violet, terre de Sienne — le ciel est blanc, c'est ce qu'il y a de plus pâle dans toute la vue... Nous cueillons de la menthe à de grosses touffes qui embaument. Jeune femme, les joues un peu bouffies, vêtue en bleu, les cheveux tressés autour du visage. — J'ai du mal à dîner, à cause d'une légion de petits chats qui nous assaillent. Joseph et Sassetti sont obligés de faire la garde avec des bâtons pour les écarter. Les chacals piaulent d'une façon aigre — ils sont à dix pas de la forteresse ; quelques chiens y répondent. La lune se lève dans le sud, du côté de la mer Morte ; dans la direction de Jérusalem, une étoile casse-brille ; elle disparaît bientôt. Nous sommes accoudés sur le créneau, peu à peu tout s'apaise, les soldats (bigarrure) causent moins haut. Nous nous couchons.

Le lendemain samedi, au milieu d'une escorte[1] qui piaffe et fait fantasia, nous partons pour le Jourdain à 5 heures et demie. Pendant une heure nous allons à travers des bouquets d'arbres épineux, comme la veille. Sanglier cru éléphant ou hippopotame par Maxime. Hanna, attaqué de la fièvre, rentre à Jéricho. Le Jourdain — eau grisâtre, couleur lentille, saules [*illis.*] qui retombent en touffes. Nous sommes arrêtés à un coude de la rivière — à notre gauche, tout près de nous, un grand arbre penché. Je bois de l'eau à la berge, sur les cailloux, à côté d'un mulet qui buvait comme moi pendant qu'Abou-Issa, avec sa mine pacifique, le tenait par le licol. Les Arabes de ces pays appellent les Bédouins de l'autre côté du fleuve *Nemré* = Tigres. Le Jourdain à cet endroit a peut-être la largeur de la Touques[1] à Pont-l'Évêque. La verdure continue encore quelque temps, puis tout à coup s'arrête et l'on entre dans une immense plaine blanche ; à droite on a le bourrelet blanc de la première chaîne des montagnes qui sont du côté de Jérusalem. — La mer Morte, par son immobilité et sa couleur, rappelle tout de suite un lac[2]. Il n'y a rien sur ses bords immédiats — cependant, un peu de temps avant d'arriver à elle, à droite, quelque verdure. Ses bords sont couverts de troncs d'arbres desséchés et de morceaux de bois, épaves apportées sans doute par le Jourdain. L'eau me paraît avoir la température d'un bain ordinaire ; elle est très claire, contre mon attente. Sassetti, qui en goûte, se brûle la langue — ayant soif, je n'ai pas tenté l'expérience. Nous faisons passer nos chevaux dans l'eau pour aller sur un petit îlot de cailloux, distant de la rive d'environ soixante pas. À ma gauche je compte quatre montagnes ou quatre grandes divisions de la montagne ; la seconde est la plus foncée de toutes, elle est presque brune, puis ça va en se dégradant de ton sensiblement, et la quatrième se perd dans la brume de l'horizon. La couleur de la montagne de droite (celle qu'il faut passer pour aller à SAINT-SABA) a du blanc en bas, c'est la première chaîne de collines. Mais dans sa généralité c'est du gris par-dessus lequel il y a du violet recouvert d'une transparence de rose.

À trois quarts d'heure de la mer Morte environ, on commence à gravir la montagne. À partir d'ici pour aller jusqu'à Saint-Saba on ne fait que tourner, descendre, remonter ; ce sont des demi-lunes, des cirques, des murs géants, et quand on se retourne l'immense horizon de tout à l'heure, et qui grandit à mesure que l'on s'élève.

Nous allons sur la corniche d'un mur, à nos pieds un précipice, au fond une grande ligne blanche avec des arbres sur ses bords comme une route : c'est le tor-

rent desséché — perdrix qui trottinent sur le sable sec.
— Après cette première chaîne, une seconde, une crête
comme le dos d'un poisson échoué là, ou comme le
dessus de la nef d'une église. Un plateau, une troisième chaîne se présente, ça recommence. La terre est
piquée de touffes rousses pâles de ces grosses perruques épineuses que l'on voit partout ; des places léopardées comme la veille. Toute l'herbe qu'il y a est de
la paille desséchée, droite et dure, poussée à la hauteur d'un pouce environ, le ciel bleu sec et dur, de
temps à autre une bouffée de vent frais ; il fait bien
moins chaud que le matin du Jourdain à la mer Morte.
Une citerne creusée dans le roc à droite ; l'eau est
verte ; elle a mauvais goût. Abou Issa en puise avec
une corde. — Pierres pour découvrir la montagne
d'El-Nabi Moussa sur laquelle est une mosquée ; elles
sont rangées de façon presque à faire croire que ce
sont des tombes. — Avant d'arriver à Saint-Saba, une
grande rampe qui mène jusqu'au couvent. La vallée,
ou plutôt le précipice, est encore plus beau que celui
d'El-Nabi Moussa, en ce que c'est plus haut, plus
taillé, et que ça a plus de tournants et de façons. Des
pigeons volent d'un côté à l'autre, partant des anfrac-
tuosités où ils logent. — Le couvent bâti sur les rochers
et à même eux, de tous les côtés, en haut, en bas — il
y a des précipices dans l'intérieur — c'est là comme
position le vrai couvent de Palestine. On monte notre
lettre[1] dans un panier. Grand divan où nous logeons,
sur des tapis, une lampe de cuivre au plafond. Le
moine qui nous sert, bonhomme à barbe blanche,
voûté. Dans l'église, tableaux de même style que dans
toutes les églises grecques. C'est un art à part. Sur la
porte d'entrée, tableau représentant le Jugement dernier ; l'enfer est dans la gueule d'un monstre ; les bienheureux, en foule tassée, la tête entourée du disque de
gloire, entrent à la Jérusalem céleste ; les tombes s'ouvrent, deux Turcs au pied d'un prophète ; Jonas sur sa
bête, etc. — c'est très amusant. Dans un autre tableau,
les saints sont représentés comme des santons, ou plu-

tôt comme des brahmanes, longs, maigres, avec des barbes prodigieuses qui leur tombent jusqu'aux pieds (trait fréquent dans les tableaux religieux grecs) — Jean-Baptiste toujours avec des ailes (très dur, féroce même) — la Vierge avec Jésus ; Jésus, les bras ouverts, l'embrasse comme un petit enfant. Plusieurs tableaux donnés par la Russie[1]. On nous montre le tombeau de saint Saba[2] — à travers une grille, plusieurs crânes qui sont ceux des moines massacrés par les Bédouins[3]. On nous montre même l'horloge. Dans le jardin, pigeon factice. Le couvent nourrit deux renards. Chaque soir on leur jette deux pains, chaque soir ils viennent là attendre ; le pain tombe, ils le saisissent et l'emportent. — La nuit je ne dors pas ; clair de lune sur les montagnes et sur le couvent — tintement régulier de l'horloge — la cloche sonne — chants des prêtres dans l'église. Je fume sur une chaise en regardant la nuit, les pieds appuyés sur le petit parapet de la muraille.

Nous partons à 7 heures après une tasse de café, un petit verre et une grappe de raisin qui nous avaient réveillés *ex abrupto*. Nous descendons la rampe de Saint-Saba et nous prenons le chemin de Jérusalem. Ennuyé d'aller au pas derrière le cheval de sheik Mohammed, j'enlève ma bête au galop et je me maintiens devant tout le monde à la distance d'une centaine de pas, pendant peut-être dix minutes. J'allais au pas, quand j'entends tout à coup un coup de feu, et des aboiements de chien : « C'est Max qui a sans doute tiré un toutou », me dis-je, connaissant ses théories à ce sujet. J'arrête mon cheval et je le retourne ; alors je vois un fumignon monter, à cent pas derrière moi (devant moi maintenant), mais comme il me semblait partir d'un point plus élevé que la route, je ne doutais pas que ce ne fût quelque Bédouin qui chassait ou un de nos hommes qui faisait de la fantasia. Pendant que j'étais calmement livré à cette double conjecture (l'idée d'un danger ne m'était pas approchée), je vis Max, Joseph et nos deux sheiks déboucher tranquillement, au pas, et sans parler haut, ce qui me confirma dans

mes prévisions pacifiques. « S'il y avait eu un chien de
tué, me dis-je, on vociférerait, j'entendrais le monde
s'expliquer haut. » Max me rejoint et me conte l'affaire[1], peu satisfait que je ne fusse pas accouru dès que
j'ai eu entendu le bruit du pistolet. Il avait peut-être
raison, en principe du moins — mais là, ma meilleure
excuse est que je n'y avais pas songé du tout, ne me
doutant de rien, et d'ailleurs dès que j'ai eu retourné
mon cheval, je les vis venir — et dès lors je les atten-
dis. Nous marchions côte à côte quand une balle passe
entre nous deux, près de Max. J'entends un coup de
fusil (et l'idée ne me vient pas encore du danger). Max
se retourne, il aperçoit un homme qui nous mire en
joue et me crie alors avec une figure expressive :
« C'est sur nous qu'on tire, foutons le camp, nom de
Dieu ! file ! file ! » Je le vois s'enlever à fond de train,
baissant la tête sur celle de son cheval et saisissant son
sabre de la main gauche. Je passe près de Joseph à qui
je crie : « Au galop ! au galop ! » Je vois tout son havre-
sac débouliner, son fusil et les pipes tomber, et lui-
même faire le mouvement d'arrêter son cheval pour
ramasser tout cela (ce qui est complètement faux ; j'ai
mal vu — il n'y a eu que mon chibouk de perdu, et
encore il était sur la selle d'un sheik). J'entends un
second coup de feu — Max me crie quelque chose que
je n'entends pas, je le vois fuir comme le vent — alors
je commence à comprendre. Saisissant mon sabre de
la main gauche, et les rênes de la droite, je me lance
dans une course effrénée, sautant tout. C'était d'un
charme qui me tenait tout entier, ma seule inquiétude
était de tomber de cheval, là pour moi était le danger
— mais j'étais de bronze, je le serrais, je l'enlevais, je
le portais au bout du poing. Quelquefois je rattrapais
mes guides, qui avaient glissé dans ma main, avec mes
dents, tout en jouissant intérieurement de ce chic cui-
rassier-empire. D'ailleurs les détours de la montagne,
se renouvelant sans cesse, devaient nous cacher aux
coups de feu. Mais là aussi (ce fut la seule réflexion
inquiétante qui me vint) était le danger : ils pouvaient

par des chemins à eux connus gagner une pointe et nous prendre de flanc. Deux fois Max s'est arrêté, j'ai entendu les sheiks crier : « gawan ! gawan ! » Nous sommes repartis — j'ai arrêté mon cheval une troisième fois par pitié pour lui, mais voyant que Max ne s'arrêtait pas, je suis reparti et je l'ai rejoint. Ça a peut-être duré dix minutes, je ne sais combien nous avons fait de chemin, environ une lieue ? À un carrefour, nous nous sommes arrêtés. Joseph, que je croyais bien loin derrière nous, était tout près. Embarras d'une minute pour prendre la bonne route. Nous ne nous trompions pas du reste — les sheiks nous rejoignent — nous nous apercevons qu'il y a une sacoche de perdue, celle dans laquelle sont nos firmans ; on nous l'a rapportée ce matin. Rentrée à Jérusalem par Siloë et la porte Saint-Étienne. Visite au consul (avec sheik Mohammed) à qui nous contons l'affaire[1] — sieste — dîner chez lui. Le soir, sonate de Beethoven qui me rappelle ma pauvre sœur, le père Malençon et ce petit salon où je vois miss Jane apporter un verre d'eau sucrée[2] — un sanglot m'a empli le cœur, et cette musique si mal jouée m'a navré de tristesse et de plaisir ; ça a duré toute la nuit, où j'ai eu un cauchemar y relatif.

(Lundi 19 août, 3 heures)

La journée du lendemain occupée à écrire des lettres. Mercredi 21, visité avec Stéphano le couvent de Saint-Jean[3]. Sortis par la porte de Damas. Chemin pierreux, une heure un quart pour aller. Saint-Jean au fond d'une petite gorge. On traverse un village où il y a de gros oliviers ; gens de la campagne dessous — une branche d'olivier à reflet d'argent se lève au vent dans le soleil et tremble. Chapelle du couvent avec un Zacharie au fond, flanquée de deux petits autels recouverts d'un baldaquin en damas rouge — place où saint Jean-Baptiste est né à gauche du chœur ; grotte, convertie en chapelle ; petits bas-reliefs tout alentour, représentant les différentes scènes de la vie de saint Jean.

Sacristie dont on revernissait les armoires. Un petit crucifix espagnol très tragique. — Dans le divan où nous sommes reçus, devant moi une carte d'Espagne et de Portugal. — Nous revenons silencieusement. Jardin près de Jérusalem, planté par un Grec, le secrétaire du patriarche, au profit de la communauté, au beau milieu des rochers. Rentrée à 5 heures et demie.

Vers midi dans une rue voisine de notre hôtel, femme chrétienne, un peu âgée, noire, laide, sale, beaux yeux, nez droit, vilaines dents; à gauche chambre, matelas noir. Sheik Mustapha et Joseph dans la cour — la servante vieillotte, blanche, très souriante, avec des petites pièces d'argent autour du front. C'était une petite porte à gauche en descendant — une femme en guenilles attendant dans la rue et nous introduisant — silence, soleil, sentiment de rues désertes et d'humidité à l'ombre, soleil sur les terrasses, choses de ménage dans des coins; un chat sur un mur, levant la queue.

Partis de Jérusalem vendredi 23. Scène Sassetti[1] — adieux à MM. Botta, Barbier de Meynard, Amédée. Stéphany nous conduit pendant une heure jusqu'à ce que nous ayons rejoint le bagage. Jérusalem à mesure qu'on la quitte s'enfonce dans la verdure des oliviers qui sont du côté du tombeau des Rois, et du côté nord les lignes droites de ses murs s'abaissent et saillissent à travers les espaces du feuillage. Je croyais la revoir encore et lui dire adieu en me tournant vers elle — une petite colline me l'a cachée tout à fait. Quand je me suis retourné, elle avait complètement disparu. En commençant les terrains sont un peu moins pierreux, la terre a une sorte de couleur rousse pâle-brune, assez semblable à celle du tabac d'ici. Halte à EL-BIREH, dans une sorte de vaste khan ou forteresse. Joseph nous dit que ç'a été bâti par les pèlerins. Quelques pierres çà et là tombent de la voûte; les voyageurs qui viennent là bouchent les trous. De temps à autre nous rencontrons quelque petit troupeau de chèvres noires. Stérilité complète, ce n'est que pierres,

cailloux, rochers — quelques-uns ont la couleur de la
pierre ponce — jusqu'à la fontaine AÏN EL-HARAMIEH
(*[illis.]* des voleurs[1]). Ravin avant d'y arriver, qui descend avec de grandes roches ; quelques-unes, sur la
droite, ont la forme vague de chapiteaux énormes
ébauchés. — Des enfants chantaient à mi-côte sur la
montagne, cachés par les oliviers ; un homme se reposait à la fontaine, tenant son petit cheval par la bride.
Deux ou trois chameaux ont passé pendant que nous
étions là à souffler un peu à l'ombre et à fumer une
pipe ; un d'eux, la lèvre tombante et orné sur les deux
côtés de la tête de deux grosses houppes pendantes,
ressemblait à une vieille femme au nez busqué, coiffée
à l'anglaise. — Au bout de deux heures, après avoir
descendu une descente rocailleuse et difficile, nous
arrivons dans le vallon, où nous sommes campés. En
face de nous un mamelon, deux à gauche, un à droite,
un derrière nous ; nous sommes au bas du mouvement
de terrain — la route passe devant nous, j'entends la
voix de trois femmes qui passent en ce moment. La
nuit tombe. Sassetti fait les lits — grelot d'un mulet —
la fontaine est à notre droite au bas de la descente
— KHAN LEBAN.

Nous nous levons au clair de la lune, grelottant du
froid qu'il a fait toute la nuit ; à 4 heures et demie nous
sommes en marche. Le chemin est meilleur qu'hier.
Nous allons sur le versant de droite de la montagne,
que nous tournons pour entrer dans la vallée de Sichem.
Vers 8 heures du matin, en passant devant HAOURAH
qui est à notre gauche, tout le monde fait son petit
repas — devant nous une large vallée entourée de montagnes de tous côtés, avec quelques carrés cultivés ou
de verdure, çà et là au milieu d'elle ; elle est rayée par
une route qui va à Tibériade. Nous tournons à gauche
et nous entrons dans la vallée de Naplouse. Vers ce
coude de notre route passent deux femmes portant des
fardeaux ; une à grands yeux noirs, tarbouch rouge
enfoncé sur le front avec une piastre d'argent au milieu,
figure énergique et vive, me salue du «comba kreir[2]».

NAPLOUSE, tout en pierre, dômes et murs à lignes
droites sur la gauche. Avant d'y arriver, on traverse un
bois d'oliviers. Grands et ombreux jardins — de l'eau
qui coule — petits chemins de verdure, avec des ronces
qui retombent des branches — des merdes sur la berge
des ruisseaux. Nous sommes campés dans un jardin,
sous un mûrier gros comme un chêne raisonnable. — Il
y avait tantôt des femmes, non voilées, qui y prenaient
le frais, Joseph a établi sa cuisine auprès ; un homme
du jardin, gardien ou jardinier, a pris une grosse
couleuvre noire. Naplouse, mêmes constructions qu'à
Jérusalem, bazars plus beaux. Nous traversons la ville
dans toute sa longueur et revenons de même après
nous être arrêtés à un café. La mosquée a pour porte
principale le portail d'une église du temps des croisades, dernier roman, chapiteaux à feuilles d'acanthe ;
le dessus du portail, nervures successives superposées,
arcadiques — le tout d'un joli style, et très intact. Des
peaux, devant quelques boutiques, sont à sécher par
terre dans la rue, on marche dessus. Un copte à turban
noir nous montre quelques pierres insignifiantes. Énor-
mité des bouillottes à eau dans un ou deux cafés. Habar
en laine blanche ou laine et soie. Quelques hommes
portent le tarbouch ainsi : autour de la tête un petit turban, le tarbouch est tiré en arrière (étant retenu à la
tête par ce turban) de manière que le fond retombe de
côté à un pouce ou deux de l'épaule.

　　Nous quittons Naplouse le matin. Verdure et maison
à notre gauche, exécrable chemin jusqu'à JOABED[1].
Avant d'y arriver, quand on domine le vallon, c'est
comme un océan de pierres ; s'il n'y avait çà et là un
peu de terre entre elles, tout serait pierreux. Oliviers,
champs clos par des murs de pierres sèches, ça rappelle quelques aspects du bas de la montagne du Carmel, et plutôt de celle d'Abou-Goch. SANUR, forteresse
à gauche sur une hauteur au milieu d'une grande
plaine. KABATIEH, village blanc, sec, poudreux. Nos
moucres ne savent pas quel chemin prendre dans le
village ; les habitants ont fort mauvaise mine, les enfants

nous insultent : « chiens de chrétiens, que Dieu vous
brûle, vous tue », etc. Nous passons lestement, non
sans avoir remarqué que trois hommes ont pris leur
fusil et marchent devant nous. Un bois d'oliviers — le
terrain monte. Avant le premier village, lentisques où
sont appendues des guenilles, nous y mettons des crins
de nos chevaux[1]. Quelques buissons. Là, nous perdons
nos trois gaillards de vue. « Préparez vos armes. » Nous
tournons dans des défilés, précaution de nos moucres
qui ont trouvé que c'était un meilleur chemin que de
passer sur la hauteur. Fontaine avec un troupeau de
chèvres ; quelques chiens aboient.

DJENIN. Campés comme la veille sous un mûrier.
Mosquée au milieu de la verdure, large paysage tout
alentour = les campagnes d'Israël. Le gouverneur[2],
gros blondin assis sur une natte à sa porte, chef militaire à barbe noire, nez crochu, yeux bons et vifs —
frotté d'eau de rose. Veston rouge à raie noire. Courte
promenade dans Djenin où il n'y a rien à voir qu'un
chien qui dévore une charogne de cheval enflé — il le
commençait par l'anus. Deux ou trois boutiques, Joseph
achète du raisin dans mon foulard bleu : le cousin du
gouverneur nous suit pour avoir du sulfate de quinine.
Moulin, eau claire qui coule ; une femme puisant de
l'eau : ceinture, voile de couleur qui couvre seulement
la bouche, beau bras et belle main, un peu dans le
style Mignard, nez tout droit, yeux noirs baissés vers
l'eau. Tohu-bohu de consultations dans notre campement ; le pays est dévoré de fièvres — et de brigands.
Nuit moins froide que la précédente.

Levés à 3 heures, partis à 4. Immense et magnifique
plaine connue sous le nom de campagnes d'Israël
— quelques champs de sésame, carrés, verts, qui se
détachent sur le fond blond des herbes roussies par
l'été — ombrelles chinoises des chardons. Il y a aussi,
çà et là, un peu de coton et de maïs. Le soleil se lève à
droite, ses rayons avant qu'il ne paraisse sur les montagnes font des gloires — un nuage enroulé en écharpe
longue, or dans la partie qui recouvre le soleil, puis

tout à coup bleu et allant s'apâlissant vers Djenin.
Abou Ali nous cueille des fleurs de jusquiame. Trois
soldats turcs d'escorte, l'un avec une lance de douze à
quinze pieds au moins de long, en bambou, ornée de
deux grosses houppes au haut de·la hampe. — Alga-
rade, ils courent à fond de train, le pistolet au poing ;
long détour du soldat de gauche pour les envelopper.
— Le matin, prise d'un lièvre. — Au bout de la plaine
est la petite montagne derrière laquelle se trouve
Nazareth. À droite le mont Thabor, détaché complètement à l'œil des autres montagnes, et ayant la forme
d'une demi-sphère un peu convexe. De la montagne
quand on se retourne en arrière, la plaine, d'ensemble,
est d'un brun très pâle, chocolat clair avec des tons
blonds par place. Une fumée montait, restes d'un feu
allumé la nuit ? Nous passons devant huit à dix tentes
de pasteurs qui font là brouter leurs chèvres ; nous ne
voyons personne que deux ou trois chiens jaunes. Au
pied de la montagne notre escorte nous quitte. D'en
haut on voit tout à coup NAZARETH à gauche. La première chose qu'on en voit, c'est le minaret de la mosquée entouré de cyprès. Tout le terrain est tigré de
pierres blanches, c'est d'un effet de surprise charmant. Au bas de la côte la route tourne à droite ; une
autre descendant vient s'y embrancher d'à gauche —
les nopals sont couverts de poussière — le soleil brille
— tout éclate de lumière — maisons blanches de Nazareth. Nous avons vu moins de lézards qu'hier, où il y
en avait un à chaque arbre. Couvent de l'Annonciation, barbe du Capucin qui nous reçoit. Le capitaine
hollandais [1] et sa femme et sa petite-fille, enfant blond,
à yeux bleus, en papillotes. — Visite à l'agent français.
Son fils trouvé dans une boutique ; le voyage d'ici à
Damas paraît dangereux et difficile ; on s'arrange pour
des escortes, etc. Visite à l'église grecque, en dehors
de la ville, pleine d'Arabes qui l'encombrent — c'est
demain la fête de la Vierge selon les Grecs. On empoisonne dans l'église ; tas de chibouks à la porte. Église
latine [2], tapisseries d'Arras — grotte où l'Ange est venu

annoncer à la Sainte Vierge — une colonne coupée[1].
On nous montre une armoire qui est la fenêtre par où
l'ange est descendu — grottes derrière l'autel = ora-
toire et cuisine de la Sainte Vierge. — Maison de
Joseph = autre grotte, où l'on étouffe de chaleur
humide et qui n'a qu'un petit coin de mur de construction romaine. — Autre endroit où l'on voit une énorme
table en pierre, ou plutôt un rocher plat, sur laquelle
Jésus, avant et après sa résurrection, a plusieurs fois
mangé avec ses apôtres. Femmes à la fontaine, criant
et se disputant; elles sont fort belles ici, et de haut
style, avec le bas de leur robe à deux fentes volant au
vent — cruches sur la tête, mises sur le flanc — plusieurs sont blondes. Groupe de femmes au coin d'une
rue, comme nous sortions du couvent pour aller chez
l'agent; une grande, viandée, blonde, à nez busqué un
peu. La ceinture qu'elles ont autour du corps comme
les hommes leur fait ressortir les hanches et le cul.

Intérieur de l'agent consulaire de France: les portraits d'Amélie, Clara, Hortense[2], etc.; une bataille de
l'empereur, image coloriée; une scène de *La Tour de
Nesle*.

———

De Nazareth à Cana, même paysage. CANA au milieu
d'un vallon entouré de montagnes de tous côtés. Le
village est assis sur une pente; nopals. Nous passons
derrière l'église grecque, que je refuse de voir. Je
songe au tableau de Véronèse[3]. — Après Cana la route
est plus praticable; grande plaine, assez verte, qui
monte par le bout, avant de toucher à la colline qui
domine TIBÉRIADE — à droite, une plaine avec une
montagne (la Montagne[4]?); ça fait cirque — à l'extrémité à droite, un grand feu, la fumée montait droite et
ronde exactement comme une colonne. — On tourne
une colline du haut de laquelle on voit la mer de Gali-
lée, petite nappe bleue; je suis étonné de la trouver si
petite, entre des montagnes assez basses, grises, tachetées de pierres. Les murs démantelés par le tremble-

ment de terre arrivé en 1828. Nous descendons à un
hôtel tenu par un Juif[1] — temps de khamsin, après-
midi passé sur mon divan à suer et à souffrir du ventre
et de l'estomac. — Le soir après le dîner, promenade
dans le pays. Je ne vois que Juifs, soit en bonnet fourré
ou avec le large chapeau noir. Ismaël aga, le chef de
notre escorte, nous mène au bord de l'eau — ton rose
pâle par-dessus la couleur grise des montagnes — ung
veau qui boit, troupeau de vaches dans les rues — à
gauche la mosquée et un palmier. Sur le sommet de la
montagne, Safed. Ismaïl nous introduit dans une cour
où il y a beaucoup de Juifs assis (la synagogue ?). Dans
la salle basse où se tiennent nos gardes et où Joseph et
Sassetti dînent, petit enfant tout nu qui dort dans un
branle[2]. Les kiques sont habitées par un chien jaune et
une bouillotte — quand on vient, il vous cède la place
d'un air ennuyé, puis revient s'y mettre. Je me fonds
en sueur, Aréthuse[3] coulait moins que moi.

(Tabarieh[4], mardi 27 août
7 heures moins 5 minutes du soir)

Il a fait comme hier un temps de khamsin étouffant ;
nous avons passé la journée à suer sur notre divan et à
dormir. Vers 4 heures nous sommes sortis à cheval,
pour aller voir les bains situés à une petite demi-lieue
sur la même rive du lac. Nous prenons la route entre
la montagne et la mer. Le terrain est plein de pierres
volcaniques et de colonnes renversées par terre —
partout, restes de murs — jujubiers, un laurier-rose et
quelques menthes. Les bains d'Ibrahim Pacha[5] : piscine soutenue par des colonnettes ; deux femmes fort
laides et un vieux Juif en sortent comme nous y entrons.
L'eau me semble à la température de 36 degrés, la
source même est plus chaude. Les vieux bains sont un
peu plus loin. — Maxime prend un caméléon, qui a
des taches brunes-chocolat sous nos doigts. Nous revenons par le bord de l'eau ; les montagnes du Hauran,
grises avec un glacis rose par-dessus. Nous essayons
de rentrer par les fortifications démantelées, ce qui

nous est impossible. La dernière tour côté sud est détachée du reste comme un décor ; on voit par-derrière un palmier qui se détache dessus. Nous rentrons par une porte à l'entrée de laquelle un homme en veste rouge est assis. — En passant par les rues de la ville, nous voyons quelques femmes juives du Nord, avec leurs cheveux blonds, et leur coiffure frisonne.

29, jeudi. Partis de Tabarieh à 3 heures un quart du matin, avec le clair de la lune qui dessine l'ombre de mon cheval à ma gauche. Nous longeons le lac au pied des montagnes, dans la direction du nord, vers Safed que nous voyons en face de nous sur le haut des montagnes. En bas à droite, entre la pente et l'eau, quelques arbrisseaux, bauge à sangliers. Nos Arabes s'amusent à tirer des perdrix à balle — on en tue une — quelques poules d'eau glissent sur la surface bleue de la mer de Tibériade, qui commence à devenir plus foncée au jour levant. La montagne de gauche s'écarte un peu, elle est taillée à pic en cet endroit : c'est l'entrée d'un vallon qui va vers l'ouest, dans lequel Ismaël aga nous dit qu'il y a beaucoup de grottes et une forteresse taillée à même la montagne. Il y a ici un peu de verdure ; les bouquets d'azaroliers reparaissent comme à la mer Morte — quelques huttes ou gourbis, un cours d'eau, GÉNÉSARETH, quelques maisons à droite du sentier — cela dure quelque temps. On a à sa gauche un vallon étroit, dans une direction parallèle à celle de la route et dont les pans chocolat sont taillés à pic par assises ; puis, par une pente douce, on s'élève doucement. De grandes herbes, blanc doré, ou filasse blonde, desséchées, couvrent le sol — à droite, un troupeau de dromadaires qui broute dedans, éparpillé et levant le nez quand nous passons. — Second cours d'eau, lauriers-roses : deux bouquets superbes, un de chaque côté du sentier. Ici on commence véritablement à monter, peu à peu toutes les autres montagnes de derrière vous s'élèvent, le paysage suit votre mouvement, si bien que lorsqu'on se retourne le lac, qui est bien plus bas que vous, semble être à votre niveau. Graduellement, les

montagnes brun-roux, vagues, allongées les unes derrière les autres, saillissent en s'allongeant. Halte à
l'ombre d'une falaise à assises et à couleur de rouille,
une source coule là. Nous repartons, tout s'agrandit,
se développe — le bout du lac de Tibériade se perd
dans la brume — on voit le dôme oblong du Thabor
qui paraît plus grand que les autres montagnes. Montagnes rousses au premier plan, léopardées de cailloux
noirs — par places cela fait des plaques de tigré. Les
descriptions d'horizon précédentes sont toutes résu-
mées dans la vue que l'on a de Safed[1] = Béthulie.

La forteresse de SAFED, en haut du pays, assise sur
le versant; rues si étroites que notre bagage n'y peut
passer; foule pour nous voir, surtout des Juifs avec
leurs affreuses coiffures. Nous descendons chez un
d'eux, agent consulaire français[2], qui nous installe dans
une petite salle voûtée, éclairée par une lampe suspendue, en verre, à triple chaînon. Le soir, consultation à
une grande femme juive avec son bonnet rouge, qui
nous amène son pauvre petit enfant tout pâle et dolent
de fièvre. — Notre hôte fumant son chibouk sur le divan
de Max, avec ses deux jeunes garçons à ma gauche.

Je passe une exécrable nuit pleine de puces, de
punaises, de démangeaisons de toutes sortes. N'y tenant
plus, je prends la pelisse de Max et je me hasarde à
traverser la chambrée juive et à aller dormir à l'air.
Toute la famille est vautrée par terre pêle-mêle sur des
matelas, le père ronfle, la mère pisse, l'enfant crie
— ça sent la chassie et la vesse nocturne. Je vais
tâcher de dormir sur la terrasse à côté de Joseph et de
Sassetti, couchés sur une natte, Sassetti roulé dans
son manteau, et Joseph roulé dans sa couverture de
feutre. Il fait si froid et la peau me brûle tellement que
je ne peux prendre du repos; le matin seulement, vers
9 heures, j'ai roupillé un peu sur mon divan — insecte.

À 11 heures nous nous préparons pour partir. Notre
hôte nous parle des dangers de la route; on a assassiné celui-ci à tel endroit, volé celui-là à tel autre; il y
a quelques jours on a tué un Turc, on lui a coupé la

tête et les mains, etc., etc. Nos gardes sont à la mosquée... tous ces gens sont fort dévots en voyage, et
avant de partir ils se mettent la conscience en règle.
Quelqu'un de nous va peut-être rester en route, voilà
ce que chacun se dit à soi-même sans le répéter tout
haut. — Bref, nous partons après toutes les recommandations possibles aux moucres, qui ont ôté les sonnettes et grelots de leurs mulets. La route pierreuse
commence à monter sous des oliviers ; un de nos
hommes, gaillard facétieux, auquel il manque les incisives de devant et monté sur une petite rosse baie, se
met à chanter — puis nous descendons et nous arrivons dans une plaine. C'est là qu'Abou Issa et Abou Ali
reçurent de l'escorte une si belle trempe pour les avoir
insultés[1] — ce qui me fit dire, le soir à dîner, qu'ils
reçurent non pas une gelée de garde[2] mais une dége-
lée de gardes. Il y eut un mot de Joseph, sublime : « Ce
sont des Turcs, qu'ils se tuent entre eux s'ils le veulent,
ça ne nous regarde pas. » Les herbes sont brûlées par
le feu, manière d'engraisser la terre ; ça donne au sol
une teinte noire.

Vers 5 heures nous arrivons à DJISR BENAT EL-
YAKUB[3] ; nous campons là. Nous avons le pont à notre
gauche, devant nous la rivière qui coule entre les
herbes et les roseaux, au-delà du pont la grande nappe
bleue de BAHR EL-HULEH[4]. Avant d'arriver à notre
campement nous avons remarqué, sur des buttes qui
sont au bord du lac, quelques cabanes de Bédouins.
Max croit qu'on nous observe — la nuit vient. — De
l'autre côté du pont, une caravane de dromadaires
et de marchandises, le tout couché par terre et les
hommes, debout dans leur habar et chibouk à la main,
circulant au milieu. — À Safed nous avons pris un
bonhomme qui a demandé la permission de se joindre
à nous. C'est un vieux à barbe blanche, voûté, et usé
par le temps. Il a vu bien des hivers. Un énorme turban, armé jusqu'aux dents, négociant en chevaux, il
ramène avec lui une pauvre rosse blanche qui met
en gaieté nos chevaux entiers. Il a été en Autriche, en

Perse! c'est un vieux qui a beaucoup d'expérience:
«Ah! il est un brave», dit Joseph. Il mange tout seul
sur son tapis, arrange son cheval, fait sa prière. Je n'ai
jamais rien vu de plus expressif que son œil lorsqu'il
parlait à Joseph des précautions à prendre pour la
nuit; il était à ce moment tourné vers Bahr el-Huleh et
de profil — quel œil!

À peine avons-nous pris l'œuf dur du voyage qu'Ismaël aga parle de partir, quoiqu'il soit convenu que
l'on se mettra en marche à 10 heures — on objecte les
mulets et les chevaux — bref, à 8 heures, on se fout en
selle. Nous avions, pendant le dîner, beaucoup ri à
l'idée de nous foutre des coups de fusil à tort et à travers pendant la nuit, et surtout à celle de canarder le
bagage, de décapiter Abou Ali, d'éreinter le bisarche[1].
— Il est nuit complète, je n'y vois goutte, le bagage est
devant nous précédé par deux (quelquefois trois)
hommes d'escorte. Joseph et Sassetti sont derrière
nous — puis le vieux négociant qui tend dans les
ténèbres son œil de lynx; les trois autres gardes sont
derrière tout le monde ou sur les flancs. Nous passons
le pont, nous montons au milieu des pierres. L'envie
de dormir m'empoigne pendant un quart d'heure environ — ce n'est guère le moment cependant; je me
dirige en suivant la croupe blanche du cheval de
Maxime — le bouffon de la bande chante à tue-tête sur
un ton dolent et aigre, il jette sa voix; les pieds des
chevaux trébuchent sur les pierres. Puis nous montons
par une pente douce. Vers 10 heures le ciel blanchit en
face de nous, la lune bientôt se lève; nous sommes
dans une campagne plantée de caroubiers, ils sont
énormes et gros comme des pommiers. De temps à
autre il y a de grandes places où l'on voit plus clair; je
me souviens, à ma gauche, de quelque chose qui avait
l'air d'un grand vallon qui descendait — de jour cette
route doit être superbe. La lune est très claire, on y voit
bien, nous marchons bon pas; le chemin est devenu
moins mauvais. Vers minuit, nous mangeons un morceau. Caroubiers. Nous sommes sur un plateau, nous

passons près d'un douar, les chiens hurlent, il faut se taire. De temps à autre on fume une pipe (Ismaël aga m'apporte la sienne, un petit chibouk noir, à nœuds, recouvert d'une calotte de cuivre), on admire la tournure d'un arbre au clair de lune. J'ai énormément joui de voyager cette nuit-là. La nuit est froide, vers le matin je suis obligé de descendre plusieurs fois à pied pour me réchauffer. Sassetti tombe de sommeil, il voit de grands escaliers. Le jour paraît — nous sommes au milieu des caroubiers et des azaroliers, bouquets de verdure inégalement plantés, c'est charmant — nous descendons vers la plaine ; le soleil paraît tout à coup, il m'enflamme la figure ; les joues me rôtissent. Je remonte à cheval. Nous sommes environ au milieu de la route, nous avons encore sept heures de marche. Le vieux négociant se rapproche de Joseph et lui inspire des craintes que nos hommes ne trouvent pas ridicules : « Nous avons deux heures sérieuses à passer. » Deux femmes de Bédouins, que nous rencontrons parmi les arbres — elles ont l'air d'avoir peur de nous. Le vieux négociant leur demande de quelle tribu elles sont : elles sont du côté gauche ; c'est de droite, des monticules, vers le pays de Hauran, que le danger est à craindre. Tous nos gardes passent de ce côté et marchent en rang sur la même ligne ; chacun a son fusil sur la cuisse. J'ai mis des balles dans ma poche pour les atteindre plus vite en cas de guerre.

Nous marchons pendant sept heures jusqu'à 10 heures du matin dans cette immense plaine, ayant à notre gauche des montagnes qui ont de la neige à leurs sommets ; à droite le mouvement du terrain qui remonte nous cache les horizons qui s'étendent vers le pays de Hauran. Deux heures avant d'arriver à SASA on trouve les restes d'un ancien chemin. Ici, il y a un encombrement de pierres à se rompre le cou — l'ancienne voie paraît et disparaît — de grands blocs de rochers plats naturellement arrangés la continuent — les pierres redoublent. Sasa est au fond de l'horizon, dans la verdure ; nous y arrivons vers 10 heures, après être entré

dans une rage superbe contre Joseph à cause de la
façon inepte dont il mène son cheval. Nous campons en
dehors du pays, sous un arbre, entourés d'eau ; une
petite caravane halte à côté de nous — on débite les
morceaux d'un chameau. À 4 heures du soir nous nous
réveillons, je me décrasse dans le ruisseau qui coule
derrière moi, auprès duquel est couché le vieux. Bientôt la nuit vient, nos gardes font leur prière, nous
dînons et nous nous couchons sur nos lits. Je commen-
çais à dormir, quand Joseph s'écria : « Entendez-vous ?
ils se battent ! » Je me réveille en sursaut ; il venait d'entendre plusieurs coups de fusil dans la direction des
montagnes de l'est[1]. À minuit, nous sommes partis,
nous nous étions levés à 10 heures et demie.

Les chiens aboient, la lune rouge se lève, son croissant est couché sur le flanc — elle est moins belle et
moins odalisque qu'hier, où elle avait des tournures
d'une langueur ineffable. À sa clarté nous passons plusieurs rivières ; le chemin est bon, nous filons vite. Au
bout de deux heures, KHAN EL-SHEIK, espèce de grande
forteresse ou caravansérail sur la droite de la route.
Nous ne sommes arrêtés que par les nombreux cours
d'eau qui se présentent ; on s'attend, on se réunit, on
repart ; les étoiles pâlissent, le jour se lève, nous sommes
tous répandus sur le large chemin. Poésie de Cervantès, te voilà donc ! — À gauche, les montagnes ont des
teintes gris de perle foncé, avec de la nacre au sommet. C'est de la neige. Nous rencontrons quelques chameaux, on sent les approches d'une grande ville, tout
le monde est gai, le bouffon chatouille son cheval pour
le faire ruer et mordre. Ils blaguent Abou Issa dans
son patois beyrouthien. La campagne est large, grasse,
cultivée. Nous rencontrons une petite caravane de
chameaux qui portent des peaux, nous traversons un
grand village, nous attendons le bagage sous des arbres.
Au bout de trois quarts d'heure nous touchons à la
longue ligne basse de verdure et de maisons que nous
voyons depuis quelque temps,

[DAMAS]

et nous entrons dans un interminable faubourg où nos chevaux glissent sur le pavé. — Tas de blé par terre, fileurs de coton, teinturiers, mosquées, fontaines, des arbres qui portent la grappe et tiennent leur flot de verdure suspendu sur la multiplicité de couleurs qui s'agitent sous eux — quelques beaux corps de garde turcs — un grand cimetière que traverse la route avec des petites branches vertes fichées au pied de chaque tombe (le dessus des tombes est généralement convexe en forme de cylindre). Nous entrons dans la ville, nous tournons plusieurs rues étroites, l'encombrement augmente au point que nos chevaux ne peuvent avancer. Enfin nous arrivons à l'hôtel, où nous retrouvons MM. Striber, Husson et Muller[1].

Ce jour-là, dimanche, pioncé tout l'après-midi.

Lundi 2. Visité, avec ces messieurs et le janissaire du consulat français, plusieurs maisons juives — (pris un bain le matin ; c'est là qu'Ismaël aga est venu me dire adieu ; je me suis senti les yeux humides en le regardant pour la dernière fois) — flâné dans les bazars, qui me paraissent superbes.

———

Portraits : le vieux Iousouf de l'hôtel de Palmyre à Jérusalem, petit homme maigre, dans une robe de couleur poussière à fleurs violettes pâles ; énorme turban sale, un grand nez dessous, sourcils très forts, ensemble comique. Je n'ai jamais vu rien d'un gracieux plus singulier que ses gestes, lorsqu'il racontait à Stéphany comment, sous le gouvernement d'Ibrahim Pacha, quelques hommes, pour pénétrer sous les décombres de Jérusalem, avaient chassé devant eux un chien. — À ses mouvements de bras et à ses grimaces je suivais la narration d'un bout à l'autre.

———

La grosse femme juive que nous avons vue lundi dernier ressemble à Flore[2], des Variétés ; le front rasé,

les sourcils amincis par le rasoir et peints ; beaucoup
de rides autour des yeux, l'air bon et aimable, regardant de haut en bas, montée sur ses patins incrustés
de petits carrés de nacre, et tendant son gros ventre en
avant. Il y avait là aussi une vieille femme maigre, qui
avait de chaque côté de la figure, à la place de cheveux, des plumes d'autruche. Elles travaillaient dans
la cour, sous la galerie extérieure, chichehs, narguilés.
— Une servante d'Abyssinie, maigre, alerte, le nez
percé.

———

Comme cour intérieure et verdure, ce que nous
avons vu de mieux, c'est la cour de notre hôtel[1] avec
ses pampres et ses lauriers-roses ; la cour des autres
maisons nous a paru sous ce rapport un peu sèche.
Dans toutes, un bassin au milieu. Les appartements les
plus beaux sont au rez-de-chaussée, la plupart non
meublés. Emploi de morceaux de miroirs entre les
arabesques des boiseries, systèmes de croisillons cloués
sur la porte ; *idem* pour les volets des fenêtres. Les
poutrelles du plafond, conservant encore la forme de
troncs d'arbres, sont peintes en bleu, en vert, relevé
d'étoiles d'or, ou de raies ; à quelques plafonds aussi,
une espèce de cul-de-lampe polygonique en morceaux
de miroir, qui fait rosace au milieu du plafond. Dans
toutes les chambres, à très peu d'exceptions près, un
bassin, vasque en marbre de différentes couleurs ; pavé
de mosaïque — le style d'ornementation de quelques-
uns de ces appartements est tellement tourmenté que
ça en arrive quelquefois au Louis XV. Dans quelques-
unes, lustres en verre de Venise ; excavation dans le
mur pour contenir les matelas, les serviettes, les tapis ;
toutes sans portes. L'élévation de ces pièces en fait
surtout la beauté : deux niveaux, le divan, puis le sol à
hauteur du rez-de-chaussée. Beaucoup de bleu parmi
les couleurs — rinceaux en boiseries peintes ; appli-
qués sur la boiserie, ça fait à la fois relief et couleur.
Dans les niches de la partie plus basse de l'apparte-

ment, niches à hauteur d'homme et dont quelques-
unes ont pour couronnement le système de stalactites
si usité dans les mosquées du Caire ; on a fait au fond
des peintures : paysages atroces, une maison blanche
de chaque côté, un jardin avec un cyprès au milieu. La
corniche dans la cour, ce qui est sous l'avancée de la
terrasse, est également peinturlurée de ces grotesques
tableaux. Je crois du reste l'innovation récente. — Dans
la première maison juive que nous visitons, avec
MM. Striber, etc., une jolie petite fille blonde, qui vient
pour voir les étrangers et reste tout le temps avec
nous. Dans celle qui est attenante à la seconde (maison de la grosse femme) et qui appartient, je crois, au
propriétaire de notre hôtel si bien rossé hier par
Carlo, au premier étage au haut de l'escalier il y a une
petite clôture en bois, haute d'environ six pouces et
qu'il faut enjamber pour entrer dans la varangue qui
précède la chambre ; elle contient un espace de quelque
4 pieds carrés, destiné à recevoir les sandales des
visiteurs.

Rien n'est moins curieux à voir que la synagogue
des Juifs. Nous y sommes allés un matin (samedi dernier) ; les femmes, toutes en blanc, restent à la porte
dans la cour, les hommes seuls et les jeunes gens sont
dans la synagogue, assis sur des bancs, tous lisant (ou
chantant) dans un livre et la tête couverte d'un voile.
Au milieu, une espèce d'estrade, le prêtre se balance
avec ce même mouvement que nous avons vu au Juif
qui priait contre le mur du Temple à Jérusalem. Devant
lui, sur une espèce d'autel (mal vu à cause de la foule),
deux ou trois machines en argent, ressemblant à des
tuyaux de galaoum[1], et avec des chaînettes d'argent[2].
— Bientôt ils se sont mis tous à crier à tue-tête. J'avais
à ma droite un enfant d'environ 12 à 13 ans, qui
détonnait, en psalmodiant et se balançant, de toute la
force de sa voix grêle ; il était debout et lisait dans un
livre où lisait aussi, assis, un homme, son père sans
doute. Un peu plus loin à droite, le dos appuyé au
mur, un vieillard édenté en turban noir et à besicles.

Je ne sais qui était derrière moi, mais je me sentais la nuque chauffée par le vent d'une haleine chaude qui sortait en cadence d'une poitrine psalmodiante. Les turbans des Juifs d'ici n'ont pas la forme de bande roulée qu'ils ont à Jérusalem, à Tabarieh, à Safed ; il me semble qu'il y a plus de liberté ; quelques-uns ressemblent tout à fait au turban copte. Je n'ai pas non plus vu le bon chapeau en lune que portent les femmes à Jérusalem — en revanche, la chevelure factice en soie tressée et qui tombe derrière le dos est énorme et très lourde. Dans une des maisons juives, nous en avons vu une qui devait couvrir tout le dos et tomber jusqu'au jarret ; c'était un vrai caparaçon de cheval, le tout terminé par des glands très lourds — toujours noir.

Toute la vie de Damas est concentrée dans les bazars, ils sont aussi animés et grouillant de monde que les rues sont désertes et silencieuses. Les robes des hommes, roses, vertes ou bleues, et la quantité de soieries, le tout éclairé par le jour doux d'en haut, font de l'ensemble une grande couleur bigarrée d'un charme singulier. Chaque marchand assis sur le devant de sa boutique fume le galaoum et reçoit ses visiteurs et ses acheteurs. Vers [*illis.*] les boutiques se ferment — au milieu du passage circulent le marchand de cherbet à la neige, le marchand de glaces et le loueur de galaoum, avec son réchaud de charbon pour allumer les pipes — très peu de chibouks ; çà et là au milieu des bazars, un bain ; le fellah passe tout nu, n'ayant qu'une serviette autour du corps, il va acheter du sucre chez l'épicier pour quelque cawadja qui se trouve au bain. À une place, le tombeau d'un santon ; par la grille on peut voir des bâtons, des béquilles, des chapeaux, des bonnets, des loques et des guenilles de toutes sortes appendus aux murs ; un santon se promène tout nu, espèce d'idiot qui fait des grimaces et crie ; les femmes stériles viennent lui baiser le membre — il y a quelque temps il y en avait un qui les saillissait en plein bazar, les Turcs dévots entouraient aussitôt le groupe et avec

leur robe le cachaient aux yeux du public qui passait.
La boutique de notre ami sheik Bandar Abdul Kader
était au bout du bazar des tailleurs, à gauche. — Jeune
homme à barbe jaune, coquet de manières, élégant de
mise, turban de Bagdad, robe bleue ; venait tous les
soirs nous faire une visite à l'hôtel, apportant quelque
antiquaille cachée dans son dos — quand je n'y étais
pas, il se faisait tranquillement bourrer mon chicheh
et m'attendait tranquillement sur le divan. Son domestique, Abyssinien d'humeur folâtre, a été châtré net en
son pays et porte les cicatrices de plusieurs blessures
reçues à la guerre. Ce qu'il y a de plus remarquable
dans les bazars et à Damas en général, c'est la beauté
des hommes de 18 à 20 ans. Mon tailleur qui m'a fait
ma veste de soie — un jeune homme parlant le français, marchand de soieries recommandé par le consulat. Il nous a déployé des étoffes dans sa boutique
située dans un khan qui donne sur le bazar. Hommes
généralement petits à cheveux et à yeux noirs, à peau
blanche — quel succès à Paris auraient des drôles
semblables ! Si j'étais femme, je ferais à Damas un
voyage d'agrément ! Dans le bazar des confiseurs, celui
chez lequel nous avons acheté des confitures, grand
gaillard maigre, vêtu de bleu et encadré dans l'ouverture de sa boutique entre les bocaux et les vases ; sur
un plat, morceaux de rahat-loukoum[1]. Politesse et
bonnes manières en général des gens de Damas —
Joseph les trouve très changés, beaucoup moins fana-
tiques et plus tolérants que jadis. Mahomet tombe donc
aussi, et sans avoir eu son Voltaire. Le grand Voltaire
c'est le temps, useur général de toute chose.

Le lundi, lendemain de notre arrivée, le supérieur
des Lazaristes[2], sachant qu'il y avait des Français à
l'hôtel, est venu nous faire une visite ; petit homme
gras et commun, timide, ressemblant à mon ancien
pion de sixième, Guérard ; son turban noir est pareil à
celui des Juifs, et quand je lui en ai demandé la différence, il ne me l'a pas expliquée. Il nous raconte tout
au long l'histoire du Père Thomas, assassiné par les

Juifs. On l'a d'après son récit, après l'avoir égorgé, décapité, et sa tête a été broyée dans un pilon. Le couvent des Lazaristes n'a rien de curieux. Pendant que nous sommes là, visite de l'évêque de Homs et de Hama[1], qui arrive avec une canne de janissaire. Le supérieur lui baise la main, on cause ballons et l'évêque nous demande des explications. Ces messieurs me paraissent, à peu près sur toutes les matières possibles, d'une ignorance cléricale respectable. Le Père supérieur nous mène dans une maison chrétienne qui, dit-il, est la plus belle des chrétiens ; elle l'est bien moins que celle des Juifs, et les paysages muraux sont encore plus arrogants. C'était chez des fabricants de soieries — un fils de la maison, blondassin à grand nez et parlant italien, se tenait debout ; son bonhomme de père assis et fumant le chibouk — vasque de forme oblongue dans l'appartement.

Nous sortons de la ville par le côté est, à côté de BAB EL-CHARQI[2], la porte dorée et murée comme à Jérusalem[3]. On distingue encore très bien les bases de l'ancienne porte, à d'énormes assises de pierre ; la base des remparts modernes, légers et faits de boue et de cailloux, est encore de cette construction. Dans les fossés comblés et sans eau, quelques chiens morts à demi rongés, couchés sur le flanc ; chiens jaunâtres qui rôdent — il faisait très chaud et le soleil tapait dur. Cimetière chrétien. Ce sont tous caveaux ; on met dans un toute une famille, quelquefois une nation entière. Ils sont effondrés — l'endroit sent le cadavre. Nous nous sommes penchés à l'embouchure d'un de ces caveaux et nous avons vu dedans parmi plusieurs débris humains pêle-mêle, un gros chien mort. Sans doute qu'il sera entré là alléché par l'odeur et que ne pouvant en sortir il y sera crevé — puis au fond une sorte de momie desséchée, raidie sous des lambeaux de linceul — çà et là quelques têtes sans corps, quelques thorax sans têtes — et au milieu, jaune, blond doré, serpentant dans la poussière grise, une longue chevelure de femme. — Un peu plus loin on nous montre les ruines d'une chapelle bâtie à l'endroit où saint Paul fut renversé de cheval par l'apparition de l'ange[1]. Nous longeons le mur de grands jardins pleins d'ombre. Les murs sont composés d'espèces de grands carrés, faits de boue et de cailloux, et mis les uns sur les autres ; le vent en enlève la poussière et la fait tourbillonner dans le chemin. Nous arrivons à côté des remparts, près d'un marais d'où les corbeaux s'envolent, charmant endroit plein d'ombre, de silence et de fraîcheur. Quelle belle et bonne chose que la verdure en Orient ! À notre gauche se trouve une fontaine ; sur une pierre à côté un homme est assis, il nous râle quelque chose en arabe et tend vers nous ses bras — ses lèvres rongées laissent voir le fond de son gosier, il est atroce de purulences et de croûtes ; à la place de doigts ce sont des loques vertes qui pendent, c'est sa peau — avant de mettre mon lorgnon j'avais cru que c'étaient des linges. Il est venu là pour boire. Nous entrons dans une espèce de petite ferme ou basse-cour, où nous voyons cinq ou six lépreux, et trois ou quatre lépreuses. — Ils sont à prendre l'air, l'une a le nez totalement rongé, comme par la vérole, et quelques croûtes sur la figure ; une autre a la face toute rouge, d'un rouge de feu — nous avions déjà vu passer, près du bazar des parfumeurs, un homme à figure pareille. Un jeune homme à figure pâle, vert comme l'herbe avec des taches, quelques pustules. Tout cela geint, crie et se lamente ; les hommes et les femmes sont ensemble, plus de séparation de sexes ni de distinction autre que celle de la souffrance. Quand ils ont reçu notre aumône, ils ont levé les bras au ciel en répétant «Allah» et appelant sur nous des bénédictions. Je me rappelle surtout la femme sans nez, avec l'espèce de baragouinement sifflant qui lui sortait du larynx. Ils sont là tout seuls — se soignant entre eux, sans que personne les secoure. Au premier période de la maladie, on souffre beaucoup, puis la paralysie vient graduellement[2]. Ce qu'il doit y avoir de pis pour eux, c'est de se voir.

— Quelle chose ce serait s'il y avait des miroirs aux murs de leurs cahutes!

Le Frère Supérieur nous a menés aussi dans une espèce de chapelle bâtie dans la maison du Père Thomas. — Dans la chambre du Frère son portrait, vieillard à barbe blanche avec son domestique (assassiné avec lui), et qui lui présente une tasse de café. Dans la chapelle une inscription constatant la date de la mort du Père Thomas et disant qu'il a été assassiné par les Juifs[1]. L'endroit appartient aux Arméniens unis.

Le consul de France, M. Valbezen[2], gros ci-devant empâté, lourd, épais, ne croit au monde qu'au bœuf, ne parle que bœuf et bien-être matériel, admire beaucoup Louis-Philippe et aimerait mieux être le maréchal Soult que Molière; à table, parle anglais à son domestique. Son chancelier M. Garnier, sans barbe, chauve, trogne, a l'air d'une vieille femme[3]; nous montre des peintures obscènes de Perse — c'est la même chose dans tous les pays, le but cochon rend la nature impossible; à force de vouloir montrer les organes, on représente des poses invraisemblables. Quel beau cours d'esthétique il y aurait à faire sur les gravures et les livres cochons! Je m'en rappelle une, où l'on voit une femme sur un homme; sa chevelure, répandue, lui couvre le dos, et le cul (nu, pour l'agrément du spectateur), rond, rose, large, semble remplir toute l'image et resplendit comme un soleil; il y a là un amour de la chair excessif. — M. Garnier nous montre des encriers et des boîtes persanes, chasses, hommes à cheval avec des javelots et de grandes barbes, chiens, paysages, arbres, rochers et ruisseaux que sautent des cavaliers à figure grave et courant à toute bride. Deux petits panneaux en bois pour faire des couvertures de manuscrits. Le premier représente un accouchement; l'accouchée, en pantalon collant rayé, est couchée sur le dos dans une posture pâmée et souffrante; l'enfant est porté sur un plat; les matrones sont autour, une lève les mains au ciel (demandant sans doute qu'il lui en arrive autant), une autre, met-

tant l'index sur le coin de sa bouche, lui fait signe que
ça fait bien mal. Dans le deuxième on voit la circoncision de l'enfant ; c'est une matrone qui fait l'opération ; une femme tient un canard pour amuser l'enfant,
une servante apporte du cherbet ; le tout plein de
détails naïfs de la vie intime, comme de vieux dessins
moyen âge, quoique ce soit d'un style très avancé, et
d'une composition savante. — Ces petites peintures
font très rêver et je voudrais en être le propriétaire
pour les tenir dans mes mains tout seul, au coin de
mon feu, les jours de pluie.

Hier nous avons été dans un café, au bord de l'eau
— il y a une chute d'eau — un enfant s'est déshabillé
tout nu pour aller chercher des poissons. Il y a là des
arbres ; on est à couvert sous des nattes percées ; l'eau
ressemble à celle du Jourdain. C'est près d'un pont en
dehors de la ville, nous avons fumé un chicheh et bu
de l'eau sucrée à la neige dans des tasses peintes.

Samedi 7, nous sommes sortis à 3 heures, nous
avons tourné longtemps dans des chemins entre des
murs de terre enfermant de grands jardins d'où l'ombre
retombait sur nous — noyers, citronniers, arbres à
fruits de toute espèce, verdure sombre, lumière froide.
Beaucoup de vent — de l'eau — un moulin. Une grande
porte en bois, à demi ouverte ; c'était la porte d'un
moulin, elle ressemblait à celle d'une grange dans la
Champagne. Quelques femmes voilées qui passaient
allant je ne sais où, venant je ne sais d'où ; c'était très
triste et très amer, à cause sans doute du silence de ces
rues pareilles et vides où la poussière tourbillonnait
en petites trombes — et de la verdure si verte, et de
l'ombre. — Enfin nous arrivons vers des débris de
mosquée, nous longeons un mur, nous tournons à
gauche, et nous montons DJEBEL SALIHIYÉ[1]. En haut
est un santon abandonné ; avant d'y arriver, on traverse une petite gorge de rochers où le vent soufflait si
fort qu'il en soulevait les fontes de nos pistolets. De là
on a toute la vue de Damas, ville blanche avec ses
minarets pointus au milieu de l'immense verdure qui

l'entoure ; à la ville se rattache dans le vert une longue raie blanche, c'est l'interminable faubourg que nous avons suivi quand nous sommes arrivés de Sasa — et toute cette verdure est entourée du désert entouré de montagnes. Nous essayons de revenir par un chemin, nous nous perdons et arrivons à la porte d'un jardin ; nous avons rebroussé chemin, pris la route pavée de Beyrouth, et après avoir traversé toute la ville, les chiens commençaient à grogner, nous sommes rentrés chez nous le soleil étant couché. Les chiens, gras et tranquilles, occupent les rues le soir ; dans chacune, une bande de cinq à six. Aujourd'hui, au milieu de la rue, une chienne, couchée sur le dos, allaitait toute sa portée sans que personne ne songeât à l'inquiéter.

À peine la nuit arrivée, on ferme les portes de chaque rue. Pour revenir de chez le consul le soir que nous y avions dîné, nous avons bien frappé à cinq ou six ; le beau c'est qu'on vous ouvre tout de suite. On donne vingt paras ou rien du tout.

Au bout du bazar des parfumeurs, dans la rue qu'on traverse pour aller à celui des tailleurs, quand nous nous rendions chez notre ami sheik Bandar, à un coude il y a un café où il y a un billard. Les Turcs, dans leur costume européen et campés sur des chaises, regardent pousser les billes. Une espèce de bardache assez éreinté marquait les points avec une queue. L'Europe dans l'Asie ! elle y pénètre par le billard, par l'estaminet, par Paul de Kock[1], Béranger et les journaux ! Comme ça se civilise ! Que deviendra l'Orient ? il attend peut-être le Bédouin pour le régénérer.

Aujourd'hui, comme nous allions sortir à cheval à 4 heures, M. Guyot, le supérieur des Lazaristes, est venu nous voir. Il nous parle des chrétiens d'ici ; les prêtres arabes sont plus turcs que chrétiens, le lien national est plus fort que le lien religieux ; ils prélèvent sur chaque succession, avant les héritiers et les créanciers, un tiers, quelquefois la moitié. Ignorance crasse de ce clergé, battu (selon lui) par les élèves des Lazaristes. Influence des femmes excessive dans les familles

chrétiennes; c'est par les femmes qu'ils ont l'enfant.
— N'a pas à se plaindre des musulmans, au contraire!
— La mort du Père Thomas a été aussitôt mise en vers,
et par un aveugle qui allait chantant cela de porte en
porte et vivait ainsi. Il y a ainsi beaucoup d'Homères
vagabonds très respectés et gagnant beaucoup d'argent — le sheik bédouin reste sur la porte de sa tente
à conter des histoires ou à en entendre — partout le
merveilleux — influence de l'imagination excessive.
Un grand poète ici serait apprécié populairement, ce
qui n'a jamais eu lieu chez nous, quoi qu'on en dise[1].

Les Maronites ne valent pas mieux que les Druses et
leur rendent parfaitement tout ce que ceux-ci peuvent
leur faire. Si les Druses leur brûlent deux villages, ils
ne manquent pas de leur en brûler deux et quelquefois
quatre.

M. Guyot a surpris, ces jours derniers, deux de ses
élèves, âgés de douze ans environ, qui s'entreculaient
à la porte du couvent; l'un d'eux avait appris la chose
d'un chrétien qui l'avait dépucelé moyennant la somme
de vingt paras. Selon le supérieur, la pédérastie est
ici excessive: «Grand excès d'hommes, mais pas de
femmes, des femmes on n'en veut pas.»

À cinq heures, promenade à cheval dans la campagne, entre les jardins et les arbres, dans la direction
de l'est. Il faisait très beau, nous avons fait quelque
temps de galop. Les montagnes toutes grises (et or et
bleu) se dressant droit derrière Damas tranchaient sur
la verdure qui était à leur pied. En repassant près du
cimetière chrétien, à côté d'un santon (celui d'un
renégat chrétien, dont M. Guyot n'a pu l'autre jour
nous dire le nom), halte de dromadaires; on faisait
manger à quelques-uns des pains de doura[2]. — Je suis
triste en songeant que j'ai dit adieu au désert et que
dans quelque temps je ne verrai plus de chameaux.

(Damas, mardi soir, 9 heures et demie
10 septembre)

La veille de notre départ de Damas nous sommes sortis le matin pour faire la promenade du tour de la ville, chose impossible à cause de la quantité de jardins et de la non-continuité des remparts : il n'y en a que du côté est. Nous avons traversé une prairie que traverse une rivière où les soldats lavaient leur linge — les chemises à grandes manches étaient étendues sur l'herbe. Nous repassons devant le cimetière chrétien et la maison des lépreux. Les écureuils couraient sur les branches des noyers — un, gravement assis, mangeait une noix — un autre a sauté du mur sur l'arbre quand je passais près du mur. À 11 heures, course vénérienne au bout de la ville, dans le quartier chrétien au-delà de la maison des Lazaristes — petite maison avec quelques fleurs dans la cour — vieille femme embêtante ; enfant de dix-sept ans environ, fraîche, arrivant en loques. La vieille a voulu à toute force l'affubler d'un pantalon rose — et du reste, que je n'ai pas laissé achever.

Jeudi à 1 heure, parti de Damas avec M. Courvoisier[1] et son drogman Giovanni, grand efflanqué à figure bon enfant. Moucre chrétien portant par pompe un chapeau européen par-dessus son turban. Le gros janissaire qui nous précède nous quitte au milieu de la montagne de Salihiyé. — Au-delà du haut de la montagne, Damas disparaît ; nous descendons le revers et nous apercevons, enfoncée entre les gorges grises, la petite et verdoyante vallée de Doummar ; nous descendons ; à son entrée, chicheh fumé dans un café que traverse un pont, au bord de l'eau, sous les arbres. En partant effet produit par M. Courvoisier — gesticule — *[illis.].* La route passe sous les arbres, dans des chemins où l'eau court ; les sources tombent des deux côtés, çà et là, sortant d'entre des buissons suspendus. Un pont, toujours en forme de compas déployé. À gauche on a la montagne grise, nue, sèche ; à droite le cours d'eau et la ligne mince de la vallée, beaucoup de peupliers, peupliers de Virgile[2] dont les feuilles très blanches tremblent et se détachent dans l'atmosphère bleue. — On monte, terrains nus, moins qu'en Palestine ; petits buissons, plus de tons violets et moirés de gris. Arrivée à DIMAS à la tombée de la nuit ; village situé à mi-côte — logés dans une espèce de carrefour cul-de-sac ; deux appartements ; je couche dehors.

À 4 heures vendredi, partis. Chemins très mauvais et difficiles, cours d'eau que traversent les chevaux dans les ténèbres. Au bout d'une heure, nous entrons dans la gorge de EL-BOGAT qui me rappelle tout à fait les Pyrénées, mélange de rochers et de verdure — au milieu, une hyène morte, aux trois quarts rongée, sur la route. Caravane de moucres et d'ânes, qui encombrent les nôtres. Quelques sommets dans l'ombre, d'autres déjà éclairés du soleil levant et bleus — froid, dans nos culottes de nankin — la gorge cesse un moment et reprend. Soldats irréguliers. Les notes ne me peuvent, hélas ! rien dire quant à la couleur des terrains qui souvent, quoique voisins et pareils, sont de couleurs toutes différentes. Ainsi une montagne bleue, et une noire à côté, et pourtant ce n'est ni du bleu, ni du noir !...

À 10 heures, station et sieste dans un gourbi en face de MEDJDEL, assis au pied du Liban, qui me paraît gris, recouvert très fortement de bleu et pointillé de glacis violets — à droite une grande plaine, qui nous est presque cachée par la base de l'Anti-Liban, que nous venons de quitter. Belles grappes de raisin mangées sous le toit à jour de plantes épineuses sèches. Soldat d'Urfa [1] avec des bas de laine de couleur rayée ; Joseph le relance de ce qu'il a touché à mon fusil. Les moucres à ânes que nous avons dépassés arrivent dans le gourbi et achètent du raisin — parmi eux, une espèce de bardache pâle, à ample pantalon vert et à large cul ; pantalon du maître du logis, brodé sur les poches jusque plus bas que les genoux, sur le devant et sur le derrière. — Grande plaine en plein soleil, belle route ; en face de nous, un peu à gauche, au pied du Liban, la longue ligne verte de la vallée de Zahlé. Deux heures et demie de route — un pont — nous entrons

sous les arbres — l'eau coule sur le chemin. Nous arrivons à l'entrée de ZAHLÉ et logeons dans une grande
maison dont on a dépossédé les propriétaires. Une
femme nous donne des fleurs. Ébahissement de toute
la société pendant que je fais ma toilette. Promenade
— à droite quelques maisons sur la colline, à gauche
la vallée pleine d'arbres, surtout de peupliers, et sur le
versant d'au-delà, Zahlé même. La route s'abaisse vers
l'eau, bouquets de lavande sur les bords, et petite fleur
semblable à la violette, mais d'un bleu très pâle. Moulin, c'est là que je suis passé en revenant ; premier village ; la rivière s'élargit — on descend — vieux pont,
vue de Zahlé sur la pente. Bazar (?), sorte de galerie à
poutre. Monté dans la ville, politesse des habitants.
Abou Issa me retrouve dans les rues. Je reviens par le
même chemin. Femme jeune, à œil démesurément noir,
nez régulier, petite, grasse et tenant un enfant, couverte de blanc, à l'angle de la maison que l'on tourne
en revenant du pont. Je longe de l'autre côté la berge
de la petite rivière. Moutards qui en traînaient un autre
sur le cul. Quelques hommes passent et me saluent.
— Le moulin, chameaux, bouquets, odeur, bruit de
l'eau, premiers plans et horizons (composition toute
faite, moment juste) et sous une avancée de toit, une
femme que je vois de loin, qui a tout le bas de la figure
voilé — le nez et les yeux me paraissent, de loin, d'un
style très sévère et très violent. Dîner luxueux[1] — pris
le café sur la terrasse au soleil couchant, en vue des
montagnes à teintes bleues différentes. — Je me couche
sur la terrasse, et accoudé sur mon lit en fumant la
pipe du soir je regarde les étoiles, et trois feux de pasteurs allumés dans la plaine. Nuit froide.

Samedi 14 partis à 6 heures du matin, au jour levant.
Nous marchons pendant six heures dans cette grande
plaine de Békaa, entre le Liban à gauche et l'Anti-
Liban à droite. Les teintes blondes et bleues dominent.
Le Liban est d'une ravissante couleur azur grise ;
l'Anti-Liban presque noir et dans l'ombre. Quand nous

nous sommes levés, toute la plaine était noyée dans le brouillard, cela ressemblait à un grand lac de lait, fluide entre les deux montagnes; peu à peu ça s'est séparé en vapeurs longues qui ont baissé, laissant au fur et à mesure plus du sommet de la montagne à découvert, jusqu'à ce que s'abaissant jusque sur le sol, cette fumée blanche ait disparu en gazes séparées. À notre gauche dans les creux de la montagne, vallons du Liban, nous voyons quelques petits villages: MALAKA, KURBY, TALLIN [1]. Sur le sol, inculte, herbes sèches et petits chardons; au milieu de la route, cours d'eau; monticule sur lequel nous montons et que les mulets tournent. À notre gauche, quelques grandes tentes de Bédouins; tentes noires et carrées, creuses au milieu par l'inflexion du poids de la toile, supportée par des bâtons; des dromadaires épars dans les blondes herbes sèches épineuses et broutant — ils sont gardés par un Bédouin, à pied à côté de son cheval blanc, tout sellé. À 11 heures et demie nous partons en avant tous les trois, pour choisir la place de notre campement. À cinq cents pas de BAALBEK, petit temple rond, supporté par des colonnes; le bleu du ciel et la vue du Liban à travers. Nous tournons tout le pays pour trouver une place où camper, nous nous fixons pour une place près d'un moulin, sous un noyer au sud du temple. La couleur des ruines de Baalbek est magnifique — quelques colonnes sont devenues presque rouges; tantôt à midi, en arrivant, une partie de frise, couronnant les six grandes colonnes debout, m'a semblé un lingot d'or ciselé; voilà un paysage historique comme aucun peintre que je sache n'en a encore fait; rien n'y manque, ni la ruine, ni les montagnes, ni le pâtre, ni l'eau qui coule — et dont j'entends le bruit maintenant; la lune n'est pas encore levée, j'espère la voir demain sur la frise. Vers 3 heures nous sommes sortis visiter le temple où nous sommes restés deux heures; dans la cour, assis sur une pierre à l'ombre, à côté d'un jeune garçon qui nous servait de guide et dont le

nez était brûlé par un coup de soleil, nous avons pensé
tout haut à l'Imperium Romanum.

(Samedi 14 septembre, Baalbek, 7 heures et
demie du soir)

La lune, brillante, dans le ciel bleu cru et froid, luit
sur le petit bois de peupliers qui est derrière nous, noir
maintenant, au bord du ruisseau dans lequel Sassetti a
lavé son linge tantôt.

———————

Le temple ou les temples (l'état de dévastation ne
permet pas de reconstituer l'ensemble) est tout entouré
ou mieux encombré par la forteresse moyen âge qu'on
a bâtie avec et tout autour. — Une partie de l'ancienne
enceinte du temple subsiste encore sur le côté ouest,
c'est là (et sur le côté sud quelques-unes) qu'on voit
d'immenses pierres cyclopéennes faisant mur, que
M. Michaud[1] attribue à un âge antérieur à l'âge romain
— le naos est ce qu'il y a de mieux conservé, il était
orienté vers le nord, son derrière donne sur la plaine
du côté sud. Sur le côté est, colonne appuyée au mur
— c'est non loin de son entrée qu'est la tour où Max a
photographié[2], elle est en croix à l'intérieur ; chaque
fenêtre double ; la largeur de la barbacane a été calcu-
lée sur celle qu'il faut à un archer pour tendre son arc.
Trou au milieu — restes d'une grande colonnade, six
belles colonnes encore debout au milieu de la cour[3] et
constructions romaines çà et là, petites chapelles dans
le mur, couronnées par des consoles, le dessus de l'intérieur est une coquille renversée. L'eau entoure la
forteresse à l'est et au nord. Vers l'angle nord-est, à
côté de peupliers trembles et de saules, ancien petit
temple de Vesta (ou Vénus) avec quelques restes décré-
pis sur lesquels on distingue des fragments de peintures chrétiennes. — L'eau passe par la porte d'une
ancienne maison arabe complètement disparue : c'est
là devant, sous les noyers, que se tenait hier un campement de Bohémiens ; une femme de trente ans envi-

ron, brûlée du soleil, la bouche couverte, des yeux
d'ébène, des dents de tigresse, les pieds et le pantalon
gris de poussière, balançait un enfant suspendu dans
un hamac, couche voyageuse que l'on accroche aux
arbres des forêts et à l'entrepont des navires. — Deux
longs et larges souterrains, l'un vers l'angle nord-est et
l'autre vers l'angle nord-ouest, s'ouvrent sous la forteresse ; le premier est décoré à la voûte par des bustes
pareils à ceux qui se trouvent au plafond de la galerie
extérieure du naos. Le jour arrivant sur eux, couchés
horizontalement, éclaire le front et accuse fortement
les ombres, cela donne de la vie à ces figures où l'on
ne distingue plus grand'chose. Dans ce premier souterrain, nous sommes pénétrés dans deux chambres où
l'on ne voit plus rien. Ces souterrains servaient sans
doute d'écuries à la forteresse. — Le plafond de la
galerie extérieure du naos creusé de rinceaux droits
entrecroisés faisant losange ; au milieu, bustes d'em-
pereurs et d'impératrices, tous méconnaissables (je ne
retrouve nulle part Jupiter et Léda, indiqué dans les
voyageurs [1]). Je me suis amusé avec ma canne à fouiller
un grand morceau tombé.

Les pierres de Baalbek ont l'air de penser profondément — effet olympien — je suis resté deux jours à me
promener seul là-dedans ; le vent faisait voler dans
l'azur bleu les flocons blancs arrachés aux chardons
desséchés qui poussent au milieu des ruines ; quelquefois c'était un battement d'aile subit qui partait de
soixante-dix pieds au-dessus de moi, oiseau caché dans
un chapiteau et qui s'envolait. Comme j'étais dans le
naos — entrée bouchée par un mur de la forteresse —
à regarder la belle couleur rouge des pierres, à ma
gauche, sur le chapiteau de la deuxième colonne est
venu se poser un grand oiseau peint (faucon?), le corps
roux-vermeil et le bout des ailes noires ; il se tenait
tranquillement, remuait les plumes de son col et vivait
d'un air fier — il m'a fait songer à l'aigle de Jupiter.
Comme il était bien là, sur son chapiteau corinthien !

Quelque temps après, j'ai entendu des petits cris d'oiseau, comme une voix de détresse.

C'est en cet endroit à l'entrée que se trouve la plus grande quantité de noms de voyageurs, les anciens disparaissant sous les nouveaux, écritures anglaises, turques, arabes, françaises, gens venus de tous les côtés du monde, et qui me sont plus indifférents et plus loin de moi que les pierres cassées que je foule. Ce témoignage de tant d'existences inconnues, lu dans le silence, quand le vent passe, qu'on n'entend rien..., est d'un effet plus froid que les noms des défunts sur les tombes dans un cimetière.

Aujourd'hui il a fait froid : les bourrasques de vent qui passaient entre les colonnes comme entre des troncs d'arbres, des nuages qui roulaient vite, cachant et montrant le soleil ; quand il paraissait, tout à coup la ruine sculptée s'éclairait, c'était comme un sourire de dieu endormi qui rouvre les yeux, et les referme. La colonnade de l'intérieur de la cour — les six grandes colonnes — vue ayant derrière elle un nuage blond. Mais c'est en pleine lumière qu'elle a toute sa majesté[1].

Neuf chapelles couronnées de consoles dans le naos.

Caserne commencée d'Ibrahim Pacha, à l'ouest.

Vue du Liban du haut de la tour où travaillait Maxime — de la neige entre les sommets.

Arbre[2] qui sert de bûcher au village, quand on va au temple de Vesta.

Aujourd'hui, sieste à midi par le grand vent. Négresses vêtues de blanc que nous avons vues du côté du premier souterrain et que nous avons cru nous appeler — nous les avons suivies jusqu'au second souterrain. Nous nous étions trompés, un enfant et un homme (un Nègre) les suivaient et nous observaient de loin. — Fièvre de Joseph, qui grelotte par terre sous l'amas de toutes nos couvertures.

La forteresse est bâtie avec les anciennes pierres des temples ; on voit dans un mur des pieds de colonnes, des chapiteaux renversés, des fûts de pilastres, etc., le tout agencé selon l'alignement de la muraille — elle est du reste solide et crâne. Sur la frise du naos, petit reste de mur arabe, côté nord.

Dans la cour, arcades intérieures dans les murs, comme à Saint-Jean-d'Acre.

(Lundi soir, 16)

Mardi vers 10 heures nous partons de Baalbek, quittant notre hôte[1] à barbe blanche qui pour nos quarante piastres nous comble de bénédictions. Nous dirigeant droit sur DEIR EL-AHMAR, nous sommes trois heures à traverser la plaine — rien de remarquable si ce n'est le Liban devant nous, composé de deux parties, la première verte, et qui fait bosse un peu jusqu'au milieu de la montagne, et la seconde toute grise. Femmes à visage brun avec des voiles blancs sur la tête, qui coupent des blés dans les herbes sèches de la plaine ; toutes s'arrêtent quand nous passons ; elles nous regardent avec avidité et étrangeté, leur faucille à la main. À 1 heure et demie nous arrivons à Deir el-Ahmar, après que Max en partant au galop a eu occasionné la chute du bagage de deux mules et demie. Nous campons sous une espèce de hangar soutenu par deux colonnes, au milieu des volailles, des chiens, des ânes et des femmes. Elles sont généralement laides et sales ; leurs tétons pointus pendent et ballottent, dans et hors de leur robe, grise de poussière. — Circule lentement, s'appuyant sur une canne, un vieux gueux à barbe blanche épanouie et coiffé d'un haut turban bleu dont la forme me rappelle la coiffure du grand prêtre dans la *Norma*[2] — c'est un prêtre du pays, comme qui dirait le curé de l'endroit. Des hommes à notre droite, sous un hangar du même goût que le nôtre, sont occupés à bourrer de paille des bâts d'âne. Ils paraissent très gaillards, causent très haut et se repassent tous le même galaoum. Un des habitants de la maison se précipite comme un sauvage sur un morceau de sucre que Sassetti cassait pour donner à Joseph, lequel, couché au milieu de la cour, tremble de tous ses membres, grelotte et délire en arabe, en italien et en français. Les

femmes ont comme les Juives un ornement de tête qui
leur pend jusqu'aux fesses, mais non en tresses de
soie ; ce sont trois grosses queues en fils de soie, retenues par des calices d'argent ; ce doit être horriblement lourd.

Je regarde longtemps un enfant de deux à trois ans,
sale et presque indistinguable de haillons à travers lesquels pourtant on retrouve ces jolis petits membres de
l'enfance qui attendrissent les yeux ; il joue tout seul,
sans que personne fasse attention à lui, se parlant à
lui-même en mots indistincts dans son jeune jargon
arabe. Il essaie à lier ensemble et à mettre sur son dos
trois tiges de plantes à tabac, c'est autant de poutres
pour lui — souvent la charge verse et il recommence
avec patience. Je songe aux petits enfants des Tuileries, si propres, si bien habillés, qui jouent avec le
sable sous les yeux d'une dame ou d'une bonne ; ils ont
une pelle, ceux-là, et une brouette ; on leur achète de
beaux joujoux. Celui-ci s'amuse bien tout de même —
sans savoir qu'il y a des jours de l'an en Europe et des
foires Saint-Romain à Rouen[1] !

La nuit, quantité de puces respectable, tintamarre
de volailles, de chiens, de femmes qui se disputent et
d'enfants qui crient, d'hommes qui font des comptes.
Quand tout semble calmé, l'hôtesse vient près du feu
où se chauffait une chienne qui allaitait ses petits,
prend à propos de rien les petits et les jette par-dessus
le mur comme des balles. — Le plus tranquille de la
nuit fut un chameau qu'il y avait dans la cour. Dans
l'écurie se tenait, couché sur le flanc, un pauvre âne
qui se crevait — raidi comme un mort — et qui n'avait
plus la force que de remuer une patte.

Mercredi matin à 5 heures et demie nous nous séparons. Maxime va reconduire à Beyrouth Joseph[2], qui a
toutes les peines du monde à se lever, et moi, menant
tout le bagage, je prends le chemin du Liban avec Sassetti. Il est petit jour. Il fait froid. La première partie
du Liban, celle qui [est du côté] de Baalbek, est verte
et divisée elle-même en deux parties, comme deux

grands flots, l'un qui veut monter par-dessus l'autre
— la première est la plus boisée et pourrait presque
passer pour une forêt ; ce sont tous caroubiers. À
mesure qu'on s'élève, le Liban grandit, et l'Anti-Liban
quand on se retourne, et la plaine quand on regarde à
droite ou à gauche — puis un plateau qui s'incline un
peu en pente et qu'on descend. Au bas de cette espèce
de plaine inclinée, et plantée, coule un ruisseau, torrent d'eau glacée qui descend de la montagne — il
saute de place en place par cascades naturelles ; à une
place un peu plus haut il se rencontre avec un autre,
lequel est divisé là en deux branches ; ça fait quantité
de petits ruisseaux, le tout faisant de grands petits
bruits d'eaux et étant très clair — mon cheval essaie à
boire, mais son mors le gêne, ce n'est pas assez profond. Nos hommes se couchent à plat ventre et boivent. On commence à monter de nouveau, il fait plus
raide, les arbres peu à peu sont plus écartés les uns des
autres et plus petits, il y en a une quantité incroyable
de morts — le chemin, très peuplé, du reste, devient
exécrable, et l'on est obligé de hisser le cheval d'Abou
Ali qui menace de crever de fatigue dans la montagne :
cela ne nous promet pas poires molles pour notre
bagage qui commence, malgré tout le mal que je me
donne, à se diviser et à traîner joliment la patte. —
Quoique de loin le terrain sur lequel nous marchons
maintenant semble complètement privé de végétation,
il y en a quelque peu — çà et là un petit buisson entre
les cailloux blancs et la terre grise. Le ciel renforce
son bleu et la plaine se lève tout doucement vers Baalbek, faisant suite, comme mouvement, à l'inclinaison
des dernières chaînes de l'Anti-Liban. Je cherche des
yeux la neige que j'avais vue ces jours derniers, il y en
a un peu à ma droite, à trois portées de fusil. Sassetti
est pris par le froid et la fatigue ; les mulets vont un
train déplorable ou mieux ne vont presque point. La
vue s'agrandit : dans quelques instants serai-je au haut
du Liban, verrai-je la mer de l'autre côté ? La route
tourne et contourne un mamelon et par une entrée

assez étroite (qui se trouve à droite sous vous lorsqu'on est au sommet) j'entre dans un tout petit vallon
creusé avec un mouvement de cuillère et où il y a une
place d'herbe très verte. On monte encore cinq minutes.
De la neige à droite — quand elle sera fondue, il poussera sans doute de l'herbe à la place.

Du haut du Liban, sur la crête aiguë de la montagne[1], on a à la fois (il ne s'agit que de se retourner)
la vue de l'Anti-Liban, de la plaine de Békaa, le versant oriental du Liban d'un côté — et de l'autre celle
de la vallée des Cèdres et de la mer, bleue et couverte
de brume, au bout de cette gorge teinte d'ardoise avec
des traînées rouges et des tons noirs. La vallée part
d'en face de vous, par une courbe inclinée sur la
gauche, puis redevient droite et s'abaisse vers la mer.
De là-haut, elle a l'air d'une grande tranchée taillée
entre les deux montagnes, fossé naturel entre deux
murs géants. Sur son ton généralement bleu très
foncé, places noires ; ce sont des arbres, dans lesquels
on distingue des petits dés gris, qui sont des maisons.
Aux premiers plans, à droite, mamelons qui descendent vers la vallée comme des épines dorsales régulières, de couleur rose pâle d'ensemble ; la crête de
chacun est presque rouge [*illis.*] et graduellement, en
descendant vers le fond, va s'apâlissant en gris, pour
se marier aux terrains blancs inférieurs. Grandes traînées blanches au milieu des mamelons, entre chacun
d'eux — ce sont les sentiers des ravins à sec. C'est de
côté que se trouvent les cèdres, verts au milieu du gris
qui les entoure. Dans l'ensemble d'un si vaste paysage,
ce n'est qu'un détail, je m'attendais à plus d'importance
de leur part. Du reste, comme bouquet et imprévu
dans la composition, ils sont là d'un bel effet. À gauche,
grand mouvement de terrain, creusé comme une vague,
lisse à l'œil, et tout gris sans verdure aucune. C'est un
peu plus bas que commencent les couleurs vertes.
Vers la droite (du côté de Tripoli), il y a une base de
montagne blanche, c'est celle-là qu'on tourne pour
aller à Ehden, grand bouquet vert à mi-côte, avant d'ar-

river aux plaines qui s'étendent (de ce côté) jusqu'à la mer. Le village de Bcharré, au milieu de ses arbres longs et verts — comme seraient des sapins ? (ce sont des peupliers trembles *[deux mots illis.]*) — a l'air tout penché sur l'abîme, et la vallée (dont, à cause de la hauteur où l'on est, on ne peut voir les pentes qui y mènent) a l'air creusée à pic.

Quand on se tourne vers l'Anti-Liban on a d'abord le Liban. Au premier plan la partie dégarnie de la montagne, puis le plateau qui monte vers la partie boisée. Son fond est grisâtre, çà et là clairsemé de bouquets verts. Le terrain fait gros dos et va joindre la forêt de caroubiers dont on ne peut voir le versant oriental. Vient ensuite, et y faisant suite, la plaine de Békaa, qui a l'air de monter et va s'asseoir aux pieds de l'Anti-Liban qui accumule les unes derrière les autres ses chaînes successives. Il me paraît très large, et plus épaté, plus couché que le Liban. Au milieu de la plaine, la petite montagne que nous avons doublée l'autre jour, en allant à Baalbek ; à gauche, le Liban et l'Anti-Liban m'ont l'air de se rejoindre et d'enfermer la Cœlésyrie[1] — tout au moins se confondent-ils ; à droite les montagnes derrière lesquelles est Zahlé : c'est de ce côté que Maxime est en marche — comme j'étais à moitié chemin à peu près de la montagne, j'ai tâché de chercher dans la plaine si je ne le verrais pas — pas d'oiseau, pas de bruit — plus rien — un vent glacial et l'étourdissement des hauts lieux.

Bêtes et gens m'ont rejoint — tous avariés ; j'avais déjà vu le mulet de la cuisine se rouler, avec tout son bagage, sur la place d'herbe dont j'ai parlé ; Abou Ali et son cheval sont restés dans la montagne. Sassetti m'a l'air plus mort que vif, je suis obligé de lui donner mon paletot pour le réchauffer — ce qui le gratifie d'un air de poussah[2] des plus lourds ; il est gelé, fort triste et démoralisé. Il descend de cheval et ne peut marcher, deux ou trois fois roule sur lui-même, comme étourdi, et finit à grand'peine par remonter à cheval ; c'est grande chance s'il ne s'y est pas tué, il ne tenait pas plus sur sa selle qu'un paquet de linge sale. — À toute minute il me demande pour combien de temps nous avons encore de route; je le réconforte de mon mieux.

Descente (pas de pierres, de la terre seulement). Elle est si rapide que je suis obligé d'aller à pied.

Nous descendons — la vallée s'élargit. Elle n'a plus l'air d'un fossé entre deux murs, mais d'une gorge à pentes très escarpées. Nous laissons les Cèdres sur la droite et nous nous enfonçons dans la vallée. Après nous être carabossés de rochers en rochers et qu'Abou Issa s'indigne toutes les fois qu'on dit «Allah!», voilà mes deux imbéciles qui prennent leurs voix dans les deux mains pour demander la route à des hommes qui travaillaient au loin dans la campagne. Station d'une demi-heure; les mulets batifolent dans les environs — l'âne est perdu, il faut aller chercher l'âne.

Nous sommes à l'entrée du village de BCHARRÉ. Deux hommes arrivent et indiquent aux moucres la route à prendre pour regagner le bon chemin; nous ne devions pas descendre, mais suivre tout droit sur la droite, à partir des Cèdres — il s'agit de monter une colline presque à pic, ou du moins en pain de sucre. Nos chevaux s'en tirent à grand renfort d'éperons; quant aux bagages que j'attends en haut près de trois quarts d'heure, tout fut renversé et l'on fut obligé de porter la charge de trois mulets sur le dos.

Pendant que je suis là, sur le derrière de Bcharré, regardant la montagne qui est devant moi (côté de la vallée) avec ses teintes rouges, places cultivées, ses crêtes grises éclairées, ses vallons déjà dans l'ombre, et les étendues montueuses qui continuent plus loin, confondues dans une couleur vaporeuse bleu-noir, une vieille femme, au visage doux et en cheveux gris hérissés, vient m'offrir dans un pot du riz bouilli. Elle a sur le sommet de la tête une sorte de cône en argent, évasé par le haut et haut de trois pouces environ; cela se met sous le voile et a le dessus un peu convexe. Une grande et mince fille blonde, l'œil bleu, la dent blanche,

et l'air bon enfant, vient peu de temps après se mettre
à côté d'elle à la bride de mon cheval. Tout ce que je
comprends à ce qu'elles me disent, c'est qu'elles m'en-
gagent à rester ici, à passer la nuit chez eux; je vais
me perdre en route et n'arriverai à Ehden qu'après le
coucher du soleil; la jeune fille me fait un œil des plus
engageants, sa figure épanouie rit comme un printemps — et la vieille femme, se plaçant derrière elle et
me la désignant, me fait le geste de main arabe en
répétant «buono, buono». J'hésite à coucher. Sassetti
dort sur ses arçons. Il a eu un «sacré imbécile de
merde» sublime, adressé aux gens qui ont aidé à monter le bagage et qui nous tenaient des discours — dans
sa fureur de ne pas comprendre ce qu'ils lui disaient,
il ne parlait rien moins que «de leur foutre des coups
de sabre» — puis re-calme plat.

On part; deux mulets se foutent dans un trou, ces
braves moucres étant comme toujours à un quart de
lieue de leur bête. Abou Issa arrive; on procède au
sauvetage des mulets (pendant ce temps-là, les deux
autres s'égarent; l'âne est en arrière avec Hussein).
Pour faire grimper les bêtes au niveau du sentier, il
faut aplanir le terrain avec les mains afin d'en dimi-
nuer la pente — néanmoins la mule qui portait les
cantines dégringole. Je crie «taïëb», Abou Issa se
baisse et ramasse deux cailloux — les deux cantines
tombent, je continue «taïëb kébir!»[1]. Abou Issa, un
caillou de chaque main, se frappe les deux côtés de la
tête de toutes ses forces (son turban s'en défait) en
poussant des cris inarticulés où les *H* et les *A* dominent — on se remet à flot, et on part.

La nuit allait venir, il fallait se dépêcher; nous étions
encore à une grande heure d'Ehden. J'enfourche au
trot un sentier qui y conduit. Je m'aperçois qu'il me
mène au haut de la montagne, alors je redescends et à
travers champs je me dirige sur le village. — Un troupeau de chèvres noires broutait au versant d'une colline; le soleil se couchait dans la mer, et sa grande
couleur rouge étalée derrière les montagnes empour-

prait ce côté du ciel — comme serait la queue du Phénix déployée. Quelques coteaux étaient noirs, d'autres
bleu foncé; au fond le massif de verdure d'Ehden. Je
passe à travers tout — champs, rochers, ravins, enclos
de pierres sèches; Sassetti, gelé et les lèvres pâles, me
suit de loin tant qu'il peut.

L'entrée d'EHDEN est charmante — massif de noyers
au milieu de grosses pierres blanches; la route sous
des arbres suit un cours d'eau, le versant droit de la
montagne est planté. Le cerveau me bat dans le crâne
et me fait mal à chaque mouvement du cheval. — Je
demande à un Capucin où est le couvent des Lazaristes, il me fait signe que c'est au milieu du pays — ce
qui me fait m'arrêter à un grand khan en pierres où
un cheval arrêté faillit tuer le mien à force de ruades.
— J'arrive enfin au couvent, grâce à ma pantomime,
et je suis reçu par un jeune Frère fort timide, qui ne
sait trop comment s'y prendre. Il me réveille une heure
après pour manger; je dormais d'un sommeil de mort
et je préfère continuer mon sommeil. Il ne fut pas long
à cause de la quantité de puces qui me torturèrent
toute la nuit.

Jeudi matin promenade au bout du pays jusqu'à une
petite élévation d'où l'on voit Tripoli, au bout de la
plaine, au bord de la mer. Nous causons des Maronites, il me paraît sur la réserve à l'endroit de la question. Il y a quelque temps des ministres anglais[1] de
Tripoli voulurent venir passer l'été à Ehden; ils furent
obligés d'en partir sur la menace que leur fit le sheik
maronite de brûler leur maison. Le même fait se
renouvela une seconde fois, cette fois il y eut menace
de brûler la tente. La chose alla au divan de Beyrouth,
et le droit resta aux Maronites. Les ministres retour-
nèrent à Tripoli. Je demande à mon compagnon s'ils
ont, eux, quelque influence sur la vie civile des Maronites, il me dit: «aucune» — la question était peut-être
trop près du fait précédent. Jalousie du clergé maronite envers le clergé latin. Ignorance de ceux qui sont
mariés; ils sont obligés de travailler, d'aller en jour-

nées; de là, déconsidération et mépris. Vers 10 heures
le supérieur arrive, Espagnol de façons graves, jolie
physionomie brune[1]; il revient de retraite, portant
dans une petite caisse tous les ustensiles sacrés pour
officier. Dans ma première visite, nous causons un peu
des religions chrétiennes de l'Orient; il me paraît jusqu'à présent plus instruit que tous ses confrères que
j'ai vus. Survient le sheik du pays, vilain[2], blond, couvert d'un beau habar de drap noir brodé d'or, et coiffé
d'un turban en soie rouge pointillée d'argent. On cause
Druses, il dit quelques bêtises que relève le prieur. —
Selon ce dernier (on a saisi il y a quelques années,
après une invasion d'un des villages druses, quelques-
uns de leurs livres mystiques, écrits en très vieil et pur
arabe, et on les a envoyés à Paris), voici en quoi
consiste la religion druse, du moins d'après ce qu'on a
pu savoir. Dieu créa le Verbe, lequel créa le Bien et le
Mal. Le Verbe parfois s'incarne et paraît. Maintenant
il est caché, peut-être est-il dans le corps d'une bête ou
d'un scélérat. Tôt ou tard il réapparaîtra; s'il vient un
très grand homme ce sera lui. Quand Napoléon parut
en Orient, les Druses ne doutèrent pas que ce ne fût lui
et voulurent l'aller trouver. — Leur religion est une
espèce de panthéisme très élevé, mêlé de beaucoup de
cabale. Ils sont plus près du christianisme que les
musulmans, selon le supérieur qui me paraît les esti-
mer assez comme intelligence. — Esprit métaphysique
remarquable de quelques Arabes, il a souvent été étonné
de la subtilité de leurs questions théologiques.

Immoralité des populations du Liban, que le supérieur attribue au contact des Turcs lorsque les chrétiens, l'hiver, vont habiter la plaine. Dans quelques
villages le mari «vend l'usage» de sa femme à l'étranger — il y a quelques jours, un prêtre arabe a battu un
Turc qu'il venait de surprendre «faisant des salope-
ries» avec une femme; quand il l'a abordé, il avait son
pantalon couvert de sang et lui a expliqué le motif ci-
dessus.

Je passe l'après-midi à prendre mes notes, entouré

de spectateurs si nombreux que quelquefois ils me bouchent complètement l'entrée de la tente — ils disent qu'ils n'en ont jamais vu une si belle.

Abou Ali se présente — il est arrivé avec sa rosse au milieu de la nuit, ayant été obligé en chemin de prendre, moyennant cinq piastres, un homme pour l'aider à frapper sa bête et à la mener jusqu'ici. Il se plaint beaucoup de Joseph et dit qu'il n'a jamais vu un drogman si méchant ; le tout traduit par le Frère servant de la maison, qui dîne à table avec nous, ne dit mot, et écoute de ses deux oreilles.

Le soir au coucher du soleil, petite promenade avec le jeune Frère — les montagnes sont violettes — il y a des parties de ciel vermeil ardent entre les haies et les branches de noyer. En rentrant, ciel tout orange par la fenêtre du corridor du couvent — beau soir, clair de lune, très clair. Je m'endors sous la tente — seul — et me concentrant dans mon petit confortable.

Vendredi 20. Sassetti me paraît assez malade — il a vomi plusieurs fois — je le purge. Le supérieur est éreinté par sa retraite. J'ai les jambes entourées de compresses d'eau blanche[1], je suis seul sous la tente, les mouches bourdonnent, le soleil brille. Où est Maxime maintenant ?

(Ehden, 10 heures et demie du matin)

Dans l'après-midi, Sassetti va plus mal. Visite du médecin carmélite, grand Italien maigre — il le saigne. Vers 5 heures du soir, j'envoie Abou Issa chercher Suquet[2] à Beyrouth. Soirée d'inquiétude à l'occasion de Sassetti.

Le samedi matin, mieux. Visite du Frère carmélite. Maxime arrive à midi un quart, tout botté, tout étonné, tout échiné. Entre autres nouvelles rapportées de Beyrouth, il m'apprend celle de la mort de Louis-Philippe[3]. — Le soir, avec le supérieur nous faisons une visite au sheik auquel nous remettons une lettre du Père Hazard.

Dimanche. Sassetti est repris de la fièvre. À 5 heures,

nous partons pour les Cèdres ; nous suivons le versant
de la montagne du côté d'Ehden — à 8 heures un
quart nous sommes aux Cèdres. Il en reste peu — mais
éreintés et de taille moyenne pour des cèdres ; et puis
ils sont écrasés comme hauteur par les montagnes
voisines. Il y a cependant quelques vieux troncs res-
pectables, mais dont les branches sont mortes ; dans
quelques années les cèdres n'existeront plus. Quelques-
uns couverts de noms, celui de Lamartine[1] effacé par
un homme de l'ordre quelconque. Sous les cèdres, deux
tentes d'Arabes, vertes — ce sont des Anglais, nous
voyons de dessous l'une sortir une lady en chapeau. Le
prêtre maronite nous offre un tapis et le livre des
voyageurs. — Du sommet du Liban, moins belle vue
que la première fois, à cause de la brume qui couvre la
plaine de Békaa et nous dérobe l'Anti-Liban ; la mer
est grise et couverte de vapeur — la vallée des Cèdres
me semble d'une courbe plus simple que la première
fois ; c'est peut-être parce que je la vois moins bien. Je
ne retrouve plus sa neige et il fait aussi moins froid
que mercredi dernier. Du reste c'est éternellement beau
— je redescends étourdi, tout comme la première fois.
Nous revenons par le village de Bcharré. Cascades
naturelles dans les rochers, chutes d'eau et aspects de
rochers comme dans les tableaux de Poussin — pays
vraiment fait pour la peinture et qui semble même fait
d'après elle. Mûriers et peupliers — nous haltons près
de l'église — enfants — jeune homme qui psalmodie
avec un autre dans un livre non relié — gamin qui ne
sait de l'italien que le mot « si ». Une fontaine pleurante
tombe de la maison du sheik. Nous remontons (en descendant, bu du lait de chèvre que nous offrent des pasteurs dans une tasse de terre ; le troupeau, de la couleur
des terrains, blanc-gris, quelques-unes noires, occupait
les deux côtés de la route, bordée là de pierres sèches,
et se répandait au large). Arrivés à Ehden à 1 heure et
demie, où nous trouvons le Frère carmélite qui vient
encore de saigner Sassetti. Nous allons nous occuper
des préparatifs pour le traîner demain à Tripoli.

Le successeur de Joseph, et son homonyme, petit homme maigre et noir, culotte blanche, pas plus brillant que lui sur l'équitation, point mièvre ni éveillé.

Dans l'église maronite d'Ehden, attenante au couvent des Lazaristes, sacs de toile suspendus et qui contiennent des chrysalides de vers à soie; le nom du propriétaire écrit sur chaque sac; ils le mettent là pour attirer sur le contenu de ces sacs la bénédiction divine. Représentations de l'Enfant Jésus porté dans les bras du moine Maroun[1].

(Rhodes, 4 octobre, vendredi, au Lazaret)

Le soir, dîner chez le sheik, avec M. Amaya. La maison du sheik est une grande maison en pierre où j'avais abordé lors de mon arrivée à Ehden et que j'avais prise pour un khan. On a balayé le devant de la porte pour nous faire honneur. Nous montons l'escalier sans rampes, nous traversons une pièce au milieu d'une foule d'une trentaine de domestiques, et le sheik[2], descendu au-devant de nous, nous fait asseoir dans une grande chambre sur un large divan; il a revêtu son manteau d'honneur et porte le même petit turban doré que lors de sa visite au Père Amaya. — On nous enfume avec de l'encens et on nous jette sur la figure de l'eau de fleur d'oranger; un domestique suit avec une longue serviette pour que nous nous essuyions les mains. Dîner à l'européenne, composé de mets locaux dont je cuyde crever le soir de mal d'estomac[3].

Le lendemain à 5 heures, Max part pour Tripoli[4] avec un guide fourni par le sheik et je reste seul à faire les bagages et à soigner Sassetti. Je plie et j'emballe tout, au milieu de la population qui me regarde et des moucres qui m'embarrassent. Enfin, à 6 heures et demie tout est expédié. Sassetti, qui selon le bon Frère carmélite, devait être parfaitement bien — «domani, niente, signor, niente» —, va plus mal que jamais; la fièvre le reprend; je lui donne dix-huit grains de sulfate de quinine[5], elle n'en continue pas moins. — Abou Issa est revenu avec la lettre de Suquet qui me dit qu'on peut aller jusqu'à vingt par jour. À 3 heures de l'après-midi, il me paraît aller si mal que je ne sais quel parti prendre — je me décide cependant à partir. Il fallait fuir au plus vite et à 4 heures et demie, je le hisse à cheval.

La route jusqu'à Sebhaila, deux heures et demie, a été un supplice ; M. Amaya et moi avions le cœur serré comme dans un étau, qui ne fut un peu dévissé que le soir en arrivant — nous avions peur qu'il ne tombât à chaque pas ; de chaque côté un homme le tenait par la cuisse ; le malheureux garçon ne cessait derrière moi de me répéter : « Quand sommes-nous arrivés ? combien de minutes encore ? » — et M. Amaya quand je me rapprochais de lui : « Pauvre jeune homme ! pauvre jeune homme ! »

À 5 heures moins quelques minutes, j'ai dit adieu au Frère lazariste, à M. Pinna que j'ai embrassé — à toute cette pauvre petite maison où j'avais passé des quarts d'heure anxieux. — Le soleil se couchait — un temps de galop dans le village, avec tout mon harnachement, pour rejoindre Sassetti. Quelques « messir comb'ah crer'h[1] » des paysans. La mule du Père Amaya marchait devant ; nous la suivions avec peine ; nous étions obligés de nous arrêter de temps à autre pour Sassetti, chancelant et aux trois quarts agonisant sur son cheval (éreinté par sa course à Beyrouth ; c'est sur lui qu'Abou Issa était monté pour y aller). Descentes rapides par d'exécrables chemins ; quelques troupeaux de chèvres. À gauche surtout la montagne est superbe, boisée, rocheuse, ardue ; ce sont des lits de torrents, dans lesquels on descend presque en se suspendant aux pierres. Il y a un mamelon, puis une sorte de plateau, puis une seconde descente. Au bas de cette seconde est le village de SEBHAILA où nous arrivons à 7 heures et demie ; il fait nuit close, les chiens hurlent, quelques lumières. Un matelas pour Sassetti est vite étendu dans la maison du curé maronite, dans une grande chambre voûtée — au lieu d'être mieux en repos, notre malade nous paraît aller pis — j'ai peur

qu'il ne meure dans la nuit ; la fièvre est très violente,
le regard fixe. Il n'a plus guère la force de parler et ne
sait plus où il est.

Nous nous installons sous un arbre — sur une
espèce de petite terrasse faite, il me semble, pour recevoir des visites et faire le kief. Le Père Amaya me fait
armer mes armes, de crainte des chacals qui, selon lui,
vont probablement nous passer sur le corps. « Roulez-
vous bien dans votre couverture, me dit-il quelque
temps après, il y a dans ce village-ci beaucoup de serpents. » Je le vois lui-même arranger son fusil et il
montre comment, pour avoir un point de mire, il fait
au bout de la baguette deux petites oreilles en papier.
La lune était superbe ; elle éclairait toute la vallée, la
plaine, et s'allait perdre dans des profondeurs bleu
sombre où se tenait le silence. Nous avons causé des
morts — il m'a conté le jour où il avait quitté sa mère
pour la dernière fois, et tous ceux qu'il a perdus — ç'a
été un des moments les plus graves et les plus profondément poétiques de ma vie. Je me rappellerai longtemps sa grande robe noire se détachant dans le clair
de lune quand il était agenouillé à faire sa prière — et
ses façons si maternelles auprès du malade — sa
patience angélique à faire bouillir une tasse de thé
avec des brins de paille pour Sassetti. Nous dormons
environ deux heures à des reprises différentes, les
puces, l'inquiétude et l'envie de partir matin nous
tenant éveillés.

À 2 heures un quart nous nous remettons en route.
Au bout d'une heure, nous arrivons dans ce qu'on
appelle *la Plaine* et qui n'est qu'une succession de
petites montées et descentes — un long champ d'oliviers, vieux et le tronc rugueux. La lune pâlit ; le jour
va paraître — un ruisseau à gauche de la route ; je descends de cheval et je m'y lave la figure et les mains
avec délices — un troupeau d'ânes, que le Père Amaya
bûche à grands coups de courbach ; je crois que,
lorsque les hommes ne lui font pas place, il doit les
traiter de la même façon — de grands roseaux que

nous longeons par un sentier pratiqué au flanc d'un coteau. — Tout à coup on aperçoit TRIPOLI, ville blanche, étirée en long dans la plaine — la Marine[1], au bout, assise au bord de la mer.

Nous glissons longtemps dans les rues de Tripoli ; quelques enfants saluent le Père Amaya et marchent devant nous, surtout un jeune môme à yeux noirs magnifiques, pâle, nez un peu épaté par le bout, une mèche de cheveux sur la tête, un simple takieh pour toute coiffure. Au couvent des Carmes je ne trouve pas Maxime, parti à ma rencontre ; Hussein, que je rencontre dans la rue, me dit qu'il est parti à la Marine — bref après avoir drogué[2] pendant une grande heure dans le couvent, je rengaine mon dada (sans les bottes, l'état de mes jambes ne me le permettant pas) et prenant avec moi ma pelisse (pour Sassetti) que je mets sur mes genoux, je pars pour la Marine, suivi de mon jeune drôle. À la porte il faut attendre dix minutes pour qu'il prenne un âne, et quand il a pris l'âne, pour qu'il change de la monnaie. De Tripoli à la Marine, temps de galop — une belle route entre des jardins — de temps à autre quelques femmes à cheval, à califourchon, voilées de blanc et en bottes jaunes. Mon jeune guide me suit de très loin sur son mauvais âne — je jouis du plaisir d'être seul, d'aller au galop à cheval en plein soleil, l'ombre du gland de mon tarbouch saute par terre, sur l'herbe mince. — Avec ma grande pelisse étalée devant moi j'ai des allures majestueuses de pacha. — À la Marine, le gros Mustapha-Gasis, agent français, m'aborde et me dit que la barque est prête. Je trouve Sassetti couché sur le dos sous la porte du khan au milieu des marchandises et des chameaux qui passent — je lui fais de la limonade et je reste à attendre Maxime dans un café au bord de la mer — là je vois encore quelques Bédouins, ce sont les derniers, et je dis aussi adieu aux chameaux. Max revient ; il court après moi depuis le matin — enfin nous nous retrouvons — nous embarquons Sassetti, à qui nous faisons un lit sur le lest de sable du bateau. — Nous revenons tout doucement à Tripoli, au couvent carmélite, où nous retrouvons les officiers du *Mercure*. Le lieutenant, à mon nom, me demande si je ne suis pas le fils du médecin. Il me dit s'appeler M. Lenormand[1] et être parent d'Ernest Chevalier. La première et seule fois que je l'ai vu, c'était en 1832 à Rouen, chez M. Mignot, lorsqu'il venait pour subir son premier examen de marine ; il n'avait pas encore vu la mer. — Nous ne nous doutions guère alors, ni l'un ni l'autre, que nous nous rencontrerions sur la côte de Syrie. — À cette époque, il n'avait pas de barbe, et je le retrouve tout chauve.

Instances ennuyeuses du supérieur carmélite pour nous faire accepter un rafraîchissement quelconque — longue visite du Père Amaya. Maxime va voir M. de Choisey et je reste seul avec lui. Nous causons ensemble des passions. Au point de vue chrétien, l'orgueil est la mère de tout péché, comme sentiment désordonné du moi, comme attirant tout au moi, au lieu de l'attirer vers Dieu.

La maison des Lazaristes. J'y avais été le matin et j'avais aidé le Père Amaya à ouvrir les fenêtres et à refaire le divan — grosse femme du procureur — on traverse une cour abandonnée — petit jardin avec deux bananiers à gauche — escalier sans rampe — chambres assez propres — deux tableaux passables dans leur chapelle, entre autres un portrait de saint Vincent de Paul. Le Père Amaya se plaint que les vers lui mangent tous les livres de sa bibliothèque. À 6 heures nous lui faisons nos adieux pour aller dîner chez M. de Choisey.

M. de Choisey (ex-M. Gudin), aide de camp du duc de Nemours, a eu *des malheurs* au jeu et est venu se réfugier à Tripoli[2] ; homme commun et trop poli, vous accable de prévenances. On se sent mal à l'aise chez lui, parce qu'on n'y ose parler de beaucoup de choses. Mme Bellot, sa voisine, tient la maison, tire son ouvrage de la table à travailler, est traitée sur le pied d'étrangère — le langage y est plus tenu que devant la plus honnête femme du monde[3]. Que c'est bête, mon Dieu, de n'être pas franc ! Son drogman Abdallah. Dans quelques maisons d'étrangers on voit ainsi à table un jeune homme vêtu à la turque, fraîchement rasé et de façons agréables ; *sic* chez M. Suquet et chez M. Pistalozza[1]. C'est une position qui serait, je crois, à étudier ; intermédiaire entre la vie turque et l'européenne, il doit savoir beaucoup de secrets de l'un et de l'autre — doit servir au mari et à la femme — n'est qu'un domestique à cent cinquante piastres par mois, et ne peut pas ne pas être autre chose. À Beyrouth on nous a dit qu'il jouait avec lui et ne pouvait s'empêcher de le tricher — à ce qu'il paraît que c'est plus fort que lui ! — Je n'ai pas revu M. Pérétié, qui a une si belle moustache et porte des éperons pour aller en bateau[2]. — Sa rage de la chasse se combinant avec ses vieilles habitudes militaires, il a rêvé pour lui et ses compagnons un *uniforme de chasse*.

Mercredi matin. Partis à 5 heures du matin, seuls, sans drogman ni bagage[3] — les mulets non chargés nous suivant de loin. Cette côte me paraît bien moins belle que celle qui s'étend entre Beyrouth et Sidon : c'est sec et sans grandeur ; du reste, à mesure que l'on avance, ça gagne. À 10 heures nous arrivons à BATROUN sur le bord de la mer, dans un grand khan voûté, où nous employons la pantomime pour avoir à boire et à manger. Une espèce de drôle parlant un jargon italien nous aide un peu. Après l'œuf dur du voyage et quantité de raisin non mûr, nous faisons un somme par terre sur une natte, et à 2 heures nous repartons — la route, comme le matin, est presque toujours en vue de la mer. Pendant la première heure, soif ardente due à la mauvaise eau de Batroun, qui me semble une des plus détestables que j'aie bues en voyage. À 5 heures du soir, arrivés à DJEBAÏL[4], nous campons sous un gourbi, dans un cimetière qui est au milieu du pays ; bêtes et gens se placent alentour. Djebaïl est entouré de murailles. — Je n'ai rien vu du reste, mon pied me faisait beaucoup souffrir dès que je voulais marcher[5].

À 1 heure et demie — la lune casse-brillait — je réveille Maxime, et à 2 heures un quart nous nous

mettons en marche, ayant rengainé pour le dernier
jour de la Syrie mes bottes tout humides.

De Djebaïl à Beyrouth : dans une vallée étroite, seul
chemin que l'on puisse prendre pour aller de Beyrouth
à Tripoli. Tout au milieu et gardant le passage, un château-fort bâti sur un rocher séparé, qui se trouve là
comme mis exprès et comme un grand bloc poussé.

La baie de DJOUNIÉ, à moitié route, s'ouvre tout à
coup à gauche, et les montagnes du Liban que l'on voit
de Beyrouth apparaissent tout à coup. Il a l'air de s'y
faire beaucoup de commerce — nous y avons vu quantité de chameaux, quelques barques ; on faisait des
constructions.

Encore presque au clair de lune, nous avons traversé NAHR IBRAHIM[1] — le fleuve d'Adonis qui tourne
entre de grands roseaux. Dans le crépuscule du jour
naissant, deux ou trois hommes, à espaces différents,
que nous avons vus embusqués, nous paraissaient
attendre du gibier humain ; le fleuve d'Adonis m'a
semblé de couleur verdâtre comme ses roseaux et sortir d'une vallée étroite et profonde, où les rochers (les
murs des deux côtés) étaient taillés à pic.

NAHR EL-KELB, le fleuve du chien ; pont très élevé
qui monte et descend ; dans la montagne, figures en
bas-relief à même le rocher et dans des poses égyptiennes ; mais de loin me semblent plus frustes.

Jusqu'à Beyrouth — au bord des flots, pataugeant
dans le sable mouillé, et nous éclaboussant d'eau. Lutte
d'équitation.

Nous tournons à gauche, nous marchons sur du
sable rouge ; la route bordée des deux côtés de grands
roseaux. Nous passons sur un pont où nous étions déjà
venus un matin que nous avions fait une promenade ;
nous rencontrons quelques femmes à cheval, un Turc
dans son tartaravanne[2] qui suit son harem, des gens
de la campagne — et à 9 heures du matin nous sommes
rentrés à BEYROUTH ce jeudi 26 septembre.

Pendant que nous étions occupés à retirer nos bottes,
entre M. César Casatti qui en qualité de compatriote

venait nous faire une visite. — Nous retrouvons aussi ici le docteur Poyet, que nous n'avions fait qu'entrevoir au Carmel[1].

Balles de l'Hôtel Battista! M. César Casatti, perruque brunâtre tenue par des lunettes, moustaches et pointe, habit, canne, un chapeau gris, touriste propre et bien tenu, d'un galbe aussi inepte que son patron.

Le docteur Poyet; appelle la mer «l'onde amère», gros, court, empâté, vif en paroles, profil mêlé de Germain et de Théophile Gautier; emploie des mots scientifiques dont il ignore la valeur, beau parleur, vous mangeant dans la main, sale monsieur; son épouse et son enfant maladifs et laids; toute la santé s'est retirée au papa. Un sheik et son élève — lunettes, pas de barbe, chapeau de paille, air étonné: «est-ce vrai?! par exemple». Instituteur allemand avec son jeune homme, jeune Russe, blond et rouge.

Courvoisier[2], jeune Suisse de Bâle, convenable, voyage en horlogerie; toujours bien brossé et propre d'habits.

———

Nous passons notre temps à Beyrouth à faire nos paquets[3]. Nous dînons trois fois chez Suquet[4]. Matinée chez Rogier, moins agréable que la première[5], les dames ayant moins d'entregent et me paraissant d'ailleurs appartenir à une classe de la société moins relevée.

Dimanche, dîner chez M. de Lesparda, avec Artim bey[6].

Le docteur Pistalozza et sa ronde petite femme, succès photographiques d'iceluy[7].

———

Le mardi 1er à 4 heures nous nous embarquons à bord du *Stambul*, où nous sommes reconduits en canot par le jeune Henri Dantin, commis de Rogier.

Tout le côté bâbord des premières est occupé par des Turcs et par un harem séparé des mâles et dans

son box comme des chevaux — les femmes, blanches,
négresses, jeunes, vieilles, sont étalées sur des matelas
et des tapis. La pauvre femme du docteur Poyet est
aussi là avec son enfant. J'ai vu peu de choses plus
tristes que le chapeau de cette femme, brun, passé,
avec quelques fleurs fanées ; il était appuyé sur le toit
de la chambre à côté des bottines de Monsieur. Il a
donné sa démission et va s'établir à Constantinople ;
— il nous a dit avoir été déjà au service de Méhémet
Ali, et du shah de Perse. Il y a à bord le mâlim du
pacha du pachalik[1] de Beyrouth et le sheik de Beyrouth. Le premier gros et blanc, beau jeune homme,
couvert d'une demi-pelisse doublée de mouton, lorgnette, chaîne d'or, gilet de soie, habillé à l'européenne, portant ses souliers en savates, à la turque ; le
second, homme maigre, à long nez, à barbe noire, turban et ceinture verte, ensemble déplaisant. Le capitaine italien, comme tout son équipage, parlant le
turc, pas de barbe sauf une petite moustache — « la
pipa di sua eccellenza[2] ». Le lieutenant, grand, bossu.
Un petit Turc, espèce de bardache à peau blanche et à
cheveux noirs, coiffé d'un bonnet grec de Mlle Ber-
nier.

Avant de partir il est venu s'asseoir à côté du gouvernail une grande jeune femme noire et maigre, à la
taille brisée, à la face pâle — bracelets en fils de jase-
ron en or, dans le sens de la largeur du bras, et réunis
par un fermoir commun — le bracelet large d'environ
trois pouces et faisant gant — œil profond et prodi-
gieusement noir. À côté d'elle une vieille et grosse
femme, profil à la George[3], choses superbes dans le
bas du visage, pleines et riches comme dans le buste
de Vitellius[4] — air triste. Elles étaient en deuil ; un
jeune homme vêtu à la grecque et en deuil aussi leur a
tenu compagnie quelque temps sur le pont, puis est
parti, quand le navire a levé ses ancres. — Avec elles,
deux Négresses vêtues de robes jaunes ; l'une avait en
outre une veste rouge — figure tout à fait animale,

téton ballottant dans son corsage — se tenait appuyée debout, les mains écartées sur le bastingage du navire[1].

———

L'enfant du mâlim, petite fille de trois à quatre ans, les sourcils joints par de la peinture.

———

Mercredi matin à 6 heures, nous ancrons dans la rade de LARNAKA. La Marine étend sa ligne blanche au bord de l'eau — la côte de Chypre me paraît nue et sèche, on doit y cuire. Quelques palmiers. Larnaka est dans un pli entre la Marine et le pied des montagnes — le mont Olympe est pointu, un peu échancré du côté droit (est) et de couleur brunâtre — léger. Les côtes de Chypre me semblent ressembler à celles de Syrie.

Les côtes de la Karamanie[2] moins hautes mais plus boisées.

Vendredi — Par un temps froid et couvert de nuages, nous entrons dans RHODES. La mer, houleuse toute la veille, est loin de se calmer et nous dansons très gentiment pour atteindre les cahutes de la quarantaine[3], où le pacha nous fait de suite apporter à dîner. Visites de son interprète et de M. Pruss[4], *vice*-consul de France.

(Lazaret de Rhodes, dimanche matin 6 octobre 1850)

Rhodes

Mardi 8 octobre 1850. Sortis de la quarantaine[1] à 7 heures du matin. Nous logeons au casin[2] de M. Simian[3], dans le faubourg européen, côté nord de la ville. Chambres de cabaret de campagne. Sa bibliothèque[4]. Il reçoit jusqu'à trois journaux!

Visite de M. Alkim, interprète du pacha.

Pruss vient nous voir; sa petite fille est morte l'avant-veille au soir. Quand ils sont entrés dans leur logement, une hirondelle est tombée du plafond au moment où ils entraient dans le salon. Quelques mois auparavant son enfant avait fait avec du papier une enveloppe à chaque domino, ce qui est aussi un présage de malheur.

PROMENADE DANS RHODES[5]

Nous longeons, quelque temps, le bord de la mer — nous entrons dans la ville par une porte basse trouée dans les murailles. Petit port avec une douzaine de bateaux amarrés; trois en construction; bruit des marteaux. — Konak du pacha à droite: grand bâtiment carré et bas. Devant restent des ifs et des croissants en bois, qui soutenaient des illuminations lors de la visite récente du sultan à Rhodes[6]. Nous longeons le port — cabarets grecs et boutiques séparées de l'eau par une rangée de grands et beaux arbres: tilleuls? platanes? Nous rentrons dans la ville sur la droite, par une porte ouverte dans la muraille, mais plus moderne que la muraille et faite après elle.

RUE DES CHEVALIERS. Va en montant, assez large, vide — grandes marches d'une vingtaine de pieds de large. Les moucharabiehs sortent des maisons de pierre. Les plus belles maisons sont sur la droite en montant ; écussons nombreux — fenêtres carrées, séparées en quatre par des croisillons de pierre — porte ogivale. Silence. De temps à autre un enfant turc qui joue. Le ton général de la rue est gris — c'est plus triste que beau. En haut de la rue est une grande porte ou grande arcade qui va d'un côté de la rue à l'autre. Lorsqu'on est en dedans de cette porte, elle est irrégulièrement double, les deux ogives ne se répondent pas ; ainsi du côté droit les deux linteaux sont l'un contre l'autre, tandis que du côté gauche il y a un intervalle entre eux.

Là on se trouve sur une petite place ombragée d'un grand platane. À gauche est l'église Saint-Jean, en retour à droite la maison du Grand-Maître, en face une maison, à jolies croisées encadrées de chardons — délicieux coin herbu, silencieux.

ÉGLISE SAINT-JEAN. Fenêtres ogivales. Le vaisseau est couvert en bois. Jadis c'était peint en bleu avec des étoiles d'or. Huit colonnes de porphyre badigeonnées, quatre de chaque côté ; trois ont des chapiteaux presque corinthiens, deux autres sont de simples tailloirs. Le huitième a des espèces de pointes rangées symétriquement en cercles. Au fond du chœur, fenêtre carrée à barreaux de fer — une vigne passait à travers, pénétrée de soleil ; deux ou trois tombes de Grands-Maîtres, beaucoup sont absentes, presque toutes fort endommagées. C'est maintenant une mosquée, et mosquée peu respectée à en juger par le sans-façon dont on la traite [1]. La keblah [2] et le minbar [3] sont à droite.

Nous étions entrés par une porte latérale, nous sommes sortis par la porte principale au bout de la nef ; elle est en bois et ornée encore de trèfles et de fleuronnements. Deux sièges à la porte devant les marches ; l'un est un chapiteau corinthien en marbre blanc, l'autre un petit autel à sacrifices entouré de guirlandes, porté par des têtes de bœufs.

Il y avait deux Anglais dans l'église, l'un peignait et l'autre grattait des inscriptions. J'ai retrouvé le premier, ancien officier de marine militaire, dans la diligence de Como à Lugano.

Pendant que Max prenait des notes dans l'église, j'étais devant, sur la petite place. Deux femmes turques voilées montaient la rue, une de chaque côté sur l'espèce de petit trottoir creusé par les pas des passants qui borde les maisons — il faisait silence — le ciel était couvert. La première était en vert, l'autre en bleu, toutes deux en yachmak[1] blanc. Toutes deux âgées. Celle qui était habillée en vert était grosse et s'est détournée plusieurs fois pour me voir. On n'entendait que le bruit de leurs bottines jaunes traînant sur les dalles. Elles allaient lentement.

Nous redescendons dans la ville. Il y a parfois des passages voûtés ogivaux communiquant d'une rue à l'autre, sous lesquels les matelots mettent à sec leurs antennes et leurs avirons.

Les bazars sont clairs et n'ont plus le caractère oriental — ça sent l'épicier grec. Grands cafés animés, vitrés ; souvent est accrochée à la muraille une peinture qui représente une sorte de lion à tête de femme (Alborak[2] ?). Il y a dans cette rue des cyprès, des mûriers ; la rue est large. — Pris un bain dans un bain turc à droite en montant la rue.

VISITE AU PACHA, Mehemet-Regib Pacha — gros et bon homme empâté. Quelques livres sur son divan. Un *Brué*[3] ! Il pioche le français. Pruss lui doit lire *Gil Blas* ; il se fait lire la *Révolution*[4] de Thiers. Il nous demande si nous ne pourrions pas lui faire avoir le Traité universel et tous les traités de la France avec la Porte. Pipes à bouquin endiamantées. Café dans des godets d'émail et de diamant.

TOUR SAINT-NICOLAS. Haute et carrée ; aux quatre angles, échauguettes. La plate-forme est surmontée d'une tourelle à laquelle on parvient par un escalier en bois. Les remparts sont chargés de canons dont on a couvert les lumières avec des pectoraux de cuirasses. Fiente de pigeons dans l'intérieur de la tour. Dans l'intérieur une chambre à voûte ogivale. — Ciel gris, pas de soleil — temps triste.

La tour Saint-Nicolas est au nord de la ville et de l'île.

Au-dessus des terrasses des maisons gris-noir s'élancent huit minarets parmi lesquels les plus hauts sont ceux des mosquées de Saint-Jean et de Soliman ; quelques palmiers sortent d'entre les maisons. Derrière la ville, coteaux boisés habités, au-delà crête dentelée des montagnes violettes ; au sud-est, grande baie qui s'avance en demi-cercle dans des terres incultes et couvertes de chardons ; dans le nord-ouest, le quartier franc — mâts de pavillons consulaires ; entre lui et la mer, une langue de sable — au bout de cette langue de sable, des moulins qui tournent ; avant le port, ruines d'un ancien môle où sont amarrées quelques petites barques.

TOUR DES FORTIFICATIONS. Toute la partie que le sultan devait visiter a été blanchie à la chaux.

L'ancien port des galères était compris entre la rue des Chevaliers et la muraille maintenant fermée, comblée de débris.

Partout où les murs ne donnent pas immédiatement sur la mer ils dominent un fossé large, profond et souvent creusé dans le roc. Couleuvrines usées — énormes affûts de canons — beaucoup sont aux fleurs de lys de France ; l'un d'eux a été évidemment rogné. Pendant le siège[1] un boulet parti de là enleva un vase des mains de Soliman qui faisait des ablutions ; il jura qu'il rognerait la pièce et tint parole après la victoire.

Les trois enceintes se voient très bien du côté sud-est.

Sur les murs, longues traînées de plomb fondu et de résine. Elles commencent à peu près à moitié de la hauteur de la muraille.

Nous avons à gauche la mer, à droite la ville, nous plongeons dans les jardins et sur les terrasses des maisons ; çà et là à une fenêtre, une Juive. Figuiers énormes — de temps à autre un palmier ; intérieur de tours turques, orangers et citronniers.

La ville sous le ciel en deuil est d'un ton gris désagréable, ce qui tient à cette vilaine couleur sèche grise des pierres.

L'ARSENAL. — Rien, un palmier dans la cour — de vieilles carabines turques ; quelques hallebardes et fauchards.

PALAIS DES GRANDS-MAÎTRES. Insociabilité des Kurdes qui l'habitent[1]. — Le camarade de celui qui nous répondait du dedans si brutalement portait sur la tête une petite jatte de lait et ne disait rien. Haut turban, pantalon à grandes raies rouges. Intervention de l'officier turc ; il débarricade la porte et nous ouvre.

Grande cour quadrilatérale ruinée, couvercles carrés pyramidiformes, en bois, pour recouvrir du grain. Sur la face nord grand escalier, une galerie en dessus. C'est au bout, vers le corps de bâtiment supérieur, qu'est le harem des Kurdes exilés.

Le soir, visite à Pruss — sa mère ! — sa femme ! Les Turcs et les Juifs sont seuls admis à habiter dans *l'enceinte* de la ville[2]. Pourquoi les Juifs ? est-ce en récompense de quelque service rendu pendant le siège ?

Le drogman du consulat de France était un petit vieux juif, roux, très poli, très vif. Nous avons été lui faire une visite ; maison propre. Limonades, et gâteaux d'amandes au miel.

Sa belle-fille, femme de trente ans ; fort grosse, rousse, mais dont on ne voit pas les cheveux — excitante. Babouches jaunes, robe-redingote vert et or, ceinture large brodée d'or et rattachée par deux énormes plaques d'or, veste noire brodée d'argent, seins cachés par une chemise de soie écrue plissée — grand chapelet de piastres d'or tombant sur sa poitrine — collier très serré de filigrane d'or à grosses plaques — les cheveux sont cachés, et la tête est couverte d'un tar-bouch disparu sous un foulard roulé en turban.

Sa petite fille, belle enfant de huit ans avec de fins cheveux roux sortant en petites boucles de dessous son tarbouch presque caché par un amas de piastres d'or et de réseaux de perles fines. Au col, collier de larges piastres — même vêtement que sa mère — à la ceinture une belle plaque — des anneaux aux doigts — des bracelets aux bras. — C'est sa mère qui nous offre la limonade.

L'intérieur de la maison est pavé de petites pierres noires et blanches.

EXCURSION
DANS L'INTÉRIEUR DE L'ÎLE

Mercredi 9 octobre, sortis de Rhodes à 10 heures du matin. Il tombe de la pluie ; nous sommes sur des mulets, ce qui nous donne un chic de touristes anglais voyageant en Suisse. Nous longeons le bord de la mer, elle est couleur de plomb ; nous avons de petits rochers à notre gauche ; temps gris et bête.

TRIANDA

Premier village, TRIANDA. Beau chemin entre des arbres. Maison anglaise où nous buvons un verre d'eau. Un très beau chêne. Les maisons anciennes sont géné-ralement carrées, quelquefois il y a une tourelle en haut. — Des chênes et des myrtes. Pendant la pluie nous passons près d'un myrte sous lequel il y a un homme et une femme à l'abri. Rhodes a un caractère pastoral antique ; c'est moins sauvage que la Corse. Aspect gras, giboyeux — volées de ramiers et de perdrix.

Après Trianda on tourne à gauche — champ d'oli-viers. Nous gravissons le raidillon qui mène à PHILÉ-RIMOS (l'ancienne Rhodes), situé sur une hauteur. Les grands pins d'Italie au bord du ravin tranchent par leur verdure pâle sur la couleur presque noire des montagnes. Notre sentier est bordé d'arbousiers avec leurs fruits, de myrtes, de rhododendrons et de bruyères gigantesques. Nous montons jusqu'à une fontaine qui coule sous un grand mûrier ; à côté est une petite maison blanchâtre perdue dans la verdure, et précédée d'une tonnelle droite, toute couverte de pampres.

Là nous quittons les mulets et nous montons à pied — sapins verts au pied d'une sorte de falaise rouge.

PHILÉRIMOS

Tout le sommet de la montagne était certainement autrefois ceint de murailles entourant la ville et la forteresse. Deux ruines moyen âge — la seconde, celle du côté est, plus grande, mais ces deux ruines (ruines d'une église gothique convertie en bergerie) sont sans importance.

De la hauteur de Philérimos on a sous soi un immense cirque dont on occupe le sommet. Au premier plan des sapins verts, et au bout du cirque la mer — en face, la côte de Karamanie — des montagnes des deux côtés, qui forment les parois (s'abaissant et fuyant) du cirque. Quand on se retourne du côté de l'intérieur de l'île, ce sont des vallons et des mamelons gris couverts de grandes plaques vertes çà et là ; les derniers plans sont bleus et bruns.

Nous redescendons la montagne — la route continue dans la plaine.

KRÉMASTI

Église grecque, très propre. Le saint Jean est avec des ailes (on retrouve constamment dans les églises grecques saint Jean, saint Georges et saint Spiridion ; dans l'église de Kolossi le portrait de Spiridion est sur un pupitre séparé) — parvis très propre, mosaïque en cailloux blancs et noirs faisant des arabesques, des ifs, etc. ; ce dallage est très répandu à Rhodes, et on le retrouve sur les ponts (qui sont loin d'être beaux comme

ceux de la Syrie). Nous allons à pied jusqu'au village.
Un café dont on répare le toit et où l'on manque de
nous assommer. Nous y fumons un narguilé et mangeons du pain et des raisins.

VILLANOVA

Trois ou quatre maisons — ruines du château où il y
avait une église — un peu de souterrains. La mer vue
par l'encadrement des brèches. Une petite fille, de
douze ans, en blanc, se sauve de nous, avec frayeur, en
poussant des cris[1].

Nous suivons la plaine. — Dans un champ entre
nous et la mer, femmes qui travaillaient; elles étaient
toutes en blanc et la tête baissée, je les avais prises de
loin pour des tombeaux turcs.

On traverse le lit d'un ravin desséché. Lauriers-roses.
On tourne à gauche.

KOLOSSI, sur une petite éminence.

Église grecque : un Jugement dernier dans le goût
de ceux de Saint-Saba[2] ; un saint Georges terrassant le
démon, lequel a barbe et cheveux blancs et ressemble
à M. Mayart, conseiller de préfecture à Rouen. — Notre
moucre Dimitri[3] embrasse les pieuses images.

Champs pleins de chênes et d'oliviers — d'oliviers
surtout. L'île de Scarpento en face de nous un peu sur
la gauche. Le soleil se couche ; brume à l'horizon ; les
nuages sont vert pâle, bordés d'or, la mer brune, les
montagnes du fond violettes presque noires — feux
d'herbes dans les champs comme nous arrivions à
SORONI. Nos mulets passent dans la fumée.

Quelques beaux chiens dans l'île, lévriers.

Au bas de la descente de Philérimos, de beaux chiens
roux nous regardent passer.

Nous avons marché, ce jour-là, sept heures.

SORONI

Nous couchons dans une grande salle séparée par
une arcade au milieu. L'ornement principal consiste

en une quantité d'assiettes communes, peintes, accrochées par un clou et un fil à la muraille ; les derniers rangs sont si haut qu'il faut une échelle pour y atteindre. Max couche sur l'espèce de *dikkeh*, estrade qui est à droite en entrant, moi par terre sur mon matelas. Les deux moucres sont couchés à côté de la cheminée, Stéphany[1] et Sassetti par terre sur une couverture ; les deux époux maîtres de la maison, en retrait dans l'enfoncement. Une lampe pend de la voûte et éclaire la chambre, une autre domine l'estrade ; la première s'éteint d'abord, puis la seconde. — Les puces ! — Couché sur mon matelas je regarde cet intérieur rustique — je vais fumer des pipes dehors. Je rentre quand il fait trop froid — il pleut un peu — à 2 heures et demie, les moucres se réveillent et rallument. Nous parcourons le village pour avoir du café. Stéphany m'apporte du *phrascomia*, sorte de tisane sauvage dont font usage les vieillards d'ici ; c'est un tonique et un réchauffant. Nous faisons pas mal de bruit dans le pays et nous troublons le sommeil des habitants. — Plaisanteries de notre Dimitri qui est un gaillard très aimable et spirituel.

Nous partons à 6 heures du matin. — Verdures ! verdures ! ravin à sec.

DIMILIA

Nous passons à travers le village de Dimilia, il est dans un fond, ses maisons grises disparaissent sous les pampres. C'est à Rhodes qu'il faut envoyer les jardiniers pour leur apprendre ce que c'est que la verdure grimpante. Nous passons sous un chemin presque couvert par la quantité de plantes qui se sont accrochées aux arbres, et nous montons — nous gravissons la montagne de Foudoukli, c'est un étourdissement de verdure, myrtes, rhododendrons, chênes, oliviers chargés d'olives — nous mangeons le fruit rouge de l'arbousier, Stéphany m'en cueille à un arbrisseau sur ma gauche — c'est pâteux, quoique sec, et a un goût de grenade parfumé.

FOUDOUKLI

Déjeuner sous de grands platanes dont l'écorce écaillée est tombée à terre. Avec les platanes de Godefroi de Bouillon[1] aux Eaux d'Asie, à Constantinople, ce sont les plus beaux que j'aie vus. Coule un ruisseau d'eau claire, à la glace. Nous mangeons des œufs durs et du poulet froid. Stéphany et Sassetti écrivent leurs noms sur l'écorce des arbres. Maintenant c'est une forêt presque permanente de sapins d'un vert tendre ; tons foncés des myrtes à côté, couleur rouge du feuillage ; des arbrisseaux épineux morts ; grands squelettes de sapins brûlés, noirs et qui jonchent le sol dans les éclaircies comme de grands serpents morts et raidis.

C'est dans ces parages que se trouvent le plus de daims. Ils ont été introduits dans l'île par les chevaliers. L'inimitié de ces animaux pour les serpents n'est point une fable ; le daim piétine dessus jusqu'à ce qu'il les ait tués. L'odeur de la corne de daim brûlée chasse les serpents des maisons. Tout cela m'a été affirmé par M. Aublé, propriétaire à Rhodes. L'usage des bottes pour les hommes et les femmes (ὑποδήματα) vient bien sûr de la quantité de serpents. Usage commun à Rhodes, Chypre et Candie.

Aujourd'hui nous rencontrons peu de monde : 1º une femme marchant avec des bottes (bottes jaunâtres) et dont le bas de la jupe, fourré dedans, était brodé ; 2º un homme à cheval, la femme derrière marchait à pied et portait le fusil.

APOLLONA

Cinq ou six maisons assez sales. — Nous y dormons une heure, sur une natte dans une cour, à côté de femmes qui filaient des cordes de poil de chèvre. Ruine d'une tour crénelée, insignifiante.

Devant nous s'étend une grande montagne boisée à sa base et dont le sommet nu est couvert d'un nuage gris qui nous envoie de la pluie. Nous traversons un ravin plein d'eau.

ARTAMITI

Deux maisons — église grecque complètement nulle.
Je ne vois rien des ruines du temple d'Artémis qu'on
dit être là[1].

Bonne odeur des pins; bruyères hautes, et plus hautes
même qu'un homme à cheval. On descend — on
monte — on redescend. Derrière une montagne on
trouve tout à coup le village de Laerma.

LAERMA

Des bœufs, des femmes en blanc — arbres fruitiers,
une trentaine de maisons, basses — le village est
dominé par un amas de rochers. Stéphany est pris de
la fièvre.

Nous logeons dans une maison où une petite femme
enceinte avec son gros ventre, et un sale enfant, broie
du grain sur le moulin en pierre — pendant que je suis
assis, en dehors sur le petit mur d'appui, une vieille
femme file au fuseau debout près de moi; elle a l'air
doux, pas de dents, menton en galoche; ses cheveux
sont plus blancs que le coton qu'elle file. — De crainte
des puces, je vais me coucher sur la terrasse d'une
maison voisine à côté des mulets. J'y reste sous mes
vêtements et sous la pluie jusqu'à 2 heures du matin.
Le ciel était couvert d'étoiles. De temps à autre un
nuage passait dessus, les voilait, et crevait sur moi;
puis le ciel s'éclaircissait de nouveau sur ma gauche,
les étoiles reparaissaient et les nuages revenaient.
J'écoutais la pluie tomber sur le capuchon de mon
paletot, rabattu sur ma figure, comme sur la capote
d'un cabriolet. À la fin, me trouvant au milieu d'une
mare, je suis rentré dans le gîte où tout le monde dormait par terre — Maxime près de la cheminée éteinte.
Au bout d'une heure où j'étais resté assis les coudes
sur les genoux, je me suis couché par terre, sur la
terre, le plus près possible de la porte, et j'ai dormi
jusqu'à six heures.

De Laerma à Lindos on descend — la terre mouillée

par la pluie de la nuit était grasse, recouverte des détritus de la forêt, nos mulets marchaient dessus sans bruit ; des nuages bas s'envolaient, levés par le vent frais du matin. Les pins s'égouttent, le soleil passe à travers, la verdure a des tons d'or et de bronze — d'or dans les lumières, de bronze dans les ombres. — Grandes places de la forêt, brûlées, manière de défricher à laquelle je suis habitué depuis la Corse ; quelquefois un pin est brûlé par le bas, il a repris vigueur et est verdoyant par la tête.

Nous tournons dans le sud. Je marche à pied pour me délasser de mon mulet. Un golfe — la terre s'étend en langue du côté gauche ; la végétation cesse brusquement puis on tourne à droite, marchant parallèlement au sens du rivage. Montagnes de rochers nus, en marbre bleu turquin très foncé. On monte ainsi et l'on descend successivement deux collines — le soleil est très chaud. Je marche avec furie, seul moyen que je sente d'aller, tant je suis brisé par toutes mes nuits d'insomnie précédentes et par mon mulet que je maudis du fond du cœur.

LINDOS

On aperçoit Lindos[1] à gauche au bas, au bord d'un petit golfe ; la ville s'étend en demi-cercle, entourée de jardins pleins de figuiers, de vignes, de mûriers ; la route est au bord de l'espèce de falaise qui contourne le vallon au fond duquel est Lindos. — Maisons blanches — beau village éclairé et propre — mer bleue — silence. À l'entrée du golfe, deux rochers ; à l'entrée de la ville une fontaine turque en marbre blanc, avec quatre robinets, ornée d'une inscription turque, ombragée d'un grand platane.

Nous descendons chez une veuve, à réputation suspecte, et honnie dans le pays pour avoir été de connivence avec un pirate ; femme d'environ 40 ans, jadis belle. Mosaïque en cailloux noirs et blancs, intérieur propre, un violon au-dessus du divan.

La forteresse domine le pays et est à pic sur la mer ;

des escaliers larges y mènent. Sur le plateau de la forteresse, des arbres sont venus au hasard : un figuier
sauvage, un arbousier ; il y a un palmier qui d'en bas
couronne le tout et passe sa tête par-dessus les murs.
— Restes de murs antiques, grecs, admirablement
construits, à pic du côté de la mer et dans les rochers
sur lesquels la forteresse est bâtie, en bas il y a des
excavations dans lesquelles la mer s'engouffre ; elle est
immense et tranquille, couleur vert fond de bouteille
en bas, sous moi, quoique transparente. Je la regarde
longtemps entre les créneaux des vieux murs. À gauche
du côté de la terre, vue du golfe. J'ai derrière moi, au-
delà de Lindos, la montagne sèche, grise, un peu bleue
à ses pieds ; une plate-forme : c'est là qu'est le temple
troglodytique de Minerve. Le village est dans le fond,
au bas de la forteresse, avec les terrasses blanches de
ses maisons. Maxime va voir le temple [1] et moi je ne
peux me détacher de la forteresse où je reste le plus
longtemps possible. C'est ce qui m'a le plus impres-
sionné de toute l'île de Rhodes.

Nous repartons à 2 heures — nous reprenons quelque
temps la même route, puis nous la laissons à gauche et
nous tournons une petite baie — un promontoire de
rochers — une seconde baie plus large. Les pieds de
nos mulets enfoncent dans les cailloux de la plage.
Nous quittons le bord de la mer.

MASSARI

Nous passons près de Massari caché dans la verdure. Un maçon qui travaille à une maison — cour
verte, avec de splendides et énormes grenades qui pendent aux branches de l'arbuste. Mon mulet me secoue,
je descends — il m'échappe — course à travers le village pour le reprendre — je remonte dessus. Je ne
peux plus aller dessus qu'au pas ou au galop. Grande
plaine — nous marchons pendant près d'un quart de
lieue dans le lit desséché du GADOURAS POTAMOS [2], il
est plein de cailloux et de lauriers-roses.

MALONA

Enfin nous arrivons à MALONA, dans une grande maison où l'on nous dresse des matelas ; nous nous étendons dessus, nous prenons le café, et je fume deux narguilés, ce qui me ranime complètement.

De Malona à Arkhanghélos, route charmante, touffue, herbue — petits chemins creux en berceau, haies épaisses, des figues aux figuiers, des grenades aux grenadiers ; un cours d'eau apporté de quelque ruisseau voisin disparaît entre les haies de roseaux, de myrtes et de vignes. Après cette route étroite, grand champ d'oliviers ; vallée rare et magnifique, où viennent aboutir trois collines — ifs, pins, etc. Nous tournons, au bout de cette vallée, une montagne aride à son sommet, ce qui contraste avec la richesse feuillue des premiers plans, de sa base ; cela est sur notre droite. Nous montons cette raide montée. En haut nous découvrons Arkhanghélos tout à coup.

ARKHANGHÉLOS

Les maisons sont blanches. Des jardins. Un rocher surmonté d'une forteresse domine le village.

Coucher de soleil : nuages blanc-jaune — puis un seul nuage, allongé en forme de grand poisson, lie-de-vin rosé, coupé par des bandes ou arêtes transversales de cuivre rouge-brun — à côté le ciel bleu pâle. Le nuage peu à peu se rembrunit, perd son or et finit par devenir une large tache d'encre sur le ciel devenu pâle.

Nous sommes dans une maison dont la grande pièce du rez-de-chaussée est divisée par une grande arcade comme à Soroni et comme le lendemain chez notre guide à Koskinou. La veuve chez laquelle nous logeons a encore peur de se compromettre (comme celle de Lindos) en recevant des étrangers.

Un papas grec vient nous faire une visite. Il n'a jamais pu nous dire pourquoi dans leurs églises saint Jean était représenté avec des ailes et pourquoi à Lindos saint Christophe avait une tête d'animal moitié âne, moitié lièvre[1]. Il reste court et Stéphany le blague — il sera demain très déconsidéré dans le village. À Bethléem, les Arméniens et les Latins ont fait gorge chaude depuis nous sur le compte du pauvre papas qui avait embrouillé l'histoire de sainte Élisabeth avec celle de la Vierge.

Église ogivale badigeonnée — beau retable tout neuf, non encore doré — oiseaux de plâtre mis au haut des chapiteaux; le bout des feuilles des chapiteaux est doré — un grand saint Georges (byzantin) que Dimitri embrasse.

La citadelle n'a rien de curieux que sa position. — Nuit excellente et sans puces. Je puis dire que c'est la première fois que je dors depuis que nous sommes en excursion.

D'Arkhanghélos à Koskinou, route assez plane entrecoupée par des collines. Plaines entre les montagnes et la mer, oliviers magnifiques: je n'en ai jamais vu de si bien portants que ceux de Rhodes. De temps à autre un ravin élargi, desséché, que l'on traverse à sec. Partout traces effroyables des pluies d'hiver; les terrains des collines sont dégradés ou abaissés en grands plans par les éboulements. — Près d'un champ enclavé de haies, une femme s'enfuit en nous apercevant, court et va se cacher sans doute dans quelque buisson — Dimitri, je crois, lui avait crié des facéties peu rassurantes pour sa pudeur. Une montagne nous ferme l'horizon: nous montons dessus, tournons à droite, longeons un précipice, descendons une pente ébouriffée d'arbres en verdure, et nous entrons à Koskinou.

KOSKINOU

Situé sur la crête aiguë d'une petite montagne que nous avons à gauche en arrivant. On contourne la montagne (à droite) pour y arriver, comme à Lindos, mais avec cette différence qu'à Lindos le village est dans un fond.

Déjeuner chez notre moucre Dimitri. Il y a d'accrochés au mur deux cent soixante-dix-sept plats et assiettes, sans compter les verres et carafes. Nous fumons sur l'estrade au milieu des sacs de grain — au-dessus de nos têtes, deux peaux qui sèchent = outres pour recevoir le vin — amas de coussins bourrés de laine dans un coin. — Quantité d'enfants blonds et beaux qui nous entourent.

Les montagnes nous quittent; nous restons en vue de la mer, Rhodes au fond. Nous descendons insensiblement. Champs remplis de chardons. — Nous passons un ravin desséché sur un grand pont de deux arches, de construction antique, mais dont la voie a été restaurée en cailloutage au-dessus; au fond il y a de petits roseaux et des fleurs jaunes. Nous tournons à gauche; chemins ombragés de figuiers.

SYMBÜLLI[1]

Un ravin feuillu et escarpé, couvert ou pour mieux dire traversé par un petit aqueduc à deux étages d'où pendent des buissons et des ronces et dont les assises sont antiques. Une grande vasque carrée; à côté un petit autel votif (autour duquel une danse?) et qu'on a creusé pour faire une auge à boire; en face fontaine turque, comme toujours en forme de mur droit. Platanes gigantesques qui couvrent tout. Singulier effet de tristesse, dû à la mauvaise lumière du ciel. Nuages — temps couvert — pas de vent.

Nous revenons à Rhodes par le derrière de la ville, dans des rues à moitié rustiques. Les figuiers pendent en dehors. Dimitri se met debout sur son mulet pour en prendre. Stéphany, grelottant de fièvre, couvert de son caban et son pantalon de toile dans ses bottes, nous a quittés à Symbülli.

Nous traversons un long cimetière qui coupe la route. Les tombes ne sont plus couvertes du tarbouch, mais quelques-unes d'un vrai turban qui a des allures de potiron. À droite dans un enclos, deux arbres poussés en même temps ont entré leurs feuillages l'un dans l'autre. Nous passons par une rue entre jardins dont les murs sont blanchis à la chaux avec une plinthe bleue au bas. C'est à une maison dans cette rue que le sultan est descendu lors de son entrevue avec Abbas Pacha. — Petites élévations en maçonnerie que l'on a faites pour l'aider à monter à cheval.

Rentrés à Rhodes à 3 heures, samedi 12 octobre.

———

Dimanche 13. Pris mes notes, lu le premier volume de «La Bibliothèque d'un homme de goût»[1] et les mémoires du marquis de Ravanne[2]. Le soir, dîner bourgeois chez Pruss — sa femme — sa mère! — Mlle Arsène.

Le lendemain lundi 14 octobre, embarqués pour Marmorice[3].

———

Vingt-sept heures de marche
dans l'intérieur de l'île.

Asie Mineure
Smyrne
De Smyrne à Constantinople
par les Dardanelles

ASIE MINEURE

DE RHODES À MARMORICE

Lundi 14 octobre 1850 embarqués de Rhodes pour Marmorice, dans un bateau dont l'avant et l'arrière sont seuls pontés. Au milieu, paniers et pierres du lest. Notre raïs : yeux bleus, brèche-dent, tête carrée, air franc ; un de ses hommes : veste de drap brodée aux manches, foulard sur son tarbouch, bras retroussés, air barbare ; vilain mousse : grosse tête de Tartare, petits yeux sales ; un passager : vieux à traits réguliers et à barbe blanche.

Nous avons dormi sous l'arrière presque tout le temps de la traversée. L'entrée du golfe de Marmorice me rappela le lac de Côme[1] ; succession inégale de rochers de hauteur moyenne les uns derrière les autres, et de tons bleu foncé. La mer est très calme, nous sommes trois heures à passer le goulet. À Marmorice ça s'élargit un peu. La ville est tout au bord de l'eau ; la lune se lève comme nous y arrivons. En qualité de ville militaire, à cause de sa petite forteresse, on ne peut entrer à Marmorice après le coucher du soleil. Nous passons la nuit à bord, moi sous l'arrière.

MARMORICE

Mardi 15, visite à Méhémet-Dar[1], gros bonhomme, grand, replet, nez aquilin, barbe du samedi. Nous avons pour lui une lettre du pacha de Rhodes. Nous le trouvons assis sur une estrade donnant sur le fond du golfe. Il est tranquille comme un lac et tout entouré de montagnes boisées. — Latrines publiques sur la berge avec un courant d'eau. — Pendant que nous sommes chez Méhémet-Dar, visite du nazir de la Douane, à qui son fils, habitant de Rhodes, vient d'envoyer une barrique d'eau-de-vie. C'est chez lui, près d'une grande cheminée et sur un tapis de feutre, que nous nous habillons et déjeunons avant de partir.

La route commence par monter et descendre entre des sapins, à peu près comme à Rhodes. — Grande plaine entre des montagnes — quelques chameaux — mais le chameau, là, n'est plus dans son pays, il m'y plaît moins. Une rivière entourée d'arbres qui retombent, et s'élargissant dans les bouquets. Beaucoup de vigne sauvage ; elle dévore les autres arbres et leur fait des couvertures de sa verdure ; quelquefois elle s'étend sur un arbre mort qui ne sert plus qu'à la supporter ; d'autres fois cette verdure suit à la file tous les arbres et compose ainsi, avec eux, des haies consécutives démesurées.

Halte : un moulin, un gourbi ; des nègres font marcher nos chevaux en sueur.

Nous repartons à 2 heures et demie. Montée, descente. À notre gauche, ruisseau. — Une plaine, au bout à gauche elle s'ouvre : une grande ligne blanche, c'est la mer. Nous marchons sur les restes d'une ancienne petite voie — trois ponts — les bouquets d'arbres entremêlés de broussailles vous fouettent la figure en passant.

IOVADA

Au bout de la voie, au pied de la montagne, quelques bâtisses — un grand khan en bois, qui de loin, avec

son toit en planches, a des tournures de chalet. Avant
d'y arriver, tout près de lui, une citerne ronde comme
le dôme d'un santon. Nous n'y trouvons personne
— tout est désert — nous ne voyons que des négresses.
Stéphany nous installe dans une chambre vide. Estrade
aux deux bouts de la galerie. Derrière le khan, du côté
de la mer, un grand arbre. Dans la cuisine, Stéphany
se fait aider par deux négresses, tout affreuses, l'une
brèche-dent avec un petit garçon très gentil qui a peur
de moi. Dans la cour, grands bâtiments bas à un seul
étage, pour les chameaux et les chevaux. C'est bien là
la halte des longs voyages, le lieu où l'on arrive en
pelisse avec des marchandises lointaines. Le soir avant
de dîner, nous avons à la porte regardé la vue et fumé
sur une des estrades de la galerie côté nord, celle qui
regarde la montagne. Un nègre nous a fait signe de ne
pas trop nous avancer au bord, que le bois était pourri.

Mercredi 16. Moins belle journée qu'hier. Partis à
7 heures du matin (levés à 6). Il était trop tard pour
aller, comme on nous l'avait proposé, chasser les sangliers dont il y a grand nombre dans les environs du
lac de Kos — nous ne nous sommes pas levés à 4 heures
du matin, comme il l'eût fallu.

Pour gravir la montagne, il faut monter l'ancienne
voie à escaliers — au bout de deux heures environ, à
peu près, en haut : gourbi où nous haltons. Nous mangeons un morceau de pain, quelques figues enfilées
très serré à de petits roseaux disposés triangulaire-
ment. Nous prenons une tasse de café, nous repartons.
Le cafetier était un vieux Turc, assez nul ; une petite
fille, grosse, pataude, fort laide, à qui Stéphany fait
des mamours ; il nous dit avoir laissé un fils en Perse,
qui doit avoir six ans maintenant et qui s'appelle
Napoléon.

Ce ne sont plus comme hier de grands arbres et de
larges feuillages, mais un maquis clairsemé. Le temps
est tout à fait européen — nuages toute la journée.
Nous descendons une montagne. Plaine, nous nous y
perdons ; restes de l'ancienne voie, la même qu'hier.

Un Turc qui voyage à pied et porte à son tarbouch une grande fleur jaune nous avertit de notre erreur. Nous filons un temps de galop à travers champs, dans de la terre grasse, vers une maison au bas de la montagne, sur notre gauche, pour savoir notre route — un homme sort de cette maison, met son manteau sur ses épaules et marche devant nous[1]. Nous remontons et descendons. Une plaine ; au bout de la plaine, au pied d'un mont, MUGLA.

MUGLA

Toits en tuiles, longues varangues, les maisons saillissent entre la verdure clairsemée — aspect froid et suisse — du village s'élèvent deux minarets. Les montagnes sont moins boisées ; au sommet, la couleur grise de la roche paraît — en descendant la seconde montagne pour venir ici, nous avons longtemps marché entre des petits rochers de couleur bleu clair comme serait de l'eau de lessive très délayée. Dans la campagne, à un endroit qui semblait très désert, nous avons rencontré quelques tombes très couvertes de verdure — hier, même rencontre mais elles étaient couvertes d'épines. Avant d'entrer à Mugla il y a un grand cimetière, le neuf et l'ancien — des branches d'arbres arrachées sont posées sur les tombes, tout comme chez nous le buis bénit ; au lieu de croix ce sont seulement des turbans. Il y aurait de belles choses à dire sur cette coutume universelle de répandre de la verdure sur les tombeaux — d'où vient-elle ?

Le Mugla est désert et surtout à cause du Courban-Baïram. Beaucoup de portes ont des cadenas ; les belles et grandes portes neuves ne sont pas rares. Conak du gouverneur. Visite au lieutenant du gouverneur ou chef des cawas ; nous causons avec lui de la route à suivre.

Nous sommes logés chez des Grecs — chambre à estrade, découverte, cheminée aux deux bouts ; nous couchons vers celle de gauche en entrant, Stéphany établit la cuisine vers celle de droite. La maîtresse de la maison est une grosse femme à téton pendant, à gros ventre, et à visage ouvert. Petite fille[1] de onze à douze ans, cheveux rouges, portant un enfant sur son dos, et filant son fuseau à la porte quand nous sommes arrivés. On égorge pour nous un poulet qui se débat longtemps dans la cour, quoique la tête soit séparée des vertèbres. — Stéphany, assis à la turque, avec son pantalon bleu persan, en chemise, nu-tête, au milieu de la famille rangée en cercle, débite des histoires; on boit ses paroles. «Tous ces gens-là, savez-vous bien (avec le geste de l'index au front), je les ferais devenir fous si je restais ici.» Nous attendons le moucre qui doit nous conduire à Milas.

Jeudi 17. Quitté Mugla à 11 heures du matin. Encombrement de chevaux dans la cour. Mine brigande des zéibeks[2]; la manière dont ils mettent leur ceinture qui leur serre les fesses les force à marcher des hanches. Nous disons adieu à toute la maisonnée.

Presque toujours nous suivons une grande plaine, il n'y a qu'aux approches d'Eski-Hissar que l'on monte un peu. La plaine est comme dans un parc, çà et là semée d'arbres espacés; ce sont presque tous sapins ou chênes nains. La montagne de gauche, dont nous longeons le pied, est beaucoup plus boisée et plus belle que celle qui est à notre droite. Les montagnes ont la forme de grandes vagues, celles du fond sont bleu foncé; le ciel est égayé de petits nuages blancs. De temps à autre un gourbi, ordinairement ombragé d'un grand arbre. Un grand platane évidé, séparé en deux à sa base et qui a l'air de s'appuyer sur deux pieds.

Au premier café où nous haltons, deux hommes se reposent; l'un est vêtu à peu près comme un soldat turc (uniforme actuel), il vient de Smyrne. Il a mis cinq jours; il y en a deux qu'il est parti de Güsel-Hissar.

Au second café, personne; tout est vide. Place de pelouse très verte et charmante, quelques tombes. C'est à gauche de la route; le terrain a un léger mouvement qui monte.

De temps à autre nous retrouvons la voie, comme les jours précédents, mais elle est plus effondrée et plus ruinée.

Nous avons pour escorte un nègre dont le large gland de son tarbouch éparpillé est retenu par les rouleaux de son turban[1]. Quand nous entrons dans Eski-Hissar, nous le trouvons au café.

ESKI-HISSAR

Les maisons du village ont des clôtures faites avec les ruines antiques — colonnes rondes — colonnes cannelées. Les maisons sont bâties en pierres sèches, avec des cheminées carrées en pierres sèches. Le ton général est assez celui des vallées des Pyrénées. Ces habitations sont enfouies dans la vigoureuse verdure des grands arbres; les troncs des ceps de vigne enlacent les arbres comme des serpents, ceux qui sont desséchés ont l'air de serpents raidis dans la mort. D'autres fois et plus souvent, c'est l'arbre qui est mort et la vigne verte qui dévore son squelette; cela fait des guirlandes, des nœuds, des pendentifs, des culs-de-lampe.

Sérail du gouverneur. La maison est au fond. Des Turcs brodés d'or sont sur l'escalier et sous la large varangue devant la maison; un fin gazon vert s'étend sur la cour, où le nègre promène son cheval en sueur. À gauche dans la cour, en entrant, ruines en pierres énormes; un grand arbre — derrière la maison, ce sont des arbres partout — montagnes au fond. Au bout de la varangue est une tonnelle couverte de vignes et de raisins; le feuillage de chaque côté est en masse oblique: ça fait comme les deux rideaux d'une alcôve.

Tour dans le village avant le dîner. Ruines à profusion — une porte encore debout, avec une frise en astragale d'un assez joli goût; ailleurs on a converti en linteaux de porte deux morceaux d'une frise en rinceaux très belle; colonne corinthienne, debout; profusion d'inscriptions grecques partout (elles ont été toutes relevées par M. Lebas[2]); vestiges réguliers d'un ancien théâtre, disparaissant sous les arbustes. C'est en dehors du village, au pied de la montagne. Dans la cour de la colonne corinthienne qui est demeurée debout, il y a un grenadier avec toutes ses grenades et une vigne qui est montée sur un arbre mort crochu — c'est comme un bras qui étendrait l'ample manche qui le recouvre.

Au coucher du soleil, les nuages sont accumulés sur les montagnes comme seraient d'autres montagnes, ils en ont la forme. Dans l'ouest, les nuages sont au contraire longitudinaux et incendiés.

Un chien noir suit Stéphany et le caresse.

Nous dînons dans le pavillon de verdure avec notre vieux Turc à barbe blanche; une lanterne, accrochée dans un coin, éclaire à peine. — Effet d'un de ses zéibeks armé, encadré par le feuillage à la porte. — Le soir, à la lueur d'un machallah porté par un Grec, on nous montre dans la cour du harem du gouverneur (grande maison carrée) une petite vasque carrée ornée de guirlandes attachées à des têtes d'hommes, d'un goût lourd et très décadent.

Nous couchons dans une chambre, près d'une cheminée dont le dessus est percé de quantités de petits trous carrés et où brûle à peine un feu de sapin — j'entends la voix de Stéphany qui blague avec les gardes — nuit pleine de puces — à 3 heures les gardes dans la salle à côté (ils dorment avec leur silahlik[1] tout garni de pistolets) se réveillent et font du feu; de temps à autre j'y vais. — Nègres tout armés et couchés par terre auprès du feu, enveloppés dans des couvertures. — Le matin à 5 heures la pluie tombe.

Vendredi 18, partis à 7 heures du matin — tout le temps de la route sous des pins; à gauche un ravin que l'on passe et repasse cent fois; des veaux tranquillement paissaient dans un cimetière planté de chênes; ailleurs une tombe d'où s'élèvent trois bâtons qui supportent une guenille rose, laquelle pend par son poids et fait guirlande. Je ne saurais dire combien cela m'a frappé. J'en retrouve une tentative d'esquisse sur mon calepin.

Déjeuner dans un café où sont arrêtés plusieurs Turcs.

Descente qui domine la plaine entourée de montagnes au fond de laquelle est Milas — à gauche ravin profond, rochers de formes quadrilatérales entassés les uns sur les autres.

Le chemin que nous avons fait aujourd'hui a par moments des allures forêt de Fontainebleau (sauf les sapins toutefois) — nos chevaux marchent sur un sol doux capitonné par les petites branches rousses des sapins, tombées.

Quand nous sommes près d'arriver à Milas, le ciel à notre droite est couvert de nuages, et la pluie, telle qu'un grand rideau gris-bleu entre les gorges, tombe sur les montagnes que nous venons de quitter. L'autre côté du ciel est assez pur, bleu avec quelques nuages blancs. Il y a du vent — la pluie semble imminente — Sassetti met son manteau, Maxime son paletot, je les imite.

MILAS

Rues assez larges — eau croupissante au milieu ; la boue remuée par les pieds de nos chevaux est infecte. On nous fait attendre dix minutes au conak.

Nous allons loger chez M. Eugène de Salmont, médecin français, de Marseille. Il vient de quitter Samos et porte un grand fez à la grecque avec un large col de chemise rabattu sur sa redingote verte.

Promenade tout le long de l'aqueduc. Les piliers des arcades sont seuls restés, ça fait des piliers carrés se suivant régulièrement dans la campagne au milieu des arbrisseaux et de la verdure — ton gris des pierres. En certaines parties la construction est faite avec des pierres rapportées et qui avaient servi à d'autres architectures. Au bout de l'aqueduc, quelques arcs sont encore intacts et même avec la pile supérieure. La campagne et les montagnes bleues vont se renforçant de ton à mesure qu'elles s'éloignent, vues par le cadre des arcs gris. Sur quelques-uns des arcs en ruines, grands nids de cigognes délaissés.

Visite au second du gouverneur. Nous voyons passer sa fille près de nous avec des piastres sur sa tête. — Une pastèque sur une planche est atteinte par M. [de] Salmont.

Inscriptions grecques très nombreuses.

Au bout du pays, TOMBEAU À COLONNES[1], édifice de marbre carré posé sur maçonnerie. La première partie est une muraille de huit pieds de haut — là-dessus sont des colonnes doubles ; aux coins, ce sont des piliers, toutes les autres colonnes sont rondes doubles. La partie inférieure, où était le corps (?), est une petite salle à piliers carrés, sans ornement, et pleine de toutes les merdes du pays.

Le soir, chez le docteur, visite d'un compatriote, levantin de Smyrne ; figure et mains de charbonnier, affreuse canaille. Notre hôte me fait l'effet d'en être une autre, il nous débite d'affreuses blagues. Son portrait par lui-même ! celui de la reine de Grèce lithographié, signé Salmont au crayon.

Samedi 19. Le docteur nous accompagne jusqu'au pied de la montagne.

Toute la journée s'est passée à monter, puis à descendre la montagne que sépare la vallée de Milas de celle où nous sommes maintenant. Près du sommet de la montagne, colonnes disposées en rond (= restes d'un temple de Vesta ?) — près de là, un grand morceau de mur en pierres ajustées les unes sur les autres, ouvrage romain. Déjeuner près d'un ruisseau à eau jaunâtre, stationnant dans les creux de rochers. Au haut de la montagne, à un tournant de la route, vue magnifique : toute la vallée, les montagnes boisées à droite et à gauche se succédant en forme d'accents circonflexes élargis les uns derrière les autres et passant par tous les tons du bleu — le plus foncé est au fond, tandis que les premiers plans sont verts.

Nous descendons pendant près de cinq heures, par des chemins fantastiquement mauvais. Stéphany déclare qu'il n'en a jamais vu de pareils ; cependant il n'y a ni précipice ni ravin. De temps à autre une fontaine couverte en pierres sèches — un tronc d'arbre creusé et plein d'eau. Moins d'arbres brûlés que sur l'autre versant de la montagne. Dans la montagne, couverte de sapins partout, nous rencontrons une jument et son poulain paissant tout seuls.

Avant d'arriver à Karpouzelou, petit cimetière, à droite, avec des chiffons suspendus sur les tombes.

KARPOUZELOU

Café, gourbis. Nous couchons à vingt pas de là dans une petite maison où l'on monte par un escalier en bois — dormi sur la terrasse — nuit froide et étoilée — clair de lune tout le temps.

Dimanche 20. — Toute la journée nous avons été à plat, sans descendre ni monter, la route suivant la plaine entre les montagnes. — Pendant les quatre premières heures, c'est encore assez boisé.

Café où il n'y a personne ; seulement un zéibek assis devant, sous un arbre, garde les animaux qui paissent parmi les broussailles tout alentour. Après le café on passe trois fois la même rivière, plus large chaque fois ; elle s'appelle KINA TCHAï (la rivière de la Chine). Les montagnes deviennent de moins en moins boisées ; celle de droite surtout est complètement grise et marquée de taches blanches ; à gauche, de l'autre côté du fleuve qui est vert pâle, la montagne est mamelonnée en petits dômes. Arbrisseaux maigres — au premier plan des herbes longues (chardons ?), rousses et espacées les unes des autres — des chameaux nus passent et se rendent vers le fleuve ; ils sont forts et couleur tabac d'Espagne — le vent est âpre, il fait du soleil — ciel bleu froid. Le soleil passe dans les poils roux de la bosse d'un jeune chameau qui lève le nez dans les herbes. Autre, petit et bossu, de figure ressemblant à Amédée Mignot[1] en costume d'agréé au tribunal de commerce. Un peu plus loin, le fleuve est très large ; îlots de sable sur lesquels, de place en place, sont des lauriers-roses, mais rares. Au premier plan, touffes d'arbrisseaux; paysage sauvage et à mauvais coups. — Sur la montagne pelée, groupe de cinq à six maisons en pierres sèches; les arbustes se tassent, c'est presque un petit maquis. On tourne brusquement à droite, contournant le pied de la montagne, et l'on arrive au fleuve[1] que l'on passe en bac. Le bateau se conduit avec une corde faite de ceps de vigne rattachés avec des ficelles — au pied de la montagne d'en face, un peu sur la gauche, Aïdin = Güsel-Hissar, avec les minarets blancs de ses mosquées. De là à la ville, on marche dans une plaine; la route, bientôt, va entre des espèces de hauts bords. Nous rencontrons des chariots à roues pleines; au lieu de ridelles ce sont de hautes claires-voies en osier; c'est conduit par un timon et deux bœufs.

GÜSEL-HISSAR

Nous traversons la ville et logeons à l'autre bout au sérail, très grand, dans une pièce spacieuse. Divans larges.

Achats de provisions de voyage dans la ville. Elle est en pente — grands auvents au-dessus des boutiques. On voit qu'on est dans un pays froid: feutres, gros vêtements de drap, jambarts en laine; aspect un peu tartare. Quoique le pays, comme nature, ressemble bien plus à l'Europe qu'à la Syrie par exemple, ça paraît plus asiatique, plus reculé, plus lointain. — Un beau platane dans une rue, près de la boutique où nous avons acheté des feutres pour nos chevaux — chez les marchands de tabac, le tabac est dans de grands bocaux de verre comme il y en a chez les confiseurs pour mettre les dragées — on vend de la glace — marchands de gâteaux au miel et de calvas = sorte de gélatine élastique au miel. — Notre hôte *Hadji Osman effendi*, homme de hautes façons — petit pavillon où il se retire pour boire; derrière, vue sur les montagnes, nous y parlons de Crésus et des collections de Paris.

Lundi 21. Partis le matin, à 6 heures moins un

quart, et traversé, comme hier pour entrer dans la ville, un long faubourg. Caravane immense de chameaux partant pour Smyrne — ils nous encombrent la route ; nous passons à côté. Ils sont roux, poilus ; le dernier a sur l'épaule une énorme cloche, sorte de fragment de tuyau de poêle qui fait un grand bruit. Chariot à roues pleines, traîné par deux buffles à jambes épatées, écartées ; toute une famille est dedans pêle-mêle, les femmes voilées.

À 9 heures du matin, déjeuner à un gourbi de zéibeks.

Toute la journée, pendant près de huit heures, nous allons tantôt entre des bosquets d'arbustes, tantôt sur une lande garnie d'une herbe rare. Le sentier tourne dans des verdures — ruisseaux passés à gué ; du reste il y en a moins qu'hier ; le pays aussi est plus boisé, plus riant. Toutes les heures nous rencontrons un gourbi avec un grand arbre et une fontaine. La route est plus peuplée de voyageurs que les jours suivants. Nous avons deux hommes d'escorte donnés par le gouverneur de Güsel-Hissar et deux moucres qui vont au trot montés sur leurs bêtes. La route tourne en suivant le cours d'eau que nous avons à notre gauche, coulant en bas, entre des verdures très vertes, jeunes et hautes.

À 1 heure un quart, halte sous un gourbi au pied d'une montagne ; les zéibeks, là, sont effroyablement armés. Nous prenons le café, servis par un petit homme gris et maigre et qui ressemblerait à une femme sans ses moustaches. — Il passe une femme à cheval, à califourchon, toute voilée de blanc de la tête aux pieds.

Montée ; nous retrouvons la voie antique qui nous suit jusqu'à Éphèse. Descente — à gauche, torrent encombré de chênes, de frênes, etc. ; le torrent tombe en petites cascades ; paysage des romans de chevaliers — il y a là quelque chose de vigoureux et de calme. Je pense à Homère, il me semble que l'eau dans son murmure roule des vers grecs perdus. Je suis en avant de tout le monde ; je passe au milieu d'un troupeau de chèvres, elles sont rousses — et noires avec des taches blanches — elles ont des yeux jaunes ; pêle-mêle, au hasard, perchées sur des pointes de rocher entre les arbres — une surtout, qui baissait la tête en bas, regardait l'eau et semblait l'écouter. Il faisait du vent dans les feuilles ; au-dessus de moi le ciel bleu pâle. La route ici est très resserrée entre les flancs des deux montagnes.

Un aqueduc de marbre, tout gris maintenant, va d'une montagne à l'autre ; il a deux rangées d'arcades — grêle d'ailleurs ; une inscription le déclare dédié à César Auguste.

PLAINE D'ÉPHÈSE. — Ah ! c'est beau ! orientalement et antiquement splendide — ça rappelle les luxes perdus, les manteaux de pourpre brodés de palme d'or. Érostrate ! comme il a dû jouir ! La Diane d'Éphèse[1] !
À ma gauche, des mamelons de montagne ont des formes de téton poire. Suivant toujours le sentier, nous traversons un petit bois d'arbustes (*ligaria*, en grec) et nous arrivons à Éphèse.

AYA-SOLUK = ÉPHÈSE

Dômes en briques. La forteresse[2] avec le pays est sur une éminence évasée par la base et à l'œil complètement détachée de la plaine. De loin la forteresse éclatait ; on la voit de très loin, ainsi qu'une colonnade sur la droite qui n'est autre que les restes d'un aqueduc.

Des oliviers sauvages ont poussé dans la grande mosquée — nous faisons envoler une nuée de corbeaux — restes d'une vasque. La mosquée divisée en deux parties ; était-ce une église ? Portes et fenêtres d'un charmant style comme arabe primitif. Nous allons jusqu'à la porte de la forteresse.

Dîner chez le sheik — les gardes et les moucres mangent avec Stéphany et Sassetti, tous en rond sous la petite lanterne suspendue à une corde. Un gars tout en rouge (robe et veste) rôde par là, et allume nos pipes — notre hôte, personnage désagréable et taciturne.
Mardi 22. Promenade de quatre heures au milieu

des ruines éparses d'Éphèse. Restes de monuments romains méconnaissables ; beaucoup de constructions en briques sur des constructions en pierres, des trous faits dans les pierres indiquent un revêtement en marbre qui n'existe plus. Ces ruines sont surtout à gauche du village d'Aya-Soluk, au pied de la montagne. La ville établie dans la plaine entre les montagnes se dégorgeait largement vers la mer, que l'on voit parfaitement de la hauteur d'Aya-Soluk. Le peu de sculpture que nous voyons, deux morceaux qu'on nous apporte et d'autres rapportés avec une intention de symétrie à la porte de la forteresse, sont d'une époque décadente ; c'est lourd. — Six chacals que nous voyons presque en même temps en visitant les ruines.

Jolie petite mosquée près des cafés, à côté de la fontaine et du cimetière, ombragé de deux frênes énormes. Le portail a des colonnes antiques. Sous les arcs, système de gouttières et de bâtons alternatifs qui, de face et de trois quarts, fait le plus joli effet du monde. Le minaret, comme celui de la grande mosquée, est en forme de colonne évasée par le haut ; il est de même ornementé de macaronis blancs qui courent sur les briques. La mosquée est bâtie avec des morceaux de pierres et de marbres ; chaque morceau est encadré de deux briques — un peu plus haut, croisillons comme dans toute l'architecture arabe.

Sur les stèles plates des tombes, on peut étudier l'ancienne forme des turbans : le turban en rouleaux longitudinaux oblongs s'arrête net au milieu du tarbouch, qui le surmonte de beaucoup. Au-dessus de quelques tombes, un petit trou pour abreuver les oiseaux (j'ai vu cela en Bretagne, mais c'est pour y mettre de l'eau bénite). Ces tombes, de côté, dans tous les sens, ont l'air de cartes blanches, fichées en terre et qui vont s'abattre — très belles écritures dessus.

Les coiffures de ces pays sont démesurées ; la quantité de rouleaux que l'on se contourne autour du chef monte si haut et est si lourde que notre moucre est obligé de les retenir par une ficelle mise de côté.

À 1 heure moins 5 minutes, nous partons d'Aya-Soluk. La route va entre des maquis de ligaria et de menthes. Le vent les courbe, quand nous passons près des arbres le feuillage frémit. Toute la journée le ciel fut sombre. — Axiome : c'est le ciel qui fait le paysage.

Au sortir d'Aya-Soluk caravane de chameaux, le dernier portant un énorme tocsin. Un surtout avait de formidables bouquets de poil au haut des fémurs, et des espèces de fanons qui lui pendaient du cou ; il crie quand nous passons près de lui.

Çà et là, tentes de Turcomans.

Une demi-heure après Aya-Soluk, une rivière fait un coude ; elle est, en cet endroit, large et assez dénudée. C'est le MÉANDRE[1]. Au-delà, montagnes grisâtres — mont des Chèvres très ardu, avec une forteresse dessus, à gauche lorsqu'on s'en va d'Aya-Soluk, et de l'autre côté du fleuve.

Rencontre de chameaux dans un chemin creux, qui nous barrent le passage — l'enfant qui les conduit, voyant que nous les brutalisons pour passer, hurle de peur, sans doute à l'aspect de nos mines et de nos fusils.

Une heure avant d'arriver à TIRE, temps de galop ; j'avais un excellent petit cheval gris salé, à crinière abondante éparpillée sur son cou.

TIRE

À l'entrée de Tire, platane démesuré : cinquante hommes avec leurs chevaux y tiendraient à l'ombre ; si ce n'est cinquante, plus de trente à coup sûr.

Nous sommes un quart d'heure à traverser la ville, où tout est fermé. La lune levante brille dans la cour d'une mosquée auprès de laquelle nous passons (sur notre gauche).

Au sérail nous sommes reçus dans la salle des officiers. Amabilité de ces messieurs. On crie en turc et en grec ; tapage superbe à l'occasion de la route des moucres. Une négresse, vêtue de blanc et se voilant, entre, en se cachant et essayant de se fourrer dans la

muraille; c'est une esclave qui vient de s'échapper de
chez son maître et qui se réfugie ici. Le chef des
moucres de Tire, gros homme à prestance de pacha,
lui donne une claque sur le menton, en manière de
facétie et de mépris, et l'emmène chez lui. — Visite au
gouverneur, homme nul.

Mercredi 23[1]. Rien de particulier dans les bazars. —
Auvents en bois, rue avec un ruisseau carré au milieu
pour les chevaux. Cimetières dans la ville — depuis
plusieurs jours, nous trouvons souvent dans la campagne des tombes à des endroits complètement inha-
bités; là sans doute fut quelque campement, ce sont
les tombes des amis de ceux qui ont porté leurs tentes
ailleurs, cela donne à la route quelque chose de très
grand et d'inattendu. En venant d'Aya-Soluk à Tire,
un enclos contenant quelques tombes, un peuplier au
milieu; dans le cimetière d'Aya-Soluk, des oies se pro-
menaient; un coup de vent est venu, elles se sont
assises et rengorgées en bateau pour le laisser passer;
quelques-unes ont mis la tête sous l'aile.

Partis à 8 heures et demie. — Déjeuner sous un platane, près d'une citerne — on puise de l'eau dans une
outre, l'eau coule d'elle par tous les côtés. Un troupeau de moutons vient à côté de nous.

Nous avons marché toute la journée dans une grande
plaine : cirque immense au milieu des montagnes en
amphithéâtre. Les montagnes sont loin de nous — sur
la gauche, leur galbe est sinueux et aigu — nous passons près d'un chariot tassé de chanvre (roues à jantes
et rayons) et traîné par des buffles; ils soufflent
bruyamment lorsqu'ils sont arrêtés.

Nous passons par le village de ODÉMIS, au milieu du
petit bazar qui forme sa rue principale. Beaux enfants
et en assez grande quantité; les petites filles surtout,
avec leur chevelure blonde qui a des tons jaune doré
dedans.

BIRKÉ est au pied des montagnes (à gauche quand
on vient de Odémis), entouré de bois; de loin, une

ligne de peupliers. Avant d'arriver à la ville, lit d'un torrent large et profondément entré dans la terre — des deux côtés, oliviers. On monte. Le torrent (à sec) passe au milieu de la ville en pente — au fond, un grand pont en accent circonflexe.

Dans la route nous avons passé sur un pont en bois — il n'y a que des poutres assez petites, mises de travers; elles sont la plupart pourries ou cassées; les pieds de nos chevaux enfoncent dedans, mais il y a un parapet, chose étrange! — Moins de tentes de Turcomans que la veille. Maxime tire un aigle qu'il manque. Nous rencontrons couché sur le chemin un cheval qui se crève, il a le dos tout suppurant, l'épaule dénudée, rouge; il est dévoré par des millions de mouches. Il a fait toute la journée un temps lourd, le ciel était couvert, nos chevaux tourmentés des mouches, le mien faisait des bonds subits et donnait des saccades de tête.

Position d'un chameau de Turcoman à une halte de caravane : il était couché sur le côté, comme un cheval à l'écurie (position très rare), et au lieu d'avoir les jambes repliées sous lui, l'épaule droite de devant et une partie de son cou étaient appuyées contre un sac; il se prélassait là comme un monsieur dans un fauteuil élastique.

Arrivés à Birké à 3 heures de l'après-midi, logés au conak dans une charmante petite chambre turque : panneaux en boiseries peintes, plafond vert croisillonné de baguettes jaunes; au milieu, un grand carré rouge croisillonné de baguettes jaunes.

Nous descendons la ville par où nous sommes arrivés. Aspect suisse de la partie supérieure de la ville à cause de ses maisons jetées au hasard sur la pente, avec des toits en tuiles, et carrées. Nous fumons un narguilé dans un café (partie gauche de la ville en montant) — entrés dans l'église grecque en bois que l'on est en train de bâtir.

Le soir à dîner nous nous empiffrons avec d'excellent melon, beaucoup de perdrix et une sorte de pud-

ding en pâte épaisse faite avec du miel, de la farine, du
beurre et du sucre. — Sassetti a encore trouvé une
tortue[1].

Jeudi 24, partis à 7 heures et demie. Montée qui
tourne sur elle-même; au bout d'une heure, planure.
Petite montagne que l'on monte et descend; prairie
encaissée entre deux montagnes sèches : elle est verte,
herbue, plantée de peupliers.

Déjeuner au village de BORDALL[2]. Noyers mons-
trueux enclos de pierres sèches. Combien il y a sur la
terre d'existences enfouies! Nous suivons encore la
prairie quelque temps, puis nous nous séparons du
ravin que nous laissons sur la droite, et nous continuons parallèlement à lui. Un moulin — l'eau tombe
et pleure du ruisseau en bois qui se va verser dans un
grand entonnoir carré; le jour passe entre la nappe et
les filets d'eau.

Rencontré deux Grecs, le gamin est à cheval et le
jeune homme à pied. L'enfant de douze ans qui est
l'aide de notre moucre, resté en arrière avec Sassetti,
lui propose de couper le cou aux Grecs, et comme il ne
comprend pas il lui fait signe avec son couteau. Signe
du reste qu'il a ensuite lui-même clairement quand Stéphany lui a ensuite demandé ce qu'il avait voulu dire.

Nous nous tenons sur le versant gauche; les deux
montagnes ont l'air d'avoir été tout à coup et brusquement séparées par le torrent, les angles rentrants de
l'une faisant face aux angles sortants de l'autre. Le
versant de droite est plus dénudé; sur cette grande
pente presque à pic ou du moins fort inclinée, d'un ton
brun très pâle, çà et là quelques arbres fichés. La verdure revient de notre côté : chênes, petits frênes, noyers,
fougères — de l'eau. On tourne un coude à gauche, et
au bout de l'étroit vallon formé par le torrent, est une
immense plaine blond pâle terminée par un bourrelet
bas de montagnes. Par son étendue, ça rappelle le
désert — le ciel est bleu — le soleil brille — bouffées
d'air chaud. Au bas de la descente, grand lit à sec du
torrent; là, il s'élargit dans la plaine comme pour se

venger d'avoir été si longtemps comprimé. Des vaches noires marchent dans un champ en cassant sous leurs pieds les tiges sèches du maïs. Quelques tentes de Turcomans, toujours en rude et rugueuse toile noire de chameau — sous l'une d'elles à gauche, un enfant nu nous regarde passer. Nous suivons encore une heure la plaine. À 4 heures arrivés au village de Salihli.

SALIHLI

L'éteignoir en fer-blanc de son minaret brille de loin. Le collecteur d'impôts, arménien, nous paraît vexé de nous céder l'unique chambre logeable. — Beau lévrier noir.

Vendredi 25. Toute la journée dans la même plaine qu'hier. Pour aller coucher à Salihli, nous avons incliné à l'est; maintenant nous allons dans l'ouest, nous dirigeant sur Smyrne.

SART = SARDES

À 1 heure et demie de Salihli, ruines de Sardes, SART; à côté, petit café où nous déjeunons.

Les ruines de Sardes sont au bas de la montagne sur un espace d'un quart de lieue : souterrains en pierres et en mortier à arcades parallèles à demi enfouies en terre ; fragments de constructions romaines en pierre (belle construction), surmontées de fragments de maçonneries en briques fort belles, ouvrage solide. Deux colonnes en marbre, pas une seule assise de même dimension ; le chapiteau est à volutes ioniennes, le tailloir semé d'oves ; entre les volutes, des oves ; la base du chapiteau cannelée — sur le profil du chapiteau, écailles de poisson. Le chapiteau de la colonne de droite (en arrivant de Salihli) est déplacé de la colonne et comme poussé du dehors. Très bel effet de l'ensemble, surtout en se tournant du côté de l'ouest. Entre ces deux colonnes, petite montagne à angles et crêtes aigus, de couleur argileuse, et nue. Au premier plan, au pied des colonnes, des broussailles, parmi lesquelles une colonne écroulée comme dans la cour

des Bubastites à Thèbes. Seulement ici les dames sont
en marbre, cela fait de fières meules de moulin ; ces
deux colonnes sont un peu grises et roussies par le haut.
Rien de remarquable, le reste de la journée. Pendant
que nous déjeunons passe une longue file de chameaux ;
quelques-uns ont, des deux côtés de la tête, des espèces
de pendants d'oreilles en coquillages de couleurs. Ah !
qu'elles ne se doutaient guère ces coquilles, lorsqu'elles
étaient au fond de la mer, que, suspendues à l'oreille
des chameaux, elles voyageraient par les plaines, les
montagnes, le désert..........

Nous trottinions dans la plaine quand nous avons vu
venir devant nous, allant vers Salihli, à une cinquantaine de pas à droite, un groupe de cavaliers escorté
de beaux lévriers. Stéphany les appelle, ils viennent à
nous. Le lévrier qui me fait le plus envie[1] avait un collier de coquilles blanches et coûte six cents piastres si
on voulait le vendre. Maxime achète un cheval blanc
moyennant deux cent soixante-quinze francs. Nous
continuons. Halte à un café où nous mangeons une
pastèque. Maxime a reçu un coup de pied à la jambe
du cheval que montait Sassetti. Nous cheminons toute
la journée côte à côte — des roseaux à tige blanche et
à cime violette pâle s'agitent au vent. Toute la journée
il a fait du vent ; à gauche, petites montagnes bleues.
Arrivés à Cassaba à 4 heures.

CASSABA

C'est un très grand village, au milieu de la plaine
entre la verdure. Pour entrer nous passons par de
longues rues étroites et boueuses — rues larges, bazars
en bois, marché aux fruits ombragé d'un grand arbre ;
on sent vaguement que l'on est près d'une grande
ville : il y a plus de monde, c'est plus ouvert, plus
animé.

Logés au khan — fort grand. Jolie levrette avec ses
petits que l'on habille, le soir. Dîner avec beaucoup de
plats. Nous sommes dans une petite chambre à escalier séparé, à gauche en entrant dans le khan. — Nuit

bourrée, hérissée, échevelée de puces ! je n'en ai jamais tant eu, ni de si grosses ! mon lit donne sur la niche des lévriers ! Il fait beau clair de lune. Je me promène dans la cour ; au fond, à gauche, du côté des écuries, un Arabe joue de la flûte.

Samedi 26, à 5 heures du matin[1] nous partons. Interminable file de chameaux qui défilent dans la clarté vaporeuse et blanche du matin ; la caravane était peut-être composée de trois à quatre mille chameaux ? les petits ânes qui en conduisent les différentes sections ne paraissent pas plus grands que des chiens ; sur l'âne est le conducteur dans son habar raide de feutre blanc.

Nous marchons d'abord dans une espèce de désert, lande ouverte puis grand ravin à sec. On monte ; plateau à sa gauche, au pied des montagnes est NYMPHIO. — Colique stomachique de Stéphany. Déjeuner à un café grec où je le trouve couché sur le dos — de là à Nymphio, une heure à travers champs — chemin plein d'ombre, d'eau, de sources, de broussailles et de cascades. Je dors sur mon cheval et je ne vois guère Nymphio que d'un œil entrouvert.

Je suis pris de la rage d'arriver, ce que j'éprouve toutes les fois que je dois terminer quelque chose, que je touche à un but quelconque, à une fin quelle qu'elle soit — je galope. Village au haut de la montagne qui domine la plaine de Smyrne — descente sur une voie pavée — oliviers — la ville n'arrive pas ! Je retrouve Sassetti. Champ des morts des deux côtés de la route — pont des caravanes ; désillusion complète, la plus forte ou pour mieux dire la seule que j'aie eue en voyage : il a une balustrade en fer[2] ! — Nous entrons par le quartier arménien et grec — maisons européennes — ça ressemble à une ville de province de second ordre. Stéphany et Maxime me rejoignent dans la ville. Arrivés à 4 heures du soir à l'hôtel des Deux-Auguste, chez Milles — pas de lettres !

SMYRNE

Dimanche 27. Le soir au Théâtre français, troupe du sieur Daiglemont[1]. Nous voyons *Passé minuit*[2], *La Seconde Année*[3], *Indiana*[4] et *Charlemagne*[5]. Maxime est pris de la fièvre[6].

Pluie et temps exécrable toute la semaine.

Lecture d'*Arthur*[7] d'Eugène Sue, les *Souvenirs d'Antony*[8] de Dumas, la moitié du premier volume du *Solitaire*[9] de d'Arlincourt, *Jacqueline Pascal*[10] de Cousin.

HÔTEL DES DEUX-AUGUSTE

Personnages de l'hôtel : M. Aublé[11], redingote jaune, chapeau gris, barbe grisonnante. M. Horace Walpole[12], possesseur d'un chien d'Erzeroum, a voyagé dans le Hauran ; il a été volé plusieurs fois ; dépossédé et sans ressources il a volé un âne et a forcé son propriétaire, qui était un Juif, à le suivre à pied pour le servir. Le colonel américain Willougby, vieux solide à barbe grise. Weber, Oscar[13]. Famille italienne d'un docteur d'Erzeroum qui vient s'établir à Smyrne. Famille valaque logée en face de nous ; la comtesse[14], son fils et le précepteur, pasteur protestant de Marseille, petit pingre en lunettes — Diamanti, drogman en fustanelle, le frère de Stéphany. — Joseph, domestique de l'hôtel, petit, noir, doux, collier.

GENS DE SMYRNE

Smyrniotes. Le docteur Raccord. Le docteur Camescas[15] ; famille d'iceluy, sa fille en corsage de tricot rouge.

M. Pichon, consul[16]. Guillois[17], air d'avoir des engelures quoiqu'il n'en ait pas ; carottier achevé. Le père Ledoux, bien nommé, pied-bot. Carabette, a la figure au bas de sa perruque. M. Dantin[18], inepte directeur de la poste.

Temps triste et ennuyeux tout le temps que j'ai été à

Smyrne — je suis nerveusement et moralement mal disposé — l'hiver approche.

PROMENADE À BOUDJA

Weber nous accompagne. Froid — nous montons — en haut de la montée ruines blanchâtres d'un aqueduc. BOUDJA à gauche dans le fond — maisons entourées de jardins — petit cimetière turc. Nous traversons le village; halte dans un café, promenade aux aqueducs — il y en a trois. Moulin — vue d'en bas les pieds dans la rivière, l'eau déborde de l'aqueduc et tombe en nappe; le soleil passe à travers, il perce aussi les filets d'eau tombant des arcades supérieures. Retour par la petite vallée Sainte-Anne. Couvent grec: grande bâtisse blanche — nous rencontrons des chasseurs à l'affût.

PROMENADE À BOURNABAH

Un autre jour, je vais tout seul à cheval suivi du drogman Théodore (Stéphany a la fièvre). Au premier village à droite en sortant de Smyrne, après le grand champ, on tourne à gauche. Au milieu du chemin passe une Grecque en vêtement blanc, nu-pieds, nu-col, nu-tête. Je ne me rappelle plus ses traits mais c'était d'un très grand style comme ensemble. Route pavée entre des verdures, elle incline à droite.

BOURNABAH, petite ville au pied de la montagne. Maisons de campagne des commerçants levantins — deux très grands cyprès dans un jardin qui a, sur le devant, une maison blanche. Entrée ridicule que je fais dans le jardin d'un certain gros M. Nicolazzi (?) qui me dit: « miserabile » en me montrant des choux et des rosiers. Il était en habit noir et en pantalon blanchâtre, cheveux ras, grosse boule, parlant un jargon que j'ai pris tour à tour pour français, anglais, italien, turc et grec.

Nous traversons en droite ligne toute la plaine par des chemins, entre des arbres, pleins d'eau à cause de la pluie des jours précédents; nous pataugeons dans la terre labourée par places; nous baissons la tête pour passer sous des arbres. Plantations nombreuses. Nous coupons la route qui mène à Nymphio ; par une pente escarpée on monte au village de CACOUTJATH.

CACOUTJATH

Vue de toute la plaine : au premier plan, verdure des oliviers ; en face, montagne d'un ton roux très pâle, à droite montagnes bleues de Nymphio, à gauche la mer, ardoise, et Smyrne blanc, avec ses toits rouges. Le ciel est froid, bleu, clair.

Dans le village, ancienne mosquée de même construction que la petite mosquée d'Éphèse. Je monte droit toute la montagne — c'est dans ces environs qu'il y a deux jours on a arrêté et volé deux jeunes gens de Smyrne qui chassaient — et je retombe sur Boudja.

Retour à Smyrne par une descente pavée.

MONT PAGUS

Montée du mont Pagus. Petit cimetière — peu à peu Smyrne grandit à mes pieds — la nuit vient. J'entre dans la forteresse[1] par une des anciennes portes ; dans la cour intérieure, une petite mosquée — de l'herbe partout. Je n'ai pas le temps de voir s'il y a quelque chose à voir, la nuit tombe et je regarde le coucher du soleil. Je n'en ai pas encore vu de si diversement beau, à cause des découpures du golfe et des montagnes. À gauche, derrière les montagnes des Deux-Frères, bleu ardoise sombre ; au-dessus, le ciel est empourpré, vermeil ; du côté de Bournabah, les montagnes sont blondes de tous les blonds possibles — puis roses, rouges… ! ô mon Dieu ! mon Dieu ! — !!! — ? ? ?

Je m'en reviens. Je traverse le petit champ des morts, en pente, et je rentre dans la ville par le quartier juif et turc. Rues étroites ; la pluie des jours passés fait des rivières entre l'espace des deux trottoirs des rues ; petites lampes allumées aux boutiques ; foule grouillante. Approche de l'hiver, froid[2]. Quelques maisons éclairées — gens qui entrent, gens qui sortent — de la mangeaille, des chiens et des enfants sur les portes — intérieurs sombres.

PROMENADE À CORDELIO

Jeudi 7 novembre — avec Stéphany. On suit la route
de Cassaba puis on tourne à gauche comme pour aller
à Bournabah, et on la quitte pour prendre à gauche,
au bout de quelque temps. Chaussée pavée — grand
marais salin — au bord de la mer — petites criques. À
droite, montagnes nues ; à gauche au premier plan la
mer, Smyrne de l'autre côté du golfe. En face de nous,
les verdures de CORDELIO. Passe dans les rochers ; à
l'entrée un laurier-rose. Je m'arrête là à regarder passer les chameaux qui viennent.

Halte à un café servi par un jeune homme nègre,
boiteux. Levantins smyrniotes en partie de campagne
avec une flûte et un violon. Nous faisons le tour du
pays.

Halte à un café, bâti sur pilotis dans la mer.

À travers champs, fossés et marais. Stéphany me
conte des histoires de sorcier ; il a vu à Beyrouth un
sorcier qui faisait venir à travers les airs, de Damas à
Beyrouth, une fille sur son lit ; il finit pourtant par
m'avouer qu'il n'a vu que le nuage qui enveloppait la
jeune fille, ou même qu'un nuage. À Smyrne, on croit
beaucoup au sortilège, aux enchantements. Quant
à lui, il n'accepterait jamais une tasse de café ou un
verre d'eau d'une jeune fille, de peur d'être forcé
malgré lui à l'aimer. Une jeune personne, amie de
Mlle Camescasse, m'a dit que celui qui cueillait les
feuilles du *ligaria* se faisait aimer de la personne qu'il
aime. J'en ai souvent cueilli sans y songer, je cherche
à savoir qui m'aimera — ô vertu de la plante ! comme
je t'aurais bénie dans ma jeunesse !

Nous revenons à Smyrne en trois quarts d'heure
— temps de galop brillants. Le soir, dîner chez le docteur Ballard. Mme Matron, grosse bonne de Smyrne
en robe verte, bonnet, gants blancs, trois mentons, et
le nez pointu quoique épaté de la base. Après le dîner,
au théâtre, « il signor Nicosia », grec, violoniste à longs
cheveux et qui met son mouchoir dans la poche de son

pantalon — Weber ivre et troublant la salle de spectacle. Présentation à M. Daiglemont en robe de chambre ; quelle cordelière ! et à M. Desbans ; œil du sieur Desbans — paletot du sieur Andrieu. *Nous revoyons La Seconde année* de Scribe !

DE SMYRNE À CONSTANTINOPLE

Vendredi 8, départ pour Constantinople sur l'*Asia* de la Compagnie du Lloyd. — Weber est ému d'un déjeuner qu'il vient d'avoir avec Oscar.

PASSAGERS

M. Constant, gros et bon brutal Américain — Mme Constant[1], petites boucles d'oreilles en diamant — son fils, maniaque de lorgnette — Oscar — un gros armateur de Trieste, charpenté, en redingote jaune blanc, figure de bouledogue, insipide — M. Peyret, Français établi à Constantinople ; sa femme en coiffure grecque, lèvres boudeuses et suceuses, pelisse jaune ; gros Arménien bon enfant, qui nous donnait des prises de tabac (nous l'avons rencontré aujourd'hui dans la cour du tekeh[2] des derviches tourneurs), il avait la figure toute bleue, ce qui venait d'un mouchoir en toile peinte tout neuf dont il se servait ; sa fille, Arménienne viandée, à cheveux noirs, venait avec lui à Constantinople chercher une femme pour son frère — Aline Duval[3] — le gouverneur de Samos.

———

Je suis sorti de ma cabine et j'ai vu Ténédos à gauche derrière moi ; plus en remontant, Lemnos.

Sur le rivage à droite, buttes de terre — on vous montre une que l'on dit le tombeau de Patrocle[4]. Le rivage est bas, mais c'est dans un admirable pays. Je ferai, coûte que coûte, le voyage de la Troade (voilà ce que j'écrivais !).

À gauche, nous avons l'Europe. Aller d'ici à Venise par terre, ce serait un voyage !

DARDANELLES

Samedi 9 et dimanche 10 novembre, quarantaine aux Dardanelles[1] — nous restons à bord. Quel jambon que le jambon croate de l'*Asia* !

Lundi 11. Le matin nous descendons dans le village des Dardanelles, côte d'Asie. Promenade en famille, pataugeant dans la boue des rues qui sont du reste assez larges et, pour des rues turques, en hiver peu boueuses ! Visité deux potiers. On fabrique ici de grandes jarres vertes vernies, avec des fleurs d'or par-dessus et pouvant à la rigueur servir de pots ; il y a des monstres fantastiques se rapprochant du martichoras[2] (ou plutôt de l'alborak ?). Nous menons Mme Constant dans un grand café propret, chauffé par un mangal[3] ; un Turc se lève pour la saluer quand elle entre. Ce café est en même temps la boutique d'un barbier et d'un dentiste. — Nous tâchons vainement d'entrer dans la forteresse.

Pendant toute la traversée des Dardanelles, je pense à Byron : c'est là sa poésie, son Orient, Orient turc à sabre recourbé[4] ; — sa traversée à la nage était rude[5].

GALLIPOLI

Le soir, à 2 heures, arrêtés à Gallipoli. Il y a là un petit port avec beaucoup de petits navires tassés dedans ; la mer est assez forte, ça remue.

Au-delà de la ville, aspects de campagne tranquilles et européens ; ciel gris et froid — poules qui picorent dans un champ labouré — vieille forteresse dominant le pays et où nous nous promenons, mais nous laissons la compagnie de son côté et nous faisons le tour du pays tout seuls. Nous traversons un cimetière où il y a une vache. Stéphany demande sa route à des femmes turques assises sur le seuil d'une maison (fabriques de tombes) qui est au milieu du cimetière. Café sur le port ; deux hommes dans un coin à ma

gauche sont en affaires, l'un en robe, veste, et barbe
noire, parlant très vite avec volubilité.

Retour à bord et partis.

ARRIVÉE À CONSTANTINOPLE

Mardi 12 novembre à 7 heures du matin, nous apercevons Constantinople. Îles des Princes à droite ; elles
ont l'aspect désert ; à gauche le château des Sept-
Tours, puis longue file de maisons blanches ; à droite,
Scutari ; une forêt au-dessus : c'est le Grand-Champ
des Morts. Le Bosphore devant nous ; Nez-du-Sérail à
gauche, palais dans la verdure ; par derrière, dômes et
minarets. — On tourne cette pointe et l'on entre dans
la Corne d'Or, golfe entre Stamboul et Péra : c'est une
mer peuplée de vaisseaux et gâtée seulement par deux
ponts en bois[1].

Tandis que nous stoppons avant de débarquer, mine
d'un caïdji dans son caïque[2], qui se promène autour
de nous : veste bleue, tarbouch, cheveux noirs, figure
avancée souriant un peu. Une caravelle a passé tout
près de nous côté bâbord ; nous lui avons fait signe
qu'elle allait le heurter, il nous a répondu par un sourire de fatuité accompagné d'un *là*[3] de tête, muet, plein
de confiance.

————

Fini de copier ces notes
le samedi soir minuit sonnant 19 juillet
1851, à Croisset

Gve Flaubert

[*Constantinople*]

Nous débarquons à l'embarcadère de TOP-HANA[1], nous montons la petite rue de Péra — hôtel Justiniano.

TOUR DE GALATA[2] — escalier intérieur qui donne sur des planchers en bois — en haut, café tenu par les guetteurs de nuit. Nous voyons là les piques qu'ils portent à la main lorsqu'ils courent la nuit aux incendies. Circulant autour du parapet, il me semble que la tour remue par la base et s'incline par le sommet comme un mât de navire sur lequel je serais posé. C'était sans doute le mouvement de la mer qui continuait en moi.

Promenade dans le bas quartier de Galata : rues noires — maisons sales — salles au rez-de-chaussée — violon aigre qui fait danser la romaïque — jeunes garçons en longs cheveux qui achètent des dragées à des marchands[3]. À la nuit tombante, promenade dans le cimetière de Péra ; tombe d'une jeune fille française qui s'est empoisonnée pour ne pas épouser un homme que son père lui destinait, il l'avait même introduit dans sa chambre. Ces histoires d'empoisonnement par amour sont fréquentes à Smyrne, où l'on s'occupe beaucoup de galanteries. Stéphany nous dit que dans ce cimetière, le soir très tard ou le matin de très bonne heure, les putains turques viennent s'y faire baiser, par les soldats particulièrement. Entre le cimetière et une caserne que l'on bâtit à gauche, vallon ; dans ce vallon des moutons broutaient. — Le soir, nous allons

voir *la Lucia*[1], représentée convenablement. Oscar dans
la loge de l'amant de la *prima donna*; M. Constant et
sa femme en chapeau blanc; à côté d'eux Aline Duval,
en chapeau rose avec un voile noir.

Mercredi. Nous avons passé le pont de Galata pour
aller de l'autre côté, à STAMBOUL. Sur le pont, rencontré un Indien richement vêtu, de couleurs vertes et or;
il marche doucement sous un parapluie quoiqu'il n'y
ait guère de soleil, et porte un binocle en écaille. Il a
habité trois ans la France. — Bazars, me semblent
sans fin — Ludovic[2] — écrivains dans des petites boutiques, où nous faisons écrire le nom de Bouilhet[3] —
nous allons donner à manger aux pigeons de la mosquée de Bajazet[4] (BAYEZIDIEH), ils s'abattent de tous
les côtés de la mosquée; bruit du grain qui tombe sur
eux et les fait s'envoler un peu, quand on le leur jette.
Un homme est là, près d'un coffre plein de grain où il
le puise avec une tasse.

Jeudi — été à SCUTARI. Rue en pente et déserte, café
à l'entrée du Champ des Morts, où nous attendons
l'heure d'entrer chez les hurleurs. TEKEH DES DER-
VICHES HURLEURS. Pièce carrée, balustrade tout autour
— sur la muraille du côté où est le mihrab, instruments
de supplice à l'usage des hurleurs: longues broches
terminées par une espèce de palette recourbée et
espèces de coins ronds terminés par des pointes; de la
partie supérieure du cône, chaînettes. Sur des planches
tout autour sont rangés de grands tambours de basque,
des cymbales et de petits tambourins. On a commencé
par des prières. Imam, vieillard grisonnant; son fils,
figure impassible, joues un peu bouffies, nez régulier
droit, un peu de petite vérole au bout; robe verte garnie de fourrure de renard; immobile dans sa pose à
genoux. La file s'est ébranlée; pas de costume particulier; il y avait dedans des soldats turcs, plusieurs vêtus
à l'européenne. Le chef d'orchestre, petit, noir, remuant
tout et menant tout — le chef des cérémonies, gros
bonhomme en robe puce, ressemblant un peu à Soliman Pacha — un vieux, rien qu'avec son takieh, assis

par terre et chantant — jeune homme en pantalon, en petit turban, ressemble à Bury, s'est mis à la fin à pleurer à chaudes larmes. — Cela m'a semblé plus musical que ceux que nous avions vus au Caire, la voix de dessus dominant et passant à travers les hurlements. Un moment, ça a ressemblé au bruit du piston d'une machine à vapeur — d'autres fois, en fermant les yeux, à deux ou trois lions en cage et rugissant. Vers la fin de la cérémonie, malades venant se faire marcher sur l'endroit malade par l'imam. Aux petits enfants, il faisait seulement des passes avec la main et les insufflait[1]. — Promenade dans le cimetière de Scutari. Descendus par la grande rue, traversés en caïque qui manque de sombrer à chaque lame — nous en voyons flotter à l'eau un à qui cet accident vient d'arriver ; plusieurs hommes qui le montaient se sont noyés. — Vue d'un milord doré appartenant à Sa Hautesse ; chevaux enharnachés d'argent lourd.

Vendredi (15). TOURNEURS DE GALATA ; tekeh rond, galerie autour en bas et en haut, petites lampes et lustres de verre — ça a l'air bastringue. Iman, vieillard en robe verte — procession à la file, dix-sept derviches ; ils saluent le mihrab après l'avoir passé et se saluent eux-mêmes. Bientôt la ronde commence — cela n'est pas assez vanté[2] ; chacun a une extase particulière, vous pensez aux rondes des astres, au songe de Scipion[3], à je ne sais quoi ? Un jeune homme, les bras tout levés et la figure perdue de volupté ; un autre qui ressemblait à un archange, avec un air d'autorité ; un vieux, pointu, à barbe blanche ; un de teint blanc jaune (maladie de cœur ?), de même teinte morte que son bonnet de feutre. — Nul étourdissement quand ils s'arrêtent. Mouvement de leur robe qui tourne encore et les drape.

Samedi 16. Visite au général Aupick[4], ambassadeur ; reçu celle de M. Fauvel[5]. Accident arrivé à un de nos commensaux, M. de Noary, qui a laissé tomber à l'eau un sac contenant 80 000 piastres.

17 — dimanche. Le matin Bezestain[6] fermé aux

trois quarts, les Grecs et les Arméniens et quantité de
Turcs faisant Dimanche — déjeuner dans un café avec
du kebab[1], le froid nous y fait grelotter. Le soir, dîner
chez le docteur Fauvel. — MM. Danglars, Mangin, etc.

18 — lundi, partis le matin (après avoir attendu deux
heures à l'hôtel d'Angleterre[2]), avec M. et Mme Constant
et leur fils, le «petit femme grecque»[3], MM. Fortier[4],
Pellissier[5] (qui trimbale ses bottes et Mme Navie,
grosse femme arménienne, plaquée de fard et qui fait
l'œil jouisseur quand on passe devant elle), Hamelin
(des Andelys), Hoffmann, docteur en droit, vêtu d'un
tarbouch porté sur le derrière de la tête. Nous entrons
dans le vieux Sérail[6] par la porte de Top-Kapou (= porte
du canon), longue avenue plantée ; les arbres sont
enguirlandés de vigne. Après avoir défait nos chaussures, nous montons dans les appartements ; pièces
ovales donnant sur le Bosphore — on voit naviguer à
pleines voiles les vaisseaux. Aux murs, pilastres en
plâtre ; rideaux de mousseline ; housses en perse ou en
calicot, ameublement et ornementation mesquine, qui
jure avec la délicieuse forme architecturale des appartements et leur position. Galerie longue sur le mur de
laquelle gravures modernes et un tableau de Gudin[7].
Salles de bain en marbre blanc, robinets de cuivre (!) ;
c'est du reste ce qu'il y a de mieux avec une pièce du
rez-de-chaussée où il y a divan et vasque au milieu. —
Les jardins, compris entre les différents corps de bâtiment du vieux Sérail, sont taillés en petits jardinets
rococo ; rien ne répond moins à l'idée du jardin oriental, mais rien ne répond mieux à celle qui nous est
représentée dans les gravures anciennes où l'on voit le
sultan avec l'odalisque, existence resserrée, mesquine,
fardée, sans grandeur ni volupté ; c'est enfantin et
caduc, on y sent l'influence de je ne sais quel Versailles
éloigné, apporté là sans doute par je ne sais quel ambassadeur en perruque, vers la fin de Louis XIV. — Les
appartements sont de couleurs différentes, l'un blanc,
l'autre noir, l'autre rose, etc. ; dessus de cheminées en
cuivre taillé à jour. — Bibliothèque dans une autre

cour en face. Collège des Icoglans[1] ; nous voyons plusieurs de ces jeunes drôles, dont la plupart serviront plus tard au sultan. *Manuscrits* entassés dans une armoire[2]. Par terre on nous déroule une pancarte sur laquelle sont peints les portraits des sultans, affreux petits bonshommes en turban, et accroupis sur des divans. — Salle du trône[3] : fenêtre grillée, appartement sombre ; le trône est un baldaquin destiné à renfermer un divan, admirable chose en argent doré, incrusté partout de diamants et de pierres précieuses — vrai luxe oriental s'il en fut ! La bordure du baldaquin, = partie comprise entre l'arc et la corniche, est ornée et terminée par des sortes de petits arcs, terminés par des sortes de glands du plus gracieux effet du monde. — Cuisines, rien de curieux. — Arsenal dans l'ancienne église Saint-Irénée ; belle salle d'armes en dôme, voûtée, avec nefs pleines de fusils en mauvais état ; au fond, à l'étage supérieur, armes anciennes et d'un prix inestimable : casques persans damasquinés, cottes de mailles, communes la plupart, grandes épées normandes à deux mains ; sabre de Mahomet II, droit, large et flexible comme une baleine, la garde recouverte d'une couverture en peau verte — tout le monde l'a pris et brandi, moi seul excepté. On nous montre aussi, sous verre, les clefs des villes prises par les sultans ; vieilles espingoles à bois usé, noir, culotté, tromblons épatés, toute l'artillerie fantastique et lourde d'autrefois. — Machine Fieschi[4]. Il y a aussi au Sérail un musée d'antiques : une statuette de comédien avec le masque ; quelques bustes, quelques pots ; deux pierres avec figures et caractères égyptiens. Nous sortons par la porte qui donne sur la place de Sainte-Sophie. Déjeuner dans un café pendant que le reste de la société tâche de voir la Monnaie[5].

SAINTE-SOPHIE, amalgame disgracieux de bâtiments, minarets lourds. Elle est repeinte en blanc et ceinte de place en place de bandes rouges. Nous entrons par une porte de la cour extérieure qui fait l'angle de la place et de la rue, à toit avancé, retroussé. À l'église

même, porte de bronze latérale sur laquelle on reconnaît les marques d'une croix. Le vaisseau est d'une
hauteur écrasante qui n'est surpassée que par celle du
dôme couvert de mosaïque. De la galerie du premier
étage, les lampes suspendues ont l'air de toucher à
terre et l'on ne sait comment les hommes peuvent passer dessous. Ancienne porte murée sur le côté droit.
Aux quatre coins du dôme, chérubins gigantesques.
Arcades romanes (voilà du byzantin!), feuilles de fou-
gère. Les dalles couvertes de nattes. Deux drapeaux
verts des deux côtés du minbar; à l'entrée de la mosquée petites vasques à ablutions. AHMET [1], à côté de la
place de l'Hippodrome entourée d'arbres — six minarets — bien plus belle d'extérieur qu'à l'intérieur,
piliers lourds, énormes, cannelés en bosse, toute
blanche. OROSMANE [2], on disait l'*asr* [3], je n'ai pu la bien
voir; dans un coin sous des arbres, sarcophage insi-
gnifiant que l'on prétend être celui de Constantin.
BAYEZID. Pigeons; une négresse leur a apporté à manger de la part de sa maîtresse qui est malade; *idem*
aux hurleurs — c'était un vase d'eau que l'on devait
toucher et insuffler. Comme la mosquée était pleine de
monde, nous n'avons pu la voir. SOLIMANIEH [4] charmante, toute couverte de tapis; vitraux persans au
fond. Çà et là une école avec son maître qui criait et
expliquait tout haut, argumentant et se répondant à
lui-même — disciples autour — hommes couchés sur
le coude et qui étudiaient. — Coffres en dépôt dans un
coin, ou plutôt sur tout le côté qui est en face du mihrab. Comme sorte de vie, comme existence musulmane calme et studieuse, c'est ce que j'ai encore vu de
mieux avec EL-AZHAR du Caire [5]; mais ici c'est plus
recueilli et plus tranquille. *Türbés* sont des salons dans
lesquels, sur des tapis, sont des tombeaux recouverts
de cachemires — *[illis.]* magnifiques, surtout dans
celui de MAHMOUD, bande de mousseline sur lequel est
écrit le Coran entier de sa main — le matin, au Sérail,
dans une armoire, son admirable encrier. Dans celui
de Bajazet, on nous montre sa chemise, sa ceinture,

que l'imam baise devant nous; turbans sur les tombeaux avec des aigrettes. — L'appartement est toujours clair et propret, blanc et plein de lampes luisantes — inondé de jour; autour du sultan sa famille, petites tombes d'enfants en grande quantité; draps de velours brodés d'or. TÜRBÉ DE SOLIMAN; allée d'arbres — plan de La Mecque, les hommes figurés par des petits clous, marchant deux à deux.

Mardi 19. Le matin visite d'un tourneur, le beau jeune homme qui tourne avec une expression si navrante de volupté mystique. Il nous dit que tous dans son ordre boivent; quelques-uns s'en font mal. Il n'éprouve nullement de vision béate, mais seulement demande à Dieu la rémission de ses péchés; le Diable ne peut entrer en eux quand ils tournent ainsi. L'apprentissage dure de vingt à quarante jours, ils s'exercent sur un disque posé sur un pivot. Selon lui la corruption est maintenant à son maximum, autour de lui il ne voit que putains: «Qu'est-ce que fait un Turc? Il prend une femme, la baise trois jours; puis il voit un jeune garçon, lui soulève son bonnet, le prend chez lui et quitte la femme, qui se fait enfiler par le jeune garçon!!» L'ordre des tourneurs me paraît très tolérant: la véritable Mecque[1], selon eux, est dans le cœur; ils ne refusent aucune explication ni communication avec les giaours[2]. Selon ce derviche le nombre des pèlerins diminue sensiblement, et les mosquées deviennent vides.

Le soir nous avons été encore une fois les voir tourner. Même chose que la fois précédente. Ce n'est pas devant le mihrab qu'ils saluent mais devant la chaise de l'imam, et c'est eux-mêmes qu'ils saluent. Chacun part les bras croisés sur la poitrine, fait quelques tours, puis les détend. Notre ami est capable de tourner les bras croisés six heures de suite; ils tournent sur le pied gauche, le droit envahissant par-dessus, la pointe du droit décrivant, pendant que le gauche tourne, un demi-cercle pour aller rejoindre celui-ci. — Ces derviches sont mariés, quelques-uns exercent des métiers. Ils sont à peu près trois cents, en tout, dans l'Empire ottoman. — Bruit de leurs mains tombant toutes ensemble par terre lorsqu'ils s'agenouillent.

À 6 heures et demie du soir, dîner turc. Mme Constant à ma droite en robe de soie, sentant le cold cream, charmante et mangeant très résolument avec ses doigts. M. Constant s'empiffre gaiement et M. Fortier silencieusement. M. Kosielski[1] à ma gauche. Après le dîner, _Robert le Diable_[2] dans la loge de M. Constant; à côté de son épouse, je hume son essence de mousseline et son linge blanc. — Drôle de ville que celle-ci où l'on sort des tourneurs pour aller à l'opéra! Les deux mondes sont encore à peu près mêlés, mais le nouveau l'emporte; même dans Stamboul, le costume européen domine, pour les hommes seulement, il est vrai.

Mercredi. Le matin, course au Bezestain, où nous achetons des bouquins de pipes. Quoiqu'il soit ouvert, le Bezestain en fait d'antiquités me paraît assez maigre; il y a beaucoup de gibernes dorées et de sabres modernes. Acheté des lanternes turques dont les vendeurs sont auprès de la Solimanieh. Dans la cour de la mosquée, dispute de femmes nègres et de cawas; une surtout, grande, à la peau nubienne, les joues coupées longitudinalement de coups de couteau, criait en montrant ses dents blanches et gesticulait avec ses grandes manches. Manteau couleur tabac d'Espagne.

Jeudi, promenade autour des murailles de Constantinople avec M. Kosielski qui nous rejoint sur le pont de Mahmoud; nous prenons des chevaux au bout du pont. Traversé le Phanar[3], grande arcade, sous laquelle on passe. Maison à mâchicoulis. — BALATA, quartier juif[4]. — Le grand cimetière de Stamboul, immense; on n'en finit plus. Infinité de tombes et de cyprès, nos chevaux passent à travers et dessus. Pelouse jonchée de tombeaux grecs; les Phanariotes sont là, les descendants des Comnène et des Paléologue. — Église Baloukli (des Poissons)[5]. Des femmes embrassent à la porte un Saint Nicolas; la place de tous les baisers a sali en noir le panneau. Vendeurs de cierges en quantité. On nous montre une fontaine vers laquelle on descend par plusieurs marches et qui se trouve dans une petite chapelle souterraine. L'eau est tellement claire que nous croyons d'abord qu'il n'y en a pas, c'est quand elle s'est ridée que nous nous en sommes aperçus. On nous conte la légende suivante : un marin en mer vint à mourir ; avant de mourir il fit promettre au capitaine de la barque de porter son corps à cette église et de lui en faire faire trois fois le tour. Le capitaine exécuta sa promesse, le mort ressuscita et resta dans le couvent. — Le bruit de ce miracle vint jusqu'en Angleterre où quelqu'un, en doutant, se mit en route pour aller voir le ressuscité ! Il le trouva qui faisait frire des poissons à côté de la fontaine — il ne voulut pas croire au miracle et dit : « Je ne croirai pas plus ce que vous me dites que je ne crois que ces poissons frits puissent renager. » Ce qui fut dit se fit : ils sautèrent de la poêle dans l'eau et se remirent à nager. En effet nous voyons circuler dans l'eau d'imperceptibles petits poissons.

Les murailles de Constantinople sont couvertes de lierres par places. Trois enceintes. Tours carrées avec des ronces, des arbustes, toute la prodigalité des ruines. Les murs de Constantinople ne sont pas assez vantés, c'est énorme ! Nous passons devant la Porte dorée, murée, et le château des Sept-Tours. Nous arrivons devant la mer agitée, et qui rebondit. Au pied du mur à notre gauche, boucherie en bois sur pilotis ; odeur infecte se mêlant à celle des flots, grand vent, quantité de chiens qui rôdent par là — des oiseaux de proie voltigent, poussent des cris, tournoient, s'abattent sur les flots. — Revenu à travers tout Stamboul : maisons en bois, coins avec de la verdure, moucharabiehs, fenêtres grillées partout — la vie turque grouillante et tranquille. Ça me rappelle comme à Smyrne le moyen âge chez nous. — Aqueduc de Valens, haut, orné de lierres, traverse Stamboul en large ; les maisons sont là, en bas, écrasées par lui. — Nous revenons au bout du pont de Mahmoud et nous allons chez le peintre persan, qui nous montre plusieurs couvertures de livres, des boîtes, et des encriers. Khan persan : tapis de feutre sur lesquels ils sont assis — narguilés en bois rouge sculptés. Intérieur sombre, plein de fumée. Les Persans avec leur haut bonnet pointu et leur nez recourbé. Je ne retrouve pas la figure ronde, les yeux sortis et les énormes sourcils des images persanes. Tous leurs chevaux (sur les peintures) ont les jambes très minces, la croupe et le ventre énormes, le corps en cylindre. Nous retraversons le pont de Mahmoud et remontons par les quartiers *brocs* de Galata. La nuit est presque venue, nous ne voyons aucun drôle sur les portes.

Vendredi 22. Nous allons à bord de la petite goélette anglaise voir le sauvetage des écus de M. de Noary. — Il nous donne à tâter son pouls qui bat très fort pendant que l'on fait les préparatifs du sauvetage. Casque de l'homme effrayant ; ça a l'air d'une énorme bête marine fantastique tenant le milieu entre l'ours et le phoque, surtout lorsqu'on l'a hissé hors de l'eau et qu'il se débattait entre le canot russe et la goélette[1].

Nous prenons un caïque à deux rameurs vêtus de chemises de soie (le premier en face de nous, suant à grosses gouttes, figure d'un officier d'armée d'Afrique), et nous remontons la Corne d'Or. Après le pont de Mahmoud, flotte turque, vaisseaux désarmés, figures de lions et d'aigles à la proue — amirauté — à gauche, Balata, casemate pour les canaux — EYUB, mosquée enfoncée dans les bois, cimetière. La Corne d'Or décrit une courbe ; barrières dans l'eau ; le fleuve (réunion du Cydaris et du Barbyzès) se rétrécit ; prairies, kiosques de pachas, grandes herbes sur l'herbe, place de verdure où l'on descend, arbres à mi-côte[2] — avant eux cimetière juif — plus loin palais du Sultan. Femmes dans des carrosses dorés[3] ; pâleur naturelle sous leur voile, ou donnée plutôt par leur voile même ? À travers leurs voiles, les bagues de leurs mains, les diamants de leur front. Comme leurs yeux brillent ! Quand on les regarde longtemps, cela n'excite pas, impressionne, elles finissent par avoir l'air de fantômes couchés là comme sur des divans — le divan suit l'Oriental par-

tout. Aux côtés des voitures arrêtées, musiciens qui
jouent de différentes espèces de guitares aiguës et de
flûtes, accroupis par terre — Levantins à l'européenne ;
c'est un air vif et toujours le même. — Affreuses guim-
bardes soi-disant européennes. Nous fumons un narguilé près d'une tente d'où s'exhale une violente odeur
de raki — c'est bien en ces lieux que l'on vivrait avec
l'odalisque ravie : cette foule de femmes voilées,
muettes, avec leurs grands yeux qui vous regardent, tout
ce monde inconnu, qui vous est si étranger ; enfants et
jeunes gens à cheval courant au galop — vous donnent
une tristesse rêveuse, empoignante. Nous revenons à
Constantinople sans ouvrir la bouche. Le brouillard
descend sur les mâts, sur les minarets, sur la mer. Descendus au bout du pont de Mahmoud, nous remontons
par le Petit-Champ des Morts de PÉRA ; une baraque
en bois, noir, dedans, poules qui picorent à l'entour —
autre maison au bout du Champ des Morts, drapée de
feuillage. — Dîner mauvais chez Schefer[1] — *manuscrits* persans et arabes : vignettes moyen âge ; reliure
peinte ressemblant à J. de Bruges[2] ; manuscrit sur l'art
militaire, bonshommes à cheval (auxquels quelque
enfant a fait une barbe avec de l'encre) qui s'exercent
à la lance, au sabre ; lances à feu, feu grégeois.

Samedi 23. Resté toute la journée à l'hôtel, à écrire
des lettres et à prendre des notes. Bain à Péra, petit
masseur à figure de cheval (Maurepas, Mme de Radepont, Mme Rampal[3]), yeux noirs vifs, impudents, places
de cheveux chauves, cicatrices de teigne. — Le soir au
dîner, champagne bu, à propos de la guerre déclarée
par la Prusse à l'Autriche[4] ! Discussion littéraire avec
M. Fortier à propos de Chateaubriand et de Lamartine. M. de Noary est comme une âme en peine dans
l'hôtel — son mot, hier, quand on a cru que le sac était
retrouvé : « Eh bien, ils n'auront pas été longtemps à
retrouver leur argent. »

Mercredi 27. Course à TÉRAPIA[5], = visite au général
Aupick. — Par les hauteurs, terrains plats, avec de
légères ondulations, cela ressemble un peu à certaines

landes de la Bretagne. À gauche les plaines de Daoub
Pacha, à droite le Bosphore ; bientôt, en face de nous,
la mer Noire. Nous tournons à droite et descendons
vers le Bosphore ; conaks en bois peints en gris, au
bord de l'eau. Le général en robe de chambre à collet
et parements de velours ; M. de Saulcy[1], Édouard
Delessert[2]. Promenade dans le jardin de l'ambassade.
— Nous revenons par le même chemin, avec de grands
temps de galop, à la nuit tombante. Apostoli notre
drogman.

Jeudi 28. Re-visite au Sérail et aux mosquées. Dans
le vieux Sérail, revu avec plaisir la pièce du rez-de-
chaussée avec ses jets d'eau — entre les fenêtres et
dans les enfoncements de la muraille, étagères pour
mettre des pots de fleurs. Aux alentours de la salle du
trône, le nain, costumé à l'européenne, et quelques
anciens eunuques blancs, figures de vieilles femmes
ridées, proprement habillés, chaînes d'or sur leurs
gilets, pantalons larges à l'européenne, à plis ; par là-
dessus des pelisses ; un à figure carrée, mâchoire large
par le bas, jouant avec le nain du sultan. — La vue
d'un eunuque blanc fait une impression désagréable,
nerveusement parlant ; c'est un singulier produit, on
ne peut détacher ses yeux de dessus eux — la vue des
eunuques noirs ne m'a jamais causé rien de semblable. La salle du trône entourée de porcelaine bleue
à partir du milieu, c'est comme une longue plinthe qui
règne. Dans l'arsenal, formidables timbales des janissaires, couvertes de peau — ça ressemble à des cuves
à lessive ; épées à deux mains du temps des croisades ;
piques terminées par une sorte de kandjar à deux
branches ; pointes de fers de flèches à dards rentrants
articulés, quand on voulait retirer le trait de la blessure, les deux pointes rentrées s'écartaient d'elles-
mêmes, il fallait tout déchirer. Je manie le sabre de
Mahmoud — il me paraît horriblement lourd — celui
d'Eyub moins long, plus commode, d'une largeur
effrayante, bien en main, et terminé en glaive, mêmement recouvert d'une peau verte. Je vois une très belle

cotte de maille, flexible et souple comme de la flanelle ; en effet, c'étaient les gilets de santé d'alors. — Dans Sainte-Sophie je ne vois rien de nouveau, je reste longtemps à regarder les arcs — deux rangées, beaucoup de fenêtres en haut ; la plus grande partie de la lumière tombe d'en haut. Les chérubins sont sans tête, c'est une réunion d'ailes[1]. Pour les ablutions, vases énormes de chaque côté en entrant, fermés comme d'énormes cruches très ventrues. — Dans le tūrbé d'Ahmet et de Soliman, longue inscription en caractères blancs sur porcelaine bleue qui court tout autour — rien n'est propre et gai comme les tūrbés. Dans la mosquée d'Ahmet, Stéphany va parler à des gens qui écrivent à droite en entrant, et lit quelques lettres de l'alphabet. Dans la Solimanieh, nous ne voyons pas de docteurs professant comme la première fois ; en revanche, des femmes qui font leurs prières et prosternations à la manière des hommes. — Nous retournons voir les derviches de Scutari, l'imam monte sur le corps d'enfants de 4 à 5 ans. On passe sous le souffle des derviches, des vêtements de malades. Beauté pontificale du fils de l'imam, qui ne se fatigue pas. Un derviche déguenillé, nu-tête — moins de férocité que la première fois ? — Le soir, dîner à l'hôtel d'Angleterre chez M. de Saulcy.

Vendredi 29. Vu le Sultan à son entrée dans la mosquée de FONDOUKLI ; la place devant la mosquée encombrée de chevaux et d'officiers étranglés dans des redingotes. Il faut encore plusieurs générations pour qu'ils s'y habituent. Nous étions au bord de l'eau à côté d'un mur en ruines — femmes — on a voulu nous faire déloger pour que nous ne restions pas avec elles ; elles sont venues de notre côté trouvant que la place était plus commode pour voir ; les cawas n'ont pu les faire s'en aller de là. Le canon des forts a annoncé le Sultan. Premier caïque portant deux pachas à genoux, tournés vers le second où était Sa Hautesse — caïques blancs bordés d'un ruban d'or ; tendelet à l'arrière, rampe d'argent à celui du Sultan. Il a l'air profondé-

ment ennuyé : petit jeune homme pâle à barbe noire,
nous a regardés fixement, tournant la tête à droite [1].
Manière particulière de ramer de ses caïdjis : ils se
lèvent et saluent, tout en ramant ; les boules du premier
bras de levier de l'aviron m'ont paru moins grosses
que celles des caïques ordinaires.

Danses des jeunes garçons dans un café de Galata
— dans une petite chambre, trois jeunes imbéciles en
habits grecs surchargés de broderies se contorsion-
nent sans verve ; un seul, noir, commun, mais vigoureux et à très belle chevelure dont les anneaux tombant
me rappellent ceux des perruques Louis XIV — c'est
comme un souvenir lointain des danses d'Égypte. En
somme, ce fut pour nous une des plus affreuses floue-
ries de notre voyage [2]. Autre excursion à Galata, chez
une vieille femme. Ameublement de quartiers maritimes
— une caricature sur Louis-Philippe — Négresses
dégoûtantes, en robe européenne noire, trouée ; une
énorme, qui était au bain et qui arrive couverte de
fourrures. Mais dans une chambre plus propre et
mieux meublée était enfermée *Rosa*, fille de la maîtresse de la maison, blanche, châtaine, avec de la den-
telle dans les cheveux, à l'espagnole ; casaquin de soie
noire qui lui serrait la taille [3]. — Les rues de Galata
sont profondes comme mœurs et couleur ; lumière
noire, ruelles sales, fenêtres donnant sur des arrière-
cours d'où sort le son aigre d'une mandoline ou d'un
violon. Çà et là, à la fenêtre ou sur le seuil de la porte,
une sale mine de putain habillée à l'européenne et
coiffée à la grecque. Envahissement de la gravure polis-
sonne, des *[illis.]*, des Héloïse et Abélard. L'émancipa-
tion de la femme en Orient entrerait-elle par le chic
Faublas [4] ? Importance du ballet. Dans cent ans le
harem sera aboli en Orient, l'exemple des femmes
européennes est contagieux ; un de ces jours elles vont
se mettre à lire des romans. Adieu la tranquillité turque ;
tout craque de vétusté, partout.

30. Samedi. Adieux à la bande Saulcy, à bord du
Lloyd.

1. Dimanche. Visite chez Artim bey, à Kourout-schesmé[1]. Les maisons arméniennes peintes de couleur sombre, grises, noires, ou brun tabac[2]; intérieurs tristes quoique grands; on a je ne sais quelle contrainte sur les épaules. Artim nous reconduit jusqu'à la maison qu'il fait réparer: petite cour entourée de murs, serre au fond.

2. Lundi. Visite chez Antonia[3]. — Arméniennes, ou plutôt Grecques; «piccolo, μεγάλω[4]»; peur de ma barbe, gestes enfantins en se cachant sous sa pelisse de fourrure. La mienne, dents découvertes et nez écrasé par le bout, corsage noir, poitrine très belle, couverte de suçons sur le sein et au cou. L'homme qui fait des suçons à une putain va de pair avec celui qui écrit son nom avec un diamant sur les vitres d'auberge. — Lithographies de l'histoire d'Héloïse et d'Abélard sur les murs.

3. Mardi. Rencontré Fagnart[5] dans la rue, en sortant de chez M. Cadalvène[6]. Le soir au théâtre, ballet du *Triomphe de l'amour*[7]. Dieu-Pan en culotte avec des bretelles, cancan effréné de ces dames, admiration naïve du public. Le major X et le petit secrétaire de Kosielski. Térésa grosse, couverte de bagues. Pourquoi ses protestations de fidélité à son amant et son dégoût de l'argent m'ont-ils tellement révolté que je suis rentré chez moi avec la mort dans l'âme?

Mercredi. Sorti seul avec Stéphany par les hauteurs de Péra et passé devant le Grand-Champ. Froid — vent — nous tournons à gauche et nous descendons à travers champs; nous remontons et redescendons; landes, rien, au fond à gauche Constantinople. Dans les gorges à l'abri du vent, il fait chaud. Tout à coup nous nous trouvons aux EAUX-DOUCES D'EUROPE. Un berger bulgare faisait paître ses moutons sur la pelouse où viennent l'été les arabas[8] chargés de femmes. Il n'y avait personne — les feuilles jaunies des platanes tombaient à terre. Douceur des jours d'hiver quand le froid se repose. Nous longeons quelque temps le bord de la petite rivière, puis Eyub, mosquée au milieu d'un

cimetière planté comme un jardin, plusieurs tombes
dorées. Quartier du Coin Jaune, Sari-civah ; interminable Balata, sale, noir, honteux. Aussitôt qu'on entre
dans le Phanar la rue devient plus propre ; maisons à
mâchicoulis, aspect boutonné et sévère. Nous passons
le pont de Mahmoud et rentrons par le Petit-Champ.

Jeudi. Promenade aux environs de Scutari. Nous
montons la grande rue, nous passons au milieu du
Grand-Champ. Des soldats allaient sous les cyprès et
sur les tombes se livrer à l'amour avec une fille. Beau
jour d'hiver — nous laissons aller nos chevaux dans la
campagne — çà et là un carré de terre labouré, deux
ou trois tentes noires, à l'horizon le Gigant [1] — un vallon vert ; au fond, un carrosse doré qui passe tout seul ;
un cimetière juif ; tombes à plat. Nous retombons au
bord du Bosphore.

Vendredi. Avec Stéphany aux EAUX-DOUCES D'ASIE.
Le sultan passe devant nous pour se rendre à Scutari.
Le vent vient de la mer Noire ; beaucoup de navires,
les voiles blanches toutes déployées. — À ORTA-KEUÏ [2]
ou Arnaout-Keuï, il y a un cimetière juste au bord de
l'eau. Des pêcheurs étaient là avec leurs barques ;
grands filets qui séchaient accrochés aux cyprès, tendus en long ; cela faisait draperie avec de grands plis,
occasionnés par les câbles du filet — le soleil derrière
— ce qui faisait que les tombes et les arbres vus à travers les mailles étaient comme à travers une gaze
brune. Plus loin d'autres filets étaient couchés sur les
tombes ; les stèles, çà et là, les levaient en vagues.
Abordés aux Eaux-Douces [3] ; ancien kiosque du Sultan,
pourri et qui tombe dans l'eau — jolie petite fontaine
carrée — soldats à un corps de garde. Que de corps de
garde et de casernes à Constantinople ! Nous passons
dans un champ où Stéphany demande la route à des
femmes grecques qui jardinent — chemin boueux —
pelouse entourée de montagnes — grands arbres au
pied. — café. Stéphany joue une espèce de partie de
trictrac avec des dames jaunes et noires. Nous revenons par le même chemin. Au pied de la fontaine un

chien me caresse. Revenus très vite à Constantinople ; à Top-Hana, rencontré une pipe qu'on ne veut pas me vendre. — Le soir, dîner à l'ambassade[1] chez le général Aupick.

Samedi, resté à l'hôtel toute la journée.

Dimanche 8. Visite à Fagnart, qui demeure sur le Petit-Champ des Morts de Péra. Je descends le Champ des Morts et je m'enfonce au hasard dans le quartier de Saint-Dimitri[2] — une longue rue où coule un ruisseau sur de la boue, un côté de la rue bordé par un mur de planches ; marchands de tabacs, cafés grecs où l'on est enfermé en fumant des pipes, à la chaleur d'un mangal qui brûle. Sur un trottoir en terre, une vieille Négresse qui demande l'aumône. Je monte par une rue très escarpée — campagne — herbe rase — grand vent — une caserne avec des casemates en corps de logis avancés. Je monte sur la hauteur et je vois Constantinople, qui me paraît démesuré mais sans me pouvoir rendre compte de la position où je suis. Je redescends une rue moitié à escaliers et moitié en pente, maisons peintes en noir, avancées sur la rue, dames endimanchées qui reviennent de vêpres ou vont faire des visites, moitié à l'européenne, moitié à la grecque. Je me perds dans les rues, et parmi tout ce monde — étourdissement de toutes ces figures qui passent devant moi — je m'en vais récitaillant des vers — je me retrouve au bas du Petit-Champ, je le quitte et passe par-devant le pont de Mahmoud, tout le bas de Galata et Top-Hana. Rentré éreinté. Reçu la visite de M. de Margadel, premier secrétaire de l'ambassade[3]. Le soir, soirée de l'ambassade, exhibition de messieurs et de dames de la localité.

Lundi 9. Parti avec Stéphany le matin à 8 heures, pour Belgrade. Landes nues, chemins pleins de boue, typhons[4]. Nous laissons le chemin de Térapia, à droite. Au milieu de la boue, dans une montée, un carrosse embourbé avec le pauvre petit cheval maigre qui suait et le conducteur à pied. Descente — pelouse — un bouquet de platanes fort beaux, feuilles toutes jaunes.

BUYUK-DÉRÉ[1] au bord de l'eau, la petite rade pleine de
navires avec leurs voiles blanches. Je fais quelques
tours à pied sur le quai pour me réchauffer les pieds.
Déjeuner dans un hôtel, le second en arrivant près d'un
ship chandler. Nous remontons à cheval; belle route:
prairie, arbre; aqueduc[2] de Belgrade: a l'air tout neuf
et n'est beau que de loin — et de près, à cause de la
vue qu'on a de là. Bains de Mahmoud. Course dans la
forêt; beaucoup de chênes, aspect de forêt européenne.
J'arrive à une place où les arbres cessent; vue de la
mer Noire qui est bleue; nous redescendons la forêt.
BELGRADE[3], petit village à mi-côte devant une grande
prairie plantée — que cela doit être charmant en été,
mon Dieu! Quelques maisons brûlées s'écroulent. Stéphany prend un guide dans un café grec, il nous mène
voir trois ou quatre réservoirs — ce sont de grands
lacs, à sec maintenant et qui font prairie, compris
entre des collines couvertes de bois. À l'extrémité du
réservoir, un mur énorme pour soutenir le poids des
eaux — maçons grecs qui réparaient le dernier que
nous avons vu — fondrières où nos chevaux enfoncent
jusqu'au jarret. Nous repassons sous l'aqueduc de Belgrade. De dessous l'arche et encadrées par elle, deux
grandes pentes qui descendent en vallons à plans successifs — au fond la mer, bleu ardoise; les pentes
rousses couleur vin de Chypre foncé, tabac brun, avec
des bouquets violets par places, comme seraient de
grands massifs de bruyères — c'est un paysage vigoureux et plein de largeur. Bulgarie?... Thrace... Nous
rencontrons des Bulgares, les jambes entortillées de
cordes. Temps de galop à travers les flaques d'eau et la
boue — le soleil se couche et m'aveugle — le galop et
le froid me font pleurer — le ciel fond bleu cru, nuages
bruns et noirs entassés à ma droite les uns par-dessus
les autres, longues bandes d'or horizontales qui leur
font bordure rectiligne. Mon cheval m'emporte; j'arrive au haut d'une montée et je le lâche; un chien lui
fait peur, je suis obligé de le tourner contre un haut
bord de la route pour l'arrêter. La nuit vient. Rentrée

à Péra, toujours difficile et ennuyeuse, à cause de ce long pavé troué qui n'en finit. En passant devant la caserne qui est près le Grand-Champ, gueulade du soir des soldats qui saluent le sultan. La première fois que j'ai entendu cela, c'est à Jérusalem.

Mardi. — Resté à l'hôtel, visite de M. de Margadel dans l'après-midi. J'ai mal aux reins et aux cuisses des soubresauts et du galop de mon cheval d'hier.

Mercredi. Resté à la maison, reçu la visite d'Artim bey, qui vient avec un papas de ses parents, plus libéral que lui et dont il contient les excentricités politiques.

Jeudi 12, anniversaire de ma naissance. À 5 heures je monte en caïque avec Kosielski ; et son domestique avec Stéphany me suit dans un autre. La neige couvre les maisons de Scutari et de Constantinople, ça fait des petits dés blancs — dans les villages, sentiers glissants, il a gelé par-dessus ; nos chevaux bronchent, nous allons d'abord au trot, puis au pas. Une fois arrivés aux Eaux-Douces d'Asie nous prenons dans la montagne. Longs mouvements de terrain — vagues blanches de terre — du vent — personne — çà et là sur la neige, pattes de gibier. — Nous arrivons devant une espèce de maison que l'on bâtit, sorte de khan et de ferme ; des ouvriers travaillent aux fenêtres — nous passons. Quelquefois la route, contournant en creux une colline, fait comme la moitié d'un grand cirque — au galop là-dessus — le bruit des pieds des chevaux est amorti par la neige. Ferme des Lazaristes. Un peu plus loin nous nous perdons ; sur l'indication de bergers bulgares, plus ours qu'hommes, nous piquons dans la direction de la ferme polonaise[1] — nous descendons une pente horriblement inclinée ; sans les broussailles nous glisserions comme une tuile, c'est tout ce que nous pouvons faire que de n'être pas écrasés par nos chevaux qui se laissent aller sur les pieds de derrière. Petits cours d'eau sous des chênes rabougris couverts de neige, quelques bruyères, flaques d'eau gelées dans les fondrières, mais le plus souvent pelouse de neige.

La lumière blanche et froide a l'air d'être factice.
Notre souroudji[1] slave chante, dans les intervalles du
galop. Kosielski se rappelle la Pologne, et moi je pense
à la Tartarie, au Tibet, aux grands voyages d'Asie.

Arrivés à la ferme vers 1 heure et demie. Un chevreuil égorgé suspendu à la porte à un poteau — Polonais chauve, un jeune homme à cravate rouge, et en
blouse — du feu dans la cheminée de plâtre ; aux murs,
lithographies dans le goût Devéria[2] représentant les
Polonais en Angleterre, scène de cottage, départ des
Polonais pour la Sibérie, etc. Silence de la ferme
entourée de neige. Me chauffant à cette cheminée, il
m'est revenu en mémoire le souvenir de jours d'hiver
où j'allais avec mon père chez des malades à la campagne[3]... Nous mangeons un morceau de viande et de
pommes de terre. À 3 heures repartis ; on accroche à
grand-peine le chevreuil au cheval du souroudji. En
revenant, la route descend presque toujours — grand
trot soutenu, relevé de temps de galop ; je tiens la tête
de mon cheval au bout de mon bras — nous passons
comme des fous la prairie des Eaux-Douces. À KAN-
DILI[4], pas de caïque ! Nous reprenons le pavé — trot
rapide ; Kosielski lance son cheval sur les chiens qu'il
fait hurler à coups de fouet. Nous traversons les villages,
nous tournons les rues. La course ne se ralentit pas —
au contraire. Passivité du domestique de Kosielski qui
me suit immédiatement. Le soleil se couche rouge. La
nuit tombe quand nous rentrons dans Scutari ; nous
sommes gris de boue, à la figure et sur nos habits nous
en avons des étoiles, nos chevaux sont noirs. Je pisse
contre un chantier de bois. Un cercueil vide est dressé
là, debout. Nous passons le Bosphore agité, il faut se
bien tenir. Je m'estime heureux de ne m'être pas noyé
en caïque, pendant que j'étais à Constantinople. Clair
de lune sur les flots. — Nous rentrons vers 6 heures du
soir.

Vendredi. Adieux à MM. Fauvel, Cadalvène, etc.
— Oscar Marinitsch[5] et Fagnart dînent avec nous. —

La veille et l'avant-véille, visite chez Mme Tenez, maigre, yeux noirs, ressemble un peu à Heinefetter[1].

Samedi, fait les paquets[2]; dîner à l'ambassade.

Dimanche. Adieux à tout le monde. De Noary est revenu. — M. Martin, architecte, et son compagnon suédois.

Kosielski et M. Hamelin nous reconduisent à bord du vapeur. Adieux à Kosielski et de lui. Quand nous reverrons-nous? nous reverrons-nous? et qu'est-ce qui se passera d'ici là?

M. Javal, Blanche Delalande. Lundi, beau temps. Mardi matin, débarqué à Smyrne; visite à MM. Racord, Camescas, Pichon[3].

Mercredi. Gros temps le matin. Vers midi, doublé le promontoire Sunium — colonnade à COLONNES[4]. La côte grise, violette, sèche, sans arbres ni végétation, du rocher seulement (la veille au soir passé devant Chio, les terrains étaient noirs et les montagnes couvertes de nuages). L'Acropole d'Athènes seule brillait en blanc au soleil, Égine à gauche, Salamine en face, Pentélique derrière l'Acropole. La frégate *la Pandore* et le brick (= *Mercure*[5]) pavoisés pour la fête de Saint-Nicolas; shakos de cérémonie des marins russes. — Joie[6] de me trouver à Athènes — en Grèce!... Mais j'y dois rester trop peu de temps.

Ah! comme j'étais triste, l'autre jour dimanche, en passant dans la cour de la mosquée de Top-Hana! Adieu, mosquées! adieu, femmes voilées! adieu, bons Turcs dans les cafés...

Au Pirée[7], jeudi 19 décembre.

[Grèce]

ATHÈNES ET ENVIRONS D'ATHÈNES

D'ATHÈNES À ÉLEUSIS

ÉLEUSIS. — Aujourd'hui, mercredi 25 décembre, jour de Noël, nous sommes partis d'Athènes[1] à 8 heures du matin pour Éleusis (Lepsina).

La route laisse celle du Pirée à gauche et entre dans un bois d'oliviers. Un ciel bleu ardoise foncé, fait de couches épaisses les unes sur les autres, avec des éclaircies d'azur, paraissait par grands morceaux entre la verdure vert gris des oliviers. De l'eau à côté de la route et dans des carrés de terre cultivés, entre les pieds des arbres; de petits courants passent sous leur vieux tronc déchiqueté. À gauche le Jardin botanique. Successivement nous passons sur trois ponts, trois branches du Céphise; le lit principal est, selon Aldenhoven[2], plus à droite et bu par les irrigations des jardins. Où est le fameux pont où les gars d'Athènes venaient engueuler les femmes se rendant aux Mystères[3]? Si mes souvenirs ne me trompent, il y avait un bois de lauriers-roses à côté, dans lequel les gens se cachaient; sur toute la route je n'ai pas vu un seul laurier-rose? Après le bois d'oliviers, le sol est inculte, on ne rencontre que quelques petits bouquets épineux et que des bruyères, beaucoup de pierres. Les montagnes entourant toute la plaine d'Athènes me paraissent ainsi : elles sont grises à leur sommet et sans végétation. Au bout de la plaine, on monte. — Défilé du Gaidarion. — La montée est assez longue, la roche paraît sous la route, on descend.

Vue charmante de la mer : le golfe de Lepsina, pris entre les montagnes, a l'air d'un lac, on ne sait de quel côté en est l'ouverture. La route descend tout droit en face, comme si elle allait se jeter dans la mer. Pentes douces de terrain à gauche ; à droite, dans le rocher (à la place de Vénus-Philé ?) (Aldenhoven [1]), sont taillées plusieurs excavations, la plupart ovales par le haut, un pied de hauteur environ, quelques-unes quadrilatérales et qui semblent destinées à recevoir des statuettes et des tableaux. Nous rencontrons un troupeau de moutons : les bergers portent dans leurs bras de petits agneaux qui ne peuvent marcher ; les hommes sont couverts de ces grands cabans en laine blanche et à long poil, et ont à la main de longs bâtons recourbés en croc ; chevelures fournies, bouclées, tombant sur les épaules au hasard ; la laine des moutons est très blanche et paraît fine. Au premier plan, le troupeau ; à gauche, mouvement de terrain doux, remontant vers les montagnes ; à droite, la roche couleur de lichen verdâtre çà et là sur elle, et des cailloux ; au deuxième plan, la route descendant, puis la mer fuyant au large des deux côtés et fermée à l'horizon par les montagnes.

Tout à coup, au bas de la pente, on tourne à droite, les rochers sont taillés en ligne droite, on a fait la route à même : c'est l'ancienne voie incontestablement. Le chemin passe entre la mer et les lacs Rheïti, un pont vous fait passer sur la petite rigole qui les unit. Les lacs Rheïti ressemblent aux criques faites par la marée. On dit les lacs ; je n'en vois qu'un ou plutôt comme serait un marécage inondé.

Plaine de Thria. Au fond de la plaine, à droite, le village de Mandra, maintenant éclairé par le soleil : on n'y parle point grec, mais albanais. Route plate, monte insensiblement jusqu'au village de Lepsina. À l'entrée du pays, un puits antique : grand disque de pierres, rassemblées en guise de dallage et s'élevant jusqu'au point central, comme qui dirait le moyeu où est le puits même, c'est-à-dire le trou. Couleur verte des pierres à l'intérieur. Le fond de l'eau est ridé en demi-cercles continuels, par une grosse goutte d'eau qui tombe d'entre les pierres cinq ou six pouces plus haut.

Le village est composé de quelques petites maisons, baraques basses, à toit. Nous déjeunons dans un café où nous sommes servis par un jeune homme à nez droit, un peu épais du haut, joli col, cheveux bruns, tournure élégante sous son manteau blanc.

Nous montons la colline qui domine Lepsina (où était l'acropole ?) ; de là, nous voyons, à une portée de carabine, le petit môle de Lepsina en croissant. Le ciel est blanc grisâtre sale, un moulin à notre droite.

Tout le village encombré dans sa partie ouest par des fûts de colonnes cannelées en marbre blanc.

Près l'église de Hagios Zacharios, médaillon colossal, avec arabesques, contenant le buste décapité d'un homme cuirassé : le travail est lourd ; c'est plus décadent encore que les bustes du plafond de Baalbek[1]. Dans l'église, qui a plutôt l'air d'un four et où il n'y a de sacerdotal qu'une veilleuse dans un coin : deux statues très drapées, debout, sans tête ni pieds ; une tête romaine d'homme, chevelure séparée et poussée par le vent, ainsi que la barbe, d'un travail lourdaud.

Dans les environs d'Éleusis et dans Éleusis, nous ramassons au bout de nos bâtons beaucoup de cornes de chèvres ; elles sont droites et ondées ; toutes sont creuses.

Du haut de la colline d'Éleusis, en se tournant vers le sud, vers la mer, l'ouverture du golfe est en face de vous, petite et comme un défilé ; en se tournant vers le nord, on a la plaine de Thria au fond, en face une ligne épaisse d'un vert gris, au pied des montagnes qui sont grises piquées de points de noir et blanchissant de ton en se rapprochant des sommets. De grandes plaques pâles, faites par les lumières passant entre les nuages ;

ailleurs, c'est comme de grandes voiles noires tombées par terre, ombres des nuages ; l'ensemble est très assis, très doux, d'une beauté paisible.

À mesure que l'on s'avance dans cette plaine et qu'on laisse Éleusis derrière soi pour se rapprocher de la montagne qui nous sépare de la plaine d'Athènes, le caractère du paysage grandit ; ces montagnes, que l'on souhaitait plus hautes, s'élèvent et cette plaine, que l'on voulait plus étendue, s'élargit.

En revenant, nous rencontrons dans la montagne un troupeau de chèvres, quelques chiens aboient après nous. En passant un pont, nous causions de ceux de la campagne de Rome.

Rencontré près le Jardin botanique, deux amazones. — Les paysannes d'Éleusis ont par-dessus leur jupe une sorte de paletot avec des broderies carrées sur les côtés ; c'est, du reste, à décrire d'une façon plus explicite. — Petite fille couverte de gros vêtements blancs, se tenant près de la fontaine.

D'ATHÈNES À MARATHON

La route prend derrière le palais du roi, on laisse le Lycabette à droite, et jusqu'à Kifissia on monte. Nous n'y voyions guère, enfermés que nous étions dans la voiture, étant d'ailleurs partis à la nuit, la pluie tombant et le vent soufflant. En fait d'horizon, je vois la manche découpée du cocher qui fouette ses rosses. À ma gauche, quand le jour se lève, de grands mouvements de terrain, plats, verts, lignes se succédant ; au fond, une montagne.

Au village de Kifissia, nous changeons de chevaux. D'abord un bois d'oliviers, puis une lande, un bois de sapins, le village Apáno Stamáti, la route va entre un mur et un ravin, une plaine.

On commence à gravir le Pentélique. — Petits bois verts, sapinettes, caroubiers, et un arbuste à feuilles ressemblant assez à celles du laurier ou du pêcher, et

dont les branches, lavées par la pluie, sont rouges et
luisent comme de l'acajou verni. Les marbres blancs,
blanchis par les pluies, sonnent sous les pieds de nos
chevaux, qui descendent avec précaution. La plaine de
Marathon paraît tout d'un coup, comme au fond d'un
entonnoir ; à mesure qu'on descend, elle s'étend à
gauche vers la mer, et elle recule devant vous. Là, dans
le bois, au milieu de la montagne, nous avons rencontré sept ou huit chevaux tout seuls, sans mors ni
brides, qui paissaient le maquis ; hennissements ; pour
nous laisser passer, ils sont montés sur les talus ou se
sont enfoncés dans le bois. Vingt minutes après, au bas
de la montagne en retour, à droite, village de Vrana,
déjeuner à une maison où l'on montait par un escalier
en bois *non sine lacrimoso fumo*[1]. — Sourd-muet, la
figure écorchée par une chute d'âne, en allant chercher du bois, et qui geignait à chaque mouvement
comme un malade.

Nous repartons au milieu de la pluie battante, nos
chevaux enfoncent dans la terre labourée ; nous piquons
à travers la plaine, droit au tumulus[2], en face la mer,
nous y faisons monter nos chevaux ; pour voir un peu,
nous sommes obligés de leur tourner la croupe contre
le vent. Sur le tumulus, sillonné par la fente d'un ruisseau, quelques petits arbrisseaux sans feuilles. Le vent
siffle, la pluie tombe, la plaine de Marathon entourée
de montagnes de tous côtés, ouverte seulement du côté
de la mer, à l'est. — Pluie, pluie, pluie. — Dans la montagne, rencontre nouvelle des chevaux, qui viennent
flairer les nôtres. Les torrents ont grossi ; la plaine,
entre le pied du Pentélique et le bois de sapins avant
Kifissia, couverte d'eau par places, comme un marais.

Dix minutes avant d'arriver à Kifissia, dans le bois
d'oliviers, Max et son cheval tombent par terre.

À Kifissia, nous reprenons la voiture qui s'arrête
souvent, en route, dans les trous, les fondrières ; une
fois, on nous prie de descendre au milieu d'un lac, je
me mets dans l'eau jusqu'aux genoux pour pousser à
la roue.

Grande et large campagne, à plans calmes, avant de rentrer à Athènes.

Partis à 6 heures et demie du matin, arrivés à 9 heures à Kifissia, à 11 heures à Vrana, rentrés à Athènes à 5 heures du soir[1].

D'ATHÈNES À DELPHES
ET AUX THERMOPYLES

PAR KAZA (ÉLEUTHÈRES), KOKLA (PLATÉES), ÉRIMO-CASTRO (THESPIES), LIVADIA (LÉBADÉE), KASTRI (DELPHES), GRAVIA, LES THERMOPYLES, MOLOS, KAPURNA (CHÉRONÉE), — PŒNES, CITHÉRON, HÉLICON, PARNASSE

4-13 janvier 1851.

Aujourd'hui 4 janvier 1851, samedi, nous sommes partis d'Athènes à 9 heures du matin, escortés d'un drogman, d'un cuisinier, d'un gendarme et de deux muletiers. Jusqu'à Daphni, rien que nous n'ayons vu dans notre promenade à Éleusis.

De la hauteur qui domine Daphni, le soleil, qui a brillé très beau toute la journée, nous permet de voir la mer plus immobile qu'un lac et d'un bleu d'acier foncé ; à gauche, les montagnes de Salamine ; à droite, la pointe de Lepsina qui avance ; au fond, en face, les montagnes de Mégare couronnées de neige. À Daphni, halte sous un treillage sans feuilles, où Giorgi raccommode la gourmette du cheval de Maxime, les dindons gloussent, le soleil me chauffe la joue gauche. À ma droite, un monastère grec[2]. Nous descendons, le ciel est sec et très pur. Nous tournons, lacs Rhëïti à gauche, nous passons entre la mer et les lacs. La mer fait de grandes rides, efforts pour faire des flots ; comme c'est tranquille ! L'atmosphère est bleu pâle, verdure affaiblie des oliviers. Quelles femmes se sont baignées dans ces mers-là ! Ô antique !

La plaine d'Éleusis (qui, lorsqu'on arrive au bord de la mer, au tournant de la descente de Daphni, est vue en raccourci et paraît comme une bordure au pied des montagnes) insensiblement se rallonge, s'étend; c'est tout plat, fort long. Nous chevauchons au pas, un soleil traître nous mord l'occiput, dans la direction du petit village de Mandra. Avant d'y arriver : un bois d'oliviers, lit desséché d'un grand torrent (grand, respectivement). Ce que j'ai vu de plus large, comme lits de torrent, c'est à Rhodes et dans les environs de Smyrne. Dans ce village, on parle albanais. Enclos de pierres sèches, village comme tous les villages.

On monte, la route tourne entre des petits sapins et des chênes nains; les montagnes grises, picotées çà et là de vert pâle, ont un glacis rose, léger, et qui tremble sur elles. Rencontré une fois un troupeau de chèvres; peu de temps après, un troupeau de moutons, un petit agneau qui broutait, à genoux sur les jambes de devant. Mais combien j'aime mieux les chèvres ! Derrière elles le pasteur avec son grand bâton blanc, recourbé.

De Mandra à Kaza, le pays consiste (en résumé) en deux grands cirques séparés par des montagnes. On monte une montagne, on descend, plaine entourée de toutes parts de montagnes, et l'on recommence.

Il faisait froid quand nous sommes arrivés ici (le soleil venait de se coucher), à l'ombre surtout.

En arrivant dans la vallée au fond de laquelle se trouve Kaza, on a en face de soi le Cithéron, couvert de neige à son sommet. Comme il y a de petits endroits qui ont fait parler d'eux, mon Dieu !

Logés dans un khan qui ne ressemble guère à un khan : grande maison blanche près d'un poste de gendarmerie, deux cheminées dans la longue pièce où nous sommes : les Grecs paraissent redouter excessivement le froid ? À propos de gendarmes, le nôtre n'a voulu manger ni perdrix ni poulet, c'est carême (grec), il fait maigre. Quelle pitié cela ferait à un tourlourou français !

(Kaza — ancienne Éleuthères ? —,
8 heures et demie du soir.)

Dimanche 5 janvier. — Partis à 7 heures juste. Le soleil se levait derrière le Parnès, que nous avions franchi hier; de grandes bandes rouges s'étendaient dans le ciel, dans l'intervalle béant entre deux pics de montagnes. Nous sommes montés à cheval, couverts de nos peaux de bique et ressemblant à des faunes par les cuisses. La route sur le versant oriental du Cithéron longe un ravin à sec, un vent glacé nous souffle au visage, je suis obligé, malgré mon triple costume, de me battre les bras à l'instar des cochers de fiacre de Paris. Le chemin est carrossable ou à peu près; de temps à autre, aux tournants, ponts en pierre jetés sur le torrent.

Au bas de cette montagne la route cesse, on descend parmi les pierres à même la pente. De là s'étend devant vous toute la plaine de Platées; à gauche, tout près et vous dominant immédiatement, le Cithéron couvert de neige d'autant plus tassée et unie que l'œil remonte vers son sommet, qui est couronné, dans toute sa forme oblongue, d'une calotte de nuages très blancs que l'on prendrait de loin pour un glacier. Ils sont immobiles et se tiennent là comme gelés par les neiges qu'ils recouvrent; à l'extrémité de la montagne ils s'allongent, font une courbe comme pour descendre à terre et s'évaporent. À nos pieds, au bas de la descente, un peu sur la droite, le petit village de Kriekonki. Au fond de l'horizon et fermant la grande plaine, l'Hélicon à gauche et le Parnasse à droite : le premier, en dôme pointu ou angle dont le sommet est adouci; le second s'étendant davantage et bien plus couvert de neige que son voisin. Le côté droit de la plaine (est ?) est fermé à l'œil par le mur mouvementé des montagnes de l'Eubée; ce qui fait mur est au milieu; aux deux bouts, montagnes qui avancent sur un plan antérieur. On nous montre la pointe de Chalus, pic entièrement neigeux et qui brille au soleil, sur la droite, presque derrière nous.

Nous sommes sortis de l'ombre de la montagne,

nous avons le soleil. Nous passons par le village de Kriekonki, dont les rares maisons blanches, éparpillées comme elles le veulent, ont des enclos de broussailles sèches, provisions de bois pour l'hiver, ou en cailloux. Une femme passe près d'une maison, la bouche couverte de son voile comme une musulmane (ce sont des Albanais qui habitent ce village), une espèce de sale torchon blanc qui lui couvre la tête passe sur sa bouche et revient derrière le col ; nu-pieds, elle vide un panier sur un tas de fumier. Les femmes, jusqu'à présent, sont couvertes d'une espèce de paletot gris clair, avec des bordures noires plates sur les côtés ; vêtement assez gracieux pour les enfants.

Nous suivons la plaine jusqu'à 10 heures, et passant au milieu de pierres que l'on nous dit être les ruines de Platées, nous arrivons à Kokla, au pied du Cithéron. Il y a, à l'entrée, un seul arbre desséché et sans feuilles ; avec un autre au pied du mamelon où est Thespies (Érimo-Castro), sauf quelques petits chênes nains et arbousiers rabougris ce matin, ce sont les deux seuls que nous ayons vus aujourd'hui.

On a fait à l'entrée du pays des trous où il y a de l'eau.

Nous déjeunons dans une chambre dans le goût de celle où nous avons couché. Un papas grec, costumé comme les paysans d'ici et dont je reconnais la dignité à sa grande barbe, roule un chapelet et essaie mon lorgnon. Une femme, paletot brodé, deux énormes glands d'argent longs lui ballottent sur les fesses, au bout d'un cordon, gros bas de laine très épais et bien plus bariolés encore que les chaussettes persanes, le jupon descend jusqu'au-dessus du mollet.

Les femmes grecques me paraissent courtes, ramassées, tailles assez lourdes, déformées sans doute par le travail ; toute la beauté, jusqu'à présent, me semble réservée aux jeunes gens. Ce matin, dans l'écurie, il y avait une douzaine de gredins embobelinés et drapés de toutes espèces de guenilles et de peaux, qui se chauffaient en rond à un grand feu clair ; un d'eux m'a offert un verre de vin que j'ai refusé, redoutant la résine.

De Kokla, la plaine de Platées, inculte, est relevée de place en place par des carrés réguliers de couleur tabac d'Espagne foncé : ce sont les rares endroits cultivés.

L'emplacement de Platées[1], sorte de vaste terrasse au-dessus du niveau de la plaine, se reconnaît à une enceinte de murs ruinés qui supportent les terrains. Çà et là deux ou trois colonnes ; un endroit que l'on dit être le tombeau de Mardonios, rien que des pierres ; par-dessus, ruines d'une construction turque ou d'une petite église grecque ? Toutes ces pierres, du reste, sont vilaines et considérablement abîmées par les taches de lichen.

De Kokla à Érimo-Castro, où nous arrivons à 2 heures de l'après-midi, rien. Nous suivons toujours la plaine sur un chemin passable, nous passons deux ou trois ruisseaux où nos chevaux enfoncent dans la boue ; partout ces affreux petits bouquets épineux qui ressemblent à des hérissons verts et qui m'ont si joliment arrangé les chevilles l'autre jour, en revenant de l'Ilyssus.

THESPIES est sur un mamelon qui semble, quand on arrive dessus, juste entre l'Hélicon et le Parnasse. Un troupeau de moutons est échelonné au hasard sur le mamelon. Tantôt à Kokla, quand nous sommes partis, le pays, silencieux d'hommes, ne résonnait que du bruit de fer des clochettes des troupeaux ; après cela, rien.

Nous logeons dans l'école. Aux murs sont suspendus des tableaux imprimés pour les jeunes gars, avec, à quelques-uns, un petit bâton démonstratif.

Manière grecque de tenir les rênes d'un cheval. — Aux murs extérieurs d'une église située à dix minutes du village, sur un autre mamelon, Giorgi nous montre : 1° Un bas-relief[2] représentant un cavalier drapé seulement au torse, tenant ses rênes de la main gauche, les ongles en dessus ; dans le col du cheval on voit très bien les trous où s'attachait la bride métallique, disposition qui se retrouve partout, non pas sur le col

comme ici, mais à la bouche du cheval (ici, *sic*) et à la
main du cavalier. Celui-ci, à la main droite, tient un
bâton, la main posant sur la cuisse, comme une cravache ; la jambe gauche du cheval, enlevé au galop, est
courbée en l'air, très longue ;

2° Une statue de femme, grande Victoire avec des
ailes (sans tête), style dur et sec (en marbre pentélique),
poitrine étroite, une bosse sous le nombril, mouvement
de ventre exagéré ; un relief triangulaire [1], dans le
niveau du marbre, immédiatement au-dessus de la draperie qui passe au haut des cuisses et dont les lignes
latérales s'en vont dans la direction de l'aine (un peu
au-dessus, pourtant, il me semble ?) ;

3° Un adolescent regardant un chien, style mou,
cuisses détestables. Après le Parthénon, j'ai bien peur
de ne plus trouver rien de beau en sculpture.

Nous sommes assiégés par des enfants qui chantent
des noëls à notre porte, et qui quelquefois l'entrou-
vrent ; ils vont ainsi de porte en porte, chanter dans
tout le pays. Quel silence dans ces villages grecs ! Quel
désert ! Tout l'après-midi le vent a soufflé avec fureur,
nous sommes abîmés de fumée, des troncs d'arbres
entiers brûlent dans notre cheminée, dont le manteau
est découpé comme une pèlerine.

(Érimo-Castro, 8 heures et demie.)

Lundi 6. — D'Érimo-Castro à Paléopanagia, on
monte par une pente douce se rapprochant toujours
de l'Hélicon, qui est à votre droite. Vu à sa base, l'Hélicon a l'air d'un dos d'éléphant ou plutôt d'une carapace de tortue très bombée, verte, avec le dessus blanc ;
nous ne voyons que le versant oriental. Il a trois grandes
rides parallèles qui partent d'en haut et coulent en
bas, plus foncées comme couleur, presque noires,
pleines d'ombre. À travers la neige, nous voyons, aux
deux tiers de son élévation, des pins très verts.

À PALÉOPANAGIA, quantité de pressoirs sur les maisons. Ce sont des boîtes carrées avec des bras, comme
serait une chaise à porteur renversée la tête en bas.

Après le village nous entrons dans une église à sales peintures grecques où notre drogman (quel drogman ! miséricorde !) nous montre, sur une colonne, une inscription grecque illisible pour nous ; il nous dit que tous les voyageurs tiennent beaucoup à la voir.

La route prend à droite, on a l'air de quitter l'Hélicon et de passer seulement entre deux collines, puis tout à coup le sentier tourne brusquement à gauche et l'on est sur le versant gauche d'une ravine escarpée. Le chemin, qui court au flanc de la montagne en montant, en s'enfonçant, en se relevant, va parmi les pierres et les chênes nains, au bruit du ravin qui coule en bas, au-dessous de vous. Le pan de droite, à pic, est décoré de rochers gris taillés comme des cristaux, tenus dans de la terre rougeâtre, avec des bouquets de chênes nains et de chênes tout autour. Les chênes dépouillés sont plus grands, ils se tiennent auprès de l'eau ; d'à côté de vous partent de la roche des fontaines qui se perdent entre les troncs des arbustes et vont tomber dans le torrent.

Un soleil chaud nous tiédissait, on était étourdi du bruit des eaux, on avait les yeux singulièrement réjouis par les couleurs des roches et du feuillage, j'ai passé dans tout cela avec un sourire du cœur sur les lèvres.

Une grâce pleine de majesté ressort du singulier dessin de cette ravine, qui est comme un grand couloir bordé de séductions rustiques. J'ai vu de plus beaux paysages, aucun qui m'ait plus intimement charmé. À droite, il y a des dévals de la montagne tout verts, faiblement creusés, s'évasant, avec des troncs noueux de chênes sans feuilles çà et là, tapis pour les pieds des Muses, quand elles descendaient boire au ravin.

Peu à peu, cependant, cela s'élargit, on monte, les deux côtés s'abaissent.

ZAGORA. — Déjeuner par terre sur une couverture que des paysans nous prêtent. La maîtresse du tapis a sur le dos deux grosses tresses de laine, tressées comme des cheveux, et portant au bout quatre glands d'argent ; autour de sa taille, une énorme ceinture

noire ; jupon très brodé en rouge. Sur le gros paletot
de dessus, broderies sous les aisselles et sur les deux
côtés ; de la broderie sortent horizontalement des
peluches, qui font des étages successifs de franges. Sur
la tête, mouchoir d'une description difficile et que l'on
nous promet de pouvoir acheter à Delphes ; par-dessus
elle croise un voile blanc. Ce costume a été observé
sur une fille blonde rousse, à cheveux épars autour des
joues, et qui nous rappelle en laid Mme Pradier.

Après Zagora, prairie, quelques peupliers épars, rares,
espacés au bord de la petite rivière ; leur tronc ressemble à des têtards, et de là partent, se dirigeant
immédiatement en haut, les branches. On entre bientôt
dans un petit bois de chênes, les arbres vous viennent à
la hauteur du flanc, on passe à cheval entre eux. Le terrain, ici, fait une grande courbe très adoucie, d'où il
résulte que le sommet du bois, exposé inégalement à la
lumière, revêt des teintes différentes : à droite foncé,
clair devant vous, tandis qu'à gauche un glacis violet
commence à onduler en nappe transparente sur la couleur de fer des feuilles.

Avant le bois, entre deux gorges, nous apercevons
très loin une montagne toute blanche, de la blancheur
de la poudre d'iris, sur laquelle se joue une toute petite
teinte rose : ce sont les montagnes de Corinthe.

Personne, silence complet, pas de vent, seulement
de temps à autre le bruit de l'eau. On monte encore, et
voici que s'ouvre devant vous un grand flot de terrain
qui se courbe avec rapidité, se relève devant vous un
peu sur la droite, et va s'écouler tout à fait à droite,
vers la plaine d'Orchomène que l'on commence à voir.
À gauche, mouvement grandiose, portant son bois de
chênes brun rouge, violacé maintenant. Entre eux,
larges pelouses qui descendent. La lumière tranquille,
tombant d'aplomb et d'en haut comme celle d'un atelier, donnait aux rochers et à tout le paysage quelque
chose de la statuaire, sourire éternel analogue à celui
des statues.

Au premier plan, la descente ; traces d'une ancienne

voie; devant vous le terrain, très creusé, remonte en une haute montagne très portée sur la droite, et qui, s'échancrant et finissant brusquement à la partie gauche, laisse derrière elle et en perspective voir d'autres montagnes. Si vous tournez la tête, vous apercevez la plaine d'Orchomène, toute plate, avec le lac de Copaïs s'étendant dessus en large, à rives basses, au milieu des sables. Nous descendons sur des dos de verdure. Troupeaux de chèvres; la première que j'ai vue tout à coup était couleur isabelle et portait une grosse clochette de fer.

Max est loin devant nous; deux dogues vigoureux, blanchâtres, à queue fournie, s'élancent sur mon cheval en aboyant, les pasteurs les rappellent à eux, avec un cri guttural qui me remet en tête ceux des muletiers de la Corse: tâe! tâe! Sur les versants sont des enclos en pailles, ovales et dont les murs sont très inclinés en dedans: c'est pour les moutons dont nous voyons ici de grands troupeaux; laine singulièrement blanche et assez propre pour figurer dans une idylle, ce que j'attribue à leur habitude de toujours vivre en plein air; à côté de ces parcs, grandes huttes pour le berger. J'en remarque un presque rond où il y a dedans d'autres petits enclos: l'un est pour les génisses, un autre pour les béliers, sans doute, tout comme au temps de Polyphème[1], quand il trayait son troupeau sur le seuil de sa caverne.

Descendant toujours par un versant qui incline, pour nous, de droite à gauche, nous arrivons bientôt au village de Kotomoula.

N. (Dans une chambre voisine du khan où nous sommes, une vieille femme chante un air dolent et nasillard, une autre voix s'y mêle, je continue.)

KOTOMOULA. — Nous tournions dans les rues du village quand nous avons entendu des voix en chœur, et, tout à coup, sur une place, nous avons vu un chœur de femmes, avec leurs vêtements bariolés, qui dansaient en rond en se tenant par la main. Loin d'être criard comme les chants grecs, c'était quelque chose de très

large et de très grave. Elles se sont arrêtées dans leur
danse pour nous voir passer. Le chemin était entre la
place et un mur; au pied du mur, se chauffant au
soleil, d'autres étaient assises et couchées par terre,
vautrées comme si elles eussent été sur des tapis. *Rêve
du bonheur*[1] de Papety! L'une d'elles, la tête sur les
genoux d'une autre, se faisait chercher ses poux. —
Petit enfant avec un bonnet de drap brodé, couvert de
piastres d'or, avec des gales lie de vin sur le visage.

Quand nous avons été à une portée de carabine en
bas du village, notre guide nous a fait revenir sur nos
pas, la route était défoncée; nous avons revu sur la
hauteur l'essaim colorié de toutes ces femmes, qui
nous suivaient de l'œil; elles auront repris leur danse
sans doute?

On tourne à gauche pour doubler le mont derrière
lequel est Lébadée.

La plaine d'Orchomène; à notre droite, le lac Copaïs
s'étend. La plaine est fermée, sur son côté oriental, par
des montagnes, qui semblent séparées et non en murs
comme celles de l'Eubée : une, puis une autre, la voie
reparaît par places, nous passons des ponts, quelques
arbres. Tout à coup Livadia derrière un monticule.

LIVADIA. — Toits en tuiles avec des pierres dessus,
maisons huchées en pente; aspect suisse, dessins
Hubert[2]; — beaucoup d'eau, beaucoup d'eau, des moulins. C'est Noël, les hommes, très propres, se promènent manteau sur l'épaule et en fustanelle. Avant
d'arriver à la ville, quelques jardins légumiers. — Rencontre du commandant de gendarmerie. — Nous
logeons dans un khan qui a balcon, l'escalier a son
pied dans l'écurie.

Notre muletier nous a conduits au bout du pays, près
de la source, au pied de l'acropole, sur laquelle ruines
franques, selon Buchon[3]; moi je n'ai vu (mais je n'y
suis pas monté) que des ruines turques. À droite, laissant le pont en compas à gauche, à l'entrée d'une gorge
profonde et presque à pic, la roche est entaillée de
quantité de petites niches, comme sur la route d'Éleusis,

mais bien plus nombreuses; quelques entaillements quadrilatéraux, mais rares. D'abord, une espèce de chapelle avec des niches autour puis en retour; tout le long de la roche, fendue de deux grandes fentes horizontales (naturelles?), comme si l'on avait voulu en enlever une grande tranche, petits trous inégaux, gros comme les deux poings et plus, et niches; à niveau du sol, entrée d'une grotte où il faut se courber pour pénétrer. — M. Buchon dit qu'au fond il y a un puits[1].

De l'autre côté du pont, en face, autre grotte naturelle beaucoup plus haute; elle sert d'écurie à des ânes. Peu profonde et finissant en pointe. Est-ce là l'antre de Trophonius[2]? Mais Pausanias n'aurait pas dit: « L'oracle est sur la montagne qui domine le bois sacré[3] », ou bien l'oracle était bien éloigné de l'antre. Ou aurait-il été sur ce qu'on appelle maintenant l'acropole? S'il en est ainsi, ce ruisseau serait l'Hercyna? mais où aurait été le bois sacré? « Lébadée est séparée par le fleuve Hercyna du bois sacré de Trophonius. » De l'autre côté? mais où la montagne complètement pierreuse remonte tout de suite. En tout cas, la quantité de niches à offrandes que l'on voit, en cet endroit, peut permettre l'hypothèse.

        (Lébadée — Livadia —, 9 heures du soir.)

Mardi 7. — Quoique levés à 5 heures et demie nous ne sommes partis que deux heures après, grâce à la lenteur de Giorgi; rien n'était prêt, et le gendarme (nous en avons changé) n'était pas arrivé.

Le Parnasse, au soleil levant, montrait toutes ses neiges; il était taillé en deux tranches aiguës, proéminentes, appuyées sur des bases très larges qui en faisaient, à l'œil, la transition. Sommet épaté, mince, d'un blanc brillant comme de la nacre vernie; la lumière, qui circulait dessus, semblait un glacis d'acier fluide. Bientôt une teinte rose est venue, puis s'en est allée, et il est redevenu blanc, avec ses filets noirs placés où la verdure paraît, où la neige n'est pas tombée. Derrière nous, une partie du ciel toute rouge, roulée en grosses volutes, avec des moires en bosses, et entre elles des places brunes de cendre.

La vallée ici (fin de la plaine d'Orchomène) est assez large ; des deux côtés les versants des montagnes, peu élevés, s'épatent jusqu'à vous. Bouquets de chênes nains, reste de la même petite voie qu'hier, beaucoup de boue, chemin exécrable pour les chevaux.

Giorgi avec son cheval est tombé dans un trou plein d'eau, il en a eu jusqu'aux aisselles, le cheval s'en est allé de son côté, l'homme du sien. À peine s'en était-il dépêtré que je le vois s'y reprécipiter avec fureur, c'était pour sauver le bissac aux provisions ; il est revenu sans lui sur le bord du trou. Peu ému et avec un calme très stoïque, il a attendu, pour changer, le bagage qui nous suivait de loin.

Le Parnasse est devant nous ; il y a une gorge à chacun de ses bouts, nous devons prendre celle de gauche. De là je vois trois grands mouvements de terrain peu distincts : d'abord une petite montagne ronde toute verte, séparée de ce qui est derrière elle et avancée vers nous ; puis, derrière cette masse verte, un mamelon plus gros, qui dépasse le précédent en hauteur et en largeur, et de teinte roussâtre ; et enfin, dépassant tout cela, au troisième plan, le Parnasse, blanc, avec ses deux grandes côtes à chaque extrémité, et dont la base est verte.

La route tourne à gauche, et, [comme] pour l'Hélicon, semble d'abord éviter la montagne ; il semble que l'on va seulement prendre le Parnasse par-derrière, que l'on a maintenant à sa droite. On se trouve dans un large vallon, au fond duquel coule un ruisseau tombant de rochers en rochers, de grandeur moyenne, en le lit d'un grand ravin ; l'eau, sur sa couche de graviers blancs et entre ses berges escarpées, m'a semblé, ainsi que les roches, couleur bleu turquin très pâle, comme si tout cela était lavé par une teinte délayée de bleu de lessive. La route est sur les bords de ce torrent, que l'on traverse plusieurs fois, tantôt à gauche, tantôt à droite. La montagne, à main gauche, est rayée en long, de place en place, par des lignes vert de bouteille, avec un fond plus brun, comme si le dessous était à l'encre de Chine : ce sont des sapins qui descendent, partant des grandes masses noires qui viennent après la zone de la neige. Du bas des sapins jusqu'à nous, grande pente creusée, couverte de verdure ; à main droite, la montagne de temps à autre s'achève en pans de murs naturels, placés à pic sur le sommet oblique de la montagne : ils s'arrêtent et reprennent, comme si l'intervalle qu'il y a entre eux fût une brèche qui les eût rasés.

Nous tournons brusquement à gauche. Y a-t-il un autre chemin vers la route ? Est-ce là la place du chemin fourchu d'Œdipe[1] ? — Tombeau de Laïus, où es-tu ?

À midi moins le quart, nous arrivons au khan Gemino, près d'une petite fontaine où nous voyons un âne, une Anglaise à grand chapeau et en veste de tricot, deux Anglais et un Grec qui voyage avec eux et les exploite, selon Giorgi, lequel, monté sur un tas de matelas, fait du haut de son mulet la conversation avec nous. Comme nous sommes aux fêtes de Noël, le khan est fermé. — Déjeuner sur la fontaine, avec un maigre poulet et les re-éternels œufs durs du voyage. La pluie tombe. Nous saluons le Parnasse, en pensant à la rage que sa vue aurait excitée à un romantique de 1832, et nous repartons.

La pluie nous empêche, à vrai dire, de voir le pays jusqu'au village d'Arachova. De loin, en apercevant les murs blancs de ses maisons, j'ai cru que c'étaient des places de neige sur l'herbe. Le village est grand, situé sur un coteau, avancé à peu près dans la position de Safed[2] en Syrie. Après le village, champs de vignes ; en haut des carrés de vignes, sur les bords du chemin, des cuves en maçonnerie dont le fond très incliné se déverse, par une petite ouverture longitudinale, dans une sorte de petit puits d'où l'on retire le jus de la grappe.

La route a toujours été inclinant sur la droite, on a

maintenant le Parnasse derrière soi, on l'a tourné ;
bientôt, dans la perspective d'une ravine très profonde,
entre les montagnes, on aperçoit un bout de mer. La
ravine s'agrandit, on arrive sur elle. À gauche, à dix
pas de la route, ruines grecques : mur en pierres sèches
carrées, la construction fut quadrilatérale. Nous avons
marché tout à l'heure sur des tronçons d'une voie
antique, beaucoup plus large que celle d'hier et de ce
matin en partant de Livadia. À distances rapprochées
les unes des autres, deux ou trois mètres au plus, des
lignes transversales qui sortent du niveau du pavé
pour arrêter les pieds des chevaux.

Au fond du ravin, coule, blanc comme une anguille
de nacre, un ruisseau qui se tortille entre un bois
d'oliviers ; il va s'épatant ensuite dans la plaine que
nous devons passer demain. À gauche, le golfe de
Salona s'avance dans les terres ; après le golfe, montagne ; après, une autre, puis une troisième, noyée dans
la brume, et, de côté (à droite), d'autres qui se pres-
sent comme des têtes de géants qui se poussent pour
voir.

DELPHES. — Au premier plan, à droite, montagne
de Delphes. Deux pics en arrivant (à pic, taillés à
facettes comme un acculement infini de piliers décapités, étagés tout du long), de ton brun rouge, avec des
bouquets de verdure sur les sommets plats de chaque
fût de roche. C'est un paysage inspiré ! il est enthousiaste et lyrique ! Rien n'y manque : la neige, les montagnes, la mer, le ravin, les arbres, la verdure. Et quel
fond ! Nous passons près de la fontaine Castalie[1], où
plutôt au milieu (le bassin est à droite et la chute à
gauche), laissant, de ce côté, des oliviers à grande tournure et d'un vert splendide.

Nous descendons dans une maison, il n'y a pas de
cheminée ; nous allons dans une autre, où dans la
chambre qu'on nous destine deux couvertures sont
étendues par terre, de chaque côté de la cheminée,
qui, le soir, nous abîme de fumée.

Giorgi nous présente, pour nous servir de guide, une

manière de gendarme qui baragouine un peu de français. Nous sortons avec lui, il nous montre d'abord,
dans une roche, un caveau contenant trois tombeaux
vides, auges creusées à même le rocher avec une arcade
en dessous : cela m'a l'air chrétien et ressemble aux
tombeaux des cryptes, comme aux catacombes de
Malte [1]. C'est ici le rendez-vous de tous les chiards du
pays, on marche sur une effroyable quantité d'étrons
de toute dimension.

Petite église grecque, avec un reste de mur qui a
l'air grec dans certaines parties, cyclopéen (quoique
les pierres soient bien petites pour cela) dans d'autres.
Dans l'église, une pierre avec une inscription, où nous
lisons ce mot βιβλιοθήκη [2]. Cimetière autour de l'église,
sans tombes ni croix, seulement des petites boîtes en
bois (destinées à recevoir des chandelles) et couvertes
avec des pierres ; quand il y a un an, deux ans que cela
dure ainsi, on laisse la boîte et puis c'est tout, pas plus
de monument sépulcral que ça ! rien, on voit seulement que la terre a été un peu remuée.

Dans les environs, le terrain semble indiquer un
théâtre et un tronçon de construction concave ; le stade,
nous dit le guide, était au-dessus.

Nous passons pour revenir vers la fontaine, devant
un grand pan de mur qui soutient des terrains : c'est la
plus grande ruine de Delphes [3].

Comme nous arrivions à la fontaine, une femme,
coiffée de rouge, se tenait debout auprès de la chute,
en deçà de la route, sous les oliviers ; une bande d'enfants nous suivait, quelques femmes lavaient du linge.

Pour arriver au bassin, plein de cresson, on monte
sur de grosses pierres de marbre. Au-delà du bassin,
excavation carrée dans le roc, allant ainsi par le haut,
qui est garni de troncs morts d'un lierre ; sur cette surface, trois niches, une petite chapelle moderne, en
pierres sèches (recouvrant l'*héroum* d'Antinoüs [4] ?) ;
plus à gauche, gorge étroite comme un couloir et très
haute ; l'eau coule sur des rochers de marbre vert et de
marbre rouge à raies vertes transversales.

Nous descendons dans les oliviers, à gauche de la route; en descendant, un grand carré dans la roche fendue par le milieu et avec tenons, comme s'il y avait eu là, collé, quelque grand tableau.

Parmi les oliviers, église Panagia. C'est la place du Gymnase, une femme et deux enfants nous regardent de dessus le balcon de bois attenant à la maison qui est dans la cour. L'église est précédée de colonnes de marbre; sur l'une d'elles, couvertes de noms, se lit «Byron», écrit en montant de gauche à droite, moins profondément gravé que sur la colonne du prisonnier de Chillon[1]. Rien dans l'église. — Dans la cour, mauvais bas-relief d'homme, grandeur naturelle (position d'indicateur de chemin de fer), avec des parties génitales de sexe douteux (hermaphrodite?); c'est pourtant bien un homme, les bras et la naissance des mains énormes, les côtes et les muscles du ventre très indiqués, ensemble désagréable. — Derrière l'église, un mur antique soutenant une plate-forme ou terrasse, fontaine abandonnée.

Nous rentrons à 5 heures et demie, nous nous séchons auprès du feu, quoique j'étouffe de chaleur, à la figure surtout, effet de la pluie sans doute. Elle tombe toujours; un berger a dit à Giorgi qu'il ferait beau temps demain parce que l'on entend les coqs chanter. Dieu le veuille!

Je ne sors pas d'ébahissement à propos de la beauté des gens d'ici. Voilà bien la figure de l'homme dans tout son éclat; les femmes, beaucoup de blondes, moins belles comparativement; l'enfant et l'adolescent admirables. — Un portant un fusil, nez un peu avancé, large chevelure s'échappant de dessous son bonnet, qui a passé près de nous, en dessous de la fontaine. Bâton de berger pour attraper les moutons par la jambe.

(Kastri — Delphes —, 9 heures 1/2.)

Mercredi 8. — La chambre où nous avons couché hier avait un bon aspect; enfermé dans ma pelisse, et

ma couverture de Bédouin sur les jambes, je l'ai longuement considérée en fumant ma pipe, couché sur
mon lit. J'étais dans le coin de droite, un flambeau posé
dans l'angle de la cheminée, je regardais les poutres
noircies de fumée ; une d'elles se trouvait éclairée et se
détachait en gris des autres, les murs étaient couleur
chocolat foncé, tout le reste poussiéreux ; la grande
cheminée ronde, la table à X au milieu ; dans les coins,
des tas d'olives qui séchaient, et des sacs pêle-mêle
dans l'autre : c'était un vrai décor de théâtre (drame
allemand), scène de nuit, le rideau vient de se lever.
— Il a plu toute la nuit, à travers mon sommeil j'entendais les rafales qui descendaient de la montagne de
Delphes.

Ce matin le mauvais temps s'est calmé, nuages rouges
quand nous sommes partis. Quelque temps après que
l'on a quitté Kastri, la route tourne à droite ; on a à sa
gauche, tout en bas, le bois d'oliviers qui borde le
ravin de Delphes et s'élargit une fois arrivé dans la
plaine ; là, il y a une place vide, prairie, puis une autre
grande masse d'oliviers. Au pied de la montagne sur
laquelle on est, Krissa ; plus loin le golfe de Salona (en
se retournant on aperçoit derrière soi les montagnes
du Péloponnèse) au bord duquel est Galaxidhion ; en
face, sur les penchants de la montagne, de l'autre côté,
trois villages : le dernier et le plus gros, Salona.

La route descend toujours, se tenant sur le flanc du
Parnasse, que l'on suit dans la direction du nord. La
forme des montagnes qui sont de l'autre côté de la vallée en face est ainsi : un mur oblique dont la base s'appuie sur la vallée, le sommet de ce mur affecte la ligne
droite, il est égal comme niveau ; là-dessus, un plateau ; puis, dans un plan plus reculé, les montagnes
reprennent. Au niveau de ce plateau, des nuages se
roulaient.

Nous descendons toujours, et nous nous trouvons
au bord d'un large torrent à lit tout blanc, plein de
pierres, nous le passons. L'eau coule sur la rive droite ;
il se dirige du côté de la mer, bordé d'oliviers à sa

droite. L'eau est toute jaune, elle roule la terre rouge
des terrains supérieurs : la teinte rouge domine dans
les montagnes de ce pays, entre le gris naturel des
roches et les verdures qui s'y sont cramponnées.

Nous apercevons bientôt le village de Topolia, à mi-
côte ; devant lui, un rocher vert, à petits carrés longitudinaux, comme de grandes marqueteries ; un bois
d'oliviers dominé par les hautes pentes des montagnes.
Tout cela a quelque chose de déjà vu, on le retrouve, il
vous semble qu'on se rappelle de très vieux souvenirs.
Sont-ce ceux de tableaux dont on a oublié les noms
et que l'on aurait vus dans son enfance, ayant à peine
les yeux ouverts ? A-t-on vécu là autrefois ? N'importe !
Mais comme on se figure bien (et comme on s'attend à
l'y voir) le prêtre en robe blanche, la jeune fille en bandelettes, qui passe là, derrière le mur de pierres sèches !
C'est comme un lambeau de songe qui vous repasse
dans l'esprit... tiens... tiens, c'est vrai ! Où étais-je
donc ? Comment se fait-il ?... Après, brrr !

Déjeuner sur le devant d'un épicier, en vue d'une
nombreuse société de gamins qui nous considère, et
d'un petit chien à qui nous donnons à ronger les os de
notre morceau de chevreau.

On monte par une route escarpée, pavée, nous
retrouvons la voie très bien dallée par places.

Les montagnes sont assez basses, à bassins resser-
rés ; cirques irréguliers où l'œil se roule en des courbes
molles, sur une verdure parfois à tons foncés de brun ;
places de vignobles, terres roussâtres.

Nous sommes dans un bois de petits chênes, à la hauteur des nuages qui, suspendus sur la vallée, à gauche,
courent dans le même sens que nous. À un endroit où la
pente s'infléchissait, creusée en cuillère, la nuée grise a
monté comme un flot de fumée. — Feuilles fer rouillé
des chênes à travers la brume. — Nos chevaux pataugent dans la boue des neiges fondues et nous éclaboussent en glissant sur les pierres.

De temps à autre, au bord du chemin, petites places
de neige très blanches ; bientôt nos chevaux en ont

jusque par-dessus le sabot, la pluie tombe, nous prenons nos peaux de bique.

Tout à coup un val devant nous, grande pente abrupte
à notre droite, couverte de neige seulement déchirée
par les arbres, qui deviennent plus grands et plus tassés : vieux chênes dans lesquels on a fait le feu et qui
n'ont plus que l'écorce, troncs noirs calcinés gisant
par terre au milieu du blanc de la neige.

Nous sommes à une jonction de montagnes, une
ligne s'en va sur la gauche, celle qui est à notre droite
continue dans le même sens. Nous sommes sur une
hauteur, vallon étroit très profond dans lequel il faut
descendre. De l'eau, de l'eau, sapins, chic alpestre, une
grande cascade au-delà du torrent à droite ; les arbres
sont drapés du velours vert des mousses, les feuilles
sèches tremblent au vent, la route zigzague dans les
chênes et les sapins, nous entendons le bruit du torrent qui descend de cascade en cascade ; des arbres
pourris se tiennent suspendus sur l'abîme ; un, sans
feuilles, penché sur l'eau transversalement. Peu à peu
nous nous rapprochons de l'eau. Troupeau de chèvres :
nous nous arrêtons à les regarder passer sur le pont,
tronc d'arbre jeté ; le bouc surveille le passage.

Nous quittons le torrent et nous nous élevons par la
voie pavée, dont de place en place, dans la descente,
se trouvent des tronçons au hasard. Les arbres cessent
un peu, un grand mur gris de chaque côté. Nous apercevons au bout une plaine et quelques maisons rouges
à l'entrée : c'est Gravia, où nous devons coucher.
Descente.

GRAVIA, au pied de la montagne. — Khan avec un
foyer sans cheminée, des Grecs y font cuire des morceaux de viande sur des brochettes de bois. — Nous
attendons le bagage ; on nous loge dans un compartiment du khan réservé aux gens de qualité : la cloison
est en planches non rabotées, pour plafond les tuiles,
entre quatre pierres le feu, mais nous sommes séparés
du reste de la société ; aux pieds de mon lit, une trappe

où l'on serre le grain ; la veste du cuisinier se sèche à notre feu, à côté de mon paletot.

La nuit promet d'être froide, j'entends rouler le bruit permanent du torrent et, de temps à autre, sonner les clochettes des mulets qui sont ici, à côté, dans l'écurie.
(Gravia, 9 heures du soir.)

Jeudi 9. — En sortant de Gravia nous trottons une grande demi-heure et nous atteignons le pied de la montagne. Elle est couverte de chênes, nous allons sous les arbres, nous sentons le vent du matin et l'odeur des feuilles mortes. Quand nous sommes arrivés au pied du bois taillis, sur la berge, un rayon de soleil illuminait par en bas les chênes : c'était la France au mois de novembre tout à fait.

La route monte et descend sous les arbres ; troncs tout gris, sans une feuille, couchés par terre avec leurs moignons de branches biscornues. (Avant d'arriver à Livadia, il y en avait ainsi sur le bord du ruisseau ; vu de face (il était couché obliquement) quant à son mouvement convexe, deux grosses bosses qu'il avait ressemblaient à des seins et le tronc, la poitrine, partaient d'au-dessus.) De temps à autre, une clairière ; à un endroit, les petits chênes ont leurs branches toutes couvertes de lichens verts, pelucheux, comme si on les eût engainés dedans.

D'en haut on a le Parnasse complètement derrière soi. — Descente. — La montagne s'appelle Laphovouni, nous haltons à ses deux tiers. — Déjeuner sur une fontaine. De là, la vue s'étend sur une partie de la plaine des Thermopyles ; un bout de mer (golfe Lamiaque) à droite ; sur la montagne, en face, à gauche, Lamia.

On descend encore pendant une demi-heure et l'on tourne à droite au pied de la montagne que l'on a descendue.

Le golfe Lamiaque s'étend devant vous ; la plaine est nue, grève blanchâtre, sonnante sous le pied des chevaux, avec quelques filets d'eau qui courent dessus. Au pied de la montagne, qu'il faut tourner, une abondante source d'eau chaude. Avant d'y arriver, un poste de gendarmerie. En continuant la route, on a à sa gauche un grand marais, qui s'étend jusqu'à la mer, et à sa droite une longue colline bombée, à deux plans, couverte d'arbres épineux et qui va se rattacher à la montagne. À un quart d'heure de la source d'eau chaude, on vous fait monter sur un petit tertre carré où il y a des pierres (restes de mur?) et l'on vous dit que c'est là qu'était le lion de Léonidas. Un quart d'heure ensuite, s'écartant plus de la montagne et avancée davantage dans le marais, une sorte de redoute carrée. De ce point, quand on tourne le dos au nord, à la mer, à l'île de Négrepont, on a, à droite, la chaîne de montagnes de la Thessalie, avec Lamia à un bout et Stilidia (au bord de la mer) à l'autre, et à gauche, à l'avant-dernier plan, une grosse montagne blanche; le fond est occupé par une ligne de montagnes plus petites, sur laquelle vient s'appuyer la grande continue, de droite. Sur ce côté gauche, pour venir jusqu'à nous, deux côtes de terrains descendant parallèlement. Suit la montagne, qui va dans la direction de la mer, s'abaissant jusqu'à Molos; on la suit l'ayant toujours à sa droite pour aller jusqu'à Molos. Bientôt on découvre, ouverte au milieu, une haute tranchée, sorte de couloir un peu crochu, un peu courbé. Si l'on tirait une ligne droite, elle se trouverait aboutir entre Stilidia et Agia-Marina, petit village à gauche de Stilidia.

Où étaient les Thermopyles[1]? Notre guide et Buchon sont d'accord. Quand Giorgi nous a dit: «Vous y êtes», cela nous a paru absurde[2]. Pourquoi les Perses n'entraient-ils pas plus au-delà, par la montagne que nous avons descendue ce matin? Qui les forçait de venir jusqu'ici? Comment se fait-il que, selon Hérodote, les Perses tombaient dans la mer? la mer n'est pas là, elle est à plus d'une lieue! Faut-il entendre par *mer* marais? Alors les Grecs auraient été sur cette colline couverte d'épines où nous nous sommes déchirés tantôt pour voir s'il y avait un défilé par-derrière, défilé que nous n'avons pas vu! Le marais est traversé par un grand cours d'eau ; est-ce le Sperchius ? Je n'ai pas vu les restes du mur de Justinien dont parle Buchon[1].

Les Thermopyles ne seraient-ils pas la gorge étroite au haut de laquelle est Budonitza ? Alors je comprends que, pour arriver à ce sommet, les Perses aient mis toute la nuit. Quel est le sens du mot précis traduit par défilé dans Larcher[2] ? En résumé, c'est là, à l'extrémité nord de cette longue colline, que devait se trouver le passage, ou c'est la gorge de Budonitza. Dans cette hypothèse, les Perses, par le flanc, auraient pu tomber dans la mer, et c'est bien là un défilé, et qui s'ouvre par en bas, qui a une «place plus large».

Mais l'objection revient toujours : Pourquoi les Perses se sont-ils obstinés à venir par là, tandis qu'au-delà des sources d'eau chaude, il y a une grande entrée dans la montagne ?

Jusqu'à Molos, route plate, assez belle, entre des arbustes.

MOLOS, grand village, étendu sur le terrain marécageux, près de la mer, en face Stilidia de l'autre côté du golfe. — Logés chez un papas.

                              (Molos, 8 heures du soir.)

Vendredi 10. — Journée pénible et longue. Partis à 8 heures de Molos, arrivés à Kapurna (Chéronée) à 5 heures du soir, ne nous étant arrêtés que vingt minutes à peu près.

En quittant Molos, on va quelque temps sur la plaine mamelonneuse qui s'étend jusqu'à la mer ou côtoie la montagne. — Tournant à droite. — Un grand torrent. — Après l'avoir passé on aperçoit les platanes ; ils augmentent. On monte insensiblement, gardant le torrent à sa gauche, puis l'on entre dans un véritable bois de platanes, ils sont tous dépouillés, leurs feuilles amortissent le bruit des pas de nos chevaux, on respire une bonne odeur ; le ciel est barbouillé de sales nuages bruns, qui estompent le contour des montagnes. Nous déjeunons (moi avec un morceau de pain sec) sur le tronc incliné d'un gros platane, au bord du torrent, qui fait un coude en cet endroit et dégringole doucement de pierre en pierre.

Quelque temps après qu'on a dépassé les platanes et quelques hautes petites prairies inclinées au pied des montagnes, on s'élève. — Mamelons. — À gauche, une série de collines se détachant d'une montagne, et coulant parallèlement vers le fond de l'étroite vallée, ayant la forme de cylindres.

Nous nous élevons sur des crêtes de montagnes où il y a juste la place du sentier ; de chaque côté, une vallée d'où l'œil descend par une pente escarpée. Les sapinettes ont succédé aux platanes, elles deviennent de plus en plus rares, la végétation cesse. Montagnes chenues, gris blanc par places et couvertes généralement de petites touffes épineuses vertes. Nous dominons une grande plaine noyée dans la brume et où tombe la pluie ; au bas de la plaine, le grand village de Dracmano ou Abdon Rakmahill. — Trois vieux puits comme celui d'Éleusis.

Nous suivons le chemin fangeux qui coupe la plaine par le milieu ; bientôt elle se resserre entre deux bases de montagnes qui avancent, on tourne à droite légèrement, et l'on entre dans une seconde division de la plaine, où est situé Chéronée. — Troupeaux de moutons nombreux, tous à longue laine et en bon état. — Nos chevaux enfoncent dans la terre marécageuse, des vanneaux et des bécassines s'envolent, de temps à autre tombe une petite pluie fine.

Nous passons à gué une grosse rivière, le Céphissus ; de temps à autre, pont bâti sur les places d'eau dans le marais.

KAPURNA, au fond de la plaine, à droite, au pied de la montagne. Avant d'y arriver, restes d'un petit théâtre taillé à même dans la pierre : les marches en sont étroites, on n'y pouvait s'asseoir et y mettre les pieds tout à la fois ; au-dessus, restes des murs de l'acropole.

En suivant la route que nous devons prendre demain, un peu après le village, à droite, se voient, dans un petit trou au milieu des broussailles, les restes d'un lion[1] gigantesque : ses membres sont épars, couchés et cachés pêle-mêle ; tête colossale, à crinière frisée autour du faciès. En marbre, assez beau travail. À l'extrémité des incisives de chaque côté de la gueule, un trou qui communique d'un côté à l'autre, comme si le lion avait eu, passé dans la gueule, un frein.

Les chiens de Kapurna hurlent affreusement, se ruent sur nous. Nous les voyons poursuivre deux pauvres diables qui vont de porte en porte : c'est un aveugle qui joue du violon, violon à manche large, à trois chevilles ; il marche par-derrière, en tenant sa main gauche sur l'épaule de son conducteur chargé de deux besaces ; ils viennent à la maison où nous sommes logés, l'aveugle est sans yeux, une balle lui a passé d'une tempe à l'autre ; son compagnon a la tête enroulée d'un voile noir en turban, qui ressemble à un chaperon moyen âge (duc de Bourgogne ?), figure de femme, petite moustache noire, l'air d'une affreuse canaille.

Nous attendons le bagage deux heures, il arrive à la nuit ; la pluie tombe à torrents, cela ne nous promet pas poires molles pour demain !

(Kapurna, 9 heures et demie du soir.)

Samedi 11. — La pluie et le vent n'ont cessé toute la nuit, Giorgi a demandé à coucher dans la même chambre que nous. Toute la famille, qui l'habite, a passé la nuit dehors, avec les muletiers et l'ironique cuisinier, dont les chalouars blancs sont maintenant noirs de boue ; aussi, le matin, les femmes et l'affreuse nichée d'enfants viennent-ils en grelottant se chauffer à nos tisons. À travers la crasse qui les couvre on distingue quelques-uns de leurs traits, qui seraient beaux peut-être s'ils n'étaient si sales ; mais quelle saleté ! cela dépasse tout ce que j'ai vu jusqu'à présent ! La jeune femme du lieu met son marmot dans son berceau, tronc d'arbre creusé, à peine dégrossi, et le dandine auprès du feu : la forme de ce berceau me rappelle les pirogues de la mer Rouge.

Notre bagage part en avant, devant nous précéder à Thèbes ; nous partons après lui, à 11 heures, couverts de nos peaux de bique et de nos couvertures de Bédouin mises par-dessus et attachées avec une corde sur le devant de la poitrine, à la manière d'un burnous. La pluie tombe sur nous sans discontinuer pendant deux heures.

La route monte une montagne, puis la redescend ; en face de nous nous apercevons Livadia, le Parnasse à droite, noyé dans la brume et dans la pluie.

Le bagage s'est arrêté au khan de Livadia, et les agoyates[1] déclarent qu'ils ne veulent pas aller plus loin ; la bêtise de notre drogman s'en mêle, force nous est donc de rester à Livadia !

Nous passons la journée à faire sécher nos couvertures et nos hardes et à fumer sur nos lits ; en bas, dans l'écurie par où l'on monte à notre chambre, c'est un pêle-mêle de chevaux, de mulets et d'hommes.

Le torrent qui passe devant Livadia grossit toujours, toute la plaine est noyée d'eau, la pluie rebondit sur les tuiles, le vent chante à travers les planches du khan.

La soirée fut employée par nous à recoudre nos peaux de bique[2] et à y ajouter des genouillères en *flocate*.

Dimanche 12. — Journée épique !

Partis de Livadia à 7 heures du matin, le mieux accoutrés que nous pouvons, nous tenons la plaine que nous descendons insensiblement ; à notre gauche, au loin, le lac Copaïs est perdu dans les marais ; les montagnes sont toutes estompées de brouillard.

À 11 heures nous nous arrêtons dans le khan de Julinari, hommes et bêtes y sont pêle-mêle, les hommes sur une espèce de plancher en bois, construction carrée qui se trouve dans un coin et sur laquelle est le foyer ; les chevaux sont attachés au râtelier.

Nous avons changé de gendarme ; celui que nous venons de prendre à Livadia est facétieux et folâtre, il donne de grands coups de poing à tout le monde, rit très haut, et va nous chercher du bois, ce que notre

Giorgi n'a pas même l'intelligence de faire; le drôle
nous sert encore son inévitable agneau et les éternels
œufs durs, ma gorge se ferme à leur vue et je déjeune,
comme les jours précédents, avec du pain sec. En face
de moi est assis, jambes croisées comme un Turc, le
maire d'un village voisin, il mange une ratatouille
d'œufs; sur ses cuisses passe son sabre; sa figure est
encadrée par sa coiffure, un petit turban noir, roulé
autour de sa tête, pend des deux côtés sur sa joue, lui
passe sur la partie inférieure du visage, en mentonnière, et va s'enrouler autour du col, comme un cache-
nez; c'est un grand gars d'une cinquantaine d'années,
grisonnant, nerveux, l'air bandit et très *frank*.

Nous remontons sur nos bêtes trempées et nous
poussons notre route; il faut renoncer à aller à Thèbes
et à Orchomène, nous allons coucher à Kaza.

Nous pataugeons dans la boue, nous passons dans
des marais, nos chevaux éclaboussent l'eau tout autour
d'eux, j'ai le c... mouillé sur ma selle.

Des vanneaux et des bécassines s'envolent en poussant de petits cris, le chien du gendarme nous suit en
trottant tant qu'il peut de ses petites jambes.

La grêle tombe; nous passons dans des terres labourées où nos chevaux enfoncent jusqu'au-dessus de la
cheville; sitôt qu'ils le peuvent, nous les faisons galoper; la nuit vient.

En passant une grande place d'eau, le chien du gendarme se noie; voilà le cheval de Giorgi qui se met à
boiter et à enfoncer sa tête entre ses jambes, nous
croyons un moment qu'il va crever sur place, et nous
nous demandons si les nôtres nous mèneront jusqu'à
Kaza; quant au mien, il commence à ne plus sentir
l'éperon. Quand je dis l'éperon, c'est le mot, car j'ai
perdu celui du pied gauche aux Thermopyles, dans ce
petit bois où je me suis si bien déchiré, et d'où nous
avons fait débusquer un lièvre.

Nous avons tourné brusquement sur la droite, quittant la route de Thèbes; deux heures après, nous passons devant Érimo-Castro, nous en avons encore pour

cinq heures, il est presque nuit, le temps devient non pas pire, c'est impossible; mes pieds sont complètement insensibles, j'ai chaud à la tête. Nous blaguons beaucoup en songeant que nous avons perdu le bagage, et nous nous consultons comme au restaurant pour savoir quoi nous mangerons à notre dîner: Garçon, du sauterne avec les huîtres! une bisque à l'écrevisse! deux filets chateaubriand! crème de turbot! une croûte madère! un feu d'enfer et des cigares! allez[1]!

La neige tombe, elle s'attache aux poils qui sont dans l'intérieur des oreilles de nos chevaux et les emplit; ils ont l'air d'avoir du coton dans les oreilles.

L'Hélicon est sur notre droite, nous apercevons des sommets blancs dans les interstices des nuages et du crépuscule.

Sur une éminence où l'œil est amené par une pente blanche et très douce, enfoui dans la neige comme un village de Russie, avec ses toits bas, Kokla.

Nous n'entendons plus nos chevaux marcher, tant la neige assourdit leurs pas, nous allons nous perdre pour passer le Cithéron, Giorgi demande un guide, personne ne veut venir.

Nous continuons; ma gourde d'eau-de-vie, que j'avais précieusement gardée pendant tout le voyage, me devient utile, le froid de ma culotte de peau me remonte le long du dos dans l'épine dorsale; s'il fallait me servir de mes mains, j'en serais incapable[2]. Le moral est de plus en plus triomphant. Mes yeux se sont habitués à la neige, qui re-souffle de plus belle, Maxime en est ébloui. Nous allons sur la pente nord du Cithéron, nous rapprochant le plus que nous pouvons vers sa base, afin de trouver la route. Nous passons un torrent, que nous laissons à droite, et nous nous élevons rapidement. Des pierres sous la neige font trébucher nos chevaux; nous sommes complètement perdus, le gendarme et Giorgi n'en sachant pas plus que nous sur la route. Pour continuer jusqu'à Kaza il faudrait savoir le chemin; quant à nous en retourner à Kokla, ce que nous allons pourtant essayer de faire, il est probable que nous allons nous perdre encore.

Nous entendons aboyer un chien, j'ordonne au gendarme de tirer des coups de fusil, il arme son pistolet qui rate ; enfin il parvient à tirer un coup, le chien aboie dans le lointain [1].

Décidément j'ai froid, ça commence à me prendre.

Nous redescendons, le gendarme tire encore deux ou trois fois des coups de pistolet, les aboiements se rapprochent, nous sommes dans la bonne direction, nous repassons le torrent à sec.

Bientôt nous apercevons quelques maisons ; les chiens, en nous sentant venir, font un vacarme d'enfer ; pas d'autre bruit dans le village, pas une lumière, tout dort sous la neige.

Le gendarme et Giorgi frappent à la porte d'une cabane, personne ne dit mot ; ils vont frapper à une autre, une voix d'homme épouvantée répond, on ne veut pas ouvrir. Le gendarme donne de grands coups de crosse dans la porte, Giorgi des coups de pied ; la voix, furieuse et tremblante, répond avec volubilité, une voix de femme s'y mêle. Giorgi a beau répéter *milordji, milordji*, on nous prend pour des voleurs, et l'altercation mêlée de malédictions de part et d'autre continue. Je me range en dehors de la porte, près de la muraille, dans la crainte d'un coup de fusil. Ô mœurs hospitalières des campagnards ! ô pureté des temps antiques !

À une troisième porte, enfin, quelqu'un de moins craintif consent à nous ouvrir. Jamais je n'oublierai de ma vie la terreur mêlée de colère de cette voix d'homme. Quel propriétaire ! était-il chez lui ! avait-il peur de l'étranger ! se moquait-il du prochain ! et la voix claire de la femme piaillant par-dessus celles des hommes !

Celui-ci nous mène au khan, que l'on nous ouvre. Nous entrons dans une grande écurie pleine de fumée, où je vois du feu ! du feu ! Quelqu'un de là m'a détaché ma couverture, et je me suis approché de la flamme avec un sentiment de joie exquis. Souper avec une douzaine d'œufs à la coque, que nous fait cuire une bonne femme, la maîtresse du khan. J'ai bu du raki, j'ai fumé, je me suis chauffé, rôti, refait, dormi deux heures sur une natte et sous une couverture pleine de puces prêtée par l'hôtesse du lieu; le reste de la nuit se passe à faire sécher et à brûler nos affaires. Les chevaux mangent, le bois flambe et fume, de temps à autre je me lève et vais chercher le bois dont les épines m'entrent dans les mains, les autres voyageurs dorment couchés tout autour du feu. Quand il arrive quelqu'un, on crie «Khandji! Nadji!», la porte s'ouvre, l'homme entre avec son cheval tout fumant, la porte se referme, le cheval va s'attabler à la mangeoire et l'homme s'accouve près du feu, puis tout rentre dans le calme. — Ronflements divers des dormeurs. — Je pense à l'âge de Saturne décrit par Hésiode! Voilà comme on a voyagé pendant de longs siècles; à peine sortons-nous de là, nous autres.

Le lendemain lundi 13 (jour de l'an de l'année grecque), dès qu'on y voit, nous sortons du khan. La neige tombe tassée; un enfant (Dimitri, le fils de la bonne femme), avec son capuchon sur la tête, gros petit robuste paysan, à l'air bête et à lèvres sensuelles, nous sert de guide jusqu'à la route, nous n'en avons pas été loin hier au soir; il fallait, comme nous l'avons pensé, laisser le ravin sur la gauche.

Nous passons le Cithéron à grand-peine, nos chevaux un peu plus ne pourraient s'en tirer. La couverture de laine de Maxime a l'air d'une peau de mouton veloutée, et par le bas revêt, en certaines places, des tons bruns à glacis d'or (taches de fumée, ou la laine qui reparaît en dessous?) pareils à de la peau de léopard.

À 11 heures du matin, arrêtés trois quarts d'heure à Kaza, il y fait froid. Déjeuner avec du pain chaud et pas mal de petits verres de raki. Nous remettons nos couvertures sur nos dos, ma peau de bique est déchirée. Avec mon tarbouch rabattu sur les yeux, ma grande barbe et mes vêtements de poil et de grosse laine, le tout rattaché par des ficelles et des cordons, j'ai l'air d'un Cosaque.

À mesure que nous nous abaissons, la température s'adoucit, la neige cesse, bientôt le bleu du ciel paraît.

La chaleur vient ; à Mandra nous retrouvons des oliviers et du soleil, je fais ferrer mon cheval qui boitait d'une façon irritante.

Au khan qui est avant les lacs Rheïti en venant d'Éleusis, nous rencontrons, dans une voiture, l'Anglaise, les deux Anglais et le Grec leur cicerone, que nous avons déjà vus au pied du Parnasse, en allant de Livadia à Delphes.

À Daphni, mon cheval ne veut pas aller plus loin et se cabre plusieurs fois.

De Mandra à Athènes, tancé le jeune Giorgi d'importance et d'une si belle manière, à ce qu'il paraît, qu'il a avoué à Élias, notre hôte, que je l'effrayais beaucoup.

Après le Jardin botanique, rencontré la reine[1] qui se promenait en voiture.

Nous sommes rentrés à Athènes à 5 heures moins un quart du soir ; notre bagage y est arrivé le surlendemain mercredi, dans la matinée, une quarantaine d'heures après nous.

(Athènes, jeudi 16, 3 heures de l'après-midi.)

MUNYCHIE — PHALÈRE

À l'est du Pirée, un petit port ovale, à entrée étroite ; sur le côté est de ce port, restes de quais éboulés dans la mer ; les pierres sont très grises, quoique perpétuellement lavées par l'eau. Pour des bâtiments de petit tonnage, ce port devait être excellent : c'est là, Munychie.

En suivant le bord de la mer, ruines d'une chapelle où Sa Majesté vient se déshabiller quand elle prend des bains froids. Ô rivage ! ton sable fut foulé par d'autres pieds ! Ô vents de la mer Égéenne, tu as rafraîchi d'autres derrières !!!

Il y a à Munychie une espèce de petit avant-port ou

d'arc très évasé, l'extrémité fait promontoire, le rivage rentre tout à fait et bientôt fait un cercle charmant : c'est Phalère. Il y a dans le dessin de ce cirque naturel quelque chose de doux et de grave. À l'entrée, à droite, un grand bloc isolé, énorme, debout. On voit là-dedans entrer des barques peintes, la nature avait tout fait pour ces gens-là !

Nous avons continué par le rivage. — Petites criques. — Notre drogman est descendu ramasser des coquilles pour nous, nos chevaux marchaient péniblement dans le sable.

Promenade faite le 21 janvier 1851, mardi.

ACROPOLE [1]

SCULPTURES

DANS LE TEMPLE DE LA VICTOIRE APTÈRE

Bas-relief très ressorti, 3 personnages : une femme, un taureau, une femme [2]. Hauteur approximative, 3 pieds.

En commençant par la gauche, première figure ailée, sans tête, ni bras droit ; le bras gauche seulement jusqu'au coude, rongé ainsi que le devant de la poitrine et les deux cuisses ; pieds disparus. Elle s'incline vers le taureau qui s'élance, le sein gauche rond, proéminent sous la draperie. Dans la ceinture, qui était une simple corde, trois petits trous [3]. La queue du taureau paraît derrière elle. La draperie, attachée sur l'épaule gauche et portée sur cette partie du corps, qui fléchit, s'amasse sur la cuisse gauche, un peu relevée à partir de l'aine elle coule entre les deux cuisses. — Le taureau s'élançant, moignons des jambes de devant, pas de tête, cou rongé, puissante musculature de l'épaule droite ; les plis du col indiquent que la tête devait être baissée.

Deuxième figure, vue de face, deux ailes dans un mouvement d'élan emporté, sein droit enlevé. Bras gauche (qui se levait un peu plus haut que l'autre, les deux bras étaient écartés ; au-dessus de ce bras, l'aile

est plus levée que l'autre) n'existe que jusqu'au coude
à peu près. Tout le mouvement de la draperie est
furieux; le chiton, serré par une ceinture (un cordon
avec deux trous), est poussé par le vent et colle sur le
sein gauche pomme; c'est cette partie du corps qui
s'avance, la jambe et la cuisse gauches en avant, genou
saillant, mollet dessiné, les pieds simplement chaussés
d'une semelle. La draperie part de dessous la fesse
droite, dans une courbe touffue, se porte sur la cuisse
gauche, tourne et laisse retomber sa plus grande masse
à la hauteur du jarret droit; le reste dégrade entre
les jambes écartées et va reposer à terre. La draperie
qui tombe extérieurement du bras gauche, largement
contourné, par le bas se frise presque en volute. —
Peut-être un peu trop de frisé dans l'ensemble du style
des draperies.

Un torse drapé sans tête [1]. Hauteur de cette feuille de
papier.

Le bras gauche repose sur la hanche et y retient la
draperie amassée; la chemise (chiton?) légère, plis
droits suivant le mouvement du gauche; le corps reposant sur la hanche gauche, le ventre s'en va à droite.
Seins ronds. Le bras gauche, nu, abondamment couvert au coude au-dessus et au-dessous par la draperie
qui passe entre le bras faisant angle et le corps; le bras
droit vêtu de cette même chemise fine qui se ferme de
places en places par des boutons laissant voir le nu
par losanges. Haut de la poitrine nu, seins très bas. Un
cordon passe sous les deux aisselles et fixe la chemise
au corps et contourne par-derrière le cou qui le porte.

Bas-relief de femme ailée rattachant sa sandale [2].

Même hauteur que le premier, sans tête ni mains,
deux ailes. Appuyée sur le pied gauche dont le genou
est légèrement fléchi, sa main droite touche son cou-
de-pied droit, dont le talon vient à peu près à la hauteur du genou gauche, la cuisse gauche faisant avec la
jambe angle droit. Le bras gauche retient faiblement
la draperie qui s'échappe et qui, de ce côté, va tomber,
tandis que, de l'autre, elle est relevée par tout le grand

mouvement de la cuisse droite. La draperie, attachée aux deux épaules, glisse de la droite qui se baisse et tombe jusqu'à mi-bras, laissant voir l'aisselle. Sous la draperie transparente, seins fermes et ronds, pointus au bout, très écartés. Deux plis au ventre, le supérieur plus creusé. Le pied droit manque. — On ne peut se lasser de voir cette délicieuse chose.

DANS LA PINACOTHÈQUE

Torse de femme, chemise plissée [1].

Les plis tombent tout droit, carrés et réguliers ; entre les deux seins, un pli plus large que tous les autres fait milieu et, de chaque côté de lui, tombent les autres, le second descendant plus bas que le premier, ainsi de suite ; cela va ainsi comme par étages jusqu'au-dessous des seins.

Coiffure de femme à un petit torse sans tête [2].

Les cheveux sont divisés en deux ; de chaque côté quatre tresses qui tombent sur les seins, que l'on voit entre elles. Les tresses, se touchant d'abord, vont, à mesure qu'elles descendent, en s'écartant.

Une tête d'homme ceinte d'un cordon ; entre le cordon et le front, les cheveux sont disposés en petits boutons pressés.

Le travail de chaque boucle peut se comparer à une coquille de colimaçon. Quatre rangées. Cette coiffure, faisant courbe, couvre la moitié du front et descend jusqu'aux oreilles.

Idem dans une petite tête de femme.

Un petit bas-relief : une femme et un faune, partie inférieure du corps seulement [3].

La femme, debout et comme moulée dans son vêtement qui lui colle au corps, vue de trois quarts ; les deux mains cachées sous sa draperie qui fait des plis entre son corps et son bras droit. Main gauche appuyée sur la hanche gauche, coude (enlevé) faisant angle. Le voile de sa tête pend du côté droit, lui passe sur la gorge et revient s'appuyer sur l'épaule gauche. Menton légèrement incliné sur la poitrine. Sa main droite, couverte de la draperie, la tend. — Le faune est assis, cuisses velues, jambes de bouc, sur un rocher. Ses sabots vont, comme hauteur, à mi-cuisse de la femme ; sa tête est sur le même niveau que la sienne. Les jambes du faune sont serrées l'une près de l'autre, il voudrait les croiser et ne peut. Cette pose est pleine d'esprit.

DANS LE THESEUM [1]

1° *Personnage rustique, à cuisses et jambes de chèvre.*

Adossé tout droit, debout, à un petit pilier carré, il est drapé soigneusement, comme pour se garantir du froid, dans un manteau qui lui passe sous la barbe et va faire une courbe sur l'épaule gauche, d'où il retombe ensuite. Dans la main gauche une syrinx. Barbe longue, peu frisée ; oreilles pointues de chèvre, courbées dans le sens du front et confondues avec la chevelure. Pose d'ensemble vivace et gaillarde.

2° *Statue d'un vieillard au front très ridé* [2].

Rides symétriques, à courbes très profondes sur le milieu du front. La poitrine naturellement couverte de poils de bête. Il porte sur son épaule gauche un personnage sans autres membres ni tête, qui porte à sa main droite une tête d'homme beaucoup plus grosse que lui et même que n'est celle du personnage principal.

3° *Grand bas-relief : statue plate d'homme de la vieille manière, trouvée à Marathon* [3].

Guerrier debout, tenant à la main gauche une lance ; la droite est fermée sur la cuisse, le bras tombe naturellement. Cheveux en petites boucles tombantes sur la nuque ; barbe frisée et symétriquement taillée en pointe ; œil ouvert et très sorti. Sur son épaule droite, passe une large bande, qui est ou la partie supérieure de sa cuirasse ou comme le collet de son vêtement de dessus, ou son baudrier, l'épée devant être au côté gauche, qui est, par-derrière, caché. Supposition moins probable, car ça a l'air de devoir s'attacher sur la poitrine. La ceinture attache autour du corps un vêtement-cuirasse qui pend en plis (ou lames) carrés, longs. De

dessous ce vêtement en passe un autre à pans pareils,
et sous ce second vêtement on voit passer les plis
inégaux et pressés d'une chemisette à tuyautés plats,
comme au haut des bras. Doigts des pieds très effilés,
chevilles saillantes, jambarts avec les rotules saillantes
et de grands plis autour du mollet.

4° *Homme nu, debout, près de son cheval*[1].

Vu de face; le cheval de profil, seulement le poitrail
et la tête trois quarts. C'est un petit tableau en creux.
À gauche, un arbre branchu, assez nu de feuillage,
avec un oiseau dans ses branches qui ressemble à un
geai, à une pie? À l'arbre s'enroule un serpent, mons-
trueux par rapport à l'arbre. Le cavalier, manteau seulement sur les épaules (un peu trop grand, svelte et
mou?), donne à manger au serpent, qui avance sa tête
vers lui. Pas de barbe. — Le cheval est derrière lui,
piaffant. — Un enfant, à droite, apporte au héros son
casque; de l'autre côté, à gauche, l'épée est passée à
une branche de l'arbre près duquel sont sa cuirasse et
son bouclier.

5° *Petit pilier carré à quatre faces: trois de femmes,
une d'homme*[2].

Ce pilier, plus large au sommet, et aux quatre angles
duquel se voient encore des trous, servait de support à
quelque meuble. Trois côtés sont surmontés d'une tête
de femme. Seins. Draperie largement traitée et se
confondant presque avec la paroi même du pilier. Le
quatrième côté a une tête d'homme barbue. La représentation s'arrête après le buste, net. Sur le milieu de
la paroi qui est sous cette tête, un phallus dressé, vu de
face, avec les testicules.

À L'ACROPOLE

Près le corps de garde, à gauche en entrant:

*Deux femmes, l'une assise, l'autre debout, sans tête ni
l'une ni l'autre.*

Celle qui est assise est sur un tabouret; l'autre, à
droite, debout, porte une boîte dans sa main gauche,
la partie droite du buste de celle-ci enlevée. Celle qui

est assise, de profil, tourne sa poitrine de trois quarts
et tient sur ses cuisses quelque chose qui est brisé (une
boîte?). La draperie, attachée aux deux épaules, légère,
et couvrant les seins, s'échancre en s'infléchissant sur
la gorge et couvre le bras droit, où elle est retenue par
des boutons qui, dans les intervalles, laissent voir la
chair à nu. À remarquer les plis de la draperie prise
entre la cuisse droite de la femme et le tabouret. —
Entre les deux femmes, et tourné du côté de celle qui
est assise, un enfant (sans tête) qui lui vient, comme
hauteur, au niveau du genou, l'épaule droite nue ; drapé
sur l'épaule gauche, sa main gauche très remontée, le
coude (caché) devant faire angle aigu sur le genou
gauche de la femme.

À côté de là, *une femme sur un char* [1].

Le pied gauche seulement repose dessus, faisant
angle droit avec la cuisse ; le pied droit est en l'air
complètement, en arrière. (Comment pouvait-elle s'y
tenir ? la position des gens sur les chars me paraît
toute conventionnelle. Dans une des tablettes du Parthénon, un guerrier, avec son bouclier et qui est sur un
char, a le pied posé sur la jante de la roue [2].) Son pied
gauche est posé seulement sur le bord du char ; ses
deux bras en avant tiennent les rênes dans un mouvement très attentif. Le char est évidemment emporté
avec vitesse : la draperie est incourbée symétriquement sur le dos, qui penche dans tout le mouvement
du corps porté en avant, et du dos elle va se ramasser
sur le bras. L'avant-bras est nu. Elle a comme coiffure
un gros chignon, carré par le bout.

TABLETTES DU PARTHÉNON

Mouvement des jambes de devant des chevaux (jambe
cabrée) très élevé ; la jambe déployée toute droite serait
fort longue. Tous les chevaux ont les veines *excessivement* saillantes ; *à tous*, au coin de la bouche, un trou ;
sic dans la main du cavalier. Il y avait, sans aucun
doute pour moi, des rênes en métal, qui ont disparu.
Dans une tablette, où une Victoire est entre deux

cavaliers et arrête l'un (celui qui est derrière), une grosse veine court longitudinalement le long du biceps du premier cavalier, qui se détourne presque de face et regarde le spectateur. La Victoire debout est aussi grande qu'un homme à cheval ; sa tête est sur le même niveau que celle du cheval du cavalier qu'elle arrête ; et le cheval se cabre, cette invraisemblance ne choque nullement[1].

Cette même étude des veines se remarque encore dans la tablette où un cavalier rajuste sa coiffure tout en continuant à courir ; le cavalier qui précède celui-ci a les veines indiquées sur sa main gauche : le bras tombe naturellement, le sang descend et doit emplir les vaisseaux.

L'effet est plus marqué encore dans une tablette d'une tout autre manière, et qui évidemment est d'un autre artiste (inférieur). Un homme est assis sur un tabouret, deux femmes *sic* ; l'homme a la main gauche levée, le coude plié, les doigts sont fermés, et l'index pose sur l'ongle du pouce, comme s'il se grattait cet ongle avec l'ongle de l'index : à sa main droite, le bras tombe naturellement, veines très marquées.

Dans les Propylées, adossé au mur de la tour vénitieune, un torse de femme. *Deux seins* pomme, le gauche couvert d'une draperie, le droit nu ! Quel téton[2] ! comme c'est beau ! que c'est beau ! que c'est beau !

Coiffure des cariatides qui supportent l'architrave du temple de Pandrose.

Les cheveux, séparés par une raie, juste sur la ligne médiane, descendent en bandeaux épais, violemment ondés, jusqu'à la hauteur de l'oreille, d'où partent de chaque côté deux amples tire-bouchons, qui passent sur les épaules et tombent jusqu'à la hauteur des seins environ. Sur le derrière de la tête, portion comprise d'une oreille à l'autre, ce sont trois grosses couronnes de cheveux rangées l'une sur l'autre ; la quatrième est écrasée par le coussin carré, chapiteau de colonne qui est sur leur tête et qui supporte l'architrave. De dessous la couronne inférieure partent deux grosses mèches

tordues (tortis très lâches et abondants), tombant naturellement en s'amincissant à mesure qu'elles descendent vers le nœud qui les lie ensemble. Les cheveux
repartent en s'élargissant en forme (comme ligne extérieure) de catogan. Ils sont libres, frisés naturellement
en plus petits tortis, et, vus d'en bas ou plutôt d'en
dessous, l'extrémité de chaque petite mèche fait une
boucle.

[MONUMENTS]

TEMPLE DE THÉSÉE (THESEUM)

Sa face postérieure regarde la montagne de Daphni et
le chemin d'Éleusis; son fronton (oriental), l'Hymette.

En tournant le dos à l'Hymette, on a un peu à gauche
les deux Pnyx; en deçà, le chemin creux où Cimon[1],
fils de Miltiade, est enterré avec ses chevaux; et plus
près, tout à fait à gauche, l'Acropole.

Sur ce côté gauche du temple, plate-forme avec
quelques sièges en marbre, vraies gondoles pour la
forme; un soldat irrégulier, avec son fusil creusé pour
être mis sous l'aisselle, était assis dans l'un d'eux.

Sur ses deux faces latérales, le temple a treize
colonnes, en comprenant les deux colonnes d'angle; et
sur ses deux façades extrêmes, six, en comprenant les
deux colonnes d'angle.

Le larmier est très avancé, les tablettes du larmier
sont ornées de *guttæ*.

Chaque métope est séparée de sa voisine par une
sorte de gril composé de trois fûts en relief.

Le joint des pierres de l'entablement tombe juste sur
le milieu du tailloir du chapiteau.

Sur la façade orientale et aux angles latéraux y attenant, encore quelques sculptures des métopes (quatre
de chaque côté); ailleurs, les sculptures des métopes ont
été complètement enlevées ou n'ont jamais été faites.

Aux deux extrémités du naos, la frise représente des
combats de Centaures (plus distincts à la partie occi-

dentale au-dessus de l'opisthodome), qui combattent avec de grosses pierres.

Sous le portique, plafond ; — les poutres en marbre ont, dans l'espace qui les sépare entre elles, des caissons ou carrés, alternativement creux et pleins.

Sur les ptéromes, les poutres seules subsistent.

JUPITER OLYMPIEN

Au nord de l'Acropole.

De la petite colonne en face, ou plutôt à droite en regard de l'Hymette, et qui domine l'Ilyssus, on voit que les arcades, qui semblent continuer le théâtre d'Hérode Atticus, servaient à soutenir le terrassement sur lequel le temple était bâti ; d'autant plus qu'au bout de ce mur il y en a un autre tout uni, sans arcades ni contrefort, qui fait angle droit et ne pouvait servir à autre chose qu'à soutenir les terres. De là, du reste, la plate-forme occupée par le temple se voit très bien ; mais ce que l'on voit, ces seize colonnes, sont-elles autre chose qu'un portique ?

TOUR DES VENTS

Les figures allégoriques extérieures sont affreusement lourdes. Jambes tuméfiées, leur poids seul empêcherait le corps de voler.

Édifice octogonal. — Corniche avec tambours carrés ; au-dessus, à la hauteur de sept pieds environ, une plinthe circulaire, de petites colonnes cannelées à chapiteau dorique ; — une seconde plinthe, puis le toit, tranches de pierres, allant s'amincissant vers le sommet et dont la combinaison fait dôme.

Deux portes, une grande vers le sud-ouest, une plus petite s'ouvrant en face de l'est.

À l'extérieur du monument, et communiquant avec lui, une sorte de tourelle ronde, de même construction.

Trois fenêtres ou jours enlevés à même le mur, deux sous la première plinthe, une sous la corniche, à côté du mihrab.

THÉÂTRE D'HÉRODE ATTICUS

Les restes de gradins sont surtout vers la partie droite quand on descend de l'Acropole et qu'on regarde la mer.

À chaque extrémité, deux grandes masses ; à gauche, un double rang de trois arcades encore existantes, puis la grande ligne des arcades plus basses ; au milieu, une debout ; à droite, une ligne de trois.

Le soleil éclairait en plein l'intérieur roux des arcades et les rendait vermeilles.

Longue ligne d'arcades du côté extérieur ; de la plaine, portique où le peuple allait se mettre pendant la pluie.

Quand Pausanias fit sa description d'Athènes, le théâtre d'Hérode n'était pas encore bâti, il en parle incidemment dans son livre de l'Arcadie (?).

Comme j'étais à regarder cela, un âne que je n'avais pas vu s'est mis à renifler et m'a fait détourner la tête.

(23 janvier.)

THÉÂTRE DE BACCHUS

Sur le même flanc de l'Acropole, vers l'est, les deux colonnes du théâtre de Bacchus (la pente me paraît très forte), au-dessus d'un antre à entrée carrée. Il y a, à la gauche de cet antre, des excavations carrées comme pour des tableaux votifs ; sur la droite, quelques restes (peu de chose) de gradins taillés à même la roche.

STADE

Le stade est au-delà de l'Ilyssus. Pont en ruines, dont il n'y a plus que les assises ; deux grandes redoutes (*cavaliers* en terme d'artillerie) formant une sorte de quadrilatère allongé, plus large vers l'entrée ; à gauche un tunnel dans la roche, il s'élargit après le coude qu'il fait. C'est dans cette partie qu'il y a trace, cette fois évidente, de roues de chars[1]. Le tumulus d'Hérode est de ce côté, plus à gauche, en se dirigeant vers le Lycabette.

PANDROSE. — ÉRECHTÉE. — MINERVE POLIADE

Pandrose, comme niveau, est supérieur aux deux autres.

Côté ouest de Minerve Poliade (l'entrée est par le temple de Neptune, qui n'est peut-être qu'un portique) : piliers ioniques sur le mur, devaient être adossés à quelque chose, mais à quoi ? Cette colonnade est supérieure, comme niveau, à celle qui est en face, à l'est. Ici, du reste, ce sont de vraies colonnes.

Le chapiteau de ces ioniques, tassé par la colonne, a l'air d'un coussin.

S'il y avait là deux temples, comme l'inégalité de niveau des murs l'indique, pourquoi cela n'existe-t-il pas extérieurement ? Alors pourquoi n'avoir pas fait les deux temples de la même largeur à l'intérieur, quand, à l'extérieur, des deux côtés, c'est une construction faite d'un seul coup ?

Le temple du milieu, plus bas comme niveau que Pandrose est de plain-pied avec Érechtée.

Dans les rosaces, sur le linteau de la magnifique porte qui communique d'Érechtée en Minerve, il y a dans chacune un trou au milieu, comme s'il y avait eu là un ornement *extérieur* rapporté, un bouton de métal, une pierre précieuse.

PROPYLÉES

Ce chemin tournait, sans doute, au pied de l'aile droite des Propylées (aile plus longue que celle qui est en face), sur laquelle est bâti le petit temple de la Victoire aptère ; le chemin qui montait entre les deux ailes pouvait avoir des escaliers sur des côtés, quoiqu'on n'en voie pas de trace, mais au milieu il avait une voie dallée en marbre, avec des cannelures en relief, comme seraient des troncs d'arbres, pour faciliter la montée des chevaux. Séparé de l'aile gauche (Pinacothèque) et devant elle, est un piédestal en marbre bleuâtre, dont les couches de pierre sont séparées par des pierres plus minces, dalles mises à plat.

L'entrée du temple de la Victoire aptère est à l'est et regarde la tour carrée bâtie en face de la Pinacothèque : cette aile des Propylées a été complètement détruite.

Le temple n'est pas bâti sur la même ligne que le mur de l'aile qui le supporte. Quatre colonnes ioniques pour portique, puis, pour supporter l'architrave du temple même, deux piliers plus étendus en long qu'en large.

L'autre face du temple (occidentale) a de même quatre colonnes ioniques, frisées, sculptées tout autour. — Élégance des colonnes, moindre pourtant que celles de Minerve Poliade et d'Érechtée, parce qu'ici les colonnes sont moins hautes.

On monte au niveau de la colonnade des Propylées par quatre marches ; trois colonnes doriques de chaque côté, en tout six. Un mur transversal, percé de cinq portes, la plus grande au milieu, puis deux petites et deux plus petites, sépare les Propylées en deux parties ; on monte à ce mur par quatre degrés. Après ce mur, un autre compartiment, puis pour clore, trois colonnes doriques de chaque côté, avec une porte au milieu qui donne entrée sur la place de la citadelle (derrière la troisième colonne à droite, côté gauche, se trouve à l'extérieur le petit autel de Périclès). Le chemin pour aller au Parthénon tourne à droite, le Parthénon étant situé plus sur la droite.

La Pinacothèque s'ouvre par un portique de trois colonnes doriques, terminé à ses deux extrémités par un pilastre ; la troisième colonne (extrémité droite) de ce portique est sur la même ligne (si vous vous retournez pour faire face au portique des Propylées) que la troisième colonne de gauche des Propylées : ainsi, lorsqu'on regardait les Propylées, elle en allongeait la façade. Ce portique, carré long, est percé d'une porte carrée au milieu, et de deux fenêtres, une de chaque côté ; fenêtres longues et étroites par rapport à leur largeur.

Pour rentrer dans la Pinacothèque même (deuxième

pièce), une marche. Les pierres des murs sont si bien jointes que l'on distingue à peine les joints, c'est une ligne mince seulement. Sur le mur de droite, deux fenêtres l'une au-dessus de l'autre, de dimensions inégales, celle d'en bas plus large, d'ornementation différente, et qui ne sont pas sur la même ligne.

La plus petite a une corniche ornementée et des linteaux tournés, demi-fûts en relief, tandis que la plus grande est à même enlevée net dans le mur, à angle droit.

À l'extérieur de ce mur (lorsque, par une voûte moderne qui se trouve à gauche, une fois sorti des Propylées, vous avez pénétré dans une sorte de petite cour pleine de décombres où il y a une masure turque) on voit des tenons à toutes les pierres. Y avait-il en dehors une autre construction ?

PARTHÉNON [1]

La façade occidentale (entrée) a son tympan brisé, surtout dans la partie droite (celui de la façade orientale l'est complètement); seulement à gauche on voit un torse d'homme nu, comme affaissé sur ses genoux et se tournant vers une femme drapée et debout, sans tête; la jambe gauche de l'homme est entourée de draperies [2].

Portique de huit colonnes, espace égal entre elles; seize colonnes sur les ptéromes, y compris les colonnes d'angles.

La porte ouvre sur l'intérieur même du temple, fermé d'un mur carré sur les quatre faces. — Dans cette enceinte, à remarquer : 1° au milieu, vers la droite, les restes de quatre colonnes ioniques. Était-ce là, au milieu, que se trouvait la *cella* proprement dite, le sanctuaire ? 2° Après cet espace carré, ces quatre colonnes n'en étant qu'une des faces, au bout du naos il faut monter une marche, vestiges de terrasse, et sur ce plancher, supérieur au niveau de tout le reste du naos, se voit un reste de construction curviligne, faisant comme la courbe de l'arc dont la marche serait la corde. Est-ce là l'opisthodome ou trésor public ? Au-delà de la partie la plus convexe de cette courbe, c'est un mur haut de deux pieds et demi environ. Le mur du naos se présente, ouvert par une porte, trois marches, la première plus haute que les deux autres, vous ramenant dans la galerie extérieure, côté oriental. Sur la face occidentale du naos, se voient encore assez nettement des caval-cades de même style que les tablettes exposées dans l'intérieur du Parthénon. Ces sujets (courses olym-piques) devaient régner tout le long de la frise du naos.

Aujourd'hui 23 janvier, jeudi, j'ai été dire adieu à l'Acropole.

Dans le Parthénon, aux pieds d'une des tablettes, un fémur rongé, tout gris[1].

Il faisait grand vent, le soleil se couchait, le ciel était tout rouge sur Égine ; derrière les colonnes des Propy-lées, il s'épatait en jaune d'œuf.

Comme je revenais du temple de Neptune, deux gros oiseaux se sont envolés de dessus le fronton et sont partis dans l'est, du côté de Smyrne, de l'Asie.

En poussant la porte de l'Acropole, j'ai remarqué qu'elle grinçait péniblement, comme celle d'une grange.

J'étais sorti et je regardais le théâtre d'Hérode, quand un soldat est venu me vendre, pour deux dragmes, une petite figure de femme à coiffure retroussée sur le som-met de la tête.

Une femme en haillons et que je n'ai vue que de dos montait dans la citadelle.

En allant au Parthénon et en y revenant j'ai long-temps regardé cette poitrine aux seins ronds, qui est faite pour vous rendre fou d'amour[2].

Adieu Athènes ! Autre part, maintenant !

(10 heures et demie du soir.)

ATHÈNES MODERNE

Le colonel Touret[1], philhellène français ; il est compris dans ces cinq mots : sa grosse et petite femme.

Le général Morandi[2]. — Anecdotes sur Lord Byron[3], qui habitait à côté de l'ancienne poste : place aux fiacres ; histoire du pucelage de la paysanne Maria à lui vendue comme étant la fille du pacha ; superstition de Byron : « il en avait pour vingt-quatre heures à se remettre d'une lampe renversée par terre ». Morandi était l'intime de Gamba, frère de la Guiccioli[4] (que dans son opinion à lui, Morandi, Byron n'a jamais possédée) ; la Guiccioli n'a pas été la maîtresse de Byron, et cela sur la défense de lui, Byron ; il lui envoyait des vers sur les billets mêmes que la Guiccioli lui écrivait. Une partie de cette correspondance a été remise par Gamba à Morandi, qui l'avait déposée à Ancône. Poursuivi par la politique pendant vingt ans, quand il l'a redemandée, le dépositaire était mort et les enfants ne savaient ce que c'était devenu.

ÉCOLE D'ATHÈNES. — Dîner à l'École d'Athènes. — M. Daveluy[5], gros petit abbé XVIIIe siècle, me fait penser à M. de Bernis[6], a la nostalgie et s'embête à crever ; — dans les premiers temps, faisait fermer sa fenêtre du côté de l'Acropole ; il y a plusieurs monuments d'Athènes qu'il n'a pas vus (la Tour des Vents entre autres). Admire Nisard[7], exècre Hugo. On a parlé littérature, le *Gamin de Paris*[8] a été cité comme une bonne pièce. Ces messieurs sont ici payés par le Gouvernement pour retremper les lettres aux pures sources de l'antique !

22 janvier.

La reine de Grèce[9] monte à cheval tous les jours et va en voiture. Elle a un costume d'amazone d'un goût rue de La Harpe. Les dimanches, elle vient sur la place écouter la musique, on la regarde, le cheval piaffe, elle le caresse de la main, après quoi, elle fait un tour sur la place au petit galop, saluant de droite et de gauche, suivie d'une demoiselle de compagnie qui a un très long nez, d'un affreux palicare, d'un gros écuyer et de deux laquais.

C'est d'une telle prostitution de soi qu'un homme un peu délicat défendrait cela à sa femme, fût-elle une ancienne danseuse de corde, élevée jusqu'à lui !

J'ai revu Sa Majesté au théâtre ; décidément elle est laide, toute la figure de même ton, œil de lapin, sourcils trop blonds, vilains cils. On dit qu'elle a une belle poitrine et une belle peau. Figure sans caractère et disgracieuse ! Sa Majesté fait six repas par jour, on ne lui donne aucun amant.

Le peuple est las d'elle, et moi aussi, sans savoir pourquoi.

Vu *Les Puritains*[1]. À gauche, dans une loge, Mlle Condouriotis[2], figure ronde, pâle, magnifiques sourcils noirs, yeux à demi fermés, vous faisant de temps à autre le cadeau de s'ouvrir entièrement pour qu'on les voie ; belle narine remontée et très ovale, seul trait animé de ce placide et beau visage ; toute la tête entourée d'un ample fichu rose à graines d'or, qui passe sur les cheveux, autour du cou, s'entrecroise sur la poitrine à draperies raides et cassées, donnant à la physionomie tout à la fois quelque chose de mignon et d'enfantin.

Mercredi 22 janvier, visite à Canaris[3]. — Petite maison jaune, à réchampis blancs autour des fenêtres, intérieur très propre.

Reçus par Mme Canaris en costume psariote, une bavette à bandes d'or sur la poitrine, sorte de turban rose incliné sur l'oreille gauche, et recouvert de la draperie d'un voile blanc ; grosse petite femme dodue, rieuse, aimable, parlant haut d'une voix aigre, riant beaucoup.

M. Canaris était au Sénat.

Salon à meubles d'acajou et noyer ; ameublement, salon d'un médecin de petite ville ; verres de couleur sur des morceaux de tapisserie à bordures en peluche, gravures modernes aux murs.

Canaris entre, en nous donnant une poignée de main. Petit homme trapu, gris, blanc, nez écrasé et de côté par le bout, figure carrée ; air brutal doux, pas de front. Il reste la jambe droite étendue de côté, le genou rentré, le pied en dehors, étant assis sur son fauteuil.

Ne fait que parler de M. Piscatory[1], qu'il paraît admirer beaucoup, rompt les chiens toutes les fois qu'il est question de lui, a entendu parler de Victor Hugo (je lui ai promis de lui envoyer les pièces qui le concernent) ; petits yeux. Placé assez loin de lui je ne puis voir le jeu de sa figure.

Un petit portrait de lui, à l'huile, exécrable, où il est représenté avec un compas et une carte.

Vrai bourgeois ! visite triste ! Voilà pourtant un homme éternel, immortalisé !

Comme ça rehausse l'autre (Hugo), et comme ça le rehausse aussi, lui !

PÉLOPONNÈSE

24 janvier — 6 février.

Vendredi 24 janvier. — Il faisait très froid quand nous sommes partis, ce matin à 10 heures, d'Athènes, après les adieux du colonel Touret et de M. Roman, commissionnaire en vins qui nous a remis la carte de sa maison. Nous prenons le chemin d'Éleusis ; au haut du défilé du Gaidarion, nous nous retournons et nous disons adieu à Athènes. J'en suis sorti triste, et dans le bois d'oliviers j'ai intensivement songé à l'amertume de mon départ de Kosseïr, quand le père Élias a levé sa main pour me serrer la main et que je me suis penché du haut de mon dromadaire pour la lui donner[2].

À Daphni, halte d'une minute pour montrer nos passeports ; un petit garçon de sept à huit ans, en veste et sans culotte, promène mon cheval.

La mer d'Éleusis est bleu ardoise ; en face, sur les monts de Salamine, une sorte de demi-lune couchée sur sa partie convexe, échancrure de la montagne.

Nous repassons devant les marais Rheïti ; nous voyons Mandra au loin, à droite, nous continuons la route d'Éleusis.

À une portée de pistolet d'Éleusis, la route tourne à droite, puis on infléchit à gauche, piquant dans le sud et contournant le long coteau ovale d'Éleusis.

Vue des deux cornes du Keratas.

On monte par une pente douce, on revoit la mer, dont on se rapproche ; tout en s'élevant, la route suit les sinuosités de la côte, terrain gris et pierreux à gauche, sur les pentes de la montagne ; quelques rares oliviers et myrtes. Le soleil est chaud lorsqu'on est à l'abri du vent ; la mer est bien belle dans le canal de Salamine. La route s'abaisse ; il y a, à gauche, quelques pierres au bord de l'eau, Aldenhoven les indique comme les restes d'un môle[1] ; nous nous rapprochons de la mer, nous humons l'odeur du varech.

Descente, quelques pins rares, la route s'écarte un peu de la mer, bois d'oliviers, plaine qui s'étend à votre droite, ayant à son extrémité le blanc Cithéron ; devant vous, un monticule sur lequel quelques ruines et maisons, mais dont la plus grande partie nous est cachée, car le pays est tourné dans l'autre sens, vers la mer.

Comme nous passions là, deux hommes nous ont appelés, ils venaient de découvrir, en travaillant la terre, une citerne.

MÉGARE, très grand, en amphithéâtre, maisons carrées. Quand on se tourne vers la mer, on a au premier plan une plaine, puis toute la mer, golfe enfermé par des montagnes aux formes allongées et très découpées sur leur galbe : ce sont les montagnes de Salamine ; à gauche, on retrouve encore une autre mer, c'est celle qui va jusqu'à Éleusis. Sur le bord des flots, à gauche, Nisée (Dòdeka-Ecclesiæ) ; nous y distinguons des pierres. Près de là, vers le sud, deux petites îles ; sur la droite, de l'autre côté du golfe, une île plus grande en forme de tortue.

Nous sommes conduits par un vieillard qui nous mène jusqu'au haut du pays, au pied d'une tour franque bâtie en vilaines pierres grises entremêlées de briques. Dans un mur, une inscription placée à l'envers. Traces des fondements d'une grande construction franque.

De l'acropole (j'appelle ainsi le point le plus élevé), vue de la mer quand on se tourne vers le sud, vue de la grande plaine quand on se tourne vers le nord. Au fond de la plaine, verdures fortes, la plaine est verte et très grasse de ton, surtout à son extrémité ; les montagnes d'en face, qui vous séparent de la Béotie, grises et contrastant comme ton avec le Cithéron tout blanc, qui est à gauche, au dernier plan, et la verdure qui s'étend au premier.

(Mégare, 9 heures du soir.)

Samedi 25. — En partant de Mégare, la route, inclinant sur la droite, s'enfonce dans les terres et bientôt monte légèrement ; dans un pli de terrain, nous rencontrons un troupeau de moutons et de petits agneaux dont les voix éplorées font retentir la campagne.

La route monte, il y a quelques oliviers, le terrain est en pente, couleur grise : cela me rappelle des aspects de Palestine. Le temps est beau et nous promet une belle journée.

Bientôt on se trouve en face de la mer, le golfe s'étend, la route est étroite et cramponnée à la montagne, dont elle suit toutes les sinuosités ; sur la pente, à droite, des petits pins, quelquefois des caroubiers. On monte, on descend, le soleil brille ; la mer tranquille, à pic sous vous, a par places, au-delà de la bordure blanche de son sable fin, de grandes places vert bouteille au milieu de sa couleur glauque claire ; la vague paisible expire et se retourne sur la grève. Pendant quelque temps nous sentons une violente odeur de charogne ; sont-ce les cadavres des victimes du Sciron[1] ?

Reste impur des brigands dont j'ai purgé la terre.
                                    (*Phèdre.*)

La place était bonne, un homme y arrêterait un régiment, le chemin est si étroit que, si votre cheval faisait
un faux pas, on tomberait dans la mer, resserrée entre
le précipice et la montagne. Le sentier est soutenu parfois par des pierres reliées avec des branches non
dégrossies ; de temps à autre, restes de soutènements
anciens de l'ancienne route. La couleur des roches qui
vous dominent est grise, avec de grandes plaques rouges
en long, à peu près de la couleur du Parthénon, mais
plus brique, moins bitume ; entre les roches et vous, la
pente est plantée de pins.

Soleil, liberté, large horizon, odeur du varech. De
temps à autre la pente se retire et le chemin, tout à
coup devenu bon, se promène au petit trot entre des
pins-arbrisseaux qui forment comme des bosquets ; le
paysage entier est d'un calme, d'une dignité gracieuse,
il a le je ne sais quoi antique, on se sent en amour. J'ai
eu envie de pleurer et de me rouler par terre ; j'aurais
volontiers senti le plaisir de la prière, mais dans quelle
langue et par quelle formule ?

KAKI-SCALA [1] est l'endroit où l'on descend plus rapidement en se rapprochant de la mer. Le chemin, très
en pente, tourne sur lui-même en descendant, il y a
danger de se casser le cou. — Restes d'une vieille voie
taillée à même le rocher qui, adoucissant sa coupe, fait
de chaque côté comme le vaste dossier d'un siège. À
un endroit, au détour de la route, un pin incliné ; on ne
voit que lui se détachant sur la mer, pénétré de lumière
et seul, là ; il était peu jauni à sa partie gauche. On est
de niveau avec la mer et on va quelque temps au
milieu du bois.

KINETA, rares maisons espacées, nous déjeunons
dans l'une d'elles. — Petite fille de dix à douze ans,
brune, grand nez, yeux noirs en amande, expression
mûre et fatiguée, air aristocratique, regard avide et

étonné. — À la fin du repas, un homme du pays entre avec un enfant de deux ans à la main, à qui je donne un sandwich.

À partir d'ici la montagne à plan abrupt cesse, les chaînes qui la continuent sont beaucoup plus reculées et semblent plus basses ; nous cheminons à travers le bois de pins, ils sont plus grands que tout à l'heure, des arbousiers aussi ; la pente à l'extrémité de laquelle nous marchons est plus douce et va se perdant, en montant du côté des montagnes.

Le golfe se rétrécit devant nous, à droite, resserré par les montagnes qui s'abaissent ; quelques rares maisons, neuves, espacées, sont au bord de la mer : c'est Kalamaki. Nous tournons à droite, nous sommes sur le quai.

KALAMAKI. — Sur le quai il y a deux ou trois hommes, une vieille guimbarde à quatre roues, dételée, un épicier. — Café où nous fumons un narguilé et laissons souffler nos chevaux un quart d'heure. Nous repartons, doublant le fond du golfe, qui s'étend sur la droite ; la route revient sur la gauche, en face Kalamaki.

À droite, une sorte de longue terrasse, soutenue par des soutènements naturels de rochers, place où se célébraient les jeux isthmiques ; c'est une sorte de petite plaine, de stade naturel, c'est situé dans le sens de travers de l'isthme.

À droite, un peu plus loin, restes d'une sorte de canal, à murs de chaque côté, fragments d'anciens ouvrages[1].

La route monte légèrement ; en face de nous, un gros pâté s'élevant sur l'horizon : c'est l'Acrocorinthe ; à droite, l'Hélicon tout blanc. Au point le plus élevé de la route on voit facilement les deux mers.

La campagne est grasse à l'œil, l'Acrocorinthe se trouve un peu sur la gauche ; plus loin, masses de verdure s'allongeant du nord au sud ; ce sont des bois d'oliviers à l'horizon ; le golfe de Corinthe s'élargit.

PETIT VILLAGE D'EXAMILIA. — La route descend, Corinthe est au pied de l'Acrocorinthe, à pic derrière ;

de l'autre côté de la baie, en face Corinthe, un peu sur la droite, Loutraki, au pied des montagnes.

Nous prenons à travers champs labourés et, retournant sur la gauche, nous trouvons un ancien petit cirque, sur les bords duquel se promène un troupeau de moutons. François[1] demande au berger pourquoi les brebis n'ont pas encore mis bas; elles sont en retard ici. Le berger répond que les agneaux sont déjà venus, mais qu'ils sont séparés de leurs mères pour qu'on puisse traire celles-ci, le soir. Le cirque est très petit, des éboulements aux deux bouts lui ont donné une forme ovoïde; en bas des gradins inférieurs, excavations noires. Nous passons sur des roches, nous entrons dans Corinthe.

CORINTHE. — Rien! rien! Où êtes-vous, Laïs[2]? où est ton tombeau couronné d'une lionne tenant un bélier dans ses pattes?

Au milieu de la ville, à sa partie la plus élevée, sept colonnes de vieux dorique très lourd, d'un seul fût[3]; la pierre grise est d'un vilain ton. Celles-ci sont très abîmées de trous, la dernière des cinq a son chapiteau déplacé comme celle de Sardes[4]; un bourrelet rond au chapiteau.

Les montagnes en face Corinthe vont en s'élevant à partir de gauche et montent graduellement par des plans successifs déchiquetés sur leur galbe.

Aujourd'hui une des bonnes journées du voyage, des plus profondément senties, des plus intimement plaisantes; de Mégare à Kineta, ça restera pour moi comme un des instants de soleil de ma vie. Pauvre chose que la plume, rien même que pour se rappeler cela!

(Corinthe, 9 heures moins 20.)

Dimanche 26. — Journée pénible et pluvieuse.

En partant de Corinthe, on marche quelque temps dans le sens de la plaine, puis on tourne à gauche et la route monte. Un torrent jaune à droite, l'eau tombe du haut d'un rocher. — Moulin de la Veuve. — Après avoir traversé un ruisseau le long duquel on marche longtemps pour trouver un gué, on se trouve bientôt dans une espèce de lande mamelonneuse dont la route suit les inégalités.

Hauteur, plaine sous nous, le terrain remonte une autre montagne.

Au milieu de cette plaine, à droite de la route, trois colonnes, chapiteau dorique, cannelées, du temple de Jupiter Néméen[1]; la pierre est grise, fort laide, très rongée; tout autour des colonnes, ruines amoncelées; à cinquante pas plus loin, ruines d'une petite chapelle construite avec des matériaux antiques. La petite plaine où est le temple est très unie, plate et propre à des jeux.

La route remonte. Il pleut si formidablement que je ne vois rien; engourdi par le froid, j'ai à peine la force d'ouvrir les yeux. On traverse un ruisseau derrière lequel est immédiatement le petit village de Dervenati, que l'on aperçoit tout à coup en descendant une colline.

La route se resserre et va dans des gorges basses, qui se succèdent les unes aux autres. Pluie, pluie! on finit par arriver sur une hauteur d'où l'on découvre un grand horizon: à droite et à gauche, montagnes; devant vous, le terrain s'abaisse en une grande plaine qui va jusqu'à la mer; tout au fond, une espèce de rempart, c'est Nauplie; Argos est de l'autre côté, à droite, au bas de son acropole.

La route descend, nous prenons à gauche, à travers des blés verts, un homme de la campagne nous crie des malédictions pour ce méfait. Nous continuons à doubler un mamelon, devant nous s'étend un petit mur bâti de pierres cyclopéennes, nous tournons et nous entrons dans une sorte de petite rue ou couloir ayant de chaque côté un mur cyclopéen.

Lions de Mycènes. — Au fond, établis sur le chambranle de la porte (pierre unique appuyée sur deux autres, comme les trilithes de Bretagne), se voient les deux fameux lions: sculpture lourde, mais vigoureuse; à tous les deux, à la place du jarret, des anneaux ou

bourrelets ronds ; la queue est puissante, la dernière
fausse côte indiquée.

MYCÈNES. — Verdure et pierres grises sur un monticule entre deux collines de forme à peu près pyramidale, très hautes par rapport à lui.

Un peu plus bas, Trésor des Atrides [1], édifice souterrain, en forme de cornet très évasé, ouvrage cyclopéen.
Une porte et, au-dessus de la porte, une ouverture de
forme pyramidale, à même les pierres, qui sont taillées :
ce monument est très grand et d'un bel effet. À côté, à
droite en entrant, une chambre souterraine, plus petite,
taillée à même le roc. Les murs du Trésor ont des
trous sur le bord supérieur de chaque pierre, comme
si elles avaient été revêtues de plaques métalliques [2].

La route descend, la plaine s'étend devant elle, sur
la gauche ; les montagnes qui la bordent de ce côté
nous sont cachées par la brume ; à droite, montagnes
plus près ; dans leurs rides, il y a de la neige. Nous passons à gué une rivière, où nous voyons la culée de
l'arche d'un pont détruit.

Le soleil perce les nuages, ils se retirent des deux
côtés et le laissent couvert d'un transparent blanc qui
l'estompe ; le ciel, noir sur la gauche, devient bleu
outremer très tendre, avec des épaisseurs plus foncées
dans certains endroits ; le bleu a un ton gris perle
fondu sur lui. Les masses se dissipent, le bleu reste
bordé de petits nuages blancs déroulés ; derrière l'acropole d'Argos, à notre droite, près de nous et sur elle,
un petit nuage blanc, cendré. La lumière, tombant de
ma droite et presque d'aplomb, éclaire étrangement
François et Max à ma gauche, qui se détachent sur
un fond noir, je vois chaque petit détail de leur figure
très nettement ; elle tombe sur l'herbe verte et a l'air
d'épancher sur elle un fluide doux et reposé, de couleur bleue distillée.

Avant d'arriver à Argos, deux moulins.

ARGOS, très grand bourg, rue droite avec un trottoir
sur le côté, boutiques à auvents, aspect turc, un café
sur la place avec un toit avancé.

Logés dans une cour, dans une chambre au rez-de-chaussée. Dans la cour boueuse, un cochon traîne un bâton au bout d'une corde.

27 janvier. — En sortant d'Argos, sur le flanc de l'acropole, restes d'un aqueduc, la ligne court à même la montagne ; au milieu de la pente de l'acropole, une maison blanche.

Ruines du théâtre, adossé à la montagne : les marches sont petites, le théâtre devait être fort grand ; des deux côtés des gradins, deux avancées en terre. Il y a encore trois petits escaliers longitudinaux dans toute la longueur des gradins, ils partent d'en bas et montent[1].

À côté du théâtre, en retour au monticule de gauche, autres gradins : c'étaient probablement les marches servant à parvenir à quelque édifice supérieur disparu. Près des ruines du théâtre, restes d'une église en pierre et mortier revêtus de briques, construction byzantine (?).

La route continue par la plaine (on voit très bien Nauplie à gauche) jusqu'à un coude où il y a une caverne dans le rocher ; un fort ruisseau sort en cet endroit ; sur la paroi intérieure du rocher, une croix peinte : c'est une chapelle grecque.

Nous entrons dans la montagne, où nous cheminons pendant quatre heures, nous entrons dans les nuages et nous en sortons tour à tour. Partout le terrain stérile est couvert de petites touffes de chênes nains. Quelquefois nous découvrons, au milieu d'un vallon longitudinal, une chaîne qui le remplit ; il y a de grandes pentes de verdure abruptes. Une heure avant d'arriver à la station, nous marchons sur une route nouvelle, horriblement faite, avec des tournants qui ont l'air imaginés pour faire verser les voitures.

Après-midi triste et pluvieux, j'étouffe sous ma couverture, qu'il faut pourtant mettre sous peine d'être trempé jusqu'aux os. François nous soigne, nous nous bourrons outrageusement aux repas pour nous prémunir contre le mauvais temps : dîner avec une soupe grasse, roastbeef, poisson de mer, merles, pruneaux cuits, figues et amandes, une bouteille de vin de Santorin.

Nous sommes logés dans un khan, le bois épineux du chêne nain brûle dans le foyer, nos affaires sèchent autour ; j'entends sous moi manger les chevaux au râtelier. Un enfant nous apporte du bois, Max est couché, j'ai bien peur que nos pauvres bêtes ne puissent nous mener jusqu'à Patras, elles ont l'air harassées dès maintenant.

(Akhladhokambos, 8 heures du soir.)

Mardi 28. — Nous descendons dans la plaine ; cinq minutes après être partis, nous voyons le village de Akhladhokambos, au-dessus de nous, sur la pente de la montagne, étagé, à notre droite.

Pendant une demi-heure, la plaine entourée de montagnes de tous côtés ; la route tourne à gauche et nous entrons dans une gorge étroite entre deux hautes montagnes, comme un immense fossé sinueux ; la route, accrochée au flanc droit de la montagne, étroite et difficile, monte par une pente très rapide. Au-dessus de nos têtes nous voyons des paysans couverts de manteaux blancs, avec des chevaux chargés de broussailles de chênes nains, qui descendent. La route a, de places en places, un petit parapet de pierres sèches. Nous entrons dans les nuages, nous ne voyons rien que le brouillard humide qui nous entoure, il fait froid. Passe à notre droite un troupeau d'une douzaine de femmes en guenilles ; elles n'ont pour compagnon et protecteur qu'un enfant de 10 ans, mais leur laideur[1], et leur saleté surtout, les protègent plus qu'un régiment de dragons. — Traces d'une ancienne route. — En haut de la montagne, à gauche, une maison, khan abandonné (?) où un cheval de notre bagage veut entrer.

Nous descendons pendant vingt minutes à peu près, et tout de suite nous nous trouvons inopinément dans une grande plaine vaseuse, où nos chevaux entrent jusqu'au jarret ; nos hommes vont nu-pieds pour n'y pas laisser leur chaussure. Après avoir pataugé dans cette effroyable gouache pendant trois quarts d'heure, la route par places redevient passable ; il y a des champs de vigne sur la gauche.

Nous haltons une minute au village de Agiorgitika, il n'est que 10 heures. Nous continuons, nous passons une rivière qui a de grandes berges de sable, plaine unie.

Déjeuner au village de Akouria, en face un maréchal ferrant qui forge, chez une sorte d'épicier où nous gelons.

La route continue par la plaine, nous traversons un potamos[1]. Des gens crient après nous : ce sont des gendarmes qui nous demandent nos passeports ; nous continuons ; un d'eux, soldat irrégulier, nous apostrophe de l'autre côté du fleuve et brandit son pistolet ; nous trouvons le procédé trop militaire et nous l'attendons, décidés à le sermonner ferme. Lui et l'autre pauvre diable passent le fleuve et viennent à nous : on leur a dit dans le village qu'il était passé des Européens se rendant à Sparte, et comme il y a, dans la montagne, quatre bandits redoutés, ils ont voulu nous accompagner et se sont tout de suite mis à courir après nous ; le gendarme, en effet, est à peine vêtu ; son compagnon a l'air d'un gredin achevé, avec ses jambarts rattachés par des ficelles, sa mine blonde et pâle, son nez fin d'oiseau de proie ; c'est lui qui retourne au village chercher du renfort que nous attendons vingt minutes au pied de la montagne, assis sur de grosses pierres ; la pluie commence, nous remontons à cheval sans attendre les gendarmes et nous entrons dans la montagne. Côtés élargis, terrains gris et stériles, petites collines, ensemble pauvre.

D'une hauteur, nous voyons au fond de l'horizon, à droite, comme un grand lac : c'est encore un fleuve que nous devons traverser ; derrière lui, montagnes élevées couvertes de neige ; il y a de la neige par places, tout près de nous. Descente.

On traverse le fleuve, qui se trouve bientôt encaissé entre deux hauts pans de montagnes, murs inclinés,

avec des courbes nombreuses qui arrêtent la vue et la
renouvellent. Le sentier, tantôt d'un côté, tantôt de
l'autre, suit avec difficulté le bord du fleuve ; nous le
traversons *quarante fois*, nos chevaux par moments
ont de l'eau jusqu'au poitrail et elle n'est pas chaude ;
la pluie tombe à torrents, cela devient si beau que
nous en rions ; le bagage ne chavire pas, ce qui nous
étonne ; le malheureux gendarme le suit, ainsi que nos
muletiers, nu-pieds, dans la boue, l'eau et les pierres ;
Lephteri claque de son fouet dont la mèche mouillée
fume. La dernière fois que nous passons l'eau, c'est au
grand galop, en poussant des cris. Nous entrons dans
le khan en sautant par-dessus le petit mur ; pas de cheminée, nous perdons nos yeux avec la fumée. What an
uncomfortable house ! Il y a de quoi faire gueuler les
moins difficiles. François est un très bon compagnon,
dont les excellentes blagues « bravent l'honnêteté » ; on
voit qu'il est Grec, ses plaisanteries courtes et solides
sentent le terroir[1].

Comme il pleut ! quelle sacrée pluie ! demain Sparte.
(Criavrissi, 7 heures et demie.)

Mercredi 29. — On traverse encore, en sortant du
khan, le Saranda Potamos. En face le khan il y a, sur
la montagne, les ruines d'un château. Le fleuve se resserre, la route continue dans le sud ; ce sont, des deux
côtés, de petites montagnes à base très large et formant de temps à autre des sortes de bassins ; les terrains, fond gris, sont couverts de la chétive verdure des
chênes nains. Paysage grêle pendant quatre grandes
heures. Quelque temps avant d'arriver au khan de Kravata, on descend, la végétation augmente, les monticules se succèdent, il faut les monter et les descendre ;
dans des champs cultivés, sur la droite, oliviers. On
passe entre des arbousiers, des poiriers sauvages, des
lentisques, un petit torrent coule sur des pierres vertes ;
terrain végéteux des deux côtés, la route ombreuse
passe au milieu.

Le khan de Kravata sur une éminence : une prairie,

avec des mûriers et des platanes (le tout sans feuilles),
les platanes, comme des têtards, ont poussé au bord
de l'eau ; au bout de la prairie coule un fleuve ; derrière le fleuve, la prairie, puis des montagnes basses à
ton roux, très épatées de base. La neige cesse de cra-
quer sous nos pas ; ce matin, nous avons traversé une
campagne où il y en avait par places de grandes épaisseurs. Comme il a gelé depuis, la marque des pieds des
chevaux est restée dedans comme une sculpture en
creux, ainsi que cela se voit sur le roc, dans les passages étroits de la route. — Combien a-t-il fallu de
caravanes pour creuser ainsi le rocher !

À partir de Kravata on descend la montagne (mont
Parnon) ; une sorte de plaine, bassin entouré de montagnes, où François nous dit qu'il s'est livré un grand
combat entre les Thébains et les Spartiates. Lequel[1] ?

Lentisques, arbousiers, poiriers sauvages ; par terre,
plante à fleur jaune, plusieurs petites tiges à feuille
lancéolée, très laiteuse, odeur pourrie se rapprochant
de l'urine de bête fauve (euphorbe ?).

Bientôt, devant nous, derrière des montagnes vertes,
le Taygète, bleu ardoise foncé, avec des sommets
blancs ; il a l'air très mamelonné en long, couvert de
nuages ; entre lui et nous, la plaine où est Sparte ; sur
la gauche, en amphithéâtre, le village de Vourlia.

Nous passons un torrent qui coule sur du sable,
affluent de l'Eurotas, que nous trouvons bientôt devant
nous, et nous tournons tout de suite sur la droite.
L'Eurotas, tout jaune (à cause des pluies), me paraît
grand comme la Touques[2] à peu près ; il y a sur ses
bords des lauriers-roses, des troènes, des mûriers. Nous
passons un pont en compas, très élevé, très grêle, très
élégant. Pour l'écoulement des eaux, on a (contre
toute symétrie) pratiqué deux arcades à droite et une
seule à gauche. Après qu'on a passé le pont, on revient
sur la gauche et l'on marche, en plein, au milieu de la
vallée de l'Eurotas. À droite, une petite chaîne de collines vertes, derrière lesquelles, par moments, le Taygète apparaît en pic bleu sombre, drapé de neige sur

sa tête ; à gauche les montagnes, au-delà du fleuve bordé d'arbres, affectant la forme d'un long rempart, allant, s'abaissant à mesure qu'il va vers Sparte, d'un ton roussâtre et d'un galbe droit. Je ne sais pourquoi cela me rappelle le dorique et me plaît étrangement, plus que le Taygète même (si beau pourtant) : ce sont des montagnes stoïques ou bien spartiates.

Quand on a gravi la colline qui est sur notre droite, la route fait un coude dans ce sens ; on a au fond le Taygète, presque à pic, à mamelons pressés, plaques rouges dans sa couleur grise, piquée de verdure ; à mi-hauteur, verdure sombre des pins ; plus haut, neiges ; à droite, Mistra et son acropole turque, aspect gris, bâti sur la dernière pente de la montagne ; à gauche, sur une éminence, au milieu de la plaine, maisons blanches de Sparte. Cinq minutes avant d'entrer dans la ville, ruines d'un théâtre. Des chiens aboient après nous, des petits agneaux bêlent. La route va entre deux enclos bordés de murs ; pour entrer dans la ville même, elle monte un peu.

SPARTE[1]. — Une grande rue, bordée de boutiques à la turque et de maisons dont quelques-unes ont des balcons en bois, couverts.

Pendant que nous cherchons un gîte, une foule de soixante à quatre-vingts personnes nous contemple, elle nous suit dans le café où nous nous réfugions, et se range en cercle autour de nous à nous regarder[2] : je nous fais (?) l'effet de sauvages salle Valentino[3], que l'on vient voir pour de l'argent.

François, à la fin, nous découvre un logement où il y a une cheminée, le public nous y accompagne, on se met aux fenêtres pour nous voir passer, et, au détour de la rue, nous apercevons le clergé qui est sorti de l'église.

(Sparte, 9 heures.)

Jeudi 30 janvier. — Passé la matinée à coudre les bretelles de mes éperons, ce qui m'agace considérablement. À 11 heures et demie, le commandant de la gendarmerie, chez lequel Max a été pour s'informer s'il est nécessaire de prendre une escorte, vient nous faire une visite et reste une grande demi-heure à nous assommer en causant politique[1].

Il fait du vent et froid, le temps a l'air de se décrasser un peu; nous sortons de Sparte, escortés de deux gendarmes, nous retournons au théâtre. Il n'y a plus guère que la forme demi-circulaire, en terre, et deux assises ou bouts de mur en pierre de chaque côté. Les agneaux, dans leur espèce de parc rond, tournent en rond et bêlent tous.

Nous suivons la même route qu'hier, entre les collines vertes et l'Eurotas, ce sont de petits mamelons qui se succèdent; sur les bords du fleuve, carrés verts, roseaux, des mûriers, des peupliers blancs mais rares, iris, euphorbes; de l'autre côté du fleuve, l'espèce de mur rouge et droit, à ligne nette par le sommet uni.

Le Taygète va en s'abaissant à mesure qu'on le suit dans la direction de l'ouest; les crêtes de ses mamelons longitudinaux sont grises, les entre-deux vert foncé et couverts de sapins, ce qui renfonce des ombres, des creux, les parties proéminentes étant dans la lumière; le sommet est couvert de neige, et les neiges de nuages, ils s'entassent de ce côté, sur la montagne, et laissent graduellement toutes les autres parties du ciel plus pures.

Suivant toujours le pied du Taygète, ou plutôt de la petite chaîne basse de collines qui lui fait bourrelet, nous quittons bientôt l'Eurotas, et nous nous trouvons sur les bords d'un fleuve de même caractère, c'est l'Iri (Ἤρη). Peupliers blancs, grèves blanchâtres, la route par moments est tout contre la montagne. Nous passons au pied d'un petit aqueduc qui mène l'eau d'un moulin, ensuite le chemin tourne à droite.

L'Iri est assez large, jaune comme l'Eurotas à un endroit; de l'autre côté, sur la rive gauche, restes de quai, pierres cyclopéennes.

À mesure que nous avançons, le Taygète semble s'abaisser et les montagnes de l'autre côté reculent;

toute la vallée, étroite jusqu'à présent, s'élargit, et finit en vaste cul-de-four.

À gauche, sur une petite hauteur, village de Iogitza-nika. — L'église en bas, maison plus haut. — Nous descendons dans une maison blanche, un cochon et des poules d'Inde mangent à même sur une sorte de disque pavé, aire à battre qui fait terrasse dans la cour.

François revient nous dire que la plus belle chambre du logis est occupée par un moribond, et nous cherche un autre abri ; je reste à regarder le Taygète et encore plus le porc, les deux dindons et quelques poules. Le cochon mange avec une avidité et une préoccupation exclusives, il fouille de son groin la bouillie grise jetée par terre ; les deux dindons font la roue et gloussent en même temps. Frissonnement en large de leurs plumes du dos lorsqu'elles sont hérissées. Ils ont sur la poitrine deux gros rouleaux de plumes qui descendent comme deux cylindres mobiles. Un autre porc est venu et s'est rué sur ce qui restait, ce qui a engagé le précédent à manger plus vite.

Il y avait dans cette maison une vieille femme qui portait dans sa coiffure une longue mèche en filet rouge sortant de dessous son mouchoir et tombant jusqu'au-dessous du mollet.

On nous loge dans une autre maison : vieille femme à cheveux noirs, nez fin, figure aristocratique. Combien n'y a-t-il pas de marquises nées, qui pataugent nu-pieds dans la crotte !

Le chien d'un de nos gendarmes aboie contre les passants, mais se cache et se réfugie sous les jambes du cheval de son maître lorsqu'il aperçoit plusieurs chiens.

Pendant que le porc et les dindons mangeaient et se pavanaient, il y avait, assis sur son train de derrière et les contemplant, un chien jaune, flegmatique, à museau noir.

(Iogitzanika, 7 heures et demie.)

Vendredi 31. — La vallée ne finit pas tout de suite, fermée en cul-de-four, comme il m'a semblé hier de loin, à cause du mamelon qui paraît la boucher et sur lequel est Iogitzanika. Le Taygète, à gauche, s'abaisse, et les montagnes qui sont à droite se rapprochent et s'abaissent aussi. Petits cours d'eau sortant de dessous l'herbe, cascades d'un pied de haut, arbustes, ligaria, etc., bassins successifs. On va dans une succession de petites gorges couvertes de chênes nains ; le chêne nain compose à lui seul les trois quarts et demi de la végétation du Péloponnèse. Quelques arbousiers, rares.

Nous passons un torrent, nous quittons la gorge qui s'étend devant nous et nous en prenons une qui est de suite à gauche. De temps à autre, parmi les chênes nains, un chêne ; il est sans feuilles, celles qui lui restent sont roux blond, racornies et frisées par le bout, le bleu du ciel cru passe à travers ce feuillage doré, qui est plus pâle sur sa ligne extrême.

Nous déjeunons sur le bord d'un torrent, auprès d'une fontaine en ruines, nos chevaux sont attachés à de petits chênes grêles, au bord de l'eau.

La route, montant et descendant, monte sensiblement, le maquis de chênes nains cesse ; nous avons sur la droite de grandes pentes, grisâtres, stériles, sur lesquelles, de place en place comme un jalon, un chêne tout seul : ce n'est plus la charmante et gracieuse végétation de ce matin, avec ses arbrisseaux au bord de l'eau. La montagne des deux côtés a cessé, nous sommes à son niveau, ou plutôt elle a disparu pour nous ; la vue est restreinte par des bois, ce sont toujours des chênes ; ils ont leurs troncs biscornus, leurs branches tordues, quelques-unes à moitié calcinées par le bas.

Nous arrivons sur une hauteur d'où l'œil plonge dans une grande vallée (vallée de Mégalopolis) ; la plaine, couverte de bois, est d'un ton puce, les montagnes derrière elle, à droite, gris bleu, avec de grandes plaques de renforcements bleus, comme peintes par-dessous, exprès. Mégalopolis est au milieu et, d'où nous sommes, semble plutôt un peu au pied de la montagne.

Nous nous détournons trois pas de notre route pour faire le tour d'une ancienne petite église (Érimo-clisi[1]), pierres entourées de briques plates (de champ), construction byzantine. Sur le côté nord de la petite éminence ou promontoire sur laquelle est l'église, un grand chêne nain; de là, vue de la plaine.

Nous continuons dans les bois, descendant tout doucement, écoutant mon cheval qui butte sur les cailloux; je suis triste, et le soleil est très beau pourtant!

LÉONDARI se découvre tout à coup, sur une éminence qui domine la plaine de Mégalopolis. Grande quantité de ruines turques, gros bourg. Nous mangeons des oranges chez un épicier, où j'achète une peau de renard pour réparer ma peau de bique, pendant qu'on repique des clous aux fers de nos chevaux.

De Léondari jusqu'ici, on descend à travers des chênes, la vue de la plaine vous est cachée par de perpétuels mouvements de terrain. — Un torrent, le Xérillo, affluent de l'Alphée.

Les chênes, d'abord broussailles, deviennent ensuite de véritables arbres; c'est une forêt, puis place plus clairsemée, sans feuilles, où ils sont arbrisseaux, leur tronc est très noir. Dans la forêt nous rencontrons un homme avec une petite fille que l'affreux chien du gendarme veut mordre; plus loin, deux jeunes gens; celui qui marchait derrière portant un long bâton recourbé de pasteur, et maigre, avait sous son bonnet de longs cheveux noirs, épars, très découverts.

Avant d'arriver à Macriplagi, vue de la plaine de Messénie.

Logés dans un khan avec grand balcon, d'où en se retournant à droite on voit la plaine.

Coucher de soleil: le ciel noir, finissant par une ligne droite, rectangulaire, s'épatant par les deux bouts; en dessous, longue bande large, blanc orangé, vermeille, dominant la silhouette de deux petits pics, pyramides de montagnes; montagnes noires.

(Macriplagi, 8 heures et demie.)

Samedi 1er février. — Nous descendons dans la plaine de Messénie, sur le versant droit de la gorge qui dévale vers elle; sur ce versant, oliviers. Bientôt nous entrons dans la plaine, la mer est à gauche et cachée maintenant par des monticules qui ferment la plaine. L'hiver dernier a fait mourir les nopals, il y en a des enclos; nous entrons dans un enclos de nopals où il y a des mûriers. — Parc d'agneaux en branches sèches. — François achète un dindon qu'a peine à soulever la petite fille qui le va chercher. — Nous continuons par la plaine, nos chevaux enfoncent dans l'herbe détrempée.

Déjeuner au village de Méligala. Des femmes passent, chargées de bois; elles sont si effroyablement sales que l'on sent, en les effleurant, l'odeur de l'étable, du fumier, de la bête fauve, je ne sais quelle senteur aigre et humide[1].

Nous sommes ici au pied du mont Ithômé, nous le tournons pour aller à Messène; nous passons sur la lisière d'un bois, chênes, arbrisseaux verts, chênes verts. — Village de Vourkano. — Des chiens hurlants nous suivent quelque temps dans un petit chemin creux couvert d'arbres. — À une place, beaucoup d'iris sur l'herbe, des vaches noires à poil roux sur le dos, qui broutent.

MESSÈNE, à l'entrée d'une vallée qui descend sur la mer, vallée verte et plantée. La porte principale de Mégalopolis forme la base d'un grand V très évasé, dont les deux côtés sont représentés par une montagne; celui de droite plus long, mais moins élevé.

Le mur court du sommet de la pente de droite jusqu'aux deux tiers de celle de gauche, dont la partie supérieure est grise, ardue, à pic. En arrivant, c'est d'abord les murs de droite, terminés par une tour et serpentant suivant le mouvement du terrain, que l'on voit. En suivant le mur qui s'étend à votre gauche, mur en pierres presque cyclopéennes, très bien taillées, épais de sept pieds environ, on trouve en haut une tour carrée, à deux étages; en dedans, le premier étage (rez-de-chaussée) est plus épais, il y a une rentrée du mur sur lequel s'appuyait le plancher du second. Sur le pan qui correspond au sud-est, deux meurtrières très bien faites ; sur le pan d'en face et qui regardait la ville, rien ; le mur est plein ; sur chacun des deux autres côtés, une seule meurtrière.

Au second étage, deux petites fenêtres carrées sur les trois côtés ; à chaque angle de ces petites fenêtres quadrangulaires du second étage, il y a un trou dans le mur. Un côté du mur de cette tour, celui qui regarde la porte de Mégalopolis, est lézardé par une fissure oblique qui, séparant les pierres, les a disjointes comme en deux escaliers emboîtés l'un sur l'autre.

Après la tour, le mur continue à monter, dans le sens de la montagne, encore environ soixante pas, après quoi sont les ruines d'une seconde tour carrée.

La porte de Mégalopolis, rotonde de vingt-trois pas de diamètre, bâtie en grosses pierres taillées, convexes et guillochées en long au ciseau, pour tenir un revête-ment qui a disparu. À l'endroit où le revêtement s'ar-rêtait, à trois pieds du sol actuel, une sorte de bandeau circulaire succède à l'alignement des pierres, disposi-tion qui se retrouve au-dehors, aux entrées de la porte. Des deux côtés de la porte, ruines de tour carrée ; l'épaisseur de la porte même a cinq pas.

En dedans, près de la porte, en arrivant de Mégalo-polis, deux fenêtres ou niches, avec corniche et console saillante (celle de gauche est la mieux conservée) ; tout autour, une rainure comme pour y appuyer une fer-meture en bois. Cette niche n'était pas creusée dans le mur, mais enlevée à même ; le fond est à jour et bouché par une grande pierre (de l'époque de la construction), mais qui est loin de fermer hermétiquement. Sur la pierre qui forme le plafond de la fenêtre à votre droite, une rainure large de deux pouces et demi environ.

Les linteaux qui forment la partie supérieure des deux portes, énormes ; celui de la porte qui regarde la mer est tombé et est soutenu encore, incliné, par une des pierres éboulée, elle-même, du mur. — Dans la fenêtre de droite, des lentisques. — Après la porte qui regarde la mer, restes d'une voie, en très larges et belles dalles, qui descendait vers la ville.

Nous revenons au khan, où nous avons déjeuné, et nous repassons sur le vieux pont qu'il y a là sur le torrent (Mourozoumena). N'est-ce pas le Pamisus dont les sources étaient bonnes pour les petits enfants[1]? Le pont fait un coude et sur son coude vient s'adjoindre un troisième bras.

Nous allons pendant deux heures dans le village de Konstantinous, la plaine de Messénie nous est fermée par des montagnes, le mont Ithômé est tout à fait derrière nous, sur la gauche.

Une colline; nous la doublons et prenons sur la gauche.

Le village de Bogazi, où nous devons coucher, est assis au pied de la montagne. Avant d'arriver au village, un aqueduc amenant l'eau à un moulin, il est vêtu de lianes sèches qui pendent; un torrent que nous traversons, le village étagé, un peu comme Ehden[2] dans le Liban.

Le logis où nous sommes est la maison du papas. Il y a dans l'unique pièce nos deux lits, nos selles, toutes les affaires de François, des tas de grains, la cuisine, des tonneaux, une femme et un homme qui y couchent, de plus deux enfants, des tamis, des cuves, du linge, des hardes, des oignons secs au plafond, etc., etc. Accrochés au mur: un lièvre et un dindon, etc., etc. Rien ne ferme, la quantité de vents coulis qui soufflent donne un rhume de cerveau à nos deux bougies, elles coulent abondamment. Par les trous du toit, on voit le ciel.

(Bogazi, 7 heures et demie.)

Dimanche 2. — En sortant du village, on monte; toute la journée s'est passée dans la montagne et parmi les chênes.

Les mamelons du mont Ira sont secs et grisâtres. Bientôt l'on découvre toute la plaine de Messénie, que

domine le mont Ithômé comme un grand mur. Il n'est
pas surprenant que Sparte ait tant envié cette plaine,
elle vaut un peu mieux que la sienne. — Quand on a
quitté de vue la plaine de Messénie, on ne tarde pas à
apercevoir la mer d'Arcadie sur la gauche.

Montées, descentes, quelquefois la route revient si
brusquement sur elle-même, dans les pentes, que votre
cheval a peine à tourner; puis on entre dans un petit
bassin, et l'on remonte. — Passage sous des chênes
nains, élevés, ombreux; froid, qui doit être, l'été, délicieux. Les chênes ont des caleçons de velours vert en
mousse.

Un quart d'heure avant d'arriver au village où nous
déjeunons, traversé un large torrent (avant le torrent,
une longue chute d'eau qui tombe de la montagne, à
droite de la route; après cette chute une autre plus
petite et moins belle), le Bazi; un platane renversé
arrête l'eau et la barre, ça fait cataracte, elle passe
par-dessus et tombe.

Déjeuner au village de Dravoï, dans une maison aux
poutres calcinées par la fumée. Nous marchandons
à deux belles filles qui se trouvent là des mouchoirs
brodés qu'elles se mettent sur la tête; j'en achète un.
— Une surtout, petite, grosse, figure blanche et carrée; c'est elle qui, tenant un enfant par la main et
debout sur le seuil de la maison, avait reculé quand
elle m'avait vu arrêter mon cheval.

Pendant notre repas, pose d'un vilain petit chien qui
reste assis sur son cul, les jambes de devant levées et
retombant le long de sa poitrine.

Le jeune garçon, pâle et nu-tête, qui avait tenu nos
chevaux pendant que nous déjeunions, marche devant
nous pour nous servir de guide au temple d'Apollon
Épicureus[1]; nous devons gravir maintenant le mont
Lycée.

Au bout d'une heure et demie, nous arrivons au
temple d'Apollon. Quand on lui tourne le dos, voici le
paysage que l'on a:

Deux mers: le golfe de Messénie, en face, et à droite

la mer d'Arcadie; entre elles deux, sur la droite de la plaine de Messénie, le mont Ithômé; l'entre-espace des deux mers vous est bouché par une colline au premier plan, bombée comme un dos de tortue, derrière elle s'aperçoivent d'autres montagnes; de derrière l'Ithômé, à sa gauche, descendent deux chaînes qui s'abaissent obliquement en allant vers la mer et finissent en pointes allongées. À main gauche, au deuxième plan, montagnes à gorges, d'un ton roux, à ombres noires dans les creux; derrière elles, deux chaînes successives, de dessins semblables, l'une apparaissant derrière la ligne de l'autre, toutes deux bleu sombre; enfin derrière celles-ci, on aperçoit le sommet de montagnes couvertes de neige (surtout en se retournant sur la gauche); sur les neiges sont des nuages blancs, immobiles comme elles, mais moins blancs, enroulés, floconnés, longs, de même forme que le sommet des monts, et qui ont l'air de les continuer s'il n'y avait en dessous, à leur partie inférieure, une grande ligne de base, droite.

Au premier plan, à votre droite (c'est par là que nous sommes arrivés au temple), un vallon avec des chênes à perruques blondes, sur un terrain pierreux, gris, piqué de rare verdure; dans l'angle évasé du vallon s'aperçoit la mer d'Arcadie. L'Ithômé, jusqu'aux deux tiers de sa hauteur, et la partie de la plaine de Messénie qui y touche, sont noyés dans une lumière vaporeuse, bleuâtre, foncée, du même ton que la mer, qui cependant s'en différencie un peu par un petit glacis vert.

Le *Temple d'Apollon* est bâti dans un renfoncement de la montagne, en cul-de-four, simulant si l'on veut le dossier concave d'un vaste fauteuil; le côté droit (en tournant le dos à la mer de Messénie), côté est, est un peu plus bas que l'autre.

Le temple est d'une couleur grise uniforme; les colonnes doriques, cannelées (trois rainures sous le bourrelet du chapiteau), sont, par places, tachetées de taches roses comme seraient des taches de vin; dans ces taches roses (lichens), des petits points ou plutôt lignes blanches ondulées, il y a aussi quelques taches jaunes.

Le temple, orienté au nord, regarde la montagne qui est derrière lui quand on y arrive. Bâti en beau calcaire ridé et cassé par le temps ; les caissons du plafond, tombés par terre, sont en marbre. J'ai ramassé des morceaux mi-partie calcaire et marbre de Paros, le calcaire avait une surface de marbre.

Je n'ai pas trouvé dans l'intérieur la colonne corinthienne dont parlent Stackelberg et Donaldson[1].

Sur chaque façade, six colonnes, en comprenant les deux colonnes d'angle ; sur les ptères, en comprenant les colonnes d'angle, quatorze de chaque côté ; le côté ouest qui regarde la mer d'Arcadie n'en a plus que treize.

Au milieu, la disposition de la *cella* est encore très visible : cinq bases de colonnes ioniques de chaque côté, une est presque entière ; elles étaient engagées dans le mur, qui allait s'appuyer en contrefort contre la muraille du naos même, la dernière cannelure de la colonne se trouve de même plan que le pilier. — Mur.

Première partie : entrée carrée, la première assise des pierres subsiste, les pierres sont grandes comparativement au temple. L'architrave règne en entier, si ce n'est sur une colonne de la façade et sur les colonnes de l'antifaçade (côté qui regarde le golfe de Messénie).

C'était fort beau, ça dominait presque tout le midi du Péloponnèse, au milieu des chênes, en vue de deux mers et des montagnes.

En partant du temple, on monte toujours, la route se resserre, on arrive sur un sommet étranglé et sans horizon, d'où tout à coup s'ouvre un tableau d'autres montagnes. — Vallée immense sur la pente de laquelle est le village d'Andritzéna, où nous sommes.

Toute la journée nous avons tourné dans les montagnes boisées, le sentier faisant des coudes. Marchant le dernier (c'est la bonne place), je voyais quelquefois Max et François remonter en trottant sur l'autre côté de la gorge. Quelquefois, au fond de la gorge, le ravin n'a pas d'eau, les pluies se sont écoulées par un autre côté.

Une fois, cet après-midi, je ne sais plus où, un vallon escarpé dans toute la longueur de ses bords, régulièrement ridé par des petites gorges parallèles, très profond, s'en allant dans la mer d'Arcadie, et qui m'a rappelé celui qui passe sous Delphes et va vers Krissa.

En sortant de déjeuner, François et son cheval se sont accrochés dans un arbre et ont eu du mal à en sortir.

Sur le bord de la route, dans les buissons, petites fleurs bleues.

(Andritzéna, 8 heures.)

Lundi 3. — La vallée va du nord au sud, contrairement au sens dans lequel nous y arrivons. Ce n'est pas une vallée proprement dite, mais une portion de pays, que nous dominions hier au soir, et qui, pour nous, couverte de mamelons et de petites vallées, s'en va vers notre gauche.

En partant d'Andritzéna, la route descend d'abord. — Montagnes stériles, grises, couvertes d'une verdure rare, puis de chênes ; de temps à autre une fontaine. — Une place sur une pente, comme une petite prairie inclinée ; au bout, un bois d'arbustes. — Le chemin sous la voûte verte ; comme François devant nous y entrait, en est sorti un troupeau de chèvres. À propos de chèvres : sur une grosse pierre à pans presque à pic, groupes de chèvres (je m'étonne toujours à considérer comment elles peuvent se tenir sur des pentes semblables) ; elles étaient posées, immobiles, quand nous sommes passés, chacune dans sa posture, comme si elles eussent été de bronze.

Nous nous trouvons au bord d'un fleuve, éparpillant ses eaux en plusieurs branches sur des grèves blanches étendues ; il est bordé d'arbustes sans feuilles, à couleur grise, lavandes, ligaria, etc., de temps à autre un sycomore, dont le tronc blanc saillit de loin. Des deux côtés de la vallée où tourne paisiblement le fleuve, montagnes de hauteur moyenne, d'un ton générale- ment roux : c'est l'Alphée, nous le passons à gué, ayant de l'eau jusqu'au-dessus du genou, l'eau m'entre par le haut de mes bottes, le courant pousse nos chevaux, je travaille le mien à coups d'éperon ; à force de bonds, je l'amène à l'autre bord.

Nous longeons quelque temps la rive droite du fleuve, le soleil est chaud, çà et là un bouquet d'arbres sans feuilles, sur une hauteur le petit village de Hagios Joannis (emplacement d'Hérée).

De Hagios Joannis jusqu'ici (Polignia) c'est une charmante route, paysage classique s'il en fut, tran- quille ; on a vu cela dans d'anciennes gravures, dans des tableaux noirs qui étaient dans des angles, à la place la moins visible de l'appartement.

Nous traversons deux fleuves : le Ladon, Giorgi, notre moucre, reste en arrière, nous sommes obligés de payer un paysan qui va avec son cheval le chercher, il était resté sur un îlot de sable caillouteux ; dans le courant de l'eau et arrêtés, troncs d'arbres ; sur la rive du fleuve, de l'autre côté, celui où nous abordons, des paysans assis. Le second fleuve que nous traversons est l'Érimanthe.

Tous ces trois fleuves, Alphée, Ladon (Ruphia), Éri- manthe (Doana), les deux derniers affluents du pre- mier, ont le même caractère ; seulement, quelque temps avant d'arriver ici, l'Alphée, qu'on retrouve, est un véritable fleuve, il est large (à peu près comme la Seine à Nogent).

Cheminant par beau soleil, sur l'inclinaison d'une pente, ce sont sans cesse des chemins dans des bos- quets de lentisques verts ; par places, des pelouses d'herbes, de temps à autre un grand arbre. Ô art du dessinateur des jardins ! À notre droite, la montagne ; à notre gauche, au bas de la lisière du bois, coule le fleuve, gris sur son lit blanc ; de l'autre côté, prairie, arbres à ton roux, à cause de l'absence de feuilles, et, après, les montagnes. Partout le paysage a ce caractère de simplicité et de charme, on sent de bonnes odeurs, la sève des bois s'infiltre dans vos muscles, le bleu du ciel descend en votre esprit, on vit tranquillement, heureusement.

Le paysage, suivant la courbe des montagnes, fait des coudes perpétuels.

Nous arrivons au soleil couchant au khan; il se couchait juste en face de nous et nous aveuglait, j'étais obligé de mettre ma main sur les yeux pour voir le chemin, quand mon cheval galopait.

Dans trois jours nous serons à Patras!

(Polignia, 9 heures du soir.)

Mardi 4 février. — Nous avons couché dans une grande chambre de khan, aux poutres vernies par la fumée; pour avoir du feu, j'ai récolté pendant une demi-heure des sarments de ligaria épars dans la cour, et arraché des bourrées épineuses à un enclos. Nuit froide et pleine de puces.

Nous partons à 8 heures du matin, par beau temps, nous longeons toujours la rive droite de l'Alphée, les montagnes s'abaissent, couvertes de sapinettes et de pins, quelques-uns très beaux, la vallée s'élargit.

Une heure après notre départ du khan, le côté de la montagne que nous longions a un renfoncement, cela s'ouvre en un large cul-de-sac, bordé de collines rares, boisées (restes de l'Altis[1]?). Dans deux trous, fouilles de l'expédition française[2]: traces de murs énormes, grosses pierres très bousculées, une base de colonne cannelée, énorme comme grosseur, voilà tout ce qui reste d'Olympie. Un peu plus loin, à droite, dans la plaine, un reste de mur romain.

Pour que les fouilles fussent fructueuses, il faudrait qu'elles fussent profondes; l'Alphée a dû, dans son cours très capricieux, apporter beaucoup de terres, l'alluvion se reconnaît à chaque instant; parfois sur le bord du chemin nous voyons des pans de terre remplis de galets, c'est comme un plum-pudding où il y aurait plus de raisins de Corinthe que de pain.

Deux paysans nous rejoignent et nous offrent à acheter une petite monnaie des princes de Morée et une chétive urne lacrymatoire fausse.

Bientôt la montagne cesse et tourne complètement à droite, l'Alphée s'en va vers la gauche dans la direction de la mer, nous entrons dans la grande et boueuse plaine de Palumba. Cultures de place en place, roseaux au bord des petits cours d'eau, l'Alphée a avancé quelques petits bras dans les terres plates et molles, comme des criques. Nous déjeunons au bord d'un petit ruisseau à côté des ligarias secs.

De temps à autre, dans l'herbe, une fleur d'iris.

Nous nous perdons et sommes obligés de revenir sur nos pas ; mon cheval, entrant dans la boue jusque par derrière les jarrets, manque d'y rester.

Un paysan laboure avec deux petits bœufs et sa charrue de bois, qui entre dans la terre comme dans du beurre, il ne la pousse pas, il la maintient seulement (hier j'ai rencontré un homme qui la portait sur son dos), les deux bœufs noirs marchaient devant lui, n'ayant que le joug.

Nous cheminons au pas dans la direction de la mer, l'Alphée serpente (réellement) dans la plaine, qui est au niveau de ses rives.

PYRGOS est derrière une éminence qui est à notre droite ; nous la montons et la descendons, nous avons alors la mer à notre gauche et Pyrgos en face sur une hauteur étalée.

François n'a plus tant de rhume, il reblague.

Entré à Pyrgos à 3 heures. Longue rue, pleine de boutiques noires, de marchands de clous, de cordes et de cuirs ; devant les boutiques, des deux côtés de la rue, galerie couverte à piliers de bois. Le Turc pèse encore là, comme couleur, mais sous le rapport du confortable, ça ne le vaut pas ; il nous a été impossible de nous procurer un mangal.

(Pyrgos, 7 heures du soir.)

Mercredi 5 février. — La journée, courte et peu fatigante (six heures de marche), n'a eu qu'un épisode, mais qui fut charmant, à savoir le passage du Jardanus, rivière située à une heure et demie de Pyrgos environ. Toute la nuit une pluie torrentielle avait sonné sur les tuiles de notre logis et dégouttait à travers elles, sur nos têtes ; nous sommes néanmoins partis à la grâce de Dieu, à 10 heures du matin. Le temps se décrasse un peu et je retire de dessus mon dos mon affreuse couverture pliée en double et qui me pèse horriblement, nous marchons dans la plaine nue, sous le ciel gris, par un temps doux.

PASSAGE DU JARDANUS. — François s'avance le premier, bientôt son cheval perd pied et va à la dérive ; Maxime et moi passons côte à côte ; son cheval, plus faible que le mien, est poussé par le courant ; il en a jusqu'au milieu des hanches et moi seulement jusqu'aux deux tiers des cuisses. — Sensation de l'eau froide quand elle vous entre par le haut des bottes. — Enfin nous arrivons tous sur l'autre bord, ayant lâché la bride à nos bêtes, qui s'en sont tirées comme elles ont pu.

Restait le bagage, nous l'attendons. Conseils et délibérations ; le parti fut vite pris, à savoir de traverser quand même. Des bergers nous indiquent un endroit, un peu plus bas, où il y avait une sorte de petit radeau de branchages et deux îlots d'herbes. On défait le bagage, que l'on portera à la main, et les bêtes, nues, traverseront à la nage. Maxime et François remontent pour assister à la natation des chevaux, tandis que je reste avec Dimitri (le cuisinier), Giorgi (le saïs) et un jeune berger qui nous aide ; lui et moi nous faisons la chaîne. Glissant avec mes grosses bottes sur le talus boueux du fleuve, j'allais dans l'eau jusqu'au bout du petit pont, où le berger, ayant du fleuve jusque par-dessus les genoux, m'apportait le bagage, que nous avons ainsi passé un à un. Pendant que nous étions occupés à cela, arrive un troupeau de moutons : embarras, résistance des bêtes à cornes, qui f... le camp de

tous les côtés ; les bergers gueulent et courent après.
Muni d'un long roseau, j'aide à *cacher* [1] le bétail ; on
prend les premiers par la laine et on les passe de force,
les autres suivent, moitié sautant, moitié nageant ou
barbotant. Après quoi nous avons recommencé notre
exercice de facchino [2] ; je m'enfonce dans le pont et j'y
reste accroché par un éperon, la mécanique s'était
détraquée sous le poids des moutons. À partir de ce
moment, je me suis contenté de rester au bas du talus,
mon compagnon de fardage m'apportait le bagage
jusque-là [3].

Maxime et François reviennent avec les chevaux de
bagage, mouillés jusqu'aux oreilles ; ce n'a pas été non
plus facile. Il pleut, nos selles sont trempées, je les
bouchonne avec l'écharpe péloponnésienne que j'ai
achetée dimanche à Dravoï, et nous repartons.

La plaine est viable, la pluie se calme ; à gauche la
mer, bleu gris sale, avec Zante dans la brume ; plus
près de nous, Gastouni sur une montagne, en acropole. Nous rencontrons, allant dans le même sens que
nous, de bons gendarmes, dont l'un tombe de cheval
en voulant sauter un fossé large de dix-huit pouces.

Avant d'arriver à Dervish-Tcheleby, clôtures d'aloès ;
ils sont fort beaux, touffus, avec leurs grandes palmes
épaisses, recourbées.

Depuis le passage du fleuve jusqu'à notre arrivée, je
m'exerce à faire *le hurleur* [4] ; François y excelle et me
donne des leçons, le soir j'étais arrivé à une certaine
force ; mais j'avais, comme disait Sassetti à propos des
chevaux qui trottaient dur, «l'estomac défoncé».

Pendant que nous sommes sur le balcon de notre
maison, à Dervish-Tcheleby, attendant notre bagage,
nous voyons un maître chien noir hurler après deux
hommes et les poursuivre. Ce sont des musiciens
ambulants : l'un joue du biniou et l'autre le suit en portant un énorme bissac accroché à son côté ; ils viennent
à nous, tous deux couverts de ces lourds manteaux
blancs des paysans grecs, si pesants qu'on ne met
jamais les manches et le capuchon, seulement dans les

cas extrêmes. Le premier, jeune homme de vingt ans environ (coiffé comme l'homme de Chéronée[1]), a ses sandales de toile noires de pluie, de vétusté et de crasse ; pendant que l'air s'échappe de sa vessie, il regarde de droite et de gauche, et de temps à autre il abaisse la bouche sur le bout de la flûte engagée dans l'outre pleine. Son compagnon n'a pas plus de douze ans, il le suit et porte le bissac. Dans une maison voisine, une femme lui donne quelque relief qu'il met dans son sac de toile. Après qu'ils nous ont eu joué leur air, ils partent et le chien se remet à hurler et à les suivre. Pourquoi le vagabond, musicien surtout, me séduit-il à ce point ? la contemplation de ces existences errantes et qui semblent maudites partout (il s'y mêle du respect pourtant) me tient au cœur. J'ai vécu quelque part de cette vie, peut-être ? Ô Bohème ! Bohème ! tu es la patrie de ceux de mon sang ! Il y avait sur eux (les Bohèmes) quelque chose de mieux à faire que la chanson de Béranger[2]. Walter Scott sentait fortement (sous le rapport du pittoresque surtout) cette poésie-là (Edie Ochiltree[3], etc.).

En face de nous, dans cette maison : servante bossue avec de gros seins ; de quel côté la prendre si son mari aime les tétons durs ?

Nous sommes logés sans feu : le fils de la maison, jeune gredin à œil gauche à demi fermé, vient nous regarder et s'assoit sur un coffre, il tâche de voler le bâton de gellab de Maxime et puise sans se gêner dans mon sac à table. Le lendemain matin, la maîtresse fait barouffe avec François, trouvant qu'on ne l'a pas assez payée. Nuit exécrable, presque blanche à cause des puces.

Jeudi 6. — Nous avons pris un guide, qui porte nos deux sacs de nuit, un quatrième cheval avait été pris la veille à Pyrgos pour alléger les autres ; le bagage viendra derrière nous, comme il le pourra, notre intention est d'aller coucher le soir même à Patras.

Nous allons sur la plaine, nue, sans maisons, sans arbres, sans culture, sans habitants et sans voyageurs ;

elle est d'un ton blond pâle uni, comme le ciel, qui est
blanc gris ; de temps à autre, des glaïeuls ou de grandes
herbes minces, desséchées, effilées.

À gauche nous avons la mer. Traversé le Pénée (rivière
de Gastouni) en bac, le bateau est à quille et roule sous
le sabot de nos chevaux, qui tremblent de peur.

À 10 heures, déjeuner au village de Tragano, chez
un épicier grec.

Nous continuons, piquant dans le nord-ouest[1]. À
notre droite, une montagne de ton bleuâtre foncé, atténué par la brume, et derrière elle, très loin, bien au-
delà, s'avançant en pointe, une autre se dessinant en
blanc, dans le ciel gris pâle : c'est derrière et au pied
de celle-là, que se trouve Patras.

La plaine continue, nous trottons ; de temps à autre
on s'arrête au pas, pour passer une fondrière pleine
d'eau, et le cheval reprend son allure. Pas de culture,
personne ; la terre est grasse ; çà et là, quelques arbres,
bientôt cela devient presque régulier, ce sont des chênes
comme plantés de place en place sur l'herbe (restes
d'une forêt disparue ?).

Il y a deux ou trois sentiers parallèles, filant en long
devant nous, ça fait des rigoles carrées à demi pleines
d'eau stagnante ; de temps à autre un troupeau de
moutons, dont la présence nous est annoncée par des
chiens velus et forts qui accourent sur nous en aboyant
et poursuivent quelque temps nos chevaux. Après avoir
aboyé ils s'en retournent ; en vain nous cherchons des
pierres pour en emplir nos poches, nous n'en trouvons
pas, si ce n'est une fois que je descends exprès et que
j'en ramasse trois.

Il était 2 heures quand nous nous sommes arrêtés
à une sorte de khan, où l'on nous a dit que nous en
avions encore pour neuf heures de marche.

Nous repartons au grand trot et au galop pendant
une heure ; autre khan, il était 3 heures.

Le jour baisse, il devient plus sombre, toute la journée, ç'a été la même lumière immobile et blanchâtre,

le soleil caché ne montrait pas même sa place, le ciel était porcelaine dépolie.

Les chênes sont un peu moins espacés, il faut se baisser pour passer sous les branches inférieures, j'y accroche mon tarbouch qui tombe dans l'eau. À notre droite, à travers les arbres, de temps à autre la masse pâle de la montagne du fond, celle qui est plus près de nous, se rapproche et devient d'un bleu plus distinct ; à notre gauche, au-delà de la mer que nous ne voyons pas encore, sommet neigeux des montagnes du continent. Nous allons, nous allons, au trot, toujours le même, les chênes n'en finissent.

Rencontré des gens à cheval et qui passent devant nous ; à ma gauche : «Kaliméra, Kaliméra».

Les chênes s'éclaircissent, nous apercevons la mer devant nous, le chemin y descend. Arrivés sur la plage, il y a un tas de bois. Nous nous sommes évidemment trompés, nous revenons sur nos pas pendant un quart d'heure, nous retombons dans le bon sentier, il côtoie le bord de la mer. Le jour tombe, il ne fait pas froid, la mer est calme ; nos pauvres chevaux vont toujours. Nous avons encore un fleuve à traverser, nous poussons pour y atteindre avant la nuit. Le terrain est très fangeux, nos bêtes y enfoncent leurs sabots et ont peine à se tenir debout sur la crête de petites chaussées de terre élevées entre des fossés. Un khan où l'on nous dit qu'à une heure et demie de là est un autre khan ; y resterons-nous ? allons toujours ! Un village, espèce de route carrée très boueuse, nous suivons le bord de la mer.

RALYVIA. — Cabanes de paille ; dans les cabanes il y a du feu, que l'on voit par la porte ; l'intérieur a l'air animé, en passant près de l'une d'elles, j'entends crier un petit enfant.

Passage du PIRUS ou PEIROS. Un jeune homme nous indique le gué, nos chevaux n'en ont que jusqu'aux sangles ; le fleuve, en cet endroit, passe entre des bosquets d'arbustes, le terrain descend avant le fleuve et remonte après.

Une demi-heure après, halte au khan de Petraki-Asteno, l'écurie est pleine de chevaux et de mulets; au fond, un feu. Nous débridons nos chevaux et allons nous asseoir sur une natte, auprès du foyer; un papas grec nous propose une chaise sur laquelle il est assis; François en profite, je reste debout à me réchauffer les pieds, que j'ai douloureusement humides. Nous mangeons une ratatouille d'œufs et quelques tranches de jambon. À 6 heures 38 minutes, nous remontons à cheval; un guide, que nous avons pris là, nous précède; quant à l'autre, depuis midi environ, il ne nous suit plus.

Jusqu'à Patras, nous allons tout à fait au bord de la mer, quelquefois nous marchons dedans, le gravier bruit lourdement sous les pieds fatigués de nos montures; j'ai, comme fatigue, le bras droit las de tenir la bride. La nuit est douce, on y voit, quoique la lune soit cachée; l'air frais me fait du bien à la tête, on sent l'odeur des buissons de lentisques et l'odeur de la mer, son bruit est faible. Je vais derrière François, suivant la croupe blanche de son cheval; vers huit heures, je passe devant et vais derrière Maxime. — Le golfe a l'air de se rétrécir. À notre droite, grande clarté d'un feu de pâtres, qui se chauffent dans la nuit; aboiements lointains des chiens qui, sans doute, nous sentent; tout au fond, à l'horizon, deux lumières qui ont l'air d'être à ras des flots.

À 9 heures, un grand bâtiment carré à ma droite: c'est l'église Saint-André, nous sommes à Patras.

PATRAS. — Une avenue plantée et qui descend; à gauche, une maison illuminée. Nous descendons une grande rue, c'est illuminé (à cause de la fête de la reine, nous dit-on le soir). Quelles tristes illuminations! et quelle triste ville!

Nous faisons trois visites à trois hôtels sans trouver de logement; tout est plein. Enfin, on nous met dans une grande maison inachevée, sans rideaux, sans meubles, et sans feu (sans feu!!!), où il y a des gens qui chopent dans le corridor et des chiens qui aboient.

À 11 heures moins le quart, un garçon boiteux nous apporte deux poulets résistants et une bouteille d'affreux vin sucré, mousseux.

François couche dans l'escalier[1], Maxime par terre et moi dans une couche (il faut que je m'y habitue, on me l'a redonnée) où je suis à la fois étouffé et brisé; mais que j'y ai bien dormi!

Le lendemain, à 7 heures, nous déménageons. — Hôtel aux Quatre Nations, gargote infâme. — Le jeune Christo, charmant petit domestique à moustache naissante, qui fait toute la besogne.

Patras, ville neuve. — La saleté du Grec dans toute son épaisseur; il n'y a pas eu moyen de prendre un bain turc. Plus de bains turcs! plus de voyage! tout a une fin. Que l'homme est bête!

Aujourd'hui samedi, anniversaire de la naissance de Maxime, beau temps. — Nos pelisses sur le balcon, au soleil. — François a nettoyé nos deux selles. — On ne *démange* pas dans la salle voisine; dans l'étage au-dessus on ne *dé-marche* pas.

C'est mardi que nous devons partir pour Brindisi. Autre pays! autres journées.

(Patras, samedi 8 février, 3 heures un quart.)

[*Italie*]

[DE PATRAS À NAPLES]

PATRAS

Théâtre[1] — un monsieur — orchestre. Dames dans l'église Saint-André ; femme grecque de la campagne qui baise les images crasseuses avec un mouvement de reins de derviche. M. Bertini, sa femme.

Départ par le vapeur — à bord, M. Malézieux[2]. ZANTE, feux — au milieu de la nuit, CÉPHALONIE. Lune, nuages d'argent ronds en rondelles — côtes d'Albanie, pays turcs. Les bons Turcs qui disent « vapour ».

Le soir, CORFOU. Maison du gouverneur. Gertrude Collier[3]. Départ — brave homme malade — le capitaine ressemble à Panofka[4] de profil.

Vue de BRINDISI — côtes basses, fort, port. Attente — les marins en tricot — estimation de la capote. Musicien ambulant et jeune môme, rouge, en redingote de velours, casquette sur le coin de l'oreille — hypertrophie du cœur.

Douane[5] — M. le commissaire de police. Rues blanches et courbes de Brindisi — rues, théâtre, hôtel de Cupido. L'agent français. Dîner — promenade hors la ville, route, aloès, coin fortifié, couleur de soleil orange calme. Paysans et paysannes qui reviennent des champs : « Buonasera ! » Retour à l'hôtel — théâtre, *la Fille du comte Orloff*[6] — nuit dans de grands lits.

Mardi. — J'attends, le matin, Max qui est parti faire le tour de la ville. Police. À midi juste, partis — vieux carrosse, tapissé de rouge, haut sur roues; trois chevaux noirs, plumes de paon sur la tête. Le padrone, gros homme en bonnet de soie noire sous son chapeau blanc, nous accompagne; il y a en outre du cocher un garçon derrière, sur nos cantines. Sortis par l'endroit où nous avons été hier soir nous promener — route droite, plaine plate très verte, bien cultivée; la mer à droite, bientôt on la quitte de vue — une ferme — mauvais pas, nous mettons pied à terre. La terre est poussiéreuse, friable, épaisse. Petit bois de chênes nains — les ouvriers travaillent à faire des ponts, pour les inondations.

SANTO VITO, petit village de quelques maisons. — CAROVIGNO, que nous laissons à droite, est sur une hauteur. Continuant la route qui y mène, une rue en pente, maisons blanches, grises, élevées. Après Carovigno, il y a beaucoup d'oliviers; culture de fèves dessous, carrés de lin. OSTUNI, sur un mamelon s'élevant au-dessus de la plaine — la ville est groupée autour de l'église, qui la domine — d'elle à la mer, à droite, grande plaine couverte d'oliviers d'un seul ton, avec quelques maisons blanches dedans tranchant dessus; c'est du vert — puis la mer bleue. Au milieu de la ville, une place carrefour. Fontaine avec une statue d'évêque, le bras levé = Santo Oronzo. L'albergo en dehors de la ville — en bas, pièce où nous nous chauffons; petites lampes antiques accrochées au mur fumeux — un jeune môme qui nous questionne. Visite de MM. de la police. Difficulté de se procurer à manger: depuis deux heures nous attendons notre dîner. Nous avons maintenant des oranges, de la salade et des câpres.

Mercredi. — Toute la journée, encore plus d'oliviers que la veille — belle campagne. Arrêtés à 11 heures à MONOPOLI, où nous sommes escortés par toute la population du pays qui s'empresse pour nous voir. — Grande place blanche où toutes les maisons sont blanchies à la chaux, ainsi que tout le reste de la ville.

Nous entrons dans une église où des menuisiers travaillent au maître autel. Monopoli est sur le bord de la mer — deux ou trois barques — à droite de la crique où elles sont, restes de fortifications. Place escarpée qui domine la mer. Un vieux mendiant aveugle, déguenillé, qui a servi Napoléon et qui nous fait l'exercice. Belle route. Sellettes énormes des voitures, et dorées. Aspect propre et aisé de toutes ces populations. Dehors la ville, des prêtres en tricorne qui se promènent avec des jeunes gens en costume séculier[1].

Le soir, arrivés à BARI à la nuit presque close, nous faisons toutes les auberges du pays sans pouvoir trouver de logement. Enfin nous usons de la recommandation de l'agent de Brindisi pour un M. Lorenzo Mitella; nous entrons dans une salle où des enfants jouent et crient le mot « Pulcinella[2] ». — Amabilité de notre hôte, homme dans le goût (physiquement) du sieur Delaporte[3] — mais mieux. Petits verres de rosolio[4]. Don Federico Lupi, moustaches-favoris rouges — nous mène à son hôtel — sa chambre. Conversation; les idées de fusion et d'extinction de nationalités sont répandues partout, quoique sous des formes différentes. Salle d'attente: un jeune prêtre; son frère, avocat. Partis à 11 heures et demie.

Le jeudi matin, pris le café à BARLETTE. Déjeuner à 1 heure à FOGGIA, temps froid. — Notre compagnon nous chante du Béranger[5], parle de la *Nature* et porte sur la poitrine une amulette en papier bleu de la Vierge du Carmel. — Pauvre Italie! les régénérateurs du passé ne te feront pas revivre!... Le parti libéral souhaite le protestantisme; c'est selon moi un anachronisme inepte.

Journée triste et froide — la diligence m'éreinte, notre compagnon nous embête — la nuit, la route monte; vers le matin, elle descend. Chênes dans des vallées étroites, ressemblant à celles qui sont aux environs du mont de la République avant d'arriver à Roanne[6]. Nous rencontrons pas mal de chapeaux pointus. À NOLA, nous marchons devant la diligence pour nous réchauffer les pieds. Une femme nous donne à boire, nous nous mettons à l'abri sous la porte de sa maison ; elles étaient deux et faisaient de la toile.

Route plantée de je ne sais quels arbres (peupliers de Virginie ?). Des deux côtés, champs de mêmes arbres ; allant de l'un à l'autre, de grandes vignes grimpantes qui font corde. — Arrêtés longtemps à la barrière, où l'on visite attentivement les malles de notre compagnon qui depuis le matin est remonté dans le coupé avec nous. À notre gauche, le Campo Santo, grand cimetière neuf. En face de nous, la forteresse[1] qui domine la montagne au pied de laquelle est

NAPLES

Entré par la porte Capouane. Il pleut, les citadines trottinent sur le pavé ; il me semble que je rentre à Paris, comme au mois de novembre 1840, en revenant de la Corse[2].

Du bureau de la diligence nous allons à la poste, qui est à côté — un ruffiano[3] nous aborde et nous offre ses services. Descendus à l'hôtel de Genève[4]. — Grande salle à manger au premier, copies du Valentin[5], balcon sur la place.

L'après-midi, visite à notre banquier, M. Menricoffre Sorvillo.

Samedi 22. — Promené à la Chiaia[6]. Visite à M. Grau, chancelier de la Légation ; course à la grotte du Pausilippe[7]. — Le soir, demoiselles[8] ; nous sommes agréablement assaillis par la quantité de maquereaux. — Le matin, marchandes de violettes qui nous mettent des bouquets à la boutonnière et nous font, comme signes d'engagement, des gestes de masturbation. — Le soir, promenés dans Tolède[9], pris une glace[10] dans un café ; un curé à côté de nous.

Dimanche 23. — Promené à la Chiaia. Au théâtre San Carlo[11], représentation de jour : la fin d'un ballet, *la Prova di un' opera seria*[12], ouverture de la *Semira-*

mide[1] et le premier acte de *Bélisaire*[2]. Après le dîner,
reçu la visite de M. Grau, sheik[3].

Hôtel de Genève, dimanche
23 — 8 heures un quart du soir.

Jeudi gras 27. — Aujourd'hui les Studi[4] fermaient à
midi — pris un wurst[5] à deux chevaux, passé sous la
grotte du Pausilippe; des lanternes l'éclairent. Plus
haute à l'entrée, elle va en montant — puis le terrain
redescend et là elle est moins élevée. Au bout de la
grotte, un village à maisons blanches[6] *[illis.]*, on suit le
bord de la route; aux portes et aux fenêtres, des guirlandes d'écorce d'oranges qui sèchent au soleil (absent).
Après avoir passé la grotte, vallon enfermé de montagnes et plein de plantations pareilles à celles qui sont
avant d'arriver à la porte Capouane, avec des vignes de
l'un à l'autre arbre — la route perce ensuite une autre
montagne, travail analogue à celui des chemins de fer;
les deux bords sont très escarpés et très hauts, presque
à pic. On descend — vue du lac[7], ancien cratère de volcan entouré de montagnes d'un ton roux pâle — au
bord du lac, longs roseaux desséchés vert pâle. Sur la
pente du cratère, çà et là quelques villas blanches. Sur
le haut, en face de vous quand vous arrivez, le couvent
des Camaldules. À gauche, du côté de [la] Solfatare[8],
quelques pins parasols.

À gauche quand on arrive, un cabaret — à droite,
kiosque de Sainte-Marie, une écurie et quelques
arbustes, intention de bosquet. C'est en suivant de ce
côté qu'est la Grotte du chien, plus petite que je ne m'y
attendais, ayant une porte et une clef. Je refuse l'expérience qui coûte six carlins[9]. Les flambeaux s'éteignent
effectivement, le sol fume et vous chauffe les pieds[10].
De ce côté, en revenant près du kiosque du roi, grotte
ammoniacale: une porte et une clef, quatre piastres.

Bains de vapeur de San Germano: par des trous une
violente chaleur sort — en soufflant sur un morceau
d'amadou, on voit sortir de ces trous beaucoup de
fumée.

Villa de Lucullus : restes de bains antiques, avec des conduits pour déverser l'eau, construction en pierres et ciment avec un revêtement de pierres en losange.

En revenant, rencontre de chasseurs.

En passant par le village qui est après la grotte du Pausilippe, vu dans une maison une femme, qui buvait, la tête renversée, dans une bouteille de gros verre de forme pyramidale.

Rencontré quelques corricolos[1]. Les femmes en corricolo me semblent pleines de couleur.

MUSÉE BORBONICO[2]

TABLEAUX[3]

REMBRANDT. *Portrait de Rembrandt peint par lui-même*[4], 380. — En pelisse de velours grenat, bordée de fourrure, il porte au col un collier avec une décoration, la toque de velours noir est inclinée sur le côté gauche. Front large et plein, bossu, en pleine lumière, du côté droit ; œil rond, menton rond, petite bouche rentrée, nez en pied de marmite ; sa joue par le bas fait bajoue et s'appuie, en plis, sur le col de la chemise, qui paraît un peu. Il était laid mais bien beau, l'œil ne se détache pas de cette peinture vivante et d'un relief inouï, c'est peint d'une grande et forte manière et comme sculpté dans la couleur.

SPIELBERG. *Chanoinesse assise*[5]. — Toute en noir, avec une fraise également tuyautée tout autour de la tête. Robe gris noir, les tempes maigres et rentrées, les sourcils blonds et rares ; les yeux très beaux et encore jeunes sourient avec finesse, ainsi que la bouche dont les commissures à boulettes et à chairs molles sont très soignées ; les paupières très régulières. C'est une blanche et gaie figure de dévote mondaine ; ses mains fortes et nourries, très bien faites. De la main gauche elle tient des gants en peau.

LUCAS DE LEYDE. *Un dévot avec sa famille adorant le Calvaire*, triptyque[6]. — Le Calvaire est au milieu. Dans le compartiment de gauche est le mari (avec ses fils), qui sans doute a commandé le tableau ; dans celui de droite, la femme avec ses deux filles et une autre femme ; jeune fille blonde, debout, fort belle, qui fait pendant à un autre homme, en même posture dans le compartiment du mari. Le père a deux fils à genoux, derrière lui, comme la mère a deux filles *idem*. À côté de la femme, agenouillée sur un prie-Dieu et un livre à la main, paraît la figure monstrueuse du diable-dragon, qui rit ; il a l'intérieur des oreilles coloriées comme si on y avait figuré des fleurs. Dans les fonds, paysage à eau et à rocher. Charmante figure, comme ressemblance et naïveté, d'une des petites filles, celle qui est plus à droite. Au pied de la croix, la Madeleine, qui l'embrasse, et la Vierge debout ; à droite, un homme. Un petit ange, en vol, recueille dans un calice le sang qui dégoutte des pieds du Sauveur ; un autre recueille dans un calice le sang de sa main droite et de son flanc droit, et un troisième celui de la main gauche.

LUCAS DE LEYDE. *Adoration des mages*, triptyque[1]. — Un mage de chaque côté. Dans la Naissance, un homme baisant la main de l'enfant ; à droite, est un nègre tenant de la main droite un calice d'or, et ayant à hauteur de son genou gauche un lévrier, gris, de profil, piété[2] en avant et qui porte des écussons à son collier noir. Le nègre a pour pendants d'oreilles, une grosse perle blanche ; par-dessus une calotte de drap d'or, ou plutôt à fils d'or tressés, une toque rouge inclinée sur l'oreille droite, à losanges noirs sur le bord qui est relevé ; entre les losanges noirs de ce rebord, de petits boutons d'or comme pour les tenir ; une plume d'autruche est passée sur le côté gauche, le bout en reparaît, elle a été arrachée quelque part et enfoncée, simplement. Une chemisette blanche, plissée, lui monte, en collant sur la poitrine, et se termine par un collet bas ayant en dessous un transparent jaune. Il a sur les épaules un grand manteau à vastes manches coupées, pendantes, rouge et doublé de peau de léopard ; en dessous il porte un pourpoint vert à large galon d'or, échancré carrément sur la poitrine. Sur le cou passe à deux tours une petite chaîne tenant au bout une médaille bigarrée. Les manches du pourpoint crevées et laissant voir, dans leurs fentes, la chemisette, sont vertes à grandes bandes d'or. Des gants gris, et qui devaient remonter haut comme des gants à la crispin[1], mais mols, amassent des plis retombés autour des poignets et sont terminés par un gland, qui (main gauche) arrive à la hauteur de l'œil du lévrier. La jambe et la cuisse sont serrées dans une étoffe collante rayée à grandes bandes blanches et bleues; c'est crevé aux genoux, pour que le genou puisse mouvoir, le dessous est jaune; en guise de jarretière, une ample écharpe violet pâle, largement nouée. Souliers de velours noir, carrés du bout, très découverts, à oreilles carrées rouges, c'est le revers qu'on voit; le pied droit est très en dehors et porté sur la partie gauche. Que c'est crâne! quel costume! quelle tournure!

Les Bambinos de l'école allemande[2]. — *Façon de traiter le Christ nouveau-né.* — Dans deux tableaux de l'école allemande, 475 et 460, le Christ, bambino, est représenté dans (460) une *Nativité* comme un avorton, et dans une *Adoration des Mages* il a des formes de squelette. Est-ce déjà la Passion qui prévaut (dans une autre *Nativité* on voit au fond Judas Iscariote amenant les soldats), la douleur qui pèse sur l'enfant dès le ventre de sa mère? Dans les Nativités et Adorations de mages espagnoles et italiennes, le Bambino est tout autre. Ou bien les peintres allemands ont-ils copié servilement le modèle? le nouveau-né des pays froids est-il ainsi? cette dernière hypothèse me paraît moins raisonnable que la première.

ALBERT DÜRER. *La Nativité de Notre-Seigneur*[3] (342, Galerie des chefs-d'œuvre). — Immense et profonde composition à soixante personnes. Il y aurait dessus tout un livre à faire. Pauvres figures, pâles, comme vos yeux sont tristes et pleins d'amour!

Au milieu, le Christ, qui vient de naître, entre la Vierge et saint Joseph; de chaque côté, des hommes et des femmes en costumes du xve siècle, qui prient le

doigt dans un livre et l'œil perdu. De partout quantité de Chérubins qui arrivent, ceux du premier plan
jouent et chantent de la musique, lisant le plain-chant ;
d'autres, suspendus aux corniches de l'espèce de temple
à colonnes et à arcades où la scène se passe ; un d'eux
encense le Christ couché. Dans les fonds, une mer
avec des nefs, une ville avec des églises, une montagne
couronnée d'une forteresse vers laquelle montent des
cavaliers, un pré où paissent les troupeaux, et les moutons vont boire à la rivière ; sur le bord du toit, une
colombe, et un autre oiseau blanc qui vole.

Les femmes, toutes des religieuses en béguin, sont à
droite : au fond, trois en béguin blanc, laides et se ressemblant, avec le nez de travers ; plus près de nous,
une vieille religieuse en noir, la main dans le livre (je
n'en vois pas dans ces peintures qui lisent dans le livre
de messe, le livre est là, mais on rêve, on prie de
cœur : il y a aussi à cela une raison esthétique, dont
l'artiste à coup sûr ne s'est pas rendu compte), dessous
de la mâchoire creux et ridé, tempes plates, mains supé-
rieurement faites.

À gauche sont les hommes : un homme à genoux
fait pendant à la religieuse ci-dessus, de même qu'un,
debout après le groupe des hommes agenouillés, fait
pendant à la splendide jeune femme debout (après le
groupe des femmes agenouillées), vêtue de brocart et
portant une croix d'or très ornée.

Mains de la Vierge !... Des points lumineux pétillent
dans sa chevelure blonde, et s'en échappent en rayons.

Les Chérubins, contrairement à tous les autres personnages, sont gras, ronds, joufflus, frisés et bien plus
modernes par rapport à nous. Au premier plan, ils font
de la musique ; un, debout, soufflant dans une sorte de
flageolet, est piété et s'écore sur sa cuisse, le pied
porté en avant ; un autre, assis, joue d'une espèce de
tehegour [1], dont il pince les cordes avec un long crochet. Le Chérubin qui encense a un mouvement de
jambe pareil à celui de son encensoir : l'encensoir
revient, et le Chérubin, suspendu en l'air, a les jambes

qui s'en vont en arrière, en une courbe analogue, il encense de tout son corps et de tout son encensoir, le corps suit l'encensoir, les deux ne font qu'un. Le Chérubin lui-même est-il autre chose ?

CORRÈGE. *La Sainte Vierge* connue sous le nom de la *Zingarella*, ou de la *Madonna del coniglio*[1]. — Les pieds embobelinés de bandes et la tête *idem*, coiffure très vraie ; accroupie de fatigue sur l'enfant, qui repose endormi sur son sein ; vêtue d'une draperie de drap bleu ; sur les épaules, une manche blanche. À gauche, un lapin blanc qui broute. Beau, d'intention et d'effet, c'est bien la Bohémienne proscrite et harassée. Très empâté, très riche de couleur. Pourquoi des tons bleus et rouges sous la manche de chemise blanche du bras droit ?

BASSANO. *Le Christ ressuscite Lazare.* — Grande toile, recherche de la couleur. Lazare se lève de dessus une pierre où sont écrits des caractères hébreux. À droite, une femme qui a un dos et un bras couleur brique. La teinte de Lazare est fausse, ardoise et rouge au lieu de livide ? La tête assez belle, ainsi que celle du Christ. Ensemble peu fort[2].

FABRICIO SANTAFEDE. *La Sainte Vierge avec l'Enfant Jésus*[3]. — La Vierge exaltée, les pieds posés sur le croissant de la lune, présentant le sein au Bambino. Tête charmante de la Vierge, blonde ; ses cheveux, couronnés d'un diadème d'or, à améthystes peu nombreuses, s'en vont de droite à gauche. Petit sein fin. En bas, saint Marc ou saint Jérôme (et lion) : belle tête, douce, barbe en deux pointes par le bas. De l'autre côté de saint Marc, un autre homme (un évangéliste ? saint Pierre ?). Petite draperie violette sur le bras droit de la Vierge. Au bas du tableau, cette inscription :

BEATVS PETRVS CĀBACVRTA DE PISIS

RAPHAËL ? *La Sainte Vierge* connue sous le nom de la *Madonna del passeggio*[4]. — Jean-Baptiste (enfant) rencontre Jésus enfant et l'embrasse, baissant la tête et le regardant d'en bas; la Vierge tient Jésus. Au fond, saint Joseph de profil, portant une besace sur l'épaule, détourne la tête et regarde. Paysage à eaux tournantes dans le fond. Un ton blond sur toute la toile (de chevalet).

CARAVAGGIO. *Judith coupe la tête à Holopherne*[1]. — Elle l'égorge comme un poulet, lui coupant le col avec son glaive; elle est calme et fronce seulement le sourcil, de la peine qu'elle a. De la main gauche, elle lui tient la tête empoignée par la chevelure, et tout son corps étant ainsi penché vers la gauche, son sein droit entrevu tombe de ce côté. La servante appuie sur Holopherne qui, du bras droit, le poing fermé, la repousse. Judith a une robe bleue. Le sang (vrai, noir, rouge brun, et non pas rouge pourpre comme d'ordinaire) coule sur le matelas. Tableau très féroce et d'une vérité canaille.

LÉONARD DE VINCI. *Jésus-Christ apparaissant à Marie-Madeleine sous les traits d'un jardinier*[2] (Galerie du Prince de Salerne[3]). — Toile inappréciable. La Marie-Madeleine, manches de velours vert. Quel modelé de bras! Elle a, par le bas, une robe de brocart jaune à arabesque d'argent. Tête enfantine, naïve, étonnée. Le Christ marche, le pied droit en avant, se détourne, et la touche de la main droite à la tempe.

BERNARDO LUINI. *Saint Jean-Baptiste*[4] (troisième galerie des écoles italiennes). — Tenant la croix de la main gauche et montrant de la droite écrit sur le mur: «Ecce Agnus Dei». — Chevelure en tire-bouchons, la bouche sourit et remonte en demi-lune, les yeux sourient et remontent par les coins; mignardise du faciès exagérée, ça finit par devenir grimacier; le bras droit très mauvais. Peinture solide, d'un joli ton blond chaud, mais la figure du saint Jean-Baptiste me paraît déplaisante au suprême degré, le type de l'école est exagéré ici de façon à dénaturer l'idée même du tableau.

SALVATOR ROSA. *Jésus disputant au milieu des docteurs de la loi*[5]. — C'est dans le clair-obscur, Jésus est vu de profil et même moins que de profil; il est, à coup sûr, moins important là que le dos jaune d'un docteur en turban blanc, couleur magnifique. Tête chauve d'un homme qui est en face Jésus. Admirable couleur qui passe sur tout.

SALVATOR ROSA. *Jésus allant au Calvaire succombe sous le poids de la croix*[1]. — La scène se passe de nuit. — Véronique, en jaune, hommasse, bras énormes, se penche vivement en tendant le mouchoir qu'elle tient du bout des doigts ; le Christ, succombant, est très empêtré dans sa tunique ; tombé sous la croix, il s'appuie de la main gauche. Au fond, de face, en raccourci, un soldat à cheval, portant un bâton, pousse sa bête en avant pour qu'on relève le Christ et qu'on se dépêche. La lumière, venant de côté, passe sur le dos jaune de la Véronique, sur le torse nu d'un homme, en tête de la croix, sur le bras un peu verdâtre du Christ et sur le casque et le bras gauche d'un soldat armé (bel effet) qui se penche pour relever la croix.

Dans la galerie du Prince de Salerne :

Un *Napoléon* (atroce croûte) coiffé de lauriers, nu et tenant la foudre à la main ; ça vient du palais de Murat[2].

Une *Joséphine*[3], en robe de velours grenat, sourcils noirs épais et longs, bouche très rose, petit air polisson et sensuel.

INGRES. *Françoise de Rimini*[4]. — Détestable, sec, pauvre de couleur ; le col du jeune homme qui va pour embrasser Françoise n'en finit.

GÉRARD. *Les trois âges de la vie*[5]. — Peinture à faire périr d'ennui ; très léché, très soigné. Joli pied de la femme (tête de Marie-Antoinette ou dans ce genre) apparaissant sous la draperie ; le crâne de l'enfant reposant naturellement sur elle très bien dessiné. Le jeune homme, le torse tourné, assommant, avec sa chevelure frisée. Quelle prétention ! quelle pose ! quel froid ! il gèle à 36° dans cette école ! Aimait-on peu le soleil sous l'Empire !

RIBERA. *Silène ivre, couché à terre et entouré de*

satyres [1]. — Très beau. Silène, tout nu. Ce n'est pas
Silène, la figure est tout espagnole, noire, au lieu d'être
rouge, le nez non camus, l'œil rond, ouvert, et singulièrement pur et beau ; il est tout rasé, tons bleuâtres
de la barbe ; il tend la main pour qu'un satyre lui verse
à boire dans une coquille ; ventre trop rond, trop
hydropique, trop dur. La cuisse gauche, à plis, très
belle, quoiqu'il me semble que le second pli se rapproche un peu trop des plis de chair des petits enfants.
La tête est bien bête ! c'est un Sancho brutal. À gauche,
au fond, tête d'un âne qui brait, relevant les gencives
et montrant les dents ; en dessous, jeune homme couvert d'une peau de bête, mi-nu, qui vous regarde en
riant (?). À droite, un satyre à cornes (*sic* celui qui
verse). Dans la confection des cornes mariées à la chevelure, la tradition ici est suivie. En bas, le nom de
Ribera écrit sur une feuille de papier déchirée que
mord un serpent ; de l'autre côté, une tortue.

PARMESAN. *La Sainte Vierge et l'Enfant Jésus* [2].
— Elle lui met le doigt dans la bouche, sur le bord des
lèvres. Vilaine main, doigts en salsifis, trop relevés du
bout, mais quel joli profil de femme ! Le nez, tout
droit, continue le front, l'œil est à demi fermé, plein de
langueur, de tristesse, de bonté.

PARMESAN. *Lucrèce s'enfonçant le poignard* [3]. — Le
sein droit est découvert ; figure blonde rosée, chevelure archi-blonde, presque blanche sur les tempes ; la
bouche ouverte, le nez un peu retroussé du bout, l'œil
ouvert et regardant en haut. Vilain bras droit, petite
oreille charmante (comme dans tous les portraits du
Parmesan). Adorable petite femme à mettre dans un
nid.

PARMESAN. *La ville de Parme sous les traits de
Minerve* [4]. — Elle caresse je ne sais quel petit Farnèse,
cuirassé, figure agréable de gamin, avec ses petites
cuisses serrées dans un maillot rouge. La tête de femme
est tout à fait de même genre que celle de la Lucrèce,
et coiffure analogue.

ANNIBAL CARRACHE. *Composition satirique contre*

son rival Michel-Ange Amerighi de Caravaggio [1]. — À
gauche, un homme avec un chien et un perroquet sur
son épaule, le perroquet mange des cerises que lui présente le personnage du milieu, assis ; ce personnage a
la figure toute couverte de poils, mais cela n'empêche
nullement de distinguer ses traits. Entre ses jambes,
un chien donne la patte à un singe ; il a sur son épaule
un singe qui lui gratte la tête. À droite est un homme
qui rit et vers lequel se tourne le personnage à figure
couverte de poils, d'un air langoureux et doucereux.

HOLBEIN. *Portrait d'Érasme* [2]. — Tout en noir, figure
en lame de couteau, nez pointu, petite moustache ; à la
place de pointe, une simple ligne de poils sur le menton ; le chapeau est très enfoncé sur le front ; sourcils
fins et partant de très bas, peu de distance entre le nez
et la bouche ; son encrier et son cahier. Air tranquille
et malin, quelque peu renfrogné, physionomie profondément fine.

TITIEN. *Portrait de Philippe II* (en pied) [3]. — Manches
bleues à arabesques grises, très épaisses et dures (les
manches), pourpoint jaune à tons d'or pâle, manteau
de velours bleu à fourrure noire, sandales de grosse
toile ; barbe naissante, mâchoire en avant, paupières
épaisses et lourdes, œil ivre et froid. Fort beau.

SÉBASTIEN DEL PIOMBO. *Portrait du pape Alexandre VI* [4]. — Petit bonnet et pèlerine rouge, figure brune,
rasée, austère, grands traits longs et forts, paupière
large, bouche dessinée, sourcils épais, le regard est de
côté et d'aplomb. Figure beaucoup plus noble que
celle que l'on s'attend à trouver d'après l'idée faite
d'Alexandre VI.

RAPHAËL. *Portrait du chevalier Tibaldeo* [5]. — PARME-
SAN. *Portrait de Christophe Colomb* [6]. — Le premier, en
petit chaperon noir, barbe petite et courte, œil brun,
front carré ; le second est un beau cavalier, avec toute
sa barbe très soignée et une grande moustache fauve
qui descend dessus ; œil bleu, nez très fin, front large,
chevelure brune blonde soigneusement séparée sur le
front, œil bleu foncé ouvert et charmant, ensemble

coquet et très troussé. Derrière lui, un casque et une masse.. Manches grenat pâle, à crevés. C'est là bien plutôt un cavalier, et le portrait indiqué comme celui de Tibaldeo pourrait bien être celui de Christophe Colomb; j'ai peine à croire qu'il n'y ait pas méprise dans le catalogue. Ce portrait n'est guère non plus dans la façon du Parmesan, si blond d'habitude; tout, au contraire, ici, est brun et très mâle.

PARMESAN. *Portrait d'Améric Vespuce*[1]. — Est-ce du Parmesan? en tout cas ses portraits d'hommes ne ressembleraient guère à ses tableaux? Même observation que ci-dessus. Belle peinture. Toque, barbe roux brun, courte, deux longues pointes de son rabat tombent en avant sur sa poitrine; tout en noir, un livre ouvert.

M. SPADARO. *Portrait de Masaniello fumant sa pipe*[2]. — Petit chapeau retroussé, avec une médaille et une plume; de la main gauche il tient un petit pot à tabac avec un couvercle; l'épaule gauche découverte, visage rond, physionomie gaie et insouciante, air gamin, bouche dessinée, pas de barbe, nez pommé, un peu rouge par le bout. Peu de type méridional, nullement l'air féroce, au contraire l'air joyeux et gaillard.

PEINTURES MURALES[3]

(Architecture et paysages)

Trois grands bas-reliefs peints[4], 25, 24, 23. — 25. Une femme ouvre une porte et va descendre l'escalier qui vient vers vous; la porte entrebâillée est en perspective. Effet cherché et qui se retrouve dans 24 deux fois, à chaque extrémité du tableau. Cette recherche de l'effet produit par la perspective me paraît constante dans les reproductions d'architecture; on l'observe ici, 25, sur la ligne supérieure d'un baldaquin près de la porte; sous ce dais carré une femme nue assise sur ses genoux; un autre baldaquin semblable, 23, avec une femme pareille.

Le fond des portes, panneau principal, est rouge avec de larges bordures jaunes, les linteaux sont jaunes; en dessus des corniches, très en relief, femmes à queue de dragon et sphinx ailés.

Sur les piliers et les corniches, statues: ainsi, dans un *salon à colonnes d'un ton jaune* (ancien nº 240), couvert sur les boiseries d'arabesques Louis XV, se voit un lion sur le large socle carré d'une lourde statue; le socle est très large pour pouvoir servir de piédestal au lion; ainsi dans le nº 15, sur le bord d'un entablement, un éléphant serre dans sa trompe son petit. Quelquefois la représentation se borne à une perspective de portiques et de colonnades: ex-ancien nº 901, le dessus, après une bordure où il y a des personnages peints, représente la partie supérieure d'une maison avec une terrasse défendue par un balcon de bois en X; sous l'X semble être une tenture; les murs sont verts et les fenêtres (auvents des fenêtres) chocolat rouge.

(Peintures de moyenne grandeur et fantaisies)

Un vieillard à cheveux blancs, torse nu, un satyre en érection et un Amour. — Le satyre est près d'un Amour qui le tire par la main, il a passé son jarret sous le genou de l'Amour pour l'enlacer, et son sabot cache le pudendum de l'Amour; il est en pleine érection; ses cornes, sa barbe en pointe et deux autres cornes, partant à côté des oreilles et allant en descendant, le font ressembler au Diable. La figure plastique du Diable vient-elle ainsi du Pan exagéré? Mais que signifie le vénérable vieillard qui regarde tranquillement cette scène?

Deux satyres qui se battent avec des chèvres. — Celui de droite, fort remarquable, pose ramassée et puissante, la cuisse droite levée de niveau à la hanche, le genou faisant angle; la chèvre présente le front, cela rappelle tout à fait les vers de Chénier:

> Le Satyre, averti de cette inimitié,
> Affermit sur le sol la corne de son pié[1].

Excellente petite peinture.

(Peintures murales)

Bacchus et Ariane[2]. — La plus belle peinture peut-

être du Musée. Ariane, couchée, est endormie, l'aisselle gauche appuyée sur le genou d'une femme (ou
d'un jeune homme?) qui porte un petit vase dans ses
mains, le jarret gauche sur le genou droit, et le bras
droit levé sur sa tête, faisant angle, et le poignet retombant; la main gauche repose extérieurement à terre.
La bouche est entrouverte et les yeux fermés, ligne des
cils rapprochés; tête ronde, charmante, pleine de repos
et de volupté. L'Amour la montre à Bacchus, retirant
de dessus elle la gaze transparente qui lui couvre le
torse nu. À partir des cuisses, il y a en dessous une
draperie lie de vin atténuée par la blancheur de la
gaze de dessus. Au centre du tableau, Bacchus debout,
appuyé en posture triomphale, la jambe droite en avant,
sur son long thyrse; à gauche, un Bacchant, très
rouge, œil rond écarquillé, montre d'un air lubrique et
empressé à un Silène (la figure n'est pas celle de
Silène, la tradition aurait-elle été déjà perdue? en tout
cas, le ventre y est) la femme endormie, et lui tend la
main comme pour le tirer à lui et l'aider à monter.

Mars et Vénus [1]. — Vénus est assise sur un fauteuil et
vêtue d'une robe lilas; Mars, debout par derrière, ayant
une plume droite de chaque côté de son casque, lui
prend de la main droite le téton gauche. Dans tous les
sujets érotiques, pour bien indiquer l'action, l'homme
caresse toujours ainsi la femme. À gauche du tableau,
une femme portant une robe de même couleur est
accroupie par terre, les talons au cul, et cherche
quelque chose dans un coffret. Généralement les yeux
des femmes sont grands et ouverts tout ronds, quelque
ovale que soit la forme extérieure de l'œil, le sourcil
très allongé et fin. Toute la figure forte et pleine, le nez
droit, les joues colorées, apparence d'une santé solide:
les Romains aimaient la femme royale.

Io conduite en Égypte par un Triton [2]. — Le Triton a
l'expression et la tête amoureuses, mélancoliques, données ordinairement au taureau qui enlève Europe. La
figure d'Io, cornes naissantes dans la chevelure, est
enfantine et étonnée, avec quelque inquiétude. L'Égypte,

figure de même caractère que toutes les autres, tenant
un serpent entortillé au bras gauche, lui tend la main
droite, elle est entourée de voiles blanches. Pour faire
saillir le jet du regard, on entassait les ombres dans les
coins des yeux (témoin la *Médée* [1] 96) et dans les bouches,
qui rarement sont complètement fermées, tandis que
dans le sommeil, au contraire, ils s'attachaient à dessiner la ligne mince des cils réunis (l'œil aux trois quarts
fermé, comme il l'est la plupart du temps dans la
nature, eut-il été trop laid? et aurait ressemblé à la
mort?).

PORTRAITS

La Servante indiscrète. — Peinture assez sérieuse,
surtout la servante, coiffée d'une sorte de coiffe rouge.
Me paraît être le portrait de deux femmes; la maîtresse tient un stylet et des tablettes, de même que
dans la prétendue *Sapho* [2] 42, la position est la même.
On se faisait peindre avec un stylet et des tablettes ou
couronné de feuillages, comme maintenant la main
appuyée sur un livre et en cravate blanche!

ANIMAUX

Une cigale sur un char traîné par un perroquet vert [3].
— Fantaisie exquise, les Romains connaissaient aussi
le Grandville [4]. Les deux rênes partent des deux côtés
de la tête de la cigale et ses antennes, en arrière, imitent des cordes; le char est couleur d'acajou foncé, les
brancards et les roues couleur paille.

*Deux paons sur le haut de candélabres au bout d'un
mur.* — Entre eux deux un candélabre arabesque; ils
n'ont point la queue déployée et sont vus de profil,
celui de gauche baisse la tête comme pour regarder en
bas.

Deux oiseaux près de petites marguerites. — Œil rond
des oiseaux, air naïf et calme. Comme vérité et intensité de nature, c'est peut-être dans la peinture d'animaux (les oiseaux surtout avec leur air paisible et

remplumés) que les Romains me semblent avoir été le plus avant.

DANSEUSES D'HERCULANUM[1]

Rien au monde de plus *rêveur* que ces figures en *vol* sur leur fond noir ; elles ont le caractère d'un songe, vagues, aériennes, colorées. Ce qui fait le charme de ces figures, c'est leur peu de fini ; quoique de petite dimension (quatre pouces au plus), elles sont très largement traitées et faites pour être vues de loin.

BRONZES

Mercure assis[2]. — La jambe gauche repliée, le dos infléchi, l'avant-bras gauche posant sur la cuisse gauche et le poignet de cette main tombant libre naturellement, tandis que la droite s'appuie sur le rocher ; la jambe droite, le bout du pied levé, a le talon par terre. Les ailes (chaussure talonnière) sont attachées par une courroie qui passe sous la plante du pied et se rattache sur le cou-de-pied. Dos charmant et très étudié. Extérieurement la cuisse gauche de profil est vilaine, toute droite comme une poutre et dure ; même observation pour la main droite, celle qui est appuyée sur le rocher. La jambe droite, celle qui est en avant, un peu trop incurvée en dehors et rococo. Ensemble mouvementé et plaisant. Rien de plus charmant que cette chaussure ; comme les ailes, partie postiche des pieds et qu'on sait n'en pas faire partie, ajoutent de mouvement et de légèreté ! Supériorité sur les ailes des anges, appendice choquant, qui a toujours l'air d'une monstruosité et qui ne se prête jamais à l'expression gesticulative des autres membres.

Faune ivre[3]. — Le bras appuyé sur une outre, porté sur la partie gauche du corps, appuyant son bras gauche sur une outre à demi pleine et qui est sur un rocher recouvert d'une peau de bête féroce, il lève en l'air son bras droit et son pied droit. La main (droite), le médium sur le pouce, l'index en l'air, l'annulaire et le petit doigt fermés, il claque des doigts comme pour

chanter ou danser ; sa bouche, où les dents du côté
droit manquent (je ne crois pas que ce soit une cas-
sure, mais plutôt intentionnel), rit et montre ses dents
supérieures. Dans sa chevelure en mèches hérissées
(assez mal faites), petites grappes de raisin, deux
petites cornes naissantes et qui semblent faire pendant
avec deux petites loupes qu'il a au cou, sous la ligne
des carotides (mêmes petites loupes sous la mâchoire
dans un *Faune endormi*, mais ici les cornes, en forme
de vignot[1] et non plus de bouquetin, sont plus rapprochées sur le front et se confondent moins avec la chevelure). Ses cornes naissantes ne sont pas plus grandes
que ses deux petites loupes. Le ventre flasque, charnu,
à peaux molles, plein de vin doux mousseux et de pets
qui gargouillent, s'en va de gauche à droite dans le
sens de la jambe droite qui se lève. Les membres sont
maigres, la chair peu ferme sur les os ; la débauche a
vieilli cet être. Vilaines mains, doigts mal faits. *La
jumelléité du deuxième et du troisième doigt du pied ne
me semble observée nulle part* jusqu'à présent, elle est
pourtant constante dans la nature.

Faune dansant[2], statuette. — Très jolie chose comme
mouvement, entente des cheveux et des cornes confon-
dus ensemble ; la chevelure en mèches hérissées des
Faunes n'a peut-être pas d'autre sens que de pouvoir
se marier aisément avec les cornes, dont on tâche par
ce moyen d'atténuer l'excentricité qu'elles ont par rapport au crâne humain et au visage. Les jambes trop
longues, comme dans toutes les statues de danseurs et
de danseuses. À observer que la queue chez les Faunes
est toujours placée au-dessus du sacrum et non au
bout du coccyx, comme chez les animaux.

Bacchus et un Faune. — Le Bacchus a une chevelure et une tête de femme, le reste est un corps
d'homme. La juvénilité de Bacchus et Adonis, arrivant
par gradation à des formes femelles, est-ce là ce qui a
conduit à l'hermaphrodisme ? En tout cas, esthétiquement parlant, c'en est la transition.

(Chevaux)

Cheval du quadrige de Néron [1]. — Râblé, plis nombreux sous le cou ; la tête est sèche comme toujours, et les narines très ouvertes ; poitrine large, base de l'encolure énorme, un bouquet de poils aux paturons et sur la sole. Son collier est en deux bandes de cuir plates et s'attache de chaque côté sur le haut des épaules avec de petites courroies. *Les anciens ne brûlaient pas le poil dans l'intérieur des oreilles* des chevaux ; ici il est peigné dans son sens, et dans la *tête colossale 83*, on dirait qu'on les a arrangés pour leur donner une espèce de forme de palme. La crinière toujours taillée toute droite, comme au Parthénon.

(Bronzes — Bustes)

Buste d'un inconnu. — Chevelure sur le front en véritables tire-bouchons ; il y en a deux rangs, quarante-deux en tout. Le tire-bouchon du rang d'en haut descend sur l'entre-deux des tire-bouchons du rang d'en bas. Les sourcils sont très longs et fortement indiqués. Vilain buste.

Ptolémée Apion. — Chevelure en tire-bouchons plats. Au lieu d'être un gros fil tordu, c'est une petite bande tordue ; les tire-bouchons sont retenus par un bandeau noué par derrière, plus courts sur le front et s'allongeant à mesure qu'ils se rapprochent des oreilles. Cette chevelure prise sous son bandeau, rappelle comme galbe le coufieh pris sous la corde en poils de chameau. Les tire-bouchons entourent complètement la tête, tandis que, dans le buste précédent, ils s'arrêtaient aux oreilles ; ils sont au nombre de soixante-quinze (sans compter ceux qui, faisant partie du buste même, sont collés contre le cou ; ils ont été rajoutés après coup). Bouche mi-ouverte dans une expression souffrante, visage ovale carré par le bas, front très épais dans l'entre-deux des sourcils.

Tibère [2]. — Buste tout vert, avec des yeux d'argent devenus bruns. Tête discrète et fine, répondant à l'idée qu'on se fait de Tibère, aplatie sur le sommet (absence des bosses de la bienveillance et de la religion), mais fournie sur les côtés au-dessus des oreilles ; la bouche est petite, le front bas et large sous les mèches plates des cheveux courts, qui tombent carrément dessus; paupières très étroites, menton saillant. Grand air de distinction et de réserve, aucune expression du chat, du renard, ni de l'oiseau de proie[1].

Scipion l'Africain[2]. — Grand air de ressemblance. Vieillard chauve et sans barbe, chauve sur le devant et les tempes; la chevelure, partout ailleurs, est indiquée par des pointillés. Le front est creusé de trois grandes rides et d'une supérieure qui s'efface un peu vers le milieu du front. Sur le front une loupe, au-dessus du sourcil droit; sourcils épais, les poils très indiqués; les joues sont maigres et tombent, on sent que cette mâchoire-là n'a plus de dents. Aux deux coins de la bouche, sur le bas des joues, comme deux petites boules qui semblent pousser du dedans. Le nez s'infléchit par le bout, la narine est épaisse, la bouche coupée toute droite sans dessin, l'oreille très détachée de tête (trait commun aux bustes antiques).

Platon. — Une des plus belles choses antiques que l'on puisse voir, le bronze a pris des couleurs veinées de marbre vert foncé. La tête, infléchissant le menton sur la poitrine, est coiffée d'un bandeau qui retient sur le front les cheveux peignés. Admirable travail des cheveux, il semble que le peigne vienne d'y passer; les cheveux sortent du bandeau, se divisent en deux et repassent par-dessus, où leur bout faisant un peu coque ovale ou bourrelet sur les oreilles, est réuni par lui; pour faire transition entre ce rouleau et le commencement de la barbe, qui prend assez bas, frisée largement sur les pommettes, puis peignée, et se terminant par le bas en rares petits tire-bouchons, il y a entre la barbe et ce rouleau, au-dessous de lui et s'en échappant, de petits anneaux de cheveux tordus (creusés à jour). Le col très fort, surtout de profil. Expression sérieuse et mâle, beauté, idéalité, puissance, et quelque chose de tellement sérieux qu'il y a un peu de tristesse. La *sérénité*, cachet du divin antique, absente.

Bérénice. — Les cheveux sont tirés vers le haut et

montés (pour agrandir la ligne du front et du nez) comme à la chinoise; une double couronne de cheveux tressés sur le sommet de la tête, point de chignon; les tempes et le front son également découverts par cette chevelure remontée. Visage ovale, menton carré, très grands yeux, grande distance de l'angle interne de l'œil au méplat du nez, qui est tout droit. La ligne droite du front et du nez est plutôt même convexe à l'entre-deux des sourcils, le front est *très* charnu. Le bord extérieur de chaque lèvre fort marqué par la ligne de la peau qui arrive là, très nette. Ligne du sourcil longue, à arête aiguë. Fort belle tête et des plus grecques.

Architas. — Coiffé d'un turban petit et rond comme une anguille; il est serré par une bande diagonale croisée par-dessus une autre.

COLLECTION DES PETITS BRONZES

Système d'éclairage composé d'un pilier carré suppor-tant quatre lampes[1]. — Le support, sur lequel est planté le pilier, est en argent et carré, portant à terre par quatre griffes; il est échancré à sa partie anté-rieure, sur la droite de laquelle est un petit autel avec un bûcher et un feu qui brûle; de l'autre côté, à gauche, c'est un Amour, nu, tenant de la main droite une corne d'abondance et à cheval sur un léopard. De l'extrémité du pilier partent quatre bras, recourbés, sur lesquels courent des arabesques, et au bout de cha-cun desquels est suspendue à une chaînette par un anneau une lampe de forme différente. Sur le dessus de la première, deux dauphins dos à dos, appuyant leur queue l'une contre l'autre, dont la réunion fait pyra-mide cintrée. Des deux côtés de la lampe (toutes sont ovales de forme) partent deux têtes d'éléphants. Sur la seconde, ce sont des têtes de bœuf qui sortent, sur le dessus de la troisième, deux aigles, ailes déployées; la quatrième toute simple.

Système d'éclairage composé d'une colonne cannelée supportant trois lampes. — La base n'est pas échan-crée sur l'avant, comme la précédente. Sur la partie du milieu, un peu en retrait, s'élève une tour, à pans, surmontée d'une boule.

Système d'éclairage composé d'un tronc d'arbre à nœuds et d'un bout de branche supportant quatre lampes. — Les lampes, toujours suspendues à des chaînettes, ont leur anneau passé aux quatre bras du tronc, qui sont des branches. La quatrième lampe est suspendue à une branche, plus basse et plus courte, partant du milieu du tronc à peu près.

Système d'éclairage composé d'une colonne supportant quatre lampes. — Comme dans la précédente, la base d'où s'élève la colonne est complètement carrée, les lampes toujours de formes différentes ; la colonne ici est placée juste au milieu.

Un tronc d'arbre se bifurquant supporte deux lampes.

À un autre *tronc d'arbre* supportant trois lampes, les lampes sont en forme d'escargot, l'animal sort de sa coquille.

Quantité de candélabres : tiges droites en haut desquelles est un petit plateau pour mettre des lampes. — La tige est un tronc de palmier, un roseau, une épine (plus rare) avec des nœuds, imitant un bâton qu'on vient de couper. Ces tiges, appuyées sur trois ou quatre pieds, terminées par des pattes de biche ou des griffes ; elles sont toutes fort longues, celles qui sont simples sont généralement cannelées. L'une a un bracelet long qui glisse dans toute la largeur de la tige et qui supporte, par une tringle faisant col de cygne, un support pour mettre une seconde lampe ; ce bracelet s'arrêtait par une épingle que l'on enfonçait dans un trou pratiqué dans la tige et attaché à la tringle en col de cygne par une petite chaînette. Sur le haut de la tige, une rondelle pour poser la lampe comme à toutes les autres ; on avait ainsi, dans le même ustensile, une lumière fixe dessus, et une autre plus bas, que l'on pouvait abaisser et monter (et maintenir) à volonté.

Une petite lampe en forme de pied humain. — Pied gauche. La mèche sortait par le pouce, le trou est la

place de l'ongle, l'huile se versait par la place du
milieu de l'os, coupé.

Vases à cendre. — Avec des anses mobiles que l'on
entre et que l'on défait par la pression. Sur le bord
extérieur du vase, sorte de panier oblong, deux têtes
de biches dans la bouche desquelles est cachée la
conette où entre la goupille de l'anse.

Deux seaux plus minces à la base qu'en haut. — Les
anses, toutes plates, se rabattent des deux côtés exactement sur les bords du vase et, disparaissant ainsi à
l'œil, font un léger renflement, corniche sur le bord du
vase, et semblent adhérents à son architecture. C'est
une des choses les plus ingénieuses et les plus profondément sensées comme goût et comme commodité
que l'on puisse admirer.

Un rhyton [1]. — Tête de cerf en bronze, à yeux d'argent; les oreilles sont à leur place, mais les cornes
sont réunies (pour pouvoir servir d'anses) jusqu'à une
certaine distance, où elles se divisent et partent chacune de leur côté.

Des peignes. — Tous en forme de démêloirs, quelques-
uns très petits.

Trois poids pour peser des comestibles. — L'un est un
cochon, l'autre un osselet, le troisième un fromage; ils
ont, sur leur dessus, une poignée de la forme de celle
de nos fers à repasser.

*Une sorte de gril plein, à manche, avec quatre demi-
sphères en creux* [2]. — C'était, sans doute, pour mettre
cuire des boulettes de viande farcie, ainsi que cet
autre, plat, tout rond, beaucoup plus grand que le précédent et à trous nombreux un peu plus profonds; il y
a vingt-neuf trous.

*Ustensile en forme de château fort pour faire chauffer
l'eau* [3]. — C'est un quadrilatère, ayant une tour carrée
à chaque angle, et les tours sont reliées par des courtines; tour et courtines, le tout est crénelé. L'eau se
versait en levant le couvercle qui fait plate-forme de la
tour; elle était échauffée par des charbons que l'on
plaçait au centre du carré, entre les quatre courtines,

dans la cour de la forteresse enfin; un robinet, pratiqué sur la face extérieure d'une des courtines, versait
l'eau. On maniait ce meuble par quatre anses.

Plusieurs romaines. — Le plateau est supporté par
quatre chaînettes carrées, le bras du levier *a toujours
pour poids un buste*.

LES CASQUES

Ont généralement un abat-jour très large, ou rebord,
tout autour de la tête, ça encadre le visage, et ça part
ensuite presque à angle droit à la hauteur des oreilles.
Les œillères sont des rondelles composées de cercles à
jour, mobiles, attachées en haut par une charnière,
et retenues par le bas dans une patte transversale en
laquelle est engagée la patte terminant l'œillère. Ce
qui abritait la figure est en deux morceaux (sauf dans
un casque énorme, chargé de sculptures en relief et
d'un poids effrayant). Pour s'en débarrasser, il fallait
d'abord soulever les œillères, les remonter, puis passer la main en dessous, dans le casque, et défaire
l'épingle d'une charnière intérieure qui retenait la mentonnière. Cette mentonnière étant divisée en deux, il
fallait faire ce qui précède pour chacun des côtés. Ils
fermaient, du reste, exactement, croisant même un
peu l'un sur l'autre; pour mieux maintenir les deux
parties, on les attachait par le bas à l'aide d'une petite
courroie passant dans des trous.

À l'un de ces casques, il y a, sur le côté gauche, un
bouton avec un bout de lanière, le tout en bronze. La
quantité d'ornements, leur poids et leur forme pom-
peuse me font présumer que c'étaient des casques de
théâtre ou d'apparat, il me paraît impossible que ce
fussent des casques militaires; de gladiateurs, peut-
être? Sur les bords de la crête de ces casques, des
trous; à l'un d'eux, des anneaux, sans doute pour attacher des panaches.

À des casques plus simples et plus légers il n'y a pas
de ces visières (de casquette), abat-jour, et au lieu

d'œillères ce sont tout simplement des trous pour les yeux.

Des casques ont seulement, pour garantir le visage, deux longues oreilles faisant partie du casque même, et qui tombaient sur les joues. À l'un d'eux, elles imitent la silhouette d'une tête de bélier (le nez en bas).

Quant au nez, il était à peine protégé par une petite languette de bronze, très mince et par l'extrémité s'élargissant un peu en trèfle.

Le casque de la sentinelle trouvé avec le crâne dedans à Pompéi, est ainsi avec une bande descendant sur le nez ; les deux côtés protégeant le col avancent comme un vigoureux col de chemise très haut, et ne sont que le prolongement sur les joues de la partie postérieure du casque.

Un casque singulier en forme de pain de sucre, orné de deux bandes plates qui remuent et d'une espèce de fourche sur son sommet.

N. B. — L'expression «la visière baissée», «il baissa sa visière» serait donc ici impropre, puisqu'elle ne pouvait remonter et, par conséquent, descendre dans l'épaisseur du casque, qui est simple. On l'accrochait d'en dedans et on la décrochait du dehors. Car, comme l'abat-jour entoure aussi le casque en bas pour protéger le cou, on devait avoir de partout le col serré, et il n'y avait pas assez de place pour que la main pût passer par en bas, glisser le long du visage, et arriver à la charnière située à la hauteur des tempes. On retirait donc d'en dehors, de par le trou des yeux, l'épingle, et toute l'armure du visage tombait. Mais qu'en faisait-on ensuite ?

Entraves pour passer les pieds des criminels. — Montants recourbés ; le condamné mettait ses pieds entre eux, et une barre de fer passait dans les courbes l'empêchant de pouvoir s'en dégager ; il était bien entendu couché sur le dos. La machine, évidemment, pouvait servir à plusieurs à la fois.

Une cuvette ou casserole en forme de coquille.

Vase à lait d'une forme charmante. Deux petites

chèvres en haut du vase ; en bas, entre les deux branches du vase, un petit Amour.

MARBRES

Bacchus indien [1], buste, très beau. — Un diadème retient les cheveux disposés en boucles (creux dans les boucles) sur le front ; partant de derrière les oreilles, deux longues papillotes à l'anglaise viennent tomber sur les épaules. La barbe, frisée en boudins réguliers, tombe toute droite ; travail pareil à celui des cheveux. Nez droit, globe de l'œil très sorti.

Bacchus indien, buste. — Figure plus carrée, d'un travail très inférieur. La bouche, à lèvre inférieure épaissie et à demi entrouverte, tourne presque au satyre ; les cheveux, frisés *en roses*, sont disposés sur le front en deux rangs ; de derrière chaque oreille part un large ruban qui vient tomber sur le devant des épaules ; barbe naturelle.

Bacchus indien [2], hermès. — Barbe taillée, ou mieux tirée carrément, frisée en longues mèches ondées parallèles, partant du bas des pommettes et couvrant toute la mâchoire. Malgré la moustache, la lèvre se voit ; le dessous de la lèvre inférieure, espace compris jusqu'au menton, est couvert par une petite demi-rondelle de barbe en forme d'éventail. La tête est serrée par une bandelette ; de dessous elle, sur le front, partent deux larges masses de cheveux qui s'élèvent sur la tête, et remontent par-dessus le bandeau, puis repassent dessous ; là, sur les temporaux, les cheveux s'échappant du bandeau, sont disposés en une masse de trois rangs de boucles, frisés en bouton ; de l'occiput, la chevelure tombe d'elle-même sur le dos ; deux longues mèches naturelles, se séparant de cette masse (chacune de ces mèches est composée de deux), viennent tomber en avant sur les deux côtés de la poitrine.

Bacchus indien, hermès. — Barbe en pointe, bouclée seulement sur les joues, par le bas elle frise naturellement ; cheveux retenus par un bandeau noué par derrière. Sur le front, une double demi-couronne de

cheveux bouclés en petites boucles (trous dans les
boucles); deux mèches (chacune de deux) naturelles
partent de derrière les oreilles et tombent sur la poitrine. Bouche entrouverte très visible. Cette chevelure
vise à faire coiffure. *À remarquer que dans tous ces
bustes jamais la moustache n'empêche de voir les lèvres,
ni la coiffure l'oreille.*

Bacchus indien. — Les cheveux tombent naturellement sur les épaules; la barbe, naturelle, dans le style
un peu de celle des Faunes, très longue, pend sur la
poitrine; les cheveux, en un chignon énorme comme
ceux d'une femme, sont rattachés derrière la tête.

Bacchus, buste couronné de pampres et de raisins.
— La tête ici est carrée et les yeux, au lieu d'être ronds
et à ras du visage, comme dans les Bacchus indiens,
sont renfoncés; la barbe naturelle en grosses mèches,
le front carré sous son bandeau, la bouche mi-ouverte.

Buste de femme à chevelure très ondée sur le front.
— La raie du milieu semblant dissimulée autant que
possible, le reste de la chevelure fait couronne tout
autour de la tête, l'extrémité est cachée. Au-dessus des
bandeaux ondés, ou mieux au-dessus de la partie de la
chevelure ondée, deux cordes, puis deux petites tresses
minces qui font la couronne; la troisième tresse se
trouve en partie appartenir à la couronne et en partie
aplatie dessus.

Plotine, femme de Trajan[1]. — Longue figure régulière et froide, nez long (restauré), longs sourcils droits,
peu arqués. La chevelure est divisée en deux parties
bien distinctes; le chignon, en plusieurs tresses, est
tordu et attaché ensemble sans peigne. Sur le devant,
étage à sept degrés, dont l'ensemble fait une visière
plantée le plus droit possible, à peu près sur la même
ligne que le front; le dernier et l'avant-dernier, à partir d'en haut, sont des rouleaux très réguliers; le premier à partir d'en bas est un rouleau aplati, terminé de
chaque côté par deux petites papillotes tombant sur
les tempes (pour faire, comme effet et vu de face, l'office de pendants d'oreilles?); le deuxième et le troi-

sième rouleau sont ronds, ceux du milieu un peu moins symétriques.

Julie, fille de Titus. — Ressemble au précédent, comme traits et comme coiffure. La coiffure-visière est plus régulière encore, est terminée par quatre petites papillotes de chaque côté sur les tempes.

Buste d'impératrice à coiffure-visière double. — La coiffure sur le front est complètement double et dentelée en queue de paon ; la seconde, plus haute, apparaît derrière la première (celle qui est immédiatement sur le front).

Julia Pia, buste vilain. — Épaule et moitié du sein gauche découverts ; les cheveux, simplement peignés, collent sur la tête et vont jusqu'à l'oreille ; à partir de là, réunis en une large plaque tressée qui remonte en s'amincissant, jusque sur le sommet de la tête, et arrive carrément sur la raie du milieu qui les sépare sur le devant. La draperie est attachée sur l'épaule droite.

Plautilla, buste. — Devait être blonde. Figure douce et fade, visage ovale, plein, un peu bouffi dans le haut ; yeux à fleur de tête, la prunelle est levée en l'air, les sourcils arqués se réunissent par quelques poils sur le nez ; petite bouche, petit menton, le front est plein vers le milieu, joli col. Les cheveux sont peignés naturellement. Derrière la tête, d'une oreille à l'autre une torsade qui descend comme le derrière d'un casque grec, prenant la forme du cou et s'appuyant sur les mastoïdes, l'extrémité des cheveux est ramenée en cercles concentriques sur le col, cercles allongés, ovales.

Agrippine, mère de Néron, buste médiocre. — Visage carré du haut, pointu du bas ; menton carré, en galoche ; grands yeux ouverts. Sur le front, cinq rouleaux lâches et peu serrés entre eux, le reste est peigné naturellement ; derrière la tête, des cheveux sont noués en catogan ; sur le col, de chaque côté, deux petits rouleaux qui tombent.

Agrippine[1]. — Meilleur. Même tête, le travail ici est plus indiqué, le premier buste doit être l'ébauche de celui-ci. Le nez est un peu bombé au milieu, les pommettes sont plus saillantes. Elle est ici plus vieillie et plus belle que dans le buste précédent. Les cheveux sont séparés sur le front en petites mèches ondées.

Néron [1], buste. — Ressemble à sa mère, la figure est également très large du haut et pointue du bas; dépression au milieu du front, proéminence de l'angle interne du sourcil. Les yeux sont rentrés et le nez un peu bossu comme celui de sa mère; le menton est plus carré, en galoche; la bouche petite et a la lèvre inférieure large. De profil, la base du nez a une dépression considérable et la partie inférieure du front avance dessus. Jolie tête puissante, couronnée de pampres.

Cléopâtre [2]. — Est-ce Cléopâtre? Petite tête mignonne, pleine de gentillesse, joues pleines en haut, visage pointu du bas, petit menton, l'entre-deux des sourcils est de niveau avec la base du nez, plein. Ses cheveux sont disposés en dix-neuf bandes parallèles, tout autour de sa tête, en long; bandes rondes, les cheveux sont en large de la bande, par derrière réunis en chignon rond. Physionomie éveillée et agréable; de profil, plus d'élévation comme caractère. L'oreille a été négligée, le trou est énorme.

Agrippine, femme de Germanicus [3], statue assise. — Dans une pose pensive et naturelle, les jambes étendues en avant, le mollet de la gauche sur le tibia de la droite; le sein est petit et très saillant sous la chemisette de dessus; elle tient sa main droite dans sa main gauche. Frisée en cheveux très bouclés, qui font presque comme des anneaux levés droit, et qui rappellent la frisure d'un caniche; par derrière, ils sont rattachés en catogan.

Fille de Balbus [4]. — Statue à cheveux d'un ton d'argile. La chevelure est petite, peignée naturellement et ondée, peinte en jaune, le ton est entre le roux et le jaune. Sa tunique à longs plis lui tombe sur les pieds, le vêtement de dessus est ramené et pris sous l'aisselle droite et collé ainsi contre le haut de la hanche droite. Figure ressemblante, assez laide, nez un peu retroussé, pommettes rondes, le bout du nez et le menton pointus.

Fille de Balbus. — Autre selon le catalogue; est la même? Pire, moins de trace de peinture sur les cheveux, la couleur est moins vive. Le bras droit drapé est porté sur l'épaule gauche, la main droite couverte par la draperie (le pouce et l'index seuls paraissent) tient et semble présenter un pan du peplum, qui passe nombreux entre le pouce et l'index.

Vieille femme très drapée, Viricia Archas, mère de Balbus. — La tunique tombe à plis droits sur les pieds; le bras gauche est collé au corps par la face interne de la main, et embobeliné par la draperie du peplum; il recouvre également le bras droit dont la main à demi fermée remonte vers la clavicule droite. Tout le vêtement, à plis secs et nombreux, est tiré, collé sur le ventre et les hanches. Inscription. Effet désagréable.

Balbus père (inscription). — Statue debout, draperie abondante, très amplement rejetée sur l'épaule gauche et supportée par le bras. Tête chauve, visage rasé.

Marcus Nonius Balbus[1]. — Figure ronde et insignifiante, haut de la mâchoire saillant, tempes plates. La draperie énorme est rejetée sur l'épaule gauche, un bout vient passer par-devant, sous la partie de la draperie qui vient du côté gauche, laquelle partie arrive sur le haut du ventre en forme de ceinture plissée. Ce même mouvement de draperie se retrouve dans la statue en bronze de Marcus Calatorius, moindre qu'ici, il est vrai; la draperie de l'autre est portée sur l'épaule gauche et l'avant-bras gauche, autrement tout tomberait, et cet amas de plis transversal ne pourrait tenir.

Nerva, buste. — Figure souffrante et mélancolique, chauve, front ridé, ayant seulement des cheveux sur les côtés de la tête, l'entre-deux des sourcils creusé, visage complètement rasé; une grande ride part d'audessus de chaque narine et entoure la bouche. Cuirasse à draperie boutonnée sur l'épaule droite. Sur les épaules la draperie tombe en plis épais, carrés, longs, et séparés les uns des autres, terminés par des franges;

ça tombe jusqu'au milieu du bras à peu près, ces franges sont-elles l'origine de la graine d'épinards[1]? Sur le milieu de la poitrine, une tête ailée de singe.

Caracalla[2], buste. — Très beau buste, la tête tournée vivement sur l'épaule gauche (nez restauré). Figure petite, carrée, animée; barbe et cheveux frisés; le travail de la chevelure, frisée en petites mèches naturelles, sans prétention, se marie avec celui de la barbe (peu fournie). La nuque est herculéenne, se continuant droit au col. Front bas, charnu, gras, ridé; sourcils épais, yeux enfoncés, ensemble brutal; l'entre-deux des sourcils très gras. Le regard fixe et soupçonneux, la draperie est attachée sur l'épaule droite.

Sénèque, buste. — Cheveux plats, en mèches tombant inégalement sur le front, visage maigre et ridé, pommettes saillantes, nez un peu de corbeau, la bouche mi-ouverte. Figure chagrine, ergoteuse, spirituelle, inquiète.

Philosophe, tête d'un inconnu. — Est la tête que l'on donne sur les pendules de médecin comme étant celle d'Hippocrate, ayant sur l'épaule trois plis épais et ronds, en forme de collet d'habit un peu. La tête est avancée en avant, au bout du col qui est long. Figure sans barbe de vieillard chauve.

Euripide, deux bustes[3]. — Fort belle tête, la tempe est considérablement déprimée, le front monte ensuite et s'élargit, l'arcade sourcilière saillante avec une bosse à l'angle interne de chaque sourcil, l'angle externe du sourcil saillant à cause du retrait des tempes; la face est maigre et la pommette fait angle, le crâne très vaste par derrière. La chevelure, en mèches plates, courtes et rares sur le front et plus nombreuses sur les côtés, contribue à l'élargissement du crâne. Tête méditative et profondément philosophique plutôt que lyrique.

Celius Caldus[4]. — Très beau buste, d'un aspect sévère et élevé, bouche toute napoléonienne, joue maigre, tempes aplaties et partie supérieure du front très développée, surtout vers les coins; la chevelure est rare et courte, rejetée en arrière, faite en petites mèches plates ; le nez, fort dès la naissance, est un peu tordu à droite ; dans les yeux, restes de peinture bleue.

Deux bustes d'hommes, casques en forme de casquettes de jockey. — Un des bustes a par-dessus son casque une couronne civique ; toute la mâchoire, jusqu'au niveau de la pommette, est protégée par une mentonnière, rattachée sous le menton par deux rubans entre-croisés, se boutonnant à gauche.

Roi dace prisonnier[1], petite statue d'un style rustique. — Il est debout, la jambe droite a le gras du mollet appuyé sur le tibia de la gauche, le coude droit est sur la main gauche, et la main fermée sur la bouche. Pantalon, sandales, tunique et chiton, bonnet pointu d'où sort, sur le front, une ligne de cheveux bouclés à petites boucles, trous dans la chevelure. Expression triste de la physionomie.

Petite statue de Priape (Herculanum). — Remarquable par l'expression forte de la figure, debout et nu, appuyé à un tronc d'arbre, la tête est baissée sur la poitrine ; haut des bras et du torse puissant. La barbe, tourmentée largement, est divisée en quatre pointes qui tombent sur la poitrine et les épaules. Figure mouvementée et pleine de fantaisie.

Deux hermès terminés par des figures rustiques. — L'un complètement drapé, la forme du bras droit est seule indiquée dessous ; la tête herculéenne, un peu inclinée à droite et d'expression triste.

Hermès représentant un histrion. — Tunique et chiton, une ceinture large, visage épaté, barbe de satyre, répandue ; coiffé d'une sorte de turban en forme de cheminot[2]. À la main droite une patère, tient de la gauche un cylindre creusé, comme serait un fémur évidé.

Hermès à capuchon, indiqué comme un Hercule. — La tête sans barbe est puissante, surtout de profil, je l'avais d'abord prise pour une tête de femme. La tête est entourée d'un capuchon dont les deux côtés s'avancent en oreilles, sur la figure, à la hauteur des pommettes, laissant le haut de la tête découvert; le capuchon est terminé et noué sur la poitrine par deux pattes de lion. Bras vigoureux. Sur les flancs une peau de lion, à la main droite un cylindre creusé (os?); la gauche (restaurée) tient des fruits (pommes d'or du jardin des Hespérides).

Petit satyre velu. — Le genou droit en terre, ses bras, à demi levés, croisent leurs mains qui sont portées vers l'oreille gauche. Formes dodues du premier âge, surtout dans les cuisses et dans les pieds, notamment celui de gauche dont le talon est relevé et les doigts levés en l'air. Tout le corps est couvert de poil très frisé, l'intérieur de chaque boucle a un trou.

Diane Lucifer[1], statue. — Mauvaise. Marche le pied droit en avant, tenant un flambeau à la main. Son voile derrière elle fait conque et l'enveloppe de dos. Le pied très court et empâté, surtout sur le cou-de-pied. Cette statue n'a pour elle que le mouvement. Plis du chiton mouvementés, mais raides et durs.

Groupe de deux hommes occupés à écorcher un sanglier. — Le porc tué a été jeté sur la marmite, sa tête pend derrière. Un homme, debout, tête carrée (trous dans la chevelure et autour des parties naturelles), racle avec un tranchet les poils du sanglier; un second personnage sans barbe, la main gauche appuyée sur le rebord de la marmite, se baisse pour souffler le feu (joues enflées en soufflant) et tient dans la droite un morceau de bois qu'il pousse sous la marmite. Tous deux sont nus et n'ont autour des reins qu'une peau d'animal pour se couvrir. Petit groupe un peu lourd, mais plein de vérité et d'amusement.

Silène ivre, petite statue. — C'est un personnage rustique, appuyé sur une outre pleine et ouverte. La tête est inclinée sur la poitrine; la barbe, en tire-bouchons, avec des trous, fait de loin l'effet de madrépores?

Diane[2], petite statue charmante. Elle marche le pied droit très en arrière. Tuyautés, plats du vêtement de dessus, dont la bordure est encore peinte en rose violet. Une petite chevelure ondée (par derrière nouée en catogan) encadre le visage ; un diadème avec des boutons roses. Deux mèches naturelles sur chaque épaule. Le baudrier, partant de l'épaule droite, lui passe sur la poitrine. Physionomie souriante, pleine de charme.

BAS-RELIEFS

Sous la porte, *deux trirèmes* [1] (Pompéi). — Sur l'une, vingt-cinq rames ; sur l'autre, vingt. Sur la trirème de gauche en entrant, il y a à l'avant un homme debout, nu ; sur la trirème de droite est à la poupe une sorte de petite cachette ou dunette. Le corps des hommes se voit jusqu'au coude, le bordage paraît épais ; pour gouvernail, une rame. Dans celle de gauche (partie malheureusement endommagée), le patron a l'air de la manier avec des cordes ; dans celle de droite, il y a des tenons de chaque côté du gouvernail en haut, comme des bras pour manier cette rame à très large palette.

Chasseur en repos (Pompéi). — Rappelle le guerrier de style grec primitif qui est à Athènes dans le temple de Thésée [2], un peu moins sec cependant, moins pur comme style. Il est vu de profil et le corps est fait de trois quarts ; de même on voit la rotule de la jambe droite, et le pied de cette même jambe est complètement de profil (vu par le côté extérieur du pied). Le mollet de la jambe gauche (de même que les deux rotules) est très indiqué, très détaché de l'os, la clavicule et les tendons du col saillants, la barbe en pointe. La tête est ce qu'il y a de plus caractéristique comme style. Il s'appuie sur un long bâton posé sous son aisselle gauche, où il a ramené les plis de son vêtement pour faire coussinet et empêcher le bâton de le blesser. À ses pieds, son chien lève vers lui sa tête dans un mouvement, la tête est à l'envers ; les pattes du chien étudiées, ongles très saillants. Au poignet gauche, un poignard ; près de cette main, dans le mur, collée, suspendue (comment ?), une petite fiole ronde.

Bas-relief mithriatique [3]. — Lourd et vilain. Grandeur : petite nature. Un homme en bonnet phrygien, tunique, chiton, manteau (envolé au vent par derrière), appuie son genou gauche sur le taureau (les cornes manquent) que le serpent mord à l'épaule gauche ; le chien saute à son poitrail. Aux deux angles supérieurs du tableau, deux têtes de femmes : celle de droite a un croissant sur le front, celle de gauche une couronne en fer de lance ; sous celle-ci, un oiseau (geai ?). Aux deux angles inférieurs, deux petits bonshommes qui tiennent à la main un instrument de musique (?). Exécution détestable, l'homme à droite plus petit que le chien, quoique celui-ci soit à un plan plus reculé. Inscription dont la première partie est sur la bande supérieure du cadre et la seconde sous celle d'en bas : OMNIPOTENTI DEO MITHRÆ APPIUS CLAUDIUS TARRONIUS DEXTER V. C. DEDICAT.

Bas-relief mithriatique[1]. — Mauvais. Deux Amours sacrifient chacun un taureau ; au milieu du tableau une sorte de candélabre ; autel, ayant sur chacune de ses faces pour ornement un hippocampe. Le Génie ailé, un Amour, a le genou gauche appuyé sur le garrot de l'animal, dont la jambe est pliée sous soi ; le Génie est armé d'un glaive, celui de l'Amour de droite cassé. Intention d'étude dans les fanons des taureaux, très en relief, aigus.

Bas-relief mithriatique[2]. — Le taureau, queue retroussée, en colère, se cabre ; l'homme, le genou appuyé sur le garrot, est complètement monté sur l'animal et le tient par les naseaux. À chaque angle supérieur du cadre, une tête de femme ; celle de gauche est coiffée de rayons, sous elle un oiseau sur un rocher ; la femme de droite a un croissant sur la tête. À chaque angle inférieur, un homme tenant un flambeau, renversé chez l'homme de gauche, élevé chez celui de droite. Le chien saute au poitrail du taureau, le serpent le mord à l'épaule.

Deux chameaux sur l'eau (Pompéi). — Ce sont des chameaux *syriens*[3] ; l'eau coule de la bouche d'un fleuve ; l'un des chameaux est sur un radeau.

Nègre sur un char[4], petit bas-relief. — Tête nue, figure camuse, cheveux courts et crépus, il se penche vers les chevaux et a l'air de leur tendre la main; un homme portant un glaive au côté, à pied devant les chevaux, a l'air de les tirer à lui comme pour les faire partir; les chevaux sont écorés sur les jambes de devant, et reculent. Sur le poitrail du cheval de droite (le plus en vue), pour ornement une très large figure épatée.

Sacrifice [1] (Œdipe assis et voilé avec Antigone?), petit bas-relief. — Debout, une femme, de chaque main, tient un long faisceau; un homme, assis et voilé, tenant un faisceau; devant lui, autre homme (à droite), ceinture par-dessus le chiton, barbe, turban (?), verse du liquide sur le feu; à gauche, un arbre.

Un homme et une femme sur le même cheval [2] (Caprée). «On croit que c'est Tibère avec une de ses maîtresses!!» (Catalogue). — La femme est devant l'homme qui, tout nu, porte seulement au cou un collier; la femme, n'ayant qu'un drapeau au bas des hanches, tient un flambeau qu'elle dirige vers un arbre; un esclave tâche de faire avancer le cheval, qui s'arrête sur la jambe droite; à droite, un arbre; de l'autre côté de l'arbre, debout, sur un piédestal enroulé d'une guirlande, un enfant nu, portant des fruits. Morceau joli, quoique la sculpture ne soit guère bonne et d'un style licencieux; quoiqu'il n'ait rien d'obscène, il a une corruption interne.

Festin d'Icarius [3]. — Le fond représente une maison avec des fenêtres; vue par l'angle, on la voit dans tout son côté et de face, les toits sont en tuile; plus près de vous, une seconde maison, ou corps de logis plus bas et, dedans, une chambre ouverte, tentures aux murs. Sur un lit, un homme est sur son séant et se détourne; couchée sur le même lit que lui, une femme, appuyée sur le coude et le menton reposant sur sa main; devant eux, une table chargée; aux pieds du lit, un candélabre. L'homme se soulève de son coussin et fait signe d'entrer à un personnage nouveau venu, auquel un petit Faune (queue en trompette) dénoue sa sandale. Le gros et grand personnage, très barbu, a l'air endormi, un autre Faune le soutient, le bras gauche du dieu fait toit sur sa tête. En dehors de la porte, quatre autres personnages dans un couloir : un jeune homme, couronné, tout nu, et portant un bâton démesurément long (terminé par des fleurs et des épis et orné en haut d'une banderole nouée), a l'air de vouloir repousser du pied un gros Silène botté, dont la robe retroussée montre exprès le phallus, et qui souffle, ivre, dans une double flûte ; derrière lui, un jeune homme (très joli), sur la pointe des pieds, se détourne en souriant vers une femme (pose suppliante ? tête très levée) qu'un cinquième personnage (sans tête) tient par la taille.

Deux esclaves en marbre phrygien [1]. — Portant des vases carrés sur le dos, ils fléchissent sous le poids et mettent un genou en terre ; les pieds et les mains noirs. Le marbre imite à l'œil la bigarrure d'un vêtement étranger.

Sarcophage bas-relief représentant un mariage. — Treize personnages et deux petits. L'action semble divisée en trois parties distinctes : 1° En partant de l'angle gauche, cinq hommes, qui sont : deux, un, deux, celui du milieu plus drapé et plus jeune fait centre, il tient à la main un rouleau et se détourne vers l'homme qui est à sa droite ; 2° Trois personnages, deux hommes d'âge semblable, celui de gauche tient un rouleau ; entre eux deux, un homme, barbu, parle et se tourne vers l'homme de droite ; 3° Trois femmes et deux hommes ; la première pose une couronne sur la tête d'une jeune fille à visage mélancolique, vis-à-vis de laquelle un jeune homme barbu, qui la regarde. Entre ces deux personnages, une matrone qui se tourne vers le jeune homme ; derrière celui-ci, un homme, torse nu, amulette au cou, et tenant à la main une corne d'abondance. Que signifient deux petits bonshommes (tête absente) qui viennent comme hauteur au genou des autres ? le premier (à gauche) est placé entre le quatrième et le cinquième personnage de gauche, le deuxième est au bas de la femme qui pose la couronne sur la tête de la jeune fille, ils sont tous deux debout et de même mouvement que les autres personnages.

Diane d'Éphèse[1], couronnée de murs avec trois portes. — Sur le disque qui est debout derrière sa tête, lions ailés de chaque côté qui sont un, deux, un ; une grosse guirlande de petites roses fait le tour de la poitrine en demi-couronne. Sur la poitrine, constellations ? (les Gémeaux sont sculptés en large, une femme — la Vierge ? —, le Scorpion, une femme) ; au-dessous de la guirlande, collier de glands de chênes. Sur chaque bras, trois lions qui tournent la gueule vers la déesse.

Elle a vingt mamelles, d'inégales grandeurs ; la gaine du corps divisée en trois bandes, celle du milieu et deux latérales, chaque sujet dans son petit cadre.

Première bande en descendant : premier carré, lions ailés la jambe repliée sous eux ; deuxième carré, *idem* ; troisième carré, *idem* ; quatrième carré, trois cerfs, jambe repliée ; cinquième carré, deux taureaux ; sixième carré, abeille.

Bandes latérales : premier carré en descendant, une femme ailée ; le torse finit en haut des cuisses dans une espèce de conque qu'elle tient elle-même de ses deux mains ; deuxième carré, un bouton rosace et un papillon en dessous ; troisième carré, une femme comme la précédente ; quatrième carré, griffon à tête de femme, vu de profil ; cinquième carré, abeille ; sixième carré, rosace ou rose épanouie.

Deuxième file à gauche : premier carré, sphinx femelle de profil ; deuxième carré, femme ailée, le corps s'arrêtant dans une conque qu'elle tient à la main ; troisième carré, rosace ; quatrième carré, abeille ; cinquième carré, rosace ; sixième carré, est vide.

Les deux bandes (chacune en deux files) latérales sont semblables, pieds, mains et tête de bronze, le reste d'albâtre oriental.

Sortant de l'emmaillotement qui la serre, la draperie tout à coup s'évase en liberté et arrive jusque sur le milieu des pieds, qui en sortent, jusqu'au bas du cou-de-pied environ.

Cratère [1]. — Mercure, coiffé du pétase et sans ailes aux pieds, apporte un enfant, Bacchus, à la nymphe Leucothoé, qui est assise et tend un lange pour recevoir l'enfant. Derrière Mercure, et le suivant, s'avance sur la pointe des pieds (il danse) un Bacchant soufflant dans une double flûte et portant sur l'épaule gauche une peau de bête féroce, léopard ou tigre, aux ongles aigus ; derrière lui, une femme échevelée, la tête renversée et portant le menton au vent, joue d'un grand tambourin ; derrière elle, un Bacchant, peau de bête féroce sur l'épaule et tenant à la main un long thyrse surmonté d'une pomme de pin.

Derrière la Nymphe (Mercure vient du côté gauche, la Nymphe est à droite), trois personnages, debout, portant également un long bâton surmonté d'une pomme de pin, sont debout dans une attitude calme, au repos. La troisième femme (en partant de la Nymphe) a le torse nu et appuie sa main droite à un tronc d'arbre qui la sépare de la seconde. À la chaussure, le second personnage peut-être un homme ? il me semble y avoir des sortes de bottes.

Sur le cratère, entre Mercure et la Nymphe, en haut se lit : Σαλπίων Ἀθηναῖος ἐποίησε. Ce beau vase a longtemps servi sur la place de Gaète à amarrer les barques ; la corde a usé tous les personnages aux cuisses, il fut ensuite transféré dans la cathédrale de cette ville, où il servit de baptistère.

Apollon et les Muses [2], bas-relief composé de trois femmes et d'un homme. — À gauche, une femme debout, ayant un long vêtement léger qui se sépare au haut de la cuisse gauche et fait fente, tient dans sa main des cymbales dont elle va frapper ; elle se détourne tout à coup vers Apollon, en frôlant sa tête sur son bras. Apollon, le corps porté vers la partie droite, du côté où est la femme, étend sa main droite (qui passe sur le col de la femme) ; cette main porte le grattoir de sa lyre, le bas de son poignet s'appuie sur le dessus de la main de la femme ; de la gauche il tient sa lyre (énorme montant en forme de cornes de bœuf) dont il jouait tout à l'heure. Il est un peu appuyé le dos au mur, dans une pose pleine d'abandon, il est nu, son vêtement est derrière lui et fait draperie contre la muraille ; ventre, et poitrine fort belle, gracieuse et forte ; la tête est restaurée.

Sur un lit sont deux femmes, la première a la jambe droite repliée sous elle, le genou est très étudié ; elle est nue, sa draperie s'est dérangée dans le mouvement qu'elle fait pour aller toucher le bas de la lyre d'Apollon, qui est occupé avec l'autre femme et complètement tourné vers elle ; cependant elle détourne un peu la tête pour écouter une troisième femme qui, à genoux sur le lit et tenant une lyre de la main gauche (lyre semblable), vient de se lever tout à coup (d'après les plis amassés et qui viennent de tomber sur le milieu de ses cuisses) dans un mouvement rapide et s'avance vers elle.

Charmant morceau, bas-relief complètement sorti ; la sculpture est peut-être un peu longue, mais cela contribue à l'élégance. Les seins des femmes fort écartés, les côtes se voient sous la chair, admirable ventre de la femme qui tend le bras (la seconde).

POMPÉI — PAESTUM

POMPÉI [1]

AMPHITHÉÂTRE

Deux entrées, une du côté du Vésuve, une autre du côté de Castellamare. Pour arriver sur l'arène, il faut par toutes les deux descendre ; l'entrée tournée du côté du Vésuve avait une rampe, ce qui se reconnaît à des trous placés dans le dallage et destinés à tenir les bâtons qui supportaient la rampe ; l'autre entrée n'arrive pas droit sur l'arène, elle fait un angle.

En entrant par le côté du Vésuve, il y a plus de gradins conservés à gauche qu'à droite ; c'est la partie qui est du côté de Castellamare qui a moins souffert — ses constructions supérieures subsistent encore.

Les gradins à partir du haut sont au nombre de dix-huit, puis un petit couloir de circulation pour les gens qui avaient à se placer sur ces gradins ; le couloir est fermé par un mur au-dessous duquel sont douze gradins. En bas de ces gradins, un couloir fermé par un mur — au-delà duquel sont, au milieu seulement, quatre gradins très larges. Vers les deux entrées, de chaque côté, ce ne sont plus quatre gradins, mais cinq. L'escalier qui amenait les spectateurs de ces quatre et de ces cinq gradins pénétrait d'en-dessous et se dégorgeait en dedans, de manière à qu'il n'y ait aucune confusion — c'étaient les entrées à part.

Sur le côté gauche en regardant le Vésuve existe une petite porte B. C'était par là que l'on faisait entrer les bêtes féroces dans la cavea — l'entrée donnant sur Castellamare était celle des gladiateurs ? (à ce que nous dit le cicerone) ; on les emmenait par l'entrée d'en face, E. V., celle qui a la rampe. Il est à remarquer que les gradins sont entaillés pour les pieds, afin que les spectateurs du rang supérieur ne gênassent point ceux qui étaient assis en dessous.

La partie supérieure de l'amphithéâtre est un mur circulaire, creusé de portes voûtées ; — au-dessus de ce mur, en retrait, piliers de briques et de pierres = ruines d'un ordre supérieur ; ce deuxième ordre n'existe que du côté de Castellamare. Ces portes ici ouvrent sur la campagne qui se trouve de plain-pied par derrière — le mur est plein pour pouvoir soutenir le second ordre.

PETIT THÉÂTRE

Sur la scène large de quatre pas, trois portes, une de chaque côté, et une plus grande au milieu ; de plus, à chaque bout, deux petites, bouchées du côté de la scène, mais qui se voient encore très bien du côté du postscenium.

Le postscenium a cinq grands pas et est donc plus large que le scenium.

Il y a sur le scenium deux grandes portes latérales — de même hauteur que la porte du milieu du fond.

Le public entrait par deux grandes portes latérales voûtées au-dessus desquelles est une tribune — c'est là le podium —, une pour le prêteur, une pour les vestales. Cette tribune est ainsi composée : d'abord une plate-forme large de trois pas puis des gradins allant en montant jusqu'au mur.

À quoi servait l'espèce de fossé entouré d'un double mur et large de deux pieds et demi environ, qui est à l'avant de la scène ? était-ce pour rouler les toiles ou pour mettre les musiciens ? Qu'y avait-il dans la cavea même ?

Les quatre derniers gradins d'en bas sont plus larges et séparés des supérieurs par un mur — au-delà de ce petit mur, gradins et escaliers pour le public ; il y a six escaliers.

Au bas de chaque escalier des côtés, celui qui longe le mur extérieur au podium est une cariatide d'homme (terminant l'escalier) qui supporte une tablette sur laquelle sans doute était une statue.

Devant cette cariatide est l'entrée du couloir qui circule derrière le mur séparant les quatre grands gradins — ce mur est terminé à ses bouts par un sphinx correspondant aux cariatides.

On arrivait de suite aux gradins supérieurs du théâtre par un escalier extérieur compris entre deux murs.

GRAND THÉÂTRE

Le postscenium est plus étroit et la scène plus large — elle s'ouvrait également sur le postscenium par trois portes.

Ainsi[1], il y avait une porte plus grande au milieu, flanquée en avant de deux piliers (ou plutôt piédestaux) qui devaient supporter des statues. Le mur, se courbant, s'avançait et son avancée semble destinée à supporter quelque chose, sans préjudice des statues placées derrière, dans des niches N ; il y avait encore un retrait du mur, E, puis une avancée K et une porte PM, après quoi une avancée 2 et une retraite 1 ; enfin, sur les deux côtés de la scène, une porte latérale C.

Dans le fossé entouré d'un double mur qui est sur l'avant de la scène, il y a dans le sol des trous carrés, assez profonds (actuellement, deux p[ieds]) ; le long du mur qui regarde le scenium, entaillement carré longitudinal destiné (?) à recevoir des piliers carrés qui y auraient été adossés ; le peu de largeur de cet entaillement ne permet pas de supposer que c'était la place destinée aux musiciens (?). Quant au côté extérieur de ce même mur, celui qui fait face aux spectateurs, voici ce qu'il présente (en le regardant le dos tourné au public) : au milieu, une demi-rotonde — puis (de chaque côté) : une petite niche carrée, un escalier de quatre marches (montant sur la scène ? alors on passait sur le fossé, entre deux murs qui auraient été recouverts ?), le mur, un pilier en briques, le mur[1].

TEMPLE D'ISIS

Enceinte carrée, entourée de colonnes de briques recouvertes de stuc. Colonnes cannelées et plus larges à partir du milieu ; le bas est en rouge, le haut est en jaune.

À l'entrée, deux piliers carrés, peints en rouge.

À gauche se voit une petite construction carrée[2], enduite de stuc, couverte d'arabesques, rinceaux et sujets dans les grands panneaux. Sur la face de l'entrée : un Génie ailé portant une boîte ; homme et femme en vol, la femme vue de dos, l'homme vu de face, ayant des ailes aux pieds et entraînant la femme qui pose sa main droite sur son épaule ; un Génie ailé. Des deux côtés de la porte : femme drapée régulièrement, debout, les cuisses et jambes rapprochées, et la draperie les entourant régulièrement, à plis obliques et larges.
— Côté qui regarde le temple : Génies ailés mutilés. La quatrième face n'offre rien, elle a été complètement restaurée.

À l'entrée de ce petit monument carré, à droite de sa porte (en la regardant), un large autel carré — de l'autre côté en face, faisant vis-à-vis, une fontaine, contenant à présent de l'eau du Sarno[1].

Le temple est sur une plate-forme de quelque quatre pieds — carrée. De chaque côté, un pilier — on monte par un petit escalier de huit marches et l'on est sur la plate-forme, flanquée de chaque côté d'une niche ronde surmontée d'un tympan pyramidal. — Sur cette plate-forme ou petit portique, deux colonnes de chaque côté de l'escalier ; puis sur les côtés (de la plate-forme), une ronde unie à gauche, une cannelée à droite.

En face est la porte du sanctuaire, escortée des deux niches ci-dessus.

Le sanctuaire est divisé en deux parties, c'est-à-dire que s'élève, dans toute la largeur de la pièce, une construction en briques à hauteur d'homme à peu près, telle qu'un long et haut fourneau de cuisine ; le dessous de cette construction est voûté, c'est-à-dire qu'elle repose sur une petite voûte dans laquelle on pénètre par deux petites portes, hautes de deux pieds et demi environ. Sur le dessus de cette construction, au milieu, une borne carrée = piédestal ? socle d'autel ?

Sur les murs latéraux du sanctuaire, à mi-hauteur, il reste des avancées de pierre = modillons sculptés qui devaient supporter les poutres du plancher du second étage ? ou des statuettes ? s'il n'y avait pas de deuxième étage[2].

Les niches des deux côtés citées plus haut reposent sur une base très large qui ressort du plan extérieur de la plate-forme du temple, et extérieurement fait saillie sur cette ligne.

En dehors du mur du fond du sanctuaire est une petite niche, avec un tympan et décorée de rinceaux.

Tout autour du carré qu'enferme la colonnade quadrilatérale, et en dedans d'elle, court une rigole pour l'écoulement des eaux.

Parmi les colonnes, sur leur ligne, entre elles, se voient des espèces de larges piliers cubiques, à hauteur de la poitrine à peu près, creux, avec, sur le dessus, une gorgerette de dégagement ; il y en a deux sur la ligne de colonnes qui regarde le mur de fond du sanctuaire, et un sur chaque côté.

MAISON DU BOULANGER[1]

Le four est exactement comme les nôtres : une cheminée — une voûte au fond de laquelle on enfournait par une ouverture carrée — et en dessous, au niveau du sol, une seconde voûte.

Des deux côtés du four (de cette seconde voûte), sont dans le sol deux petites cuvettes ou vasques en maçonnerie.

Les cônes des meules sont tous creusés par le haut — pourquoi[2] ?

BAINS[3]

Se composent de quatre pièces.

On entre, par un corridor voûté dans la première pièce qui est un carré long, sorte de galerie voûtée avec un banc tout autour de la muraille.

Au bout de cette pièce s'ouvre par une porte le frigidarium, rotonde voûtée coniquement, ne recevant de jour que par en haut ; une vasque ronde, en marbre, occupe toute cette pièce. Autour de la muraille, quatre niches rondes pratiquées dans le mur ; sur le linteau circulaire, au pied de la voûte qui court en dessus des niches, sont représentés en bas-reliefs des courses de chars (joli mouvement) et des hommes à cheval.

Au fond, en face la porte, au milieu du mur, un bec en bronze, carré et à ouverture étroite, de façon à laisser échapper l'eau en nappe.

On descendait au fond de la vasque par deux marches — assez élevées, ce qui permettait de s'asseoir.

La troisième pièce, parallèle à la première et s'ouvrant sur le flanc droit de celle-ci, est tout entourée de niches séparées les unes des autres par des petites cariatides d'hommes nus, à visages rustiques et barbus, et qui ont des caleçons à petits losanges descen-

dant comme des lames triangulaires l'un sur l'autre ;
d'autres de ces bonshommes ont simplement un caleçon d'étoffe (ou de peaux ?). Ces cariatides supportent
un large plateau. — Parmi les bas-reliefs en stuc de
cette pièce, Ganymède enlevé par l'aigle.

La quatrième pièce, s'ouvrant sur la droite de la
précédente, avait tout son sol chauffé d'en dessous par
des fourneaux ; le sol est supporté par de petits piliers
en briques ; à droite quand on entre, il y a une vasque
de marbre carrée, en façon de grande baignoire. Au
fond de cette pièce, dans la demi-rotonde qui la termine, une vasque supportée sur un cône de pierre ; du
milieu de cette vasque s'élevait un jet d'eau. Cette pièce
a trois ouvertures à sa voûte, deux de chaque côté et
une au milieu ; de plus, un œil-de-bœuf à sa demi-
rotonde, et, en dessous de cet œil-de-bœuf, au-dessus
de la vasque à jet d'eau, sort de la muraille une sorte
de carré en maçonnerie avec un trou au milieu, ce qui
se retrouve dans la première et dans la troisième pièce
— quoique dans la première le fond semble bouché.
Étaient-ce des bouches de dégorgement pour la chaleur, ou des niches à lanternes ? Ces carrés sortants
sont très mal faits, et semblent (comme travail) ajoutés
là après coup. La première et la troisième pièce ont au
fond une fenêtre carrée.

MAISON DU JUGE[1]

On entre par un petit corridor donnant sur la rue
— sur le mur de droite de ce corridor, une femme
jouant de la double flûte. La flûte est en rouge — et les
calices (becs qui en sortent) de couleur verdâtre. Quant
aux ∩ qui flanquent chaque calice, ils semblent être
comme de longs brins d'herbes.

Dans la cour, à droite en entrant, un petit autel.

À côté du corridor, ou mieux allée d'entrée, et dans
le même sens, une petite pièce. Carré long = logement
du portier. La cour a sur chaque côté deux chambres ;
c'est dans la chambre de gauche qu'est représenté sur
le mur de fond un Faune avec un prodigieux phallus

rouge (incliné de côté pour qu'on puisse mieux le voir), caressant une femme qu'il étreint ; la femme est couchée, lui debout.

Au fond de la cour (impluvium), espace mosaïqué carré — au delà est le jardinet. À côté de la salle mosaïquée, à droite, grande pièce avec grandes peintures. Sur le mur de fond, un Triomphe de Bacchus ou d'Hercule — tête d'homme sur laquelle le héros passe le bras, — il a sa tête prise sous l'aisselle ; une femme à droite, coiffée d'une peau de lion, tient la massue ; un enfant, sur les épaules du dieu, lui souffle le son dans l'oreille avec une double flûte[1].

Par un escalier sur la gauche de la salle à sol de mosaïque, on monte dans le jardin et dans les nombreux autres appartements qui lui sont de plain-pied ; sur le mur de droite de cet escalier, il y a peint un gros masque de femme et un paon.

Au milieu du jardinet est un petit bassin de marbre ; tout autour du bassin sont disposés des animaux qui le regardent — un canard, une caille, une vache, des petits chiens ; plus loin, un lapin qui mange une grappe de raisin. Petit groupe d'un enfant retirant du caillou de dedans le sabot d'un Faune. Le jardin est décoré à ses angles d'hermès double = une tête de Bacchus indien et une tête de femme (ou de Bacchus adolescent, quoique cependant les traits du visage me semblent bien être ceux d'une femme). Au fond du jardin, une petite grotte factice, en mosaïque bleue avec des lignes de coquilles naturelles ; au fond de ce berceau à voûte, un Silène appuyé sur une outre (sur un tronc d'arbre), d'où sortait l'eau qui cascadait sur un escalier à marches placé au bas du berceau, et allait s'amasser dans le bassin. Il est impossible de voir quelque chose de plus profondément rococo — le propriétaire de ce logis était en même temps un libertin. Quel bourgeois !

À un tombeau, voie des tombeaux, porte avec une poignée.

K une poignée en fer recourbée comme si la pierre

s'était levée — tirée de bas en haut — chose impossible à cause de l'avancée de toute cette porte étant dans l'enfoncement — un trou creusé dans le marbre avec deux restes de poignées LL — la cloison V a aussi des traces de ferrements — quant à tirer cette pièce à soi, la chose me paraît mêmement impossible à cause de Y, bande qui avance et sous le bord de laquelle est comprise cette cloison dont il s'agit.

PAESTUM [1]

Il y a trois temples à Paestum : celui de Neptune, le plus beau, est au milieu ; celui de Cérès est le premier en arrivant, et la basilique est le dernier ; tous trois sont à droite de la route quand on arrive de Salerne.

TEMPLE DE NEPTUNE

Dorique lourd — en pierre poreuse — de couleur roussâtre. Mais quelle différence avec le Parthénon !

Le tympan est bas, l'entablement fort épais et dépassé par le dé du chapiteau ; triglyphes avec *guttae* ainsi que sur les tablettes du larmier ; il y a dix métopes.

En comptant les deux colonnes d'angle, six colonnes sur les faces, quatorze sur les côtés.

De chaque côté du naos, encore très visible à cause du surhaussement du terrain sur lequel il était, il y a un pilier carré, sans chapiteau, et finissant seulement avec une incurvation légère comme quelques piliers d'Égypte. Entre ces deux piliers, deux colonnes de même style que les autres.

Les colonnes intérieures de la cella existent encore, il y en a sept de chaque côté ; un second ordre est encore debout sur elles, composé de trois colonnes d'un côté et de sept de l'autre.

Le bourrelet du chapiteau a en dessous trois raies circulaires ; — au-dessous de ces trois raies, quatre pouces plus bas environ, juste au haut du fût de la colonne, il y en a trois autres, mais brisées et faites dans le sens des cannelures de la colonne, c'est-à-dire arrêtées par l'arête montante de la cannelure.

Ensemble lourd, mais puissant et solide.

BASILIQUE

Dimension énorme du dé du chapiteau qui dépasse de beaucoup l'entablement ; l'amincissement des colonnes par le haut contribue encore à rendre cet effet plus frappant.

Dix-huit colonnes sur les côtés, neuf sur les faces, en comptant les deux colonnes d'angle.

Au milieu du *naos*, ou plutôt du bâtiment même, il reste une colonnade de trois colonnes, avec leur architrave, et deux chapiteaux par terre. Le chapiteau a de largeur ma brasse (le chapiteau pris, bien entendu, de son sens le plus étendu, à savoir dans le sens du dé).

Le bourrelet de ces chapiteaux semble très lourd ; les colonnes sont presque bombées au milieu, car elles sont plus étroites à la base — c'est d'un effet désagréable.

L'intérieur s'ouvrait par cinq colonnes, dont deux piliers carrés à chapiteau carré.

Sur l'entablement, intérieurement, il y a encore quantité de trous carrés pour les poutres de la toiture, qui allaient sans doute s'appuyer sur la colonnade du milieu ; ces trous sont placés sur la ligne de jonction des pierres, ligne qui correspondait juste au milieu du dé du chapiteau.

Les *[illis.]* étaient évidemment couverts. La couleur générale de la basilique est grise.

TEMPLE DE CÉRÈS

Les chapiteaux me semblent un peu moins lourds que dans la basilique.

Cella plus haute — sur le côté gauche de la cella, trois tombeaux, toit conique — chrétiens.

Treize colonnes sur les côtés, six sur les faces.

POUZZOLES [1]

Dessous

Une rue au milieu dans le sens de la longueur avec deux portes et deux autres petites — la partie qui touche au mur. Deux rangs de voûtes. Le troisième rang fait couloir; il y a donc un couloir au 1er étage, courant sur la 1re série de voûtes.

Trois rangs de couloir généraux — qui n'existent guère qu'au milieu: se réduisent à deux à cause du rétrécissement de l'ovale — à la place des portes, un pilier manque pour que la place soit plus grande — de sorte que les trois rangs de couloirs ou plutôt de piliers-voûte n'existent qu'au milieu de (   ). Sur les murs du dernier couloir, celui sur le *[illis.]*, tombe la galerie voûtée du second étage. Tenons dans le mur comme pour supporter un plancher; ça allait donc de plain-pied avec cette première galerie qui *[illis.]* des carrés de l'*[illis.]*; il y en a douze de chaque côté. Il y en a 9 autres inégaux et inégalement placés. Un très long correspond au couloir transversal d'en dessous et les centre. La rue du milieu creusée par les bords a été recouverte par les dalles — dans les parois des murs, quantité de trous laissés dans les briques — tout autour de l'arène, une rigole barrée — au pied des piliers intérieurs du grand couloir qui supporte la Cavea, excavation quadrangulaire avec petits bassins — entre chacun de ces piliers, vomitoire qui descend se dégorge dans le petit couloir qui circule autour du mur de l'arène.

Dans la rue du milieu, un trou donnant dans une citerne — les murs intérieurs des voûtes *[illis.]* de stuc: carrés et grands losanges.

————

Castellammare — Sorrente — Caprée! —

————

Première salle — escalier droit descendant large de
deux pas — porte — caveau au fond — en relief sur le
mur[1].

———————

deuxième tombeau — escalier comme le premier.
première chambre : voûte au milieu, deux assises ou
niveaux de chaque côté ; sur celui de gauche, trous
carrés pour mettre les pieds des sarcophages. Autour
des murs, bandes noires, jaunes, rouges, brun de
Madère, vertes.
Deuxième salle — moins large. On y descend par
une marche — quatre pas de large — couloir voûté
avec deux niveaux et des trous correspondant au précédent — le fond *[illis.].* Il y avait place pour trois cercueils — bandes de couleur comme au précédent. Sur
le plafond voûté, au milieu, une bande rouge large
d'un pied flanquée de deux petites bleues ornées à leur
extérieur de points bleus — à l'entrée dans le chemin,
une pierre.
Ces tombeaux sont creusés dans le tuf de couleur
gris café au lait pâle — bande du plafond de même
[que] dans la première salle.
Troisième. Grands *[illis.]* — une seule tombe sur le
côté gauche. Au fond une peinture entre deux *[illis.].*
Toit ! Traces de clous autour des murs pour suspendre
différents objets du mort.
Salle des danses — sur les murs latéraux sont les
danseurs. Une porte (de chaque côté) peinte, fond
rouge avec des pois blancs, [partie] rouge plus pâle —
fragments de la porte dans le caveau. Sculpture dessus
— chimère à tête de hibou ? Chimère avec sphinx à
tête de femme — homme à genoux du genou gauche, a
des bras et des ailes — de sa coiffure deux tresses ou
bandelettes carrées qui pendent.

ROME
avril 1851

GALERIE COLONNA[1]

Dans la première salle, n° 27, VAN EYCK, *Les Sept Joies de la Vierge*[2]. — En robe rouge, la tête, charmante, inclinée sur l'épaule droite. Son vêtement supérieur noir est sur sa tête et descend sur ses épaules. L'enfant Jésus (fort), draperie verte, est sur ses genoux; elle lui montre une fleur. À côté d'elle se tient une licorne dont on ne voit que la partie antérieure du corps. Tout autour dans des médaillons sont les sept joies : annonciation, circoncision, naissance, exaltation, etc. Dans le tableau qui fait pendant, *Les Sept Douleurs*; les douleurs sont aussi dans des petits médaillons. La tête de la Vierge est moins belle et surtout moins profonde comme pensée que dans les *Douleurs* — ici sa joie est presque mélancolique : le moyen âge a-t-il su quelque part peindre la joie (autrement que brutale ?).

Que veut dire la licorne par rapport à la Vierge, comme emblème religieux chrétien[3] ?

Troisième salle (la deuxième est celle du Pape).

HOLBEIN, *Laurent Colonna, frère du pape Martin V*[4]. — Belle peinture — grasse et faite — ça touche à Raphaël. Visage socratique — air dur — yeux bleus bordés de rouge. Un chaperon noir du bord duquel s'échappent de petits cheveux courts du même ton que la grande barbe rouge. Il est vêtu d'une grande pelisse noire à fourrure. Dans le fond, paysage : un homme et une femme qui passent sur une route. Puis la colonne Antonine (ou Trajane ?) et le Colisée.

TITIEN, *Portrait d'un moine*[5] ! c'est un morceau — en entrant près de la porte à gauche. Comme il est maigre avec ses yeux bleus clair ! Peau sale et terreuse, échauffée, rugueuse, des boutons et des places de rouge — chartreux (la toile usée et abîmée ajoute à l'effet); c'est bien un homme abîmé de jeûne, qui se nourrit de haricots... Ô Vénitiens, quels artistes vous fûtes !

FRANÇOIS SALVIATI, *Résurrection de Lazare* [1](nº 43).
— À droite, de profil, deux femmes qui se touchent le
nez — le Lazare est assis et tombe de côté. Beau bras
très mort. Une femme vue de dos, les mains jointes
portées très Transfiguration. Vilain ton des chairs —
celui du torse du Lazare est pareil à celui des épaules
de cette femme.

NICOLAS POUSSIN, un *Sommeil de bergers* [2]. — À
gauche, un berger debout, appuyé sur sa longue hou-
lette; l'épaule et le bras droit (côté du spectateur) sont
découverts; une draperie roussâtre avec des lumières
lie-de-vin brillantes sur les crêtes des plis lui tombe
jusqu'aux jambes. Il est appuyé sur la jambe droite et
le corps soutenu par le long bâton est porté sur la partie gauche. Le pied gauche est ramené de façon que
l'extrémité des doigts touche au bord externe du pied
droit, le talon de gauche étant en l'air. — Assise et se
réveillant tout à coup, la main droite à plat par terre,
une femme blonde, blanche et rosée un peu, chemise
blanche autour du torse, sur les cuisses, les genoux et
les jambes une draperie d'un léger ton de gris; elle
regarde le berger. — Devant elle tout au premier plan,
vue de dos et couchée sur le flanc gauche, une femme,
le bras droit en angle sur le gauche qui est tout
allongé; à partir du milieu du dos, une draperie couleur argile l'enveloppe largement — position très nature
des jambes, les pieds écartés, la jambe droite passée
sur la gauche et allant au loin. — Au troisième plan,
une femme assise, endormie, tournée vers la droite
(sens opposé à celui des deux femmes précédentes).
Elle est assise sur une draperie verte. — Au quatrième
plan, un homme assis, endormi. Entre le berger debout
et la femme qui se réveille, en l'air un Amour, en vol,
admirablement volant, lance une flèche au berger;
une lumière arrive sur son bras gauche qui tient l'arc,
et l'argente. — Dans le fond à droite, derrière l'homme
endormi, une fontaine à dauphin — terrains bruns —
ciel avec une grande bande rouge appuyée sur l'horizon — à gauche, grands arbres bruns largement faits.

Charmante et large peinture — les bras traités à la vénitienne, sans façon — la figure de la femme qui se réveille, vive, naïve, croustillante d'élégance, un petit fil de perles sur ses cheveux roux retroussés — la chevelure de la femme du premier plan est plus foncée comme brun — de Madère.

On dit que Poussin a peint cela en revenant de Venise — c'est incontestable — que n'y a-t-il été plus tôt, que n'en a-t-il fait ainsi davantage !

Scolie. On n'a pas encore assez dit quel mal Poussin a fait aux paysagistes qui l'ont suivi, en créant *la composition dans la Nature*. Le paysage composé est, généralement parlant, une chose monstrueuse — ces gens-là n'aiment pas la Nature pour cela même — l'amour de la Vie est absent de leur cœur — et de leurs œuvres.

MUSÉE DU
COLLÈGE ROMAIN DES JÉSUITES[1]

Petite collection de bronzes et d'ustensiles antiques très curieuse, provenant des fouilles opérées dans les domaines des Jésuites. Au milieu de la salle, quelques-unes des plus vieilles monnaies romaines et un *très beau vase en bronze*, en forme de seau, sur lequel est représentée au trait l'histoire des Argonautes (?). Le sujet ne m'en paraît pas clair : un satyre, un fleuve ou une fontaine coulant de la bouche d'un lion, un vieillard attaché à un arbre. Le couvercle, plus beau encore comme dessin, représente une chasse au sanglier, au cerf[2].

Petite statuette d'Atys. — Haute de deux pouces à peine, même costume que l'Atys du Musée Chiaramonti au Vatican[3] ; sa chemise est ouverte des deux côtés sur le ventre, qu'elle laisse voir et qu'elle encadre circulairement ; bonnet phrygien et pantalons.

Un petit bœuf de Sennahar avec une bosse au garrot.

Torse d'un petit squelette, les côtes et la poitrine très bien évidées et creusées.

Amulettes. — Des jettatura[4] ; comme les mains

modernes de Naples ; deux têtes de bœufs, ou de béliers, à un seul corps, une tête à chaque extrémité du cylindre figurant le corps, au milieu un anneau, comme pour passer l'objet à une corde. Quelques-unes des têtes de bœufs ont des cornes prodigieuses par rapport au reste. On en voit aussi de chevaux.

Bracelets en fer, cercles roulés en spirales.

Grandes plaques ou bandes d'airain surmontées d'une tête, sortes d'hermès. — Les mains sortent toujours à hauteurs inégales ; d'autres fois la main saillit de la plaque même, et non du bord, elle est alors en relief dessus au lieu d'être sur le bord.

À remarquer une, où les jambes, monstrueusement longues, sont indiquées ; la main droite se trouve à la hauteur de la hanche et le coude est très en arrière ; la main gauche, sortie du bord de la lame, tient un serpent.

À côté, *deux statuettes qui sont entre ce style et l'étrusque le plus fruste.* — Toutes deux ont un casque à ailes et à crête. Le premier a une crête énorme sur son casque, il est serré dans un pourpoint étroit — ou cuirasse — du bord duquel dépasse en dessous, comme une cotte de mailles, une chemisette ; ce peut être un *Mars* (?) ; la seconde, une *Minerve*, marche et a les jambes très écartées et couvertes jusqu'en bas d'une chemise tirée et tendue par le mouvement des jambes. Ces deux statuettes n'ont pas d'épaisseur, on dirait qu'elles ont été aplaties, laminées ; de quelque point qu'on les regarde, elles ne semblent jamais qu'un profil.

Un soldat portant un chariot dans son dos, de la manière dont les Arabes portent leur chibouk, si ce n'est qu'ici c'est sur le vêtement et non entre le vêtement et la peau. Le timon s'engrène dans deux crampons fixés au dos du bonhomme, ça se retire à volonté. La statuette a environ dix pouces de hauteur et le char, en l'air, dépasse bien sa tête de quatre bons pouces.

Il porte sur la tête une sorte de bonnet ne recouvrant pas les oreilles, coiffure molle, ayant en avant

deux pointes levées qui se recourbent et avancent.
— Au bout de ses bras tendus (les coudes sont appuyés
sur la poitrine), il présente un très grand bouclier
rond, ayant à son centre une pointe (= *umbo*).

La sculpture qui a son point de départ dans les premières lames semble arrivée ici à la perfection de ce
style, ça en sort presque, mais ça le rappelle ? le Mars
ci-dessus en serait la transition ?

SAINTE-AGNÈS-HORS-LES-MURS

On [pénètre] dans l'église, après avoir traversé une
cour pleine de rosiers, par un escalier d'une cinquantaine de marches espacées de cinq en cinq par de
grands paliers ; les murs sont couverts de place en
place d'inscriptions rapportées. Au bas de l'escalier on
fait un coude et l'on entre à droite dans l'église.

Elle est divisée en trois nefs et à deux ordres. À
remarquer une cannelure particulière : un bourrelet
au milieu, puis une moulure droite de chaque côté du
bourrelet, ensuite deux bourrelets, deux lignes carrées,
et enfin la gouttière ou creux même de la cannelure.

Sur la porte de face qui regarde l'autel au second
ordre, des colonnes cannelées, torses. Sur les côtés, la
première cannelée torse, la seconde cannelée droite,
la troisième toute simple, la quatrième cannelée droite,
la cinquième simple, la sixième et la septième cannelées droites.

Mosaïque de l'abside[1]. — Sainte Agnès au milieu,
debout, nimbe, large étole d'or, robe d'un violet chocolat ; elle tient un rouleau ; elle a de chaque côté un
homme tonsuré, tunique de même couleur que la
sienne ; celui de droite (qui est à sa gauche) tient un
livre, celui de gauche une petite maison à deux étages
(le second moins large) et dont l'entrée a des rideaux
blancs disposés comme ceux de l'alcôve d'un lit, c'est-
à-dire en châle croisé ; il porte, ou mieux il offre, cette
maison sur ses avant-bras.

SAINTE-PRAXÈDE

Mosaïque de l'abside[1]. — Jésus-Christ au milieu,
robe jaune d'or à bandes rouges, tenant un rouleau à
sa main gauche, lève son bras droit ; à sa gauche, un
homme en blanc — femme portant une double couronne, assez semblable de forme à un miroir turc qui
serait creusé ; ses yeux sont tout ronds, grands ouverts,
et regardent fixement ; sur ses cheveux noirs un diadème de diamants ; de ses oreilles pendent d'énormes
boucles d'oreilles carrées d'en bas ; au bas de sa robe
et au haut des bras, des étoiles rondes. Le troisième
personnage est tonsuré, en blanc, et tient un livre ;
puis un palmier avec des dattes.

À droite du Christ, homme en blanc qui passe son
bras droit sur l'épaule d'une femme (celui qui est à
gauche de Jésus fait le même geste) qui porte la même
chose que la précédente ; puis un homme portant une
petite maison, mais qui n'est plus couronné du nimbe
comme tous les autres personnages, mais d'une sorte
de quadrilatère bleu outremer qui lui entoure la tête ;
enfin, comme de l'autre côté, un palmier. Sur une
branche du palmier se tient un échassier d'un ton
brun doré, la tête entourée d'un nimbe bleu dont la
ligne extérieure du cercle est inégalisée triangulaire-
ment de pointes d'argent.

Tout autour du Christ, de chaque côté, montent à
partir de ses pieds jusqu'à ses épaules quantité de
choses de cette forme ◯ (pains ? poissons ? nuages ?),
rangés les uns sur les autres et alternativement rouges
et verts. Au-dessus de Jésus, ces espèces de saumons
de couleur se représentent ; là, ce sont évidemment des
nuages ; une main en sort tenant une couronne.

Les pieds des personnages sont appuyés sur un sol
d'or, au bas duquel coule horizontalement le Jourdain
(*Jordanis*).

Sous cette mosaïque est une bande de moutons,
comme à Sainte-Marie-du-Transtévère[2] ; celui du milieu
qui se trouve sous Jésus-Christ est entouré du nimbe et

a une figure presque humaine; il est monté sur une sorte de disque vert, élevé de terre et supporté par quatre pieds qui ressemblent assez à des troncs d'arbres mal dégrossis.

———————

La chapelle où l'on montre la colonne de la Flagellation[1], très puissante d'effet; à l'extérieur elle est décorée de quantité de petits portraits en mosaïque. Expression presque effrayante de portraits plus grands (alignés en face la chapelle de la colonne), avec leurs grands yeux ouverts, blancs. Aux joues, pour imiter la couleur des pommettes, la mosaïque tranche en rouge sur la pâleur, comme du sang, et la rehausse.

J'étais tellement occupé de ces prodigieuses mosaïques, que je n'ai presque pas vu le tableau de la *Flagellation* de Jules Romain[2], dans la sacristie; il ne m'a pas frappé, et je suis ressorti. Qui est-ce qui a étudié le byzantin?

[PALAIS] CORSINI[3]

MURILLO (*La Vierge*[4] de). — Elle porte le Bambino sur la cuisse gauche, dont le pied est posé sur une marche; le genou droit, plus bas par conséquent, est éclairé, la lumière tombe dessus. Elle le tient du bras gauche, et la main gauche est appuyée sur son épaule gauche; de sa main droite avancée elle retient un linge blanc qui passe sur le ventre du Bambino; le poignet de cette main est à nu; au-delà du poignet, la chemise blanche retroussée et la doublure bleu pâle de sa robe violette. Un fichu jaune est sur son épaule, transparent à mesure qu'il descend, et laissant passer à travers lui la teinte enflammée de la robe. La robe est ouverte pour donner à téter et le sein gauche à nu; c'est un sein poire, petit, chaud, d'une inconcevable beauté comme douceur et allaitement. Belle ligne qui descend du col jusqu'au bout de ce sein. La tête est un peu tournée vers le côté droit et il y a une ombre sous la mâchoire de ce côté.

C'est une tête ronde, ayant autour d'elle sur le front
— ils ne descendent pas sur les tempes — des cheveux
noirs de suie avec un ton roux-brun par-dessus ; derrière la tête et en contournant la ligne extrême, un
voile grisâtre amassé en bourrelet irrégulier. Les yeux
sont noirs, calmes, purs, vrais, regardent d'aplomb et
descendent en vous — des tons un peu bleuâtres entre
les sourcils au haut du nez — le nez droit, fin — les
narines petites, la gouttière du nez à la lèvre est très
creusée, la bouche petite, fort dessinée, petit menton
rond.

L'enfant ressemble à sa mère : même couleur de
cheveux mais plus clairs, le blanc des yeux bleu et la
pupille très lumineuse ; la poitrine est large et d'une
anatomie splendide comme force et vérité, c'est bombé,
plein et carré par les deux lignes externes. Bon petit
bras gauche, dont la main s'appuie sur le revers de la
chemise de sa mère. Son linge lui cache la fesse
gauche comme le ventre, et passe ensuite sous le jarret
droit. Sa jambe droite est tout allongée (plante du pied
vue !) sur la cuisse gauche de sa mère ; il est assis sur
le manteau bleu qui couvre cette cuisse et qui est parti
plus haut du bras gauche, dans l'ombre.

Fond : à droite, derrière Jésus, une sorte de pilier
grisâtre ; derrière la Vierge et au-dessus, nuage gris,
épais ; elle est assise sur un banc de pierre d'où s'élève,
derrière, un petit arbrisseau à feuilles brunes.

HOLBEIN. *Luther* (sixième chambre), petit portrait
(36). — Toque noire, houppelande violette à plis longitudinaux réguliers et à collet droit.

Cheveux grisonnants coupés carrément et tombant
plus bas que les oreilles, grosse figure grasse, à chair
molle, double menton, nez épaté du bout ; largeur de
la paupière supérieure ; l'air bonhomme rehaussé par
une sorte de fierté rustique, œil brun.

HOLBEIN. *La femme de Luther*[1], petit portrait. —
Coiffe blanche et bonnet à grandes barbes carrées par-
dessus, tombant sur les épaules.

Figure blanche et ridée, de cinquante-cinq à soixante

ans — et plus —; peu de sourcils; expression douce et souriante.

VAN DYCK. *Portrait d'homme chauve*[1] (n° 32) au front très éclairé, grand rabat de guipure. Toile d'effet.

MURILLO. *Portrait d'homme à grands cheveux noirs*[2]. — Soin du dessin de la bouche, très beau comme éclat de la pâleur, rouge dans le coin de l'œil.

Les moustaches sont ainsi: la lèvre supérieure est rasée, sauf un léger fil de poil qui prend le plus près possible du bord interne de la cloison du nez, descend verticalement pour arriver au coin de la lèvre, la moustache décrit ainsi un accent circonflexe très ouvert et laisse voir parfaitement toutes les finesses de la lèvre (à propos de la manière de porter les moustaches à l'époque de Louis XIII).

REMBRANDT. *Portrait de vieille femme*. — De face, ridée, terreuse, avec un voile noir sur la tête lui descendant jusqu'au milieu du front, et tombant sur chaque épaule.

TITIEN? *Philippe II*[3], portrait, jusqu'au haut des cuisses. — Pourpoint noir doublé de fourrure grise; la main droite appuyée sur une table — la gauche sur le pommeau de son poignard.

Bien moins beau que celui de Naples[4], quoique ce soit tout à fait le même visage et la même taille.

La face a un vilain ton gris, pareil à celui de la fourrure, et quelque chose de terne qui ne me semble pas devoir être du Titien?

CALLOT. *La vie du soldat*, douze petits tableaux[5]. — *L'arbre aux pendus*: à un seul arbre il y en a vingt d'accrochés, un vingt et unième est sur l'échelle, précédé du bourreau et suivi d'un moine qui lui montre un crucifix, tandis que lui, les mains jointes, regarde au loin dans la campagne.

Au pied de l'arbre, un moine en exhorte un autre qui va tout à l'heure y passer à son tour. Il écoute à genoux. — De l'autre côté de l'arbre, à droite, deux hommes, deux condamnés, en chemise, jouent aux dés sur un tambour; à droite au premier plan, un moine, un cruci-

fix à la main, confesse un condamné, debout comme
lui. Les condamnés sont en chemise et en culotte — mais
les pendus n'ont plus rien que la chemise.

*Homme pendu par le milieu du corps, la tête et les
pieds retombant, les mains derrière le dos* (nᵒ 65, troisième chambre).

À gauche, quatre hommes en chemise, les mains
attachées derrière le dos, sont à califourchon sur un
cheval de bois, assez haut pour dominer la foule.

Des soldats rangés semblent braquer leurs fusils vers
la potence, supportée sur un pieu, où est accroché le
patient dans la position susdécrite ; foule de soldats,
régiments en ligne.

Potence : un pieu supporte un bras terminé d'un
bout par une corde et de l'autre par le patient pendu ;
cette corde s'enroule à un cylindre, qui a l'air de faire
s'abaisser et s'élever le bras de la potence. On monte à
cette potence par une échelle. La corde peut-être glissait sur le bras de la potence, et le supplice consistait
à le monter et à le descendre continuellement.

Le cheval de bois sur lequel sont les condamnés
était sans doute une espèce de pilori.

CAPITOLE
BUSTES

Un Bacchus indien, et comme les plus vulgaires,
c'est-à-dire avec le nez à lignes carrées sur le pied
duquel (buste-hermès) : ΠΛΑΤΩΝ¹.

Buste de femme, avec deux mèches sur les épaules
une sur chaque, et la coiffure en petits vignots (deux
rangs) comme les bustes indiens, avec cette inscription : ΣΑΠΦΩ ΕΡΕΣΙΑΣ².

Faune avec des raisins et le pedum ; sur la place des
carotides, deux petites loupes oblongues, comme aux
Studi.

[VILLA] FARNÉSINE

Deuxième chambre du premier étage, en face la
fenêtre.

JEAN ANTOINE dit LE SODOME. *Alexandre offrant la couronne à Roxane*, fresque. — Roxane est assise sous un lit à colonnes cannelées et à rideaux rouges, des Amours lui retirent sa chaussure — les seins sont voilés d'une gaze blanche que va ôter un Amour — derrière le lit, trois femmes: une négresse à bracelets d'or, une autre de dos qui porte un vase sur sa tête, une autre qui s'en va.

Elle se déshabille. Elle retrousse sa draperie jaune. Délicieuse tête blonde pleine de luxure rêveuse; l'œil est noyé de langueur lascive — le ventre, vu sous la gaze sur laquelle par le haut circule un filet d'or, est tourné dans la torsion du torse, car elle est assise un peu de côté.

Mouvement très naturel et étudié de l'Amour qui retire sa sandale avec peine — un autre se découvre sous son jarret; les épaules pullulent, une rangée [d'Amours] soulèvent sur la corniche du baldaquin une énorme draperie verte, à grand-peine, et sont pris dessous, l'un d'eux en est enveloppé tout autour du visage d'une manière ingénieuse qui lui en fait un capuchon et l'encadre. Dans le ciel, quantité d'autres Amours lancent des flèches.

Alexandre (stupide) présente la couronne.

Dans l'autre coin du tableau, Alexandre est avec Éphestion.

Dessin lourd, décadent, mastoc, rococo, mais j'ai vu peu de choses plus excitantes et plus profondément cochonnes que la tête de la Roxane.

[PALAIS] BORGHÈSE [1]

TITIEN. *L'Amour sacré et l'amour profane* [2] (dixième chambre, n° 23). — Deux femmes assises sur un sarcophage antique: l'une, à gauche, habillée, celle de droite nue; la première est en robe de satin blanchâtre gris perle avec la manche rouge (droite) de sa robe de dessous, elle tient des fleurs noires, elle a des gants gris de fer un peu lâches (un gant juste, une main bien gantée doit être une chose exécrable en peinture, il faut que le gant fasse des plis) ; sa chevelure rousse est épanchée sur l'épaule gauche, le coude gauche est en arrière et la main de ce côté appuyée sur un vase rond découvert.

Entre les deux femmes, un Amour penché sur le sarcophage plein d'eau — elle s'en échappe en bas par un goulot — y plonge son bras droit. À droite, femme nue, rousse blonde — moins foncée que la précédente (ou plus éclairée), le corps un peu porté sur la fesse droite et la main droite appuyée à plat sur le bord du sarcophage. De la main gauche, levée le coude plié, elle tient une petite urne noire d'où s'échappe une fumée légère. Une draperie rouge, épaisse et lourde, tombe et s'échappe de ce bras gauche, faisant bordure de ce côté et mettant en relief toute la grande ligne du corps (peu sinueuse) qui commence à l'extrémité de la tête et finit au pied. Portée sur la partie droite du corps, le pied droit est caché par la jambe gauche qui vient dessus, le pied gauche tourné en dehors. Une draperie blanchâtre cache le haut des cuisses et la motte.

Elle n'est pas complètement de profil car on aperçoit un peu de son œil droit — quel œil que son œil gauche bleu très foncé ! — quelle tête ! fine, régulière, gracieuse, pleine de vie et de fantaisie et de tentation — sous chaque aisselle, deux plis — ensemble d'anatomie à la fois dodu et élégant.

Sur le bord du sarcophage, un plat creux et une rose — la partie antérieure du sarcophage est ornée de sculpture représentant un cheval, un homme debout en frappant un autre tombé par terre, deux hommes debout dont l'un porte un bâton.

Fonds : à gauche, terrains bruns qui montent — deux lapins — un cavalier — une ville avec une tour — arbres grêles — derrière l'Amour sacré et le petit Amour qui puise, des feuillages bruns : les Vénitiens aimaient les feuillages sombres. À droite, terrains plats — deux cavaliers, deux lévriers et un lièvre ; berger qui garde des moutons — des bleus d'eau — église — la mer bleue?

Ciel froid avec une bande jaune et un nuage blanc déchiqueté plaqué.

TITIEN, *Les Trois Grâces* [1] (même chambre, n° 2). — Une femme assise noue le bandeau d'un Amour à ailes de colibri vu de dos. Elle est couronnée d'un petit bandeau d'or et pointes de corail. Derrière elle, un Amour debout est appuyé sur son épaule, le bras droit replié, le menton posant sur la main de ce bras; le bras gauche est caché, il doit aller s'appuyer par-derrière sur l'épaule gauche de la femme — le pied gauche de l'Amour est en avant, le droit derrière; le talon gauche faisant angle sur le bord intérieur de ce pied droit.

À droite, femme de profil tenant un carquois; femme tirant l'arc.

Les bras généralement mauvais.

Admirable pose et dessin de l'Amour appuyé sur l'épaule de la femme.

BASSANO, *Portrait de vieillard comptant ses écus* [2] (même chambre, n° 44). — Sur une table — mouchoir à gauche, encrier à droite.

En toque noire — barbe blanche très largement faite — mains rouges-noires, peut-être un peu forcées au brun. Un peu de crudité dans les tons sanguins de la face.

Très beau portrait — sévère — étonnant pour le Bassano.

VAN DYCK, *Mise au tombeau* [3]. — Le Christ assis sur un sarcophage antique orné d'Amours, et penché sur la droite. Expression théâtrale des personnages, surtout du disciple à toque noire qui regarde le ciel. À droite, la Magdalena essuie ses pleurs avec le revers de sa main gauche; de la droite, elle tient la main gauche du Seigneur. Son sein est découvert — sans motif. Admirable chevelure ondée, blonde-rousse avec des lumières d'or blanc qui passent dessus — sur l'épaule gauche surtout une mèche plate tombant d'elle-même sur son vêtement gris de fer, il y a là une harmonie de couleur charmante.

LAURENT LOTTO, *Madone, Bambino, et deux saints* [1] (dixième chambre, n° 36). — La Vierge au milieu se tourne vers un vieillard à torse nu, très ridé, à longue barbe en mèches, et dont les sourcils tombent sur les paupières. Il joint ses mains dont pend un chapelet. Le biceps du bras gauche bien accusé. Les mains un peu semblables à celles de Botticelli. La draperie bleue de la Vierge est à cassures dures.

Le Bambino se penche sur un évêque qui lui présente une figue (?) fendue. De la main droite, il tient une plume. Fort belle tête mélancolique et très dessinée. Ton vrai de la barbe rasée. Sur le revers de sa chape d'évêque est peint, en ornement, un moine tonsuré tenant un livre.

Ses gants comme couleur et forme (avec des bagues par-dessus les doigts) sont pareils à ceux du nègre dans l'*Adoration des mages* de Lucas de Leyde à Naples [2].

MARCELLO VENUSTI, *Madone et Bambino* [3] (quatrième salle, n° 16). — La Madone en draperie violette, le Bambino est assis sur son bras gauche. Le petit saint Jean est par-derrière.

La Madone ressemble exactement, surtout par le bas du visage et le sourire à Alice Ozy [4].

CORRÈGE, *La Madeleine couchée et lisant* [5] (troisième chambre). — Couchée sur le flanc droit, lisant, sein et épaule nus, le reste couvert d'une draperie bleu foncé, elle est de visage ovale, rosée, calme et gracieuse. Sa main droite (le coude est par terre, appuyé), posée sur son abondante chevelure, glisse dessus, par le poids, et la relève.

Pour entourage, une grotte en accent circonflexe très allongé.

CORRÈGE, *Danaé* [6]. — Un grand Amour tend un pan de sa chemise pour recevoir la pluie d'or. Danaé, souriant, baisse la tête et regarde la pluie tomber — c'est prétentieux, tourné, ennuyeux.

Grand naturel des deux petits Amours au pied du lit, qui aiguisent une flèche dans un petit vase.

JULES ROMAIN, *Vénus au bain*[1]. — Affreuse petite draperie verte sur le bras droit — grêle et tourmentée, les quatre doigts de la main droite sont entre les cuisses pour cacher le con, le pouce et l'index sur la cuisse gauche. Petite chevelure frisée blondée.

Ensemble désagréable.

RAPHAËL, *César Borgia*[2] (deuxième chambre, nº 25). — La main gauche appuyée sur le flanc (mal faite), la droite tient la poignée d'un poignard qui est à la ceinture — le bras gauche est couvert de crevés blancs, ou plutôt de longues bandes blanches alternées, appliquées sur la manche (noire ainsi que le reste du costume). Une petite plume jaune tombe de sa toque noire sur l'épaule gauche. Front très haut et énergique — barbe entière rousse, peu touffée, non soignée et en trois pointes — pommettes saillantes — yeux ronds brun foncé; la bouche est petite et rouge, le nez légèrement cambré et à narines dilatées.

Expression de violence et de hardiesse — l'air effréné — effet tout opposé à celui de l'Alexandre VI de Naples[3], si calme et retenu.

Autour des poignets, petites manchettes blanches à broderies rouges.

Une grande tache de la peinture est sur la partie gauche du front (est-ce là ce qui a fait dire à Victor Hugo: «Monsieur de Valentinois, qui a des taches de rouge naturelles au visage»[4]?).

Sur panneau.

LÉONARD DE VINCI, *Madone et Bambino*[5] (premier salon). — Robe rouge collante à la taille. Le sein sort de la chemise entrouverte bordée d'une petite broderie noire — elle lui offre le bout du sein, trois doigts d'un côté, l'index et le pouce de l'autre — l'enfant se tourne à gauche vers elle — quelle douceur de sein!

Une sérénité tombe d'en haut et coule sur la douce figure de la Vierge.

Jusqu'à présent il me semble que c'est Léonard qui

a le plus célestement compris la Vierge. Elle est vraiment vierge et mère.

BOTTICELLI, *Madone, Bambino et des Anges lisant* [1] (première chambre, n° ...). — La Madone en rouge, couverte d'un manteau bleu, tient l'enfant sur les genoux et penche beaucoup la tête sur le côté droit. Elle a les paupières très closes ; il semble d'abord qu'elle dort ; elle rêve engourdie, on ne sait si c'est dans la joie ou de la douleur tant c'est absorbé et profond. Derrière elle un vase laisse retomber des fleurs sur son nimbe.

Le Bambino tenant une grenade entrouverte (*pourquoi la grenade* [2] ? la grenade, accouchement ? = Lucine, Junon ? espoir ? mystère ? sexe ? vie cachée ?) regarde le petit saint Jean-Baptiste avec une croix qui se tient en bas devant lui, à genoux et levant les bras vers lui en pose de suppliant.

Derrière la Vierge, montées sur des espèces de candélabres, des fleurs de lys.

De chaque côté, un groupe d'anges couronnés de roses et de jasmin, lisant dans un livre — beauté blonde et simple du dernier à droite qui tourne un feuillet, habillé de gris et la tête penchée, pour voir entre les deux autres. Les mains sont longues, maigres, saillantes aux articulations mais gracieuses de sentiment, surtout celle du précédent. L'ange de gauche a une chevelure dont la disposition rappelle une perruque Louis XIV.

Teinte générale grisâtre, morne, douce, pleine de charme.

Intensité rêveuse des physionomies.

LUCAS CRANACH, *La Vénus nue en chapeau*. — Toute nue avec un chapeau (presque de cardinal) noir bordé d'un petit galon rouge, et deux bandes rouges qui croisent, en dessous, le rebord — il est couronné de trois petites plumes d'autruche, légères, posées à plat sur le fond du chapeau.

Les cheveux pris dans un fichu rose sont retenus par une résille de perles blanches qui se confondent de loin avec ce rose et le tachent d'étoiles blanches.

La tête un peu inclinée sur le côté gauche est blonde et délicate, le front haut, les yeux froidement malins, quoique doux et un peu relevés à l'angle externe, les sourcils blonds très fins et très indiqués. Autour du col et l'entourant comme un bracelet, un collier de perles de couleur, à plusieurs rangs. Les clavicules sont étroites, la poitrine serrée — le nombril exagérément porté sur le flanc droit — la ligne de ce côté du corps trop tourmentée et vraiment laide — pauvres petits bras, fragiles et gracieux. La main gauche, dans une position mignarde, touche par son dessus à la fesse gauche ; deux lignes d'ombre sur les deux plis de la motte qui fait triangle. Un voile d'une transparence qui ne cache rien passe sur les avant-bras, sur le ventre, et descend au-dessous du genou. Le style des jambes est celui des jambes de Maxime — l'orteil très saillant.

Près d'elle, adossé à un tronc d'arbre, un enfant nu qui gratte de l'index un gâteau de miel. Les abeilles voltigent autour et piquent l'enfant qui pleure en regardant la femme.

Dans un coin en haut l'inscription suivante (telle que j'ai pu la lire à grand mal, le tableau par pudeur étant dans un endroit le moins éclairé possible) :

Dum puer alveolo furatur mella cu[pido]
Furāti digitum cuspite fixit apis
Sic etiā nobis brevis et peritura volupta[s]
Quā petimus tristi mixta dolore noc[et][1]

SAINT-JEAN-DE-LATRAN
MUSÉE[2]
Un sarcophage avec l'emblème du Bon Pasteur. — Le Bon Pasteur est au milieu et à chaque coin. Entre celui de milieu et les deux autres latéraux, quantité d'Amours faisant la vendange — ils sont sur des vignes et cueillent le raisin. En haut il y a de gros oiseaux perchés sur les branches — une flûte de Pan est suspendue à un tronc de vigne. En bas un Amour trait une chèvre — un autre Amour porte dans ses bras une

chèvre — un Amour debout pile avec ses pieds du raisin dans une cuve; le vin coule dans la cuve par des
trous façonnés en forme de têtes humaines.

Le Bon Pasteur a dans la main le pedum pastoral,
un bâton recourbé.

Sur les deux petites faces latérales du sarcophage,
scènes de vendange analogues à celle-ci. Un bélier
traîne un char à quatre roues sur lequel il y a des
paniers pleins de raisin.

L'autre face du sarcophage n'est point sculptée mais
seulement ornée de croisillons et de nodules.

Sarcophage à vingt-cinq personnages[1]. — Le personnage du milieu est une femme debout et les mains
ouvertes. À sa droite, un homme tenant une canne. À
ses pieds sont six pots alignés. À la gauche de la
femme, un homme pose sa main sur la tête d'un enfant
qui lui touche sa robe à la hauteur des genoux (qui le
supplie?), le pouce posé sur la tête il lui touche les
yeux des deux premiers doigts; les deux autres sont
fermés. — En suivant (à gauche des spectateurs, à
droite de la femme), homme avec un panier dans ses
bras et trois paniers pleins à ses pieds — un second
homme qui touche le panier du précédent d'une main
et lui offre de l'autre des fruits, des présents que porte
un troisième personnage aux pieds duquel sont trois
paniers pleins — un dernier personnage touche avec
un bâton une statuette à gaine (divinité?), sorte d'hermès de femme voilée, si ce n'est que le pilier n'est pas
tout à fait carré mais à angles un peu arrondis. Elle
est debout dans une niche à colonnes avec tympan.
Devant, un petit monument et, aux pieds du dernier
personnage ci-dessus, un petit homme drapé en pose
de suppliant.

Dans l'angle gauche du sarcophage, deux hommes
coiffés d'une sorte de chaperon. Le premier à genoux,
l'autre incliné, ils ont l'air d'embrasser un arbre (ou
un fleuve? ce sont des lignes incurvées en long?) qui
fait tout à fait l'angle.

SAINTE-MARIE-DU-TRANSTÉVÈRE

Mosaïque de l'abside[1]. — Jésus et la Vierge sont au milieu, assis sur un triclinium, splendidement vêtus. La Vierge est entourée d'un nimbe d'or ; Jésus a une croix dans son nimbe. La Vierge est à la droite de Jésus. À la droite de la Vierge, trois personnages debout. Le premier en noir avec un scapulaire d'or, visage tout pâle et blanc — tient un livre à la main. Il y a écrit sous ses pieds : *Callistus PP*. La pointe de ses riches chaussures étoilées d'or entre dans les lettres de son nom et en cache une.

Le second personnage en robe d'or. Une draperie brune est jetée sur son épaule gauche et sur le bras du même côté. Son pied est un peu écarté du gauche. La manière dont il est drapé est toute romaine ; la tradition antique est ici manifeste. Il tient un livre au-dessus duquel s'élève une croix. Il y a écrit sous ses pieds : *Laurentius* ; quant à la manière dont les pieds entrent dans les lettres du nom, même observation pour tous. Le troisième, *Innocentius*, est en vêtement blanc avec une bordure d'or à ses vastes manches ; il a un vêtement de dessus rouge et un scapulaire blanc. — Le premier et le troisième personnage sont tonsurés.

À la gauche de Jésus un homme debout, pieds nus dans (ou plutôt sur) ses sandales ; comme Jésus, la Vierge et les autres personnages sont richement chaussés. Il est très drapé et pris dans un ample manteau blanc. *Petrus*. Les trois derniers personnages (je ne peux lire leurs noms) tiennent des livres, le deuxième est vêtu de noir, le troisième de vert, le quatrième de rouge.

Une bande horizontale dans toute la longueur concave de l'abside (vers son milieu à peu près) sépare cette mosaïque de la mosaïque intérieure. Sur cette bande sont représentés des moutons ; celui du milieu qui se trouve par sa position sous les pieds de Jésus est entouré du nimbe : c'est la répétition symbolique de la scène supérieure.

Le Christ et la Vierge si pareils — en tant que Dieux
— dans les mosaïques byzantines, dont la dualité
revient toujours ; rappelle Jupiter et Junon, et bien
plus Isis et Osiris — il serait à rechercher dans l'époque
alexandrine la part que la religion d'Isis, si populaire
à l'avènement du christianisme, a eue dans la forma-
tion du dogme chrétien.

Au-dessous de la bande de moutons, une mosaïque
bien inférieure comme exécution nous représente
quatre scènes[1].

Annonciation. — La Vierge est assise sur une chaire,
dans une sorte de temple, tranquille et dolente — un
grand ange aux ailes vertes, en vol, arrive.

Nativité. — La Vierge est couchée dans un antre
creusé sous une montagne d'un ton vert. Une étoile
darde ses rayons sur cette montagne. Sur la montagne, deux anges, à gauche — à droite un autre qui
parle à un voyageur, vêtu d'un petit chiton, en bottes,
et tenant un bâton à la main. À côté de la Vierge, par
terre, le Bambino emmailloté et engainé dans une
sorte de lit qui ressemble à un cercueil carré sans son
couvercle. Près du Bambino, l'âne et le bœuf qui passent la tête — aux pieds de la Vierge, saint Joseph, en
nimbe comme la Vierge, est assis tranquillement et
rêve sans rien voir. Des moutons sont répandus dans
la campagne — il y a une maisonnette et une tour. Le
berger qui garde les moutons est assis et joue de la
cornemuse.

Adoration des mages. — À gauche sur une hauteur,
une forteresse. À droite la Vierge assise sous une
espèce de porte triomphale. Les trois mages adorant
— le premier, seul agenouillé, n'a pas de couronne.

Circoncision. — Un autel à baldaquin au milieu, un
vieux prêtre y apporte l'Enfant — de chaque maison
latérale sort un homme à gauche, une femme à droite
— une autre femme est près de l'autel. Tous les personnages ici sont nimbés.

————————

Antérieurement à l'abside (= sur le côté extérieur de la croix), contre le mur, en haut à droite, un grand Jérémie — *HIEREMIAS P.P.H.* — en sandales; à côté de lui un palmier. Au-dessus de lui est une tête de bœuf rouge avec des ailes, tenant un livre; écrit dessus: *LVCAS*. À côté, à gauche, une tête d'aigle ailée entourée d'un nimbe noir-gris, à bords blancs, *IOHS*. — De l'autre côté, faisant pendant, un grand *ISAIAS* en sandales; près de lui un palmier, au-dessus tête de lion ailée tenant un livre dans ses griffes: *MARCVS*. À côté de lui à droite, un buste d'homme ailé tenant... (je ne puis distinguer): *MATTHEVS* (?). Au-dessus de son nom, dans une cage d'or, un oiseau[1].

Près de la dernière colonne de la grande nef de la basilique, à droite en regardant le chœur, une pierre couverte d'une petite grille — une inscription dit que là est tombée une goutte de sang de Dorothée, vierge et martyre. Au-dessus, une grosse pierre enchaînée. Selon l'inscription, c'est celle que l'on a mise au col de Calliste pour le précipiter dans un puits.

SAINTE-MARIE-MAJEURE

Mosaïque de l'abside. — Jésus et la Vierge sur un beau et large triclinium. Il lui pose la couronne sur la tête — c'est un roi et une reine — ils ont chacun un tabouret sous leurs pieds.

De chaque côté, trois hommes nu-tête et nimbés s'avançant, chaque groupe précédé d'un petit évêque à genoux[2].

Jésus et la Vierge, sur leur triclinium, sont dans un grand rond d'or. Sur les flancs de ce rond, chœur d'anges nimbés, aux ailes de couleur, à genoux, et étagés les uns sur les autres en perspective.

De chaque côté de la mosaïque, dans les angles, un grand arbre-candélabre à arabesques régulières au lieu de branches. Et sur ces arabesques ou rinceaux sont perchés de grands oiseaux, paons, aigles, poule, un perroquet (?).

Jusqu'à l'endroit de la courbe, l'arbre est orné de trois espèces de bracelets.

SAINTE-MARIE-DES-ANGES
Épitaphe de Salvator Rosa.
D.O.M.
Salvatorem Rosam Neapolitanum pictorum
Sui temporis nulli secundum poetarum omnium
temporum principibus parem Augustus filius
hic moerens composuit sexagenario minor obiit
anno salutis MDCLXXIII — idibus martii[1].

GALERIE DORIA[2]
Dieu au milieu de la création[3], Bruegel. — Deuxième plan à gauche mer et rochers, à droite terre et arbres. Dieu en robe bleue et draperie rose violet sur la rive — à gauche au premier plan sur un grand arbre, paon la queue déployée, hiboux, perroquets et une traînée irrégulière de volatiles dans le ciel — dans l'eau, baleine la gueule ouverte et poissons de toutes sortes à écailles — au premier plan, autruches, coqs, aigles, vautours, cerfs, rats de Barbarie, chats, chiens, vaches, chevaux. Un grand arbre à feuilles minces avec des fleurs violet pâle enguirlandées, un singe à sa base — un singe court dans les branches, il est chargé de fruits rouges comme des oranges — puis lions, loups, porcs-épics plus loin, dans les fonds verdâtres où le blanc circule; venant d'à droite et passant entre les massifs il arrive des arbres des lièvres qui courent — près Dieu, autre groupe d'animaux — plus loin, crocodile qui marche sur la terre, éléphants, chameaux, licorne — sur le rivage à côté d'une cigogne, sorte de crocodile ailé.

———

sur panneau — une grande brisure transversale.

L'Air[1]. — Deux parties, terrestre à gauche, aérien à droite. Génie posé sur un pied, tenant une sphère à cercles et de la droite un bouquet de plumes de couleur. Sur la tête une aigrette d'étoiles, près d'elle trois anges en vol. À gauche sur un arbre, grand perroquet rouge — ciel chargé ardoise grise — oiseaux de toutes sortes, pélican derrière, la grande autruche au col déplumé devant le génie — un arbre sans feuilles n'ayant que le tronc et quelques menues branches qui servent de perchoir à une infinité d'oiseaux ; l'arbre va de gauche à droite, s'étend sur la partie bleue — le ciel bleu a une grande partie jaune éclairée par le char d'Apollon — plus bas dans un méandre jaune *[illis.]* sur son char traîné par deux femmes — le bleu a quelques nuages = méandres blancs ; oiseaux perdus dedans plus bas. Au premier plan, dessus de mont vert foncé, couvert de pins — perdus dedans, un aigle qui s'abat sur un éléphant — au-delà, plus bas, séparées par de grands abîmes d'air, montagnes bleuâtres à large mouvement, qui vont se confondre avec les bleus du ciel.

La Terre. — Au milieu un bouquet d'arbres, avancé ; de chaque côté, vue en arcade. Devant le bouquet, Cérès avec une corne d'abondance, deux enfants portant des fleurs et du raisin — homme couché tenant des épis, vu de dos — homme debout de face, cueillant des fruits. À gauche, fonds bleus, une ville avec des clochers et des toits pointus — puis une ville, un fleuve coulant entre des montagnes, et au-delà un château-fort ; c'est très loin et perdu à une distance. À droite quelques petits personnages, occupations rustiques ; mouvements de terrain blancs dorés ; horizon bordé par des arbres, un clocher, ciel bleu ; au premier plan, grandes plantes à grand feuillage = tabac — singes devant les personnages, pastèques, melon, *[illis.]*. À droite, fleurs sur petite tige, une très éclatante — arbres très grands à petites feuilles avec de gros fruits d'or.

L'Eau. — Deux petits arbres à gauche — eau à droite — une femme, corne d'abondance, nue, *[deux*

mots illis.], laissant découler l'eau d'une conque — un
enfant près d'elle, *sic* un autre derrière sa conque;
l'eau coule en cascade basse sous de grands arbres
vert-brun. Premier plan à gauche, une grande plante
[illis.], oiseaux aquatiques, poissons montrés dans
l'eau ou mieux *sur* l'eau, canards — poissons de mer
et d'eau douce — tortue que prend un enfant nu — à
droite l'eau arrive du premier plan par une cataracte
toute chargée de poissons qui ont l'air de n'avoir pas
assez d'eau tant ils sont pressés — plus à droite, sur
terrain élevé et parmi des roseaux, un homme verse
l'eau d'une urne.

Au second plan, danses et cercles de Tritons et
Néréides. La lumière arrive du fond, de côté, de derrière le bois (bleu ici) qui fait retour; ciel bleu — clair,
à gauche sur les arbres — foncé de nuages outremer
denses à droite. Dans l'air vole un poisson ailé, dessous du corps rouge.

Feu. — Deux rangs de galeries cintrées qui s'en vont
à des volcans. Éruptions.

Vulcain, Vénus et l'Amour — orfèvrerie précieuse
sur une étagère à gauche; forgeron à la fournaise au
deuxième plan; lustres suspendus, brassards, cuirasses, poterie devant Vulcain — derrière, canon,
cloche — à droite, rémouleurs. *Heurtement* — ce n'est
plus comme pour les objets de la nature.

[GALERIE] CAMUCCINI [1]

Wouvermans [2] — aime les chevaux qui pissent —
saillie des épaules et chevaux portés sur les pattes de
derrière — né à Cossin.

Chevelure des deux femmes rouge brun.

Rencontre
(SAINT-PAUL-HORS-LES-MURS)

Nous venions de voir l'église Sainte-Hélène et nous
étions venus à Saint-Paul-hors-les-murs en passant
devant la pyramide de Cestius. De la pyramide de Cestius à Saint-Paul, c'est une route plantée; à gauche

dans la voiture, la poussière sortait de dessous les roues, de mon côté ; les chevaux allaient lentement — personne — l'air chaud.

On reconstruit la basilique Saint-Paul[1]. Notre cocher nous indiqua pour y entrer le mauvais côté, celui de l'entrée principale — c'était vide — des menuisiers rabotaient des planches et varlopaient. Grande basilique, nue, belle par sa dimension. Sur des tables des rosaces en bois tourné destinées à être mises au plafond — par la porte tout ouverte, le grand jour entrant — à côté d'un menuisier, un soldat (du pape) avec son fusil. La basilique a cinq nefs ; sur les côtés de la principale, en dessus, médaillons destinés à contenir des mosaïques modernes, portraits de saints, un de saint Damase et un autre de X[2] ? Au fond de la nef, à l'endroit où la croix se va bifurquer, un immense établi qui monte jusqu'en haut — à chaque angle de l'établi, un faisceau de poutres reliées par quatre morceaux de bois qui sont cloués dessus — ça monte en colonnes — là, à droite, une petite porte provisoire en bois qui pénètre dans la partie de l'église achevée, c'est-à-dire dans la tête et les bras de la croix. Près de là, assis au pied d'une colonne, un ouvrier lisant ou priant dans un petit livre. M. Lacombe[3] a voulu entrer par cette porte, une voix de l'intérieur lui a répondu de faire le tour.

Nous sommes sortis de l'église et nous avons fait le tour.

Nous sommes rentrés par la porte qui donne sur une petite rue — à la porte était une méchante calèche, la capote déployée, et le cocher sur le siège.

Nous avons passé par une espèce de petit vestibule carré avec des médaillons, portraits à la mosaïque anciens et de figure grotesque, et nous avons pénétré dans l'église. C'est blanc, et très haut. — Un custode nous avait vus, et nous suivait. — Nous regardions, sur la coupole qui domine l'autel, une mosaïque antique fort belle : Jésus-Christ (au milieu des évangélistes) assis sur un triclinium ; à ses pieds et tout petit, le pape Honorius III, couché et rampant comme un animal.

En tournant la tête à gauche, j'ai vu venir lentement une femme en corsage rouge — elle donnait le bras à une vieille femme qui l'aidait à marcher — à quelque distance un vieux en redingote, et ayant autour du cou une cravate en laine tricotée, les suivait.

J'ai pris mon lorgnon et je me suis avancé — quelque chose me tirait vers elle.

Quand elle a passé près de moi, j'ai vu une figure pâle avec des sourcils noirs et un large ruban rouge noué à son chignon et retombant sur ses épaules — elle était bien pâle! — elle avait des gants de peau ver-dâtre — sa taille courte et carrée se tordait un peu dans le mouvement qu'elle faisait en marchant, appuyée du bras droit sur le bras gauche de sa vieille bonne. — Une rage subite m'est descendue, comme la foudre, dans le ventre — j'ai eu envie de me ruer dessus comme un tigre, j'étais ébloui! J'ai mis mon chapeau devant moi, je me suis remis à regarder les fresques et le custode qui tenait des clés à la main.

Elle s'était arrêtée et assise sur un banc contre le grand carré d'échafaudage — je l'ai regardée — et j'ai débandé de suite, à la douceur envahissante qui m'est survenue.

Elle avait un front blanc — d'un blanc de vieil ivoire ou de paros bien poli — front carré, rendu ovale par ses deux bandeaux noirs derrière lesquels fulgurait son ruban rouge (bordé de deux filets blancs) qui rehaus-sait la pâleur de sa figure. Le blanc de ses yeux était particulier; on eût dit qu'elle s'éveillait, qu'elle venait d'un autre monde — et pourtant c'était calme, calme! Sa prunelle, d'un noir brillant, et presque en relief tant elle était nette, vous regardait avec sérénité. Quels sourcils! noirs, très minces et descendant doucement! il y avait une assez grande distance entre le sourcil et l'œil — ça grandissait ses paupières et embellissait ses sourcils que l'on pouvait voir séparément, indépen-damment de l'œil. Un menton en pomme — les deux coins de la bouche un peu affaissés, un peu de moustache bleuâtre aux commissures — l'ensemble du visage, rond!

Elle s'est levée et s'est remise à marcher — elle a une maladie de poitrine? ou de reins? à sa démarche. Elle est peut-être convalescente — elle avait l'air de jouir du beau temps. C'est peut-être sa première sortie; elle avait fait toilette.

Le custode a passé devant elle, et lui a ouvert la petite porte qui donne dans la basilique; le vieux monsieur, que j'avais cessé de voir, lui a donné la main pour l'aider à descendre les trois marches qu'il y a — j'étais resté béant sur la première, hésitant à la suivre...

Puis nous avons été voir le cloître, avec ses colonnes tordues, granulées de mosaïques vertes, or et rouges. J'ai senti l'air chaud — il faisait beau soleil. Moins de roses que dans le cloître de Saint-Jean-de-Latran auquel il ressemble tout à fait. M. Lacombe a demandé au custode s'il connaissait cette dame malade; le custode a répondu que non. On m'a encore montré des fresques que je n'ai pas vues.

En sortant de l'église, je l'ai revue au loin assise sur des pierres à côté des maçons qui travaillaient...

Je ne la reverrai plus!

J'avais eu dans l'église envie de me jeter à ses pieds, de baiser le bas de sa robe. J'ai eu envie, tout de suite, de la demander en mariage à son père (?)!

Dans la voiture, j'ai pensé à avoir son portrait et à faire venir pour cela de Paris Ingres ou Lehmann[1]... si j'étais riche.

J'ai pensé à aller me présenter à eux comme médecin pour la guérir! — et de la magnétiser! Je ne doutais pas que je l'aurais magnétisée et que je l'aurais guérie peut-être!

Que ne donnerais-je pas pour tenir sa tête dans mes mains! pour l'embrasser, au front, sur son front.

Si j'avais su l'italien, j'aurais été vers elle quand elle

était sur ces pierres; j'aurais bien su trouver moyen de lier la conversation.

Quel beau temps! la campagne d'ici me semble bien belle — nous avons repassé par la porte près de la pyramide de Cestius.

Rencontré deux ecclésiastiques en grandes robes rouges et à chapeaux pointus.

Nous avons tourné le Palatin et nous sommes trouvés au bord du Tibre devant la douane.

Nous sommes descendus de voiture près le pont Rompu[1], au bas de l'île du Tibre, — délicieuse vue de chic avec ses filets qui tournent dans l'eau.

Rentré à l'hôtel, à quatre heures.

Déjà ses traits s'effacent dans ma mémoire.

Adieu! adieu!

Mardi saint — 15 avril.

VATICAN
Rome, avril 1851

NOUVEAU BRAS

34. *Chevaux marins portant des femmes sur leur dos.* — Malgré la ressouvenance du sabot, comme forme générale, le bout des pieds est palmé; à l'angle interne des épaules, nageoires; la crinière aussi, divisée en larges mèches plates séparées, ressemble à des crêtes de dos de poisson.

90. *Lucille*, buste. — Chevelure pareille à celle de la Cléopâtre du Musée de Naples[2], yeux sortis de tête, très ronds, très grands; les narines sont ouvertes et remontent, nez fin et large du bas; la bouche, petite, est avancée et fait la moue.

75 et 87: buste d'un *inconnu* et de *Salluste* (non l'historien[3]). — Ce dernier, drapé dans une draperie d'albâtre oriental. Ouvrages médiocres. À considérer le travail de la barbe qui est *entaillée en lignes droites*, figurant une barbe plate et peignée et non pas frisée, comme d'habitude.

12-115-124. Bustes : les deux premiers inconnus, le troisième de *Philippe* le père. — Drapés du *cinctus gabinus*[1], ou du laticlave ? Une épaisse bande de draperie, et partant toujours de l'épaule gauche, leur passe carrément sur le bras, sur la poitrine et va se remplier en dessous à peu près au niveau du sein droit. Cette bande me paraît faite de plusieurs duplicata collés l'un sur l'autre. Au buste n° 12, il y a, figurés dans l'épaisseur du marbre de cette bande transversale, quatre plis. Comment cela pouvait-il avoir lieu ? et d'où venait cette draperie ?

[MUSÉE] CHIARAMONTI

[261] *Buste de femme drapée.* — Une tresse ronde, comme une anguille posée sur le sommet de la tête, en fait le tour comme une couronne ; de dessous cette tresse à la naissance des cheveux les cheveux sont tirés ; sur le devant de la tête un diadème montant à trois bandes de chaque côté ; de dessous le diadème, en bas, sortent des accroche-cœurs.

[547] *Buste de femme.* — Sur le sommet du front une mèche ou plutôt une houppe de cheveux, hérissée, séparée en deux petites masses. Est-ce une imitation de la fleur du lotus ? Le catalogue attribue à ce buste quelque ressemblance avec Zénobie, reine de Palmyre, d'après les médailles.

[418] *Tête de femme.* — Mignonne, vraie figure Pompadour et XVIIIe siècle s'il en fut ; une raie de chaque côté de la tête ; entre les deux raies court parallèlement une large mèche de cheveux, ayant au milieu et dans le même sens une tresse ; à la hauteur de l'oreille les cheveux sont ramenés en dessous, en champignon, il en reste peu à partir de là (où ça fait différence de niveau), c'est-à-dire sous les oreilles et aux alentours de la nuque ; sur le chignon, tresse enroulée en vignot.

Isis[2], buste colossal. — Elle avait sur le sommet du front une fleur de lotus. Rétabli en stuc. Trois colliers ou mieux trois gros chapelets à grains longs, oblongs, entourent son cou ; un quatrième, passé sous son voile, est posé sur sa tête et tombe des deux côtés avec son voile, pris dedans, et suivant ses plis.

[691] *Tête bachique couronnée de pampres.* — Expression d'ivresse, charmante ; la bouche, entrouverte, sourit et montre les dents ; le col tendu ; la figure est portée en avant ; le pampre ciselé, déchiqueté, très mouvementé, retombant de sa couronne lui couvre la mâchoire en manière de barbe ; aux deux coins de la bouche, le pampre lui fait deux loupes.

[647] *Atys ?* statuette. — Mauvais. Il est debout, à un tronc d'arbre ; à sa droite sont accrochés des crotales ; de la main gauche il tient un tambourin, et de la droite un bâton recourbé dont il semble le frapper ; il est vêtu d'une camisole à manches, nouée en haut et toute ouverte sur la poitrine, qu'elle laisse à nu, ainsi que le ventre jusqu'à la hauteur du pubis ; ses jambes sont enfermées dans une sorte de pantalon à plis, plus petit par le bas et noué au-dessus des chevilles, il est coiffé d'un bonnet phrygien.

[696] *Plotine* (Tête supposée de), femme de Trajan. — Coiffée en longs boudins montant, lesquels, dans leur largeur, ont des trous comme pour y mettre des perles ou des pierres précieuses. Ce genre de coiffure montée et frisée se trouve quelquefois sans boudin, les cheveux ne font qu'une seule masse sur le devant de la tête, et semblent tout crêpés d'un seul bloc ; ça imitait la plume, le duvet, la gorge de canard ou de cygne ? en tout cas, c'est fort laid en sculpture. Cette dernière chevelure devait se prêter à la poudre. Quelquefois, comme dans le buste que l'on croit de Matidie, mère de Trajan, la chevelure ainsi montée est faite en quantité de petites mèches frisées.

[MUSÉE PIO] CLEMENTINO
(Cabinet de Mercure)

[55] *Bas-relief représentant une procession d'Isis* [1]. — En commençant par la droite : 1° une femme, portant un seau de la main droite, a le bras gauche enroulé d'un serpent qui lève la tête ; ses cheveux sur

son dos sont séparés en deux tresses, sur le sommet de la tête un lotus; 2° homme nu-pieds et nu de tout le torse, à partir de la ceinture seulement drapé; il porte un rouleau à la main, la tête est ornée d'ailes d'éper-vier (?); 3° homme, la tête rasée, son vêtement (il est très enveloppé dedans) lui passe sur la tête et fait voile, il tient dans ses mains un grand vase ventru et à anse, il est chaussé de sandales à bandelettes nom-breuses; 4° femme nue jusqu'au-dessous des seins, cheveux tressés tombant sur le dos, elle tient le sistre de la main droite et de la gauche un instrument.

[107] L'amour que les anciens semblaient avoir dans la peinture pour les jeux visant à la surprise — témoin ces peintures de Pompéi où des portes sont à demi ouvertes avec une femme qui entre[1] — se retrouve dans un bas-relief au crayon, non dans le catalogue.

Le centre du bas-relief est occupé par une porte à deux battants; à gauche, un personnage drapé est assis entre deux autres debout, celui qui est près de la porte a un pantalon; à droite, personnage drapé, éga-lement assis entre deux autres debout; celui qui est près de la porte a le corps engainé dans une sorte de cotte de mailles (?) toute pointillée à la tarière. Le bat-tant gauche de la porte est à demi ouvert et fait saillie, bien entendu; les panneaux carrés de la porte sont ornés de têtes humaines barbues, avec des anneaux passés dans la bouche. Sous chaque personnage assis est un gros masque. Que veulent dire ces masques qui reviennent partout?

[491] *Silène*. — Avec la peau de bête (féroce?) sur l'épaule gauche. De la main gauche il tient une grappe de raisin, de la droite une coupe; couronné de pampres très détachés, très sortis de la tête. Statue courte et lourde, le type n'est pas pur, c'est entre le Bacchus et le Silène. Serait-ce Silène enfant? Le ventre excessif et la face cyniquement et bonhomiquement hilariante manquent. Sur le ventre, les *poils sont indiqués* forte-ment en petites mèches, ainsi qu'autour du bouton des

seins et sur le torse ; autour du phallus, ils sont saillants.
Travail madréporique. La jambe gauche est restaurée.

[502] *Polymnie* (?). — Jolie statue, mignonne. Couronne de roses, elle fait le geste de rejeter sa draperie sur l'épaule gauche ; sous la draperie de ce côté, la main saillit voilée par elle, le pied droit en arrière infléchi.

[523] *Aspasie*, hermès voilé. — Coiffée comme la Cléopâtre du Musée de Naples [1], un voile sur les cheveux, visage fort et grave, peu d'intervalle entre la paupière et le sourcil (ce qui donne dans la nature beaucoup de vivacité à l'œil, le regard étant renforcé du sourcil, surtout lorsqu'il est brun) ; petit menton pointu, saillant. Le bout du nez est restauré.

[547] *Dieu marin* dit l'*Océan*, hermès colossal. — La chevelure nouée par un cep de vigne, avec une feuille de vigne de chaque côté de la tête ; sur le front, chevelure léonine. Les cheveux et la barbe sont traités en longues mèches descendantes. Il a deux cornes, quatre grappes de raisin mariées à la chevelure tout autour de la tête ; à peu près à l'extrémité de la barbe du menton, deux dauphins montrent leurs têtes. Une peau de poisson couvre la face du dieu jusqu'au-dessus des sourcils, où elle s'arrête déchiquetée ; il en est de même sur la poitrine, où elle finit comme une pèlerine escalopée. Au-dessous sont figurés des flots.

[552] *Junon Sospita* ou *Lanuvina*, statue colossale — Les bras et les pieds sont restaurés. Sur sa tête une peau de chèvre dont les cornes sont par derrière, un diadème par-dessus ; la peau fait capuchon sur les côtés de sa face, couvre en pèlerine les épaules et est attachée entre les deux seins, les pattes à sabot fendu qui la terminent pendent en bouts ; le corps entier est pris dans une autre peau en forme de paletot noué par une ceinture mince autour des reins ; les pattes à sabot fendu pendent en pointes par le bas, des deux côtés. Sous cette peau est un second vêtement long, et sous celui-ci un troisième à plis droits, plus longs et tombant jusqu'en bas. L'ensemble est fort laid, la restau-

ration moderne l'a, de plus, affublée d'une lance et d'un bouclier nature.

[370] *Tête de femme avec un ornement en forme de concombre*. — Tout autour de la tête les cheveux sont lisses, une corde la ceint, les cheveux des tempes y sont contournés autour, sur le sommet du front, et au milieu de cette corde est un ornement en forme de concombre ou mieux d'épi de maïs à six cylindres. La chevelure totale est divisée en trois [parties], une de chaque côté, séparée par une raie; entre ces deux raies, la troisième partie de la chevelure court de la nuque vers le côté intérieur de l'épi oblong (où elle s'enroulait peut-être?). Je ne vois pas le travail des cheveux autour.

[297] *Buste de femme avec la testudo* [1] *(?) sur la tête*. — Trois pointes s'avancent et font comme un dais très escalopé sur la tête; par derrière ça fait mur ou capuchon très élargi; sur le front et autour des joues, les cheveux sont peignés, divisés par différentes petites plaques successives figurant assez bien le treillis de certains paniers d'osier.

[290] *Buste d'une matrone voilée*. — Coiffure en trois ordres; le premier, celui qui touche au front, en petites boucles; les deux autres en carrés recroquevillés en avant.

[285] *Buste de Domitia, femme de Domitien*, très restauré. — Cinq véritables rouleaux ou boudins minces, comme ceux des perruques XVIIIe siècle, étagés les uns sur les autres; seulement, de place en place, quelques interstices dans le rouleau par où le fer s'est introduit, car il n'a pu d'un seul coup friser tout le rouleau cintré, qui suit la forme du visage; coiffure sèche et grêle; par derrière, les cheveux sont réunis en catogan. Ces derrières de coiffure, dont le type se trouve dans les Pandrosiennes [2], devaient être d'un fort bel effet sur les épaules, c'était ample, ça jouait sur le haut du dos et l'enrichissait; avec des cheveux noirs la peau blanche devait reluire de blancheur, effet cherché dans l'anti-

quité. Comme forme, ce catogan donnait du contre-
poids à la tête et la forçait à se tenir droite.

[255 changé en 243] *Triton demi-figure de grandeur
naturelle, les bras mutilés, une peau écailleuse sur les
épaules.* — La peau est nouée sur la poitrine, couvre
les épaules, passe sous l'aisselle et revient sur la saignée du bras. Expression souffrante du visage. Les
oreilles sont très longues, pointues, séparées de la tête
et non mariées à la chevelure largement massée; la
bouche est ouverte, la langue sur les incisives de devant
et collée au palais. La fraise du sein gauche très basse
et très portée en dehors; je ne puis croire que ce soit
même la fraise du sein; qu'est-ce? une verrue? Celle
du sein droit est beaucoup trop haute, la place des
bouts de sein doit se trouver sous les bouts de la peau
marine nouée sur la poitrine.

[608] *Bacchus indien* dit *Sardanapale.* — Remarquer la chaussure, composée d'une semelle et d'un
véritable filet en corde qui enveloppe le pied.

[619] *Auriga*[1], statue. — De la main droite il tient
une palme, dans la gauche un morceau de ses guides
coupées (?); il a le corps entouré de cordes, par derrière il n'y a aucun intervalle, c'est tout uni, ça fait
cuirasse, les cordes commencent sous l'aisselle et s'arrêtent au milieu des hanches; sous celles du côté
gauche, est passée une harpé, kandjar, poignard
recourbé. Il est bras nus, un petit chiton descend jusqu'à mi-cuisse, la cuisse droite sous le chiton est
entourée d'un ruban noué, la cuisse gauche en a deux;
pourquoi? et qu'est-ce? Il a des sandales comme celui
de l'Apollon Citharète de la même salle, c'est-à-dire
composées de rubans plats entrecroisés.

[204] *Sarcophage, les fils de Niobé dardés par Apollon et Diane.* — Que signifie un vieillard à longue
barbe, portant par-dessus ses vêtements une peau de
mouton (personnage rustique et très en dehors, comme
couleur, des autres), qui tient un enfant comme pour
le protéger[2]? L'enfant a l'air de se réfugier vers lui.

[208] *Jeune Romain en toge avec la bulle*. — La bulle est portée par un ruban large.

[106] *Vase orné de feuilles*. — Du fond du vase partait un jet d'eau ; tout autour du vase, à l'intérieur, sont rangées de longues feuilles dont les pointes pendent en dehors un peu recourbées. Quand le vase était plein, l'eau devait couler dans la rainure interne de la feuille, et se suspendre en gouttes à la pointe des feuilles avant de tomber à terre. Ce sont de grandes feuilles longues, de laurier ?

DE ROME À FLORENCE

[Le] 8. Partis à 7 heures de la porte du Peuple — déjeuner à 11/12 à Bologne[1].

Arrivés à Cività Castellana à 3 heures et demie.

––––––––

Vendredi. — partis de Cività Castellana à 5 heures — déjeuner à N...[2] — 10/12 — midi — arrivés à Terni à 2 heures — cascade — rentrés à 6.

––––––––

Samedi. — Partis de Terni à 5 heures — arrivés à Spolète à 11 heures — repartis à 1 heure un quart. Arrivés à Foligno à 5 heures.

––––––––

Dimanche. — Levés à 4 heures — partis à 5 — à 7, on visite l'église de Sainte-Marie-des-Anges[3].

10 heures et demie, Pérouse. Repartis à 2 heures et demie — arrivés à Passignano à 7 heures.

PÉROUSE

CATHÉDRALE DE SAINT-LAURENT

Sur la place — devant la fontaine de Jean de Pise[1].
C'est de là, en tournant le dos à l'église, qu'on voit le
magnifique palais[2], d'un ragoût[3] si franc, avec son
double escalier, ses fenêtres romanes et ses murs couronnés de moucharabiehs.

Dans la sacristie un vieux tableau de l'école allemande (ou italienne?) primitive[4] — la Vierge assise et
lisant dans un livre. Jésus est sur ses genoux et lit aussi
dans le même livre. On n'a pas assez remarqué, il me
semble, l'importance du livre, au moyen âge, comme
attribut de l'idée; tout se résume dans le livre, c'est le
symbole le plus élevé de la pensée humaine, et lire, par
conséquent, la plus haute action de l'esprit; sous le
rapport de la représentation, l'artiste a la commodité,
par là, de cacher les yeux — toujours baissés naturellement. Aux pieds de la Vierge, par terre, au premier
plan, un ange est assis et pince d'une guitare ou viole
dont il serre les chevilles, en prêtant l'oreille et baissant
la tête de côté dans une position très attentive et très
étudiée. De chaque côté de la Vierge, deux hommes : à
gauche, saint Jean-Baptiste et un autre saint qui a un
caleçon de feuillage et dont les genoux sont ridés,
comme la peau de saint Jérôme dans la *Communion
de saint Jérôme* du Dominiquin[5] — à droite, deux
hommes, en chape, dont l'un tient un livre.

IL CAMBIO[6]

Fresques du Pérugin dans deux salles voûtées ne
recevant de jour que par la porte.

Parmi les *Sages de l'antiquité* (première salle, paroi
de gauche en entrant), à remarquer le Salomon avec
une couronne à pointe; c'est déjà du Raphaël, dans
L'École d'Athènes[7].

Transfiguration[8]. — Le Christ en haut, en robe pâle;
le rayonnement s'échappe ovoïdement de tout son

corps ; de chaque côté, à genoux dans une pose d'adoration, Élie et Élisée ; en bas, par terre, assis, deux
apôtres ; un troisième à genoux (à droite), se détourne.
Admirable tête d'expression. Tous sont blonds et avec
le nimbe. Sous les pieds du Christ est écrite cette singulière légende : BONVM EST NON HIC ESSE.

Sur les autres parois (latérales), les Sibylles et des
guerriers.

Scènes de la vie de saint Jean-Baptiste, seconde salle.
— *Décollation*[1]. Au premier plan, à genoux, et sans
tête, les poings l'un sur l'autre, et les coudes en dehors,
saint Jean ; le sang saillit de son cou, et tombe, devant
lui, devant vous, en face, au premier plan. Le bourreau,
levant sa tête, la met sur le plat que tient *Mariamne*[2].
Nativité de saint Jean. Sa mère est couchée dans un
grand lit. Intérieur — au premier plan, femme qui lave
l'enfant dans un bassin. *Mariamne à table recevant la
tête de saint Jean.* Hérode, le sceptre à la main, est
assis — un domestique (à droite), crevés aux genoux,
le poing sur la hanche, et présentant un plat — domestique, en maillot rouge, et à grande chevelure blonde,
verse du vin d'une bouteille dans une autre, en se penchant — très vrai et très beau mouvement, la chevelure tombe en grande masse du côté gauche.

UNIVERSITÉ[3]
MUSÉE

*Petit vase carré, en terre cuite avec un couvercle ayant
dessus une femme couchée.* — Le voile est passé sur la
tête et laisse la figure à découvert.

Sur la face antérieure du vase, un homme debout
avec la toge. Porte à deux battants — un homme en
vêtement très long portant de la main droite une
pierre qui touche au battant de la porte. Sa main
gauche est appuyée à la place de ses parties génitales.
— Un troisième personnage avec un capuchon sur la
tête, le bras nu, et les cuisses écartées — *de terre jusqu'à l'entre-cuisse monte un phallus qui va en pointe,*
bâton pyramidiforme dont les couilles font la base — il

a l'air de se gratter le con (si c'est une femme?) avec
l'extrémité de cet instrument — le ventre est nu, ainsi
que les cuisses. Sur les épaules seulement, un fichu.

Sur des feuilles de bronze, repoussé en dehors, travail
du plus pur étrusque : *homme (casqué) et femme se
donnant la main.* La barbe pointue est l'arrangement
artistique de la barbe égyptienne ; rien ne ressemble
plus à l'art égyptien que ces deux personnages, figure,
costume et action, mouvement du dessin.

Des animaux broutant. — Même observation. J'ai vu
cela cent fois, à Amada[1] entre autres.

FLORENCE
Palais des Offices
Galerie Impériale et Royale

Galerie du palais Pitti
mai 1851

[MUSÉE DES OFFICES[2]]

TOSCANS
FIESOLE, *Le Couronnement de la Vierge*[3], sur cuivre.
— Des lignes, enlevées au burin sur la plaque, font des
rayons dans lesquels se perdent en bas, au premier
plan, deux anges qui jouent du violon et de l'orgue. Les
nimbes des bienheureux sont réservés sur la plaque, et
tracés au poinçon entre les couleurs des vêtements et
des têtes ; de petites entailles plus profondes et rondes
semblent indiquer qu'ils étaient destinés à être incrustés de pierres précieuses.

Tout en haut, au milieu, assis, Jésus et la Vierge.
Jésus rassure le nimbe, ou le place, sur la tête de sa
mère ; leurs pieds reposent sur des édredons de nuages
bleus. De chaque côté, entassement d'anges jouant du
clairon et d'immenses trompettes, minces, évasées du
bout, et de couleur noire ; devant cette cour, en avant
du couple céleste de chaque côté, deux grands anges

aux longues ailes minces, fulgurantes, qui ont l'air d'introduire la cour.

À gauche, foule d'hommes, à droite, de femmes et d'hommes ; en bas au premier plan, vus de dos et noyés dans les rayons qui descendent du Christ et de la Vierge sur eux, deux anges musiciens — et deux autres plus en avant qui encensent.

À remarquer parmi la foule des hommes à gauche, la figure d'un évêque, de face, portant la croix en relief sur le cuivre (repoussé) — un autre évêque en manteau bleu, vu de profil. Ce sont de belles mitres d'évêque, de belles chevelures douces, blondes ou blanches, quelques-unes brunes mais rares — pas de femmes autrement que blondes.

Au deuxième plan, à gauche, et formant bordure, tête de femme avec une coiffure de fleurs dans ses cheveux blonds retroussés sur le front ; de son oreille pend une chaînette d'or qui tient à son bout une perle[1] — profil d'une religieuse coiffée d'un voile bleu étoilé d'étoiles d'or, sa joue et le menton voilés d'une mousseline.

FIESOLE. *Les Noces de la Vierge.* — Le grand prêtre, barbe et cheveux épanchés majestueusement, coiffé d'un bonnet pointu (comme ceux des derviches) avec une large bordure d'or, prend Joseph et Marie par le bras et les attire doucement l'un vers l'autre, en regardant la Vierge d'un regard attentif et indescriptible. — À droite, groupe de femmes qui s'avancent en joignant les mains et dans des poses recueillies ; elles ont de grands manteaux bleus et rouges à franges d'or et des voiles transparents ; elles me rappellent les femmes de Constantinople — à gauche, des hommes, mais moins beaux que les femmes.

Comme dans le tableau du Pérugin[2], même sujet, symbole du bâton rompu. — Au fond de ce côté, des hommes soufflant dans d'énormes trompettes.

Au fond un mur blanc, un large et bas pot de fleurs sur le mur — derrière le mur, un *palmier doum* (quoiqu'il ait un tronc unique, ce qui est inexact, mais c'en est bien sûr, aux feuilles en éventail de carton) — un palmier — deux autres arbres.

La maison est en bois; on y monte par un escalier droit à plusieurs marches — balcon circulaire comme à un chalet. Les panneaux de la maison, au rez-de-chaussée et au premier étage (on n'en voit pas davantage), sont peints de marbre rose, avec des veines — à moins que ce ne soient des panneaux de bois précieux.

FIESOLE. *La Vierge au tombeau.* — Derrière elle rayonne le Christ, debout avec la croix dans son nimbe comme aux mosaïques byzantines et *tenant un petit Jésus dans ses bras* [1] ? ?

Aux quatre coins du tombeau de la Vierge, de grands candélabres d'or — tout autour sont rangés des saints et des apôtres — le Christ la considère, le sourire aux lèvres et étendant le bras droit vers elle.

Au fond, palmiers — et montagnes des deux côtés, qui encadrent l'action.

Les christs de Fiesole ont généralement la mâchoire carrée du bas. Dans le *Couronnement de la Vierge*, c'est frappant; la Vierge est ainsi du reste, et ressemble par là à son fils. S'il y avait eu comme idéalité céleste autant de différence entre la Vierge et Jésus et les bienheureux et bienheureuses, qu'il y a de distance entre ceux-ci et les mortels, où serait-il monté, sainte Marie! Jusqu'à vous tout à fait!

Quel homme que ce Fiesole, quel cœur et quelle foi! rien n'est plus propre à rendre dévot... à souhaiter ces joies, à s'y perdre l'âme d'aspiration.

CHRISTOFANO ALLORI. *Madeleine couchée et lisant* [2]. — Une tête de mort à côté d'elle. C'est exactement le même tableau que celui du Corrège; au lieu d'être une grotte, l'entourage est la campagne — la peinture ici est plus dure.

CHRISTOFANO ALLORI. *Judith tenant la tête d'Holopherne* [3]. — Une servante à côté.

Admirable petite toile. Elle est nu-tête, en robe jaune; la servante, par-derrière, à droite, se penche, une draperie sur la tête — physionomie travaillée, creusée, peinte comme dans l'école flamande.

La Judith est bien belle, paupières épaisses, visage plein de volupté et de hardiesse.

LÉONARD DE VINCI. *Tête de la Méduse coupée*[1]. — À côté, deux crapauds. Fort belle étude de vipères (coiffure de la tête), les écailles sont rudes — on sent le froid de la peau.

MASACCIO. *Un portrait de vieillard ridé*[2], sur tuile, avec un petit bonnet. Grande expression de ressemblance.

(Deuxième salle)

ARTÉMISE LOMI. *Judith égorgeant Holopherne*[3]. — C'est le même tableau qui est à Naples sous le nom du Caravaggio.

MARIOTTO ALBERTINELLI. *La Visitation de sainte Élisabeth*. — Il n'y a que sainte Élisabeth et la Vierge dans le tableau, qui en est plein. C'est de la plus grande peinture.

Élisabeth arrive et se penche vers la Vierge en lui parlant bas, elle porte sa main gauche sur le bras droit de la Vierge — elles se serrent les mains. Le haut du visage de sainte Élisabeth est dans l'ombre portée sur elle par le visage de la Vierge. La Vierge est en rouge, couverte d'un manteau bleu — Élisabeth en vert, couverte par le bas d'une draperie jaune ; elles sont sous une architecture à petits piliers Renaissance rehaussés d'arabesques ; fleurs sous leurs pieds.

ANDRÉ DEL SARTO. *Son portrait*, jusqu'au buste. — Fort beau. Robe grise, chaperon noir, cheveux brun roux, nez fort, bouche dessinée, yeux cernés et noirs, la physionomie ardente et attentive.

RIDOLFO DEL GHIRLANDAIO. *Translation du corps de saint Zénobe porté à la cathédrale*[4]. — Éclat gras de la couleur, aucune idéalité, au sens raphaëlesque du mot ; les têtes sont surtout expressives. Grande manière de peindre, vraie et forte.

GEORGES VASARI. *Portrait de Laurent de Médicis*. — Assis, en robe verte à fourrure tachetée aux parements ;

le visage est maigre, le nez bombé, la mâchoire inférieure carrée et avancée, un peu en gueule de singe ; le
nez creusé en dedans, fin et relevé du bout, le front
bombé, le teint général bistré — pas de barbe ; mains
grandes, maigres et vigoureuses, très étudiées.

ALEXANDRE ALLORI. *Le Sacrifice d'Isaac.* — Curieux
pour la composition.

D'abord, en commençant par la gauche, on voit
dans le fond une maisonnette et une scène rustique :
Isaac et Abraham se mettent en marche — plus près
de nous, Isaac fait le paquet de bois, l'âne est là ; 3º au
premier plan, nous voyons l'âne chargé des provisions,
un chien qui fouille dans un panier à terre et deux
hommes qui dorment sur l'herbe ; 4º Isaac et Abraham
sont en marche. Comme dimension, nous sommes ici
au sujet principal de la toile, Isaac porte le bois et
Abraham un brandon allumé. Belle draperie rouge et
jaune d'Abraham, étude d'anatomie et de couleur, surtout dans les bras nus. 5º Au haut de la montagne,
Isaac sur le bûcher, et l'ange qui arrive ; 6º même
motif répété plus loin dans le fond à droite, mais il n'y
a dans la pensée de l'auteur évidemment de principal
que la montée et le bûcher, tout ce qui précède est sur
un plan plus reculé, comme un lointain au sujet,
comme un précédent à l'action. Mais pourquoi avoir
répété deux fois la scène du bûcher avec l'ange qui
arrête[1] ?

Quelque chose de gêné dans l'exécution de tout ce
tableau, cet art n'est pas encore arrivé à la liberté de
sa forme.

SALLE DU BAROCCIO

RUBENS. *Une Bacchanale*[2]. — Un Silène nu est assis
sur une barrique — entre le bois et sa fesse, un drap de
velours brun — il tend une coupe que remplit une bacchante assise près de lui. De la coupe un peu inclinée
coule le vin blanc ; un petit faune se renverse la tête en
arrière pour boire. De l'autre côté, un vieux faune,
cornu et chauve, boit à même le goulot d'un vaste fla-

con, et au premier plan devant la barrique, un petit
enfant, relevant sa chemise et tendant son ventre en
avant, pisse; le jet d'urine troue la terre. De l'autre
côté un lion est couché sur le flanc, mâchant des raisins dont le jus découle de sa gueule. Sur lui est posé
le pied du Silène.

La bacchante est blonde — d'un blond blanc-vert, à
cause du reflet des feuillages; son bras, sa tête, sa chevelure, la coupe en verre du Silène, et le vin qu'elle
verse, tout cela est à peu de chose près du même ton,
c'est de la lumière pour elle-même, et qui se joue là-
dedans. Le sein de la bacchante, rond et pesant, est
sorti de sa robe rouge dans le mouvement qu'elle fait
en levant le bras pour verser. Sa bouche est petite,
rose, ouverte; son nez assez fin, pointu, aux narines
très remontées.

Dans les plis des ombres des chairs du Silène, tons
ardoise — aux endroits lumineux, tons de brique; c'est
là de l'admirable viande, de la graisse ferme et en
pelote serrée sous la peau.

La tête renversée du faune qui boit, et vue en raccourci par derrière (celle du petit faune l'est de profil),
est en plein frappée du soleil.

Admirable cambrure crâne de l'enfant qui pisse.

Tableau dont on ne peut se détacher et qui attire à
soi, chaque fois qu'on veut sortir de la salle.

RUBENS. *Portrait d'Hélène Fourment, sa seconde
femme* [1]. — Elle tient un fil de perles dans la main et
elle a autour du cou un petit collier de perles; une
grande collerette blanche empesée remonte derrière
elle; corsage et manches jaunes à crevés; chevelure
très blonde, sans prétention; des yeux noirs ou du
moins brun très foncé, ce qui contraste avec ce teint si
blanc et si rose et ces cheveux si blonds. Les sourcils,
quoique blonds, suffisamment fournis et très dessinés;
fossettes au menton et aux joues; visage ovale, nez
mignon et pointu (Rubens aimait les nez pointus).
Dans sa chevelure, deux petites fleurs blanches et une
rouge.

Fort beau portrait.

La sainte Marie-Madeleine de CARLO DOLCI. — Tenant une urne ou un vase de baume sur son cœur, est une chose ennuyeuse et prétentieuse, quoique la tête indépendamment soit belle ; mais cette femme, pressant avec amour un pot, ça semble niais.

SASSOFERRATO. *Vierge voilée de bleu, la tête penchée sur l'épaule et joignant les mains.* — Fort beau ; ça me semble moins blanc que les Sassoferrato ordinaires.

ÉCOLE ALLEMANDE OU FLAMANDE

NICOLAS FRUMENTI. *Lazare ressuscitant ; Marthe aux pieds de Jésus ; Madeleine lavant les pieds de Notre-Seigneur*[1]. — Lazare sort de son tombeau, les mains jointes et attachées ; l'homme (en pourpoint jaune, chauve, et barbu) qui le lève, les lui détache. Lazare est maigre, presque en squelette déjà, et tourne les yeux vers le Christ debout. De face près du Christ, un homme qui lit dans un livre, comme s'il faisait des exorcismes ; à gauche une femme (la Vierge sans doute, à son nimbe) éplorée se met un mouchoir sur la bouche. À droite, un homme debout en riche pourpoint brodé ; sur son bras un bracelet (en dessus) d'or incrusté de pierreries et d'où pendent de longues franges ; il est coiffé d'une sorte de haut bonnet pointu autour duquel passe une écharpe blanche nouée, qui devait pendre très bas et dont il prend un bout pour se boucher le nez ; ses cuisses et ses jambes sont enfermées dans un maillot rouge très collant — souliers à la poulaine très pointus ; sa main gauche, vue en dedans par le spectateur et tournée la face externe contre la hanche, est passée jusqu'au pouce dans la ceinture qui tient son poignard, dont on voit seulement le pommeau ; il fait la grimace.

À droite, *Madeleine lavant les pieds.* Jésus est au bout de la table ; en bas, Madeleine doucement lui lave les pieds, la main gauche portant délicatement le pied et la droite le caressant ; elle est en pleurs. Près du Christ le même homme en pourpoint jaune, chauve et barbu, coupe du pain et regarde de travers le Christ; plus loin, homme debout en rouge qui boit dans un verre; à gauche près du Christ, homme debout en vert (c'est le disciple avare) qui désigne la Madeleine du doigt et fait une grimace — sur la table, des côtelettes. Expressions basses et bourgeoises des figures. Très fort; scènes profondément senties. Le parfum est contenu dans un petit gobelet long.

FRANCESCO FRANCKEN. Un *Triomphe de Neptune*[1]. — Neptune et Vénus au milieu, sur un char, coquille traînée par des chevaux marins. Vénus a les jambes prises dans un filet qui descend jusqu'aux doigts (sorte de mitaine pour les jambes); chaussure héroïque des femmes, que j'ai déjà remarquée ailleurs.

Les Néréides portent des bâtons en croix, au bout pendent des poissons; sous un rocher plus loin, une tablée.

Au fond, un volcan ou du feu sur une montagne. Bleu foncé de la mer et du ciel.

Peinture animée — belles femmes mouvementées, dans l'eau.

HOLBEIN. *Portrait de François Ier armé, à cheval*, petite toile. — Il tient le sceptre et est coiffé d'une toque.

Cheval blanc, noir aux jambes, crinière peignée et égalisée (imitant l'effet d'une chevelure), un mors effroyable — bride et caparaçon rose vif; sur la tête du cheval, bouquet de plumes jaunes, vertes et rose pâle; le caparaçon couvre toute la croupe et de longs cordons, terminés par des glands, pendent jusqu'aux jarrets, à la façon des kherj[2] de dromadaire.

Le roi est enfermé dans une riche armure d'acier ciselée d'or, et engravée de sujets; la genouillère est formée par un masque, l'arçon de la selle est très haut et creusé de façon à pouvoir prendre les cuisses en cas de chute.

HUGO VAN DER GOES de Bruges. *La Vierge, le Bambino, sainte Catherine à genoux et une autre femme*[3]. — Les cheveux des deux femmes sont, sur le front, rasés, ou du moins tellement rejetés en arrière qu'on n'en

voit mèche ; la femme à gauche, qui présente une
pomme au Bambino, a une belle chevelure épandue,
couleur blond-roux, de même ton que sa robe. Sous sa
couronne d'or est pris un voile empesé, gaze mince et
raide, qui s'avance carrément en forme d'auvent et
laisse à travers sa transparence voir à nu son crâne ; il
en est ainsi pour la femme de droite qui tient un livre,
on ne lui voit aucun cheveu ; sur le côté droit de la tête
elle a une sorte de calotte d'or très dur, posée sur
l'oreille, c'est-à-dire tenue entre l'oreille et la tête.
Cette calotte (qui semble formée de la réunion de plusieurs bandes concentriques) est dure, lourde et garnie
de pierreries. — Sur son casaquin de velours vert elle
porte au bras gauche un bracelet incrusté de pierres
précieuses d'où pendent de longues franges d'or jusqu'au coude ; de dessous ces franges, sort la manche.

MIERIS. *Intérieur*[1]. — Femme debout, en robe de
satin blanc, tenant une guitare sous le bras ; un jeune
garçon présentant un plateau ; femme en casaquin de
velours violet garni de fourrure blanche et buvant
dans un verre. Derrière, homme debout, tenant le
manche d'un gros instrument. Sur une table, fruits,
pastèques, un singe qui mange, bouteille à flacon d'or
avec une chaînette. Du plafond pend un Amour suspendu par un fil.

Chef-d'œuvre du genre, comme dirait le catalogue !

TRIBUNE

ANDRÉ DEL SARTO. *Sainte Famille*[2]. — La Vierge au
milieu, debout sur une sorte d'autel votif, portant le
Bambino sur son bras droit ; à ses côtés, plus bas, un
moine en gris portant une croix, et une femme en
rouge portant un livre ; des deux côtés du piédestal sur
lequel est la Vierge, des enfants ailés. — La chevelure
des deux femmes est rouge-brun. La Vierge, vêtue en
robe rouge, retient sur sa cuisse gauche une draperie
verte avec un livre appuyé dessus par la tranche ; sur
la poitrine et le bras, passe une draperie jaune ; sur sa
tête, un voile blanc tombant sur l'épaule gauche. Sa

main droite est sous la fesse du Bambino qui appuie
son pied droit sur le haut de sa cuisse et qui, portant la
main et le bras à son col sur lequel il s'écore, s'efforce
de monter jusqu'à elle.

Ici, le besoin artistique du mouvement fait de la
représentation de Dieu un sujet dramatique. Se fût-on
permis cela au moyen âge ? le Bambino m'y semble
toujours immuable. Le sens profondément religieux de
l'Enfant-Dieu assis dans les bras de sa mère, sans bouger, comme Vérité éternelle, fait place ici au sentiment
de la vie et du vrai humain ; la religion perd, l'art
empiète.

Le Bambino en mouvement se trouve [aussi] dans le
tableau suivant, le

RAPHAËL. *Le Bambino, saint Jean-Baptiste enfant, et
la Vierge* [1]. — Ici seulement la main de la Vierge (assise)
est sur l'épaule du Bambino, pour l'aider à monter ; à
ses pieds le petit saint Jean, avec la peau autour des
reins, va s'agenouiller devant eux, et leur montre la
légende sur une banderole enroulée. Le bout du pied
de la Vierge dépasse de sa draperie verte.

La main et le bras gauches du Bambino sont étendus sur le col de sa mère pour monter jusqu'à son
visage.

RAPHAËL. *La Vierge au chardonneret* [2]. — Saint Jean-
Baptiste enfant (couvert de la peau avec une petite
tasse accrochée à la ceinture de corde de sa peau) présente un chardonneret à Jésus-Christ, debout entre les
genoux de sa mère, et son pauvre petit charmant corps
tourné vers saint Jean, qu'il regarde d'un œil mélancolique, tandis que la tête de saint Jean, au contraire,
est très vive, très animée et joyeuse sous sa chevelure
frisée (dans le même système à peu près que le buste
d'Othon).

La Vierge, tenant un livre de la main gauche, regarde
saint Jean avec ses longues paupières baissées. Raccourci du profil de sa main appuyée sur l'épaule et vue
du spectateur, de face, par le bout des doigts.

Les cheveux du Bambino sont rares et plats, laissant

ses tempes plus à découvert, ce qui ajoute encore à
l'expression profondément pensive de la physionomie,
et en fait, avec le regard, quelque chose de profondément mûr sous ses traits jeunes. Sur le bas de son
ventre, entre la motte et le nombril, une petite bande
de mousseline. — Son pied droit (le genou est fléchi en
dedans) est appuyé sur le pied de sa mère.

Pour fond, des arbres grêles à la Pérugin, des terrains verdâtres, un pont, un bois, des montagnes. La
Vierge est en robe rouge et en manteau vert.

RAPHAËL. *Saint Jean dans le désert.* — Tout nu, assis
de face, montrant la croix (troisième manière).

Raphaël a peut-être atteint l'apogée de sa force dans
sa seconde manière, c'est là qu'il est tout à fait lui et
me paraît avoir l'individualité la plus tranchée ; pour
les tableaux de chevalet du moins, cela me semble
incontestable.

Cette toile est d'un effet désagréable ; la musculature
du bras droit, levé vers la croix et la montrant, est très
étudiée.

Le talon du pied droit est appuyé sur une pierre, le
bout du pied levé. Une peau de léopard sur le bras
gauche, le flanc et la cuisse droite.

Recherche d'animation dans la figure, teinte d'un
blanc brillant et mort tout à la fois : c'est d'une école
française fort ennuyeuse, les peintres de l'Empire
devaient regarder ce tableau comme le prototype de la
peinture.

MICHEL-ANGE. *Sainte Famille* [1]. — A l'air de loin
d'une peinture de Botticelli, comme ton.

La Vierge se retourne pour donner le Bambino à
saint Joseph ; elle est agenouillée et couchée sur ses
jambes, elle se retourne vue de trois quarts, et le Bambino, appuyant ses deux mains sur la tête de sa mère,
met son pied droit sur son bras.

Dans le fond, académies d'hommes tout nus, inutiles
— appuyés sur une sorte de parapet ; on dirait qu'ils
sortent du bain. La Vierge, comme traits, est vraiment

plutôt laide. Un groupe de deux à gauche, de trois à droite.

La Vierge est en robe violet clair, blanchi par les places de lumière aux *saillances* — même observation pour la draperie rouge de saint Joseph ; effet cru. Par le bas une draperie verte et bleue.

LUCAS CRANACH. *Ève*[1]. — La même femme que la *Vénus* du palais Borghèse, que je préfère du reste ; elle est ici nu-tête ; de sa main gauche contournée sur la hanche, elle tient une branche de feuillage, qui cache le pudendum ; à la main droite elle tient une pomme. Sa chevelure blonde a la plus grande masse épanchée sur l'épaule droite.

GALERIE DU PALAIS PITTI

(Salle de l'Iliade)

PARMESAN. *La Vierge au long col*[2] — Non seulement le col qui est long, mais le grand Bambino qu'elle porte sur ses genoux ; — la femme de gauche, qui porte une buire : style de la jambe maniéré, la jambe fait arc et est très contournée. — Les têtes sont charmantes, comme toutes celles du Parmesan ; ton des chevelures blond-gris.

La Vierge a une robe grise ; par-dessus, un manteau vert.

Dans le fond, trois colonnes et un homme qui déroule un rouleau.

GIORGIONE. *Un concert de musique*[3], grand tableau de chevalet. — Trois personnages. Au milieu, un homme joue du clavecin et détourne la tête, l'œil est ouvert et interrogateur, il a peu de cheveux et est habillé de noir ; à gauche, jeune homme en jaune, toque à plumes blanches ; à droite, homme en pèlerine ecclésiastique, chemise plissée en dessous, tient le manche d'une basse et met la main droite sur l'épaule du musicien. Admirable tête du musicien — réalité exacte.

(Salon de Saturne)

GUIDE. *Cléopâtre se tuant*[4]. — Elle a le coude posé sur des coussins bleus, et tient l'aspic par le bout des doigts comme une lancette (à côté est le panier de figues) — de la main droite elle retient sa chemise sur le creux de l'estomac.

Blanc, joli, caressé, agréable, on ne peut plus embêtant.

RAPHAËL. *Portrait de Thomas Fedra Inghirami*[1]. — En rouge, toque rouge — il écrit; œil blanc, de travers.

(Jupiter)

MICHEL-ANGE. *Les Trois Parques.* — Trois vieilles femmes: celle de gauche tient les ciseaux et interroge du regard celle qui file à la quenouille, lui demandant s'il est temps de couper — il est impossible de voir quelque chose de plus *expressif*; la troisième regarde les deux autres, la bouche ouverte.

Peinture d'un ton gris, cela sent la fresque.

RUBENS. *Nymphes attaquées par des Satyres* avec un paysage au fond, largement fait. Grande toile pleine de mouvement.

[(Mars)[2]]

ALLORI. *Judith tenant la tête d'Holopherne à la main*[3] (entre les deux fenêtres), est le même en grand que le petit qui est aux Offices.

VAN DYCK. *Portrait du cardinal Bentivoglio.* — En pied, assis, chauve et carré du haut de la tête, pointu du bas; mâchoire étroite, figure fine d'une grande distinction et très spirituelle; il y a, à côté, de

RUBENS, *son portrait avec deux autres hommes*[4]. — Livres et papiers sur une table recouverte d'un tapis; un chien; buste de Sénèque dans une niche, avec des tulipes.

TITIEN. *Portrait de Cornaro*[5]. — Comme ça écrase et le Rubens et le Van Dyck, qui seraient d'admirables toiles, placées ailleurs!

Vieillard chauve, à petite barbe blanche rare, teint animé en dessous, maigre, pas de dents, vêtu de noir.

GUIDE. *Saint Pierre en larmes entendant le coq chanter.* — Composition absurde et d'une sentimentalité ridicule. Il est posé sur le genou gauche et écarte les bras en levant la tête de côté et pleurant, le col tendu. Draperie jaune sur son vêtement vert. Dans un coin, le coq.

[(Apollon)]

REMBRANDT. *Son portrait, jeune*[1]. — De face, toque noire, hausse-col de fer, manteau et chaîne d'or par-dessus, figure hardie et attirante. Très belle toile. Mais quelle différence comme peinture et intensité morale avec son portrait vieux, à Naples!

(Jupiter)

SALVATOR ROSA. *La Conjuration de Catilina*[2]. — Au premier plan, deux hommes se donnent la main. Clair-obscur général — la lumière éclaire vivement le bras de l'homme (de droite) qui tient une coupe; ce bras a une cotte de mailles et sous la cotte de mailles une chemise; un manteau terre de Sienne par-dessus son armure. Figure ardente et animée. Les autres conjurés sont dans le fond.

[(Dernière salle)]

TITIEN. *La maîtresse du Titien*[3]. — Robe bleue à bro-deries, manches violettes, collier et chaîne d'or, boucles d'oreilles d'or en corail et en perles, cheveux roux avec des yeux noirs, sourcils très soigneusement arqués, figure raide; tenue gothique et empesée. Tableau de caractère, mais d'une exécution médiocre relativement au Titien. Quelle différence avec le portrait de Cornaro!

(Salle de Prométhée)

BOTTICELLI. *La Belle Simonetta*[4]. — Tout à fait de profil, maigre et mince, robe couleur purée de len-tilles; ses mains, ou plutôt sa main est dans sa poche; le col excessivement long et mignon est relevé d'un cordonnet noir qui coule dessus; les cheveux sur le derrière de la tête sont pris dans une coiffe blanche; une mèche se détache naturellement de son bandeau blond gris pâle — profil calme et d'une douceur char-mante — œil tranquille, très ouvert.

Toile d'un grand ragoût.

SALVATOR ROSA. *La Forêt des philosophes*, paysage!!! *La Paix brûlant les armes de Mars*[5]. — À droite, massif d'arbres roux-tabac, qui vont s'abaissant en perspective vers le fond et s'éclaircissant de ton à mesure qu'ils s'éloignent ; au pied de cette ligne d'arbres, de l'eau. Au premier plan à gauche, un grand arbre et un autre plus petit — au pied du grand arbre, la Paix brûle les armes de Mars.

Vénus[1] de Canova — Marche (Capitole) — main gauche gardée dans la draperie — la droite *[plusieurs mots illis.]* entre les deux seins — atroces mains salsifis.

[VENISE]

PALAIS LABIA[2]. TIEPOLO

(Grande salle)

En face — tableau à gauche. Trois hommes debout en ligne, premier appuyé sur un bâton, deuxième en bleu, troisième de face. Au premier plan, homme assis, grande robe rouge garnie de fourrure ; en face de lui, de face, homme casqué, cuirassé, bras gauche nu, le poing sur la hanche ; entre eux deux, derrière la table, nègre en veste jaune. *[deux mots illis.]* appuyé sur une colonne dorique. De l'autre côté, belle dame Louis XV, corsage étroit garni de perles — collier de grosses perles. Les seins complètement en dehors de son costume ; haute collerette qui monte, robe de damas, bavolet clair, à dessins, chevelure blonde, papillotes passées derrière les oreilles. Montre une petite pique blanche, sur la table, des fruits — elle a un manteau bleu clair gris, chape dont le collet fait collerette — un nègre lui apporte un verre de vin dans un plateau — derrière, homme en turban à moustache — au premier plan sur les marches, vu de dos, un nain en sombrero retroussé, qui tient un plat sur son bras — *[plusieurs mots illis.]* — Au-dessus sur un balcon, musiciens, grande viole — tout en haut la roue de la Fortune, un J (?) tenant une femme au loin.

Antoine et Cléopâtre. — À gauche, cheval, esclave — Cléopâtre *[plusieurs mots illis.]* Antoine, vêtement et manteau rouges, lui donne la main *[plusieurs mots illis.]* au premier plan, nègre qui retient un lévrier.

PALAIS MANFRIN [1]

(Salon de bibliothèque)

La Fortune, LUCA CORTONA [2] *[plusieurs mots illis.]*

Déluge de BASSANO. — Entassement d'animaux premier plan. Au fond, l'arche *[plusieurs mots illis.]* pont en pente pour y monter ; ce sont deux lions qui montent.

Madeleine [3] du CORRÈGE. — Debout — robe verte depuis le dessus des seins jusqu'au haut des cuisses, posant le bras droit sur un livre ouvert et de la gauche tenant une urne ouverte.

Déluge. CARLO SARACINO. — Enfant qui pleure près d'une femme et d'un autre enfant, mort. Homme courbé, nu, qui s'essuie les yeux avec un drap — femme morte sur un matelas qui vogue — un homme assis qui *[illis.]* de bas — teinte généralement noire.

Mère du TITIEN, vieille femme brune [4].

(Chambre romane)

ANTONIO ARRIGONI. Belle tête de *[illis.]* qui *[illis.]* et regarde sa fille — couverture — elle tient la tête de son père de la main et regarde son enfant qui se détourne vers son grand-père.

Bain de Diane de GIOVANNI ROTTENHAMMER. — À gauche, Actéon, tête de cerf — il se tâte les cornes et l'oreille. Femme qui sort du bain ; au deuxième plan, groupe de deux, l'une met la main au pudendum ; à droite, femme couchée sur le cul, les jambes un peu écartées et qui fait jaillir du lait de ses seins, deux jets — elle regarde la scène. D'un ton différent des autres femmes — grise.

Madone et saintes de *[illis.]* LICINIO au-dessous d'une belle madone de *[illis.]*. Coiffure remarquable de deux femmes, les cheveux blond naturel se voient jusqu'au sommet de la tête ; *[illis.]* qui descend jusqu'aux oreilles à partir de là comme si c'était une perruque [*plusieurs mots illis.*]

Charité VERROCCHIO. — *[un passage illis.]* Plein de tendresse[1].

Arche. — Mouvement inquiet de la femme de Noé, qui porte un petit enfant, la main retenant son voile sur sa poitrine, qui s'en va au vent (jaune?) — la pluie tombe — oiseaux fuient l'arche.

Au fond arche — rhinocéros, un?, des élans, des girafes, éléphants défilent devant nous. Hommes, chèvres, singes, lapins, chiens, tigres, dinde — à droite? — poule et coq. Au deuxième plan, mouvement d'un homme qui porte un panier sur sa cuisse. Autre homme qui *[illis.]* aux pieds de *[illis.]* des singes.

D. — Arioste — le bonheur de l'homme — femme à ses genoux tenant une flûte — enfant qui dort — un autre qui s'écore dessus pour monter à un arbre - regard farfouillant, doux et rêveur.

La Musique. GIORGIONE. Le coude appuyé, la tête dans la main — écoute et rêve. Draperie blanche de la chemise. Crâne et large.

Emmaüs — *[illis.]* Pèlerin à genoux, manteau rougeâtre — mains admirables — lumière vive — air de la mer — la tête du Christ désagréable.

PISANI OU PISANS[2]

La famille de Darius[3]. — À gauche, singe sur une balustrade — petite fille *[illis.]* — femme de Darius — Darius introducteur — Alexandre entre deux hommes — à droite, cheval, homme qui attache un collier à son chien — jeune page appuyé sur un grand écu et qui se penche pour voir. Au fond, architecture —

Icare et Dédale. CANOVA[4]. — drame du visage de Dédale qui ne sait pas si ça réussira. — *[plusieurs mots illis.]*

SAINT-MARC

Porche — l'histoire d'Adam. Dieu est représenté sous la figure du Christ à en juger par le nimbe et la croix qu'il porte toujours à la main.

Noé va se mettre à genoux devant la vigne, boit du vin en pressant une grappe d'une vigne-arbre — on l'enterre, il est roulé dans des bandelettes comme une momie[1].

Dans le transept de gauche (il n'y en a pas à droite), SCS Phocas portant [*croquis*[2]].

Bandelettes entourant, emmaillotant des morts. Dans une mise au tombeau de saint Jean Baptiste et ailleurs — salle du baptistère.

Chapelle à droite du chœur dans un angle : chérubin debout drapé dans ses ailes ; n'a de visible que sa tête, ses mains et ses pieds.

SAINT-SÉBASTIEN

Tombe de Paul Véronèse à gauche près du chœur, en avant du confessionnal — le monument au-dessus, la pierre en avant du confessionnal.

Une *Descente de croix* de PAUL VÉRONÈSE. Une des saintes femmes désagrafe le corset de la Vierge qui se trouve mal au pied de la croix.

DOSSIER

CHRONOLOGIE
1821-1880

1821. *Le 12 décembre,* naissance de Gustave Flaubert à l'Hôtel-Dieu de Rouen, où son père est chirurgien en chef. Son frère Achille va avoir neuf ans.

1824. *Le 15 juillet,* naissance de Caroline Flaubert.

1830. *En décembre,* Flaubert propose à son ami Ernest Chevalier de s'associer avec lui pour écrire.

1832. *En février,* Flaubert entre au Collège royal de Rouen dans la classe de huitième. Grande activité intellectuelle : pièces, romans, textes historiques, poèmes, critique littéraire.

1835. Flaubert écrit un drame, *Frédégonde et Brunehaut.* Sous l'influence probable de son professeur Gourgaud-Dugazon, il entame ensuite la série des *Narrations et discours.* Puis il compose une nouvelle œuvre historique : *Mort du duc de Guise. En octobre,* il entre en quatrième, où il aura pour professeur l'historien Chéruel. *En novembre,* il rencontre Caroline Heuland, la provocante petite Anglaise des *Mémoires d'un fou,* dont son esprit sera occupé pendant près de deux ans.

1836. Louis Bouilhet entre au Collège royal en quatrième. Flaubert écrit notamment *Un parfum à sentir ou Les Baladins, La Peste à Florence, Bibliomanie.* L'été, il rencontre à Trouville Élisa Schlesinger, dont il fera la Maria des *Mémoires d'un fou,* et plus tard l'héroïne de *L'Éducation sentimentale.*

1837. Dans *Le Colibri,* revue littéraire rouennaise, il publie *Bibliomanie* et *Une leçon d'histoire naturelle, genre commis.* Il obtient au sortir de la troisième les prix d'histoire et d'histoire naturelle. À la Saint-Michel, il se rend avec sa famille à un bal au château du Héron. Expérience qui passe immédiatement dans *Quidquid volueris* et, quinze ans plus tard, dans *Madame Bovary*. En novembre et décembre, Flaubert écrit *Passion et vertu*.

C'est de l'année scolaire 1837-1838 que date sa première lettre connue à Alfred Le Poittevin.

1838. Flaubert écrit notamment *Loys XI* et *Les Mémoires d'un fou*. En sortant de seconde, il remporte de nouveau les prix d'histoire et d'histoire naturelle. Pendant les vacances, lecture enthousiaste des *Confessions* de Rousseau.

Il entre en rhétorique comme externe libre.

1839. *En février*, Flaubert va dans une maison de prostitution pour la première fois. En avril, il achève *Smar, vieux mystère*.

Il termine sa rhétorique assez médiocrement. En classe de philosophie, il se fera renvoyer comme meneur d'une révolte de potaches, et préparera seul le baccalauréat.

1840. Reçu *le 3 août*, il se voit offrir un voyage dans les Pyrénées et en Corse avec le docteur Cloquet, ami de son père. Au retour, à Marseille, aventure d'un jour avec Eulalie Foucaud de Langlade. Rentré à Rouen, Flaubert achève d'écrire le récit de son voyage.

1841. Le tirage au sort favorise Flaubert, qui est exempté de service militaire. Il prend sa première inscription de droit.

1842-1843. Études de droit. À Paris, Flaubert fréquentera Alfred Le Poittevin, Émile Hamard (son ancien camarade de collège et futur beau-frère), Maxime Du Camp. Il est reçu chez le sculpteur Pradier et sa femme Louise, chez les Schlesinger, chez le docteur Cloquet. Chez Pradier, il aura l'occasion d'approcher Victor Hugo.

En janvier 1842, il envoie à Gourgaud-Dugazon une lettre sur sa vocation littéraire : « C'est une question de vie et de mort » ; il est en train d'écrire *Novembre*. En août, il fait à Trouville la connaissance de la famille Collier ; les deux filles aînées, Henriette et Gertrude, ne le laissent ni l'une ni l'autre indifférent. *En décembre*, il réussit son premier examen de droit.

En février 1843, il commence la première *Éducation sentimentale*. En août, il échoue à son second examen de droit.

1844. *En janvier*, revenant de Pont-l'Évêque en voiture avec son frère Achille, Flaubert est frappé d'une crise d'épilepsie. Il en aura d'autres tout au long de sa vie. Il abandonne ses études. La famille s'installe à Croisset, sur la Seine, à l'ouest de Rouen ; c'est là que Flaubert mourra, trente-cinq ans plus tard.

1845. *Le 7 janvier*, achèvement de la première *Éducation sentimentale*. *Le 3 mars*, Caroline se marie avec Émile Hamard. Gustave et ses parents accompagnent le jeune couple dans son voyage de noces en Italie et en Suisse. À Gênes, Gustave trouve un sujet d'inspiration dans *La Tentation de saint Antoine* de Bruegel. Il prend les notes du *Voyage en Italie*.

1846. Mort du père de Flaubert, puis de sa sœur qui vient de donner naissance à une fille, Caroline. Gustave aura toujours pour celle-ci une tendre affection.
En juillet, rencontre de Louise Colet chez le sculpteur Pradier. Elle devient sa maîtresse.

1847. Voyage en Normandie avec Maxime Du Camp. Rédaction de *Par les champs et par les grèves*.

1848-1849. *Le 3 avril 1848*, mort d'Alfred Le Poittevin. Rédaction de *La Tentation de saint Antoine*. Bouilhet et Du Camp en déconseillent la publication.

1849-1851. Voyage en Orient, toujours avec Du Camp.

1854. Rupture définitive avec Louise Colet.

1855. Juliet Herbert devient la gouvernante de Caroline Hamard. Flaubert aura plus tard une liaison avec elle.

1856. Préoriginale de *Madame Bovary* dans *La Revue de Paris*. Flaubert établit une deuxième version de *La Tentation de saint Antoine* et en publie des fragments.

1857. Procès de *Madame Bovary*. Acquittement. Le roman paraît chez Michel Lévy. Flaubert entreprend *Salammbô*. Première rencontre de George Sand.

1858. Voyage en Tunisie et en Algérie pour *Salammbô*.

1862. Publication de *Salammbô*.

1863. Flaubert séjourne souvent à Paris. Il est invité chez la princesse Mathilde. Il rencontre Tourguéniev. Il fréquente les dîners Magny. Il écrit avec Bouilhet et d'Osmoy *Le Château des cœurs*, féerie qu'il ne réussira pas à faire jouer. Il commence à travailler à *L'Éducation sentimentale*.

1864. Il est invité aux Tuileries, puis à Compiègne.

1866. Les relations avec George Sand deviennent plus étroites. Flaubert reçoit la Légion d'honneur.

1869. Mort de Louis Bouilhet. Publication de *L'Éducation sentimentale*.

1870. Flaubert travaille de nouveau à *La Tentation de saint Antoine*. Pendant la guerre, il fait partie (comme lieutenant?) de la garde nationale. Les Prussiens occupent Croisset.

1872. Mort de Mme Flaubert. L'écrivain commence *Bouvard et Pécuchet*.

1873. *Le 20 juin*, première lettre connue à Guy de Maupassant. Composition du *Candidat*.

1874. Représentations désastreuses et publication du *Candidat*. Publication de *La Tentation de saint Antoine*.

1875. Flaubert sacrifie une grande partie de ses biens pour sauver de la faillite son neveu Commanville, mari de Caroline.

1875-1877. Il abandonne *Bouvard et Pécuchet* pour les *Trois contes*, publiés en avril 1877. Il se remet ensuite à *Bouvard*.

1879. Fracture du péroné. Ennuis d'argent. Les amis de Flaubert lui obtiennent un subside qui prend, semble-t-il, la forme d'une place hors cadre à la bibliothèque Mazarine.

1880. Flaubert meurt brusquement à Croisset, vraisemblablement d'une hémorragie cérébrale.

1881. Publication de *Bouvard et Pécuchet*.

NOTICE

DESCRIPTION DU DOSSIER

Le dossier du *Voyage en Orient* se compose de carnets de notes, d'un cahier de dimensions un peu plus grandes intitulé *Thèbes*, et d'un certain nombre de manuscrits de grand format constitués à l'origine de feuilles volantes. Les carnets sont écrits tantôt à l'encre, tantôt au crayon. L'ensemble comporte un certain nombre de croquis explicatifs.

En nous fondant sur le contenu des carnets et manuscrits et sur les titres que Flaubert leur a donnés, nous avons divisé les manuscrits du *Voyage en Orient* en sept chapitres, qui correspondent à peu près à la répartition effectuée par Louis Conard dans son édition : 1. *Égypte* ; 2. *[Liban-Palestine]* ; 3. *Rhodes* ; 4. *Asie Mineure-Smyrne-de Smyrne à Constantinople par les Dardanelles* ; 5. *[Constantinople]* ; 6. *[Grèce]* ; 7. *[Italie]*[1].

CARNETS. Six des *Carnets de voyage* de Flaubert sont consacrés au voyage en Orient.

Le carnet 4 concerne le début du voyage, depuis Croisset jusqu'à Korosko, sur le Nil. Il comporte à la fin quelques addenda : bagages, villes et personnages à y rencontrer, liste de philtres ; à l'intérieur du carnet, trois autres listes[2].

Le carnet 5 continue le récit du circuit en Égypte. Mais, au moment de l'arrivée à Louqsor, Flaubert, après quelques alinéas, trace un petit trait horizontal et, sautant toute l'excur-

---

1. Les titres entre crochets carrés ne figurent pas sur les manuscrits de Flaubert.
2. Voir Appendice, p. 604-605.

sion dans la plaine de Thèbes, reprend son récit à la visite de Keneh. Au folio 48 on passe à la seconde partie du voyage : remontés en bateau d'Alexandrie à Beyrouth, les jeunes gens redescendent jusqu'à Jérusalem par la côte de Syrie. À la fin, une esquisse de poème lyrique que nous reproduisons dans l'Appendice.

Le carnet 6 va de Jérusalem à l'arrivée à Rhodes, comme l'indique le sommaire de la première page. En addenda : deux extraits de lettres de Flaubert, à sa mère et à Bouilhet.

Le carnet 7 comporte la visite de Rhodes, le voyage à travers l'Asie Mineure, le séjour à Constantinople, l'arrivée en Grèce, quelques lignes sur le Cithéron, et deux courtes listes de noms de lieux esquissant l'itinéraire Athènes-Delphes, la seconde accompagnée du calendrier de l'excursion. Après plus de quarante pages blanches, deux anecdotes qui n'ont apparemment rien à voir avec le *Voyage en Orient*. Elles figurent dans l'Appendice.

Le carnet 8, daté d'Athènes, comprend d'abord trois pages consacrées à des monuments anciens de la ville, puis douze autres sur le Péloponnèse. Ensuite, c'est la traversée de Patras à Brindisi et le trajet jusqu'à Naples. La mention de deux tableaux du musée Borbonico[1] est suivie de la description de monuments antiques, essentiellement des caveaux, sous le titre *Pouzzoles* ; à cette description se mélangent des notes consacrées à Rome, qui furent sans doute consignées sur des pages laissées blanches par inadvertance. Puis ce sont d'autres églises romaines, un musée, un schéma du trajet Rome-Florence, des monuments de Pérouse et de Venise, un itinéraire du voyage de retour de Venise à Rouen[2].

Le carnet 9, daté de Rome, se présente sous forme de notes sur les musées du Vatican, de Rome, puis de Florence. Également sur l'église Saint-Sébastien de Venise.

Les carnets 8 et 9, qui ne concernent plus l'Orient, sont donc d'une conception différente des précédents. La plupart du temps, il ne s'agit pas d'un récit de voyage, mais d'une suite de descriptions sans lien narratif, et même sans ordre chronologique ; les lacunes et les incertitudes sur les visites réellement effectuées sont nombreuses[3].

---

1. Ces tableaux, que le carnet mentionne de façon très elliptique, ont été identifiés par Adrianne Tooke, *Flaubert and the Pictorial Arts. From Image to Text*, Oxford University Press, 2000, p. 245.

2. Voir Préface, p. 15.

3. Voir Préface, p. 14 et n. 4.

MANUSCRITS D'ORIENT. Le catalogue de la vente Franklin-Grout de Paris¹ énumère cinq manuscrits réunis par Flaubert lui-même sous le titre *Voyage en Orient*: *La Cange*, *Égypte*, *Thèbes*, *Rhodes*, et *Asie Mineure-Smyrne-de Smyrne à Constantinople par les Dardanelles*; également trois manuscrits concernant la Grèce, et une série de manuscrits et de notes détachées se rapportant à l'Italie.

Deux des cinq manuscrits du *Voyage en Orient* avaient été écrits en Égypte: *La Cange* et *Thèbes*. De retour à Croisset, Flaubert rédige *Égypte* en «copiant» les carnets de voyage et en y incorporant le texte de ces deux manuscrits, *La Cange* avec peu de changement, *Thèbes* en y mélangeant, dans les deux premières pages, les quelques notes du carnet 5 sur l'arrivée à Louqsor². Il écrit ensuite *Rhodes* et *Asie Mineure*, toujours d'après les carnets.

Il manque au *Voyage* deux parties importantes: la descente de Beyrouth à Jérusalem avec la remontée par l'intérieur des terres, et le séjour à Constantinople. Peut-être Flaubert n'a-t-il pas trouvé nécessaire à leur sauvegarde de recopier ces carnets soigneusement écrits à l'encre? Peut-être le texte des carnets n'était-il pas une toute première mouture? Il est question p. 293 de «notes» qui pourraient l'avoir précédé; et p. 245 on rencontre un appel au lecteur («vous»).

Une feuille du *Voyage en Orient* mérite un examen particulier. C'est celle qui a été reliée plus tard à la suite des manuscrits *Égypte*, *Rhodes* et *Asie Mineure*, et numérotée 127³.

1. Nous nous référons principalement ici aux catalogues suivants: *Succession de Mme Franklin-Grout-Flaubert* (Hôtel Drouot, 18-19 novembre 1931), et *Bibliothèque du colonel Daniel Sickles* (Drouot-Montaigne, première partie, 20-21 avril 1989; deuxième partie, 28-29 novembre 1989; quatrième partie, 9-10 novembre 1990).
2. Ces notes avaient déjà été mises à contribution pour la rédaction du cahier *Thèbes* lui-même.
3. On trouvera le texte du folio 127 dans l'Appendice. L'origine de ce feuillet pose un problème. Il n'est pas mentionné dans le catalogue de l'exposition du Centenaire de Flaubert à la Bibliothèque nationale en 1980 (nº 120). Dans le catalogue de la vente Sickles, première partie, nº 60, il est signalé mais son numéro est entouré — sans explication — de crochets carrés. Nous pensons qu'il doit avoir été ajouté à la fin du volume après la reliure, et qu'il correspond aux deux pages «semblant résumer le programme du Voyage en Orient» qui constituaient, avec des notes sur *Madame Bovary* actuellement à la Bibliotheca Bodme-

Elle comporte trois scénarios distincts. Le premier concerne le trajet Paris-Marseille. Le deuxième va de Paris à Malte, et ses quatre parties — numérotées VI à IX — correspondent à peu près aux chapitres VI à VIII de *La Cange*. Le troisième se compose de dix paragraphes numérotés de III à XII ; il va du départ de Croisset au moment où les voyageurs vont entamer la remontée du Nil.

Dans le coin supérieur droit de la première page figure cette question : « voir au bord de la Cange ? ». Elle n'est vraisemblablement pas due à Flaubert mais à quelqu'un qui cherchait à situer ces scénarios dans le dossier du *Voyage*. Le catalogue de la vente Sickles reprend l'hypothèse : ils sont « probablement pour la Cange ». Mais n'étaient-ils pas destinés plutôt à organiser le *Voyage en Orient* tout entier sur le mode de *La Cange*, avec sa division en petits chapitres ? Si le deuxième scénario commence par un chapitre III — alors qu'il part du tout début du voyage —, n'est-ce pas dans l'idée d'utiliser les deux premiers chapitres de *La Cange* comme prologue ? On note en tout cas que le troisième scénario et le *Voyage en Orient* commencent de façon très semblable. Flaubert a peut-être eu un moment l'idée de donner à l'ensemble de ses notes de voyage une forme plus élaborée[1].

Nous pouvons alors nous demander comment il est passé des carnets de route au manuscrit final. Qu'est-ce que cela a représenté, de « copier ses calepins[2] » ?

D'abord, l'organisation générale du texte a progressé, quoique les titres restent mal hiérarchisés et que les transitions continuent à manquer. Ensuite, un certain nombre de passages des carnets et du cahier *Thèbes* ont été déplacés. Des notes éparses qui figurent à la fin des carnets ont été insérées dans le manuscrit à leur place logique. Si les suppressions paraissent assez peu nombreuses[3], on peut relever quelques additions intéres-

---

riana de Cologny, le n° 135 de la vente Franklin-Grout de Paris (merci au professeur-docteur Martin Bircher, directeur de la Bibliotheca Bodmeriana, qui a bien voulu nous dire que ce feuillet n'accompagnait pas les notes sur *Madame Bovary* quand celles-ci ont été acquises par la Bibliothèque en juin 1957 à la vente Lucien-Graux, quatrième partie).

1. Flaubert a encore ramené d'Égypte un poème en prose humoristique, le *Chant de la courtisane*, qu'on trouvera dans l'Appendice.

2. *Égypte*, p. 69 : « Je copie maintenant mes calepins. »

3. Des deux passages de *Thèbes* dont le catalogue de la vente Sickles déclare qu'ils « n'ont pas été repris dans la rédaction du *Voyage en*

santes : l'épisode impressionnant du vieil ânier et de la fille à
soldats, l'amusante remarque sur Racine… Le texte du poème
arabe chanté pendant la danse d'Hassan el-Bilbesi ne figurait
pas non plus dans le carnet 4 ; peut-être Flaubert introduit-il là
une des œuvres que Du Camp et lui-même s'étaient fait traduire au Caire ?

Le traitement du style, enfin, est très variable. Si le début
d'*Égypte* est une réécriture soignée des premières pages du
carnet 4, à d'autres endroits Flaubert continue à utiliser le
style télégraphique et le tiret passe-partout qu'on se serait
attendu à voir disparaître d'une seconde version.

Bref, en « copiant » ses carnets, Flaubert a d'abord sauve-
gardé un écrit qui, dans sa version au crayon, est actuellement devenu presque indéchiffrable[1]. En second lieu, mais en
second lieu seulement, il polit quelque peu son ouvrage, abou-
tissant ainsi, selon la formule de Jeanne Bem, à un texte « à
demi-rédigé[2] ».

MANUSCRITS DE GRÈCE. Rappelons d'abord l'itinéraire du
voyage : premier séjour à Athènes du 19 décembre 1850 au
3 janvier 1851, voyage à Delphes, second séjour à Athènes, et
enfin circuit dans le Péloponnèse, se terminant à Patras par
l'embarquement pour l'Italie.

Les manuscrits concernant la Grèce qui figurent au catalogue de la vente Franklin-Grout de Paris sont au nombre de
trois : *Athènes et environs d'Athènes*, *D'Athènes à Delphes et
aux Thermopyles*, et *Péloponnèse*. Flaubert n'a donc pas suivi
l'ordre chronologique : il a rassemblé tout ce qui concernait
Athènes, et consacré deux manuscrits distincts à deux
excursions importantes, comme il l'avait fait en Égypte pour
Thèbes. Nous n'avons pu consulter ces deux manuscrits, mais
la description de leur contenu dans le catalogue de la deuxième

---

Orient », le second — « description d'un pylone et d'une peinture » — se
trouve bel et bien dans *Égypte* ; c'est l'édition Conard qui n'en a retenu
que quatre lignes. Quant au premier, il s'agit d'une visite au tombeau
de Menephta, qui a été regroupée avec la seconde visite au même
endroit.

1. De retour à Paris, Du Camp s'empresse, lui aussi, de « recopier
[s]es notes au crayon » (lettre du 23 juillet 1851, *Correspondances*,
p. 260).

2. « L'écriture du désert chez Flaubert, avant et après son voyage en
Orient », p. 357.

vente Sickles permet de constater que l'édition Conard correspond dans le détail au texte de Flaubert.

Quant au manuscrit consacré à Athènes, il n'a plus reparu, sauf erreur, après la vente Franklin-Grout. Mais il avait été utilisé pour l'édition Conard, et un calcul permet d'affirmer que lui aussi s'y retrouve en entier. En effet, si l'on retire du chapitre sur la Grèce tel qu'il est imprimé dans cette édition les trente-huit pages de l'excursion à Delphes et les quarante-trois du Péloponnèse, il reste un total de vingt-neuf pages[1]; or le catalogue Franklin-Grout annonçait un manuscrit de trente-sept pages pour *Delphes*, de quarante-trois pour *Péloponnèse* et de vingt-neuf pour *Athènes*... coïncidence presque miraculeuse. En revanche, l'éditeur, dans sa présentation du chapitre sur la Grèce, n'a pas respecté l'ordre instauré par l'auteur, c'est-à-dire la distinction des trois manuscrits[2].

Rappelons enfin que les carnets de Flaubert ne contiennent que peu de notes sur la Grèce. Les manuscrits de ce chapitre, pour la plus grande part, semblent bien constituer l'unique version du texte, écrite sur place, directement au net.

MANUSCRITS D'ITALIE. Ici, Flaubert renonce pratiquement à tout récit : «Je ne tenais pas de journal», écrira-t-il à Louise Colet le 31 mars 1853. «J'ai seulement pris des notes sur les musées et quelques monuments.» Les visites de villes et de musées ne sont pas restituées dans l'ordre chronologique : ainsi, les visites au Vatican ont été extraites du reste des pérégrinations romaines et regroupées. Bref, l'accent est mis, non sur la narration des séjours à Naples, à Rome, à Florence, mais sur la description des endroits visités.

Le dossier du périple en Italie comprenait à l'époque de la vente Franklin-Grout une chemise consacrée au *Musée Borbonico* de Naples ; une chemise *Pompéi-Paestum* ; une chemise *Rome, avril 1851* ; une autre intitulée *Vatican, Rome, avril 1851*, ne renfermant qu'une seule page ; une chemise *Florence (Palais des Offices, galerie I et R ; galerie du palais Pitti)*, et trois tout petits dossiers : *Palais Doria, Étrusque, Camées-Bijoux* (n° 203 du catalogue). De la comparaison entre les manuscrits dans leur état actuel, l'édition Conard, les des-

---

1. Les pages 69-75 (*D'Athènes à Éleusis* et *D'Athènes à Marathon*) et 112 (bas de page)-134 (*Munychie-Phalère, Acropole* et Athènes *moderne*).
2. C'est qu'il a remis le voyage en Grèce dans un ordre chronologique approximatif.

criptions fournies par les catalogues de vente et les notes de Du Camp, nous avons conclu que ces petits dossiers et plusieurs autres passages ont dû faire partie, à l'origine, des grands manuscrits, et en ont été retirés par des marchands d'autographes ou des collectionneurs âpres au gain.

Ainsi, les notes de Du Camp sur le musée Borbonico[1] attestent l'existence, dans ce musée, d'une section *Camées-Bijoux*; c'est donc dans *Musée Borbonico* que devrait se trouver la feuille intitulée *Salle des camées, bijoux*, dont l'existence est attestée par deux catalogues[2]; elle a dû être ôtée du dossier avant la mise au point de l'édition Conard, où elle ne figure pas. Autre cas, différent : on trouve dans l'édition, sous le titre «Architecture et paysages», une page qui décrit *Trois grands bas-reliefs peints* appartenant au même musée Borbonico[3], et qui n'est pas actuellement dans le manuscrit; on peut penser qu'elle en a été retirée après le moment où fut réalisée l'édition.

Les visites à Paestum et à Pompéi, les 17 et 18 mars 1851, ont fait l'objet d'un manuscrit de douze pages. Son écriture est rapide, son style élémentaire, mais il est peu raturé et comporte quelques plans et croquis soignés. La description de Pompéi précède celle de Paestum, alors que l'excursion s'est faite dans l'ordre inverse — le manuscrit a donc dû être rédigé après le retour à Naples.

Les trois manuscrits intitulés *Rome*, *Vatican* et *Florence*, tels que Flaubert les a laissés, se présentaient sous la forme de trois chemises séparées. Il semblerait que la description de la galerie Colonna se trouvait dès ce moment dans *Florence*, où elle figure aujourd'hui, alors qu'elle devrait être avec celle des autres musées romains, comme c'est le cas dans le carnet 9. D'autre part la chemise *Vatican* ne contenait pas comme de nos jours une feuille unique, consacrée au *Nouveau bras* des musées. Elle devait comporter en outre, l'édition Conard en témoigne, la description des musées Chiaramonti et Pio Clementino, écrite d'après les notes du même carnet. Le texte a dû être retiré de la chemise *Vatican* après l'édition.

Le catalogue Franklin-Grout signale encore deux petits textes actuellement introuvables. Un dossier de quatre pages intitulé *Palais Doria*, sans doute recopié aussi sur le carnet 9; ce dossier a dû être détaché de *Rome* avant l'édition Conard,

---

1. Ms 3721 de la bibliothèque de l'Institut, carnet 43, fᵒˢ 489-519.
2. Voir Appendice, p. 609.
3. Voir *Italie*, p. 486.

qui ne le reprend pas. Et deux pages intitulées *Étrusque*, qui ont dû faire partie du dossier *Vatican*[1], et pour lesquelles nous n'avons pas trouvé de notes préparatoires.

Reste le récit célèbre intitulé *Rencontre* : Flaubert y raconte de façon émouvante et sur un ton très personnel le coup de foudre éprouvé pour une jeune fille qui visitait avec son père la basilique de Saint-Paul-hors-les-Murs. À l'origine ce récit ne constituait pas, comme de nos jours, un manuscrit indépendant : il faisait partie du dossier *Rome* ou, du moins, il y avait été joint[2].

Il est pratiquement sûr, enfin, que Flaubert avait également rédigé quelque chose sur la dernière étape de son voyage, la visite de Venise. C'est ce qu'on déduit en tout cas de la lettre que lui adresse Bouilhet le 6 août 1859 — le «il» renvoie au comte d'Osmoy qui vient de se marier : «Tu me parles de tes notes sur Venise. Le malheureux ! Il les garde, il en a besoin, il voyage[3] !...» Les carnets 8 et 9 évoquant un certain nombre de monuments de Venise, il est permis de penser que Flaubert, là aussi, avait mis au net les notes écrites sur place, et que ce sont ces pages que d'Osmoy a négligé de rendre à son ami.

Les sept chapitres du *Voyage en Orient* sont donc loin d'avoir été conçus de la même manière. Trois chapitres narratifs concernant l'Orient proprement dit — *Égypte, Rhodes,*

1. Flaubert a vu un musée étrusque à Rome avec Maxime Du Camp, puisque celui-ci lui écrit le 23 juillet 1851 qu'il lui reste à recopier ses notes du musée étrusque (*Correspondances*, p. 260). Il s'agit vraisemblablement du Museo Gregoriano Etrusco, fondé par Grégoire XVI en 1837. Merci à Sylvie Mersch-Van Turenhoudt pour ses renseignements à ce sujet.

2. Cela est attesté par le premier éditeur de *Rencontre*, dans la revue *Les Marges*, juillet-septembre 1910 : «Cette note [...] se trouve dans une chemise sur laquelle Flaubert avait écrit : *Rome 1851.*» Grâce à un calcul élémentaire, on peut même affirmer que *Rencontre* a été retiré du dossier *Rome* entre le passage de celui-ci à la vente Franklin-Grout de Paris et sa mention dans le *Catalogue d'une précieuse réunion de manuscrits autographes de Gustave Flaubert*, bulletin de la librairie Degrange, nº 28 (catalogue sans date, mais la vente Franklin-Grout y est qualifiée de récente) ; en effet, dans le catalogue Franklin-Grout, *Rome* est présenté comme un manuscrit de vingt-huit pages, alors que d'après le catalogue Degrange il n'en a que vingt-quatre : la différence s'explique évidemment par les quatre pages de *Rencontre*, manuscrit qui apparaît pour la première fois chez Degrange.

3. Gustave Flaubert, *Correspondance*, Bibl. de la Pléiade, t. III, 1991, p. 893. Voir aussi A. Tooke, *Flaubert and the Pictorial Arts*, p. 129.

Asie Mineure — ont été recopiés au retour sur les carnets, tout en englobant *La Cange* et *Thèbes*. Deux autres dont on aurait pu croire qu'ils seraient traités de la même façon, *Liban-Palestine* et *Constantinople*, sont restés à l'état de carnets. La Grèce est décrite en trois manuscrits distincts ; deux d'entre eux sont des récits d'excursions, le troisième devait confondre les deux séjours à Athènes. Enfin, dans les manuscrits d'Italie, l'aspect « récit de voyage », encore présent dans quelques passages des carnets, a complètement disparu. Flaubert ne s'intéresse plus qu'à l'analyse des œuvres d'art.

ÉTABLISSEMENT DE NOTRE ÉDITION

Mon texte de base a été la première édition du *Voyage en Orient*, l'édition Conard, puisqu'il m'était impossible de consulter la totalité des manuscrits. Je l'ai revue de fond en comble partout où il m'a été possible d'examiner ceux-ci : je n'ai pas rectifié seulement le texte (erreurs de lecture, coupures, fautes d'orthographe, « améliorations » apportées par l'éditeur, etc.), mais aussi sa disposition (organisation des titres et sous-titres, utilisation de l'alinéa) et sa ponctuation (la ponctuation de Flaubert étant inacceptable dans un texte qui se veut lisible [1], Conard en a refait une autre ; contrairement à la plupart des éditeurs de Flaubert, je ne repars pas de celle-ci, que j'ai entièrement éliminée, mais de celle du manuscrit). Grâce à un travail considérable effectué par Stéphanie Dord-Crouslé [2], tous les noms propres et mots étrangers, que Flaubert écorche allègrement et qui ont donné du fil à retordre à beaucoup d'éditeurs, ont été uniformisés et modernisés. En revanche, comme je l'avais déjà fait dans une édition du *Voyage en Italie* de 1845, j'ai repris à l'édition Conard l'idée d'utiliser systématiquement la petite capitale pour mettre en évidence les étapes du parcours (Flaubert souligne certains noms un peu au hasard).

Quels sont les manuscrits que j'ai pu consulter ?

Pour les chapitres *Égypte*, *Rhodes* et *Asie Mineure*, M. Pierre Buge, directeur littéraire de la Bibliothèque de la Pléiade, m'a

1. Flaubert utilise surabondamment le tiret, il omet le signe de ponctuation en fin de ligne...
2. Qu'elle reçoive ici tous mes remerciements. Dans ce domaine, je n'ai fait que suivre ses propositions.

mis dans les mains en vue d'une édition, dès la fin des
années 1980, le microfilm du manuscrit dit *Voyage en Orient*
et celui du manuscrit *Thèbes*, microfilms qu'il avait reçus tous
deux de Daniel Sickles, le célèbre collectionneur décédé depuis.
Le 14 septembre 1991, avec l'autorisation de M. Jacques
Cotin, successeur de M. Buge à la Pléiade, je faisais à l'Académie royale de Langue et de Littérature françaises de Belgique une communication intitulée «Pour une édition du
Voyage en Orient de Flaubert», essentiellement consacrée,
pour la partie technique, à l'examen des manuscrits du colonel Sickles. La publication de mon texte dans le *Bulletin* de
l'Académie (t. LXIX, nᵒˢ 3-4) me donnait l'occasion de présenter sans attendre deux passages importants du dossier, la nuit
chez Kuchiuk-Hanem, texte fort maltraité et censuré par
l'édition Conard, et l'énigmatique fᵒ 127-127 vᵒ (voir ci-dessus, p. 589-590, et Appendice, p. 602-604). Ajoutons que pour
ce qui concerne l'Égypte, les manuscrits *Thèbes* et *La Cange*
m'ont permis certaines vérifications.

Pour les chapitres *Liban-Palestine* et *Constantinople*, j'ai dû
recopier les carnets de Flaubert ; à l'instar de Louis Conard,
j'ai supprimé dans *Liban-Palestine* les folios 65 vᵒ à 72 rᵒ du
carnet 5, que Flaubert a réutilisés au début du carnet 6 ; la
ponctuation est, comme pour les autres manuscrits que j'ai
pu examiner en détail, un aménagement de celle de Flaubert ;
la division en alinéas est de Flaubert, à quelques rares exceptions près (lorsqu'il écrit des pages et des pages sans aller à la
ligne). Pour le chapitre *Grèce*, faute d'avoir accès aux manuscrits, j'ai suivi le texte de l'édition Conard, révisant seulement
les noms propres.

C'est le chapitre *Italie* qui s'est le plus enrichi. J'ai pu jeter
un coup d'œil sur le manuscrit consacré au musée Borbonico
et dresser la liste des inédits, mais non recopier le texte ; c'est
donc celui de Conard que je reprends. En revanche, *Pompéi-
Paestum* est édité d'après le manuscrit. De même *Rome-Vatican-Florence*, qui se présente pour la première fois sous sa
forme complète, avec de nombreux inédits. Deux textes qui
ont été séparés de cet ensemble sont donnés, le premier — la
Rencontre de Saint-Paul-hors-les-Murs — d'après le manuscrit même, le second — la description des musées Chiaramonti et Clementino, dont le manuscrit a disparu — d'après
l'édition Conard. À défaut du petit manuscrit sur le musée

Doria qui figure dans le catalogue de la vente Franklin-Grout de Paris, j'ai récupéré dans le carnet 9 les notes sur ce musée ; également celles sur la galerie Camuccini, et la note succincte sur une *Vénus* de Canova qui, d'après le catalogue de la quatrième vente Sickles, se trouve dans *Rome-Vatican-Florence*, mais qui m'a échappé.

On a repris d'autre part aux carnets 8 et 9 plusieurs passages que Flaubert, s'il ne s'était pas arrêté dans sa «copie» à l'arrivée à Constantinople, aurait assurément mis au net. J'ai suivi en cela l'exemple de l'édition Conard, qui entame le chapitre *Italie* par un long extrait du carnet 8 racontant le voyage de Brindisi à Naples. J'ai repris le même texte en le revoyant sur le carnet ; et sur la lancée j'ai recopié un long passage sur Pouzzoles et un bref itinéraire Rome-Florence. Enfin, les notes sur Venise qui figurent à la fin des deux carnets ont été reprises en lieu et place du texte rédigé que Flaubert n'a pas récupéré après l'avoir prêté à d'Osmoy[1].

*

Je remercie vivement ceux qui m'ont permis d'avoir accès aux manuscrits de Flaubert. M. Pierre Buge, comme je l'ai dit, m'a prêté un microfilm du *Voyage en Orient* et de *Thèbes*. M. Bernard Loliée m'a autorisée à consulter le manuscrit de *La Cange* (qui avait appartenu à la collection Marc Loliée) et à y relever quelques variantes. Il m'a également permis d'examiner le manuscrit *Musée Borbonico* au moment de son dernier passage en vente publique, en octobre 2002. M. Jean-Claude Vrain m'a laissée regarder dans le détail le manuscrit *Rome-Vatican-Florence*, très important pour notre édition. M. Jean Derens, conservateur en chef de la Bibliothèque historique de la Ville de Paris, m'avait autorisée, il y a longtemps déjà, à recopier pour mes éditions les carnets de voyage de Flaubert. Le manuscrit du *Chant de la courtisane* (à la Bibliotheca Bodmeriana), celui de *Pompéi-Paestum* (à la Pierpont Morgan Library) et celui de *Rencontre* (coll. particulière) m'ont été rendus accessibles sous forme de microfilms.

C. G.-M.

---

1. Ajoutons qu'on a inséré dans les Notes quelques remarques sur l'établissement du texte ou la présentation des manuscrits qui m'ont paru nécessaires.

BIBLIOGRAPHIE

ÉDITIONS DU VOYAGE EN ORIENT

Œuvres complètes de Gustave Flaubert, *Notes de voyage*, t. I et II, Louis Conard, 1910.

Gustave FLAUBERT, *Œuvres complètes*, Éditions du Seuil, « L'Intégrale », t. II, 1964 (édition de Bernard Masson, préface de Jean Bruneau).

Œuvres complètes de Gustave Flaubert, Club de l'honnête homme, t. 10 et 11, 1973 (édition de Maurice Bardèche).

Gustave FLAUBERT, *Voyage en Égypte*, Grasset, 1991 (édition de Pierre-Marc de Biasi).

CORRESPONDANCE

Gustave FLAUBERT, *Correspondance*, éd. de Jean Bruneau, Gallimard, Bibl. de la Pléiade, quatre volumes parus de 1973 à 1997, le cinquième en préparation.

Gustave FLAUBERT — Alfred LE POITTEVIN, Gustave FLAUBERT — Maxime DU CAMP, *Correspondances*, Flammarion, 2000, texte établi, préfacé et annoté par Yvan Leclerc.

ÉTUDES CRITIQUES

BERCHET Jean-Claude, *Le Voyage en Orient*, Robert Laffont, coll. « Bouquins », 1985.

BONACCORSO Giovanni, « Sulla cronologia del viaggio in Oriente di Flaubert e Du Camp », *Studi francesi*, septembre-décembre 1963, repris dans *Racine e Flaubert*, Peloritana Editrice, Messine, 1970, p. 125-134.

CARRÉ, Jean-Marie, *Voyageurs et écrivains français en Égypte* (1932), 2ᵉ éd., Le Caire, Institut français d'archéologie orientale, 1956, 2 vol.

DU CAMP Maxime, *Le Nil*, publié sous le titre : *Un voyageur en Égypte vers 1850. «Le Nil» de Maxime Du Camp*, texte et photographies présentés par Michel Dewachter et Daniel Oster, préface de Jean Leclant, Paris, Sand / Conti, 1987 (M. Dewachter : «Une étape de l'orientalisme», p. 9-37 ; D. Oster : «Un curieux Bédouin», p. 39-66).

— *Souvenirs littéraires*, Hachette, 1882-1883, 2 vol. (il existe une réédition de Daniel Oster, Aubier, 1994, d'après l'édition de 1892).

— *Voyage en Orient (1849-1851). Notes*, édition de Giovanni Bonaccorso, Messine, Peloritana Editrice, 1972.

GOTHOT-MERSCH Claudine, «Pour une édition du *Voyage en Orient* de Flaubert», *Bulletin de l'Académie royale de Langue et de Littérature françaises de Belgique*, t. LXIX, nᵒˢ 3-4, 1991, p. 169-203.

HEUZEY, Jacques, *Lettres de Grèce de Gustave Flaubert*, Éditions du Péplos, 1948.

NAAMAN Antoine Youssef, *Les Lettres d'Égypte de Gustave Flaubert*, édition critique, Nizet, 1965.

NEEFS Jacques, «L'écriture des confins», dans *Flaubert, l'autre*, Mélanges Bruneau, Presses universitaires de Lyon, 1989, p. 55-72.

TOOKE Adrianne, *Flaubert and the Pictorial Arts. From Image to Text*, Oxford University Press, 2000.

APPENDICE

Calendrier établi à l'aide des manuscrits et des lettres de Flaubert et de Du Camp, des éditions de leurs écrits sur l'Orient, et de deux études de Giovanni Bonaccorso («Sulla cronologia del viaggio in Oriente di Flaubert e Du Camp», Studi francesi, septembre-décembre 1963, p. 495-499; et «Due itinerari flaubertiani inediti», Rivista di letterature moderne e comparate, septembre 1978, p. 200-203). Pour l'Égypte, nous avons examiné également l'«Itinéraire définitif» établi par Antoine Naaman dans Les Lettres d'Égypte de Gustave Flaubert, p. 21-28.

1849

29 octobre. Départ de Paris pour Marseille. Bateau jusqu'à Malte. — *7-16 novembre.* Immobilisation à Malte à cause du mauvais temps, puis trajet vers Alexandrie. — *15-25 novembre.* Alexandrie. Court voyage à Rosette.

1850

26 novembre 1849-5 février. Séjour au Caire. Excursion aux Pyramides du 7 au 12 décembre. — *5 février-25 juin.* Remontée du Nil jusqu'à la seconde cataracte, puis lente redescente comprenant un séjour sur le site de Thèbes (29 avril-15 mai) et l'éprouvante excursion à Kosseïr (18-27 mai). — *25 juin-2 juillet.* Le Caire. — *2-19 juillet.* Alexandrie. D'Alexandrie à Beyrouth par la mer. — *19-29 juillet.* Beyrouth. — *30 juillet-8 août.* Descente jusqu'à Jérusalem par la côte du Liban et de la Palestine: Sidon (actuellement Sayda), Tyr, Saint-Jean-d'Acre. — *8-23 août.* Jérusalem. — *23 août-1ᵉʳ septembre.* De

Jérusalem à Damas: Naplouse, Nazareth, Tibériade. — *2-12 septembre*. Damas. — *12-26 septembre*. Jusqu'à Beyrouth par la plaine de la Békaa, Baalbek, Ehden, Tripoli. — *26 septembre-4 octobre*. Beyrouth. Bateau de Beyrouth à Rhodes. — *4-14 octobre*. Rhodes. — *14-26 octobre*. Asie Mineure, notamment Éphèse. — *26 octobre-12 novembre*. Smyrne (actuellement: Izmir). Embarquement pour Constantinople par les Dardanelles. — *12 novembre-23 décembre*. Constantinople. Bateau pour le Pirée. Lazaret.

1851

24 décembre 1850-3 janvier. Athènes. — *4-13 janvier*. Delphes et les Thermopyles. — *13-24 janvier*. Athènes. — *24 janvier-6 février*. Péloponnèse. — *6-17 février*. Patras et embarquement pour Brindisi. — *18-21 février*. De Brindisi à Naples. — *21 février-27 mars*. Naples. Excursions: Herculanum le 4 mars, Paestum le 17 et Pompéi le 18, etc. — *28 mars-8 mai*. Rome. Du Camp en repart le 21 avril et arrive à Paris le 3 mai par Livourne, Gênes et Marseille. Flaubert est rejoint par sa mère. — *8-30 mai*. Calendrier mal connu. Flaubert passe en tout cas par Pérouse, Florence et Venise, également par Pise et peut-être par Vicence. — *Fin de la première quinzaine de juin*. Retour à Paris.

LISTE DES BAGAGES

I. Cette liste figure dans la lettre de Du Camp à Flaubert du 15 octobre 1849.

Samedi dernier sont parties pour Marseille par le roulage deux caisses pesant 310 kilos et contenant:
nos deux selles — la selle de Sassetti — Doubles étrivières, doubles sangles, croupières, porte-manteaux etc. — nos quatre paires de bottes — trois lits — le bidon de cuisine — une cantine contenant la pharmacie, la boîte à outils, deux tabatières à musique, deux boîtes à vivres — la grande tente — la petite tente de photographie — la table — deux haches de campement — 2 seaux en toile — 15 canifs, 15 paires de ciseaux destinés à de petits cadeaux

II. Flaubert a d'abord utilisé son carnet de voyage nº 4, premier carnet du voyage en Orient, en commençant par la fin, pour dresser sur les folios 82 à 79 vº la liste des bagages emmenés par les voyageurs.

I. deux boîtes à vivres — pharmacie — boîte à outils — lignes — épingles à [*illis.*] — crayons — dix tabatières à musique — clysopompe — couteaux

II. neuf kilos hyposulfite de soude — cinq tabatières à musique — une boîte de capsules — cire vierge — linge et vêtements de Max — clés des tabatières — six rasoirs — poudre à bottes — ciseaux photographiques — pipettes idem — deux poires à poudre — cinquante cartouches pistolets — thermomètre — fer à repasser — poudre (fer blanc) — miroir — timbale de Gustave — sacoche de Max — quatre chemises, cinq paires de chaussettes Sassetti

III. linge et vêtements de Gustave — les quatre ceinturons — quatre calepins — trois boîtes de capsules — trois cartes géographie — eau distillée — bible — dictionnaire anglais — dictionnaire italien — Muller — Sédillot — médecine — boussole — deux paires d'escarpins Gustave — réveille-matin — blouse bleue — balles rondes et coniques — deux vol[umes] d'Orient — cire vierge — cartes de visite — une poire à poudre — trois carnets — un stylet — six paires de chaussures Max — deux mains de papier à filtre — sacoche Gustave — cartouches pistolets — boîtes insectes : balance, loupes ; couvert de Gustave ; encre de Chine ; [*illis.*] ; poudre à encre ; petits éperons ; croix d'ordonnance ; crochets à bottes — portefeuilles : papier à lettres ; cire à cacheter ; enveloppes ; pierre à repasser — boîte des produits chimiques — plateaux : carte d'Asie mineure de la navigation ; petite croix ; diamant ; trois paires de lunettes ; tournevis à lunettes

IV. papier : positif ; négatif ; à filtre ; à [*illis.*] — Sainte-Barbe — lampe — Hérodote — Homère — colliers — armurerie — lanterne — éperons — trousse de sellerie — pains à cacheter — portefeuille Max — cire à modeler — colle forte — étoffes noires — vieille toile — vieille flanelle — couvert Max — ruban noir moiré — ruban rouge — boucle d'éperons — un foulard Max — quatre mouchoirs Sassetti — cravate Sassetti — un foulard Gustave — épingles

SCÉNARIO DU DÉBUT DU *VOYAGE EN ORIENT*

Nous donnons ici le texte du folio 127 du volume communément intitulé Voyage en Orient. *Pour son analyse, voir la* Notice, *p. 589-590.*

Nous conservons l'orthographe et les soulignements de Flau-

bert. *Les mots biffés sont en italique entre deux barres, l'unique
addition figure entre crochets obliques. Le trois premiers mots
de l'énumération en colonne qui ouvre le premier scénario sont
amputés du début. Notre reconstitution des mots amputés ou
abrégés est entre crochets carrés. La lecture «Orville» est hypo-
thétique.*

[127 r°]

[mon]tée — lune —   voir au bord de la Cange?
[...]rier —
[M]me Orv[ille] —
Saone —
Lyon —
Rhône
Marseille — finir par Roux — cabine fem[mes]
/VI Marseille/
VI Départ
paletot (lier aux cheveux)
MM les conducteurs. langue — surprise —
Gleyre Lyon Rhone (d'ensemble) arrivée à Marseille
pluie —
VII. Souvenir de Marseille
VIII. cafés chantants — Juive — beauté de mon corps —
Cauvière politique — Clot bey — Sassetti se boissonne avec
une contrebasse du théâtre —
IX. le Nil — groupes — <officiers> premières et
deuxièmes — distinction des classes — mépris du prochain pr
son prochain — intérieur — coupé — impériale — rotonde —
bâche — marchepied —
— revenir sur l'état-major — premiers jours — asseoir la
table — Malte —

[127 v°]

    III.
Je suis parti. j'ai dit adieu —
Paris. — Nogent — insister sur le monsieur au [chien]
/départ / Paris étourdissement —
départ — en route —
    IV
Mme Orville, pleurant — relais. — montée au clair de lune
— bateau de la Saone. MM les conducteurs. — Lyon —
Gleyre — bateau du Rhône — Marseille — /illis./

V
rétrospectif — bains et baie de Lansac. — pantalon blanc —
/*beauté*/ tempaccio — beauté de mon corps. — cafés chantants —

———————

VI. le Nil. passagers & temps coupé par Malte —

———————

VII. Alexandrie — bains de Cléopâtre — Akakim bey —
Norma —

———————

VIII. Rosette —

———————

IX. Mamudhia — arrivée au Caire. — premier effet du
Kaire —

———————

X. Pyramides, Memphis — Saccara —

———————

XI. description du Caire et notre vie

———————

XII. les Français en Égypte — Égypte — réception du
Consul

NOTES CONCERNANT L'ÉGYPTE (EXTRAITS)

Les folios 97 à 101 du Voyage en Orient *comportent des listes
de mets arabes, de parfums, de philtres, une page de documentation sur les Coptes, et une assez longue inscription en grec. À
l'exception de la dernière, ces pages figuraient déjà dans le carnet de voyage n° 4.*

LISTE DE PARFUMS *(partim)*
ittre-schah, fleur large, verte, odeur de térébenthine sucrée.
La couleur est celle d'un vin de liqueur battu.
ittre-abehah, couleur d'eau de Cologne, est une espèce de
térébenthine. On en verse quelques gouttes dans le tabac à
priser.

ittre-zaabar, pour l'huile de tabac — pour les maux de tête appliqué en compresses. — Et pour la toux, pour le rhume, on en met quelques gouttes dans le café.

Setmourr, huile d'amandes amères pour la chevelure des femmes.

zet-banafsit, huile pour les oreilles, quand on y a mal.

[...]

———————

Ces paquets de clinquants qui sont devant toutes les boutiques de parfumeurs servent pour les noces de campagne — on s'en sert aussi dans les rues aux mariages et circoncisions, ils s'appellent *Bouregane*.

(la grande fabrique de parfums du Caire est à Coubbé, au château d'Ibrahim Pacha).

COPTES (dogme)
Jésus-Christ seul et fils de Dieu — pas de Saint-Esprit — pas de Trinité.

Jésus-Christ existait antérieurement à sa manifestation ; il existait plein le ciel et plein la terre.

Il est resté sur la terre trente-trois ans un quart.

Il a été crucifié — mis au tombeau où il est resté trois jours et ensuite s'est envolé.

La Vierge est la mère de Jésus ; elle est morte et a eu une exaltation comme Jésus-Christ.

Balaout Balaam est le plus ancien prophète.

Giovanni (Jean-Baptiste), prophète, était venu pour aplanir la voie du Christ.

Pas d'Antéchrist ni rien qui s'y rapporte.

L'Eucharistie comme chez nous.

[CHANT DE LA COURTISANE]

Ce manuscrit, sans titre ni date, et assez raturé (il s'agit manifestement d'un brouillon), a été publié pour la première fois par Jean Royère dans Le Manuscrit autographe, *numéro de mai-juin 1928, sous le titre :* Chant de la Courtisane ou La Courtisane amoureuse, poème en prose satirique *de Gustave Flaubert. Auriant, dans son article* « Au sujet de l'inédit de Flaubert Chant de la courtisane », *même revue, juillet-août 1928, signale que l'auteur pastiche là les* maoual *arabes, chants à la fois érotiques et élégiaques. Le manuscrit est conservé à la Bibliotheca*

Bodmeriana, à Cologny, et c'est d'après lui que nous avons éta-
bli le texte de notre édition.

L'étranger que taquine ici Flaubert, maigre, tout en jambes, à
la barbe blonde et armé d'un appareil photographique, est évi-
demment Maxime Du Camp.

I

Une chose tourmente mon cœur et fait la nuit que je ne
dors pas.

J'ai interrogé les sheiks des villages qui fument un tabac
verdâtre dans leurs pipes de bois d'érable.

J'ai fait venir chez moi ces prêtres des mosquées qui se
balancent le corps en récitant la loi.

Comme pour aller au bain je suis sortie avec mes femmes,
montée sur un âne et couverte de voiles, et j'ai passé les
portes, j'ai traversé le cimetière et j'ai été visiter sous le sycomore où il demeure le santon à longue chevelure qui ne paie
pas dans les cafés.

Ni les étoiles que je regardais la nuit, ni le vent qui soufflait
dans les gazis, ne m'ont rien appris. Les étoiles seulement me
disaient: il nous regarde comme toi; et le vent disait: j'ai
passé sur son visage.

II

Oh! qui es-tu! toi qui marches sur le sable comme un saïs
sans crainte de brûler tes pieds blancs! Tes yeux sont doux et
tu as tes cuisses enfermées dans deux fourreaux de toile
jaune.

Allah! Allah! qu'il est beau, mes sœurs! il a le visage bruni,
comme une vieille lame de Damas — ses bras sont si minces
qu'il pourrait mettre mes bracelets.

III

Que viens-tu faire ici dans les pays du Prophète, tu n'as pas
l'air d'un marchand, tu n'as pas l'air d'un soldat. —

Pour où aller as-tu le besoin d'une daby? pour où aller
demandes-tu des dromadaires?

Oh! comme elle a dû pleurer, celle qui t'aime en ton pays.
Si c'eût été moi, m'aurais-tu donc quittée?

IV

Souvent tu grinces des dents lorsque tu rentres dans ta tente où s'enferme avec toi ton esclave d'Europe qui sait lire. Mais de quel sultan es-tu donc né, toi qui as un domestique qui sait lire !

La tente est fermée — les fellahs sont autour — comme une sentinelle de Stamboul se tient à la porte ton drogman à barbe grise.

Comme la balle sort du fusil, comme la flèche part de l'arc, comme le vautour qui s'envole, et comme la haine après l'outrage, tu t'élances, portant sous ton bras gauche quelque chose de carré dans un voile noir. Pourquoi regardes-tu dans cette boîte jaune que portent sur leur cou tes matelots haletants ?

Ce sont de bons matelots que tes matelots ! ils ont les bras forts et toute la journée ils crient ton nom au soleil, ô Prophète.

Mais moi j'ai peur quand par la fenêtre du harem, à travers les grilles de bois je t'aperçois au loin enfermant ta tête sous un linceul noir. — Il me semble que tu vas te décapiter là-dedans. Puis tu [te] redresses comme un palmier et tu pousses du doigt quelque chose sur un verre.

V

J'ai fait par mon eunuque interroger tes gens. Je sais que tu es riche — tu as des bagages nombreux — tu portes des boutons d'or à ta chemise — plus souvent qu'un pacha tu changes de chaussettes — tu aimes les femmes — tu donnes des colliers. Ah ! moi, si tu m'aimais je me pendrais à ton cou, et ton premier baiser, ô étranger à barbe claire, scellerait mon cœur à jamais pour ne plus me détacher de toi.

Tu fais venir des danseuses — tu te plais aux tarabouks. Sur les places publiques tu jettes l'argent aux baladins.

Tu es bon comme du pain frais lorsqu'on revient d'un long voyage — tu es léger comme le lièvre du désert, tu es grand comme un âne d'Abyssinie.

VI

Le sorcier de Calabschi a raconté aux cataractes que pour ton cœur tous les cieux étaient pareils.

C'est que partout sans doute l'amour t'y suit, comme l'hirondelle qui suit l'été.

Ne t'en va pas, ne t'en va pas — fais-toi croyant — ton pré-
puce saignera moins que mon cœur si tu t'en vas.

ÉBAUCHE

*À la fin du carnet de voyage n° 5, on peut lire cette ébauche de
fiction poétique, datant vraisemblablement du séjour en Égypte.
Le texte est écrit à l'italienne, et le carnet semble avoir été utilisé
à partir de la fin. Mais si l'on se fie au sens et non à la disposition du texte, on pourrait soutenir aussi que le folio 81 v° est la
suite de 81+80 v°.*

[f° 81 v°] Ô Nil! ma tristesse est débordante comme tes
eaux. Et personne non plus ne saurait dire d'où elle vient.
C'est au milieu de mon été que l'inondation est accourue —
mais rien ne poussera sur le limon qu'elle dépose.
   Aucun voyageur encor n'est remonté jusqu'à sa source
(... en regardant couler les eaux pacifiquement).

———————

Quand la nuit était venue, alors il respirait plus à l'aise — il
se couchait sur le dos et levant ses deux bras il regardait les
étoiles comme des femmes.

———————

[f° 81] Comparer la forme d'un ravin à celle d'un cercueil et
le bruit des moucherons aux musiciens aigres des enterrements.

———————

Je suis le seul qui passe par là portant ce que je porte et
pensant ce que je pense. Qui y passe? — ce qui a lieu dans les
canges à extérieur pareil? Anglais. Messieurs avec des dames
— albums déployés sur des tables rondes — on en causera
dans les parcs verts... et la négresse dans le harem pensera à
ce soleil qui... lorsque traînée sous le tendelet des canges elle
descendait sans savoir où on la menait.

———————

[f° 80 v° ; la fin de la page est blanche] Souvent il s'écartait de
ses compagnons, et s'allait coucher à l'écart, au milieu du
jour — étendu par terre sous les pieds des chameaux immobiles (entravés), et le visage tourné vers son pays il pleurait en
parlant tout haut — (communication entre l'œil et le poil du
chameau, ou le grain de la roche).

DEUX ANECDOTES

À la fin du carnet de voyage n⁰ 7 (de Rhodes à l'arrivée en Grèce), après plus de vingt pages blanches, on peut lire ceci :

Un cocher de traîneau russe.

Un monsieur oublie dans la poche d'un traîneau public une somme de cent mille francs. Il revient au traîneau et les retrouve et donne plusieurs roubles au cocher dans l'expansion de sa joie — le cocher a du mal à comprendre pourquoi — quand il a compris, il rentre chez lui, dételle ses chevaux et se pend.

————————

On dit que M. Seguin foutit des coups de pied au cul à un brave homme qui lui rapportait un sac d'argent perdu, pour le punir de la bêtise qu'il avait eue de le lui rapporter.

MUSÉE BORBONICO. — SALLE DES CAMÉES, BIJOUX.

Nous n'avons pu retrouver trace de la feuille portant le titre Salle des camées, bijoux *qui a figuré à la vente Franklin-Grout de Paris, puis dans une vente de* Manuscrits et autographes de Gustave Flaubert et autographes divers *à l'Hôtel Drouot le 23 octobre 1987. Faute de mieux, nous reprenons ici la description du catalogue de 1987.*

« 8. Manuscrit autographe avec neuf dessins, *Salle des Camées, Bijoux ; deux pages in-folio.*

Ces dessins et ces notes datent probablement de la visite de Flaubert au Musée de Naples en 1851, et semblent inédits.

Flaubert dessine et commente une fibule, des fermetures de bracelet, des bracelets représentant des serpents, des broches, une bulle en or, un collier, etc.

"fermeture de bracelets. — Ce sont des bracelets à double rang, creux, sortes de grosses demi-noisettes. La partie creuse était celle dont les bords s'appuyaient sur la peau. Pour dissimuler la soudure de ces deux boules, on figurait par-dessus et entre elles deux une petite chaînette"… »

UN POÈME DE LOUIS BOUILHET
INSPIRÉ PAR LES LETTRES DE FLAUBERT

KUCHIUK-HANEM, SOUVENIR

Le Nil est large et plat comme un miroir d'acier,
Les crocodiles gris plongent au bord des îles,
Et, dans le bleu du ciel, parfois un grand palmier
Étale en parasol ses feuilles immobiles!

Les gypaètes blancs se bercent dans les airs,
Le sable, au plein midi, fume dans les espaces,
Et les buffles trapus, au pied des buissons verts,
Dorment, fronçant leur peau sous les mouches voraces.

C'est l'heure du soleil et du calme étouffant.
Les champs n'ont pas un cri, les cieux pas une brise;
Dans ta maison d'Esneh, que fais-tu maintenant,
Brune Kuchiuk-Hanem, auprès du fleuve assise?

Le mouton qui te suit, de henné tacheté,
Sur la natte en jouant agace ton chien leste;
Et ta servante noire, accroupie à côté,
Croise ses bras luisants tatoués par la peste!

Le joueur de rebec dort sur son instrument...
Dans ton lit de palmier maintenant tu reposes!
Ou sur ton escalier tu te tiens gravement,
Avec ton tarbouch large et tes pantalons roses!

L'émeraude à ton front allume un rayon vert,
Ta gorge s'arrondit sous une gaze fine,
Et tes cheveux, poudrés par le vent du désert,
Ont une odeur de miel et de térébenthine!

Mais une ombre obscurcit ton regard éclatant.
Tu te sens, dans ton cœur, triste comme une veuve,
Et tu penches la tête, écoutant... écoutant
Passer le bruit lointain des canges sur le fleuve.

Poèmes. Festons et astragales, Bourdillat, 1859.

NOTES

Page 53.

1. Julie Lormier (1818-1883) a épousé Achille, frère aîné de Gustave, en 1839. La petite Juliette est née en juin 1840.

2. Fils du peintre Hippolyte Bellangé qui est un ami de la famille Flaubert. Gustave parle de Louis en des termes peu amènes dans une lettre à Bouilhet du 2 juin 1850. C'est ce dernier qui lui apprendra la mort de «ce pauvre bougre de jeune Bellangé» (lettre du 19 décembre 1850).

3. Voir Préface, n. 3, p. 11.

4. Le «père Leserrec» est un ami de Mme Flaubert (lettre de l'écrivain à sa mère du 28 octobre 1849). Une lettre à la même, datée de la veille, mentionne aussi un «sieur Leserrec neveu, mortel assez déplaisant».

5. Maurice Schlesinger, éditeur de musique et mari d'Élisa, le grand amour de Gustave adolescent. Flaubert a fait la connaissance du couple en 1836 à Trouville et lui a rendu de fréquentes visites à Paris pendant ses études de droit.

6. Opéra-comique en trois actes, livret de Scribe et de Saint-Georges, musique d'Halévy, créé le 1er octobre 1849.

7. Émile Hamard (1821-1877), ancien condisciple de Flaubert au Collège royal de Rouen, et veuf de sa sœur Caroline, morte d'une fièvre puerpérale en 1846. En 1849, il commence à présenter des signes de folie.

8. Tenancière d'une maison close sise dans le quartier du Palais-Royal (lettre de Le Poittevin à Flaubert du 26 novembre 1843, *Correspondances*, p. 81). La mère Guérin, «depuis 1842-

1843, pourvoyait Flaubert (et ses amis) en jeunes créatures»
(Pierre-Marc de Biasi, dans son édition du *Voyage en Égypte*,
Grasset, 1991, p. 121).

Page 54.

1. François Parain (1782-1853), oncle par alliance de Gustave.

2. Caroline (1831-1919) ou Émilie-Louise (1843-1928)
Bonenfant, filles d'Olympe, née Parain.

3. Femme de chambre de Mme Flaubert, qui l'accompa-
gnera en Italie lorsqu'elle rejoindra son fils.

4. Louis Bonenfant (1802-1887), avoué à Nogent, gendre
du père Parain.

Page 55.

1. Marie Dorval (1795-1849), célèbre actrice qui a créé les
grands rôles romantiques. Flaubert «avait fini par attraper
[son] accent traînard et [ses] intonations grasseyantes» (M. Du
Camp, *Souvenirs littéraires*, t. I, p. 224).

Page 56.

1. Actuelle place des Vosges.

2. Du Camp habite l'appartement de ses grands-parents,
26, place de la Madeleine. Aimée est sa gouvernante (Gérard
de Senneville, *Maxime Du Camp. Un spectateur engagé du
XIXᵉ siècle*, Stock, 1996, p. 17).

3. Lettre de Flaubert à sa mère des 25 et 26 octobre 1849.

4. Opéra de Meyerbeer, livret de Scribe, le grand succès de
l'année 1849.

5. Vraisemblablement le personnage énigmatique évoqué
par Charles Yriarte dans ses *Célébrités de la rue* (1868).

6. Rouennais directeur des contributions indirectes en
retraite (G. Flaubert, *Voyage en Égypte, 1849-1850*, éd. de René
Hélot, Rouen, Société normande des amis du livre, 1930,
p. 212). Voir aussi la lettre de Caroline Flaubert à son frère du
6 juin 1843.

7. En 1839, un Piedelièvre a signé avec Flaubert la lettre
collective au proviseur du lycée Corneille de Rouen (J. Bruneau, *Correspondance*, Bibl. de la Pléiade, t. I, p. 873). Édouard
Monnais (1798-1868), administrateur, auteur et critique de
théâtre, collabore à la *Gazette musicale* fondée par Schlesinger.

8. La mezzo-soprano Pauline Garcia-Viardot (1821-1910)
interprète dans cet opéra le rôle de Fidès, que Meyerbeer a

écrit pour elle. Bien que Flaubert se moque parfois un peu de la femme, son admiration pour l'artiste ne s'est jamais démentie.

9. Proscrit du Deux-Décembre, Hennet de Kesler sera recueilli par Hugo et mourra le 6 avril 1870 à Guernesey (voir son oraison funèbre dans *Actes et paroles II*; *Œuvres complètes*, éd. de Jean Massin, Le Club français du livre, 1970, t. XIV, p. 873). Voir aussi p. 157.

10. Alors clerc de notaire, cet ancien condisciple de Flaubert au Collège royal de Rouen changera en Fovard son nom de *Fouard*, qui se prononçait fâcheusement *foire* (lettre de Flaubert à Louise Colet du 17 mai 1853). Il devait s'occuper des «affaires de Du Camp» (lettre de Flaubert à sa mère du 20 janvier 1851).

11. Louise Pradier, née Darcet ou d'Arcet (1814-1885), épouse alors séparée de biens et de corps du sculpteur James Pradier. En 1845 déjà, Flaubert lui avait rendu visite à la veille d'un départ (*Voyage en Italie*, dans *Les Mémoires d'un fou* [...], p. 326, n. 5). •

Page 57.

1. Le sculpteur James Pradier (1790-1852), familièrement surnommé «Phidias» (voir p. 61). Jules Cloquet était son parent (J. Bruneau, *Correspondance*, t. I, n. 2, p. 21).

2. Ce serait la première rencontre de Flaubert avec Gautier (J. Bruneau, *Correspondance*, t. I, n. 1, p. 517).

3. Ils y admirent «les bas-reliefs assyriens (ceux que Botta a rapportés de Ninive)» (lettre de Flaubert à sa mère du 28 octobre 1849). Flaubert visitera Botta à Jérusalem (n. 6, p. 248).

4. Voir le récit qu'en fait Du Camp dans ses *Souvenirs littéraires* (t. I, p. 440).

5. Louis de Cormenin (1821-1866), ami d'enfance de Du Camp.

6. Flaubert l'a consulté sur ses souvenirs de juin 1848 lors de la rédaction de *L'Éducation sentimentale* (lettre à Ernest Feydeau du 23 novembre 1868).

7. Tempête de sable qu'on «appelle khamsin (cinquante), parce que sa durée régulière est ordinairement de cinquante jours. C'est un océan de poussière porté par un ouragan» (M. Du Camp, *Le Nil*, p. 116).

Page 58.

1. Religieux appartenant à l'ordre de saint Romuald qui suit la règle bénédictine restaurée dans toute sa rigueur.

2. Voir la fin de *Pyrénées-Corse*.

Page 59.

1. La cange «est peinte en bleu [...]. Pour logement, nous avons une première pièce où se trouvent deux petits divans en face l'un de l'autre. Ensuite une grande chambre à deux lits. Puis une espèce de recoin contenant d'un côté de quoi mettre nos effets, et de l'autre des kiques à l'anglaise, enfin une troisième pièce où couchera Sassetti et qui est notre magasin» (lettre de Flaubert à sa mère du 3 février 1850). La cange «est longue de quarante pieds environ [...]. À l'avant s'élèvent les fourneaux où le drogman et les matelots font la cuisine» (M. Du Camp, *Le Nil*, p. 113). Voir la photographie reproduite dans l'*Album Flaubert* par Jean Bruneau et Jean A. Ducourneau, Bibl. de la Pléiade, p. 84.

2. *Raïs* : patron ou capitaine d'une cange. Le mot signifie littéralement *chef*.

3. Bon musulman et capitaine irréprochable, très exigeant envers ses matelots, c'est «un beau jeune homme de vingt-cinq ans [...] d'une propreté recherchée et presque coquette pour un Arabe» (M. Du Camp, *Le Nil*, p. 113).

4. Il y a *neuf* hommes d'équipage d'après la lettre de Flaubert à sa mère du 3 février 1850, *onze* d'après le contrat de location de la cange (J. Bruneau, *Correspondance*, t. I, n. 1, p. 581).

5. Le second ou *bierg* s'appelle Méhémet (M. Du Camp, *Papiers et correspondance*, Bibliothèque de l'Institut, ms. 3721, f° 250 v°).

6. *Chibouk* : pipe orientale dont le tuyau droit est particulièrement long.

7. Opinion d'Hérodote qui a eu cours jusqu'aux premières expéditions européennes en Afrique centrale, peu avant le milieu du XIXᵉ siècle. Flaubert a fini «l'Égypte d'Hérodote» en juillet 1845.

8. Les éditions Quantin, Charpentier, Conard (et celles qui la copient) intercalent ici cette phrase empruntée au manuscrit de *La Cange*, f° 2 v° : *et puis ajoutez par là-dessus l'éternelle rêverie de Cléopâtre et comme un grand reflet de soleil, le souvenir doré des Pharaons* . Quantin a malheureusement lu

et écrit « le soleil doré », et la faute s'est transmise d'édition en édition (C. G.-M.).

Page 60.

1. Joseph Brichetti, le drogman. Sur sa fonction, voir Préface, p. 22.

2. La maison familiale de Croisset, que Mme Flaubert a provisoirement quittée pour s'installer à Nogent-sur-Seine chez l'oncle Parain.

3. *Caluyot*: mâle de l'alose, sorte de hareng (*Amis de Flaubert*, n° 7, 1955, p. 46).

Page 61.

1. Pour les longs parcours, les diligences profitaient du chemin de fer, installées sur des wagons spéciaux comme les autos de nos jours. Les voyageurs restaient assis à leur place.

Page 62.

1. Référence probable au « terrible accident de Versailles » du 8 mai 1842, qui fit cinquante-cinq morts, brûlés vifs pour la plupart.

2. *Truck*: wagon plat destiné à transporter des objets encombrants — ici, les diligences.

3. Barbe taillée en large « mouche » sous la lèvre inférieure, et telle que la portait le capitaine Lelièvre, qui, avec son bataillon, défendit le village de Mazagran, au Maroc, en février 1840 (René Dumesnil, dans son édition des *Voyages*, Les Belles-Lettres, « Les Textes français », t. II, 1948, p. 590).

Page 64.

1. La première fois pour revenir de Corse en 1840 avec le docteur Cloquet, et la deuxième en 1845 pour accompagner sa sœur Caroline dans son voyage de noces en Italie (le retour s'est fait par la Suisse).

2. Les voyageurs ont pris « le bateau à vapeur de Châlon à Lyon » (M. Du Camp, *Souvenirs littéraires*, t. I, p. 441).

Page 65.

1. Voir les réflexions de Frédéric Moreau au début de *L'Éducation sentimentale* (I, 1).

Page 66.

1. Le peintre Gleyre (1808-1874) a fait un long séjour en Orient avant de regagner la France par l'Italie en 1837. Sur

ses conseils, les deux voyageurs décident de rester plus long-temps en Égypte, «quitte à sacrifier ou à bâcler le reste de [leur] voyage» (lettre de Flaubert à sa mère du 2 novembre 1849).

2. *Sennahar* : ancien royaume situé en Nubie, compris à peu près entre le Nil blanc et l'Atbara, et traversé par le Nil bleu. Conquis en 1821 par Méhémet Ali, il est devenu une province de l'Égypte.

Page 67.

1. Célèbre archéologue (1779-1842) dont Flaubert mentionne le «débraillé» au début du *Voyage en Italie*. Mais s'il y a eu un déjeuner à Montélimar, il n'a pu avoir lieu qu'en 1840, au retour de la Corse.

2. Musée Calvet, évoqué dans le *Voyage en Italie*.

3. Allusion (déjà présente dans *Par les champs et par les grèves*) au *Voyage* en Languedoc de Chapelle et Bachaumont (1656), répertoire d'observations et d'anecdotes plaisantes, dans le ton mondain des cercles parisiens. L'une d'elles concerne le poète et musicien contemporain d'Assoucy, célèbre pour son amour de la bonne chère et des petits pages.

4. Cette réflexion «profonde» sera attribuée à Pécuchet dans un scénario du roman posthume (Bibliothèque municipale de Rouen, ms. gg10, fo 69).

Page 68.

1. Le dimanche 27 septembre 1840 (voir *Pyrénées-Corse*, et la Notice de ce texte dans Flaubert, *Œuvres de jeunesse*, *Œuvres complètes*, t. I, Bibl. de la Pléiade, p. 1427).

2. *Tartane* : petit bâtiment à deux mats et portant une voile triangulaire, en usage sur la Méditerranée.

3. Site évoqué avec nostalgie dans *Pyrénées-Corse*.

4. *Madragues* : assemblages de filets circulaires.

Page 69.

1. Hôtel sis rue Saint-Ferréol, déjà mentionné dans le *Voyage en Italie*. Flaubert conseillera à sa mère d'y loger lors-qu'elle le rejoindra à Rome (lettre du 14 mars 1851). Lui-même y descendra de nouveau lorsqu'il se rendra à Carthage en 1858 (carnet de voyage no 10, fo 2).

2. Après avoir été prévôt d'anatomie à Rouen, Cauvière est devenu directeur de l'École de médecine de Marseille. Flau-bert l'a déjà visité en 1840 (*Pyrénées-Corse*) et en 1845.

3. Médecin établi en Égypte depuis 1825, Antoine Barthélemy Clot (1793-1868) s'est vu confier par Méhémet Ali l'organisation du service de santé de l'armée et a créé, en 1827, l'École de médecine d'Abouzabel. Depuis l'avènement d'Abbas Pacha, il est installé à Marseille; mais il fournit aux deux voyageurs de nombreuses lettres de recommandation.

4. *Bey* est un titre ottoman, d'origine militaire, conféré aux colonels et généraux de brigade, puis simplement honorifique: «Les Turcs ne connaissent que la hiérarchie militaire; aussi le vice-roi, s'il veut accorder quelque récompense à des Européens attachés à son service, leur donne des grades et des titres militaires» (Ed. de Cadalvène et J. de Breuvery, *L'Égypte et la Turquie de 1829 à 1836*, Arthus Bertrand, 1836, t. I, p. 17).

5. En arabe, *nizam* signifie *règlement*. En particulier, ce mot désigne l'ensemble des dispositions prises par Méhémet Ali à partir de 1823 pour instruire ses troupes à l'européenne et réformer leur uniforme. Outre le tarbouch (voir n. 6, p. 70), le costume à la *nizam* comprend «les guêtres, les larges pantalons flottants, la ceinture et la veste» (M. Du Camp, *Le Nil*, p. 209).

6. Plus exactement l'hôtel Richelieu, rue de la Darse, où Flaubert a logé en 1840 au retour de la Corse, et dont la tenancière, Eulalie Foucaud de Langlade, lui a fait passer des moments inoubliables (voir Notice de *Pyrénées-Corse*, dans *Œuvres de jeunesse*, Bibl. de la Pléiade, p. 1436-1438).

7. Attraction de foire, du type de la femme à barbe: ce sont «des créatures qui avaient pour cheveux véritables des toisons de moutons» (lettre de Flaubert à sa mère du 17 novembre 1849).

8. Opéra de Donizetti, créé à Milan en 1833. Le «il» renvoie au signor Valentino.

9. Opéra d'Halévy, livret de Scribe, créé à Paris en 1835 et monté à Rouen par Orlowski (lettre de Flaubert à Pradier du 21 septembre 1846).

10. Comédie-vaudeville par Saintine, Duvert et Lauzanne, créée au Théâtre du Vaudeville en février 1841. Merci à Olivier Bara pour son aide.

11. Littéralement: «je ne sais comment cela se fait».

Page 70.

1. «Paquebot de deux cent cinquante chevaux» (M. Du Camp, *Souvenirs littéraires*, t. I, p. 441) que Flaubert trouve

« superbe » (lettre à sa mère du 2 novembre 1849). Voir l'aquarelle reproduite dans M. Du Camp, *Le Nil*, p. 38.

2. Né en 1804, Achille Codrika est entré dans le service diplomatique français en 1831. Durant la traversée, il aura une « longue et intime causerie » (p. 76) avec Flaubert, qui juge « chez lui l'élément passionnel excessif » (lettre à Louise Colet du 27 mars 1853).

3. Polytechnicien fortuné qui « se dirige vers Suez pour gagner Ceylan et faire un petit voyage de quatre ans dans l'Inde, uniquement pour son agrément » (lettre de Flaubert à sa mère des 7 et 8 novembre 1849).

4. Edmond Pellissier (vers 1800-1858), historien et diplomate, alors consul à Tripoli (lettre de Flaubert à sa mère du 3 novembre 1849).

5. *Barbarie* : région composée de quatre entités bordant la Méditerranée : les régences de Tripoli et de Tunis, l'Algérie et l'empire du Maroc.

6. *Tarbouch* : bonnet rouge tronconique, orné d'un gland de soie bleue, autour duquel on entoure le turban, ou que l'on porte seul dans la tenue instituée par le *nizam*.

7. Sœur (1821-1903) d'Alfred Le Poittevin, amie d'enfance de Flaubert et mère de Guy de Maupassant qui naîtra en août 1850.

8. Voir n. 1, p. 117. *Pacha* est un grade militaire ottoman équivalant à *général de division*.

9. Le vice-roi « fait venir des chiens de toutes les parties du monde » (lettre de Flaubert à Baudry du 21 juillet 1850).

10. *Mamamouchi* : haut dignitaire turc. Mot forgé par Molière sur l'arabe *ma-menou schi* (« non chose bonne »), d'où propre à rien.

11. Réclame faite par l'un des artisans embarqués ?

12. *Bouches de Bonifacio* : détroit séparant la Corse de la Sardaigne.

13. Médecin du bord, « élève de M. Cloquet » et « gros farceur » (lettres de Flaubert à sa mère des 3 et 17 novembre 1849).

14. Séquelle « d'une attaque » (lettre de Flaubert à sa mère du 14 mars 1851).

Page 71.

1. *Maritimo* : île la plus occidentale de l'archipel des Égades, au large de Trapani (pointe ouest de la Sicile). En 241 av. J.-C. y a été signé le traité qui mettait fin à la première

guerre punique. Dans sa lettre à Bouilhet du 1er décembre 1849, Flaubert affirme ne s'être alors souvenu de rien de tout cela.

2. La répression de l'insurrection de juin 1848, au cours de laquelle Du Camp a été blessé.

3. *Nager* : ramer (acception vieillie).

4. Cathédrale de La Valette (fin du XVIe siècle).

Page 72.

1. Peut-être le tombeau de Nicolas Cotoner (Théophile Gautier, *Constantinople et autres textes sur la Turquie*, éd. de Sarga Moussa, La Boîte à documents, 1990, p. 54).

2. Ancien «palais des Grands-Maîtres» (M. Du Camp, *Souvenirs et paysages d'Orient. Smyrne, Éphèse, Magnésie, Constantinople, Scio*, p. 12). Malte est alors sous domination britannique. George IV a été roi de 1820 à 1830. S.M.B. : Sa Majesté Britannique.

3. Du Camp parle plus justement d'«une manière de mantille» qui enveloppe les Maltaises «depuis le sommet de la tête jusqu'aux reins» (*Souvenirs et paysages d'Orient*, p. 11).

4. Alfred Le Poittevin, ami pour lequel Flaubert adolescent avait conçu une véritable passion, mort en avril 1848.

Page 73.

1. Outre le maltais, dialecte arabe, on parle alors volontiers à Malte l'italien, dont les Anglais ont refusé de faire une langue officielle. Les expressions «Città La Valette» et «Città Vecchia» (la Ville Vieille), le nom de la rue Santa Lucia, l'exclamation de l'hôtelière («le pauvre paquebot!»), marquent bien la place que prenait la langue italienne malgré ce rejet. L'italien de Flaubert est incertain : il écrit *cità*, et *vapore* est un nom masculin.

2. Voix réfléchie, mais seul le pronom objet est exprimé ; le pronom sujet se trouve dans la proposition précédente.

Page 74.

1. «Si tu veux connaître Malte, lis dans le volume de Maxime ce qu'il en dit, c'est fort exact» (lettre de Flaubert à sa mère du 17 novembre 1849). Dans les *Souvenirs et paysages d'Orient* sont en effet décrites ces «voitures de formes singulières», qualifiées de «boîtes incommodes», et dont «la caisse a la forme d'un trapèze renversé, percé de petites fenêtres à rideaux de cuir gras». Le tout ressemble à «ces

antiques carrosses espagnols que nous avons tous vus dans les vieilles éditions de *Don Quichotte* » (p. 15).

2. Voir *Italie*, n. 1, p. 524.

Page 75.

1. Bâche imperméabilisée destinée à protéger la cargaison

2. *Se jouer* pour *jouer* : normandisme.

3. Allusion au récit de Théramène dans *Phèdre* (V, 6) : « Cependant, sur le dos de la plaine liquide, / S'élève à gros bouillons une montagne humide. » Voir la lettre de Flaubert à Bouilhet du 1er décembre 1849.

4. *Caillebotis* : treillis en bois qui sert de plancher et laisse s'écouler l'eau.

Page 76.

1. Étincelles qui se forment, par suite de l'électricité atmosphérique, à l'extrémité des mâts ou des vergues d'un navire.

2. Il y eut aussi un portrait-charge de Flaubert (lettre à sa mère du 17 novembre 1849).

3. Partie du pont supérieur permettant le passage de l'arrière à l'avant d'un navire.

4. *Hadji* : nom donné au musulman qui a accompli le pèlerinage de La Mecque ; « pèlerin » (lettre de Flaubert à sa mère du 9 février 1851).

5. Le chameau de la Syrie et de l'Afrique n'a qu'une bosse. Il est au dromadaire ce que le cheval de trait est au cheval de selle (*Itinéraire descriptif, historique et archéologique de l'Orient*, t. III : *Syrie, Palestine*, par Ad. Chauvet et É. Isambert, « Guides Joanne », Hachette, 1882).

Page 77.

1. Palais de Ras et-Tin (la pointe des Figuiers), construit sur le modèle de celui de Constantinople par Méhémet Ali à partir de 1818. Le mot d'origine turque *sérail* signifie *château* et est improprement utilisé en Occident pour désigner les appartements des femmes (J.-J. Ampère, *Voyage en Égypte et en Nubie*, Michel Lévy, 1868, p. 186).

2. D'origine albanaise, Méhémet Ali (1769-1849) a combattu Bonaparte et a ramené l'ordre en Égypte. Il en a été officiellement nommé gouverneur par la Sublime Porte en 1805. À l'origine de nombreuses conquêtes territoriales, il a aussi permis à l'influence française de se développer sur tout le territoire (Robert Solé, *L'Égypte, passion française*, Seuil,

1997, p. 61). Atteint de démence, le vice-roi a été remplacé par son fils Ibrahim, qui est mort quelques mois après, laissant le pouvoir à son petit-fils, Abbas Pacha.

3. Au sens strict, paysans de la vallée du Nil. Mais Flaubert, comme les autres voyageurs de l'époque, emploie ce mot arabe pour désigner la classe laborieuse au sens large (A. Y. Naaman, *Lettres d'Égypte*, p. LV).

4. Devenue place Méhémet-Ali en 1873 ; aujourd'hui, *midan El-Tahrir*, place de la Libération. D'après Du Camp, les voyageurs sont descendus à l'hôtel d'Orient (voir le calotype reproduit dans *Le Nil*, hors-texte, pl. 1).

5. Voir *Liban-Palestine*, n. 6, p. 317.

6. Opéra de Bellini, créé à Milan en 1831. La représentation a eu lieu le jeudi 22 novembre 1849 (A. Y. Naaman, *Lettres d'Égypte*, p. XCIX).

7. Jorelle était drogman-chancelier au consulat de France à Beyrouth au début des années 1830, et Lamartine trace de lui un portrait flatteur (*Souvenirs, impressions, pensées et paysages pendant un voyage en Orient, 1832-1833*, Gosselin et Furne, 1835, t. III, p. 147). En 1849, il est drogman au consulat d'Alexandrie et prédit à Flaubert qu'il ne lui « arrivera rien de fâcheux [...]. — Pourquoi ? — Parce que vous avez l'œil oriental. — Comment ? — Oui, le regard drôle, ils aiment ces figures-là » (lettre de Flaubert à Louise Colet du 1er juin 1853).

8. Barthélemy Gallice (1790-1862), polytechnicien (Samir Saul et Jacques Thobie, « Les militaires français en Égypte des années 1820 aux années 1860 », *La France et l'Égypte à l'époque des vice-rois, 1805-1882*, Daniel Panzac et André Raymond éd., Le Caire, Institut français d'archéologie orientale, 2002, p. 219), alors « ingénieur en chef des armées » selon Flaubert (lettre à sa mère du 17 novembre 1849). Mais, de 1841 à 1853, il est surtout en charge des fortifications du port d'Alexandrie, et ses travaux sont à l'origine de plusieurs découvertes archéologiques (Henri Gisquet, *L'Égypte, les Turcs et les Arabes*, Amyot, 1848, t. I, p. 66).

9. Directeur des postes d'Alexandrie et ancien de l'armée d'Afrique (Eugène de Salle, *Pérégrinations en Orient, ou Voyage pittoresque, historique et politique en Égypte, Nubie, Syrie, Turquie, Grèce, pendant les années 1837-38-39*, Pagnerre et Curmer, 1840, t. II, p. 188). Son nom apparaît, sans autre précision, au folio 79 du carnet 4.

10. Charles-Edmond Princeteau (1807-1876) chef d'escadron d'artillerie, détaché de l'armée française et chargé de

réorganiser l'artillerie égyptienne (Charles de Pardieu, *Excursion en Orient. L'Égypte, le mont Sinaï, l'Arabie, la Palestine, la Syrie, le Liban*, Garnier, 1851, p. 151).

11. Ancien interne des hôpitaux de Paris, le docteur Alexandre Willemin (1818-1890) est «de Strasbourg et fort pâle et maigre» (lettre de Flaubert à Louise Colet du 27 mars 1853). Les deux voyageurs le reverront plusieurs fois à leur retour de Nubie. Après un passage par Damas, Willemin devient, en 1853, médecin inspecteur adjoint des eaux de Vichy où Flaubert se rend en 1862 et 1863 avec sa mère, peut-être pour le consulter (J. Bruneau, *Correspondance*, t. III, n. 1, p. 238). Ils causeront alors ensemble «du Nil au bord de l'Allier» (lettre de Flaubert à Mlle Leroyer de Chantepie du 29 août 1862).

12. Ancien colonel de l'armée napoléonienne, François Sève (1788-1860) s'est fixé en Égypte en 1817. Converti à l'islam, il a pris le nom de Soliman et a été chargé par Méhémet Ali de l'organisation de l'armée égyptienne. En 1820, il a créé à Assouan la première école militaire à la française. Ses succès militaires en Morée et en Syrie aux côtés d'Ibrahim Pacha lui ont valu le titre de bey, puis de pacha. Flaubert apprécie particulièrement cet «excellent homme», franc comme un coup d'épée et grossier comme un juron» (lettre au docteur Cloquet du 15 janvier 1850). Bien que l'écrivain le présente encore à sa mère comme «l'homme le plus puissant de l'Égypte» (lettre du 17 novembre 1849), son influence s'est amoindrie avec l'arrivée d'Abbas Pacha au pouvoir.

13. Circoncision du fils de «Cheikh-Bedreddin, un des hauts personnages d'Alexandrie» (M. Du Camp, *Le Nil*, p. 76).

14. Du Camp décrit en détail l'«énorme et singulier cortège» formé d'une file de petits chariots qui symbolisent chacun un corps de métier (*Le Nil*, p. 75); parmi eux, «un moulin ayant à sa porte un meunier armé d'un prodigieux phallus» (*Voyage en Orient. Notes*, p. 10).

15. Ces deux obélisques de granit rouge se trouvent pour l'un, depuis 1877, à Londres au bord de la Tamise, et pour l'autre, depuis 1881, dans Central Park à New York.

16. Colonne de granit rouge haute de 27 mètres.

17. Quand Flaubert écrit à son oncle Parain onze mois plus tard, le 6 octobre 1850, les lettres du nom de Thompson atteignent «six pieds de haut»: «ce crétin s'est incorporé au monument et se perpétue avec lui».

18. En réalité, des tombeaux ptolémaïques creusés dans la roche calcaire.

Page 78.

1. Canal navigable long de 80 kilomètres reliant Alexandrie au Nil, percé entre 1817 et 1820 sur ordre de Méhémet Ali. Il passe sur une langue de terre entre le lac d'Edkou, à gauche, et le lac Maréotis (aujourd'hui Mariout) à droite.

2. Au sujet de l'épousée de Gamache, Sancho déclare qu'«on ne peut la comparer qu'à un palmier qui se meut chargé de régimes de dattes: ses carcans et les affiquets qui pendent à ses cheveux et à sa gorge leur ressemblent justement» (Cervantès, *Don Quichotte, Nouvelles exemplaires*, éd. de Jean Cassou *et al.*, Bibl. de la Pléiade, p. 673).

3. D'après Nerval, ce mot est «le fond de la langue» en Égypte. Selon l'intonation qu'on y apporte, il signifie toutes sortes de choses: «*très bien*, ou *voilà qui va bien*, ou *cela est parfait*, ou *à votre service*, le ton et surtout le geste y ajoutent des nuances infinies» (*Voyage en Orient*, éd. de Jean Guillaume et Claude Pichois, Gallimard, Folio classique, p. 153).

4. *Boules*: synonyme familier de *personnes*, *têtes* ou *gens*.

Page 79.

1. *Cahoueh*: café fort et épais (le «café turc»).

2. Louis Sassetti, domestique embauché à Paris par les deux voyageurs.

3. Bataille navale qui vit l'anéantissement de la flotte française par l'amiral Nelson, le 1er août 1798.

4. Scène due à un malentendu entre les guides des voyageurs et un marchand de dattes arabe, racontée en détail par Flaubert dans la lettre à sa mère des 22 et 23 novembre 1849.

Page 80.

1. *Saïs*: «valet de pied qui court devant les chevaux» (lettre de Flaubert à sa mère du 14 décembre 1849).

2. *Moucharabiehs*: grillages en bois, souvent artistement sculptés, placés aux fenêtres, et qui permettent de voir sans être vu.

3. Flaubert et Du Camp sont porteurs d'une lettre de Soliman Pacha demandant à ce que les voyageurs soient logés «dans la forteresse, seul endroit logeable, à ce qu'il paraît» (lettre de Flaubert à sa mère du 17 novembre 1849).

4. Rosette est situé à plusieurs kilomètres de la mer. Cependant, la ville est sur la rive gauche du Nil, que les Égyptiens nomment *albahr*, c'est-à-dire *la mer* (A. Y. Naaman, *Lettres d'Égypte*, p. LXXXIX).

5. Célèbre acteur (1801-1873) avec lequel Flaubert sera plusieurs fois en contact pour des rôles dans les pièces de Bouilhet. Sa personne était petite et grêle, et sa figure, longue et osseuse, était sévère jusqu'à la dureté (*Larousse du XIXe siècle*).

Page 81.

1. Médecin du régiment, il a entendu parler du père de Flaubert et, quoique Italien, parle parfaitement français (lettre de Flaubert à sa mère du 22 novembre 1849).

2. *Batchis* : pourboire (la forme répandue aujourd'hui est *bakchich*). C'est «le premier mot qu'on apprend lorsqu'on arrive en Orient» (M. Du Camp, *Souvenirs et paysages d'Orient*, p. 49).

3. Voir n. 2, p. 53.

4. Promenade en barque (lettre de Flaubert à sa mère du 22 novembre 1849). *Abou Mandour* signifie «le Père de l'Éclat» (M. Du Camp, *Le Nil*, p. 82). Flaubert explique à sa mère que «ce mot d'*Abou*, père, s'applique à tout ce qui a rapport à la chose principale dont on parle. Ainsi on dit : père des bottes, père de la colle, père de la moutarde, pour dire marchand de chaussures, de colle, de moutarde» (lettre du 5 janvier 1850).

5. Comprendre «en forme de tartane»? Voir n. 2, p. 68.

Page 82.

1. Un santon est un «prêtre ascétique» (lettre de Flaubert à Bouilhet du 1er décembre 1849), un être vénéré parce que marqué par la divinité, souvent un innocent. Par extension, le nom est donné aux tombeaux de ces personnes, d'où la deuxième définition que procure plus tard Flaubert à Bouilhet et qui s'applique ici : «chapelle-tombeau bâtie en l'honneur d'un saint musulman» (lettre du 13 mars 1850).

2. Le sycomore d'Égypte «ne ressemble en rien à cette variété d'érable à laquelle nous avons, en France, fort improprement donné le même nom». Cet arbre, «large et trapu de la base, se bifurque à quelques pieds de terre et projette obliquement des branches puissantes et grosses comme des arbres. Sa feuille est épaisse, charnue et comme vernissée» (Eugène Poitou, *Un hiver en Égypte*, Tours, Mame, 1876, p. 359).

3. Voir n. 4, p. 79.

Page 83.

1. Entre autres, présentation à Artim bey et réception chez le général Gallice (lettre de Flaubert à sa mère du 22 novembre 1849).

2. Son nom apparaît au folio 79 du carnet 4. Au folio 15 v° du même carnet, Mme Chedutan est présentée comme la fille du consul d'Autriche.

3. *Se paffant* : « se saoulant » (de l'adjectif populaire *paf*, ivre). Le porter est une bière brune anglaise.

4. Village assez important établi à la prise d'eau du canal. Une écluse à sas y assure le passage du Mahmoudieh au Nil (Ch. de Pardieu, *Excursion en Orient*, p. 32). Fouah se trouve à quelques kilomètres en amont, sur la rive droite du Nil.

5. Membres d'une tribu de la Nubie. « Ce sont des nègres à cheveux crépus, mais ils n'ont pas le nez écrasé » (Victor Schœlcher, *L'Égypte en 1845*, Pagnerre, 1846, p. 246).

Page 84.

1. Ouvrage sis « au confluent des bouches Canopique et Pélusiaque » du Nil, commencé en 1834 et qui n'est alors toujours pas terminé (M. Du Camp, *Le Nil*, p. 84).

2. Voir plus bas, p. 88.

3. Montagne aride qui sert de toile de fond au Caire sur son flanc est.

4. Faubourg du Caire où se trouve alors le port.

5. Sorte de petit palmier à branches minces (A. Y. Naaman, *Lettres d'Égypte*, p. LIX).

6. Au centre du quartier franc, belle promenade « plantée d'arbres ombreux, coupée d'allées, enjolivée de bosquets et garnie de chaises » (M. Du Camp, *Le Nil*, p. 85).

7. L'établissement comporte « de jolies chambres meublées à l'européenne, avec fenêtres donnant sur la place de l'*Esbekieh* » (Ch. de Pardieu, *Excursion en Orient*, p. 35). C'est un « sot hôtel », selon Flaubert (carnet 4, f° 18). Le prix de pension y est de dix francs par jour, vin non compris. Il a le même propriétaire que l'hôtel d'Orient à Alexandrie. Aussi Xavier Marmier nomme-t-il « l'illustre M. Coulomb, de Marseille », le « régent culinaire des deux capitales de l'Égypte » (*De Constantinople au Caire, 1845-1846*, Lecoffre, 1887, p. 356).

8. Longtemps consul à Tunis, Delaporte « a fait faire des fouilles sur les ruines de Carthage » (Ch. de Pardieu, *Excursion en Orient*, p. 152).

9. Ancien compagnon d'armes de Soliman Pacha, Mari (né vers 1790), dit Bekir bey, est venu chercher fortune en Égypte. C'est «un Corse du Fiumorbo», ancien tambour. «En 1849, il était chargé au Caire de la police des étrangers et s'en acquittait avec courtoisie. [...] Il habitait une grande maison sur l'Esbékyéh et y ouvrait un salon où l'hospitalité musulmane se mêlait au sans-façon du soldat parvenu» (M. Du Camp, *Souvenirs littéraires*, t. I, p. 454). Voir aussi la n. 1, p. 101.

10. Elle «paraissait colossale à côté de son Bekir bey, qui était un petit homme à face rondelette et de chétive apparence. L'un et l'autre parlaient un français de fantaisie» (M. Du Camp, *Souvenirs littéraires*, t. I, p. 454).

11. Ancien directeur de l'Opéra de Paris, Émile Lubbert (1794-1859) l'a quitté après la révolution de Juillet à la suite d'une gestion malheureuse. En Égypte, il a pour mission d'organiser les divertissements et fêtes du vice-roi (G. Vapereau, *Dictionnaire universel des contemporains*, Hachette, 1861). «Cette fonction lui convenait, car il paraissait né pour servir» (M. Du Camp, *Souvenirs littéraires*, t. I, p. 456).

12. Linant de Bellefonds (1800-1883), dit Linant bey, a passé plus de quarante ans en Égypte. Ingénieur, il est chargé en 1849 de l'aménagement des canaux. Le plan du canal de Suez qu'il a dressé en 1847 a servi de base aux travaux de Ferdinand de Lesseps. Selon Flaubert, «c'est à coup sûr l'homme le plus intelligent que nous ayons encore rencontré, le plus instruit et le mieux de toute façon» (lettre à sa mère du 2 décembre 1849).

13. La scène se passe «chez le premier baigneur d'Abbas Pacha» qui marie sa fille (M. Du Camp, *Le Nil*, p. 85).

Page 85.

1. Place située au pied de la citadelle; aujourd'hui *midan Salah el-Dîn*, ou place Saladin.

2. Quarantième partie de la piastre, qui, en 1849, vaut 25 centimes (Ch. de Pardieu, *Excursion en Orient*, p. 71).

3. Peut-être le baron Jean Guillaume Hyde de Neuville (1776-1857), ancien ministre français de la Marine (1828). Néanmoins, ses *Mémoires et souvenirs* (1888) ne mentionnent aucun voyage durant sa retraite, alors que le personnage rencontré par Flaubert est aussi allé en Syrie (lettre de Flaubert à sa mère du 2 décembre 1849).

4. La raison de ce départ serait le coût moins élevé de la

pension : 8 francs par jour tout compris. L'hôtel du Nil est aménagé dans un style mi-européen, mi-oriental (J.-M. Carré, *Voyageurs et écrivains français en Égypte*, Le Caire, Institut français d'archéologie orientale, 2ᵉ éd., 1956, t. II, p. 91). Du Camp a photographié Flaubert « en costume de Nubien » dans le jardin (*Album Flaubert*, p. 83).

5. Naturaliste allemand (1794-1884) « qui a passé 12 ans dans l'intérieur de l'Afrique, en Abyssinie, chez les Gallas, etc., vivant dans d'exécrables pays pleins de fièvres, de serpents, et autres gaudrioles » (lettre de Flaubert à sa mère du 5 janvier 1850).

6. Peut-être Paul Mouriez qui a écrit une *Histoire de Méhémet Ali* en 4 vol. (1855-1858). Ce nom est cité dans le scénario du roman *Harel bey* (carnet 19, fᵒ 19).

7. Le chansonnier Aristide de La Tour s'était lié d'amitié à Paris avec un prince de la famille vice-royale et était parti pour l'Égypte avec lui ; mais Abbas Pacha l'avait chassé. Depuis, il attendait « une indemnité, qu'on lui avait promise et qu'on ne lui donna jamais ». Il revint mourir à Paris, « où sa mort ne fit pas plus de bruit que ses romances » (M. Du Camp, *Souvenirs littéraires*, t. I, p. 467).

8. Les voyageurs le retrouveront à Keneh en mai (p. 204).

Page 86.

1. Littéralement, les vieillards. Le mot désigne par extension les sages, modestes autorités religieuses ou civiles. La forme répandue aujourd'hui est *cheik*.

2. Voir plus bas n. 6, p. 107.

3. « Singulier cri de joie des femmes arabes, qui ressemble à un trille de clarinette » (lettre de Flaubert à sa mère du 14 décembre 1849).

4. Danseur très réputé. En 1834, Méhémet Ali avait interdit aux femmes de chanter et de danser dans la ville du Caire, sous peine de déportation à Esneh (A. Y. Naaman, *Lettres d'Égypte*, p. x). Voir aussi p. 107-108.

5. *Crotales* : instrument composé de deux pièces de cuivre mobiles qui rappellent les « castagnettes espagnoles » (M. Du Camp, *Le Nil*, p. 131).

6. « C'est un *trille de muscles* (seule expression qui soit juste) » (lettre de Flaubert à Bouilhet du 15 janvier 1850).

7. *Divan* : ensemble de matelas et de coussins, en général surélevés par des bancs. Le mot désigne aussi la pièce où le meuble se trouve.

Page 87.

1. *Raki* : eau-de-vie parfumée à l'anis.

2. Littéralement : « un peu folle, monsieur ».

3. *Tarabouk* : tambour de forme conique, dont la peau est tendue sur un corps de terre cuite, terminé par une sorte de manche creux qui sert à le tenir.

4. *Chalouars* : pantalons amples portés en Orient.

Page 88.

1. C'est un « étrange coït que ceux où l'on se regarde sans pouvoir parler. Le regard est doublé par la curiosité et l'ébahissement. J'ai peu joui du reste, ayant la tête par trop excitée » (lettre de Flaubert à Bouilhet du 1er décembre 1849).

2. Édifiée à l'emplacement d'un palais mamelouk détruit en 1824, la « mosquée d'albâtre » ne sera terminée qu'en 1857. Selon le Baedeker, la fontaine est « dans le goût turc rococo ».

3. Puits profond qui permettait d'approvisionner en eau la citadelle par un double système de sakieh. Il aurait été la prison du Joseph de la Genèse (Baedeker).

Page 89.

1. Membres de la caste militaire turco-circassienne qui domina l'Égypte de 1250 à 1517, date à laquelle le sultan ottoman Sélim Ier les assujettit. Les Mameluks restaient cependant chefs de leurs provinces et leur influence alla croissant jusqu'à ce qu'ils décident de renverser Méhémet Ali. Informé, celui-ci fit massacrer trois cents d'entre eux le 1er mars 1811.

2. Vraisemblablement, proxénète (dans le carnet 4, on trouve : « le vieux Turc maquereau »). Charles Didier utilise dans ce sens *« pesevenk »* (*Les Nuits du Caire*, Hachette, 1860, p. 331).

3. Localité située à 5 kilomètres au nord du Caire, où Méhémet Ali a fait construire un palais entouré d'un très beau jardin.

4. *Takieh* : calotte blanche portée sous le tarbouch pour le garantir de la sueur.

5. Les idiots seraient favorisés de Dieu (A. Y. Naaman, *Lettres d'Égypte*, p. LXVIII, et notre n. 1, p. 82).

6. Scène du « Cabinet d'étude » dans le *Faust I* (Goethe, *Théâtre complet*, éd. de Pierre Grappin, Gallimard, Bibl. de la Pléiade, p. 1169-1173).

Page 90.

1. Abréviation usuelle du «khan el-Khalili», l'un des centres de la vie commerciale du Caire depuis le XIVᵉ siècle. Ses ruelles constituaient différents bazars partiellement détruits au début du XXᵉ siècle.

2. Flaubert s'est beaucoup intéressé aux parfums orientaux comme le montre la liste qu'il en a dressée (Appendice, p. 604-605). En 1857, il demandera à Pouchet en partance pour l'Égypte de lui ramener un «flacon d'essence» (*Lettres à Flaubert*, éd. de Rosa M. Palermo di Stefano, Napoli, Edizioni scientifiche italiane, 1997, t. I, p. 136).

3. En partant du sud, le visiteur voit d'abord la mosquée-tombeau de Kaït bey (XVᵉ siècle) qui a un minaret haut de 40 mètres.

Page 91.

1. Soliman Pacha habite au Vieux Caire un palais sur les bords du petit bras du Nil, en face de l'île de Roda (Ch. de Pardieu, *Excursion en Orient*, p. 39 et 42).

2. *Vigousse*: vigueur, énergie.

Page 92.

1. Possible réminiscence de Plutarque. Voir aussi *La Tentation de saint Antoine* (1849), troisième partie.

2. «La vue du Sphinx a été une des voluptés les plus vertigineuses de ma vie, et si je ne me suis pas tué là, c'est que mon cheval ou Dieu ne l'ont pas positivement voulu» (lettre de Flaubert à Ernest Chevalier du 9 avril 1851). Dans *La Tentation de saint Antoine*, terminée juste avant le départ pour l'Orient, Flaubert avait écrit (troisième partie): «Du côté de la Libye j'ai vu le sphinx qui fuyait, il galopait comme un chacal», passage qui est évidemment présent à l'esprit des deux jeunes gens. Néanmoins, selon Flaubert, c'est Du Camp qui répète cette phrase (lettre à Bouilhet du 15 janvier 1850), tandis que, pour Du Camp, c'est Flaubert (*Souvenirs littéraires*, t. I, p. 474). On ne s'explique pas pourquoi l'écrivain a transcrit l'exclamation des Arabes («Sphinx! Sphinx!») en caractères grecs.

Page 93.

1. Le jardinier de Croisset.

Page 94.

1. Un autre «lever de soleil du haut des pyramides» figure en marge de ces quinze lignes. Tous les éditeurs qui précèdent ont intercalé ce texte marginal entre les deux alinéas du texte premier (après   *c'est un océan violet*   ), mais, vu le nombre de doublets, nous pensons que c'est une erreur ; le texte en marge était destiné à se substituer à l'autre, non à le gonfler. Comme le texte premier n'a cependant pas été biffé, nous le laissons en place. Voici l'autre :   *Le soleil se levait en face de moi ; toute la vallée du Nil baignée dans le brouillard semblait une mer blanche immobile et le désert derrière avec ses monticules de sable comme un autre océan d'un violet sombre dont chaque vague eût été pétrifiée — Cependant le soleil montait derrière la chaîne arabique, le brouillard se déchirait en grandes gazes légères, les prairies coupées de canaux étaient comme des tapis verts arabesqués de galon. En résumé, trois couleurs : un immense vert à mes pieds au premier plan ; le ciel blond rouge = vermeil usé ; derrière et à droite, étendue mamelonnée d'un ton roussi et chatoyant. Minarets du Caire, canges qui passent au loin, touffes de palmiers* (C. G.-M.).

2. Voir *Pyrénées-Corse*.

3. C'est pourtant Flaubert qui avait eu l'idée de cette inscription farce : «Et quand je songe que je l'avais emportée *exprès* de Croisset et que ce n'est pas moi qui l'y ai mise ! Ce gredin avait profité de mon oubli et au fond de mon gibus avait surpris la bienheureuse pancarte» (lettre à sa mère du 14 décembre 1849). En 1849, un *Humbert* «scieur de bois, frotteur» résidait au n° 20 de la rue Porte-aux-Rats à Rouen (A. Y. Naaman, *Lettres d'Égypte*, p. LXVIII).

4. La galerie était bien fermée par des herses de granit qu'un ingénieux système d'étais de bois tenait soulevées durant le temps nécessaire aux travaux.

Page 95.

1. D'après la lettre à Bouilhet du 15 janvier 1850, cela rappelle à Flaubert une phrase de *Saint Antoine* : «Les dieux à tête d'ibis ont les épaules blanchies par la fiente des oiseaux...» (voir cependant l'édition Conard, p. 455 : «les dieux à tête d'épervier, qui se tenaient debout dans les barques, ont les épaules blanchies par la fiente des oiseaux»). À l'origine, les pyramides étaient recouvertes de calcaire blanc.

2. Chambre funéraire découverte par l'explorateur italien le 2 mars 1818, date qu'il avait lui-même inscrite au noir de

fumée sur un mur (Giambattista Belzoni, *Voyages en Égypte et en Nubie*, éd. de Louis-A. Christophe, Pygmalion/Gérard Watelet, 1979, p. 23).

3. Bœuf sacré adoré à Memphis, Apis était le vivant symbole d'Osiris.

4. Diplomate (1800-1847) et député sous la monarchie de Juillet (Éric Anceau, *Dictionnaire des députés du second Empire*, P.U.R., 1999).

5. Célèbre cantatrice d'origine suédoise, Jenny Lind (1820-1887) obtint des succès éclatants, en particulier en Angleterre, à partir de 1847.

6. Sous la monarchie de Juillet, de nombreuses caricatures représentaient la tête du roi des Français sous la forme d'une poire.

7. Il s'agit de la pyramide de Mykérinos. Les Arabes l'appellent le *Monument de la fille*, d'après Du Camp, qui conte la légende de Rhodopis, courtisane thrace, qui épousa un pharaon et «bâtit la troisième pyramide où elle se fit ensépulturer avec six de ses amants» (*Le Nil*, p. 107). Cette légende vient de Strabon (*Géographie*, XVII, 33); elle est réfutée par Hérodote (*Enquête*, II, 134-135).

8. Ce «plafond», comme la «voûte» de l'alinéa suivant, est évidemment concave et non convexe.

Page 96.

1. *Fantasia*: divertissement équestre de cavaliers arabes.

2. «Psau malem djaralendar: allons, chantons en rond» (M. Du Camp, *Voyage en Orient. Notes*, p. 41).

3. Allusion à la bataille des Pyramides qui vit la victoire de Bonaparte sur les mamelouks le 21 juillet 1798. Napoléon est appelé le «grand sultan» par les Arabes.

Page 97.

1. Tombeaux taillés dans le versant rocheux. Le plus connu est le «tombeau des nombres».

2. Isis et Osiris sont frère et sœur, mari et femme.

Page 99.

1. Voir n. 3, p. 85.

2. En fait, colosse de Ramsès II découvert en 1820.

3. À sa mère, Flaubert annonce qu'il a «ramassé dans leur pot des momies d'ibis» (lettre du 14 décembre 1849). Du Camp dit «en [avoir] fait prendre six» (*Voyage en Orient.*

Notes, p. 45). Mais le 12 mai 1851, il écrit de Paris à Flaubert encore en Italie qu'en ouvrant les caisses d'Égypte il a trouvé «tous les pots d'ibis brisés à l'exception d'un» qu'il lui a laissé (*Correspondances*, p. 249).

4. Éléments de pierre apparaissant dans les ordres ioniques, corinthiens et composites, les modillons consistent en une série de petites consoles soutenant la corniche.

5. Un des cimetières composant la nécropole de Memphis.

Page 100.

1. Ce «gros scarabée que j'ai empoigné [...] est piqué dans ma collection» (lettre de Flaubert à Bouilhet du 15 janvier 1850).

2. Situés au sud de la citadelle du Caire.

3. Vaste place rectangulaire située au pied de la citadelle, et contiguë à la grande place de Roumélié, du côté de la porte Karafeh (Ch. de Pardieu, *Excursion en Orient*, p. 43).

4. Huit ans après, Flaubert entend encore «hurler les chacals et les coups du vent qui secouait [sa] tente» (lettre à Mlle Leroyer de Chantepie du 12 décembre 1857).

5. Mosquée du XVIᵉ siècle édifiée au pied de la citadelle. Dans le mausolée surmonté d'une coupole haute de 55 mètres, «les lambris en bois qui forment les faux pendentifs [...] déchiquetés de vieillesse, tombent par lambeaux comme des linges déchirés» (M. Du Camp, *Le Nil*, p. 88).

6. La plus ancienne mosquée du Caire (fin du IXᵉ siècle).

Page 101.

1. Gouverneur militaire de Djedda pendant trois ans, Bekir bey (voir n. 9, p. 84) avait collecté des données «sur ces contrées d'Arabie, fermées au voyageur et encore si peu connues» (M. Du Camp, *Souvenirs littéraires*, t. I, p. 455). Ces documents ont été pris en notes par les deux voyageurs. Flaubert a laissé une chemise de trente-neuf pages intitulée : *Arabie, bords de la mer Rouge. Extraits des mémoires, manuscrits, etc., du colonel Moris Beaker Bey* (vente Franklin-Grout de Paris, nᵒ 160).

Page 102.

1. *Caïmacan* : gouverneur dans l'Empire ottoman.

Page 103.

1. Poitou (*Un hiver en Égypte*, p. 337) et Du Camp confirment la version de Flaubert : Méhémet bey defterdar (à l'origine,

nom donné à l'*intendant*) «ordonnait de ferrer ses esclaves comme des chevaux lorsqu'ils lui demandaient des souliers» (*Souvenirs littéraires*, t. I, p. 527). Mais d'après J.-M. Carré, il s'agirait du *defterdar* Ahmed bey (*Voyageurs et écrivains français en Égypte*, t. II, p. 261). Les *markoubs* sont des chaussures à pointe relevée à l'orientale (Baedeker). Le carnet 4, f° 35 v°, donne «souliers neufs». Dans une lettre à Louise Colet du 26 août 1853, Flaubert fait l'éloge de «la *Marcoub* du fellah»: «ronde comme un pied de chameau, jaune comme l'or, à grosses coutures et serrant les chevilles».

2. Hôpital militaire situé au sud-ouest du Caire, en face de l'île de Roda sur le petit bras du Nil. Initialement fondée à Abouzabel, l'école de médecine a ensuite été transférée dans ce bâtiment. En arabe, *kasr* signifie *palais*.

3. À l'origine, le mot *mamlûk* signifie *possédé* ou *esclave*; et les mamelouks du XIII⁰ siècle étaient en effet recrutés parmi des esclaves blancs pour former la garde personnelle d'un sultan. Le mot a gardé pour Flaubert cette double connotation de service et d'armée.

Page 104.

1. Siège d'une école de médecine, l'hôpital possède le matériel nécessaire à l'apprentissage des étudiants, en particulier les ingénieux modèles anatomiques façonnés par le docteur Auzoux dans une pâte inaltérable de son invention. Un «bonhomme Auzoux» fera les délices de Bouvard et Pécuchet (III).

2. Peut-être J.-B. Gastinel, professeur de pharmacologie au Caire (J. Bruneau, *Correspondance*, t. II, p. 94, n. 1), dont Flaubert vante l'«excellent haschich» dans une lettre à Baudelaire du 18 ou du 25 juin 1860.

3. Du Camp mentionne «l'intolérable caractère de Sassetti» (*Papiers et correspondance*, ms. 3721). Voir aussi *Liban-Palestine*, p. 305.

4. Vraisemblablement la mosquée Giyouchi (XI⁰ siècle).

5. En turc, *chicheh* signifie *bouteille*, et par métonymie, *narguilé* (n. 9, p. 227).

6. Peintre idéaliste et religieux (1809-1864), élève d'Ingres et représentant de l'académisme officiel. Flaubert a vu la fresque de Flandrin avec Bouilhet la veille de son départ (p. 57) et lui en parle dans sa lettre du 20 août 1850.

Page 105.

1. Louise Colet.

2. Voir plus bas, n. 6, p. 107.

3. Ce polytechnicien (1808-1890), d'abord ingénieur du port de Fécamp (lettre de Flaubert à sa mère du 5 janvier 1850), a été nommé en 1838 directeur des travaux du bassin du Nil à Alexandrie (Ch. de Pardieu, *Excursion en Orient*, p. 66). Voir aussi n. 6, p. 109.

4. «Le servilisme général qui règne ici (bassesse et lâcheté) vous soulève le cœur de dégoût, et sur ce chapitre bien des Européens sont plus Orientaux que les Orientaux» (lettre de Flaubert au docteur Cloquet du 15 janvier 1850).

5. *Chérif*: prince, chez les Arabes.

6. Le *caftan* est une ample tunique, fermée sur la poitrine par des petits boutons très rapprochés, qui se porte par-dessus le gilet, et dont les manches, évasées et fendues à partir du poignet, sont taillées très longues.

7. Ce personnage réapparaîtra sur le vapeur entre Patras et Brindisi (*Italie*, p. 472).

8. Porte de la Conquête, au nord-est du Caire.

9. Dite «la Florissante», cette mosquée (xe siècle) est aussi depuis l'origine une université formant de très nombreux étudiants.

10. *Cawas*: gendarme chargé de la police et du maintien de l'ordre (A. Y. Naaman, *Lettres d'Égypte*, p. xxx).

Page 106.

1. Nom de deux mosquées visitées ce jour (M. Du Camp, *Voyage en Orient. Notes*, p. 25).

2. Surnom d'une fille de Méhémet Ali, Nazlé-Hânem, née en 1800.

3. Docteur en médecine, Louis Batissier (1813-1882) s'est pourtant adonné presque exclusivement à l'archéologie et a été consul de France à Suez (A. Y. Naaman, *Lettres d'Égypte*, p. xix). Il est «l'auteur d'un manuel d'archéologie qui est à Croisset» (lettre de Flaubert à sa mère du 5 janvier 1850).

4. La Valachie est une ancienne province de la Roumanie actuelle.

Page 107.

1. Flaubert est censé remplir une mission pour le compte du ministère de l'Agriculture et du Commerce (Préface, p. 16).

2. Second drogman que les voyageurs ont engagé momentanément (lettre de Flaubert à sa mère du 5 janvier 1850).

3. En arabe, *cawadja* veut dire *seigneur* (lettre de Flaubert à sa mère du 5 janvier 1850). Selon Du Camp, le mot « signifie proprement *négociant* : c'est le titre qu'en Égypte, les Arabes donnent toujours aux Francs et aux voyageurs » (*Le Nil*, p. 124). D'après A. Y. Naaman, l'adjectif doit se lire *françaoui*, qui veut dire *français* (*Lettres d'Égypte*, p. LIII et 101).

4. *Courbach* : longue cravache « taillée dans la peau de l'hippopotame, souple comme un jonc, résistante comme l'acier. C'est une arme terrible, devant laquelle tremblent les pauvres fellahs » (E. Poitou, *Un hiver en Égypte*, p. 58).

5. Récit circonstancié de cet entretien dans la lettre de Flaubert à sa mère du 5 janvier 1850. Sur les notes prises alors, voir A. Y. Naaman, *Lettres d'Égypte*, p. XLI.

6. Charles Lambert (1804-1864), dit Lambert bey, ingénieur des Mines et saint-simonien. En 1833, il a suivi le père Enfantin ; il dirige l'École polytechnique de Boulac et est l'un des promoteurs du percement de l'isthme de Suez. Du Camp le déclare « l'homme le plus intelligent [qu'il ait] jamais connu » (*Souvenirs littéraires*, t. I, p. 469). Après son retour à Paris en 1851, il mettra Du Camp en étroite relation avec la famille saint-simonienne. Flaubert continuera à avoir des rapports épisodiques avec lui et assistera à son enterrement.

7. Un *coute* est une serpe à très long manche, pour couper les roseaux dont on ne peut approcher (*GDEL*).

Page 108.

1. *Khôl* : fard de couleur sombre que l'on applique sur les paupières, les cils, les sourcils.

2. Nom vulgaire du mont de Vénus ; pubis.

3. Voir n. 3, p. 87.

4. Par plaisanterie, personne qui en introduit ou en guide une autre. Ici, « le cornac ou maquereau » qui a amené les danseurs (lettre de Flaubert à Bouilhet du 15 janvier 1850).

Page 109.

1. Abou Sarga, c'est-à-dire l'église Saint-Serge (IVe siècle).

2. Mosquée Amr ibn el-As, appelée mosquée d'Amrou par les Européens.

3. Second calife des musulmans (v. 581-644).

4. Puits de La Mecque dont l'eau désaltère les pèlerins et sert à leurs ablutions (M. Du Camp, *Le Nil*, p. 95).

5. Son nom apparaît au folio 79 du carnet 4 : « commandant de l'école de cavalerie ».

6. L'ingénieur et sa famille occupent une maison à proximité du barrage en construction.

7. Cange appartenant à Mougel (lettre de Flaubert à sa mère du 5 janvier 1850).

Page 110.

1. Ingénieur, géographe et archéologue, membre de la commission scientifique et de l'Institut d'Égypte, Jomard (1777-1862) a donné une *Description de l'Égypte* et est l'un des signataires des *Instructions* rédigées pour le voyage de Du Camp (Michel Dewachter, « Une étape de l'orientalisme : la mission archéologique et photographique de M. Du Camp, 1849-1851 », dans M. Du Camp, *Le Nil*, p. 11-16). Son *Voyage à l'oasis de Siouha* (nom antique de l'oasis d'Amon) date de 1819.

2. Cet obélisque de Sésostris Ier en granit rouge, haut de 20 mètres, est alors le seul vestige visible important de l'ancienne Héliopolis (Baedeker).

3. Un aide de camp de Soliman Pacha, « jeune Lyonnais, ex-républicain, qui figura dans la révolte de 1834 », porte ce nom (H. Gisquet, *L'Égypte, les Turcs et les Arabes*, t. I, p. 279).

4. « *Effendi* (homme qui sait lire) est un titre d'honneur » (lettre de Flaubert à son oncle Parain du 6 octobre 1850). Dans l'usage courant, il est l'équivalent de *Monsieur*.

5. *Sakieh* : très ancienne machine à puiser. Une roue horizontale actionnée par des bœufs met en mouvement une roue verticale qui élève l'eau dans des pots en terre attachés à des cordes.

6. Immense sycomore à l'ombre duquel la Sainte Famille se serait reposée lors de la fuite en Égypte (M. Du Camp, *Le Nil*, p. 97).

7. Après la visite à Héliopolis, Du Camp mentionne de fortes intempéries (*Le Nil*, p. 97).

8. Sur les espérances déçues des deux « archéologues », voir les lettres de Flaubert à sa mère des 5 et 18 janvier 1850.

9. *Bardac* : vase d'argile poreuse dont l'eau transsude d'une manière imperceptible. Cette évaporation continuelle abaisse très sensiblement la température de l'eau intérieure, de 23° à 13° en une nuit, avec disparition de la moitié du liquide (Champollion-Figeac, *Égypte ancienne*, « L'Univers pittoresque », Firmin Didot frères, 1839, p. 189).

10. Ouvrage de Saladin qui approvisionnait la citadelle en eau (Baedeker).

Page 112.

1. Futur Nubar Pacha (1825-1899), conseiller intime d'Abbas Pacha, «premier interprète du vice-roi [Saïd puis Ismaïl] et son factotum» (Henri de Chambord, *Voyage en Orient, 1861*, Tallandier, 1984, p. 305).

Page 113.

1. Pendant ce temps, Du Camp photographie.

2. C'est au Caire qu'est confectionné le tapis ou plutôt la tenture qui enveloppe la Kaaba. «La caravane en porte une nouvelle chaque année, et rapporte soigneusement les lambeaux de l'ancienne, pour être distribués comme reliques aux dévots» (Ch. Didier, *Les Nuits du Caire*, p. 321).

Page 114.

1. Ce Français, ancien officier de santé «ramassé par Clot bey», est «d'une ignorance invraisemblable, incapable de distinguer une fracture d'un rhume de cerveau» (M. Du Camp, *Souvenirs littéraires*, t. I, p. 464). Flaubert le recherche pour sa production littéraire: «des tragédies orientales dans le goût de Marmontel mitigé de Ducis» (lettre à Bouilhet du 2 juin 1850), en particulier un *Abd el-Kader* dont Flaubert et du Camp donnent chacun des extraits édifiants. Chamas est enfin un «être bouffi de vanité, gredin, voleur» (même lettre à Bouilhet), et cruel: le saint-simonien Ismayl Urbain a mis trois ans à arracher une esclave de ses griffes (*Voyage d'Orient*, suivi de *Poèmes de Ménilmontant et d'Égypte*, éd. de Philippe Régnier, L'Harmattan, 1993, p. 72 et 113).

2. «Giton, mignon, homme qui se prête à l'égard d'un autre homme à des complaisances obscènes et contre nature» (*Larousse du XIXᵉ siècle*). Selon Flaubert, «tous les garçons de bain sont bardaches» (lettre à Bouilhet du 15 janvier 1850); et le comte de Forbin déplore qu'au Caire, les bains publics soient «spécialement le théâtre de ces débauches hideuses» (*Voyage dans le Levant en 1817 et 1818*, de l'Imprimerie royale, 1819, p. 291). Sur les possibles expériences homosexuelles de Flaubert en Orient (si elles sont effectives, elles semblent plutôt dictées par l'exigence de couleur locale), voir les lettres à Bouilhet du 2 juin et du 10 septembre 1850. Le qualificatif hypocoristique de *bardache* est souvent utilisé dans la corres-

pondance avec les amis les plus proches, comme Bouilhet, Duplan, Maupassant ou Laporte.

3. «C'est un ancien musulman qui a habité longtemps la France où il s'est fait chrétien. Brave homme assez pauvre et d'une grande instruction locale» (lettre de Flaubert à sa mère du 18 janvier 1850). D'après Du Camp, Khalil se serait fait protestant à son retour en Égypte, suite à un différend avec Méhémet Ali (*Souvenirs littéraires*, t. I, p. 472). Voir aussi Préface, p. 25. Les notes de Flaubert forment un dossier de soixante-trois pages sous le titre *Vie musulmane. Conférence de Khalèle Effendi* (vente Franklin-Grout de Paris, n° 161).

Page 115.

1. Sur le contrat, voir J. Bruneau, *Correspondance*, t. I, n. 1, p. 581. Raïs Farghali, propriétaire de la cange, est apparemment le père de raïs Ibrahim (n. 3, p. 59) qui va commander l'équipage.

2. Cette cérémonie commémore «le miracle d'un certain saint musulman qui est entré ainsi jadis dans Le Caire, en marchant avec son cheval sur des vases de verre sans les briser» (lettre de Flaubert à sa mère du 3 février 1850). Pour mieux voir, les deux voyageurs sont montés sur un mur où ils sont «restés depuis 11 heures jusqu'à près de 4». Flaubert y a gagné un gros rhume.

Page 116.

1. «Tout ce tumulte de réjouissances avait lieu pour l'anniversaire de la naissance de Mahomet» (M. Du Camp, *Le Nil*, p. 100).

2. Diplomate «précédemment consul à Lima» (Ch. de Pardieu, *Excursion en Orient*, p. 27).

3. Le «chancelier du consulat» (lettre de Flaubert à Bouilhet du 15 janvier 1850).

Page 117.

1. Né en 1813, il est le petit-fils de Méhémet Ali, auquel il succède comme vice-roi d'Égypte en 1849 (après le court règne d'Ibrahim). Prenant le contre-pied de la politique suivie jusque-là, il met à l'écart le personnel français et européen: c'est «un crétin presque aliéné, incapable de rien comprendre ni de rien faire. Il désorganise l'œuvre de Méhémet; le peu qui en reste ne tient à rien» (lettre de Flaubert au docteur Cloquet du 15 janvier 1850). Il sera assassiné en 1854. Dans

ses *Souvenirs littéraires*, Du Camp évoque «un gros homme ventripotent, blafard, maladroit dans ses gestes, dont les jambes arquées semblaient trembler sous lui et dont la paupière retombait sur un œil vitreux» (t. I, p. 450). Sur ses chiens, voir n. 9, p. 70.

2. Frédéric Baudry (1818-1885), ancien condisciple de Flaubert, bibliothécaire à l'Arsenal, puis conservateur à la bibliothèque Mazarine et membre de l'Institut.

3. Riche négociant-armateur français d'ascendance grecque (Philippe Régnier, *Les Saint-simoniens en Égypte, 1833-1851*, Le Caire, Banque de l'Union européenne/Amin F. Abdelnour, 1989, p. 50).

4. En 1849, Vincent Benedetti (1817-1900) assure l'intérim au consulat général, avant l'arrivée de Le Moyne. «Corse de naissance, [il] est à moitié égyptien par ses habitudes et ses alliances» (Ch. de Pardieu, *Excursion en Orient*, p. 27). Futur ministre des Affaires étrangères de Napoléon III, il continuera à avoir des relations courtoises avec le romancier (*Lettres à Flaubert*, t. I, p. 693).

5. Ancien élève du peintre David et arrivé avec les saint-simoniens, Joseph Machereau (1802-après 1860) a été nommé professeur de dessin à l'École de cavalerie de Gizeh par Méhémet Ali. Il a décoré les appartements du vice-roi, ainsi que ceux de Soliman Pacha (Ph. Régnier, *Les Saint-simoniens en Égypte*, p. 136 et 181).

6. *Conak* : mot turc désignant l'hôtel d'un ministre étranger (*Bescherelle*). Pour la situation topographique de ce conak, voir n. 1, p. 91.

7. Soliman Pacha «occupait ses loisirs à jouer au billard» (M. Du Camp, *Souvenirs littéraires*, t. I, p. 453) dans une salle qui «ouvre sur un jardin, avec une terrasse baignée par le Nil» (Ch. de Pardieu, *Excursion en Orient*, p. 42).

8. *Sandal* : sorte de bateau de transport en usage sur les côtes barbaresques (*Larousse du XIXᵉ siècle*). On emploie aussi la forme *sandale*.

Page 118.

1. «Quand le vent manque, les hommes ôtent leur chemise, se jettent à l'eau et vont à la nage sur la rive tirer la corde. [...] Quand on ne hale pas, on pousse du fond avec de grandes gaffes» (lettre de Flaubert à sa mère du 14 février 1850).

2. *Dahabieh*, ou cange.

Page 119.

1. Soit « 54 pièces de gibier. Toutes tourterelles et pigeons » (lettre de Flaubert à sa mère du 14 février 1850).

2. Voir Préface, p. 29.

3. Peut-être la pyramide de Sahourê, la plus ancienne des pyramides d'Abousîr.

Page 120.

1. La « laide *stambouline* » est une « redingote bleue à collet droit, à un seul rang de boutons », portée par les fonctionnaires turcs (M. Du Camp, *Souvenirs littéraires*, t. I, p. 265).

2. *Douar* : petit camp dont les tentes sont disposées en cercle.

3. « Je vous en prie. »

4. L'enchaînement est plus clair dans *Le Nil* : Du Camp et Flaubert arrivent à un couvent chrétien où ils comptent loger ; mais les « deux seules chambres réservées aux voyageurs étaient occupées par des naturalistes allemands » ; ils sont alors invités par Saba Cahil, « un chrétien de Damas établi à Medinet el-Fayoum où il est tenancier de terres considérables » (p. 119).

5. Le *janissaire* est un soldat d'élite de l'infanterie ottomane.

6. Professeur de rhétorique de Flaubert au Collège royal de Rouen en 1838-1839.

7. Conservateur de la bibliothèque municipale de Rouen, que Flaubert juge « hoffmannesque » (lettre à Amélie Bosquet du 2 août 1865).

8. La discussion se fait « avec l'aide de Joseph bien entendu » et remplit Flaubert d'aise : « C'était superbe » (lettre à sa mère du 23 février 1850).

Page 121.

1. Quillebeuf-sur-Seine, dans l'Eure, et Graville-Sainte-Honorine, dans la Seine-Inférieure. Il s'agit d'une vue de l'abbaye de Graville (lettre de Flaubert à Bouilhet du 13 mars 1850).

2. Bernardino Drovetti (1775-1852) a fait partie de l'expédition d'Égypte. C'est « l'ancien consul d'Alexandrie dont Chateaubriand parle dans son voyage » (lettre de Flaubert à sa mère du 23 février 1850).

3. Le « fleuve de Joseph » est un important affluent du Nil qui traverse la ville et lui donne un aspect riant insolite en

Égypte. Sur ses bords se trouvent les restes de la mosquée du sultan Kait bey (Baedeker).

4. *Épervier* : filet de pêche conique manœuvré à la main.

5. *Aga* : nom turc des officiers.

6. «Grec de Scio, [...] de physionomie agréable, de voix douce et de bonne façon», avec qui Du Camp s'entretient «sur les difficultés d'écrire l'arabe». En revanche, Mahmoud aga est «un gros Turc de l'Asie Mineure, épais» et à la «conversation indifférente» (*Voyage en Orient. Notes*, p. 50).

7. Gouverneur de province, sorte de préfet égyptien.

Page 122.

1. Flaubert pense voir le lac Mœris dans ce que les cartes désignent par *lac Karoun*. Au contraire, Du Camp soutient que ce lac n'a rien à voir avec le lac antique entièrement asséché (*Le Nil*, p. 122). Aujourd'hui, on admet que le lac existant occupe la moitié de la surface de l'ancien (Sydney Aufrère, Jean-Claude Golvin et Jean-Claude Goyon, *L'Égypte restituée*, Errance, 1997, t. III, p. 179).

2. Soit 20 francs (M. Du Camp, *Le Nil*, p. 124). Selon Du Camp, c'est le sheik qui, par l'intermédiaire de Joseph, réclame de l'argent (*Voyage en Orient. Notes*, p. 52).

3. Ce M. Robert vient «du Dauphiné»; et le Polonais, apparemment médecin, connaît de réputation le père de Flaubert (lettre de l'écrivain à sa mère du 3 mars 1850).

4. «Vases, sorte d'amphores à large ouverture, qui prennent le nom d'un village de Haute-Égypte où on les fabrique. On les superpose en deux lits séparés par une couche de branchettes d'arbres; le premier plonge entièrement dans l'eau, le second reste en dehors et fait surnager cette immense machine qui a quelquefois plus de cent pieds de long» (M. Du Camp, *Le Nil*, p. 124).

Page 123.

1. On pense à Emma faisant «d'un seul geste tomber ensemble tous ses vêtements» (*Madame Bovary*, III, 6).

2. Dans la pièce «Contre un arbre dont la chute avait failli l'écraser» (*Odes*, II, 13), Horace raconte l'incident et commence par maudire le funeste végétal.

3. La «montagne de l'Oiseau» est une haute falaise au sommet de laquelle se trouve «le couvent de la Poulie» (M. Du Camp, *Le Nil*, p. 124). D'après J.-M. Carré, il ne serait plus habité par des moines depuis le XVIe siècle et aurait été

investi par de simples paysans coptes (*Voyageurs et écrivains français en Égypte*, t. II, p. 106).

4. «Donnez-nous de l'argent, Monsieur chrétien» (lettre de Flaubert à Bouilhet du 13 mars 1850).

5. Le matelot que Flaubert appelle «le grotesque du bord» (lettre à sa mère du 23 février 1850).

6. Voir n. 3, p. 135.

Page 124.

1. Peut-être Saouadeh où Champollion mentionne un hypogée grec (*Lettres écrites d'Égypte et de Nubie en 1828 et 1829*, Didier, 1868, p. 59).

Page 125.

1. Aujourd'hui Assiout, à 400 kilomètres au sud du Caire.

2. D'après l'usage turc du terme, la résidence et les bureaux du gouverneur de la ville (V. Schœlcher, *L'Égypte en 1845*, p. 295).

3. Charles Cuny (1811-1858), explorateur et médecin sanitaire qui, à l'aller et au retour, accueille Flaubert et Du Camp «d'une façon remarquable» (lettre de Flaubert à sa mère du 24 juin 1850). Du Camp ne partage pas ce point de vue (*Souvenirs littéraires*, t. II, p. 150).

Page 126.

1. En marge: *créneaux = mâchoires de requin.*   , en très petites lettres (c. g.-m.).

Page 127.

1. *Débouliner*: synonyme familier de *débouler* (*Bescherelle*).

2. *Palmier doum*: arbre «fort étrange avec son tronc rugueux et ses branches terminales ouvertes en éventail; c'est le *Crucifera-Thebaïca* des anciens» (M. Du Camp, *Le Nil*, p. 228).

3. *Chadoufs*: appareils à balancier servant à puiser l'eau du Nil (M. Du Camp, *Le Nil*, p. 115).

4. *Cassiers*: arbres tropicaux dont les gousses étaient employées pour leurs vertus laxatives et purgatives.

5. Selon Flaubert (qui vise probablement Louise Colet), «le mot almée veut dire *savante*, bas bleu. Comme qui dirait putain, ce qui prouve, Monsieur, que dans tous les pays les femmes de lettres!!!...» (lettre à Bouilhet du 13 mars 1850).

6. Flaubert a ramené d'Égypte «un petit flacon d'huile de

santal» dont le parfum lui rappelle les bazars du Caire et de Damas (lettre à Louise Colet du 25 janvier 1852).

Page 128.

1. Élisa, épouse de Maurice Schlesinger (n. 5, p. 53).

2. Manteau très ample, le *habar* «se pose sur la tête comme un capuchon, et retombe par derrière jusqu'aux pieds» (E. Poitou, *Un hiver en Égypte*, p. 351).

3. Le comte d'Escayrac de Lauture (1826-1868), explorateur qui a visité le Soudan, le Moyen-Orient et la Chine.

4. D'après Du Camp, ce sont «les deux canailles les plus infectes, les plus crapuleuses, les plus monstrueuses, les plus purulentes qu'il se puisse voir» (*Voyage en Orient. Notes*, p. 65). Le second, que Schœlcher et Pardieu trouvent quant à eux très obligeant (*L'Égypte en 1845*, p. 304; et *Excursion en Orient*, p. 113), est pharmacien; le premier est médecin. Le différend entre lui et Cuny concerne «un fait de quarantaine: la levée du cordon tendu de Kosseïr [...] à Bir-el-Ambar», dont ils se rejettent la responsabilité (Hippolyte Roy, *La Vie héroïque et romantique du Dr Charles Cuny*, Nancy et Strasbourg, Berger-Levrault, 1930, p. 55).

5. Voir Préface, p. 22.

6. *Spina-ventosa*: maladie des os dans laquelle leur tissu se dilate et semble soufflé.

7. Nommé Francesco, il était «petit, maigre et hâve» (*Pyrénées-Corse*).

Page 129.

1. «Si j'eusse baisé, une autre image serait venue par-dessus celle-là et en aurait atténué la splendeur» (lettre de Flaubert à Bouilhet du 13 mars 1850).

2. Il remplace Chimy qui a déserté à Assiout.

Page 130.

1. Voir plus bas (n. 4, p. 189).

2. «C'est un Sicilien, exilé politique, ancien membre du gouvernement provisoire de son pays» (lettre de Flaubert à sa mère du 12 mars 1850), dont les voyageurs ont fait la connaissance au Caire. Son véritable nom est Pietro Lanza (1807-1855), prince de Scordia et de Butera (J. Bruneau, *Correspondance*, t. I, n. 3, p. 599).

3. Le second (n. 5, p. 59).

Page 131.

1. Voir le calotype reproduit dans l'*Album Flaubert*, p. 85.

2. *Arnautes* : peuplade de l'Empire ottoman habitant l'Albanie et les régions montagneuses voisines, qui a fourni ses meilleurs soldats à l'armée turque.

Page 132.

1. Bouilhet a introduit cette notation olfactive dans une pièce de vers composée à partir du récit de Flaubert : *Kuchiuk-Hanem, Souvenir*, recueillie dans *Poèmes. Festons et astragales* (voir Appendice, p. 610). Voir aussi la lettre de Flaubert à Bouilhet du 4 mai 1851.

2. D'après Du Camp, c'est « une Arabe syrienne qui, après avoir été quelque temps la maîtresse d'Abbas Pacha », a été exilée à Esneh (*Le Nil*, p. 129). Mais Antoine Y. Naaman corrige cette version : l'ancienne maîtresse d'Abbas est Safiah (dont Joseph vient d'ailleurs de montrer la maison à Flaubert). Quant au nom de l'almée, il signifie : « la mignonne petite princesse » ou « la danseuse » (*Lettres d'Égypte*, p. LXXIV).

Page 133.

1. Ce serait un « verset du Koran » (M. Du Camp, *Le Nil*, p. 130).

2. *Rebabeh* : d'un mot arabe, sorte de viole. Du Camp compare cet instrument au rebec dont jouent les anges sur les tableaux de Fra Angelico (*Le Nil*, p. 131).

3. Flaubert regrette de ne pas l'avoir acheté : « Je ne l'ai pas fait par une de ces *inactions* qui sont un mystère effrayant de l'homme. [...] Nous l'eussions coup[é] en deux, tu en eusses pris la moitié » (lettre à Bouilhet du 4 mai 1851).

Page 134.

1. Flaubert et Du Camp ont adopté la coiffure locale : ils ont la tête rasée, « sauf une mèche à l'occiput », et couverte d'un tarbouch rouge (lettre de Flaubert à Bouilhet du 1er décembre 1849). Ce sont ces deux mèches que Kuchiuk découvrira un peu plus bas. Flaubert conservera précieusement son costume de voyage et, le 30 octobre 1863, il apparaîtra aux Goncourt « superbe sous le *tarbouch*, une tête de Turc magnifique, avec ses beaux traits gras, son teint plein de sang et sa moustache tombante » (Edmond et Jules de Goncourt, *Journal. Mémoires de la vie littéraire*, éd. de Robert Ricatte, Robert Laffont, coll. « Bouquins », 1989, t. I, p. 1024).

2. Formule exacte : « La ilâh illallah, Mohamad raçoul Allâh », c'est-à-dire : « Il n'y a pas d'autre Dieu que Dieu et Mohammed est l'apôtre de Dieu » (A. Y. Naaman, *Lettres d'Égypte*, p. ix).

3. Selon Du Camp, c'est « une vieille femme [...], ridée, courbée, appauvrie par l'âge » (*Le Nil*, p. 131).

Page 135.

1. Du Camp affirme avoir dû longuement prier Kuchiuk-Hanem qui n'aurait cédé qu'après le « cadeau d'une tabatière à musique » (*Le Nil*, p. 132).

2. Il s'agit de Hadji-Ismaël (M. Du Camp, *Voyage en Orient. Notes*, p. 70). Sur Fergalli, voir n. 1, p. 145.

3. Flaubert décrit ce qu'il voit, mais il paraît ignorer que cette danse mime un récit : une jeune fille se promène, une abeille tente de se poser sur diverses parties de son corps, et revient à la charge jusqu'à ce que la jeune fille demande l'aide d'un voyageur obligeant. Les spectateurs crient à chaque fois : « el-nahlah ahé ! el-nahlah ahé », c'est-à-dire « voici l'abeille ! voici l'abeille ! » (A. Y. Naaman, *Lettres d'Égypte*, p. v), ce qui pourrait correspondre aux paroles de Joseph un peu plus bas, et aux dires de Flaubert, p. 173. D'après le carnet 5, f° 26 v°, « in ny a oh » signifie « prends garde à l'abeille ».

Page 136.

1. Durant ses « nuits de bordel à Paris » (lettre à Bouilhet du 13 mars 1850).

2. Notation qui choquera Louise Colet : « Tu me dis que les punaises de Kuchiouk-Hânem te la dégradent ; c'est la, moi, ce qui m'enchantait. Leur odeur nauséabonde se mêlait au parfum de sa peau ruisselante de santal » (lettre du 27 mars 1853). La Muse a tenu à lire les notes de voyage de son amant, en dépit des réticences de celui-ci (lettre du 24 mars 1853).

Page 137.

1. En Italie, Flaubert prendra des notes sur plusieurs tableaux représentant cet épisode biblique (voir p. 482, 564, 565 et 574).

2. Ce passage indisposera particulièrement Louise Colet, même si Flaubert lui assure que Kuchiuk-Hanem n'a rien éprouvé, ni au moral ni au physique : « La femme orientale est une machine, et rien de plus ; elle ne fait aucune différence entre un homme et un autre homme. [...] C'est nous qui pensons à elle, mais elle ne pense guère à nous » (lettre du 27 mars 1853).

3. Au total, Flaubert a «tiré 5 coups et gamahuché 3 fois» (lettre à Bouilhet du 13 mars 1850).

4. Selon Nerval, c'est une «cage en bâtons de palmier servant tour à tour de divan, de lit et de table» (*Voyage en Orient*, p. 312).

5. Un des matelots, «fort beau Nubien» (M. Du Camp, *Le Nil*, p. 227).

6. «C'était peu de jours avant la rentrée; j'avais 15 ans» (lettre à Bouilhet du 13 mars 1850). La date exacte est celle du 29 septembre 1836. Flaubert a déjà évoqué ce souvenir dans son *Cahier intime de 1840-1841*, et il le transpose dans la plupart de ses œuvres: «*Quidquid volueris*», *L'Éducation sentimentale* de 1845 (chap. XIII), *Madame Bovary* (Emma après le bal de la Vaubyessard; I, 8), et *L'Éducation sentimentale* (Frédéric après sa première soirée chez les Arnoux; I, 4).

Page 138.

1. Bâtiment composé de quatre ailes autour d'une cour carrée, le *khan* servait d'asile aux voyageurs et à leurs montures.

2. Le grand temple de Khnoum «est tellement entouré, resserré, obstrué par les masures des fellahs qu'on ne l'aperçoit qu'à grand'peine» (M. Du Camp, *Le Nil*, p. 129).

3. Portique ou parvis précédant le naos, sanctuaire ou «saint des saints» du temple.

Page 139.

1. D'après Du Camp, ces pieds gravés sont «invariablement accompagnés d'une inscription grecque, hiéroglyphique ou démotique. Sans doute, lorsqu'un pèlerin avait terminé ses dévotions, il montait sur la terrasse du temple, y gravait la forme de ses pieds en tournant leur pointe vers sa patrie et écrivait au-dessous son nom et la date de son voyage» (*Le Nil*, p. 129), hypothèse déjà formulée par Ampère en 1845 (*Voyage en Égypte et en Nubie*, p. 376). L'inscription relevée par Flaubert est vraisemblablement tronquée.

2. Voir le début du chapitre V de *La Tentation de saint Antoine*.

Page 140.

1. Il s'agirait du «cartouche de Ramsès le Grand» (M. Du Camp, *Le Nil*, p. 132).

2. L'île était alors à vendre (*Souvenirs littéraires*, t. I, p. 485); Du Camp regrettera souvent de n'avoir point acheté ce para-

dis pour «y vivre à regarder couler l'eau» (lettres à Flaubert du 13 septembre 1866 et du 15 mars 1871, *Correspondances*, p. 354 et 410).

Page 141.

1. *Mâlim*: écrivain (lettre de Flaubert à Bouilhet du 14 novembre 1850, et M. Du Camp, *Le Nil*, p. 169).

2. D'un mot persan signifiant «ordre», le *firman* est un décret émanant du souverain; et, en pratique, pour les Européens, passeport obtenu par l'intermédiaire du consulat permettant de voyager dans de bonnes conditions.

Page 142.

1. Ces rapides ont disparu depuis la construction des deux retenues d'Assouan: petit (1898-1902), puis grand barrage (1960-1970). L'immense lac Nasser a enseveli sous ses eaux une partie non négligeable de la Nubie, modifiant profondément la physionomie du pays tel que Flaubert l'a connu. Les localités qu'il a visitées sont aujourd'hui sous les eaux, et vingt-deux temples ont été déplacés sous la direction de l'Unesco.

2. Flaubert, Sassetti et Joseph vont par voie de terre avec les bagages pour alléger la cange. Du Camp reste à bord.

Page 143.

1. D'après Du Camp, une centaine d'hommes a été nécessaire pour passer la première cataracte (*Le Nil*, p. 134).

Page 145.

1. C'est «un vieux matelot [...]. Plus on lui fait de farces, calottes, coups de poing, etc., plus il est satisfait» (lettre de Flaubert à sa mère du 22 avril 1850).

2. Calotype reproduit dans l'*Album Flaubert*, p. 85.

Page 147.

1. *Ababdehs*: peuple nomade qui habite la partie de la Nubie située à l'est du Nil.

Page 148.

1. Lors de l'érection du haut barrage, ce temple consacré à Rê-Horakhty a été déplacé d'un seul bloc par une équipe française sur une distance de près de trois kilomètres.

Page 149.

1. *Pschent* : coiffure des pharaons composée d'une double couronne symbolisant l'union des deux royaumes : la Basse-Égypte (couronne rouge) et la Haute-Égypte (couronne blanche).

2. Colonne graduée installée dans un puits sur l'île de Roda, qui servait à observer l'évolution des crues du Nil. Mais Flaubert se sert de ce terme pour désigner une sorte de sceptre souvent représenté sur les bas-reliefs (voir p. 201).

3. Il doit s'agir de la barque du soleil sur laquelle se tiennent les dieux Rê-Horakhty (homme à tête de faucon portant le disque solaire sur la tête) et Amon-Rê (apparence humaine et couronne), auxquels le roi Aménophis II offre du vin. En dessous, un texte de vingt lignes décrit l'achèvement du sanctuaire et la campagne du roi en Syrie (Baedeker).

4. Représentation du serpent naja dressé, portant sur la tête un disque solaire, l'*uræus* est le symbole de la royauté égyptienne.

5. Vraisemblablement Horus et Thot versant l'eau, source de vie, sur Aménophis II.

Page 150.

1. *Bari* : barque naviguant sur le Nil. Le terme est employé par Hérodote (II, 96) et repris par Champollion (*L'Égypte sous les pharaons*, de Bure, 1814, t. II, p. 202).

2. Employé au sens de «rameux» (qui a de nombreux rameaux).

Page 151.

1. Situé à l'origine sur la rive orientale, ce temple spéos (c'est-à-dire creusé dans le roc) a été déplacé sur la rive opposée, à onze kilomètres au nord-est, à proximité du temple d'Amada.

2. Couronne surmontée de deux grandes plumes. Il s'agit de Min, dieu de la fécondité. Du Camp précise qu'il est sans testicules (*Voyage en Orient. Notes*, p. 103).

3. Marchands d'esclaves. (Dans ce qui correspond à ce passage sur les gellabs, le carnet 5, f°s 6 v° et 7, comporte ces lignes, malheureusement supprimées ensuite : *Les chameaux (les bœufs eux-mêmes) ne désirent pas vivre — ils ont des saisons où ils ne veulent pas manger — les Arabes les estiment d'avoir le cœur si fier et de ne pas tenir à la vie — cela nous a été dit à*

Medinet el Fayoun dans un khan que nous visitions avec Saba-Cahil — C. G.-M.).

Page 152.

1. D'après Du Camp, la petite fille s'est jetée sur le «collier de fausses perles […] comme un chat sur une proie» et a montré «en riant ses dents blanches» (*Le Nil*, p. 139).

Page 153.

1. Khalil effendi semble être le sheik de Wadi Halfa, rencontré à Assouan (p. 141), et l'«autre effendi», le nazir d'Ibrim que les voyageurs retrouveront entre Seboua et Maharakkah (p. 162).

2. Drame de Dumas et Gaillardet (Théâtre de la Porte-Saint-Martin, 1832).

3. Si l'on en croit Du Camp, c'est là que Flaubert aurait eu sa «révélation»: «J'ai trouvé! *Eurêka! Eurêka!* je l'appellerai Emma Bovary» (*Souvenirs littéraires*, t. I, p. 481).

4. Flaubert retranscrit le parler particulier de Joseph. Cette phrase se retrouve dans les notes de Du Camp sur l'Italie (bibliothèque de l'Institut de France, ms. 3721, mémorandum sur les drogmans que les deux voyageurs ont eu à leur service, f° 242); elle est accompagnée d'une longue explication sur le fait que le mot «ganter» sert à tout dans le langage de Joseph. Elle figure également dans *Le Nil*, où Du Camp la traduit ainsi: «nous allons commencer à gravir la montagne» (p. 114). «Il principe à» («il commence à») est un italianisme (J. Bruneau, *Correspondance*, Bibl. de la Pléiade, t. I, n. 3, p. 600).

Page 154.

1. Belzoni est passé le 14 septembre 1816 (*Voyages en Égypte et en Nubie*, p. 97).

Page 155.

1. Production osseuse anormale, circonscrite, à la surface d'un os.

2. Maxime est occupé à photographier. Voir le calotype de la seconde cataracte vue depuis le rocher d'Abousir, reproduit dans l'*Album Flaubert*, p. 86.

3. L'effet peut être inverse: d'après le *Journal* des Goncourt, Flaubert admirait «dans le Parthénon jusqu'à la couleur de cet admirable blanc» qui est «noir comme de l'ébène!» (t. I, p. 1363).

4. Le peintre Adolphe Gibert (1803-1889), premier prix de Rome en 1829, s'est établi dans cette ville. Les *Notes* d'Italie ne le mentionnent pas.

Page 156.

1. Flaubert et Du Camp ont achevé leur remontée du Nil. Maintenant, ils redescendent lentement le fleuve, en s'arrêtant aux endroits intéressants.

Page 157.

1. Ami de Du Camp qui est venu le saluer juste avant son départ (n. 9, p. 56).

2. Ramsès II a édifié ici deux temples cavernes : le plus grand est consacré à Amon-Rê et à Rê-Horakhty, et le plus petit à Hathor. Ces spéos se trouvent aujourd'hui sur un escarpement artificiel, en retrait de 180 mètres par rapport à leur emplacement primitif, et surélevés de 64 mètres.

3. Devant le grand temple se trouvent quatre colosses de Ramsès II assis, hauts de 20 mètres.

4. *pendant un moment criait régulièrement* ms. Comme l'édition Conard, nous comblons la lacune à l'aide du carnet 5, f⁰ 10 (c. g.-m.).

5. Voir Préface, p. 47.

6. L'histoire du fils de Chéops se trouve dans Hérodote (II, 131) que Flaubert a emporté dans ses bagages (Appendice, p. 602) : le pharaon s'éprit de sa propre fille et lui fit violence ; celle-ci s'étrangla dans son désespoir, et son père l'ensevelit dans une vache de bois recouverte d'or. La vache de la légende introduit peut-être les buffles de la rêverie flaubertienne, qui font quant à eux penser au retour de Félicité et Théodore, au début du chap. ii d'*Un cœur simple*.

7. Voir le calotype de la façade du petit temple d'Hathor reproduit dans l'*Album Flaubert*, p. 87.

8. L'écriture *démotique* est une forme cursive simplifiée de l'écriture hiéroglyphique.

9. Les murs de la première salle à piliers sont ornés de bas-reliefs représentant Ramsès dans son rôle de protecteur du pays, en particulier lors de la bataille du Qadesh.

10. Aussi Flaubert pourra-t-il invoquer «les barbes enfermées en signe de deuil» qui sont «au menton des colosses égyptiens, ceux d'Abou-Simbal, entre autres», dans sa lettre à Frœhner du 21 janvier 1863.

Page 158.

1. Voir Préface, p. 46.

2. Allusion à deux de ses précédents voyages.

3. Forteresse datant de l'époque romaine, prise en 1812 par les mamelouks fugitifs, et détruite par Ibrahim Pacha. Elle est l'un des rares monuments antiques nubiens à être encore aujourd'hui sur son site originel.

Page 159.

1. Ces chapelles commémoratives datant du Nouvel Empire comportent pourtant alors encore d'intéressants reliefs aujourd'hui perdus.

2. Voir Préface, p. 29-30.

Page 160.

1. Voir p. 144.

2. Grande écharpe (M. Du Camp, *Le Nil*, p. 91).

3. Sorte de bière épaisse «qui est sans doute la même qu'Hérodote désigne sous le nom de vin d'orge» (G. de Nerval, *Voyage en Orient*, p. 327).

Page 161.

1. *Wadi es-Seboua*, c'est-à-dire la vallée des Lions. Le temple a été rehaussé et déplacé de quatre kilomètres vers l'ouest entre 1961 et 1965.

2. Allée souvent bordée de sphinx qui prolonge l'axe principal du temple vers l'extérieur, le *dromos* permettait de rejoindre l'embarcadère où venait s'amarrer la barque divine.

3. Entrée monumentale d'un temple, composée d'un portail entre deux môles trapézoïdaux. Il n'y a ici qu'*un* pylône.

Page 162.

1. Les sphinx du dromos portaient la double couronne.

2. Voir p. 153.

3. Graphie déviante pour Chimy, l'un des matelots (P.-M. de Biasi, édition du *Voyage en Égypte*, p. 333)?

4. Par le relais du récit qu'en fera Du Camp dans *Le Nil*, cette scène aurait inspiré le célèbre tableau de Gérôme, *Le Prisonnier*, exposé au Salon de 1863 (J.-M. Carré, *Voyageurs et écrivains français en Égypte*, t. II, p. 113).

5. «Pour lui, le paysan est un peu moins qu'une bête, un peu plus qu'une plante; c'est une créature intermédiaire, cor-

véable à merci, bastonnable, hors le droit et la loi» (M. Du Camp, *Le Nil*, p. 149).

Page 163.

1. Ce petit temple a depuis été transféré à proximité de celui de Wadi es-Seboua, à une trentaine de kilomètres plus au sud. D'après Du Camp, les coptes l'avaient converti en église consacrée à saint Jean (*Le Nil*, p. 150).

2. Pour Du Camp, c'est «un bas-relief chrétien représentant les faits d'une légende» qu'il ignore (*Le Nil*, p. 151). Selon le Baedecker, il s'agit d'Isis, assise sous le figuier sacré, et d'un homme qui présente un vase à la déesse.

3. Joseph est originaire de Gênes où son père était bijoutier (*Papiers et correspondance* de Du Camp, ms. 3721 de l'Institut).

4. Ce mouton «nous a été sensiblement agréable, car depuis six semaines nous n'avions mangé que du poulet ou de la tourterelle» (lettre de Flaubert à sa mère du 22 avril 1850).

Page 164.

1. Ce temple a lui aussi rejoint le nouveau site de Wadi es-Seboua.

2. Flaubert semble décrire les entailles destinées à recevoir les mâts à banderoles, troncs d'arbres décorés d'oriflammes jouant un rôle protecteur.

Page 165.

1. Nom grec du dieu Seth, représenté sous la forme d'une créature composite au corps de lévrier, au museau effilé et busqué, aux oreilles pointues, aux yeux bridés, et à la longue queue raide et fourchue. Il est le meurtrier de son frère Osiris et le rival d'Horus.

2. Flaubert possédait *Les Religions de l'antiquité considérées particulièrement dans leurs formes symboliques et mythologiques*. Il s'en est beaucoup servi pour *La Tentation de saint Antoine* et *Salammbô*.

3. Au sens strict, le *naos* est la châsse qui sert de demeure au dieu et abrite sa statue; au sens large, la pièce où celle-ci se trouve.

Page 166.

1. Apis est représenté coiffé d'un disque solaire et d'un uræus.

2. Temple de Gerf-Hussein creusé dans le rocher sous Ramsès II et situé à proximité du village de Kircheh.

Page 167.

1. Ce temple, offert aux États-Unis, est exposé au Metropolitan Museum de New York.

2. Voir *Liban-Palestine*, n. 2, p. 287.

3. Voir les calotypes de deux bas-reliefs, reproduits dans l'*Album Flaubert*, p. 87. Le temple a été déplacé de 40 kilomètres vers le nord et se trouve maintenant à proximité des nouveaux sites des temples de Bet-Oualli et Kertassi.

Page 168.

1. Horus est le fils posthume qu'Isis a conçu de son défunt époux Osiris. Il est destiné à venger le meurtre de son père par Seth.

Page 169.

1. Jean-François Champollion (1790-1832), celui des deux frères qui a découvert la clef du système hiéroglyphique. Sur Bet-Oualli, voir les *Lettres écrites d'Égypte et de Nubie en 1828 et 1829*, p. 130-133.

Page 170.

1. Le temple subsistant, offert aux Pays-Bas, est depuis 1979 au Rijksmuseum van Oudheden de Leyde.

2. Offert à l'Espagne, il a été reconstruit dans les jardins de la Montaña del Principio Pio à Madrid.

Page 171.

1. Comédie créée au Théâtre-Français le 15 décembre 1849. Flaubert la juge «bougrement bête» (lettre à Bouilhet du 2 juin 1850).

2. Au Caire, l'hôtel du Nil était tenu par Bouvaret et Brochier (p. 85).

Page 172.

1. Comme à l'aller, les voyageurs ont recours aux raïs des cataractes, et le bagage est transporté à dos de chameau jusqu'à Assouan (M. du Camp, *Le Nil*, p. 158).

2. Il s'agit d'un prêtre musulman (M. du Camp, *Le Nil*, p. 158).

3. *Bocard*, *boc* ou *boxon* : maison de prostitution, lupanar.

Aucun des dictionnaires consultés ne présente la forme *broc*, mais on la trouve fréquemment dans la *Correspondance* de Flaubert.

4. D'après les *Souvenirs littéraires* de Du Camp, Flaubert se serait alors installé « au frais dans une des salles du grand temple d'Isis pour lire *Gerfaut* » (t. I, p. 480). Pendant ce temps, Du Camp photographie (voir les calotypes reproduits dans l'*Album Flaubert*, p. 88). Tous les monuments de Philae, inondés une bonne partie de l'année depuis la construction du petit barrage, ont été transportés, entre 1972 et 1980, sur l'île voisine d'Agilkia, remodelée à l'image de « l'île sainte ».

5. Allusion mythologique : pour venger son abandon, Déjanire envoya à Hercule une tunique imprégnée de poison, et impossible à ôter une fois revêtue.

Page 173.

1. Voir aussi *Par les champs et les grèves*, chap. I.

2. Flaubert paraît décrire les reliefs décorant les chambres d'Osiris dans le temple d'Isis. Ils évoquent la mort de ce dieu, pleuré par ses sœurs Isis et Nephtys.

3. Déesse représentée sous la forme d'une vache ou d'une femme à tête de vache portant le disque solaire entre ses cornes en forme de lyre.

4. En 1798, Desaix avait fait apposer sur une des faces du grand pylône de Philae une inscription commémorant le passage de sa division ; inscription dont le texte a été reproduit dans les *Monuments de l'Égypte et de la Nubie*, par Champollion (Firmin-Didot, 1835, t. I, planche LXXVII). Cette inscription a ensuite subi plusieurs dégradations. En 1844, le préfet Gisquet rapporte qu'un Anglais a écrit en grosses lettres sur les dernières lignes : « *Quelle bêtise !... quelle bêtise !...* » (*L'Égypte, les Turcs et les Arabes*, t. II, p. 315). Et, d'après Ampère, en 1845, « une main insolente avait ajouté : *Où était cette armée en 1814 ?* » Mais, poursuit Ampère : « Une main indignée a répondu par ces mots : *Ne salissez pas une page de l'histoire* » (*Voyage en Égypte et en Nubie*, p. 469). Le 29 janvier 1848, la comtesse de Gasparin remarque quant à elle que l'inscription a été vandalisée : « On a effacé à coups de marteaux le nom de *Buonaparte*, et les mots d'*Armée française !* » À l'aide d'une bouteille de cirage et d'un pinceau, son mari « rétablit les mots biffés [par les Anglais], et puis écrit dessous : *Une page d'histoire ne s'efface pas* » (*Journal d'un voyage au Levant*, cité par J.-C. Berchet, *Le Voyage en Orient*, p. 910).

5. Dans *Le Nil*, Du Camp décrit longuement l'aspect repoussant de cet homme qu'il nomme «sultan Ahmed», et qu'il affirme avoir personnellement envoyé au Caire. Trois mois après, il l'y retrouve «rajeuni, tout à fait droit et presque débarrassé de ses plaies affreuses» (p. 170).

6. Voir n. 3, p. 135.

Page 174.

1. Ancienne unité de poids, proche d'un kilo un quart.

2. Flaubert se félicite de la réussite de l'opération et l'explique en termes médicaux dans sa lettre au docteur Cloquet du 7 septembre 1850. Trente ans plus tard, lorsque l'écrivain se fera une grave entorse compliquée d'une fêlure à la base du péroné, Du Camp lui remémorera «la jambe cassée de Haçanin» (lettre du 29 janvier 1879, *Correspondances*, p. 418).

Page 175.

1. La croix ansée, *ankh*, signifie *la vie*.

2. *Sécos*: transcription d'un mot grec signifiant *lieu clos*, puis *enceinte sacrée*, *sanctuaire*.

3. Du Camp a dû se renseigner au retour: il donne l'inscription complète dans *Le Nil* (p. 171).

4. Voir n. 4, p. 95.

5. Charles d'Arcet ou Darcet, frère de Louise Pradier et ami de Flaubert (voir *Voyage en Italie*, dans *Œuvres de jeunesse*, n. 270, p. 1121), semble avoir séjourné en Égypte dans les années 1828-1829 (J.-J. Ampère, *Voyage en Égypte et en Nubie*, p. 303), avec une commission scientifique qu'il accompagnait en tant que chimiste. Il est mort au Brésil en 1847 (lettre de Flaubert à Ernest Chevalier du 23 février 1847). «Les lettres [de son nom] sont là à se ronger au grand air, pendant que son corps se pourrit là-bas, dans une troisième partie du monde», écrit Flaubert à sa mère le 22 avril 1850. Son nom apparaît dans le scénario du roman *Sous Napoléon III* (carnet 20, f° 14 v°).

Page 176.

1. D'après Du Camp, pourtant, «ces carrières sont creusées de petits spéos couverts d'hiéroglyphes et entaillés de longues inscriptions» (*Le Nil*, p. 173).

Page 177.

1. Ces peintures sont celles de l'hypogée du nomarque (ou gouverneur de province) Paheri. Du Camp fournit plus de détails (*Le Nil*, p. 175-177), en suivant Champollion de près.

Page 178.

1. *Stepper*: cheval de trot à l'allure vive, qui lève haut et lance bien en avant ses membres antérieurs (*Robert*). (Flaubert écrit *stopper* (c. g.-m.).

2. Cette chanson ne se trouve pas dans *L'Égypte ancienne*. Mais il y en a une similaire dans les *Lettres écrites d'Égypte et de Nubie en 1828 et 1829*, par Champollion le Jeune : « Battez pour vous (*bis*), — ô bœufs, — Battez pour vous (*bis*), — Des boisseaux pour vos maîtres » (p. 161). C'est celle que cite Du Camp (*Le Nil*, p. 175).

Page 179.

1. Émir qui mena la guerre sainte contre les Français en Algérie jusqu'à sa reddition en décembre 1847. Abd el-Kader fut emprisonné en France jusqu'en 1852.

2. Voir p. 157.

3. Voir pourtant notre n. 1, p. 139.

4. Pour Chasseloup, voir p. 175. Quant à l'inscription relative à ce Durnerin que nous n'avons pu identifier, il s'agit vraisemblablement d'une facétie analogue à celle de la pancarte « Humbert » (voir n. 3, p. 94).

Page 180.

1. Résolutif employé dans le pansement des plaies et des contusions.

2. Second personnage dans la hiérarchie des villages égyptiens : c'est le « percepteur du miri », c'est-à-dire de l'impôt (Michaud, cité par J.-C. Berchet, *Le Voyage en Orient*, p. 851).

Page 181.

1. Chambre où Flaubert, cette fois, a « tiré un coup seulement » (lettre à Bouilhet du 2 juin 1850).

2. Champollion-Figeac décrit minutieusement cette technique des poulets produits par incubation artificielle (*Égypte ancienne*, p. 196), connue depuis longtemps.

Page 182.

1. Ou Massouah, ville maritime d'Abyssinie dans une petite île de la mer Rouge à 16 kilomètres au nord-est d'Arkeko.

Page 183.

1. Pour Du Camp, «le pauvre homme n'avait pas quinze jours à vivre encore» (*Le Nil*, p. 180).

2. *Machallahs* : fanaux composés de fragments d'arbres résineux entassés «dans une sorte de cage ronde, composée de cercles de fer aplatis» (M. Du Camp, *Le Nil*, p. 75).

3. Voir le calotype reproduit dans l'*Album Flaubert*, p. 89. Ce temple a été complètement détruit en 1860 ; ses pierres ont servi à édifier une sucrerie.

Page 184.

1. Flaubert en a «tous les doigts noircis de nitrate d'argent» (lettre à sa mère du 3 mai 1850).

2. Fromages *à la pie* : garnis de fines herbes.

Page 185.

1. *Hucher* : synonyme vieilli de *jucher*.

2. Bataille de Qadesh, lors de la campagne de Ramsès II contre les Hittites.

3. Porteur du flabellum, grande plume d'autruche, insigne de la puissance royale.

Page 186.

1. En 1830, Méhémet Ali avait offert à la France les deux obélisques de Louqsor. Un navire (le *Luxor*) fut spécialement construit pour transporter l'un d'eux. Parti de Toulon en mars 1831 et arrivé à destination en août, il repartit douze mois plus tard et atteignit Paris en décembre 1833. L'obélisque a été érigé sur la place de la Concorde le 25 octobre 1836.

2. Dans *Le Nil*, Du Camp s'intéresse au contraire à l'obélisque restant, qui «semble, seul et désolé sous l'implacable soleil, regretter son frère absent» (p. 182). Voir aussi Théophile Gautier, «Nostalgies d'obélisques» (1851), dédié à Du Camp (*Émaux et Camées*, éd. de Claudine Gothot-Mersch, Poésie/Gallimard, 1981, p. 60).

3. Émile Prisse d'Avennes (1807-1879), égyptologue ami de Du Camp, a résidé à Louqsor de 1838 à 1843 (J.-M. Carré, *Voyageurs et écrivains français en Égypte*, t. I, p. 301).

Page 187.

1. Voir n. 1, p. 186.
2. Flaubert décrit ici le grand temple d'Amon.

Page 188.

1. L'animal est signalé depuis quelques jours du côté de Medinet Habou (M. Du Camp, *Le Nil*, p. 195). Le mouton sert d'appât.
2. Temple funéraire de Ramsès III.
3. Longtemps employé comme directeur de fouilles par Drovetti, Rosa a continué à rassembler des antiquités. La législation ayant été durcie, il ne peut plus vendre de grosses pièces et se refuse pourtant à les abandonner (M. Du Camp, *Le Nil*, p. 201). Sur ce personnage que Gautier a pris pour modèle d'Argyropoulos dans son *Roman de la momie*, voir M. Dewachter, «Un Grec de Louqsor collaborateur de Champollion et Lepsius : Ouardi-Triantaphyllos», *Entre Égypte et Grèce*, Académie des Inscriptions et Belles-Lettres, 1995, p. 119-129.
4. Verbe dérivant d'un terme de marine, *écorer* signifie : se fixer en position stable (*Trésor de la langue française*, qui cite un exemple de Flaubert). Voir aussi *Italie*, p. 480.

Page 189.

1. Du Camp parle avec plus d'exactitude des «deux colosses dont l'un fut la statue de Memnon» (*Le Nil*, p. 198), et de la collecte de soixante-dix inscriptions grecques ou latines. L'un de ces colosses est réputé avoir chanté le matin au soleil levant pendant l'Antiquité, jusqu'à ce que Septime Sévère fasse assurer son assise (A. Y. Naaman, *Lettres d'Égypte*, p. XXXVIII).
2. Voir *Salammbô*, XIV, «Le défilé de la Hache».
3. Est-ce à propos de ce monument que Du Camp écrira à Flaubert : «je vais faire lithographier et publier le tombeau de Gournah : il est inconnu, curieux et de la 14ᵉ dynastie — J'en revendiquerai la découverte et merde pour les Bourgeois» (lettre du 24 juin 1851, *Correspondances*, p. 259) ?
4. *Maison de France* : bâtisse construite en partie avec des matériaux antiques. «Les officiers de marine qui firent partie de l'expédition du *Louqsor* y logèrent, et depuis elle appartient au gouvernement français, auquel Méhémet Ali l'a verbalement donnée» (M. Du Camp, *Le Nil*, p. 183).

Page 190.

1. Voir plus haut, p. 189, et plus bas, p. 198 ; mais l'allusion reste obscure.

2. Égyptologue allemand, le docteur Lepsius (1810-1884) a effectué un important voyage d'exploration et d'étude entre 1842 et 1846.

3. Selon une tradition copte, les prêtres égyptiens jetèrent dans ce lac les ornements précieux des temples de Karnak, à l'époque où Cambyse saccagea Thèbes. La nuit, vogue sur ses ondes «un vaisseau d'or manœuvré par des femmes d'argent et traîné par un gros poisson bleu» (M. Du Camp, *Le Nil*, p. 193).

Page 191.

1. Ancien «bouffon du gouverneur d'Esneh», renvoyé pour excès de boisson (M. Du Camp, *Le Nil*, p. 187).

2. Substance connue depuis l'Antiquité pour ses vertus aphrodisiaques. D'après le *Journal* des Goncourt, Flaubert avait emporté en Orient «une douzaine de boîtes de pastilles de cantharides, dans l'intention de se faire bien venir des vieux cheiks, auxquels il pouvait demander l'hospitalité» (t. II, p. 729).

3. En réalité, la grande porte d'entrée de la forteresse. Les prisonniers représentés sur l'un des bas-reliefs sont au nombre de sept et symbolisent les peuples méditerranéens vaincus.

Page 192.

1. Le site funéraire originel de Ramsès III a été considérablement agrandi dans l'Antiquité avant d'être encombré de constructions diverses.

Page 193.

1. Ramsès III contemple les files de prisonniers asiatiques tandis que les scribes effectuent le décompte des mains droites et des phallus des ennemis tombés au combat.

Page 195.

1. Les Grecs appelaient ainsi les tombeaux souterrains des pharaons «à cause de leurs labyrinthes et de corridors creusés dans le roc comme de longs tuyaux de flûte (*syrinx*)» (Édouard Schuré cité par J.-C. Berchet, *Le Voyage en Orient*, p. 987). On utilise aujourd'hui le terme de *syringe*.

2. D'après Du Camp, les voyageurs ont eu deux guides à

Thèbes : « l'ancien fouilleur de Champollion », Temsah, et un homme du pays, Abdoul-Hamid (*Le Nil*, p. 182).

Page 196.

1. *Ramesseum* : temple funéraire de Ramsès II.

2. L'hôtelier du Caire avait-il prêté une table aux voyageurs ?

3. Flaubert semble confondre en un seul ensemble le Ramesseum et l'Amenophium (voir « l'Amenophium (ou Ramesseum) », p. 197). Or, s'il subsiste d'importants vestiges du Ramesseum, il ne reste quasi rien du temple funéraire d'Aménophis III, à l'exception des deux colosses de Memnon qui le précédaient (Aufrère *et al.*, *L'Égypte restituée*, t. I, p. 163).

4. Représentation des campagnes de Ramsès II en Syrie et surtout de la campagne contre les Hittites.

5. La légende des planches XXII et XVIII du tome I des *Monuments de l'Égypte et de la Nubie* mentionne en effet « un homme courant à cheval ; représentation assez rare, les Égyptiens n'ayant pas eu de cavalerie proprement dite ». Néanmoins, ces planches reproduisent des éléments appartenant au « registre supérieur d'un immense bas-relief sculpté sur la paroi nord de la grande galerie, ou vestibule, du grand spéos d'Ibsamboul »...

6. Allusion aux illustrations légères qui forment une part de l'importante production d'Achille Devéria (1800-1857), dessinateur, graveur et lithographe. La date exacte importe peu : à Bouilhet, Flaubert écrit le 2 juin 1850 que « c'est bordel comme une gravure lubrique Palais-Royal 1816 ».

Page 197.

1. *Cauponiser* : fréquenter les cabarets.

Page 198.

1. Le tombeau n° 18 est celui de Ramsès X.

2. Médecin d'Ibrahim Pacha à partir de 1845, Lallemand (1790-1854) l'a accompagné en Italie, en France, puis s'est rendu en Égypte pour y traiter Méhémet Ali, en tant que spécialiste des maladies du cerveau et des méninges.

3. Connu pour ses statuettes qui ont caricaturé tous les personnages célèbres du temps, Jean-Pierre Dantan (1800-1869) était aussi un statuaire « sérieux » : il avait été pressenti pour sculpter le buste du père de Flaubert, finalement exécuté par Pradier (lettre à Louise Colet du 7 octobre 1846). Il a visité l'Égypte et a réalisé les bustes du vice-roi et de Clot bey.

4. L'explorateur a découvert le tombeau de Séthi Ier (n° 17) le 18 octobre 1817. Cette tombe, plus que celle de Ramsès Ier, a gardé le nom de son inventeur, car ce dernier, avec un considérable succès, a exposé à Londres, puis à Paris en 1822, l'ensemble des dessins en couleurs et en grandeur naturelle copiés dans ce magnifique tombeau (G. Belzoni, *Voyages en Égypte et en Nubie*, p. 29).

5. *Francs* : nom générique des Européens de toutes nationalités qui vivent en Orient.

Page 199.

1. Aujourd'hui, on pense que le nom de ce pharaon est Merenptah. Son tombeau porte le n° 8 (*La Vallée des Rois*, sous la dir. de Kent R. Weeks, Gründ, 2001, p. 218-221).

2. *Lituus* : bâton à l'extrémité recourbée en forme de crosse.

3. *Harpé* : espèce de coutelas à lame très recourbée.

Page 200.

1. *Série de têtes [...] se ressemblent* Ces quatre phrases entourent un croquis des potences, dont elles constituent le commentaire. C'est pourquoi nous utilisons pour elles un corps plus petit (c. g.-m.).

2. En outre, l'archéologue (voir n. 2, p. 190) aurait systématiquement martelé toutes les fresques du tombeau (M. Du Camp, *Le Nil*, p. 205). Voir J.-M. Carré, *Voyageurs et écrivains français en Égypte*, t. I, p. 309.

Page 201.

1. Le tombeau n° 16 est celui de Ramsès Ier. Henry Beechey était le secrétaire du consul anglais Salt ; le colonel Joseph Straton et le capitaine des dragons Bennett étaient des voyageurs anglais arrivés du Caire la veille de la découverte de la tombe (G. Belzoni, *Voyages en Égypte et en Nubie*, p. 126 et n. 124, p. 321).

2. Il s'agit de Khépri (homme à tête de scarabée), forme matinale du dieu solaire, à qui Ramsès présente une offrande. Ce dieu est dos à dos avec Osiris (la forme nocturne).

3. *Ceci* : l'objet dessiné, une sorte d'entonnoir qui occupe le tiers supérieur de la page (c. g.-m.).

Page 202.

1. Tombe de Ramsès VI, n° 9. Les boules rouges symbolisent le soleil.

Page 203.

1. Tombe de Ramsès IX, n° 6.

Page 204.

1. *Père Issa* : agent consulaire français dont le fils aveugle a
été mentionné à l'aller (p. 129). Il procure aux voyageurs les
dromadaires et les guides nécessaires à l'expédition de Kosseïr (M. Du Camp, *Le Nil*, p. 209). Flaubert et Du Camp loge-
ront chez son frère à Kosseïr (p. 211), et déjeuneront chez un
de ses parents à Bethléem (p. 254).

2. *Osnah Taouileh* : ce nom signifierait «*la jument la
longue*» (lettre de Flaubert à Bouilhet du 2 juin 1850). Selon
A. Y. Naaman, il s'agit de «Hosna et-Taouilah», c'est-à-dire
«la belle, la longue» (*Lettres d'Égypte*, p. cɪ et 102).

3. *Coufieh* : «large et épais mouchoir en coton rouge et en
soie jaune, à l'aide duquel les Arabes abritent leur tête contre
le soleil» (M. Du Camp, *Le Nil*, p. 212). On le fait tenir sur la
tête «en l'entourant d'une corde de crin tordu» (Nerval,
Voyage en Orient, p. 401).

Page 207.

1. Du Camp écrit : «*Kamr ou Chems* (la Lune et le Soleil)»
(*Le Nil*, p. 213).

Page 208.

1. Puits de El-Hamamat ou puits des Pigeons, «abandonné
des chameliers, car il faut descendre cent soixante marches
avant de trouver une eau vaseuse et impotable» (M. Du
Camp, *Le Nil*, p. 214).

Page 209.

1. *Okel* : ensemble de magasins disposés autour d'une cour,
pour servir d'entrepôts commerciaux.

2. Sur l'usage du verbe polyvalent «ganter» par Joseph,
voir n. 4, p. 153.

Page 210.

1. Selon Du Camp au contraire, l'eau est «limpide, légèrement salée et vraiment bonne à boire» (*Le Nil*, p. 217).

Page 211.

1. *Ardeb* : mesure de capacité. L'ardeb du Caire vaut
184 litres (A.-B. Clot bey, *Aperçu général sur l'Égypte*, Fortin,
Masson et Cⁱᵉ, 1840, t. II, p. 560).

Page 212.

1. Voir n. 5, p. 85.

Page 213.

1. «Ç'a été un des plaisirs les plus voluptueux de ma vie, je me suis roulé dans les flots comme sur mille tétons liquides qui m'auraient parcouru tout le corps» (lettre de Flaubert à Bouilhet du 2 juin 1850).

Page 214.

1. «Jamais je n'oublierai cette matinée-là. J'en ai été remué comme d'une aventure» (lettre à Bouilhet du 2 juin 1850).

Page 215.

1. D'après les *Souvenirs littéraires* de Du Camp (t. I, p. 490), ce ne serait pas la véritable raison : le jeudi 23 mai au soir, le chameau portant les outres aurait trébuché et répandu le précieux liquide. Le lendemain, en proie à une de ses obsessions coutumières, Flaubert n'aurait cessé de vanter à Du Camp «les glaces au citron que l'on mange chez Tortoni», suscitant chez son ami une véritable pulsion homicide... Cependant, si, dans une lettre à Maxime du 23 juillet 1869, Gustave évoque bien la soif ressentie dans ce désert, jamais il ne fait allusion à l'épisode des glaces au citron. Du Camp, qui ne mentionne pas l'incident dans ses *Notes*, pourrait bien avoir monté en épingle une courte plaisanterie de son ami. Il se peut aussi qu'il ait transposé des bribes du délire de Joseph (voir ci-dessous), le drogman parlant alors «avec enthousiasme des sorbets qu'on boit à Gênes» (*Le Nil*, p. 226).

2. «Étaient-ce les chacals ? étaient-ce les chameliers ? Ce point d'histoire m'a toujours semblé douteux» (M. Du Camp, *Le Nil*, p. 226).

Page 216.

1. Élisa Schlesinger (n. 1, p. 128). Cette almée est une «grosse cochonne sur laquelle [Flaubert a] beaucoup joui» (lettre à Bouilhet du 2 juin 1850).

2. Les Arabes avaient surnommé Flaubert «*Abou Schenep*, ce qui veut dire : *le père de la moustache*» (lettre à sa mère du 5 janvier 1850).

3. Voir p. 128.

Page 217.

1. Baptisé *typhonium* par les savants de l'expédition d'Égypte, ce bâtiment a été identifié par Champollion comme un temple commémorant la naissance du jeune Horus. D'un néologisme copte, il l'a nommé *mammisi* (maison de naissance).

Page 218.

1. Du Camp se rend donc seul avec Joseph à Abydos (à une quinzaine de kilomètres), où il visite le temple de Séthi Iᵉʳ, le *Memnonium* de Strabon (*Le Nil*, p. 229).

2. *Michmichs* : « petits abricots », d'après Nerval (*Voyage en Orient*, p. 423) ; « abricots secs », selon Pardieu (*Excursion en Orient*, p. 163).

Page 219.

1. Dans *Le Nil*, Du Camp affirme avoir lu, « en belles majuscules grecques, le nom de Ptolémée Philopator » (p. 231).

2. En 1854, Charles Didier sera encore accueilli par « Em bey ». Alors plus qu'octogénaire, ce « terroriste pur sang » (ami de Robespierre qui s'est retiré en Égypte « après la chute de la république selon son cœur »), s'y est « naturalisé au point d'en adopter les mœurs, jusqu'au harem inclusivement » (*Cinq cents lieues sur le Nil*, Hachette, 1858, p. 358). D'après le *Journal* des Goncourt, ce personnage aurait été central dans la genèse du grand roman sur l'Orient moderne, *Harel bey*, que Flaubert rêva d'écrire jusqu'à sa mort, et dont il a laissé des scénarios dans ses carnets de travail nᵒˢ 2 (fᵒ 5 vᵒ) et 19 (fᵒˢ 19 et 18 vᵒ).

Page 221.

1. Les voyageurs n'ont pas négligé de se servir (M. Du Camp, *Le Nil*, p. 234) et rapportent des pieds et des « mains humaines dorées » (lettre de Flaubert à sa mère du 24 juin 1850). Décrivant le cabinet de travail de l'écrivain en octobre 1863, les Goncourt mentionnent « deux pieds de momie, arrachés par lui [Flaubert] aux grottes de Samoûm et mettant au milieu des brochures leur bronze florentin et la vie figée de leurs muscles » (*Journal*, t. I, p. 1023). Les voyageurs se saisissent aussi de momies de crocodile, et Flaubert fera prendre le frais à son saurien embaumé sur le gazon de Croisset (lettre à Louis Bouilhet du 3 août 1856).

2. Du Camp raconte ici une véritable légende avec miracle à la clef (*Le Nil*, p. 232).

Page 222.

1. Dessinés par la mission scientifique française, certains bâtiments étaient intacts en 1798. Le baron Taylor les voit encore en 1828 ; ils ont disparu en 1830 (*L'Égypte*, Lemaître, 1860, p. 324), ayant servi à construire une sucrerie (M. Du Camp, *Le Nil*, p. 124). Linant bey se serait vainement opposé à la destruction (Joseph d'Estourmel, *Journal d'un voyage en Orient*, 2ᵉ éd., impr. du Crapelet, 1848, t. II, p. 316).

2. Colonnes cannelées que Champollion a qualifiées de «colonnes *en dorique primitif*», ou protodoriques (*Lettres écrites d'Égypte et de Nubie en 1828 et 1829*, p. 63).

3. «Nous passons à peu près *tout* notre temps à faire les *sheiks*, c'est-à-dire les vieux ; — le sheik est le vieux monsieur inepte, rentier, considéré, très établi, hors d'âge et nous faisant des questions sur notre voyage [...] d'une voix tremblée et d'un air imbécile. Du sheik simple nous sommes arrivés au sheik double, c'est-à-dire au dialogue. Alors, dialogues sur tout ce qui se passe dans le monde et avec de bonnes opinions encroûtées. Puis le sheik a vieilli et est devenu le vieux tremblotant, cousu d'infirmités, et parlant sans cesse de ses repas et de ses digestions. Ici il s'est développé chez Maxime un grand talent mimique. [...] Je l'appelle père Étienne ; moi, il m'appelle Quarafon» (lettre de Flaubert à sa mère du 24 juin 1850).

4. M. Monnier était directeur d'une fabrique de sucre appartenant au fils d'Abbas Pacha (Ch. de Pardieu, *Excursion en Égypte*, p. 131).

Page 223.

1. Comparer avec la page 123. Le grotesque est le matelot Chimy qui a déserté.

Page 224.

1. Voir p. 123.
2. Voir p. 178 et n. 2.

Page 225.

1. Avant son départ pour l'Égypte, Du Camp était l'amant d'une femme mariée. L'une des lettres reçues au Caire avertit le jeune homme que le mari a appris l'affaire et menace de faire un scandale (G. de Senneville, *Maxime Du Camp*, p. 179).

2. Photographe qui a parcouru l'Égypte et la Turquie et en a rapporté de nombreux daguerréotypes dont certains auraient

été utilisés clandestinement par Du Camp (M. Dewachter, «Une étape de l'orientalisme : la mission archéologique et photographique de M. Du Camp», dans M. Du Camp, *Le Nil*, p. 27). Lorsqu'il commence à penser à *Salammbô*, Flaubert demande à Lambert bey l'adresse d'Aimé Rochas (lettre du 6 mars 1857).

3. À Bouilhet, Flaubert écrit qu'il a «soutenu comme à 18 ans la doctrine de l'Art pour l'Art contre un utilitaire (homme fort du reste)» (lettre du 27 juin 1850). Voir n. 6, p. 107.

4. Un certain Kosrew effendi, frère d'Artim bey, était secrétaire de Méhémet Ali en 1842 (J.-M. Carré, *Voyageurs et écrivains français en Égypte*, t. I, p. 352).

5. Il avait un «répertoire d'anecdotes inépuisable. C'était la chronique scandaleuse en personne» (M. Du Camp, *Souvenirs littéraires*, t. I, p. 458).

6. Catherine Skavronska (1783-1857), nièce du prince Potemkine et veuve du prince Pierre Bagration, remariée depuis 1830 avec le baron Howden (index du *Journal* des Goncourt, t. III, p. 1319).

Page 226.

1. *Le Mouski* : quartier franc du Caire.

2. Voir p. 173.

3. Jean-Charles Langlois (1789-1870), peintre «auteur de *La Bataille d'Eylau*, panorama que tu as sans doute vu cet hiver à Paris», écrit Flaubert à sa mère. Il «vient de passer 6 mois en Égypte où il a préparé un panorama de la bataille des Pyramides et de Karnac» (lettre du 7 juillet 1850). D'après Du Camp, les deux voyageurs ont déjà rencontré le couple Langlois le 29 avril (*Souvenirs littéraires*, t. I, p. 487).

4. Une des crises d'épilepsie qui frappaient périodiquement Flaubert depuis janvier 1844. (Les mots qui précèdent *vers trois heures* ont été très soigneusement raturés à l'encre bleue, sans doute par Caroline Franklin-Grout. On peut cependant déchiffrer sans trop d'hésitation : *attaque de nerfs* — C. G.-M.).

Page 227.

1. *Valentine* et *Indiana* (1832) sont deux romans de George Sand.

2. Roman de Michel Masson, en collaboration avec Auguste Luchet (1833).

3. Joseph Méry (1798-1865) est l'auteur des romans-feuilletons *Une veuve inconsolable* (1847) et *La Guerre du Nizam* (1847), qui eut un énorme succès dans *La Presse*.

4. L'écrivain et journaliste Edmond Chojecki, dit Charles Edmond (1822-1899), d'origine polonaise, s'est établi à Paris en 1844. En 1849, il a séjourné en Égypte, en Suisse et en Italie. Au Caire, il aurait vécu dans l'intimité de Soliman Pacha. Son séjour égyptien lui inspirera en 1879 un roman à clef, *Zéphyrin Cazavan en Égypte*, qu'il enverra à Flaubert (lettre du 8 décembre 1879). Le romancier est resté en contact avec cet ami des Goncourt et de George Sand, et lui a demandé son aide documentaire à plusieurs reprises : il est administrateur de la bibliothèque du Sénat à partir de 1869.

5. Cette maison, qui fait à la fois la banque et le commerce, est l'une des premières de Marseille et est en relations particulièrement étroites avec l'Égypte (A. Y. Naaman, *Lettres d'Égypte*, p. CIII ; et S. Saul, «Les relations économiques franco-égyptiennes du XIXᵉ au XXᵉ siècle», *La France et l'Égypte à l'époque des vice-rois*, p. 16). C'est par son intermédiaire que Flaubert doit recevoir de l'argent (lettre à sa mère du 17 novembre 1849), et qu'il envoie six colis d'Alexandrie à Rouen (lettres à la même des 26 juillet 1850 et 18 janvier 1851). D'après Pardieu qui l'a rencontré au Caire en septembre 1849, J.-B. Pastré, son fondateur, a rendu de grands services à Méhémet Ali (*Excursion en Orient*, p. 145).

6. Vaudeville de Th. et H. Cogniard créé au théâtre du Palais-Royal en 1837.

7. Jardin sis à proximité du Mahmoudieh (H. de Chambord, *Voyage en Orient*, p. 316).

8. En 1857, Poitou rencontre M. de Rosetti, consul de Toscane au Caire, dont la famille est «établie en Égypte depuis plus d'un siècle» (*Un hiver en Égypte*, p. 334).

9. *Narguilé* : pipe à long tuyau flexible qui permet d'aromatiser la fumée en la faisant passer par un réservoir d'eau parfumée.

Page 228.

1. Vraisemblablement Georges-Henri de Maurepas, condisciple de Flaubert au Collège royal de Rouen (*Album Flaubert*, p. 22).

2. Sur les mauvais traitements que lui font subir ses maîtres, voir la lettre de Flaubert à sa mère du 26 juillet 1850.

LIBAN-PALESTINE

Page 229.

1. Dans la lettre à sa mère du 26 juillet 1850, Flaubert se moque de l'accent de l'Alsacienne et de l'Allemand, ces deux «compatriotes».

2. C'est l'«un des plus beaux *pavillons* de campagne» que Flaubert connaisse (lettre à sa mère du 26 juillet 1850).

Page 230.

1. En 1843, Nerval prend place à la table d'hôte de Battista, «l'unique aubergiste franc de Beyrouth» (*Voyage en Orient*, p. 390) et s'en trouve fort bien. En revanche, en novembre 1849, Pardieu juge que l'hôtel d'Europe «n'a pas une apparence très-brillante». Quant à la table d'hôte, elle «est assez passable» (*Excursion en Orient*, p. 326). En décembre 1850, Félicien de Saulcy (que Flaubert rencontrera à Constantinople, p. 376) qualifie l'auberge située sur le port de «déplorablement orientale» et ne souhaite pas y loger (*Voyage autour de la mer Morte et dans les terres bibliques, exécuté de décembre 1850 à avril 1851*, Gide et Baudry, 1853, t. I, p. 8).

2. M. de Lesparda est alors consul général de Beyrouth (lettre de Flaubert à l'oncle Parain du 6 octobre 1850).

3. Ami de Nerval et Gautier, Camille Rogier (1810-1896) est d'abord peintre et fait partie de «la même bande artistique» que Flaubert (lettre à sa mère du 9 août 1850). Après avoir voyagé en Italie et passé quatre mois à Constantinople au début des années 1840, il est directeur des Postes à Beyrouth depuis 1848 et le restera jusqu'au début des années 1860 (François Pouillon, «Camille Rogier», *Bulletin de la société Théophile Gautier*, n° 12, 1990, p. 55-87).

4. M. Pérétié est chancelier du consulat de France à Beyrouth.

5. Médecin sanitaire français, Ferdinand Suquet soigne le comte de Pardieu et lui confie être «très content de sa position à Beyrouth» (*Excursion en Orient*, p. 377). C'est vraisemblablement pourquoi Flaubert demande à sa mère d'intervenir auprès du préfet de la Seine-Inférieure afin que son ami obtienne de «rester à Beyrouth et de n'être pas envoyé à Damas» (lettre du 7 octobre 1850).

6. Faire son *kief*, c'est tenir «son chibouk d'une main et sa

tasse de café de l'autre » et rester « perdu dans d'absorbantes rêveries » (M. Du Camp, *Souvenirs et paysages d'Orient*, p. 245). Pour Ampère, même, « il ne suffit pas de ne point agir, il faut être pénétré délicieusement du sentiment de son inaction » (cité par J.-C. Berchet, *Le Voyage en Orient*, p. 388).

7. Belle et ancienne forêt de pins située au sud de la ville et restaurée par Fakardin au XVIIᵉ siècle pour arrêter l'invasion des sables du désert. Détruite par l'armée d'Ibrahim, elle vient alors d'être replantée (X. Marmier, *De Constantinople au Caire*, p. 93).

8. Flaubert raconte cette « matinée » à Bouilhet en détail : il a « foutu trois femmes et tiré quatre coups » (lettre du 20 août 1850). C'est peut-être alors qu'il a « gobé » sept chancres (lettre au même du 14 novembre 1850). D'après une lettre de Rogier à Flaubert datée du 26 septembre 1857 par R. M. Palermo di Stefano (*Lettres à Flaubert*, t. I, p. 173), le romancier demandera au peintre le portrait d'une « houri » dont il n'avait « pas perdu le souvenir ». Les qualités d'entremetteur de Rogier étaient d'ailleurs connues de tous ses amis. Fin octobre 1843, Gautier écrivait à Nerval alors à Constantinople de prier Rogier de lui tenir « en réserve quelque belle juive rousse » (*Correspondance générale*, éd. de Claudine Lacoste-Veysseyre, Droz, 1986, t. II, p. 94).

9. Domestique particulièrement « insolent » (lettre de Flaubert à Rogier du 11 mars 1851).

Page 231.

1. Allusion au récit biblique (Livre de Jonas, II). La tradition veut cependant que la baleine ait rejeté le prophète au sud de Jaffa (Guide Bleu d'Israël).

2. Traces de la voie romaine qui longeait la côte de Phénicie (F. de Saulcy, *Voyage autour de la mer Morte*, t. I, p. 33).

3. *Sidon* : nom de Saïda dans l'Antiquité et jusqu'au VIIᵉ siècle.

4. Immense bâtiment à plusieurs étages construit au XVIIᵉ siècle. Il est longtemps resté le grand entrepôt du commerce français en Syrie et comportait de vastes écuries (*Itinéraire descriptif, historique et archéologique de l'Orient*, t. III : *Syrie, Palestine*, par Ad. Chauvet et É. Isambert, « Guides Joanne », Hachette, 1882).

5. *Émir Beschir* (1763-1850) : ancien prince du Liban, destitué en 1840.

6. Alors chef du service sanitaire de la ville, Charles Gaillar-

dot (1814-1883) a commencé en 1835 comme professeur d'histoire naturelle dans l'école égyptienne fondée par Clot bey. Attaché à Soliman Pacha, il a fait avec lui la campagne de Syrie et s'est fixé dans ce pays.

Page 233.

1. *Sulfate de quinine* : sel basique tiré de la quinine aux propriétés fébrifuges.

Page 234.

1. Voir *La Tentation de saint Antoine*, version de 1849, première partie.

2. C'est pourtant bien Ras el-Aïn (le cap de la Source), où quatre réservoirs de différentes grandeurs sont connus sous le nom de puits de Salomon (guide Joanne).

3. Flaubert évoque le domaine de Radepont (Eure) dans deux lettres à Ernest Chevalier, l'une de 1829-1830 et l'autre du 24 juin 1837.

Page 235.

1. Ou plutôt *Ras* el-Abiat. C'est le *Promontorium album* de Pline (*Histoire naturelle*, V, 17).

2. Certificat des douanes du Levant, attestant que les droits d'entrée ont été payés (*Larousse du XIXᵉ siècle*) ; ou plus généralement, passeport (M. Du Camp, *Souvenirs et paysages d'Orient*, p. 43).

3. Plateau montueux et fertile situé à l'est du Jourdain et au sud de Damas, aujourd'hui partagé entre la Syrie et la Jordanie.

4. Aventurier albanais (1735-1804) qui, avant de devenir pacha de Saint-Jean-d'Acre, a été bourreau au Caire, d'où son nom de Djezzar ou le Boucher. Passé au service de la Porte en Syrie, il a exterminé les Druses révoltés. Homme cruel mais bon administrateur, il a rendu sa grandeur à la ville (*Larousse du XIXᵉ siècle*).

Page 236.

1. « Le *sherbet* (sorbet) est composé d'eau où longtemps ont détrempé des raisins séchés, des prunes, de la cannelle et des feuilles de rose ; au moment de le servir, on y précipite de la neige, et il se boit à l'aide d'une profonde cuiller d'écaille emmanchée d'un long bâton d'ivoire » (M. Du Camp, *Souvenirs et paysages d'Orient*, p. 252).

2. De nos jours : Haïfa.

3. Voir *Pyrénées-Corse*.

4. Le 3 novembre 1840, la flotte anglaise (alliée à la Sublime Porte) a bombardé Saint-Jean-d'Acre pour en déloger Ibrahim Pacha.

5. *Talari* : unité monétaire égyptienne valant 20 piastres ou un cinquième de livre.

Page 237.

1. Chateaubriand a débarqué à Jaffa le 1er octobre 1806 et en est reparti le 16 (*Itinéraire de Paris à Jérusalem*, p. 279-455).

Page 238.

1. C'est «un rusé drôle» selon Du Camp qui mentionne un «accueil fort empressé» dû «à [leurs] bagages et à [leurs] domestiques» (*Voyage en Orient. Notes*, p. 191).

2. Sous le titre «Extrait du livre des voyageurs», Du Camp reproduit en effet ces pensées «profondes» où se mêlent les vers de circonstance (dont deux pièces de Jorelle ; *Égypte*, p. 77, n. 7) et les remerciements diplomatiques (*Voyage en Orient. Notes*, p. 192-194).

3. Altération du nom de la forteresse dite *Castellum peregrinorum*, qui a été le dernier point de la Palestine occupé par les Croisés (1291). Richard Cœur de Lion y a passé deux nuits lors de sa marche sur Jaffa en 1191.

Page 239.

1. Un des saïs qui accompagnent les voyageurs (M. Du Camp, *Voyage en Orient. Notes*, p. 261).

2. Le village arabe de Tantoura occupe l'emplacement de la cité phénicienne de Dora. À proximité, les croisés édifièrent au XIe siècle le château de Merle, dont subsistent les ruines d'une grande tour.

3. Emplacement des ruines du castel croisé de Roger le Lombard.

Page 240.

1. Les chemins n'étant pas sûrs, les voyageurs ont engagé un cavalier qui marche en éclaireur (M. Du Camp, *Voyage en Orient. Notes*, p. 197).

2. El-Haram Ali Ibn Aleim, selon le guide Joanne : site de l'antique Apollonia où les croisés bâtirent le *Chastiau d'Arsur* dont subsistent quelques vestiges (aujourd'hui Tel Arshaf).

672   *Notes*

3. Cimetière défoncé où se mêlent «l'odeur des citronniers et celle des cadavres». Il s'est gravé dans la mémoire de Flaubert : il «laissait voir les squelettes à demi pourris, tandis que les arbustes verts balançaient au-dessus de nos têtes leurs fruits dorés» (lettre à Louise Colet du 27 mars 1853). Jaffa se trouve aujourd'hui incluse dans la banlieue sud de Tel-Aviv.

4. *Nopal* : nom scientifique du *figuier de Barbarie.*

5. Le 6 mars 1799, Jaffa fut prise d'assaut par l'armée française et livrée au pillage.

Page 241.

1. En 1876, Eugène-Melchior de Vogüé présente cet agent consulaire comme le «légendaire M. Damiani, [...] le dernier agent à turban que la France ait gardé dans ce pays. Les Damiani ont d'illustres archives : ils ont hébergé tout le siècle ; voyageurs, poètes et soldats, tous les hommes d'action et de pensée que cette terre attire d'un invincible aimant, se sont assis à leur table» (cité par J.-C. Berchet, *Le Voyage en Orient*, p. 673).

2. *Le Mercure* : brick français en rade (M. Du Camp, *Voyage en Orient. Notes*, p. 201).

3. «Jeune négociant français» dont la société avait été «aussi utile que douce» à Lamartine (*Voyage en Orient*, t. III, p. 147).

4. Voir p. 230.

Page 242.

1. Hugo reprendra plus tard l'histoire de cette héroïne biblique dans le célèbre poème de *La Légende des siècles*, «Booz endormi».

Page 243.

1. Église gothique, dite de Saint-Jérémie, qui servait alors d'écurie (guide Joanne).

2. Joseph est probablement inquiet parce que la troupe vient de traverser le quartier général d'un bandit arabe nommé Abou Goch. Chateaubriand (*Itinéraire de Paris à Jérusalem*, p. 293 et 451), Lamartine et Marmier (*De Constantinople au Caire*, p. 190) l'ont rencontré. D'après Lamartine, il «tient la clef de ces défilés, qui conduisent à Jérusalem : il les ouvre ou les ferme à son gré, et rançonne les voyageurs» (*Voyage en Orient*, t. II, p. 138). Du Camp évoque une «montagne terrible, pleine de souvenirs d'assassinats» (*Voyage en Orient. Notes*, p. 204) ; Flaubert paraît l'ignorer.

Page 244.

1. *El-Kods* signifie *la Sainte*, nom arabe de Jérusalem.

2. Ce «M. Stéphano», patron de l'hôtel de Palmyre, fait-il une seule et même personne avec le drogman Stéphany qui, en remplacement de Joseph Brichetti, restera au service des deux voyageurs pendant quatre mois, du départ de Beyrouth pour Rhodes jusqu'à Athènes ? «Stéphany» serait alors la contraction du prénom et du nom de Stéphano Barri. En tout cas, Du Camp le présente à Jérusalem comme «Stéphany notre padrone di casa» (*Voyage en Orient. Notes*, p. 215); et Saulcy précise que, dans cette ville, «des amis» (vraisemblablement Flaubert et du Camp) lui ont recommandé «l'hôtel de Palmyre tenu par un certain Stéfano Barri» et situé près de la porte de Damas (*Voyage autour de la mer Morte*, t. I, p. 115). En outre, Flaubert informe sa mère qu'ils sont descendus dans un «bon petit hôtel tenu par un Grec» (lettre du 25 août 1850); or le drogman est bien grec (M. Du Camp, *Souvenirs littéraires*, t. I, p. 510). Enfin, dernier élément en faveur de cette identification, Du Camp affirme avoir arrêté le drogman dès Jérusalem.

3. La porte de Jaffa s'ouvre au pied de la tour de David, au sud-ouest de la vieille ville. Voir le calotype reproduit dans l'*Album Flaubert*, p. 88.

4. Voir plus bas, n. 6, p. 248.

5. Nom donné aux deux principales fêtes religieuses musulmanes. Celle-ci (le petit Baïram) met fin au ramadan et dure trois jours. Soixante-dix jours plus tard est célébré le Courban-Baïram ou grand Baïram.

Page 245.

1. Ici commence le carnet 6. Sur le folio 1 figure cet itinéraire : *Jérusalem* / — *mer Morte* — / *De Jérusalem à Damas* / *Damas* / *Baalbek* / *le Liban* / *Tripoli* / *Beyrouth* / *De Beyrouth à Rhodes* (c. g.-m.).

2. Allusion aux chapitres XVII (la grande Babylone) et XXI (la Jérusalem céleste) de l'Apocalypse ?

Page 246.

1. «Viens ici», expression familière turque (*Itinéraire de l'Orient*, par É. Isambert, «Guides Joanne», 2e éd., Hachette, 1873, 1re partie : Grèce et Turquie d'Europe, p. 494).

2. Les Arméniens sont des *rayas*, c'est-à-dire des sujets turcs non musulmans; ils peuvent donc acquérir des propriétés (Ch. de Pardieu, *Excursion en Orient*, p. 264).

Page 247.

1. Cathédrale Saint-Jacques, bâtie au XIᵉ siècle. La faïence date de 1719 (Guide Bleu).

2. Citation déjà présente dans le *Voyage en Italie*. Voir *Les Mémoires d'un fou* [...], p. 349.

3. Jugement quelque peu caricatural, même s'il est vrai que Luther a été frappé par le débordement de passions et la corruption d'esprit dont il a été témoin à Rome en 1510.

Page 248.

1. Sixième station du chemin de croix sur la Via Dolorosa : sainte Véronique y essuie le visage du Christ avec son voile.

2. «C'est-à-dire qu'il y a une caserne à la place où l'on dit que fut la maison de Ponce Pilate» (lettre de Flaubert à Bouilhet du 20 août 1850). La «maison» de Ponce Pilate était la forteresse Antonia.

3. Voir le calotype reproduit dans l'*Album Flaubert*, p. 89. À cette époque, «aucun infidèle ne peut pénétrer [dans cette mosquée], ni même entrer sur le parvis» (Ch. de Pardieu, *Excursion en Orient*, p. 255).

4. Réservoir d'Ézéchias, d'après le guide Joanne.

5. Dans sa lettre à Bouilhet du 20 août 1850, Flaubert affirme avoir alors «lu avec un épanouissement de cœur virginal le discours sur la montagne». Ce passage de Matthieu a «calmé toutes les froides aigreurs» qui lui étaient survenues au Saint-Sépulcre.

6. D'abord élève du docteur Flaubert à Rouen, Paul-Émile Botta (1802-1870) s'est mis à voyager autour du monde ; son amour de la liberté orientale est mentionné par Gustave dans son *Cahier intime de 1840-1841* (*Œuvres de jeunesse*, p. 749). Agent consulaire à Mossoul, Botta a découvert l'antique Ninive (voir la visite de Flaubert au Louvre, *Égypte*, p. 57). En avril 1848, Lamartine l'a nommé consul à Jérusalem. *De visu*, Botta fait à Flaubert «l'effet d'un cadavre qui marche» (lettre à sa mère du 9 août 1850) ; c'est «l'obscurantiste le plus acharné» qu'il ait jamais vu (lettre à sa mère du 25 août 1850). Du Camp mentionne «ses bonds de fureur lorsqu'il entendait émettre une théorie qui lui déplaisait», mais aussi «son attendrissement subit dès qu'il craignait de vous avoir blessé par un mot trop vif» (*Souvenirs littéraires*, t. I, p. 497).

Page 249.

1. Joseph de Maistre (1753-1821), homme politique, philosophe et écrivain catholique et légitimiste, théoricien de la contre-révolution.

2. Nommé plus bas par Flaubert (p. 268), Charles Barbier de Meynard (1826-1908) sera professeur puis directeur de l'École des langues orientales vivantes.

3. Trois grands compositeurs allemands, doublés de virtuoses : au piano pour Hummel (1778-1837) ; au violon pour Spohr (1784-1859) et à la direction d'orchestre pour Mendelssohn-Bartholdy (1809-1847). Dans une lettre postérieure au 10 décembre 1842, Flaubert écrivait à sa sœur Caroline qu'il l'enviait de « pianote[r] du Chopin, du Spohr, du Beethoven ».

4. La séance de piano, apparemment rituelle, est diversement appréciée par les voyageurs. Elle enchantera Saulcy et Delessert (*Voyage autour de la mer Morte*, t. I, p. 119).

5. Personnage rencontré au lazaret de Beyrouth (p. 229), qui a lui aussi logé à l'hôtel Battista (p. 230) et appelait Du Camp « Mon colonel » (*Souvenirs littéraires*, II, p. 236).

6. Du Camp évoque « la figure placide de ce vieux roué, voltairien, scrofuleux, renard sans malice, tombé comme un sot à force de mauvaises finasseries qui plane là dans son cadre doré, sous son faux toupet frisé et en grand costume de la Garde Nationale » (*Voyage en Orient. Notes*, p. 248). D'après Pardieu, « Louis-Philippe avait envoyé, peu de temps avant sa déchéance, ce tableau aux moines de Terre-Sainte » (*Excursion en Orient*, p. 247).

Page 250.

1. « Je ne sais alors quelle amertume tendre m'est venue. [...] Non, je n'ai été là ni voltairien, ni méphistophélique, ni sadiste. J'étais au contraire très simple » (lettre de Flaubert à Bouilhet du 20 août 1850).

2. « Il est défendu, sous peine d'excommunication, à tous les pèlerins arméniens, de dire à leur retour ce qu'ils ont souffert dans leur pèlerinage à la Terre-Sainte ; on craindrait que des récits trop véridiques ne décourageassent ceux qui ne sont pas encore venus et qui doivent venir à leur tour avec de grosses sommes d'argent » (*Correspondance d'Orient* par Michaud et Poujoulat, Ducollet, 1833-1835, t. IV, p. 249).

3. *Moucre* : muletier (un par deux ou trois bêtes de somme, recommande le guide Joanne).

Page 251.

1. La tradition qui place à cet endroit l'Ascension de Jésus-Christ repose sur un verset mal interprété des Actes des apôtres (I, 12), en contradiction avec l'Évangile de Luc (XXIV, 50) qui la situe à Béthanie.

2. *Papas* : prêtre, évêque ou patriarche de l'Église grecque.

3. Lors de la visite du temple protestant de Jérusalem, Du Camp avait regretté que «les Anglais se regardent comme protecteurs des juifs d'Orient, et [...] donnent un schelling par jour à tout hébreu qui se convertit au protestantisme» (*Voyage en Orient. Notes*, p. 214).

Page 252.

1. Voir *Rhodes*, p. 333-334.

Page 253.

1. Scène du sacrifice d'Isaac (Genèse, XXII). Voir aussi le tableau d'Allori (*Italie*, p. 566).

Page 254.

1. *Cinq lampes, etc.* Avant cet alinéa figure un plan de la crèche, accompagné d'annotations descriptives (C. G.-M.).

2. Du Camp mentionne une «étoile en vermeil» qui était «aux Latins et fut volée par les Grecs auxquels appartient l'autel» (*Voyage en Orient. Notes*, p. 224).

3. Voir *Égypte*, p. 204.

4. John Martin (1789-1854), peintre anglais qui, après avoir étudié la perspective et l'architecture, a produit des œuvres empreintes de grandiose et de fantastique, et a en particulier illustré une bible. Dans *Par les champs et les grèves*, Flaubert évoque «des ratatouilles grandioses dans le goût de Martin» (chap. I).

Page 255.

1. Comprendre : par le jardin de Gethsémani.

2. Pierre sur laquelle le corps du Christ fut déposé après le supplice et oint de parfums par Nicodème et Joseph d'Arimathie (Jean XIX, 38-40).

3. En 1808, un incendie avait entraîné de grands dommages. Le dôme ne sera entièrement refait qu'en 1869.

Page 256.

1. Chapelle de l'Ange : selon la tradition, lieu où l'ange annonça la Résurrection aux saintes femmes.

Page 257.

1. Philosophe néoplatonicien du Ier siècle, Apollonius s'intéressa aux doctrines secrètes de l'Orient et passait pour accomplir des miracles. La *Vie d'Apollonius de Tyane* a été composée par l'orateur grec Philostrate au IIe siècle. Flaubert s'en est servi pour *La Tentation de saint Antoine*.

2. D'abord la chapelle de l'Élévation de la Croix, puis celle du Crucifiement.

3. Voir la note 6, p. 249.

Page 258.

1. Ce chansonnier et poète (1780-1857) était, on le sait, une des têtes de Turc de Flaubert.

2. D'après de Saulcy qui étudie et dessine ces monuments, le « tombeau d'Absalon » est en réalité celui d'Ézéchias ; celui que Flaubert attribue à Ézéchias est celui de Zacharie ; quant à celui qu'il alloue à Mathias (dont nous n'avons trouvé aucune mention), c'est celui de Jacques, appelé aussi « divan de Pharaon » (*Voyage autour de la mer Morte*, t. I, p. 288-305). Toutefois, le guide Joanne signale que les noms (fantaisistes pour la plupart) ont varié au cours des siècles.

Page 259.

1. Tombeau de Josaphat, dont l'entrée a été obstruée par les Juifs en 1842 (guide Joanne).

2. À cette époque, le bâtiment est un petit couvent arménien (guide Joanne). D'après Du Camp, Siloë et la maison de Caïphe ont été visités le 11 août (*Voyage en Orient. Notes*, p. 217).

Page 261.

1. *Nabi Moussa* : lieu sis sur une montagne où la tradition place le tombeau de Moïse (Guide Bleu).

2. *Aïn Sultan* : vraisemblablement le site de la Jéricho biblique (Guide Bleu).

3. *Er Riha* : nom arabe de Jéricho.

Page 262.

1. Escorte composée de trois sheiks, quatre arnautes, deux moucres, Joseph et Sassetti (M. Du Camp, *Voyage en Orient. Notes*, p. 239).

Page 263.

1. Rivière d'*Un cœur simple*, longue d'une centaine de kilomètres, la Touques naît dans l'Orne et traverse le Calvados avant de se jeter dans la Manche.

2. «La mer Morte m'a [...] fait plus de plaisir que je ne l'aurais supposé d'après son nom "mer Morte ou lac Asphaltite", que je lisais sur les cartes depuis vingt ans» (lettre de Flaubert à Ernest Chevalier du 9 avril 1851).

Page 264.

1. Lettre d'introduction émanant du patriarche grec de Jérusalem, indispensable à l'ouverture de la porte (guide Joanne).

Page 265.

1. En 1834, un violent tremblement de terre a détruit une partie de l'édifice qui a été agrandi et restauré par la Russie en 1840 (guide Joanne).

2. *Saint Saba*: fondateur de la communauté au ve siècle.

3. Le monastère a été l'objet de plusieurs assauts d'Arabes maraudeurs aux viiie et ixe siècles. Mais l'ossuaire renferme surtout les reliques des moines massacrés par les troupes perses de Chosroès en 614 (guide Joanne). Chateaubriand parle de «trois ou quatre mille têtes de morts» (*Itinéraire de Paris à Jérusalem*, p. 314), la *Correspondance d'Orient* de Michaud et Poujoulat, de quarante-quatre (t. V, p. 207), et le baron de Géramb de «quatre ou cinq cents» (*Pèlerinage à Jérusalem et au mont Sinaï en 1831, 1832 et 1833*, Leclerc et Laval, 1836, t. I, p. 388).

Page 266.

1. Deux chiens ont attaqué le cheval de Du Camp qui a dû en abattre un et redoute les possibles conséquences funestes de son geste: «je ne cessais de voir la robe noire de madame Flaubert» (*Voyage en Orient. Notes*, p. 245).

Page 267.

1. Les auteurs de la poursuite ont été «condamn[és] au service militaire» (M. Du Camp, *Souvenirs littéraires*, t. I, p. 498).

2. Voir la n. 3, p. 249. Le père Malençon était violoncelliste au Théâtre des Arts de Rouen et faisait partie des musiciens qui entouraient la jeune Caroline Flaubert (Christian Goubault, «Flaubert et la musique», *Amis de Flaubert*, n° 51,

décembre 1977, p. 12-28). Miss Jane Fargues a été son institutrice anglaise jusqu'en janvier 1844.

3. Couvent *de la Nativité* de saint Jean, à deux kilomètres de Jérusalem.

Page 268.

1. Voir *Égypte*, n. 3, p. 104.

Page 269.

1. Le toponyme arabe se traduit par «la fontaine des voleurs».

2. Formule de salutation.

Page 270.

1. Il s'agit de Djeba, «indiquée *Joabed*» sur la carte de Du Camp (*Voyage en Orient. Notes*, p. 259).

Page 271.

1. «D'où vient cet usage, nous l'ignorons et nous nous en sommes informés en vain» (M. Du Camp, *Voyage en Orient. Notes*, p. 259).

2. Les voyageurs lui demandent une escorte pour la route du lendemain qui est dangereuse (M. Du Camp, *Voyage en Orient. Notes*, p. 260).

Page 272.

1. «Il a laissé son bateau en chargement à Caïfa, et va voir Jérusalem» (M. Du Camp, *Voyage en Orient. Notes*, p. 264).

2. Construite en 1730 sur un sanctuaire plus ancien, cette église sera détruite en 1955 pour permettre la construction de l'actuelle basilique de l'Annonciation.

Page 273.

1. Deux colonnes en granit marquent la place où se tenaient l'ange Gabriel et Marie à l'heure de l'Annonciation. Celle de Marie a été brisée vers le milieu au XVIIe siècle par des chercheurs de trésor (Guide Bleu).

2. Actrices ou altesses? Dans la deuxième hypothèse, on peut penser à Hortense de Beauharnais (1783-1837), éphémère reine de Hollande et mère de Louis Napoléon Bonaparte; et à Amélie de Leuchtenberg (1812-1873), fille du prince Eugène, fils de Joséphine et fils adoptif de Napoléon.

3. *Les Noces de Cana*, tableau conservé au musée du Louvre (inv. 142) depuis 1798.

4. Entre Cana et Tabarieh, de Saulcy note la présence du mont Thabor sur sa droite (*Voyage autour de la mer Morte*, t. II, p. 456).

Page 274.

1. Il s'agit d'un juif allemand, M. Weisemann, chez qui de Saulcy et Delessert descendront eux aussi. Ces voyageurs, très mécontents du prix excessif réclamé par l'hôtelier, le mentionneront sur le registre de l'hôtel et découvriront alors une note au crayon de leurs amis Du Camp et Flaubert déplorant les mêmes désagréments (*Voyage autour de la mer Morte*, t. II, p. 485). Aucun d'entre eux ne signale pourtant l'incident. Apparemment, le service s'est dégradé au fil du temps car, en 1832, Joseph d'Estourmel avait été particulièrement satisfait de l'accueil de son hôte, alors récemment arrivé (*Journal d'un voyage en Orient*, t. I, p. 346).

2. Autrefois, hamac des matelots, lit suspendu.

3. *Aréthuse*: célèbre fontaine de Sicile, à l'entrée du port de Syracuse. C'est vraisemblablement à Tibériade que Flaubert pense lorsqu'il écrit à sa nièce Caroline, le 17 août 1876, que «depuis Nazareth», il ne se souvient pas d'une pareille température.

4. Nom arabe de Tibériade.

5. En 1833, Ibrahim Pacha avait fait construire ici l'établissement de bains le plus somptueux d'Orient pour l'époque.

Page 276.

1. La citadelle (xviiie siècle) s'élève à proximité de ce qui subsiste de la forteresse des Croisés (xiie siècle). Du Camp identifie lui aussi Safed à «l'ancienne Béthulie où Judith tua Holopherne» (*Voyage en Orient. Notes*, p. 273), ce que dément le guide Joanne.

2. Un «Juif algérien, ayant fait commerce à Chandernagor et retiré à Safed» (M. Du Camp, *Voyage en Orient. Notes*, p. 273).

Page 277.

1. Du Camp raconte l'altercation en détail (*Voyage en Orient. Notes*, p. 274-275).

2. Gelée de fruits conservés.

3. Le pont des filles de Jacob (guide Joanne).

4. *Bahr el-Huleh*: lac d'une superficie de 35 km² constitué

alors par un élargissement du Jourdain et dont le terrain
marécageux sera partiellement drainé dans les années 1950.

Page 278.

1. *Bisarche* : mot du sabir de Joseph (voir la lettre de Flaubert à sa mère du 9 août 1850).

Page 280.

1. « C'est la caravane qu'on attaque », explique Du Camp
(*Voyage en Orient. Notes*, p. 278).

Page 281.

1. Seraient-ce les « messieurs alsaciens » rencontrés chez
Botta à Jérusalem (p. 245) ?
2. Flore Corvée (1790-1853), « l'enfant des Variétés », a
joué presque continûment dans ce théâtre de 1806 à 1848.
D'un naturel replet, elle était devenue si corpulente à la fin
des années 1830 que Gautier l'appelait « l'hippopotamique
Mlle Flore » (*Dictionnaire des comédiens français*, par Henry
Lyonnet).

Page 282.

1. Du Camp et Flaubert logent à l'hôtel de Palmyre, tenu
par un Grec nommé Dimitri.

Page 283.

1. *Galaoum* : vraisemblablement mis pour *kaliun*, pipe per-
sane connue aussi sous le nom de *houka*.
2. Du Camp présume qu'il s'agit des étuis servant « à renfermer les livres de la Loi » (*Voyage en Orient. Notes*, p. 284).

Page 285.

1. *Rahat-loukoum* : confiserie orientale très sucrée. La
signification littérale du mot est « repos du gosier ».
2. M. Guyot (nommé p. 290) est un Lyonnais d'une quarantaine d'années qui « paraît profondément ignorant et fort
ennuyé d'être à Damas » (M. Du Camp, *Voyage en Orient. Notes*,
p. 290). Il « aime à causer pédérastie » (lettre de Flaubert
à Bouilhet du 4 septembre 1850). Selon Pardieu, c'est « un
excellent homme, spirituel et très-attaché à son pays » (*Excursion en Orient*, p. 347).

Page 286.

1. *Homs* et *Hama* : deux villes situées au nord de Damas, en direction d'Alep.

2. *Bab el-Charqi* : porte de l'Est, datant du règne de Caracalla.

3. Du Camp étend cette observation à Constantinople et Bagdad. Selon une tradition musulmane, les chrétiens tenteront de reprendre ces villes un vendredi, pendant la prière, en passant par la porte Dorée. Celle-ci est donc partout murée (*Voyage en Orient. Notes*, p. 210).

Page 287.

1. Actes des apôtres, ix, 3-9.

2. Flaubert se souviendra de ces observations pour rectifier l'article « Lèpre » du *Dictionnaire des sciences médicales*, lors de la rédaction de *Salammbô* (lettre à Sainte-Beuve des 23 et 24 décembre 1862). Voir *Égypte*, p. 167.

Page 288.

1. L'inscription « italienne, répétée en arabe, est à peu près celle-ci : Ici reposent les ossements de père Thomas, capucin de Sardaigne, assassiné par les Juifs, à Damas, le 5 février 1840 » (M. Du Camp, *Voyage en Orient. Notes*, p. 285).

2. Consul à Damas pendant un congé du titulaire Ségur-Dupeyron, entre décembre 1849 et décembre 1850 (J. Bruneau, *Correspondance*, t. I, n. 5, p. 659). « C'est un des anciens goinfres les plus célèbres de Paris. On fait chez lui bonne chère. Nous nous y empiffrerons un peu » (lettre de Flaubert à sa mère du 25 août 1850). Quant à Du Camp, il est « sérieusement indigné de voir de quelle façon la France se fait représenter » (*Voyage en Orient. Notes*, p. 289).

3. En novembre 1849, Pardieu parlait d'un « jeune homme très-aimable [...] à Damas depuis peu, après avoir occupé le même poste en Perse et en Turquie » (*Excursion en Orient*, p. 349). Il a dû voir les mêmes « peintures obscènes » que Flaubert, mais se contente de mentionner sobrement « des objets très-curieux » rapportés de Perse et d'Arménie.

Page 289.

1. Plus exactement, le village de Salihiyé se trouve sur le flanc du Djebel Kasyoun.

Page 290.

1. *Paul de Kock* (1794-1871): fécond romancier méprisé par Flaubert.

Page 291.

1. Ce n'est peut-être pas un hasard si le nom de Béranger a été cité quelques lignes plus haut...

2. Céréale que Du Camp donne pour du maïs (*Le Nil*, p. 73), et Salomon Munk, pour «une espèce de millet» dont les Arabes pétrissent la farine «avec du beurre, de l'huile, de la graisse et du lait de chameau» pour en faire du pain (*Palestine. Description géographique, historique et archéologique*, «L'Univers», Firmin-Didot, 1845, p. 18).

Page 292.

1. Flaubert présentera Courvoisier plus bas, à Beyrouth (p. 317).

2. *Peupliers de Virgile*: arbres dont les feuilles sont blanches d'un côté et noires de l'autre (M. Du Camp, *Voyage en Orient. Notes*, p. 277).

Page 293.

1. *Urfa*: ancienne Édesse des croisades (Anatolie orientale).

Page 294.

1. «Festin dû à la rivalité de Joseph et du drogman de M. Courvoisier» (M. Du Camp, *Voyage en Orient. Notes*, p. 307).

Page 295.

1. Peut-être Mou'allaqah et Taliyeh (guide Joanne).

Page 296.

1. Voir la *Correspondance d'Orient* par Michaud et Poujoulat, t. VI, p. 244 et suiv.

2. Voir le calotype reproduit dans l'*Album Flaubert*, p. 90.

3. Les six colonnes du temple de Jupiter.

Page 297.

1. Voir par exemple la *Correspondance d'Orient de* Michaud et Poujoulat, t. VI, p. 248.

Page 298.

1. Flaubert affirme être «amoureux» de cette colonnade qui «a l'air d'être en vermeil ciselé, à cause de la couleur des pierres et du soleil» (lettre à sa mère du 7 octobre 1850).

2. Noyer vivant que les villageois débitent au rythme de leurs besoins (M. Du Camp, *Voyage en Orient. Notes*, p. 314).

Page 299.

1. Le propriétaire du noyer sous lequel les voyageurs ont campé (M. Du Camp, *Voyage en Orient. Notes*, p. 315).

2. Flaubert pense vraisemblablement à Oroveso, chef des druides et père de Norma dans l'opéra de Bellini.

Page 300.

1. Foire que Flaubert affectionne tout particulièrement et où on a longtemps vu un élément décisif pour la genèse de *La Tentation de saint Antoine*. Elle se tient à Rouen tous les ans, au début du mois de novembre.

2. Voir le récit de cette partie du voyage dans les *Souvenirs littéraires*, t. I, p. 499-502.

Page 302.

1. Le toit du Liban, le Qornet el-Saouda, culmine à 3 088 mètres, le col des Cèdres, à 2 650 mètres.

Page 303.

1. *Cœlésyrie* ou *Syrie creuse* : nom antique de la Békaa.

2. *Poussah* : jouet représentant un buste de magot, porté par une demi-boule lestée de pierre ou de plomb qui ramène toujours l'objet en position verticale.

Page 305.

1. «Tout va très bien!»

Page 306.

1. Du Camp parle de missionnaires américains (*Voyage en Orient. Notes*, p. 330). D'après la *Correspondance d'Orient* de Michaud et Poujoulat, «tous les voyageurs d'Angleterre sont [...] traités dans la montagne comme des corrupteurs» (t. VI, p. 264).

Page 307.

1. *Amaya* (nommé p. 310) : « mine très altière et vraiment gentilhomme » (lettre de Flaubert à sa mère du 7 octobre 1850). Pour Du Camp, c'est « un des hommes les mieux, les plus gentilshommes, les plus violents, les plus croyants que j'aie jamais rencontrés sous une soutane » (*Voyage en Orient. Notes*, p. 329). Il serait « naturalisé Français » (*Souvenirs littéraires*, t. I, p. 504).

2. Du Camp mentionne une « expression à la fois douce et rusée qui n'était pas sans grâce » (*Souvenirs littéraires*, t. I, p. 505). Voir plus bas, n. 2, p. 310.

Page 308.

1. Voir *Égypte*, n. 1, p. 180.

2. Voir n. 5, p. 230. C'est chez le docteur Suquet que Du Camp a emmené Joseph.

3. Louis-Philippe est mort le 26 août 1850 ; on est le 21 septembre.

Page 309.

1. Dans le *Voyage en Orient*, Lamartine explique pourtant avoir dû « renoncer à toucher de la main ces reliques des siècles » (t. III, p. 158) en raison d'une couche de neige trop épaisse. Dans son édition du texte (Champion, 2000, n. 520, p. 488), Sarga Moussa élucide le mystère : en octobre 1832, le baron de Géramb, devançant le poète, avait gravé son nom pour le surprendre.

Page 310.

1. *Maroun* : solitaire du Ve siècle qui vivait sur une montagne près de Tyr. Ses disciples formèrent plusieurs monastères et sont à l'origine du maronisme.

2. Ce serait « le fameux Joseph Karam, qui, dix ans plus tard, en 1860, souleva les Maronites, attaqua les Druses, ne put venger le massacre de ses coreligionnaires, nécessita l'intervention de la France et finit par être expulsé du pays qu'il avait imprudemment appelé aux armes » (M. Du Camp, *Souvenirs littéraires*, t. I, p. 505).

3. Le repas comporte un « rayon de miel naturel au dessert » (M. Du Camp, *Voyage en Orient. Notes*, p. 333). Flaubert cache son indisposition au père Parain : « j'ai mangé de telle sorte que si je n'ai pas eu d'indigestion le soir, c'est que j'ai un rude estomac » (lettre du 6 octobre 1850).

4. Il va y affréter une barque qui puisse transporter Sassetti à Beyrouth (*Voyage en Orient. Notes*, p. 333). Dans les
Souvenirs littéraires, Du Camp affirme avoir été personnellement à l'origine de la guérison quasi complète de Sassetti
avant son départ (t. I, p. 503).

5. Voir n. 1, p. 233.

Page 311.

1. Formule de salutation.

Page 313.

1. *La Marine* : faubourg de Tripoli, sis en bord de mer. La
ville proprement dite, el-Mina, est située deux kilomètres à
l'intérieur des terres.

2. *Avoir drogué* : familièrement, avoir attendu, s'être mor-
fondu (*Bescherelle*).

Page 314.

1. Avec l'état-major de ce brick français, « nous nous étions
déjà rencontrés à Jaffa et sur la route de Jérusalem » (lettre de
Flaubert à sa mère du 7 octobre 1850). Lenormand était un
cousin d'Ernest Chevalier, petit-fils du père Mignot (*Gustave
Flaubert par sa nièce Caroline Franklin Grout, Heures d'autrefois (Mémoires inédits), Souvenirs intimes et autres textes*, éd.
de Matthieu Desportes, « Flaubert », Publications de l'université de Rouen, 1999, p. 133). Flaubert le retrouvera à Athènes
(lettre à Ernest Chevalier du 9 avril 1851).

2. Il a « triché au jeu, aux courses de Chantilly. — C'est un
secret (que tout le monde sait *ici*, et qu'on a l'air d'ignorer par
condescendance pour lui) » (lettre de Flaubert à sa mère du
7 octobre 1850).

3. Cette femme est une « sorte de grisette qui voudrait bien
passer pour femme comme il faut et que son fumet trahit tout
de suite » (M. Du Camp, *Voyage en Orient. Notes*, p. 334) ; elle
ne « montre que mieux par toutes ses retenues et bégueuleries
son origine de femme entretenue » (lettre de Flaubert à sa
mère du 7 octobre 1850).

Page 315.

1. Médecin de la quarantaine à Beyrouth (F. de Saulcy,
Voyage autour de la mer Morte, t. I, p. 7).

2. Voir la n. 4, p. 230. Du Camp, lui, l'a rencontré à Tripoli
« sans éperons et sans casquette, mais toujours avec ses belles
moustaches » (*Voyage en Orient. Notes*, p. 334).

3. Ils ont expédié le bagage à Smyrne, ne gardant que leurs couvertures, leurs lits et leurs sacs de nuit (lettre de Flaubert à sa mère du 7 octobre 1850).

4. *Djebaïl* : Byblos des Grecs et Giblet des Croisés.

5. À Damas, selon Du Camp, Flaubert avait déjà « un bobo au pied » (*Voyage en Orient. Notes*, p. 285).

Page 316.

1. Les voyageurs ont dû franchir le Nahr Ibrahim à mi-chemin entre Djebaïl et Djounié. Entre Djounié et Beyrouth, ils franchissent le Nahr el-Kelb.

2. *Tartaravanne* : litière couverte portée par un chameau ou deux chevaux, dans laquelle on se tient assis ou couché (Édouard Blondel, *Deux ans en Syrie et en Palestine, 1838-1839*, Dufart, 1840, p. 119).

Page 317.

1. Du Camp avait alors mentionné ce « médecin que Sassetti trouve un monsieur si bien et dont *la femme a touché aux portes du tombeau* » (*Voyage en Orient. Notes*, p. 195). À Beyrouth, il ajoute que Poyet n'est qu'un « ex-garçon pharmacien qui se fait ici passer pour médecin », et il évoque sa « face crapuleuse où tous les mauvais instincts sont cuits » (p. 337). Voir aussi sa lettre à Flaubert du 2 août 1851 (*Correspondances*, p. 264).

2. Les voyageurs sont partis de Damas avec ce jeune homme (p. 292).

3. Voir *Constantinople*, n. 2, p. 385.

4. Flaubert est particulièrement satisfait de la manière dont il a été reçu à Beyrouth à l'aller comme au retour : « Nous ne sortions pas des dîners et des déjeuners. Il y a ici une petite colonie de Français [...], tous gens simples et charmants » (lettre à sa mère du 28 juillet 1850). Pense-t-il en particulier à M. et Mme Suquet lorsqu'il écrit à Mlle Leroyer de Chantepie le 12 décembre 1857 qu'il a, « à Beyrouth, une maison toute prête à [le] recevoir » ? ou à Camille Rogier qui vient alors de faire un séjour à Paris ?

5. Voir p. 230.

6. Cet Arménien d'Égypte élevé en France a été ministre d'Abbas Pacha avant de tomber dans une « brusque disgrâce » (M. Du Camp, *Souvenirs littéraires*, t. I, p. 526). Le 22 novembre 1849, à Alexandrie, il avait reçu « parfaitement bien » Flaubert et Du Camp qui l'ont retrouvé, le 17 juillet 1850, fuyant

l'Égypte pour Constantinople où il voulait «dénoncer son maître et tâcher de le faire sauter» (lettre de Flaubert à son oncle Parain du 6 octobre 1850). Après un séjour à Beyrouth, Artim bey poursuit son voyage et prend le même bateau que nos deux voyageurs. Dans *Le Nil*, Du Camp trace de lui un portrait moral et physique peu flatteur (p. 337).

7. Ce médecin sanitaire serait-il l'«amateur frénétique» à qui Du Camp vend alors son matériel photographique (lettre de Flaubert à sa mère du 7 octobre 1850)?

Page 318.

1. *Pachalik*: division administrative de l'Empire ottoman.

2. «La pipe de son excellence.»

3. Marguerite Joséphine Weimer, dite Mlle George (1787-1867), célèbre actrice de la scène parisienne, dotée d'un profil grec très pur dans un visage qui eut tendance à s'empâter au fil des années.

4. Empereur romain (15-69) célèbre pour des excès de table. Flaubert mettra Vitellius en scène dans *Hérodias*.

Page 319.

1. Elles ont «des poses à faire pleurer de joie Véronèse» (lettre de Flaubert à sa mère du 7 octobre 1850).

2. Contrée côtière de l'Asie Mineure sur laquelle une dynastie turque fondée par Karaman régna aux XIVᵉ et XVᵉ siècles.

3. Le lazaret «est sur la pointe d'une petite presqu'île en rochers» (lettre de Flaubert à sa mère du 7 octobre 1850), à quelques centaines de mètres au nord de la ville.

4. «Ancien camarade de collège de Maxime» qui les fait penser au Garçon et qu'ils initient au *sheik* avec succès (lettre de Flaubert à sa mère du 7 octobre 1850). Son père était médecin et sa mère a connu Mme Flaubert jeune fille (lettre à la même du 18 octobre 1850).

RHODES

Page 320.

1. Ils y ont passé «quatre jours dans une petite chambre blanchie à la chaux, occupés à terminer des notes et à écrire des lettres» (M. Du Camp, *Voyage en Orient. Notes*, p. 341). Flaubert y pense à «Une nuit de Don Juan» (lettre à Bouilhet du 14 novembre 1850).

2. *Casin* : petite maison de plaisance.

3. Agent consulaire français qui « croyait avoir découvert la véritable position du colosse de Rhodes » (Ambroise Firmin-Didot, *Notes d'un voyage fait dans le Levant en 1816-1817*, Firmin-Didot, 1826, p. 345).

4. Elle contient « 25 mauvais volumes » (M. Du Camp, *Voyage en Orient. Notes*, p. 341).

5. Sur la Rhodes de cette époque (avant le tremblement de terre et l'explosion d'une poudrière en 1856 qui détruisirent une grande partie de la vieille ville), voir les lithographies d'Eugène Flandin, *L'Orient (Rhodes)*, Gide et Baudry, 1853.

6. Elle a eu lieu en juin 1850 (M. Du Camp, *Voyage en Orient. Notes*, p. 367).

Page 321.

1. « On entre là comme chez soi, avec ses souliers et ses bottes » (M. Du Camp, *Voyage en Orient. Notes*, p. 344).

2. *Keblah* : direction de La Mecque indiquée dans chaque mosquée par une niche richement décorée appelée *mihrab*.

3. Dans une mosquée, le *minbar* est la chaire du haut de laquelle l'imam prêche.

Page 322.

1. *Yachmak* : voile de mousseline ou de gaze qui couvre le visage des femmes.

2. *Alborak* : nom du brillant animal que chevauchait Mahomet quand il fit au ciel le voyage nocturne et instantané que les musulmans célèbrent le 28 du mois de regeb (*Larousse du XIXᵉ siècle*).

3. Géographe, Brué (1786-1832) est l'auteur de plusieurs atlas universels souvent réédités.

4. *Histoire de la Révolution française*, en dix volumes (1823-1827).

Page 323.

1. En 1522, Soliman le Magnifique assiégea la ville pendant six mois et finit par déloger les chevaliers de Saint-Jean.

Page 324.

1. Une quinzaine de personnes exilées ici suite à une révolte (M. Du Camp, *Voyage en Orient. Notes*, p. 368).

2. Les Juifs habitent cependant un quartier réservé, duquel

ils ne peuvent sortir dès la tombée de la nuit (V. Guérin, *Étude sur l'île de Rhodes*, Auguste Durand, 1856, p. 64).

Page 327.

1. Deux ans auparavant, des hommes venant de Karamanie étaient venus voler sur cette côte (M. Du Camp, *Voyage en Orient. Notes*, p. 352).

2. Voir *Liban-Palestine*, p. 264.

3. Âgé de trente-huit ans, «il est farceur, gouailleur, buveur d'araki et grand amateur de filles, il dit toujours ne se fâcher de rien, chante à tue-tête aussi faux que possible et monte une vieille mule qu'il appelle sa chère Kokona» (M. Du Camp, *Voyage en Orient. Notes*, p. 362).

Page 328.

1. Sur ce drogman, voir *Liban-Palestine*, n. 2, p. 244, Âgé de ving-six ans, il est né à Smyrne et parle français, grec, italien, turc, arabe et persan (M. Du Camp, *Voyage en Orient. Notes*, p. 636).

Page 329.

1. Flaubert ne mentionnera pourtant que brièvement (*Constantinople*, p. 381-382) ce que Gautier célèbre comme «une forêt plutôt qu'un arbre» (*Constantinople et autres textes sur la Turquie*, p. 307).

Page 330.

1. Guérin n'a pas non plus trouvé ce temple (*Étude sur l'île de Rhodes*, p. 253).

Page 331.

1. *Lindos*: site de la plus grande des trois anciennes villes doriennes de l'île. Elle présente un sanctuaire dédié à Athéna Lindia (IVe siècle av. J.-C.) et a été pourvue d'un puissant château par les chevaliers.

Page 332.

1. Voir le *Voyage en Orient. Notes*, p. 358-359.

2. C'est-à-dire «le fleuve du grand âne» (M. Du Camp, *Voyage en Orient. Notes*, p. 359).

Page 334.

1. Dans ses *Notes*, Du Camp décrit l'église de Lindos que Flaubert n'a pas mentionnée. Il y a remarqué «un St Christo-

phore avec des attributs d'évêque et une tête d'animal carnassier. Pourquoi ? » (*Voyage en Orient. Notes*, p. 357). La réponse lui sera fournie sur le bateau qui emmène les voyageurs à Constantinople : « St Christophore était un fort beau jeune homme qui croyait au vrai Dieu et était à la cour d'un roi qui adorait des idoles. Le roi voyant sa beauté voulut en abuser ; St Christophore pria Dieu qui lui donna une tête d'animal. Le roi s'en dégoûta vite et Christophore sous sa nouvelle forme prêcha le culte du vrai Dieu » (p. 420). Sera aussi résolue l'énigme du saint Jean ailé : « parce qu'il vivait comme un ange dans le désert, et que sa parole se répandait comme si elle eût été portée par des oiseaux ».

Page 335.

1. *Symbülli* : connu aujourd'hui sous le nom de *Rodini*.

Page 336.

1. *Bibliothèque d'un homme de goût ou Avis sur le choix des meilleurs livres écrits en notre langue sur tous les gens de sciences et de littérature*, par L. M. D. V. [abbé Louis-Mayeul Chaudon, 1737-1817], Avignon, impr. de J. Bléry, 1772, 2 vol.

2. *Mémoires* du chevalier de Ravanne, Amsterdam, aux dépens de la Compagnie, 1782, 3 vol.

3. *Marmorice* : actuelle Marmaris.

ASIE MINEURE
SMYRNE
DE SMYRNE À CONSTANTINOPLE
PAR LES DARDANELLES

Page 337.

1. Voir le *Voyage en Italie*.

Page 338.

1. Gouverneur de la ville (M. Du Camp, *Voyage en Orient. Notes*, p. 376).

Page 340.

1. D'après Du Camp, les voyageurs ont fait sortir cet homme de sa maison « presque de force » et l'ont « violent[é] quelque peu » pour qu'il leur serve de guide (*Voyage en Orient. Notes*, p. 379).

Page 341.

1. Peut-être celle qui a subi les grossières avances de Du Camp (lettre de Flaubert à Bouilhet du 14 novembre 1850).

2. La mauvaise réputation de ces «espèces de soldats libres» est confirmée par tous les voyageurs : les *zéibeks* «doivent protéger les voyageurs, et souvent ils les dépouillent» (M. Du Camp, *Souvenirs et paysages d'Orient*, p. 49).

Page 342.

1. C'est le «moucre» dont Flaubert a parlé plus haut, p. 341.

2. Le philologue Philippe Lebas (1794-1861) a ramené un *Voyage archéologique en Grèce et en Asie Mineure* (1847) d'une mission effectuée en 1842. Eski-Hissar est construite sur les ruines de l'antique Laodicée.

Page 343.

1. *Silahlik* : sorte de baudrier qui sert aux Orientaux pour porter les nombreuses armes blanches ou à feu dont ils sont souvent chargés (*Larousse du XIXᵉ siècle*).

Page 345.

1. «C'est la miniature grecque du temple égyptien de Vénus à Philae» (M. Du Camp, *Voyage en Orient. Notes*, p. 386).

Page 346.

1. Ce «pauvre Amédée» est le fils aîné du père Mignot et l'oncle d'Ernest Chevalier (lettre de Flaubert à ce dernier du 26 mars 1861).

Page 347.

1. Il s'agit du Méandre. Selon Du Camp, le bac «glisse sur de longues lianes de vigne qu'on a joint[es] les unes aux autres» (M. Du Camp, *Voyage en Orient. Notes*, p. 391), ce qui est plus vraisemblable que les ceps.

Page 349.

1. Éphèse était connue dans l'Antiquité pour son temple d'Artémis, une des sept merveilles du monde, incendié en 356 av. J.-C. par Érostrate dans le seul but d'immortaliser son nom. Flaubert verra une reproduction de la Diane d'Éphèse aux Studi de Naples (*Italie*, p. 511). Il décrira cette célèbre

statue dans la dernière version de *La Tentation de saint Antoine* (V).

2. Forteresse byzantine située à proximité du site de l'Éphèse antique.

Page 351.

1. Plutôt le Caystre, semble-t-il.

Page 352.

1. En marge à hauteur de cet alinéa, sans indication d'insertion dans le texte : *[sculpture encaissée dans un mur : Mercure (?) (jambe gauche trop longue) conduisant Pégase cambré ; assez joli mouvement de l'homme tirant sur la longe du cheval. Mais ensemble lourd]* (C. G.-M.).

Page 354.

1. À proximité d'Eski-Hissar, Sassetti a montré une « joie insensée » (M. Du Camp, *Voyage en Orient. Notes*, p. 382) à la vue de deux tortues qu'il a ramassées et qu'il porte « dans un sac suspendu à son cheval » (lettre de Flaubert à sa mère du 7 novembre 1850).

2. Du Camp écrit « Bozdal » et mentionne « d'immenses châtaigniers » (*Voyage en Orient. Notes*, p. 404).

Page 356.

1. Flaubert aurait bien aimé rapporter un lévrier à la petite Caroline (lettre à sa mère du 7 novembre 1850). En 1872, par l'intermédiaire de Laporte, il s'en procurera un qu'il appellera Julio.

Page 357.

1. Selon Du Camp, Flaubert tient à partir tôt « afin d'arriver le soir même à Smyrne et de trouver ses lettres » (*Voyage en Orient. Notes*, p. 410).

2. Ce pont est la principale entrée de Smyrne, l'actuelle Izmir. La déception de Flaubert est à la hauteur de l'enthousiasme montré par Du Camp en 1844 : « C'est un des endroits les plus beaux que je sache » (*Souvenirs et paysages d'Orient*, p. 34).

Page 358.

1. Victor Daiglemont, né en 1816, prenait des directions afin de jouer les beaux rôles qu'on refusait autrement de lui

donner. Il louchait effroyablement et bredouillait à chaque mot (H. Lyonnet, *Dictionnaire des comédiens français*). La troupe est composée de «trois acteurs et un figurant. [...] Les rôles de domestiques en livrées sont remplis par un gaillard qui a une veste de postillon de la poste, ça fait un très joli effet quand ça traverse un salon» (lettre de Flaubert à sa mère du 7 novembre 1850).

2. Vaudeville de Lockroy et Anicet-Bourgeois (1839).

3. Comédie-vaudeville de Scribe et Mélesville (1830).

4. Drame tiré du roman de George Sand, par Léon Halévy et Francis (1833). Flaubert a lu le roman à Alexandrie (p. 227).

5. Peut-être la tragédie de Népomucène Lemercier créée en 1816.

6. La fièvre intermittente quotidienne de Du Camp a duré treize jours (*Souvenirs littéraires*, t. I, p. 517), ce qui explique la solitude de Flaubert dans ses diverses excursions autour de Smyrne.

7. *Arthur, Journal d'un inconnu* (1838): «Il y a de quoi en vomir, ça n'a pas de nom. — Il faut lire ça pour prendre en pitié l'argent, le succès, et le public» (lettre de Flaubert à Bouilhet du 14 novembre 1850).

8. Alexandre Dumas père, *Souvenirs d'Antony* (1835).

9. D'après Du Camp, ce roman (1821) était le «bon livre» que Flaubert voulait lui lire à haute voix pour le distraire durant sa maladie (*Souvenirs littéraires*, t. I, p. 518).

10. Biographie de la sœur de Pascal par le philosophe Victor Cousin (1845).

11. Sans doute le «propriétaire à Rhodes» mentionné déjà deux fois (*Égypte*, p. 89 et *Rhodes*, p. 329).

12. Peut-être le «drôle (le fils du consul anglais de Nantes) qui [...] a habité Rouen 6 mois il y a deux ans environ» (lettre de Flaubert à sa mère du 24 novembre 1850).

13. Voir *Constantinople*, n. 5, p. 384.

14. C'est «une Mecklembourg», «une vieille et longue princesse allemande qui voyageait avec son fils, un grand benêt [...] flanqué d'un petit monsieur en lunettes: son précepteur. Ces Germains venaient de Byzance et se proposaient de faire le voyage de la Syrie et de l'Égypte. Mais ils ne savaient par où commencer». Et Flaubert de conclure: «C'est incroyable la quantité de crétins dont le Bon Dieu a parsemé la terre» (lettre à sa mère du 7 novembre 1850).

15. Ces «deux médecins sont ennemis déclarés l'un de

l'autre» (lettres de Flaubert à sa mère des 7 et 24 novembre 1850).

16. Auparavant consul en Espagne, il est «frénétique de combats de taureaux, et homme assez aimable» (lettre de Flaubert à sa mère du 7 novembre 1850).

17. Un Guillois, «ancien chancelier de la légation française», est mentionné pour Athènes dans le carnet 4, f° 77 v°.

18. Il est à l'origine de la déconvenue postale subie par Flaubert lors de son arrivée à Smyrne (lettre à sa mère du 7 novembre 1850).

Page 360.

1. Restes de l'ancien château de l'Acropole.

2. «Je suis couvert comme en Sibérie» (lettre de Flaubert à sa mère du 7 novembre 1850).

Page 362.

1. «La femme, qui peut avoir 40 ans, parle le français avec un petit accent très gentil: figure impassible, blonde, robe de soie, beaucoup de cold cream, l'air distingué et très gracieux» (lettre de Flaubert à sa mère du 24 novembre 1850). Flaubert a «travaillé scientifiquement ce ménage transatlantique».

2. *Tekeh*: couvent.

3. Actrice (1823-1903) qui, à partir de 1842, a joué au Palais-Royal où elle excellait dans les emplois de soubrettes délurées. En 1850, Aline Duval est passée aux Variétés.

4. Héros de l'*Iliade*, ami d'Achille, tombé devant Troie.

Page 363.

1. Le bateau venait de Trieste «où il y a, dit-on, le choléra» (lettre de Flaubert à sa mère du 14 novembre 1850).

2. *Martichoras*: animal fantastique («gigantesque lion rouge, à figure humaine, avec trois rangées de dents») que Flaubert met en scène dans *La Tentation de saint Antoine* (VII).

3. Source à la fois de chaleur et de lumière, le *mangal* est une «espèce d'urne en cuivre, qu'on remplit de charbon de bois et qu'on place au milieu de la chambre» (Charles Berton, *Quatre années en Orient et en Italie ou Constantinople, Jérusalem et Rome en 1848, 1849, 1850, 1851*, Louis Vivès, 1854, p. 82).

4. Allusion au *Pèlerinage de Childe-Harold* et aux *Turkish Tales*. Flaubert avoue «aime[r] mieux l'Orient cuit du Bédouin et du désert, les profondeurs vermeilles de l'Afrique, le croco-

dile, le chameau, la girafe… » (lettre à Bouilhet du 14 novembre 1850). Le jeune Flaubert a composé un élogieux *Portrait de lord Byron*.

5. Le 3 mai 1810, Byron a traversé l'Hellespont à la nage en une heure et dix minutes.

Page 364.

1. Le site de Constantinople est formé de trois pointes de terre. Péra et Galata, les deux quartiers francs, occupent la pointe nord. Sur la pointe ouest se trouve Stamboul (séparée de la précédente par la Corne d'Or), et sur la pointe est, Scutari (de l'autre côté du Bosphore).

2. *Caïque* : gracieuse barque de cinq à sept mètres de long, taillée comme un patin, et se terminant à chaque extrémité de manière à pouvoir marcher dans les deux sens. Le caïdji est le conducteur du caïque.

3. « Non ».

CONSTANTINOPLE

Page 365.

1. Voir la reproduction dans l'*Album Flaubert*, p. 90.

2. Seul vestige de l'enceinte fortifiée érigée par les Génois autour de Galata au XIVe siècle, cette tour sert alors de poste d'observation aux pompiers dans une ville où les incendies sont fréquents.

3. La lettre de Flaubert à Bouilhet du 14 novembre 1850 est plus explicite : « J'ai vu des bardaches qui achetaient des dragées, sans doute avec l'argent de leur cul, l'anus allait rendre à l'estomac ce que celui-ci lui procure d'ordinaire. »

Page 366.

1. *Lucia di Lammermoor*, opéra de Donizetti (Naples, 1835). C'est à une représentation rouennaise de cet opéra qu'Emma retrouvera Léon (*Madame Bovary*, II, 15).

2. Marchand arménien chez qui on trouve tout, « fût-ce la marmite des janissaires, la hache d'armes de Mahomet II, ou la selle d'Al Borack » (T. Gautier, *Constantinople et autres textes sur la Turquie*, p. 126).

3. Le nom est écrit « Loué Bouilhette (prononciation turque) », sur papier bleu et en lettres d'or (lettre de Flaubert à Bouilhet du 14 novembre 1850).

4. La mosquée de Bayezid, dite aussi « mosquée des Pigeons » (début du XVIᵉ siècle).

Page 367.

1. Nerval expose les fondements religieux et philosophiques de « ces pratiques bizarres » (*Voyage en Orient*, p. 639-645), et Gautier consacre un chapitre entier à sa propre visite au tekeh de Scutari où il voit des « petits enfants de trois ou quatre ans [...] délicatement foulés aux pieds par l'iman » (*Constantinople et autres textes sur la Turquie*, p. 152).

2. D'après la lettre à sa mère du 14 novembre 1850, Flaubert incrimine implicitement la description faite par Du Camp dans ses *Souvenirs et paysages d'Orient* (p. 145-149) : « rien n'est d'une séduction plus mystique » (lettre à Bouilhet du 19 décembre 1850).

3. Célèbre passage de la *République* de Cicéron (VI). Scipion Émilien y raconte qu'en Afrique il crut voir, dans le cercle lumineux de la voie lactée, Scipion l'Africain qui l'instruisit des secrets du monde et de la marche harmonieuse des corps célestes.

4. Ministre plénipotentiaire à Constantinople d'avril 1848 à février 1851 (Claude Pichois, *Le Vrai Visage du général Aupick, beau-père de Baudelaire*, Mercure de France, 1955). Les deux jeunes gens semblent s'être très bien entendus avec le général qui les « adore » et « donne de grands coups de poing dans le dos de Maxime en l'appelant sacré farceur » (lettres de Flaubert à sa mère des 4 et 15 décembre 1850). Pourtant, on a frôlé l'incident lorsque Maxime, ignorant les rapports d'Aupick et de Baudelaire, a mentionné le jeune poète au nombre des futures gloires de la littérature (*Souvenirs littéraires*, t. II, p. 78). Le 31 décembre 1868, Flaubert remerciera Mme Aupick de l'envoi des œuvres de son fils et de « la gracieuse hospitalité » reçue autrefois à Constantinople.

5. Médecin (1813-1884) parti pour Constantinople en novembre 1847 afin de combattre le choléra. Membre du conseil supérieur de santé de l'Empire ottoman, Fauvel est professeur de pathologie médicale à l'École de médecine de Constantinople en 1849.

6. *Bezestain* : grand bâtiment de pierre, « véritable *sanctum sanctorum* du bazar, où se tiennent tous les marchands de bric-à-brac de Constantinople » et où « les mille fantaisies du luxe oriental étincellent au regard, et réalisent tous les rêves de l'imagination » (Xavier Hommaire de Hell, *Voyage en Tur-*

quie et en Perse exécuté par ordre du gouvernement français pendant les années 1846, 1847 et 1848, P. Bertrand, 1854, t. I, p. 112).

Page 368.

1. *Kebab*: «amas d'imperceptibles morceaux de mouton rôtis au feu d'enfer, fortement épicés de poivre et de girofles et posés sur deux façons de galettes grasses et molles qui ressemblent aux galettes de sarrasin de nos pays» (M. Du Camp, *Souvenirs et paysages d'Orient*, p. 252).

2. Hôtel sis «dans le faubourg de Péra» (H. de Chambord, *Voyage en Orient*, p. 53), contre l'ambassade de France.

3. Flaubert a découvert que Constant «est un affreux polisson qui chauffe une petite femme grecque, épouse d'un drogman du consulat». Sur le passage d'un «affreux chapeau rose», il s'est retourné en s'écriant: «Oh, le petit fâme grec!» (lettre de l'écrivain à sa mère du 24 novembre 1850).

4. M. Fortier, d'Évreux, et M. Hamelin logent dans le même hôtel que nos voyageurs (lettre de Flaubert à sa mère du 24 novembre 1850).

5. Le consul de Tripoli rencontré sur le *Nil* (*Égypte*, n. 4, p. 70)?

6. Ce palais occupe la pointe orientale de Stamboul, dominant à la fois la mer de Marmara, le Bosphore et la Corne d'Or. Un grand incendie en détruira une partie en 1865.

7. *Gudin* (1802-1880): peintre français qui a laissé des scènes de bataille et de nombreuses marines.

Page 369.

1. *Icoglans*: mot d'origine turque désignant les fils des familles de la cour du sultan ou les jeunes esclaves «destinés aux emplois du sérail ou de l'empire» (Lamartine, *Voyage en Orient*, t. III, p. 337).

2. Les manuscrits se trouvent dans la bibliothèque mentionnée précédemment.

3. Elle se trouve à l'écart, «dans un dédale d'arbres et de kiosques» (M. Du Camp, *Souvenirs et paysages d'Orient*, p. 206). C'est la seule pièce («merveilleuse, c'est le mot») qu'apprécie vraiment Flaubert dans le palais (lettre à sa mère du 24 novembre 1850).

4. «Machine infernale en forme d'établi supportant un jeu de vingt-quatre canons de fusil» (M. Du Camp, *L'Attentat*

Fieschi, Charpentier, 1877, p. 71), rendue célèbre par l'attentat du 28 juillet 1835 contre le roi Louis-Philippe.

5. À l'hôtel de la Monnaie étaient coulées les pièces de monnaie, mais aussi de la vaisselle et des bijoux.

Page 370.

1. Mosquée du sultan Ahmet Ier (début du XVIIe siècle), plus connue sous le nom de mosquée Bleue.

2. Mis vraisemblablement pour «[mosquée] Nouri-Osmanié» (la Lumière d'Osman).

3. *Asr*: nom de la cinquième prière musulmane, celle de l'après-midi.

4. Mosquée de Soliman (milieu du XVIe siècle).

5. Voir *Égypte*, p. 105.

Page 371.

1. Emploi métaphorique du nom de la ville sainte, comme les juifs et les chrétiens le font avec *Jérusalem*.

2. *Giaour*: non musulman, infidèle.

Page 372.

1. «C'est un grand seigneur polonais, ici avec nous au même hôtel, aux trois quarts ruiné par suite des guerres de son pays, couvert de blessures et de horions, homme charmant et de bonne compagnie» (lettre de Flaubert à sa mère du 15 décembre 1850). Voir aussi n. 1, p. 383.

2. Opéra de Meyerbeer, livret de Scribe et Delavigne (1831).

3. Quartier grec de Stamboul bordant la Corne d'Or (voir la lettre de Flaubert à sa mère du 4 décembre 1850).

4. Contrairement à Du Camp (*Souvenirs et paysages d'Orient*, p. 183) ou Gautier (*Constantinople et autres textes sur la Turquie*, p. 210), Flaubert ne verse pas dans l'antisémitisme primaire à l'occasion de la traversée de ce quartier.

5. Église grecque schismatique (M. Du Camp, *Voyage en Orient. Notes*, p. 428).

Page 374.

1. Du Camp évoque cet épisode dans un chapitre d'*Orient et Italie. Souvenirs de voyage et de lectures* (Didier, 1868), intitulé: «Le scaphandre». Vraisemblablement contre une très forte récompense (voir p. 375), Noary a obtenu du commandant d'un bateau qui faisait alors des recherches sous-marines dans les parages, qu'un scaphandrier plonge à la recherche du sac. Mais l'argent n'a jamais été retrouvé.

2. Site des Eaux-Douces d'Europe où Flaubert reviendra plus tard (p. 379).

3. Carrosses «dorés à l'extérieur comme des tabatières» (lettre de Flaubert à son oncle Parain du 24 novembre 1850).

Page 375.

1. Charles Schefer (1820-1898), diplomate et orientaliste français, ancien élève (et futur directeur) de l'École des langues orientales vivantes. Il a été successivement drogman à Beyrouth (1843), Jérusalem, Smyrne, Alexandrie, et à l'ambassade de Constantinople (1849) dont il deviendra chancelier en 1853. De retour à Paris, il publiera de nombreuses traductions de textes persans et arabes.

2. Miniaturiste du xive siècle qui enlumina une traduction de la Vulgate offerte à Charles V (*Bénézit*).

3. Maurepas et Mme de Radepont ont déjà été utilisés comme «comparants» dans une description (*Égypte*, p. 228 et *Palestine-Liban*, p. 234). Mme Rampal, née Augusta de Cabuel et morte en 1878, est plus connue sous son titre de comtesse de Grigneuseville; elle a tenu salon à Paris (J. Bruneau, *Correspondance*, t. II, p. IX). Merci à Jean-Benoît Guinot pour son aide.

4. Épisode qui s'est soldé par la reculade d'Olmütz (28-29 novembre 1850).

5. Ville située sur la rive européenne du Bosphore, à mi-distance de son débouché dans la mer Noire; résidence d'été favorite des diplomates.

Page 376.

1. «En fait de haute littérature, nous avons rencontré ici M. de Saulcy, membre de l'Institut et directeur du Musée d'Artillerie, qui voyage avec Ed. Delessert, le fils de l'ancien préfet de police, et toute une bande qui les accompagne» (lettre de Flaubert à sa mère du 4 décembre 1850). Les jeunes gens sympathisent: «C'est une connaissance, ou plutôt ce sont deux connaissances que je cultiverai plus tard. M. de Saulcy est celui qui a trouvé le moyen de lire le cunéiforme.» Ce polytechnicien (1807-1880) publiera en 1853 un *Voyage autour de la mer Morte et dans les terres bibliques*, déjà cité.

2. Littérateur (1828-1898) et futur administrateur de sociétés, Delessert est l'auteur d'un *Voyage dans les villes maudites* (Lecou, 1853), de bien moindre intérêt que l'ouvrage de son

compagnon. Flaubert n'estime guère son talent littéraire (lettre à Louise Colet du 12 octobre 1853).

Page 377.

1. À chaque chérubin, on a caché la tête qui forme « le centre de ce tourbillon de plume sous une large rosace d'or, la reproduction du visage humain étant en horreur aux musulmans » (T. Gautier, *Constantinople et autres textes sur la Turquie*, p. 240).

Page 378.

1. Né en 1823, Abdul Medjid a régné de 1839 à 1861.
2. La séance leur coûte 75 francs. « Quant à la pédérastie, brosse. [...] Bref il nous a été impossible d'en tâter » (lettre de Flaubert à Bouilhet du 19 décembre 1850).
3. Cet épisode s'est soldé par une complète déroute : la jeune fille ayant demandé à vérifier sa bonne santé, Flaubert, qui savait avoir « encore à la base du gland une induration », s'en est allé « très humilié de [se] sentir avec un vi in-présentable » (lettre à Bouilhet du 19 décembre 1850).
4. Allusion aux *Amours du chevalier de Faublas*, roman de Louvet de Couvray (1787), que Flaubert juge une « production inepte » (lettre à Louise Colet du 22 novembre 1852).

Page 379.

1. Village étagé sur la rive européenne du Bosphore. Sur Artim bey, voir *Palestine-Liban*, n. 6, p. 317. « Il vivait dans la solitude, aigri, humilié de sa chute et ruminant ses griefs » (M. Du Camp, *Souvenirs littéraires*, t. I, p. 526).
2. Les Arméniens étaient obligés de peindre leur maison en noir, « les teintes claires appartenant de droit aux Turcs, et le rouge sang de bœuf ou rouge antique aux Grecs » (T. Gautier, *Constantinople et autres textes sur la Turquie*, p. 302).
3. C'est « une ancienne maîtresse de notre drogman » (lettre de Flaubert à Bouilhet du 19 décembre 1850).
4. Mêlant l'italien (« petit ») au grec (« grand »), cette curieuse expression joue peut-être sur une équivoque sexuelle.
5. Personnage rencontré au Caire (*Égypte*, p. 225).
6. Edmond de Cadalvène (1799-1852) a été directeur des postes françaises à Alexandrie (1829), Smyrne et Constantinople. C'est un ami de Camille Rogier qui l'a recommandé en octobre 1844 à Gautier (*Correspondance générale*, t. II, p. 188).

Ce serait aussi un homme d'affaires (J.-M. Carré, *Voyageurs et écrivains français en Égypte*, t. I, p. 284).

7. Ballet créé en 1681, paroles de Quinault et musique de Lulli. À sa mère Flaubert confie qu'il a «cuydé crever de rire» à cette représentation (lettre du 4 décembre 1850).

8. *Arabas*: chars à quatre roues, attelés à des buffles, qui «ressemblent à des charrettes de blanchisseuses, sauf les agréments qu'y ajoutent la peinture et la dorure» (G. de Nerval, *Voyage en Orient*, p. 577). Ils transportent huit à dix femmes.

Page 380.

1. Le mont du Géant, haut de 195 mètres, se situe au premier tiers du Bosphore, sur sa rive asiatique.

2. Petite bourgade à cinq kilomètres au nord de Galata, sur la rive européenne du Bosphore. Arnaout-Keuï est à deux kilomètres plus au nord. Entre les deux se trouve Kouroutchesmé où réside Artim bey (p. 379).

3. Les Eaux-Douces d'Asie, célèbre promenade située à une dizaine de kilomètres au nord de Galata sur la rive asiatique du Bosphore, ne se présentent pas à Flaubert sous leur meilleur jour: elles sont fréquentées surtout en été et au début de l'automne.

Page 381.

1. Le palais de France a été construit entre 1838 et 1845 sur l'emplacement de la résidence affectée par Soliman aux représentants de la France. Sa décoration ne plaît pas à Flaubert (voir la lettre à sa mère du 26 décembre 1850).

2. C'est le «quartier grec» (lettre de Flaubert à Bouilhet du 19 décembre 1850).

3. Il «connaît beaucoup Trouville et ses environs» (lettre de Flaubert à sa mère du 15 décembre 1850). C'est lui qui explique aux deux jeunes gens les relations du général Aupick avec Baudelaire (M. Du Camp, *Souvenirs littéraires*, t. II, p. 78).

4. *Typhons*: en géologie, nom donné à de grandes masses minérales non stratifiées (*Larousse du XIXᵉ siècle*).

Page 382.

1. Village de plaisance à une quinzaine de kilomètres au nord de Galata, sur la rive européenne du Bosphore. C'est dans ses environs (et non aux Eaux-Douces d'Asie, comme il l'écrit) que Flaubert a dû admirer le platane de Godefroi de

Bouillon dont il vante la beauté, à l'égal de ceux de Foudoukli (*Rhodes*, p. 329).

2. Aqueduc de Mahmoud Ier, bâti en 1732, qui fournit en eau les faubourgs de Péra, Galata et Béchik-Tach.

3. Village situé à une dizaine de kilomètres à l'ouest de Buyuk-Déré et entouré de magnifiques forêts.

Page 383.

1. Kosielski est le «chef de l'émigration polonaise et hongroise accueillie par la Sublime Porte sur les terres de l'empire. C'est lui qui leur distribue l'argent et assigne à chacun le lieu où ils doivent résider» (lettre de Flaubert à sa mère du 15 décembre 1850).

Page 384.

1. *Souroudji* : «guide-loueur de cheval» (lettre de Flaubert à sa mère du 15 décembre 1850).

2. Flaubert fait référence cette fois à la composante historique de la production d'Achille Devéria (voir *Égypte*, n. 6, p. 196).

3. Voir la première visite de Charles Bovary au père Rouault (*Madame Bovary*, I, 2).

4. Village situé à une dizaine de kilomètres au nord de Galata, sur la rive asiatique du Bosphore.

5. Ami polyglotte de Du Camp, qui guidera Gautier en 1852 dans la capitale ottomane (T. Gautier, *Correspondance générale*, t. V, p. 71). Il pourrait avoir été employé par la compagnie maritime Lloyd (*ibid.*, p. 109), ce qui expliquerait ses fréquents déplacements. Le 14 décembre 1851, Flaubert lui écrira à Smyrne et s'informera de Fagnart et Kosielski.

Page 385.

1. Plusieurs cantatrices d'origine allemande ont porté ce nom : peut-être Catinka qui a brillamment débuté à l'Opéra de Paris en 1841, mais a vu sa carrière brisée peu après, suite à un scandale (*Larousse du xixe siècle*).

2. Deux colis sont alors expédiés à Rouen par l'intermédiaire de la maison Rostand de Marseille (lettre de Flaubert à sa mère du 29 mars 1851).

3. Les médecins Racord et Camescas, et le consul Pichon (voir *Asie Mineure*, p. 358).

4. L'extrémité du cap Sunium (ou Sounion) est couronnée des restes d'un temple dédié à Minerve, dont seules douze

colonnes sont encore debout. Le cap est aussi appelé cap Colonne ou Colonnes (François Pouqueville, *Grèce*, «L'Univers», Firmin-Didot, 1835, p. 196), et Flaubert semble ici jouer sur les mots.

5. Les voyageurs ont déjà rencontré le *Mercure* et ses occupants à Jaffa (*Liban-Palestine*, p. 241) et à Tripoli (*ibid.*, p. 314). Les bateaux sont pavoisés en l'honneur du tsar Nicolas Ier Pavlovitch.

6. Flaubert se sent «heureux comme un enfant» (lettre à sa mère du 19 décembre 1850) et est «ému, plus qu'à Jérusalem» (lettre à Bouilhet du même jour).

7. Flaubert et Du Camp font une quarantaine de cinq jours au lazaret du Pirée. Sur les mauvaises conditions de ce séjour et son coût exorbitant, voir la lettre de Flaubert à sa mère du 26 décembre 1850. Du Camp lit Thucydide, Diodore, Athénée, Plutarque et Pausanias; Flaubert, Hérodote et Thirlwall (*Histoire de la Grèce ancienne* [...], Paulin, 1847).

GRÈCE

Page 386.

1. Éleusis est à une vingtaine de kilomètres d'Athènes.

2. Ferdinand Aldenhoven, *Itinéraire descriptif de l'Attique et du Péloponèse, avec cartes et plans topographiques*, Athènes, chez Adolphe Nast et Rodolphe Bund, 1841, p. 63.

3. Ils commémoraient ainsi les insultes que la vieille Iambée, à la recherche de Proserpine, adressa à Cérès (M. Du Camp, *Voyage en Orient. Notes*, p. 451).

Page 387.

1. F. Aldenhoven, *Itinéraire descriptif de l'Attique et du Péloponèse*, p. 61.

Page 388.

1. Voir *Liban-Palestine*, p. 296.

Page 390.

1. Citation d'Horace (*Satires*, I, 5): «non sans être enfumé jusqu'aux larmes».

2. Tumulus élevé après la bataille (490 av. J.-C.) pour recevoir les cendres des 192 Athéniens morts au combat.

Page 391.

1. Marathon est à 40 kilomètres d'Athènes.
2. Monastère de Daphni, fleuron de l'art byzantin (xɪᵉ siècle).

Page 395.

1. Site de la dernière grande bataille livrée sur le sol grec lors des guerres médiques, en 479 av. J.-C. Elle vit la défaite des Perses commandés par le général Mardonios.
2. Nous donnons la localisation actuelle des statues et bas-reliefs mentionnés par Flaubert. Ici : Athènes, Musée national, inv. 828 (Flaubert, *Lettres de Grèce*, publiées par Jacques Heuzey, Éd. du Péplos, 1948, p. 135 ; nous devons beaucoup à cet ouvrage).

Page 396.

1. Du Camp s'étonne de la présence de ce relief (« la motte ») qui « contrarie singulièrement toutes [ses] idées sur la statuaire grecque » (*Voyage en Orient. Notes*, p. 502).

Page 399.

1. Le Cyclope berger qui captura Ulysse et ses compagnons.

Page 400.

1. Exposée au Salon de 1843, cette importante composition du peintre Dominique Papety (1815-1849) représente une vingtaine de figures grandeur nature qui se livrent aux plaisirs des sens et de l'intelligence dans un paysage verdoyant.
2. Le peintre Hubert (1801-après 1865) est connu pour ses paysages de France et de Suisse.
3. Jean-Alexandre Buchon, *La Grèce continentale et la Morée. Voyage, séjour et études historiques en 1840 et 1841*, « Bibliothèque d'Élite », Gosselin, 1844, p. 224.

Page 401.

1. *Ibid.*, p. 223.
2. Célèbre oracle que l'on consultait en s'introduisant dans un orifice creusé dans la roche, et qui fut visité par « Apollonius de Tyane qu'autrefois j'ai chanté » (lettre de Flaubert à Bouilhet du 10 février 1851). Voir *La Tentation de saint Antoine*, version de 1849 (première partie).
3. Pausanias, *Description de la Grèce*, IX, 39.

Page 403.

1. Selon Sophocle, la rencontre d'Œdipe, venant à pied de Delphes, et de son père Laïos, qui s'y rendait en char, eut lieu au carrefour des Trois Routes. Laïos ayant frappé Œdipe de son fouet pour l'obliger à se ranger fut tué par son fils qui ne le connaissait pas.

2. Voir *Liban-Palestine*, p. 276.

Page 404.

1. Fontaine où la Pythie se baignait avant de rendre ses oracles.

Page 405.

1. Voir *Égypte*, p. 74.
2. « Bibliothèque ».
3. Les fouilles de Delphes, ébauchées en 1863, n'ont vraiment été menées qu'à partir de 1892, date de la destruction du village de Kastri qui s'élevait sur l'emplacement du sanctuaire.
4. Statue d'Antinoüs (marbre, IIe siècle), le favori de l'empereur Hadrien, aujourd'hui au musée de Delphes. Le terme latin d'*heroum* désigne toute construction servant de tombe à un héros.

Page 406.

1. Voir le *Voyage en Italie*, dans *Les Mémoires d'un fou* [...], p. 367.

Page 411.

1. « Comment se fait-il que ce petit combat domine toutes les batailles, toutes les tueries de l'antiquité ? » se serait demandé Flaubert, avant de s'exclamer : « Quel beau récit on pourrait faire ! » (M. Du Camp, *Souvenirs littéraires*, t. I, p. 542). Ce projet ne le quitta jamais.

2. La topographie des Thermopyles s'est profondément modifiée depuis l'Antiquité : du côté de la mer, le rivage a reculé de plusieurs kilomètres vers le nord ; et les alluvions du Spercheios qui se jetait autrefois directement dans le golfe Lamiaque ont élargi le passage et déplacé le lit de ses affluents.

Page 412.

1. J.-A. Buchon, *La Grèce continentale et la Morée*, p. 320.
2. Pierre-Henri Larcher (1726-1812), traducteur d'Hérodote. Sur la bataille, voir *Histoires*, VII, 207-235.

Page 414.

1. À Chéronée, en 338 av. J.-C., Philippe de Macédoine vainquit une coalition de cités grecques. Les Thébains réunirent les ossements de leurs guerriers dans un tombeau collectif surmonté d'un grand lion de marbre dont les restes, aujourd'hui restaurés, avaient été découverts en 1818.

Page 415.

1. *Agoyates*: conducteurs des chevaux qui portent les bagages.
2. «Je faisais la grisette et Maxime, simulant le tourlourou, me faisait la cour, c'était bien gentil» (lettre de Flaubert à sa mère du 18 janvier 1851).

Page 417.

1. Sur un mode euphorique cette fois partagé (M. Du Camp, *Souvenirs littéraires*, t. I, p. 545), l'épisode rappelle l'incident des glaces au citron dans le désert de Kosseïr (*Égypte*, n. 1, p. 215).
2. Cette épreuve est à l'origine d'un rhumatisme «attrapé dans les neiges de la Grèce» (lettre de Flaubert à la princesse Mathilde du 9 septembre 1868), ou dû aux «anciennes pluies du Péloponnèse» (lettre à Louise Colet du 19 mars 1854). La géographie est toujours labile: à Mlle Leroyer de Chantepie, Flaubert affirme s'être «perdu dans les neiges du Parnasse» (lettre du 18 mars 1857).

Page 418.

1. Selon Du Camp, les voyageurs auraient dû leur salut à «une faculté exceptionnelle» de leur drogman qui aboyait comme un bouledogue et auquel les chiens du village répondaient (*Souvenirs littéraires*, t. I, p. 546).

Page 420.

1. Voir n. 9, p. 435.

Page 421.

1. «En fait de souvenirs de la Grèce», les voyageurs ont rapporté «deux morceaux de marbre de l'Acropole» (lettre de Flaubert à Bouilhet du 10 février 1851). Quinze ans plus tard, Flaubert se souviendra d'«avoir ressenti un plaisir violent en contemplant un mur de l'Acropole, un mur tout nu (celui qui

est à gauche quand on monte aux Propylées)» (lettre à George Sand du 3 avril 1876). Sauf mention contraire, les statues et les reliefs décrits ci-après sont aujourd'hui conservés au musée de l'Acropole.

2. Deux *Nikès* conduisant un bœuf au sacrifice (inv. 972 et 2680), éléments du parapet du temple d'Athéna Nikè.

3. Petits trous «qui sans doute sertissaient des pierres précieuses» (M. Du Camp, *Voyage en Orient. Notes*, p. 456).

Page 422.

1. Autre plaque de la balustrade du temple d'Athéna Nikè (J. Heuzey, *Lettres de Grèce*, p. 125).

2. *Nikè à la sandale*, pièce du parapet du temple d'Athéna Nikè (inv. 973). La Victoire *détache* sa sandale.

Page 423.

1. Statue (inv. 687) «à cette époque encore privée de sa tête, trouvée seulement en 1882» (J. Heuzey, *Lettres de Grèce*, p. 129).

2. Fragment trouvé en 1843, inv. 584 (J. Heuzey, *Lettres de Grèce*, p. 130).

3. «Ex-voto dédié à Pan et aux Nymphes ou aux Heures» découvert en 1835, inv. 1345 (J. Heuzey, *Lettres de Grèce*, p. 131).

Page 424.

1. Le temple de Thésée, «isolé sur un petit coteau et resté intact au milieu de cette plaine de ruines», avait été transformé en musée (Charles Reynaud, *D'Athènes à Baalbek, 1844*, Furne, 1846, p. 32).

2. La statue «représente Papposilène, ou un acteur vêtu du *chortaios* traditionnel, portant sur son épaule Dionysos enfant; à droite de sa tête, un masque que semble tenir le jeune dieu» (J. Heuzey, *Lettres de Grèce*, p. 132).

3. Célèbre stèle d'Aristion haute de 240 cm (Athènes, Musée national, inv. 29).

Page 425.

1. Athènes, Musée national, inv. 1450 (J. Heuzey, *Lettres de Grèce*, p. 134).

2. D'après Lebas-Reinach, ce monument représenterait «Hermès et les Charites ou les trois Nymphes ou la triple Hécate» (J. Heuzey, *Lettres de Grèce*, p. 134).

Page 426.

1. Jacques Heuzey corrige la description : « [...] le char est arrêté ; le personnage qui tient les rênes est représenté dans l'action d'y monter. » L'erreur de Flaubert s'explique : la partie droite du bas-relief (inv. 1342), « découverte seulement en 1859-1860, manquait, où l'on voit les pattes postérieures de l'attelage dans la position du repos » (*Lettres de Grèce*, p. 126).

2. Vraisemblablement l'athlète voltigeur de la plaque XVII, inv. 859 (J. Heuzey, *Lettres de Grèce*, p. 127).

Page 427.

1. Plaque XXIX de la frise septentrionale du Parthénon, inv. 863 (J. Heuzey, *Lettres de Grèce*, p. 118). La Victoire serait en fait un personnage officiel. Les deux tablettes suivantes ont la même origine : plaque XXXI, inv. 862 ; et plaque VI, inv. 856 : les trois individus représentés seraient Poséidon, Apollon et Artémis.

2. Voir un blason du téton dans la lettre de Flaubert à Bouilhet du 10 février 1851.

Page 428.

1. *Cimon* : homme politique et stratège grec né vers 510, fils de Miltiade, le vainqueur de Marathon.

Page 430.

1. F. Aldenhoven, *Itinéraire descriptif de l'Attique et du Péloponèse*, p. 25.

Page 433.

1. « La vue du Parthénon est une des choses qui m'ont le plus profondément pénétré de ma vie » (lettre de Flaubert à sa mère du 26 décembre 1850). Ce monument lui « gâte l'art romain, qui [lui] paraît à côté mastoc et trivial » (lettre à Bouilhet du 9 avril 1851).

2. Figures de Cécrops et sa fille Pandrose, restées en place sur le fronton ouest.

Page 434.

1. Restes datant de la guerre de l'Indépendance (lettre de Flaubert à Bouilhet du 10 février 1851).

2. Voir n. 2, p. 427.

Page 435.

1. Commandant de place à Athènes, le colonel Touret est un «ancien philhellène qui a fait la guerre de l'indépendance avec le général Fabvier» (lettre de Flaubert à sa mère du 26 décembre 1850). Du Camp relate le parcours de cet «aventurier d'esprit court, de loyauté et de bravoure à toute épreuve» (*Souvenirs littéraires*, t. I, p. 532), qui a été, pour tous les voyageurs français de l'époque, «d'une complaisance sans bornes» (*Voyage en Orient. Notes*, p. 445).

2. «Homme curieux à connaître» et «crâne citoyen» (lettre de Flaubert à sa mère du 20 janvier 1851), c'est un «admirable type de soldat d'aventure; partout où l'on avait crié indépendance et liberté, il était accouru». Du Camp retrace sa longue carrière (*Souvenirs littéraires*, t. I, p. 537). Alors en retrait d'emploi et hébergé par le colonel Touret, Morandi profite de ses loisirs pour écrire ses Mémoires.

3. Morandi et Touret nient absolument «tout ce qui a été dit sur les mœurs que Byron aurait adoptées en Orient» (M. Du Camp *Souvenirs littéraires*, t. I, p. 539).

4. En 1817, Byron s'éprit de la jeune Teresa Gamba (1800-1873), récemment mariée au comte Guiccioli. Après divers épisodes, le mari finit par accepter la séparation légale. Le comte Pierre Gamba (1801-1826), philhellène, accompagna Byron en Grèce en 1823.

5. Le normalien Amédée Daveluy (1799-1867) a été le premier directeur de l'École française d'Athènes, créée le 18 décembre 1846.

6. Prélat et homme politique, auteur d'une *Correspondance* avec Voltaire et de *Mémoires*, Bernis (1715-1794) est le type de l'homme d'esprit libertin.

7. Désiré Nisard (1806-1888), l'un des critiques littéraires les plus influents et les plus réactionnaires du temps, a publié une *Histoire de la littérature française* à la gloire du XVIIe siècle.

8. Comédie-vaudeville de Bayard et Vanderburch (1836). Voir l'article «Gamin» du *Dictionnaire des idées reçues*.

9. Amélie d'Oldenbourg (1818-1875) a épousé en 1836 Othon Ier de Wittelbach, roi des Hellènes de 1832 à 1862.

Page 436.

1. *Les Puritains d'Écosse*, livret de Pepoli, musique de Bellini (Théâtre-Italien, 1835), d'après le roman de W. Scott.

2. La fille de l'homme d'État grec Georges Condouriotis?

3. Marin et homme politique grec Canaris (1790-1877), est

fameux pour ses raids audacieux contre les flottes turque et égyptienne pendant la guerre de l'Indépendance. Ce héros que Hugo « a tant chanté et si bien ! » (lettre de Flaubert à sa mère du 26 décembre 1850 ; voir les pièces 2, 3 et 5 des *Orientales*) est alors sénateur.

Page 437.

1. Homme politique et diplomate (1799-1870) ayant combattu dans les rangs des défenseurs de l'indépendance grecque. Il a été ministre plénipotentiaire de France en Grèce de 1844 à 1846 et a fait preuve d'une grande habileté en contrebalançant l'influence anglaise.

2. Voir *Égypte*, p. 214.

Page 438.

1. F. Aldenhoven, *Itinéraire descriptif de l'Attique et du Péloponèse*, p. 71.

Page 439.

1. « Brigand tué par Thésée » rappelle Flaubert à Bouilhet le 10 février 1851. Il lui cite le même vers de la tragédie de Racine (*Phèdre*, IV, 2) et conclut : « Était-ce coine, l'antiquité de tous ces braves gens-là ! En a-t-on fait, en dépit de tout, quelque chose de froid et intolérablement nu ! »

Page 440.

1. C'est-à-dire « le mauvais escalier » (M. Du Camp, *Voyage en Orient. Notes*, p. 547).

Page 441.

1. L'actuel canal de Corinthe ne sera percé qu'entre 1882 et 1893, mais Néron était déjà à l'origine d'une première réalisation prenant la suite de l'antique voie pavée sur laquelle on transportait les navires sur des chariots.

Page 442.

1. Nouveau drogman qui « fait très bien notre affaire » (lettre de Flaubert à sa mère du 1er février 1851). Francesco Vitalis, âgé de quarante-cinq ans, est un « homme énergique, rompu aux voyages, connaissant bien les routes » et à la vie mouvementée (M. Du Camp, *Souvenirs littéraires*, t. I, p. 549). Il n'a pas pardonné à Mme de Gasparin qu'il a servie comme commis « d'avoir plaisanté sur son compte dans le livre

qu'elle a publié» (*id.*, *Papiers et correspondance*, ms. 3721, f⁰ 246).

2. Courtisane grecque ayant vécu à Corinthe.

3. Il doit s'agir des sept colonnes qui subsistent du temple d'Apollon, l'un des plus anciens de toute la Grèce.

4. Voir *Asie Mineure*, p. 355.

Page 443.

1. Sanctuaire datant de la fin du IV[e] siècle av. J.-C.

Page 444.

1. Dans *Hérodias*, Flaubert associera la sépulture mycénienne et la porte des Lions : «deux monstres en pierre, pareils à ceux du Trésor des Atrides, se dress[e]nt contre la porte» (III).

2. Hypothèse émise par F. Aldenhoven, *Itinéraire descriptif de l'Attique et du Péloponèse*, p. 392.

Page 445.

1. Le théâtre d'Argos, d'une capacité de vingt mille spectateurs, était l'un des plus vastes de Grèce.

Page 446.

1. Du Camp évoque «une grande bande de femmes, presque toutes jeunes filles, parfois très belles» (*Voyage en Orient. Notes*, p. 559).

Page 447.

1. *Potamos* : rivière, en grec.

Page 448.

1. François raconte par exemple aux deux voyageurs qu'un Grec avait «fait sa fortune à sodomiser les Anglais, auxquels il servait de drogman» (M. Du Camp, *Voyage en Orient. Notes*, p. 561).

Page 449.

1. Vraisemblablement la bataille de Mantinée, en 362, qui se solda par la victoire de Thèbes, malgré la mort d'Épaminondas.

2. Voir *Liban-Palestine*, n. 1, p. 263.

Page 450.

1. Flaubert se serait alors dressé sur ses étriers et, «comme autrefois Chateaubriand», aurait crié: «Léonidas! Léonidas!» (M. Du Camp, *Souvenirs littéraires*, t. I, p. 551).

2. Tout le monde «paraît frappé de stupeur à la vue de nos peaux de bique et de la barbe de Gustave» (M. Du Camp, *Voyage en Orient. Notes*, p. 566).

3. De 1837 à 1841, le musicien et chef d'orchestre Valentino (1787-1865) dirigea des concerts de musique classique dans une salle de la rue Saint-Honoré qui servit ensuite de cadre à un bal.

Page 451.

1. Flaubert aurait questionné ce brave homme sur toutes les antiquités célèbres de Sparte, sans aucun succès. Alors, «reprenant la phrase de Chateaubriand», il se serait écrié: «Et Sparte même semble avoir oublié son nom!» (M. Du Camp, *Souvenirs littéraires*, t. I, p. 552).

Page 454.

1. C'est-à-dire «l'Église *déserte*» (M. Du Camp, *Voyage en Orient. Notes*, p. 571).

Page 455.

1. Pour Du Camp, ces paysannes «sont fortes, solides, grandes et ont de larges mamelles qui ballottent majestueusement lorsqu'elles marchent; elles semblent d'une race particulière et presque herculéenne» (*Voyage en Orient. Notes*, p. 575).

Page 457.

1. Souvenir du *Voyage du jeune Anacharsis en Grèce* (fin du chap. XL), par l'abbé Barthélemy (1788).

2. Voir *Liban-Palestine*, p. 306.

Page 458.

1. Le temple de Bassae se trouve dans un site admirable à 1 130 mètres d'altitude.

Page 460.

1. Plus qu'aux ouvrages originaux de Stackelberg (*Der Apollotempel zu Bassae in Arcadien und die daselbst ausgegrabenen Bildwerke*, 1826) et d'un collectif d'auteurs dont Donaldson

(*Antiquities of Athens and Other Places of Greece, Sicily, etc.*, 1830), Flaubert se réfère vraisemblablement ici encore au guide d'Aldenhoven qui mentionne l'opinion des deux archéologues sur cette colonne (*Itinéraire descriptif de l'Attique et du Péloponèse*, p. 225).

Page 463.

1. Enceinte sacrée de Zeus à Olympie.

2. Commission scientifique, présidée par Bory de Saint-Vincent, et venue en 1829 à la suite de l'expédition française de Morée (M. Du Camp, *Voyage en Orient. Notes*, p. 589).

Page 466.

1. *Cacher* : mot normand pour «chasser» (R. Dumesnil, son édition des *Voyages*, t. II, p. 602).

2. *Facchino* : désigne en italien un portefaix (sens primitif du français «faquin»).

3. Selon Du Camp, c'est un berger qui a passé seul tout le bagage sur son dos (*Voyage en Orient. Notes*, p. 592).

4. C'est-à-dire «le derviche hurleur» (lettre de Flaubert à sa mère du 9 février 1851).

Page 467.

1. Voir p. 414.

2. Refrain des *Bohémiens* du poète Béranger : «Sorciers, bateleurs ou filous, / Reste immonde / D'un ancien monde ; / Sorciers, bateleurs ou filous, / Gais Bohémiens, d'où venez-vous ?» (*Œuvres complètes*, Fournier, 1840, p. 359).

3. Personnage de vieux mendiant dans le roman *L'Antiquaire*.

Page 468.

1. On attendrait plutôt le nord-est.

Page 471.

1. Sans le paletot de Flaubert, il «serait crevé de froid» (lettre de l'écrivain à sa mère du 9 février 1851).

ITALIE

Page 472.

1. Les voyageurs ont vu *Roméo et Juliette* de Verdi et «*Karaïskakis*, un drame grec joué par des amateurs» (M. Du Camp, *Souvenirs littéraires*, t. I, p. 552).

2. Personnage rencontré au Caire (*Égypte*, p. 105).

3. Gertrude Collier, née en 1820, est une jeune Anglaise dont Flaubert a fait la connaissance à Trouville en 1842. Avec sa sœur Henriette, elles ont suscité en lui de tendres sentiments. Flaubert voit-il à Corfou une jeune femme qui lui rappelle la jeune Anglaise? ou la rencontre-t-il vraiment? Rien ne vient corroborer cette dernière hypothèse (J. Bruneau, «La famille Collier et Gustave Flaubert (lettres inédites, 1842-1879)», *Nineteenth-Century French Studies*, vol. 17, 1-2, 1988-1989, p. 70-88).

4. Violoniste et compositeur (1807-1887) que Flaubert a sans doute connu aux mercredis des Schlesinger (J. Bruneau, *Correspondance*, t. I, n. 6, p. 102).

5. Les deux jeunes gens y restent enfermés pendant deux heures (M. Du Camp, *Souvenirs littéraires*, t. I, p. 554).

6. *La Fille du Général Ornoloff*, drame historique de Luigi Marta (Naples, 1833)? Merci à Olivier Bara pour son aide.

Page 474.

1. Monopoli est le siège d'un archevêché.

2. Personnage de la commedia dell'arte, dont descend notre Polichinelle.

3. Consul de France au Caire (*Égypte*, n. 8, p. 84).

4. *Rosolio*: liqueur obtenue par macération de pétales de roses dans de l'alcool.

5. Voir *Liban-Palestine*, n. 1, p. 258.

6. La route de poste dite «du Bourbonnais» (actuelle Nationale 7) reliait Paris à Valence par Moulins, Roanne et Saint-Étienne. Le «mont» de la République (en fait un *col* situé à une douzaine de kilomètres au sud-est de Saint-Étienne) en est le point culminant.

Page 475.

1. Le château Saint-Elme, forteresse d'origine angevine, reconstruite au XVIᵉ siècle.

2. *Pyrénées-Corse* n'évoque pas le retour à Paris le

1er novembre 1840. Dans la lettre à sa mère du 27 février
1851, Flaubert compare Naples à «un petit Paris méridional».
Voir aussi l'entrée de Frédéric Moreau dans Paris (*L'Éducation sentimentale*, II, 1).

3. Entremetteur, proxénète.

4. Hôtel de première catégorie (Adriana Santoro, «Gustave
Flaubert: cinque settimane a Napoli», *Bollettino del C.I.R.V.I.*,
XXI-1, 2000, p. 13). Flaubert y prend «un déjeuner avec du
beurre frais et des côtelettes» qui l'ont «réconcilié avec la
civilisation» (lettre à sa mère du 27 février 1851).

5. Valentin de Boulogne (1594-1632), peintre et dessinateur français influencé par le Caravage. Il a traité aussi bien
des sujets allégoriques et religieux que populaires, comme des
scènes de cabaret.

6. Sous ce nom, Flaubert englobe la rue qui domine la mer
et conduit à la grotte du Pausilippe (la *riviera di Chiaia*), et le
magnifique jardin qui se trouve juste en dessous (la *Villa
Reale*), où l'on jouit d'une vue extraordinaire sur toute la baie
(voir sa lettre à Bouilhet du 9 avril 1851).

7. Tunnel romain creusé sous le Pausilippe (IIIe siècle
av. J.-C.) pour relier Naples à Pouzzoles.

8. Flaubert est plus explicite dans sa correspondance:
«Dans la molle Parthénope je ne débande pas. Je fous comme
un âne débâté» (lettre à Camille Rogier du 11 mars 1851).

9. Du nom du vice-roi espagnol don Alvarez de Toledo qui
la fit percer en 1536, la rue de Tolède «a près d'une demi-
lieue de longueur, est droite, large, bien pavée et flanquée de
superbes édifices» (Ferdinand Artaria et fils, *Nouveau Guide
du voyageur en Italie*, 1836, p. 441).

10. D'après Valéry, «le principal et presque l'unique plaisir» à Naples est «de se glacer le gosier». Les jours fériés,
seuls restent ouverts «les boutiques d'apothicaires, de bou-
langers, et le bureau de la neige» (*L'Italie confortable. Manuel
du touriste*, 2e éd., Bruxelles, Hauman, 1842, p. 131).

11. Édifice construit en 1737 et remanié à plusieurs reprises,
notamment après l'incendie de 1816.

12. *La Répétition d'un opéra seria*, opéra de Francesco
Gnecco (Venise, 1803), l'un des précurseurs de Rossini dans
le genre bouffe. Merci à Olivier Bara pour son aide.

Page 476.

1. *Sémiramis*, opéra seria de Rossini (Venise, 1823).
2. Opéra de Donizetti (Venise, 1836).

3. Flaubert veut-il dire qu'il continue à pratiquer avec Maxime, et en présence de Grau, cette comédie du sheik (*Égypte*, p. 222)? Ou que Grau est lui-même un vieillard?

4. Voir n. 2, p. 477.

5. *Wurst*: espèce de longue calèche découverte.

6. Village de Fuori Grotta.

7. Le lac d'Agnano autrefois célèbre pour «le phénomène de son eau bouillonnante sans chaleur [qui] n'existe plus» (Valéry, *L'Italie confortable*, p. 147).

8. De l'italien *solfatara*, «soufrière»: terrain d'où se dégagent des vapeurs sulfureuses.

9. Ancienne monnaie d'Italie.

10. Cette grotte renommée retient dans ses flancs une couche de gaz remontant des terrains volcaniques dans lesquels elle s'ouvre. Les deux expériences usuelles consistent à coucher un chien contre terre, qui «tombe en convulsion, [...] et serait mort en trois minutes, si on l'y laissait ce temps», et à plonger dans la couche de gaz une torche qui s'éteint aussitôt (Stanislas d'Aloe, *Naples, ses monuments et ses curiosités, avec un catalogue détaillé du Musée royal Bourbon, suivi d'une description d'Herculanum, Pompéi, Stabies, Pestum, Pouzzoles, Cumes, Baïa, Capoue, etc.*, Naples, Impr. du Virgile, 1853, p. 599).

Page 477.

1. *Corricolo*: sorte de tilbury que l'on conduit en se tenant debout et dont la forme «permet aux piétons de voir en entier les femmes élégantes qui les embellissent» (F. Artaria, *Nouveau Guide du voyageur en Italie*, p. 442).

2. Construit en 1586 par le duc d'Ossuna, vice-roi de Naples, pour servir de caserne de cavalerie, le bâtiment a accueilli l'Université au début du XVIIe siècle. En 1790, il a été disposé pour recevoir la collection royale de tableaux et d'antiques, à laquelle Ferdinand Ier de Bourbon donna en 1816 le nom de Museo Reale Borbonico, encore nommé Museo degli studi. En 1851 y sont rassemblées les différentes collections de la couronne de Naples, la collection Farnèse, provenant de Rome et de Parme, celles des palais de Portici et de Capodimonte, ainsi que le produit des fouilles d'Herculanum, de Pompéi, de Stabies et de Cumes. En 1957, la pinacothèque sera installée à Capodimonte et les Studi deviendront Museo Archeologico Nazionale di Napoli.

3. En dépit de l'existence d'un catalogue, ce musée «est un

pêle-mêle, un chaos, le *tohu-bohu* de l'Écriture sainte » (Louis Viardot, *Les Musées d'Italie. Guide et memento de l'artiste et du voyageur*, Hachette, 1859, p. 294). Pour l'identification des tableaux, des renseignements nous ont été aimablement fournis par le docteur Giovanni Barella, du service de documentation du musée, et nous suivons : Bruno Molajoli, *Notizie su Capodimonte. Catalogo delle Galleria e del Museo*, Naples, L'Arte tipografica, 1964. Pour toute la partie italienne du voyage de Flaubert, l'ouvrage d'Adrianne Tooke (*Flaubert and the Pictorial Arts. From Image to Text*) nous a été fort précieux. Nous indiquons l'attribution, la localisation et le numéro d'inventaire *actuels* des œuvres.

4. Copie (inv. 187) par un anonyme du XVIIIe siècle, de l'autoportrait conservé aux Offices. Sa « contemplation [...] m'a fait du bien à la santé » (lettre de Flaubert à Camille Rogier du 11 mars 1851).

5. Aujourd'hui : *Portrait de femme* (inv. 190).

6. *Crucifixion avec donateurs* (inv. 7) aujourd'hui attribuée à Joos van Cleve. À gauche, saint Marc présente le donateur et ses *trois* fils, tandis qu'à droite sainte Marguerite introduit la donatrice et ses deux filles.

Page 478.

1. Tableau (inv. 12) lui aussi attribué aujourd'hui à Joos van Cleve. Ce que Flaubert appelle « la Naissance » est le panneau central du triptyque. L'homme qui baise la main de l'Enfant est visiblement le troisième mage.

2. *Piété* : solidement planté.

Page 479.

1. Gants auxquels est cousue une manchette de cuir destinée à protéger le poignet.

2. Pour une identification possible des toiles, voir A. Tooke, *Flaubert and the Pictorial Arts*, p. 242.

3. Huile sur bois (inv. 3) de Jacob Cornelisz, dit Van Oostsaanen. L'attribution à Dürer venait d'un monogramme « AD » apocryphe (S. d'Aloe, *Naples, ses monuments et ses curiosités*, p. 503).

Page 480.

1. *Tehegour* : nom persan du luth.

Page 481.

1. *La Bohémienne* ou *La Vierge au lapin* (inv. 107).

2. Toile (inv. 157) pourtant réputée un des chefs-d'œuvre de Bassano (S. d'Aloe, *Naples, ses monuments et ses curiosités*, p. 505).

3. *La Vierge avec saint Jérôme et saint Pierre de Pise* (inv. S 84053). Le patronyme du dernier saint était *Cambacurta*, comme le précise l'inscription latine.

4. Cette *Vierge à la promenade* (inv. 148) serait la simple copie d'une œuvre d'atelier (Henri Zerner et Pierluigi De Vecchi, *Tout l'œuvre peint de Raphaël*, Flammarion, «Les Classiques de l'art», 1982).

Page 482.

1. Tableau (inv. 375) aujourd'hui attribué à Artemisia Gentileschi, ce qui explique le rapprochement opéré par Flaubert aux Offices (p. 565).

2. Aujourd'hui : *Noli me tangere* (musée Condé de Chantilly, inv. 47), attribué à Denis Calvaert.

3. Le roi de Naples Ferdinand IV avait constitué une importante collection de tableaux qu'il donna en 1815 à son fils Francesco. À son tour, celui-ci la légua en 1830 à son frère Leopoldo, prince de Salerne. Après la mort de ce dernier en 1851 (Flaubert et Du Camp assistent à son enterrement), la plus grande partie de la collection sera rachetée par le duc d'Aumale, son gendre, et appartient aujourd'hui au musée Condé de Chantilly. Pour l'identification des œuvres, nous suivons : *Chantilly, musée Condé, Peintures de l'école italienne*, et *Peintures des XIXᵉ et XXᵉ siècles*, Éd. de la Réunion des musées nationaux, 1988 et 1997.

4. Copie (Capodimonte, inv. Q 797) par Bernardino Luini de l'œuvre de Vinci conservée au Louvre.

5. Toile, Capodimonte, inv. 317.

Page 483.

1. Toile, musée Condé, inv. 87.

2. Joachim Murat, roi de Naples de 1808 à 1815, et Joseph Bonaparte, avant lui, avaient fait du palais de Capodimonte leur résidence officielle.

3. Pour une attribution possible du *Napoléon* et de la *Joséphine*, voir A. Tooke, *Flaubert and the Pictural Arts*, p. 244.

4. *Paolo et Francesca* (musée Condé, inv. 434), petite toile dont Ingres a donné plusieurs versions. Son sujet est tiré de

La Divine Comédie (*Enfer*, V, 127-142), qui raconte les amours malheureuses de Paolo Malatesta et Francesca da Rimini.

5. *Les Trois Âges de l'Homme* (musée Condé, inv. 426).

Page 484.

1. Toile, Capodimonte, inv. 298.

2. Toile (inv. 118) aujourd'hui attribuée au Bertoja.

3. Huile sur bois (inv. 125) dont l'attribution au Parmesan ou à Bedoli est toujours discutée (Bedoli était un cousin par alliance du Parmesan qu'il imita).

4. Toile aujourd'hui attribuée à Bedoli (*Parme tenant Alexandre Farnèse embrassé*) et conservée au Musée national de Parme depuis 1943 (inv. 1470).

Page 485.

1. Tableau (inv. 369) aujourd'hui attribué à *Agostino* Carracci. Pour indiquer le manque d'imagination de son rival Caravaggio, Carracci l'a représenté avec trois singes. «Dans un des coins du tableau l'artiste s'est peint lui-même souriant malignement à son rival» (S. d'Aloe, *Naples, ses monuments et ses curiosités*, p. 489).

2. Toile (inv. Q1137) due à un peintre de l'école de Hans Holbein (copie de l'autographe de 1523).

3. Cette toile (inv. 127) ne serait que la meilleure réplique d'atelier du portrait envoyé par Titien en 1553 au prince Philippe (Sylvie Béguin et Francesco Valcanover, *Tout l'œuvre peint de Titien*, Flammarion, «Les Classiques de l'art», 1970).

4. Ce portrait (inv. 147) est celui du pape Clément VII. L'identité du personnage a longtemps été controversée (S. d'Aloe, *Naples, ses monuments et ses curiosités*, p. 507).

5. Aujourd'hui: *Autoportrait* de Francesco Salviati (inv. Q142).

6. Aujourd'hui: *Portrait du comte Galeazzo Sanvitale* (inv. 111). Son attribution au Parmesan n'est pas unanime. À Naples depuis 1734, le tableau a été considéré, à partir du début du XIXe siècle, comme un portrait de Christophe Colomb. Cette interprétation erronée semble due à la médaille fixée sur le chapeau de Galeazzo, qui représente les colonnes d'Hercule.

Page 486.

1. Aujourd'hui: *Portrait de gentilhomme* (inv. 109). À Naples depuis 1734, il est mentionné dans les inventaires du musée, à partir du début du XIXe siècle, comme un portrait d'Amerigo

Vespucci sans que rien ne le justifie. Son attribution au Parmesan est sujette à quelques doutes.

2. Aujourd'hui : école napolitaine du xviie siècle, *Portrait présumé de Masaniello* (inv. 836). Déposé temporairement au Museo Nazionale di San Martino à Naples.

3. Les références d'inventaire des pièces antiques que nous avons pu identifier, ainsi que leur provenance, sont données d'après : *Le Collezioni del Museo Nazionale di Napoli*, a cura dell'Archivio Fotografico Pedicini, Rome, De Luca Editore, 1986.

4. Stucs polychromes provenant de la maison de Méléagre (tablinum) à Pompéi : inv. 9625, pour le n° 24 ; et inv. 9595, pour le n° 25.

Page 487.

1. André Chénier, *Épigrammes*, XXV (*Œuvres complètes*, éd. de Gérard Walter, Gallimard, Bibl. de la Pléiade, 1940, p. 86).

2. *Bacchus et Ariane*, Pompéi, maison du Cithariste, inv. 9286. Ariane est appuyée sur Hypnos, le Sommeil.

Page 488.

1. *Mars et Vénus*, Pompéi, maison de l'Amour puni, inv. 9249.

2. *Arrivée de Io en Égypte*, Pompéi, maison du duc d'Aumale, inv. 9555. « Triton » est le Nil, dieu barbu, et « l'Égypte » (Isis) est entourée de voiles *blancs*.

Page 489.

1. *Médée*, Pompéi, maison des Dioscures, inv. 8977.

2. *Sapho* (?), Pompéi, Insula Occidentalis, inv. 9084.

3. Peinture allégorique : la cigale est Néron, « dont un des principaux talents était de chanter sur les théâtres publics, et qui mettait plus d'importance à être bon cocher qu'à bien conduire un empire. Dans le perroquet soumis au joug, on se rappellera Sénèque, philosophe fort en paroles, mais auquel on reproche des actions faibles et condamnables » (S. d'Aloe, *Naples, ses monuments et ses curiosités*, p. 199).

4. Dessinateur et graveur Grandville (1803-1847), est surtout célèbre pour ses caricatures à personnages zoomorphes.

Page 490.

1. Célèbre ensemble de treize panneaux (inv. 9295) trouvés à *Pompéi* et présentant des figures dansantes entourées de

voiles et peintes sur fond noir, dont Flaubert a «humé» la «jupe bariolée [...] avec toutes les narines de [son] imagination» (lettre à Camille Rogier du 11 mars 1851).

2. *Hermès au repos*, Herculanum, villa des Papyrus, inv. 5625.

3. Statue, Herculanum, villa des Papyrus, inv. 5628.

Page 491.

1. *Vignot* : nom courant du petit coquillage en hélice appelé *littorine*.

2. Statue, Pompéi, maison du Faune, inv. 5002.

Page 492.

1. Bronze recomposé, h. 216 cm, Herculanum, inv. 4904.

2. *Tibère*, Pompéi, inv. 5617.

Page 493.

1. Flaubert «répond» aux commentaires du catalogue qu'il a sous les yeux (voir par exemple S. d'Aloe, *Naples, ses monuments et ses curiosités*, p. 263).

2. Ce buste et les trois suivants proviennent de la villa des Papyrus à Herculanum. Ils sont respectivement identifiés aujourd'hui comme : *Prêtre isiaque*, inv. 5634 ; *Dionysos*, inv. 5618 ; *Sapho* (?), inv. 5592 ; et *Pythagore*, inv. 5607.

Page 494.

1. Lampadaire, Pompéi, inv. 4563.

Page 496.

1. Rhyton, Herculanum, inv. 69174.

2. Poêle à œufs, Pompéi, inv. 76542.

3. Réchaud, h. 31 cm, larg. 73 cm, Pompéi, inv. 72983. Du Camp l'a dessiné dans le ms. 3721 de l'Institut, cahier 18, p. 512.

Page 499.

1. Bacchus laissa croître sa barbe pendant son expédition des Indes, d'où l'appellation de *Bacchus indien* donnée aux statues qui représentent ce dieu barbu.

2. Peut-être : *Bacchus*, inv. 6485.

Page 500.

1. Aujourd'hui, ce buste et les trois suivants : *Dame romaine* ; respectivement, inv. 6074, 6062, 6103 et 6089.

Page 501.

1. *Agrippine*, inv. 6190.

Page 502.

1. Aujourd'hui : *Domitien*, inv. 6058.
2. Aujourd'hui : *Femme connue sous le nom de Cléopâtre*, inv. 6189.
3. *Matrone assise* (connue sous le nom d'Agrippine), inv. 6029.
4. Aujourd'hui, cette statue et la suivante : *Jeune fille*, inv. 6249 et 6244. Les deux suivantes : *Viricia*, inv. 6168 ; et *Nonius Balbus*, inv. 6167.

Page 503.

1. Aujourd'hui : *Homme en toge*, marbre blanc (tête antique rapportée), inv. 6246 ; *Marcus Calatorius*, inv. 5597.

Page 504.

1. Élément de décoration qui a la forme de la graine épineuse de l'épinard (en particulier l'insigne torsadé des officiers généraux).
2. *Caracalla*, inv. 6033.
3. *Euripide*, inv. 6160 et 6166.
4. *Celius Caldus* (?), inv. 6202.

Page 505.

1. *Dace prisonnier*, inv. 6122.
2. Petit pain «que l'on mange dans le carême avec du beurre salé» (*Madame Bovary*, III, 7).

Page 506.

1. *Diane lucifer*, inv. 6280. Le groupe suivant : inv. 6218.
2. *Diane*, inv. 6008. Son diadème est orné de boutons *de* rose.

Page 507.

1. Fragments de frise avec trirème, Pouzzoles, inv. 6601 (trirème à vingt rames), et inv. 6600 (trirème à vingt-cinq rames).
2. Voir *Grèce*, p. 424.
3. *Tauroctonie*, grotte du Pausilippe, inv. 6764. L'homme en bonnet phrygien est Mithra. Le serpent (sur l'épaule *droite*) et le chien essayent de boire le sang qui coule de la blessure

du taureau. L'oiseau est un corbeau. Les angles supérieurs sont occupés par les bustes du Soleil (à gauche) et de la Lune (à droite). Les petits bonshommes sont Hespero et Lucifero (ou Cautes et Cautopates), les assistants du dieu. L'inscription se lit : « Au dieu Mithra tout-puissant, le sénateur Appius Tarronius Dexter a dédié [ce relief]. » Les dictionnaires de langue ne connaissent que *mithriaque*.

Page 508.

1. *Plaque de marbre avec haut-relief*, inv. 6718.

2. *Tauroctonie*, Capri, inv. 6723. On retrouve les mêmes éléments que dans le premier bas-relief mithriaque. Flaubert ne remarque pas la présence d'un scorpion, qui mord les testicules du taureau, ou, comme l'écrit Du Camp, qui le mord « comme pour tarir en lui les sources de la génération » (*Orient et Italie*, p. 58).

3. *Chameaux à une bosse*. Voir *Égypte*, n. 5, p. 76.

4. *Relief*, inv. 6692. Le poitrail d'un des chevaux est orné d'une tête de Gorgone.

Page 509.

1. *Antigone debout guette l'arrivée de Thésée. Œdipe, voilé, attend son pardon. Un prêtre debout fait une libation devant un platane.* Et « les faisceaux sont les branches d'olivier que, selon Sophocle, les suppliants devaient laisser à l'endroit de la libation » (S. d'Aloe, *Naples, ses monuments et ses curiosités*, p. 246).

2. *Sacrifice nocturne à Priape* (S. d'Aloe, *Naples, ses monuments et ses curiosités*, p. 247).

3. *Theoxenia*, inv. 6713. Le maître de maison, couché, fait entrer Dionysos, ivre, à qui on ôte ses sandales selon les règles de l'hospitalité. Le dieu est suivi d'un cortège de satyres, silènes et ménades.

Page 510.

1. Aujourd'hui : *Perses agenouillés*, inv. 6115 et 6117.

Page 511.

1. *Diane d'Éphèse*, albâtre et bronze, inv. 6278.

Page 512.

1. *Vase dionysiaque de Gaète*, h. 130 cm, diam. 99 cm, inv. 6673. Le premier personnage au repos est Silène, appuyé

sur son thyrse, à qui il appartiendra d'éduquer Bacchus. Le vase est signé : « Salpion d'Athènes ».

2. Aujourd'hui : *Alcibiade et des courtisanes*, inv. 6688.

Page 513.

1. L'éruption du Vésuve a enseveli la ville le 24 août 79. Connu depuis le XVIᵉ siècle, le site a commencé à être fouillé en 1748, mais le dégagement ne sera systématique qu'à partir de 1860.

Page 515.

1. Ce mot s'explique par le fait que l'alinéa commente un *plan du mur de fond de la scène*. Ce plan comporte des annotations appelées par des lettres, qui sont reprises dans le texte rédigé (C. G.-M.).

Page 516.

1. Flaubert semble décrire l'ouverture par laquelle rentrait le rideau d'avant-scène.

2. Petit sanctuaire appelé *purgatorium*, où se faisaient les ablutions (*Italie méridionale. Manuel du voyageur*, 15ᵉ éd. Leipzig, Karl Bædeker, et Paris, Librairie Ollendorff, 1912, p. 153).

Page 517.

1. Autrefois, l'eau venait du Nil.

2. Ce temple ne comportait qu'un seul étage.

Page 518.

1. Cette boulangerie semble être celle qui a été découverte en 1809 à proximité de la maison de Salluste.

2. Chaque meule est composée de deux parties en lave volcanique : l'une, pleine, de forme conique (*meta*), fixée sur une base ronde en maçonnerie ; l'autre creuse et en double cône (*catillus*) roulant sur la première. On serrait une tenaille en bois autour du col du *catillus* ; on versait le grain dans son embouchure supérieure et deux hommes le faisaient tourner à l'aide de la tenaille : le grain se brisait au contact de la *meta* et sortait en bas sous forme de farine.

3. Il s'agit des thermes du Forum, les plus petits mais les plus raffinés de Pompéi, mis au jour en 1824. Le carré long est l'*apodyterium*, ou vestiaire ; le *frigidarium* est le bain froid ; la troisième pièce est le *tepidarium*, ou bain tiède ; la qua-

trième, le *calidarium*, ou bain chaud, dont Flaubert décrit partiellement l'hypocauste.

Page 519.

1. La maison de Marcus Lucretius, décurion et flamine de Mars, a été déblayée au printemps 1847. Dans l'*atrium*, le petit autel est le laraire.

Page 520.

1. Le *triclinium* comportait trois grandes peintures : au fond, *Hercule et Omphale*, copie fidèle d'une grande œuvre hellénistique du IIIᵉ siècle av. J.-C. (aujourd'hui, Musée national de Naples, inv. 8992) ; à droite, *Bacchus enfant accompagné du vieux Silène* (*ibid.*, inv. 9285) ; et à gauche, *Bacchus vainqueur des Indes* (encore en place). Sur la peinture du fond, Hercule est debout au centre de la composition, hébété par le vin et la musique ; Omphale est à sa droite, fière de la massue et de la peau du lion de Némée qu'elle lui a soustraites ; à gauche, un priape ricanant soutient le héros chancelant. Flaubert décrit bien cette peinture, mais en cherchant à y reconnaître le sujet des deux autres.

Page 521.

1. Le premier temple décrit est appelé aujourd'hui *temple d'Héra II* (Flaubert est très sévère à son égard) ; le deuxième est le *temple d'Héra I* (ses colonnes, hautes de six mètres cinquante, ont à la base un diamètre de 1,50 mètre, et au sommet, de moins d'un mètre) ; et le troisième est le *temple d'Athéna*.

Page 523.

1. Flaubert paraît décrire l'amphithéâtre de Pouzzoles qui présente quantité de galeries et de chambres souterraines (*Bædeker*).

Page 524.

1. Ce paragraphe et les six suivants pourraient concerner les catacombes de Naples que Flaubert a certainement visitées (voir *Égypte*, p. 74).

Page 525.

1. Aujourd'hui encore, important musée de peinture situé dans le palais du même nom. L'attribution et le numéro d'in-

ventaire actuels sont donnés d'après : Eduard A. Safarik, *Galleria Colonna in Roma*, Rome, De Luca, 1998.

2. *Les Sept Joies* et *Les Sept Douleurs de la Vierge* (inv. 173 et 2045), deux petits tableaux aujourd'hui attribués à Bernard Van Orley.

3. La licorne est le symbole chrétien de la virginité de Marie et de l'incarnation du Christ.

4. Tableau (inv. 65) aujourd'hui attribué sans certitude à Jan Stephan van Calcar.

5. *Portrait d'Onofrio Panvinio* (inv. 79) aujourd'hui attribué à Jacopo Tintoretto.

Page 526.

1. Aujourd'hui, inv. 61.

2. *Cimon et Iphigénie*, toile attribuée aujourd'hui à Pietro Testa (inv. 127).

Page 527.

1. Musée fondé au XVIIᵉ siècle par le père Kircher.

2. *Ciste de Ficoroni* (fin du IVᵉ siècle av. J.-C.), aujourd'hui au Musée national étrusque de la villa Giulia à Rome. La frise de ce coffret cylindrique en bronze laminé évoque le séjour des Argonautes au pays des Bébryces. Leur roi Amykos avait interdit aux Grecs l'accès de la source jusqu'à ce que Polydeukès, l'un des deux Dioscures, triomphe de lui. Amykos est représenté attaché à un arbre tandis que les Grecs se désaltèrent à la fontaine ornée d'une tête de lion, qu'un Argonaute s'exerce au pugilat et qu'un Silène ventru le parodie.

3. Voir p. 554.

4. En Italie du Sud, mauvais œil envoyé par le jeteur de sort.

Page 529.

1. Mosaïque du VIIᵉ siècle représentant Agnès entre les papes Symmaque et Honorius Iᵉʳ tenant dans ses mains un modèle réduit de l'église.

Page 530.

1. Mosaïque du IXᵉ siècle représentant le Christ rédempteur entouré de saints : d'un côté, Paul, Praxède et le pape Pascal Iᵉʳ (encore en vie lors du montage de la mosaïque, il porte un nimbe carré) qui tient en ses mains le modèle réduit de l'église ; de l'autre côté, Pierre, Pudentienne et Zénon. Les

deux palmiers symbolisent les deux Testaments, et le phénix, le Christ ressuscité.

2. Voir p. 543.

Page 531.

1. Tronçon de colonne rapporté de Jérusalem en 1223, auquel le Christ aurait été attaché pendant sa flagellation.

2. Œuvre d'attribution discutée : Jules Romain ou Gianfrancesco Penni ?

3. L'État a acquis le palais en 1884 et y a installé la Galerie nationale d'Art ancien qui se compose essentiellement de l'ancienne collection Corsini. Pour l'identification des œuvres d'art des musées romains, nous suivons : *Italie centrale, y compris Rome et ses environs. Manuel du voyageur*, Leipzig, Karl Bædeker, 1909.

4. Toile (inv. 191) reproduite dans l'*Album Flaubert*, p. 92. Cette Vierge enthousiasme Flaubert et le « poursuit comme une hallucination perpétuelle » (lettre à Bouilhet du 9 avril 1851).

Page 532.

1. Cette peinture : *Portrait d'homme* (inv. 753), et la précédente : *Portrait de femme* (inv. 749), par Jan Van Scorel (école hollandaise). Des répliques se trouvent au musée de Naples.

Page 533.

1. Peut-être : *Portrait d'homme* (inv. 291) par Claude Lefèbvre (par Carlo Maratta d'après A. Tooke, *Flaubert and the Picturial Arts*, p. 246).

2. *Portrait d'homme*, par Tiberio Tinelli (A. Tooke, *Flaubert and the Picturial Arts*, p 246).

3. Attribuée traditionnellement à Titien, cette toile (inv. 615) est tenue par la majorité des historiens modernes pour une réplique d'atelier d'après un original perdu (S. Béguin et F. Valcanover, *Tout l'œuvre peint de Titien*, p. 122, n° 356).

4. Voir p. 485.

5. Ensemble appelé aussi *Les Misères de la guerre*, qui aurait été réalisé par Callot lors de son séjour à Florence.

Page 534.

1. Platon.

2. Sappho d'Érésos, c'est-à-dire la poétesse Sapho.

Page 535.

1. La célèbre galerie de peinture se trouve alors dans les salles du rez-de-chaussée du *palais* Borghèse. En 1891, elle sera installée dans la *villa* Borghèse.

2. Aujourd'hui, inv. 147.

Page 537.

1. *Vénus bandant les yeux de l'Amour* (inv. 170).

2. Portrait aujourd'hui perdu (A. Tooke, *Flaubert and the Picturial Arts*, p. 247).

3. Toile (inv. 411) aujourd'hui attribuée à Rubens.

Page 538.

1. *La Vierge, l'Enfant Jésus, saint Onuphre et saint Bernardin* (inv. 193). L'évêque présente un cœur saignant sur lequel se lit le monogramme I.H.S.

2. Voir p. 478.

3. *Vierge à l'Enfant*, par le Pomarancio (A. Tooke, *Flaubert and the Picturial Arts*, p. 248).

4. Justine Pilloy (1820-1893), dite Alice Ozy, actrice des Variétés et du Vaudeville.

5. Copie d'un original conservé à Dresde (A. Tooke, *Flaubert and the Picturial Arts*, p. 248).

6. Toile, inv. 125. Les Amours aiguisent une flèche *sur une pierre*.

Page 539.

1. Toile (inv. 219) attribuée aujourd'hui au Scarsellino.

2. Portrait d'homme, attribué autrefois à Raphaël, acheté en 1891 par le baron Alphonse de Rothschild, disparu depuis.

3. Voir p. 485.

4. Allusion à la réplique de Don Alphonse dans *Lucrèce Borgia* : «J'ai horreur de votre frère César, qui a des taches de sang naturelles au visage !» (II, 1, sc. 4).

5. *La Vierge allaitant* (inv. 456), attribuée aujourd'hui à Giampietrino.

Page 540.

1. *La Vierge, l'Enfant Jésus, le petit saint Jean et des Anges* (inv. 348).

2. La grenade est le symbole chrétien de la résurrection.

Page 541.

1. *Vénus et l'Amour piqué* (inv. 326). L'inscription est tirée de l'*Idylle* XIX de Théocrite : « Que Cupidon vole un rayon de miel, et l'abeille enfonce son dard dans le doigt du voleur. Nous aussi, dès que nous tentons de voler un bref et fugace moment de plaisir, il s'y mêle une douleur amère qui nous fait souffrir. » Merci à Blandine Cuny-Le Callet pour son aide.

2. En 1970, les collections d'art antique et d'art chrétien, autrefois conservées dans le palais du Latran attenant à l'église, ont été transférées au Vatican pour former le Musée grégorien profane et le musée Pie chrétien.

Page 542.

1. Sarcophage de Sabinas. À la droite de l'orante, Jésus change l'eau en vin aux noces de Cana. À sa gauche, il guérit un aveugle et multiplie les pains. La scène de l'extrême droite évoque la résurrection de Lazare (la « statuette »), dont une des sœurs (« le petit homme ») est agenouillée aux pieds du Christ.

Page 543.

1. Mosaïque du XIIe siècle représentant le Christ et la Vierge accompagnés de papes (PP, « papa ») dont le souvenir est lié à l'église : Calliste en est le fondateur ; Innocent II l'a complètement reconstruite et en offre ici le modèle réduit à Marie. De l'autre côté sont représentés Pierre, Corneille, Jules et Calépode.

Page 544.

1. Mosaïques de la fin du XIIIe siècle, en réalité au nombre de six : Flaubert omet la naissance de la Vierge et la Dormition.

Page 545.

1. Mosaïques du XIIe siècle représentant les prophètes Isaïe et Jérémie (PPH, « propheta »), et les symboles des quatre évangélistes : Matthieu (homme ailé), Marc (lion ailé), Luc (taureau) et Jean (aigle). L'oiseau en cage évoque le Christ captif des péchés des hommes.

2. Mosaïque de Torriti (1295). Les saints de gauche sont François d'Assise, Paul et Pierre ; ceux de droite : Jean-Baptiste, Jean l'évangéliste et Antoine de Padoue. Les petits évêques sont le pape Nicolas IV (commanditaire de la mosaïque), et le cardinal Colonna (son donateur). Sur les côtés du trône se

trouvent deux groupes de neuf anges. L'un des volatiles posés sur l'arbre de gauche ressemble bien à un perroquet.

Page 546.

1. « Ci-gît, par les soins d'Auguste son fils plein d'affliction, Salvator Rosa, le premier de tous les peintres napolitains de son temps, l'égal des plus grands poètes de tous les temps. Il mourut avant la fin de sa soixantième année, le 15 mars de l'an de grâce 1673. » (Le texte que nous donnons est celui du carnet 8, f⁰ 18 v⁰, meilleur que celui de *Rome-Vatican-Florence* — C. G.-M.).

2. Il s'agit de la galerie Doria Pamphili, important musée de peinture aujourd'hui encore. Le numéro d'inventaire actuel des œuvres est donné d'après Eduard A. Safarik et Gorgio Torselli, *La Galleria Doria Pamphilj a Roma*, Rome, Palombi, 1982.

3. *La Création des animaux* (salle V, n⁰s 312/452), par un imitateur de Jan Bruegel le Vieux. La remarque sur la brisure se rapporte bien à ce tableau.

Page 547.

1. *Allégorie des quatre éléments*, par Jan Bruegel le Vieux et Hendrick van Balen, soit quatre toiles exposées dans les appartements privés : *L'Air* (n⁰ 328), *La Terre* (n⁰ 322), *L'Eau* (n⁰ 348) et *Le Feu* (n⁰ 332).

Page 548.

1. Collection réunie par le peintre Vincenzo Camuccini (1771-1844). À la seconde page de couverture du carnet 9 se trouve l'adresse de cette galerie dont on a sans doute recommandé la visite à Flaubert : « via della marchesa [D...], près du palais Altenis ».

2. Le peintre Philippe Wouvermans ou Wouwermans (1619-1668).

Page 549.

1. Fondée en 386, la basilique Saint-Paul était l'une des plus belles églises de Rome avant que le grand incendie de 1823 ne la détruise presque entièrement. Les travaux de reconstruction ne s'achèveront qu'en 1854.

2. Médaillons de tous les papes (aujourd'hui au nombre de 264, de Pierre à Jean-Paul II).

3. Jeune homme du Havre qui habite le même hôtel que les voyageurs (lettre de Flaubert à sa mère du 9 mars 1851).

Page 551.

1. Peintre formé dans l'atelier d'Ingres, Lehmann (1814-1882) est l'un des premiers portraitistes du temps.

Page 552.

1. Le *ponte Rotto* (l'ancien pont Æmilius construit en 179 av. J.-C.) s'est écroulé trois fois, et une seule de ses arches demeure.
2. Voir p. 502.
3. Deux philosophes ont porté ce nom : l'un était consul au IVe siècle ; l'autre fut le dernier des cyniques au VIe siècle.

Page 553.

1. Toge portée *à la Gabienne* : un pan rejeté sur la tête et l'autre passé autour de la taille, un peu comme une ceinture.
2. Dans le carnet 9, ce paragraphe fait suite à celui qui commence par le numéro d'inventaire [547].

Page 554.

1. *Procession solennelle en l'honneur d'Isis*, inv. 146. À la suite d'Isis viennent le gardien des livres sacrés, le prophète avec le vase sacré, et la servante du culte, agitant le grelot d'Isis (*seistron*) et tenant une cuiller (*capeduncula*).

Page 555.

1. Voir p. 486.

Page 556.

1. Voir p. 502.

Page 557.

1. *Testudo* : mot latin signifiant « écaille » ou « carapace de tortue ».
2. Les six cariatides qui soutiennent le portique sud du temple de Pandrose dans l'Érechthéion.

Page 558.

1. La palme, que le cocher « tient d'une main, indique qu'il vient de gagner le prix ; de l'autre, il tient un fragment de rênes, coupé, suivant l'usage après la course ». Le couteau recourbé « servait à couper les traits, en cas d'accident, pendant la course » (Émile de Toulgoët, *Les Musées de Rome. Guide-memento*, Veuve Jules Renouard, 1867, p. 257).

2. Certaines notices mentionnent la présence auprès des enfants d'un pédagogue (un vieillard) et même d'une nourrice. Ou faut-il voir là la figure du père des enfants, le roi de Thèbes Amphion ?

Page 559.

1. Vraisemblable lapsus pour «Boccea» (Giovanni Bonaccorso, «Due itinerari flaubertiani inediti», *Rivista di Letteratura moderne e comparate*, septembre 1978, p. 202).
2. Sûrement Narni. La cascade est celle de Marmore.
3. Basilique construite à l'endroit où est mort saint François, à cinq kilomètres au sud d'Assise.

Page 560.

1. Fontaine monumentale due à Giovanni et Nicola Pisano (1278).
2. Ancien palais des Prieurs (xvᵉ siècle). L'escalier quart de tour descend parallèlement à la façade avant de se terminer en large perron.
3. *Ragoût* : au figuré, ce qui stimule l'attention, l'esprit, les sens de manière agréable.
4. *Retable de saint Onuphre* (musée de l'Œuvre de la cathédrale), par Luca Signorelli. Les deux hommes de droite tiennent chacun un livre, fermé pour saint Laurent, ouvert pour l'évêque (peut-être saint Herculanus). Le vieillard ridé est saint Onuphre.
5. Tableau qui se trouve à la galerie du Vatican où Flaubert a pu le voir.
6. Les parois et la voûte de la salle d'audience du Collegio del Cambio (l'ancienne Bourse des changeurs) sont couvertes de fresques du Pérugin et de ses élèves. Le nom des personnages représentés est inscrit à leurs pieds.
7. Fresque ornant la chambre de la Signature au Vatican.
8. Évangile de Marc (IX, 2-8). Les deux adorateurs sont Élie et Moïse. La légende exacte est : «DOMINE BONVM EST NOS HIC ESSE», ce qui n'a plus rien de singulier.

Page 561.

1. Fresque de Giannicola di Paolo reproduite dans l'*Album Flaubert*, p. 192.
2. Nom de la femme d'Hérode le Grand, donné ici à sa petite-fille Hérodias, mère de Salomé.
3. Le Palazzo dell'Università Vecchia servait alors de musée.

Les collections sont aujourd'hui au Musée national archéologique de l'Ombrie.

Page 562.

1. Voir *Égypte*, p. 148.

2. Le palais des Offices a accueilli le premier musée moderne d'Europe (1582), alors propriété privée des Médicis. Le numéro d'inventaire et l'attribution des œuvres citées sont donnés d'après : *Gli Uffizi. Catalogo generale*, Florence, Centro Di, 1979.

3. *Le Couronnement* (inv. 1612), *Les Noces* (Museo di San Marco, P176) et *La Dormition de la Vierge* (Museo di San Marco, P177) sont trois panneaux d'un même retable démembré dû au frère Giovanni du couvent de Fiesole (Fra Angelico).

Page 563.

1. Cette tête de femme à la perle se trouve au deuxième plan *à droite*.

2. *Le Mariage de la Vierge* (musée de Caen, inv. 171). D'après la *Légende dorée* de Jacques de Voragine, Joseph fut choisi parmi de nombreux prétendants qui devaient tous apporter une verge au grand prêtre du Temple. Celle de Joseph fleurit miraculeusement, signe de son élection. Certains jeunes gens brisèrent alors leur propre verge.

Page 564.

1. Le Christ tient en effet un petit Jésus sur son bras gauche. Le *tombeau* (phrase suivante) est le lit mortuaire sur lequel la Vierge repose.

2. *Sainte Marie-Madeleine au désert* (inv. 1344), copie d'un tableau du Corrège conservé à Dresde, comme le notent tous les guides. Voir n. 5, p. 538.

3. D'après les guides, il s'agit là d'une copie réduite et vraisemblablement non autographe (inv. 1476) du tableau qui se trouve au palais Pitti et que Flaubert verra ensuite (p. 574).

Page 565.

1. Vinci a bien peint une *Tête de Méduse* qui se trouvait en 1568 dans la garde-robe de Côme Ier, mais elle a été perdue. À partir de la fin du XVIIIe siècle et pendant presque un siècle, on a donné pour cette œuvre disparue une peinture anonyme de l'école flamande datant de la première moitié du XVIIe siècle (inv. 1479).

2. Fresque sur brique (inv. 1485) aujourd'hui attribué à Filippino Lippi.

3. *Judith tranchant la tête d'Holopherne* (inv. 1567), par Artemisia Gentileschi, fille d'Orazio Gentileschi, de son vrai nom Orazio Lomi. Pour la référence au Caravage, voir n. 1, p. 482. Les deux tableaux suivants : inv. 1587 et inv. 1694.

4. Aujourd'hui, *Cenacolo di San Salvi*, inv. 1589. Tableau suivant : inv. 1578.

Page 566.

1. Sont en fait représentés les deux moments où l'Ange adresse la parole à Abraham, d'abord pour arrêter son bras levé sur Isaac, puis pour le bénir, lui et sa postérité (inv. 1553).

2. Ou *Bacchus sur un tonneau* (inv. 796), œuvre d'école.

Page 567.

1. Ce tableau : inv. 761 ; le suivant : inv. 768 ; puis la *Vierge de douleurs* : inv. 773.

Page 568.

1. Polyptyque du peintre français Froment (volet gauche : *Marthe aux pieds de Jésus* ; panneau central : *La Résurrection de Lazare* ; volet droit : *Madeleine oint les pieds de Jésus* ; inv. 1065). La femme qui met une partie de son voile (et non un *mouchoir*) devant sa bouche est Marie, sœur de Lazare, en pleurs. L'homme qui se bouche le nez le fait en référence à la parole de Marthe : « Seigneur, il sent déjà : c'est le quatrième jour » (Jean XI, 1-44). À l'instar d'une certaine tradition, Marie, sœur de Lazare, est associée à la pécheresse Marie-Madeleine dans le geste de l'*onction* (et non du *lavement*) des pieds. Le *disciple avare* (Judas Iscariote) déplore le gâchis d'un parfum coûteux.

Page 569.

1. Ce tableau (inv. 1068) par Frans II Francken ; le suivant (inv. 987) par François Clouet.

2. *Kherj* : sacs de selle.

3. *La Madone à l'Enfant avec les saintes Catherine et Barbara* (inv. 1019), aujourd'hui attribuée au Maître de Hoogstraten.

Page 570.

1. *Le Peintre et sa famille* (inv. 1305). La fille aînée, debout, regarde sur une table un singe que lui montre en riant son père, Mieris, debout au second plan. Au centre, le jeune fils présente à boire à sa mère assise.

2. *La Vierge à l'Enfant, avec saint François et saint Jean l'évangéliste* ou *La Madone aux harpies*, en raison des sculptures qui ornent le piédestal (inv. 1577).

Page 571.

1. *La Vierge au puits* (inv. 1445), attribuée aujourd'hui au Franciabigio. La banderole porte : « *Ecce Agnus Dei* ».

2. Ce tableau : inv. 1447 ; la toile suivante (inv. 1446) est généralement attribuée à *l'atelier* du peintre. Les *manières* successives de Raphaël sont un *topos* des guides du XIXᵉ siècle.

Page 572.

1. Ou *Tondo Doni* (inv. 1456).

Page 573.

1. Ce tableau : inv. 1458. Pour la *Vénus* du palais Borghèse, voir p. 540-541.

2. Aujourd'hui aux Offices, inv. 230. Dans le fond du tableau, il y a *huit* colonnes. Saint Jérôme déploie probablement sa traduction des Écritures.

3. Toile (inv. 185) aujourd'hui attribuée à Titien.

4. Sur ce tableau (inv. 270), Cléopâtre maintient sa chemise de la main *gauche* et tient l'aspic de la droite.

Page 574.

1. Ce tableau : inv. 171 ; le suivant (inv. 113) est aujourd'hui attribué à Francesco Salviati.

2. Les désignations des salons du palais Pitti qui sont mises entre crochets sont empruntées au carnet 9 (C. G.-M.).

3. Cette toile : inv. 96 (voir n. 3, p. 564) ; la suivante : inv. 82.

4. *Les Quatre Philosophes* (inv. 85). Outre le peintre, à l'extrême gauche, on voit son frère Philippe, avec la fraise, Juste Lipsius qui affectionnait les tulipes, et Grotius.

5. Toile (inv. 83) aujourd'hui attribuée au Tintoret.

Page 575.

1. Tableau (inv. 3890) aujourd'hui aux Offices. Pour le « portrait, vieux », voir p. 477.

2. Tableau (*Casa Martelli*) aujourd'hui attribué à Niccolo Cassana.

3. *Portrait de femme* ou *La Bella* (inv. 18), exposé dans le salon de Vénus en 1850. C'est l'un des chefs-d'œuvre du Titien des années trente.

4. Peinture (inv. 377) d'attribution discutée.

5. *Le Bois des philosophes* ou *Diogène jetant son écuelle* (inv. 470) et *La Paix brûlant ses armes*, exposés dans la salle des Putti en 1850.

Page 576.

1. Célèbre statue en marbre (1810). Sa main *droite* est entièrement cachée sous la draperie ; la gauche retient un pan et le plaque sur le sein droit.

2. Tiepolo a décoré la salle des fêtes de fresques illustrant les amours d'Antoine et Cléopâtre. La première scène décrite est celle du *Banquet* : une sorte de hallebarde est appuyée contre la colonne ; la « belle dame », Cléopâtre, en costume xviiie siècle, tient à la main une perle qu'elle s'apprête à dissoudre dans le vinaigre qu'on lui présente. La seconde scène est *la Rencontre*.

Page 577.

1. Palais du xviiie siècle (aujourd'hui Priuli-Manfrin). La collection de peintures a été dispersée en 1856.

2. C'est-à-dire Luca Signorelli.

3. Toile à la National Gallery de Londres depuis 1910 (legs Salting, NG2512).

4. Vraisemblablement *La Vieille* de Giorgione (Venise, Galleria dell'Accademia, inv. 95), entrée en 1856 en provenance de la collection Manfrin.

Page 578.

1. Huit lignes du carnet précèdent cette conclusion sur le tableau de Verrocchio, mais, si un certain nombre de mots sont lisibles, c'est insuffisant pour qu'aucun sens puisse en être dégagé (C. G.-M.).

2. Palais Pisani Moretta, situé sur le Grand Canal.

3. Toile de Véronèse, depuis 1857 à Londres, National Gallery (NG294).

4. Statue en marbre aujourd'hui au musée Correr à Venise.

Page 579.

1. La Genèse et l'histoire de Noé, mosaïque du xiiie siècle (narthex).

2. Un croquis remplace dans le texte la désignation de ce que porte Phocas. Il pourrait s'agir de deux armes du type poignard (C. G.-M.).

CARTES

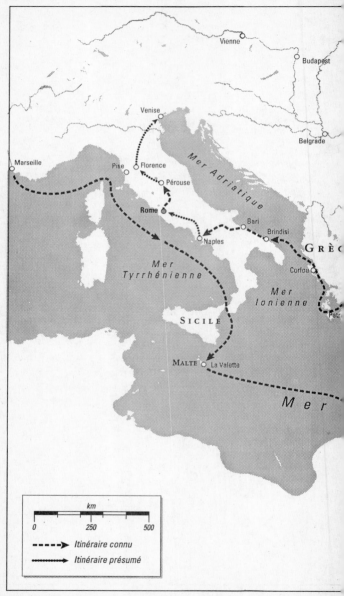

Le voyage en Orient de Flaubert (hors Égypte)

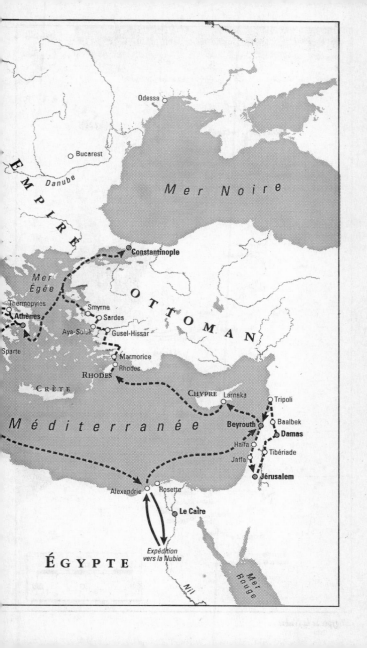

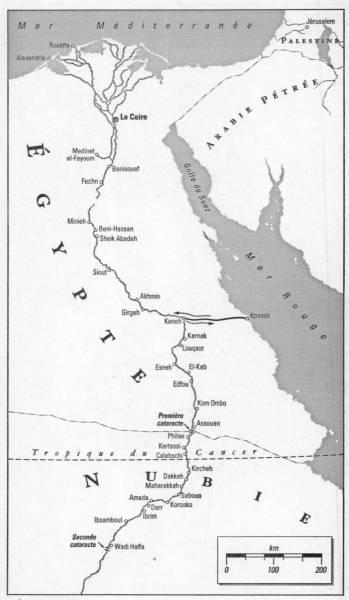

L'Égypte et la Nubie

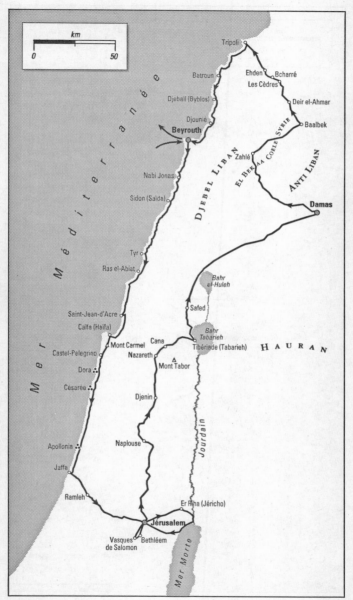

Le Liban et la Palestine

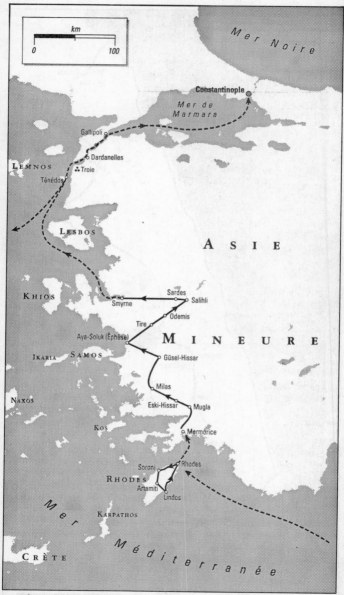

De Rhodes à Constantinople : l'Asie Mineure

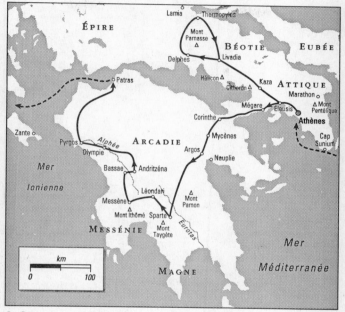

La Grèce

DU MÊME AUTEUR

dans la même collection

MADAME BOVARY. *Édition présentée et établie par Thierry Laget.*

L'ÉDUCATION SENTIMENTALE. *Préface d'Albert Thibaudet. Édition établie par Samuel S. de Sacy.*

TROIS CONTES. *Préface de Michel Tournier. Édition établie par Samuel S. de Sacy.*

SALAMMBÔ. *Préface d'Henri Thomas. Édition établie par Pierre Moreau.*

BOUVARD ET PÉCUCHET. *Édition présentée et établie par Claudine Gothot-Mersch.*

LA TENTATION DE SAINT ANTOINE. *Édition présentée et établie par Claudine Gothot-Mersch.*

CORRESPONDANCE. *Choix et présentation de Bernard Masson. Texte établi par Jean Bruneau.*

LES MÉMOIRES D'UN FOU. NOVEMBRE. PYRÉNÉES-CORSE. VOYAGE EN ITALIE. *Édition présentée et établie par Claudine Gothot-Mersch.*

Également dans Folio classique

Chateaubriand. ITINÉRAIRE DE PARIS À JÉRUSALEM, *suivi du* Journal de Julien. *Édition présentée et établie par Jean-Claude Berchet.*

Nerval. VOYAGE EN ORIENT. *Préface d'André Miquel. Édition établie par Jean Guillaume et Claude Pichois.*

Impression Bussière
à Saint-Amand (Cher),
le 19 juin 2006.
Dépôt légal : juin 2006.
Numéro d'imprimeur : 062307/1.
ISBN 2-07-033894-0./Imprimé en France.